J. D. ROBB
Eiskalte Nähe

Autorin

J.D. Robb ist das Pseudonym der international höchst erfolgreichen Autorin Nora Roberts, einer der meistgelesenen Autorinnen der Welt. Unter dem Namen J.D. Robb veröffentlicht sie seit Jahren erfolgreich Kriminalromane.

Liste lieferbarer Titel

Rendezvous mit einem Mörder · Tödliche Küsse · Eine mörderische Hochzeit · Bis in den Tod · Der Kuss des Killers · Mord ist ihre Leidenschaft · Liebesnacht mit einem Mörder · Der Tod ist mein · Ein feuriger Verehrer · Spiel mit dem Mörder · Sündige Rache · Symphonie des Todes · Das Lächeln des Killers · Einladung zum Mord · Tödliche Unschuld · Der Hauch des Bösen · Das Herz des Mörders · Im Tod vereint · Tanz mit dem Tod · In den Armen der Nacht · Stich ins Herz · Stirb, Schätzchen, stirb · In Liebe und Tod · Sanft kommt der Tod · Mörderische Sehnsucht · Ein sündiges Alibi · Im Namen des Todes · Tödliche Verehrung · Süßer Ruf des Todes · Sündiges Spiel · Mörderische Hingabe · Verrat aus Leidenschaft · In Rache entflammt · Tödlicher Ruhm · Verführerische Täuschung · Aus süßer Berechnung · Zum Tod verführt · Das Böse im Herzen · So tödlich wie die Liebe · Geliebt von einem Feind · Der liebevolle Mörder · Mörderspiele. Drei Fälle für Eve Dallas · Mörderstunde. Drei Fälle für Eve Dallas · Mörderlied. Vier Fälle für Eve Dallas

Nora Roberts ist J.D. Robb.

J. D. Robb

Eiskalte Nähe

Roman

Deutsch von Uta Hege

blanvalet

Die Originalausgabe erschien 2017
unter dem Titel »Apprentice in Death« bei Berkley Books,
an imprint of Penguin Random House LLC, New York.

Dieser Roman ist im Dezember 2021 bei Weltbild erschienen.

Penguin Random House Verlagsgruppe FSC® N001967

1. Auflage
Copyright © der Originalausgabe 2017 by Nora Roberts
Published by arrangement with Eleanor Wilder
Dieses Werk wurde vermittelt durch die Literarische Agentur
Thomas Schlück GmbH, 30161 Hannover.
Copyright © 2021 der deutschsprachigen Ausgabe
by Blanvalet Verlag in der Penguin Random House Verlagsgruppe GmbH,
Neumarkter Str. 28, 81673 München
Redaktion: Regine Kirtschig
Umschlaggestaltung: www.buerosued.de
Umschlagmotive: plainpicture/Stephen Shepherd, www.buerosued.de
Satz: Buch-Werkstatt GmbH, Bad Aibling
Druck und Bindung: GGP Media GmbH, Pößneck
LH · Herstellung: sam
Printed in Germany
ISBN: 978-3-7341-1138-9

www.blanvalet.de

*Mag sein, was an Impulsen wir empfangen
in einem frühlingshaften Wald,
uns aufschließt auch den ethischen Belangen,
wo Theorie das Herz lässt kalt.*

WILLIAM WORDSWORTH

*Sind Gott und die Natur also im Streit,
wenn die Natur so böse Träume hält bereit?*

ALFRED, LORD TENNYSON

Prolog

Die Zeit war reif für einen ersten Mord.

Dem Lehrling war bewusst, das jahrelange Training mit den Zielscheiben, die antrainierte Disziplin und stundenlanges Observieren hatten ihn hierhergeführt.

An diesem kalten, sonnenhellen Nachmittag im Januar 2061 fing wahrhaftig alles an.

Ein klarer Geist und ruhiges Blut.

Die beiden Elemente waren genauso wichtig wie die Windrichtung, Luftfeuchtigkeit und Schnelligkeit.

Ein klarer Geist und ruhiges Blut, auch wenn man noch so ungeduldig war.

Der Mentor hatte alles arrangiert. Mit der ihm eigenen Effizienz und einem Blick für jedes noch so winzige Detail. Das Zimmer ging nach Westen und verfügte über ein mit einer Sichtblende versehenes Fenster, das sich öffnen ließ. Es lag in einem ruhigen Mittelklassehotel an der Ecke Sutton Place und Second Avenue und bot trotz der Entfernung von fast einer Meile eine ganz hervorragende Aussicht auf den Central Park.

Der Mentor hatte alles sorgfältig geplant und einen Raum in einem Stockwerk oberhalb der Baumwipfel gebucht. Mit bloßem Auge war die Eisbahn Wollman Rink natürlich nur als kleiner weißer Fleck, der in der Sonne glitzerte, zu sehen.

Natürlich hatten sie die Eisbahn häufig besucht und zugesehen, wie ihre Zielperson sorglos über das Eis geglitten war.

Sie hatten selbstverständlich auch den Arbeitsplatz, das Heim, die Lieblingsrestaurants und -läden der Person erforscht, um ein Gefühl für deren Routine zu entwickeln, und beschlossen, dass die Eisbahn in dem großen Park der beste Ort für die Umsetzung ihrer Pläne war.

Sie waren ein eingespieltes Team, und während der Mentor noch das Stativ vors Fenster rückte, kam der Lehrling schon mit dem Gewehr.

Ohne auf die kalte Winterluft zu achten, die durchs offene Fenster wehte, legte er die Waffe aufs Stativ, drehte es ein bisschen höher, blickte durch den Sucher, und die Eisbahn war mit einem Mal so nah, dass er sogar die Spuren, die die Schlittschuhkufen auf der weißen Fläche hinterließen, erkannte.

All diese Menschen mit den bunten Mützen, Handschuhen und Schals. Ein junges Paar, das lachend Händchen hielt und stolpernd seine Kreise zog. Ein Mädchen mit goldblondem Haar, in einer Weste und einem roten Skinsuit drehte eine derart schnelle Pirouette, dass ihr Bild verschwamm. Ein weiteres Paar, das einen kleinen Jungen an den Händen hielt, der strahlte wie ein Honigkuchenpferd.

Die Alten und die Jungen. Die Schleicher und die Raser, die Novizen und die Angeber.

Sie alle hatten keine Ahnung, dass sie jetzt im Fadenkreuz des Lehrlings waren, nur einen Augenblick vom Tod entfernt. Dass er in wenigen Sekunden die Entscheidung fällen würde, wer am Leben blieb und wer starb.

Für einen flüchtigen Moment berauschte er sich am Gefühl der grenzenlosen Macht, die er besaß.

»Hast du die Zielperson im Blick?«

Es dauerte mehrere Sekunden, bevor er sie unter all den Leibern und Gesichtern fand.

Dann aber nickte er. Da vorn. Der Körper. Das Gesicht. Die Zielperson. Er hatte sie schon unzählige Male im Visier gehabt. Doch heute sähe er sie dort zum allerletzten Mal.

»Hast du auch schon die beiden anderen ausgesucht?«

Der Lehrling nickte wieder knapp.

»Die Reihenfolge ist egal. Jetzt fang an.«

Der Lehrling überprüfte abermals die Windgeschwindigkeit und -richtung, korrigierte unmerklich die Position seines Gewehrs und machte sich mit klarem Kopf und ruhigem Blut ans Werk.

Das Mädchen in dem roten Skinsuit lief inzwischen rückwärts und baute Geschwindigkeit für einen Axel auf. Dann begann sie mit der Vorwärtsdrehung, wechselte von ihrem rechten auf den linken Fuß und hob die Arme über den Kopf.

Der todbringende Laserstrahl erwischte sie im Rücken, und aufgrund des Tempos, das sie hatte, flog sie ein paar Meter durch die Luft, prallte im Sterben gegen die Familie mit dem kleinen Jungen und warf sie um.

Dann fingen die Schreie an.

In dem darauffolgenden Chaos hielt ein Mann, der auf der anderen Eisbahnseite lief, kurz an und blickte auf die Gruppe Menschen, die am Boden lag.

Der Laserstrahl traf ihn im Bauch. Während er zusammenbrach, wichen zwei andere Eisläufer ihm aus und setzten ihre Runde fort.

Das junge Pärchen, das sich an den Händen hielt, glitt unbeholfen an den Rand, umklammerte dort das Geländer, und der Mann wies auf die tote junge Frau.

»He, ich glaube, sie …«

Der Strahl bohrte ein Loch in seine Stirn.

Der Lehrling schaute weiter durch den Sucher, stellte sich die Schreie und den Lärm dort unten auf der Eisbahn vor und sagte sich, dass er problemlos noch auf einen vierten, fünften oder gleich ein ganzes Dutzend Menschen zielen könnte.

Dass das Leben all dieser Leute jetzt in seinen Händen lag.

Sein Mentor ließ das Fernglas sinken, legte anerkennend eine Hand auf seine Schulter und zeigte auf diese Art das Ende dieser ganz besonderen Übungsstunde an. »Drei saubere Treffer, und du hast auch deine Zielperson erwischt. Das hast du sauber hingekriegt.«

Schnell und effizient baute der Lehrling seine Waffe auseinander und verstaute sie im Kasten, während gleichzeitig sein Mentor das Stativ zusammenschob.

Dabei verzog er das Gesicht zu einem unmerklichen Lächeln, denn die *Freude* und der Stolz im Blick des Lehrlings waren nicht zu übersehen.

»Erst sichern wir die Ausrüstung, danach wird gefeiert, denn das hast du dir verdient. Außerdem besprechen wir noch kurz den Einsatz, aber anschließend ist für heute Schluss. Wenn wir morgen weitermachen, ist das früh genug.«

Sie hatten vor und nach dem Einsatz alle Spuren im Hotelzimmer verwischt. Als sie jetzt den Raum verließen, freute sich der Lehrling schon darauf, am nächsten Tag mit dieser ganz besonderen Arbeit fortzufahren.

1

Nach einem wieder einmal nervtötenden Auftritt vor Gericht kehrte Eve Dallas, Lieutenant der New Yorker Polizei, auf ihr Revier zurück. Sie brauchte dringend einen Kaffee, aber wie es aussah, lauerte Detective Jenkinson ihr schon auf, denn als sie das Dezernat erreichte, sprang er eilig auf und kam mit schnellen Schritten auf sie zu.

»Frösche?«, fragte sie mit einem Blick auf seinen neuesten grauenvollen Schlips. »Warum in aller Welt trägt jemand in der Weihnachtszeit etwas um den Hals, auf dem pissgelbe Frösche auf kotzgrünen Blättern abgebildet sind?«

»Sie haben einfach keine Ahnung von Feng-Shui. Vor allem sind die Seerosen echt hübsch, und Frösche bringen Glück. Aber wie dem auch sei, so ein blöder Junkie hat der Neuen in der Avenue B eine verpasst. Sie und Carmichael von der Trachtengruppe haben den Typ und auch seinen Dealer aufs Revier geschleift. Die beiden hocken unten in der Zelle, und die Neue sitzt mit einem Eisbeutel auf ihrem Veilchen im Pausenraum. Ich dachte mir, dass Sie das vielleicht interessiert.«

Die *Neue* war Officer Shelby, die erst heute früh in Eves Dezernat gewechselt war. »Wie kommt sie damit klar?«

»So gut wie jeder andere echte Cop. Sie ist in Ordnung, Boss.«

»Gut zu wissen.«

Obwohl sie jetzt wirklich dringend einen anständigen Kaffee bräuchte, hatte sie die junge Frau an Bord geholt, und dass sich Shelby gleich an ihrem ersten Tag ein Veilchen eingefangen hatte, tat ihr leid.

Also stapfte sie in ihrem schwarzen Ledermantel erst mal in den Pausenraum.

Mit einem Becher widerlicher Automatenplörre in der Hand und einem Eisbeutel auf dem rechten Auge hockte Shelby dort an einem Tisch und las blinzelnd irgendwas auf ihrem Handcomputer durch. Sie wollte höflich aufstehen, als Eve den Raum betrat, die aber gab ihr zu verstehen, dass das nicht nötig war, und sah sie fragend an.

»Wie geht es Ihrem Auge, Officer?«

»Er hatte nicht mal so viel Wumms wie meine kleine Schwester, wenn sie wütend auf mich ist.«

Auf Eves Zeichen ließ die junge Frau ihr stark geschwollenes, schwärzlich violett verfärbtes Auge sehen, nickend meinte der Lieutenant: »Das war ein echter Volltreffer. Am besten lassen Sie den Eisbeutel noch eine Weile drauf.«

»Ja, Ma'am.«

»Gute Arbeit.«

»Danke, Ma'am.«

Auf dem Weg in ihr Büro blieb Eve noch kurz am Schreibtisch von Carmichael von der Trachtengruppe stehen. »Erzählen Sie mir, was passiert ist.«

»Die Detectives Carmichael und Santiago hatten einen Fall in der Avenue B hereingekriegt. Wir sind zur Unterstützung mitgefahren, um alles abzusperren, dann lief plötzlich ganz in unserer Nähe dieser Drogendeal. Den konnten wir nicht einfach ignorieren, aber da sie gerade im Begriff waren, die Leiche aus dem Haus zu schaffen, blieb uns nicht viel Zeit. Der Dealer hat auch brav die Hände hochgenommen, aber dieser blöde Junkie war anscheinend auf Entzug und ist direkt auf Shelby losgegangen. Ein ziemlich jämmerlicher Schlag, den er ihr da verpasst hat, es dauerte danach nur drei Sekunden, bis er selber auf dem Boden lag. Das hat sie wirklich sauber hingekriegt. Vielleicht war sie ein bisschen übereifrig, aber sie war richtig sauer, weil der Kerl ihr eine reingehauen hat. Dann haben wir die beiden Typen aufs Revier geschleift, und jetzt ist dieser Blödmann nicht nur wegen des fehlgeschlagenen Deals, sondern vor allem wegen Shelbys Veilchen dran. Aber sie scheint echt taff zu sein, denn sie hat den Schlag problemlos weggesteckt«, stellte Carmichael anerkennend fest.

»Dann wollen wir doch mal sehen, wie sie sich weiter macht. Aber nehmen Sie sie in den nächsten Tagen erst mal an die kurze Leine, ja?«

Bevor noch jemand anderes etwas von ihr wollte, zog sie sich in ihr Büro zurück, trat immer noch im Mantel vor den AutoChef und holte sich dort einen Becher ihres exklusiven, dampfend heißen, pechschwarzen Kaffees.

Dann trat sie mit dem Becher an das winzig kleine Fenster, von wo aus sie ihren Blick aus bernsteinbraunen Augen über den Verkehr, der auf der Straße und am Himmel herrschte, wandern ließ.

Gleich würde sie sich an den dämlichen Papierkram machen, den sie schon seit Tagen vor sich herschob, aber nach dem Abschluss eines schlimmen Falles und nach einem Morgen vor Gericht mit ihrer Aussage zu einem anderen schlimmen Fall brauchte sie erst mal einen Augenblick mit Kaffee und dem Bild der Stadt, zu deren Dienst und Schutz sie angetreten war.

Vielleicht hätte sie ja Glück und einen ruhigen Abend ganz allein mit Roarke. Mit einem feinen Abendessen, etwas Wein, vielleicht noch einem Film und jeder Menge Sex. Wenn eine Mordermittlerin mit einem viel beschäftigten Geschäftsmann und gleichzeitig Multimilliardär zusammen war, blieb leider allzu selten Zeit für traute Zweisamkeit.

Auch wenn gemeinsame Zeit ihm zum Glück genauso wichtig war wie ihr.

Natürlich hatten sie gelegentlich auch elegante Auftritte, denn die waren eben Teil des Deals, den sie mit ihrer Hochzeit eingegangen war. Noch öfter aber half er ihr in dem heimischen Büro bei ihrem Job. Dann aßen sie zusammen Pizza und gingen gemeinsam der Arbeit nach. Er hatte eine kriminelle Ader, konnte aber denken wie ein Cop und war deshalb das beste Werkzeug, das ihr zur Verfügung stand.

Und weil er ihr auch bei der Lösung des letzten Falls geholfen hatte, hätten sie sich einen Abend ganz allein zuhause rechtschaffen verdient.

Sie stellte den Becher auf den Schreibtisch und warf ihren Mantel über den absichtlich alles andere als bequemen Besucherstuhl. Papierarbeit, erinnerte sie sich, und als sie sich die Haare raufen wollte, fasste sie in die Mütze mit der aufgestickten Glitzerflocke, die ihr immer etwas peinlich war. Sie zerrte sie von ihrem Kopf, warf sie auf den Mantel, fuhr sich mit den Fingern durch die kurzen, wirren braunen Haare und nahm seufzend hinter dem Schreibtisch Platz.

»Computer«, fing sie an, bevor das Klingeln des Schreibtischlinks sie unterbrach.
»Dallas.«
»*Hier Zentrale, Lieutenant Dallas.*«
Dieser Anruf hieß, dass sie den ruhigen Abend knicken könnte, mit einem neuerlichen leisen Seufzer schaltete sie den Computer wieder aus.

Sie stellte den Wagen in der zweiten Reihe ab und ging mit ihrer Partnerin den Rest des Wegs von der Sixth Avenue zu Fuß.
Eingehüllt in einen Schal mit Zickzackmuster in Purpur und Grün, stapfte Peabody mit unglücklicher Miene durch den dicken Schnee.
»Ich dachte, wenn wir heute bei Gericht sind, könnte ich problemlos meine Cowgirlstiefel tragen, aber für den Schnee hier draußen sind sie einfach nicht gemacht.«
»Wir haben Januar, und welcher Cop tritt während einer Mordverhandlung schon in pinkfarbenen Cowboystiefeln auf?«
»Reo hatte rote Schuhe an«, erinnerte die Partnerin sie an die Staatsanwältin, die in dem Verfahren aufgetreten war. »Rot ist auch nichts anderes als ein dunkles Pink.«
Eve fragte sich, warum in aller Welt sie über Schuhe sprachen, während sie auf dem Weg zum Schauplatz eines Dreifachmordes waren. »Vergessen Sie's.«
Inzwischen hatten sie die Absperrung erreicht. Sie wies sich aus und lief entschlossen weiter, ohne auf die Fragen der Reporter, die sich vor dem Gitter drängten, einzugehen.
Jemand hatte schnell genug gehandelt, um die Mit-

arbeiter der Medien so auf Distanz zu halten, dass die Eisbahn nicht zu sehen war. Es würde sicherlich nicht lange dauern, bis sie Wege fänden, sich den Tatort anzuschauen, aber es war gut, dass ihr und ihren Leuten wenigstens fürs Erste niemand bei der Arbeit in die Quere käme.

Abgesehen von dem guten Dutzend Leute von der Trachtengruppe und den circa fünfzig Zivilisten, die sie durch die Gegend laufen sah und deren laute, teilweise hysterisch schrille Stimmen nicht zu überhören waren.

»Ich hätte angenommen, dass wir noch mehr Zeugen hätten«, stellte Peabody verwundert fest.

Eve sah sich weiter in der Menge um. »Wahrscheinlich sind die meisten Leute, als es plötzlich Tote auf der Eisbahn gab, so schnell wie möglich abgehauen. Bestimmt war mindestens die Hälfte der Besucher weg, bevor auch nur der erste Streifenwagen kam.« Sie schüttelte den Kopf. »Die Journalisten brauchen gar nichts selbst zu filmen, denn sicher haben ihnen schon Dutzende von Leuten irgendwelche Handyaufnahmen geschickt.«

Das war nicht mehr zu ändern, wusste Eve und bahnte sich den Weg an der nächsten Absperrung vorbei.

Sobald sie auf die Eisbahn kam, löste ein Beamter sich von den Kollegen und kam auf sie zu. Er war seit über dreißig Jahren bei der Truppe, und sie wusste, dass die relative Ordnung, die am Tatort herrschte, seiner langen Erfahrung und der ruhigen Nüchternheit, mit der er seinen Dienst tat, zu verdanken war.

»Fericke«, grüßte sie.

Er hatte das Gesicht und die Statur von einer schwarzen Bulldogge, und seine Augen in der Farbe von Zartbitterschokolade hatten bereits alles, was ein Polizist mit so vielen Dienstjahren auf dem Buckel sehen konnte, gesehen.

Mit einem knappen Nicken meinte er: »Was für ein Durcheinander.«

»Sagen Sie mir, was passiert ist.«

»Der Anruf der Zentrale kam kurz vor halb vier. Ich bilde gerade einen Frischling aus. Wir waren auf Streife in der Sechsten, und als wir die Meldung hörten, sind wir zu Fuß hierhergegangen. Ich habe ihm gesagt, er soll die Gegend abriegeln und niemanden durchlassen. Aber, meine Güte, schließlich konnte er wohl kaum den ganzen gottverdammten Park absperren.«

»Dann waren Sie also als Erster hier vor Ort.«

Er nickte abermals. »Dann kamen die ersten Krankenwagen und Kollegen, aber als ich ankam, waren schon jede Menge Leute abgehauen. Die Security des Parks hat mir geholfen, die zurückzuhalten, die noch auf der Eisbahn waren. Es gab ein paar Leichtverletzte und ein vielleicht sechsjähriges Kind mit einem gebrochenen Bein. Die Zeugen haben natürlich jede Menge Mist erzählt, aber wie's aussieht, ist das erste Opfer durch die Luft geflogen und mit der Familie zusammengeprallt, wobei der Junge sich bei seinem Sturz das Bein gebrochen hat. Ich habe die Adresse der Familie und das Krankenhaus, in dem er jetzt behandelt wird.«

»Peabody.«

»Geben Sie mir die Daten, Officer.«

Er ratterte die Anschrift herunter, ohne dass er auch nur einen Blick in sein Notizbuch warf.

»Die Spurensicherung wird alles andere als glücklich sein, wenn sie den Tatort sieht. Die Leute rennen überall herum, selbst die Leichen haben sie bewegt. Der Tierarzt und der Arzt, die heute Nachmittag hier ihre Runden drehen wollten, haben versucht, die Opfer wiederzubeleben, und die Erstversorgung der Verletzten übernommen, bis die Krankenwagen kamen.« Er seufzte und fuhr fort: »Das erste Opfer kam durch einen Schuss in den Rücken um. Die junge Frau da vorn in Rot.« Er drehte seinen Kopf und wies mit seinem Doggenschädel in die Richtung, wo die Tote lag. »Bisher ist nicht ganz klar, welches das zweite Opfer war – der mit dem Bauchschuss oder der, dem direkt in die Stirn geschossen worden ist. Für mich sieht es nach einer Laserwaffe aus, aber von einigen der Zeugen werden Sie auf jeden Fall auch etwas von Männern und verdächtigen Gestalten auf dem Eis und jede Menge anderen Unsinn hören, und ich will Ihnen bestimmt nicht sagen, wie Sie Ihre Arbeit machen sollen.«

Tatsächlich war sie Lieutenant, weil sie wusste, wie sie ihre Arbeit machen sollte, und sie hatte im Verlauf der Zeit gelernt, sich auch den allergrößten Unsinn anzuhören und ihn dann erst als solchen abzutun.

»Okay. Sind dieser Arzt und Tierarzt noch da?«

»Na klar. Wir haben gesagt, dass sie in der Garderobe warten sollen, zusammen mit einem Paar, das angeblich zuerst bei einem der beiden toten Männer war. Und mit der Frau des anderen Toten, die behauptet, dass ihr Mann zuletzt getroffen worden ist. Was durchaus glaubhaft klingt.«

»Dann sprechen Sie mit diesen Leuten, Peabody, ich sehe mir währenddessen die Leichen an. Außerdem will ich die Aufnahmen der Überwachungskameras, und zwar so schnell es geht.«

»Die haben wir schon für Sie gesichert«, klärte Fericke sie auf. »Fragen Sie nach Spicher. Er macht die Security hier auf der Eisbahn und scheint kein Idiot zu sein.«

»In Ordnung.« Peabody lief los und wich dabei dem Schnee so gut wie möglich aus.

»Am besten holen Sie sich erst mal Spikes für Ihre Schuhe«, wandte sich der Officer an Eve. »Da drüben liegt ein Haufen von den Dingern rum. Es würde das Vertrauen in die Polizei nicht unbedingt vergrößern, wenn sich die Ermittlungsleiterin vor allen Leuten aufs Eis legt, meinen Sie nicht auch?«

»Halten Sie hier weiterhin die Stellung, Fericke.«

»Auf jeden Fall.«

Sie lief zum Rand der Eisbahn, schnallte ein paar Spikes unter die Sohlen ihrer Boots, zog das Versiegelungsspray hervor und sprühte sich damit die Stiefel und die Hände ein.

»Hallo! Haben Sie hier das Sagen? Oder wissen Sie, verdammt noch mal, wer sonst hier was zu sagen hat?«

Der Mann war um die vierzig, hatte ein gerötetes Gesicht und trug einen dicken weißen Strickpullover über einer engen schwarzen Jeans.

»Ich leite die Ermittlungen«, beschied sie ihm.

»Sie haben nicht das Recht, mich einfach festzuhalten, ich habe einen dringenden Termin.«

»Mister …«

»Granger«, gab er schlecht gelaunt zurück. »Wayne Granger, und ich kenne meine Rechte.«

»Mr. Granger, sehen Sie die drei Leute, die da auf der Eisbahn liegen?«

»Ja, natürlich.«

»Die haben im Augenblick mehr Rechte als Sie.«

Er rief ihr irgendetwas von Polizeistaat und von einer Klage hinterher, doch achtlos bahnte sie sich einen Weg über das Eis bis zu der toten Frau in Rot. Im Grunde war sie beinah noch ein Mädchen, denn sie konnte höchstens zwanzig sein.

Sie lag in einer roten Lache auf der Seite, und Eve sah die Blutflecke, die die anderen Schlittschuhläufer und die Sanitäter rund um ihre Leiche hinterlassen hatten.

Ihre blauen Augen wurden bereits glasig, und der Rücken ihrer linken Hand war in ihr eigenes Blut getaucht.

Als Eve sie sah, verschwendete sie keinen weiteren Gedanken an den aufgeblasenen Granger und an dessen ach so wichtigen Termin.

Sie hockte sich mit ihrem Untersuchungsbeutel vor die Tote, machte ihren Job und blickte auch nicht auf, als Peabody erschien.

»Das Opfer heißt Ellissa Wyman. Neunzehn Jahre alt, wohnhaft bei den Eltern und der jüngeren Schwester in der Upper West. Todeszeitpunkt 15.15 Uhr. Die Todesursache steht noch nicht fest, aber wie Fericke denke ich auch, dass es ein Schuss aus einer Laserwaffe war.«

»Das haben die beiden Ärzte auch gesagt. Der Tierarzt war bei der Armee, da hatte er es häufiger mit Laserschussverletzungen zu tun. Sie haben sie sich nur angesehen und wussten gleich, dass ihr nicht mehr zu helfen war. Einer hat danach versucht, den Bauchschuss zu versorgen, während sich der andere den Kopfschuss angesehen hat. Da sie den beiden Männern aber auch nicht helfen konnten, haben sie sich dann auf die Verletzten konzentriert.«

Mit einem Nicken stand Eve auf. »Haben Sie die Aufnahmen der Überwachungskameras?«

»Na klar.«

Eilig schob Eve eine der Disketten in den Schlitz ihres Handcomputers, rief den Augenblick des ersten Schusses auf und konzentrierte sich ganz auf die junge Frau in Rot.

»Sie ist echt gut«, bemerkte Peabody. »Ich meine, ihre Form. Sie baut anscheinend gerade Tempo auf und ...«

Bevor sie den Satz beenden konnte, flog Ellissa plötzlich durch die Luft und prallte unsanft gegen die Familie mit dem sechsjährigen Kind.

Eve spulte noch einmal kurz zurück, bevor sie den Blick über die Zuschauer und anderen Läufer gleiten ließ.

»Die Leute machen ihr freiwillig Platz, manche sehen ihr beim Laufen zu. Doch eine Waffe kann ich nirgends entdecken.«

Sie ließ die Aufnahmen weiterlaufen, bis das zweite Opfer mit weit aufgerissenen Augen auf der Eisfläche zusammenbrach.

Spulte erneut zurück, notierte sich die Zeit und spulte weiter vor.

»Weniger als sechs Sekunden zwischen beiden Schüssen.«

Die Leute fuhren dorthin, wo das erste Opfer neben der Familie lag. Auch die Security kam angestürzt.

Das Pärchen, das am Rand der Eisbahn stolpernd seine Kreise zog, blieb stehen, der Mann drehte sich um, dann traf ihn der Schuss.

»Etwas über sechs Sekunden bis zum dritten Schuss. Drei Schüsse innerhalb von zwölf Sekunden und drei Treffer – einmal in den Rücken, einmal in den Bauch und einmal in die Stirn. Das ist kein bloßes Glück. Keiner dieser Schüsse kam vom Rand der Eisbahn oder irgendwo dort aus der Nähe. Also gehen Sie zu Fericke und sagen ihm, dass abgesehen von den beiden Ärzten und der Ehefrau des dritten Opfers jeder, dessen Name, Kontaktdaten und Aussage er hat, jetzt gehen kann.«

Nach einer kleinen Pause ergänzte sie: »Nehmen Sie noch einmal persönlich die Aussagen der drei entgegen, dann fragen Sie die Frau, ob Sie jemanden bitten sollen, herzukommen und sie abzuholen. Die erste Leiche können sie jetzt mitnehmen, und wir brauchen noch die Aufnahmen der Kameras im Park.«

»Aus welchem Sektor?«

»Allen.«

Noch während Peabody die Kinnlade herunterklappte, überquerte Eve das Eis zu ihrer zweiten Leiche.

Als sie mit den drei Toten fertig war, ging sie in die Garderobe, wo die beiden Ärzte mit Kaffeebechern in den Händen auf einer der Bänke saßen, und gab der Beamtin, die sie dort im Auge behalten hatte, durch ein Nicken zu verstehen, dass sie entlassen war.

Sie nahm den beiden Männern gegenüber Platz und stellte sich kurz vor. »Ich bin Lieutenant Dallas. Sie haben Ihre Aussagen bei meiner Partnerin, Detective Peabody, gemacht.«

Die beiden nickten, und der Linke – Mitte dreißig, schlank und ordentlich rasiert – ergriff das Wort. »Wir konnten nichts mehr für die junge Frau und für die beiden Männer tun. Als wir sie erreichten, waren sie schon tot.«

»Doktor?«

»Lansing. Tut mir leid, ich hätte mich erst einmal vorstellen sollen. Am Anfang dachte ich, das Mädchen im roten Skinsuit wäre einfach unglücklich gestürzt. Aber der kleine Junge schrie so gellend, dass ich sofort wusste, dass mit ihm was nicht in Ordnung war. Als es passierte, war ich direkt hinter der Familie und dem Mädchen, deshalb wollte ich zuerst das Kind erreichen. Aber als ich an der jungen Frau vorbeikam, wurde mir bewusst, dass sie nicht nur bewusstlos ist. Dann schrie Matt auch schon, dass alle von der Eisfläche verschwinden sollen.«

»Matt.«

»Matt Brolin«, stellte sich der andere vor. »Ich habe den Zusammenprall gesehen. Habe gesehen, wie sie Schwung für ihren Sprung geholt hat und dann einfach durch die Luft geflogen ist. Ich wollte helfen, als ich den Mann umfallen sah. Ich hatte noch immer nicht begriffen, was geschah. Dann aber fiel der Dritte um, und plötzlich wusste ich Bescheid. Ich war beim Sanitätskorps der Armee. Das ist jetzt zwar schon sechsundzwanzig Jahre her, aber bestimmte Dinge, die man dort erlebt hat, haben sich einem unauslöschlich eingeprägt. Mir war plötzlich klar, wir wurden angegriffen, und ich wollte, dass die Leute, die noch auf dem Eis waren, in Deckung gehen.«

»Sie beide kennen sich.«

»Seit heute Nachmittag«, stimmte Brolin ihr zu. »Ich wusste, dass dem dritten Mann nicht mehr zu helfen war, versuchte aber, für den zweiten noch zu tun, was möglich war. Er war nicht sofort tot, Lieutenant. Er hat mich angesehen, auch den Blick kannte ich von der Zeit bei der Armee. Ich wusste, dass er es nicht schaffen würde, trotzdem musste ich versuchen, alles, was in meiner Macht stand, für den armen Kerl zu tun.«

»Er hat den Mann mit seinem eigenen Körper abgeschirmt«, fiel Lansing ihm ins Wort. »Die Leute sind in Panik ausgebrochen, und ich schwöre Ihnen, einige von ihnen wären einfach über diesen Mann hinweggefahren, aber Matt hat ihn mit seinem eigenen Körper abgeschirmt.«

»Jack hatte bereits mit dem kleinen Jungen und den Eltern alle Hände voll zu tun. Sie haben auch was abbekommen, stimmt's?«

»Sie hatten keine Zeit, um ihren Sturz zu dämpfen, deshalb hat der Vater des Kindes eine Gehirnerschütterung und seine Mutter ein verstauchtes Handgelenk. Aber sie werden wieder ganz in Ordnung kommen. Wie auch der Junge, obwohl sich der arme kleine Kerl das Bein gebrochen hat. Glücklicherweise hatte die Security ein Erste-Hilfe-Set dabei, ich konnte dem Kleinen etwas gegen seine Schmerzen geben, bis die Sanitäter zwei Minuten später kamen. Sie waren wirklich schnell. Dann bin ich losgerannt, um Matt zur Hand zu gehen. Wir mussten es auf jeden Fall versuchen, aber wie Matt schon gesagt hat, war dem Mann nicht mehr zu helfen.«

»Wir konnten nur noch Erste Hilfe bei den Leuten leisten, die vor Schreck gestürzt waren oder sich die Hände an den Schlittschuhkufen aufgeschnitten hatten«, fügte Matt hinzu und fuhr sich mit der Hand über den wirren grauen Bart. »Erst als sie uns hierher in die Garderobe schickten, bekam ich es mit der Angst zu tun. Bis dahin hatte ich mich ausschließlich auf meine Arbeit konzentriert.«

»Sie hatten also plötzlich Angst?«

»Natürlich. Davor, selber einen Treffer abzukriegen, denn bei Heckenschützen weiß man schließlich nie. Wer auch immer hier geschossen hat, ist wirklich gut. Die Schüsse kamen übrigens aus Osten.«

»Ach. Woher wissen Sie das so genau?«

»Aufgrund der Richtung, in die unser letztes Opfer lief, als es den Treffer abbekommen hat. Er lief nach Osten«, wiederholte Matt und sah Eve aus zusammengekniffenen Augen an. »Das wussten Sie bereits.«

»Ich habe mir die Aufnahmen der Überwachungskamera hier angesehen. Natürlich müssen wir die Schüsse noch genau rekonstruieren, aber ich denke auch, dass sie aus Osten kamen.«

»Seine Frau sitzt im Büro da vorn, zusammen mit Ihrer Partnerin. Ihre Eltern sind gekommen, um sie abzuholen.« Der Mann stieß einen abgrundtiefen Seufzer aus. »Genau das war der Grund, warum ich nach der Zeit bei der Armee Veterinär geworden bin. Weil es mit Hunden und mit Katzen einfach leichter als mit Menschen ist.«

»Aber auch bei den Menschen haben Sie Ihre Sache wirklich gut gemacht. Sie beide. Vielen Dank für das, was Sie hier heute Nachmittag geleistet haben. Für den Fall, dass wir Sie noch einmal sprechen müssen, haben wir uns Ihre Kontaktdaten notiert. Falls Sie mich noch einmal sprechen wollen, fragen Sie nach Lieutenant Dallas auf dem Hauptrevier.«

»Dann können wir jetzt gehen?«, vergewisserte sich Lansing.

»Ja.«

»Wie wäre es dann jetzt mit einem Bier?«

Mit einem schwachen Lächeln stellte Brolin fest: »Ich glaube nicht, dass es mit einem Bier getan sein wird.«

»Die erste Runde geht auf mich«, bot Lansing an. »Die

Leute kommen einfach zum Vergnügen in den Park. Sie wollen ihren Kindern eine Freude machen oder haben so wie dieses Mädchen selber ihren Spaß. Es war mir ein Vergnügen, ihr beim Schlittschuhlaufen zuzusehen. Und jetzt ...«

Kopfschüttelnd brach er ab. »Oh ja, die erste Runde geht auf jeden Fall auf mich.«

Die beiden Männer gingen, und ein Mann und eine Frau mit um den Hals gehängten Ausweisen der parkeigenen Security kamen herein.

»Lieutenant Dallas, ich bin Carly Deen von der Security der Eisbahn, und das hier ist mein Kollege Spicher. Können wir Ihnen irgendwie behilflich sein?«

»Wer ist der Chef Ihrer Security?«

»Das bin ich selbst«, erklärte Carly, die nicht einmal 1,60 Meter groß war und wahrscheinlich keine 45 Kilo wog. »Die Leute denken immer, Paul wäre der Boss, weil er die Muskeln hat.« Dem unterdrückten Lächeln nach, das sie bei den Worten auf den Lippen hatte, war das ein alter Scherz.

»Okay, die Eisbahn muss erst einmal bis auf Weiteres geschlossen bleiben.«

»Schon erledigt. Um all die Anrufe der Journalisten abzuwehren, läuft im Moment einfach der AB. Laut Ansage ist unsere Eisbahn einfach gerade zu. Einer von den Kerlen hat es irgendwie geschafft, meine private Nummer herauszufinden, aber ich hab's einfach klingeln lassen, ohne dranzugehen.«

»Machen Sie das bitte weiter so. Vor allem darf zunächst niemand mehr aufs Eis, bevor die SpuSi es nicht freigibt. Kannten Sie die Opfer?«

»Nur die junge Frau, Ellissa Wyman, weil sie während der Saison fast täglich kommt. Sie hat für irgendeinen Wettbewerb trainiert.« Carly hob die Hände in die Luft und ließ sie wieder fallen. »Sie war echt nett und immer freundlich, mitunter hat sie ihre kleine Schwester mitgebracht.«

»Ich kannte Mr. Michaelson«, erklärte Paul und fügte einschränkend hinzu: »Wenn auch nicht gut.«

Das zweite Opfer, dachte Eve. Brent Michaelson. Geschieden, eine Tochter, Arzt und dreiundsechzig Jahre alt.

»Von hier?«

»Er kam immer dienstagnachmittags. Er war kein guter Läufer wie Ellissa, aber trotzdem hat er jede Woche seine Runden auf dem Eis gedreht. Nachmittags kam er immer alleine, aber abends oder samstags hat er manchmal seine Enkelkinder mitgebracht. Den anderen Mann habe ich noch nie gesehen.«

Paul sah in Richtung des Büros.

»Den Ehemann der Frau, die noch da drüben sitzt«, erklärte Carly Eve. »Ihre Partnerin ist bei ihr und geht wirklich super mit ihr um. Können wir sonst noch etwas für Sie tun, Lieutenant?«

»Überlassen Sie uns bitte noch eine Weile Ihr Büro.«

»Natürlich. Kein Problem.«

»Bestimmt hat meine Partnerin Sie schon gefragt, aber ich werde diese Frage trotzdem noch einmal stellen. Ist einem von Ihnen beiden irgendjemand aufgefallen – entweder auf dem Eis oder vielleicht am Rand –, der sich besonders für Ellissa oder Brent zu interessieren schien?«

»Auf keinen Fall auf diese Art. Natürlich haben immer wieder einmal irgendwelche Leute zugesehen, wenn Ellissa auf dem Eis war, mitunter haben irgendwelche Jungs versucht, sie anzubaggern, aber nie auf eine aggressive oder übertriebene Art. Wir halten unsere Augen offen, aber echten Ärger gibt's hier kaum. Manchmal rempeln ein paar Rüpel andere beim Fahren an, oder es kommt versehentlich zu Zusammenstößen, aber mehr auch nicht.«

»Den meisten Ärger gibt es abends, obwohl sich auch der in Grenzen hält«, pflichtete Paul der Chefin achselzuckend bei. »Das eine oder andere Arschloch, das auf Streit aus ist, doch damit kommen wir zurecht. Verzeihen Sie das Arschloch«, fügte er hinzu.

»Wie soll man jemanden sonst nennen, der ein Arschloch ist?«, erkundigte sich Eve. »Wir melden uns bei Ihnen, wenn die Eisbahn wieder freigegeben wird. Und bevor Sie eine Meldung an die Presse geben, sprechen Sie sich vielleicht noch mit unserem Pressesprecher ab.«

»Das werden unsere Bosse machen, sicher halten sie sich, weil sie Angst vor irgendwelchen Klagen haben, sowieso zurück.«

»Wahrscheinlich«, stimmte Eve ihr zu und ging dann weiter ins Büro, in dem, flankiert von ihren Eltern, eine Frau von Anfang dreißig mit gesenktem Kopf auf einem Klappstuhl saß. Die beiden hatten jeder einen Arm um sie gelegt, Peabody saß in der Hocke vor ihr auf dem Boden und sprach leise auf sie ein.

Sie nahm die Hand der Frau, als Eve den Raum betrat, und meinte: »Jenny, dies ist Lieutenant Dallas.«

Unglücklich sah Jenny auf. »Wir haben den Film gesehen, und Alan fand ihn wirklich toll. Sie sehen genauso aus wie im Kino, das heißt wie die Frau, die Sie gespielt hat«, bemerkte sie und fügte dumpf hinzu: »Ich habe keine Ahnung, was ich machen soll.«

»Mein Beileid, Mrs. Markum. Ich weiß, Detective Peabody hat schon mit Ihnen gesprochen, aber vielleicht haben Sie ja noch ein paar Minuten Zeit für mich.«

»Im Grunde sind wir jämmerliche Schlittschuhläufer, aber es hat trotzdem Spaß gemacht. Wir haben viel gelacht. Wir waren den ganzen Tag zusammen, und wir wollten heute Abend ausgehen. Wir hatten heute unseren fünften Jahrestag.«

Mit Tränen in den Augen lehnte sie sich an die Schulter ihres Vaters.

»Die beiden hatten hier ihr erstes Date.« Der leichte irische Akzent, mit dem er sprach, klang haargenau wie der von Roarke und nahm Eve automatisch für ihn ein. »Ich bin Jennys Vater, Liam O'Dell. Und das ist ihre Mum, Kate Hollis«, stellte er sich selbst und Jennys Mutter vor.

»Es war meine Idee hierherzukommen«, ergriff die junge Frau jetzt wieder selbst das Wort. »Ich wollte alles ganz genauso machen wie bei unserem ersten Date. Ich hatte die Idee hierherzukommen, so wie vor fünf Jahren. Wir haben uns beide heute frei genommen und wollten so wie damals nach dem Schlittschuhlaufen Pizza essen. Dabei wollte ich ihm sagen, dass ich anders als bei unserem ersten Date bei Wasser bleiben würde, weil ich schwanger bin.«

»Oh. Oh, Baby.« Ihre Mutter zog sie an die Brust, und zitternd klammerte sich Jenny an ihr fest. »Mein Schatz.«

»Ich hätte es erst ihm verraten, und dann wollte ich es dir, Dad, Alans Mom und seinem Vater sagen. Aber heute hätten wir erst noch den ganzen Tag für uns gehabt.«

Wie Peabody ging jetzt auch Eve vor Jenny in die Hocke, damit sie mit ihr auf Augenhöhe war. »Wer wusste sonst noch, dass Sie heute Schlittschuh laufen wollten, Jenny?«

»Meine Freundin Sherry, vielleicht deren Partner Charlie, auch meiner Mutter habe ich davon erzählt. Im Grunde haben wir selbst erst vor zwei Tagen überlegt, dass wir das machen wollen. Ich habe Alan dazu überredet, weil ich ihm hier sagen wollte, dass ich schwanger bin.«

»Hatte Alan irgendwelche Feinde oder irgendwelchen Ärger?«

»Nein. Oh nein. Das hat mich auch Detective Peabody gefragt, aber da fällt mir wirklich niemand ein. Die Leute hatten Alan gern. Er ist Lehrer. Wir sind beide Lehrer, nebenher trainiert er noch eine Fußballmannschaft und hilft ehrenamtlich in einem Obdachlosenheim. Alle mögen Alan, warum auch hätte jemand ihm so etwas antun sollen? Warum?«

»Wir werden alles tun, um das herauszufinden«, sagte Eve ihr zu. »Wenn Sie etwas wissen wollen oder Ihnen noch was einfällt, können Sie uns immer anrufen.«

»Ich weiß nicht, was ich machen soll.«

»Du solltest jetzt mit deiner Mom nach Hause fahren.« Liam neigte seinen Kopf und küsste sie aufs Haar. »Am besten fährst du jetzt mit deiner Mutter heim.«

»Daddy ...«

»Keine Angst. Ich komme sofort nach.« Er blickte über ihren Kopf hinweg auf Kate, die unter Tränen nickte, und bat seine Tochter abermals: »Fahr du mit deiner Mutter heim, mein Schatz. Ich komme sofort nach.«

»Peabody.«

»Kommen Sie mit. Wir lassen Sie nach Hause bringen.«

Liam sah den Frauen hinterher und schüttelte den Kopf. »Wir sind geschieden, wissen Sie, Kate ist neu verheiratet. Ob acht oder neun Jahre, weiß ich gerade nicht genau, aber das ist im Grunde auch total egal, nicht wahr? Alan war ein anständiger Mann. Ein anständiger, grundsolider junger Mann, und er hat meine Jenny abgöttisch geliebt. Sie werden rausfinden, wer meinem Mädchen den Mann und dem Baby seinen Dad genommen hat, nicht wahr?«

»Wir werden alles tun, was möglich ist.«

»Ich habe Ihren Film gesehen und auch das Buch gelesen, über diesen Icove-Fall. Sie werden herausfinden, wer diesen anständigen jungen Mann getötet hat.«

Mit tränenfeuchten Augen lief er eilig aus dem Raum, und Eve blieb noch kurz stehen. Sie schüttelte die Trauer ab, die man in dem Raum mit Händen greifen konnte, und rief den besten Sondereinsatzgruppenleiter an, den sie kannte.

»Lowenbaum.«

»Was höre ich da für Gerüchte aus dem Central Park?«

»Es sind keine Gerüchte, und ich brauche jemanden des SEKs, der mich beraten kann.«

»Ich wollte gerade Feierabend machen, aber ich kann in einer halben Stunde da sein, wenn Ihnen das reicht.«

»Ich brauche Sie nicht bei der Eisbahn, wenigstens nicht jetzt sofort. Ich habe Aufnahmen der Überwachungskameras, die Sie sich einmal ansehen sollen. Von hier aus ist es nicht mehr weit zu mir nach Hause, also treffen wir uns besser dort.«

»In Ihrem Palast?«

»Sie können mich mal gernehaben.«

»Habe ich.« Er lachte unbekümmert auf, doch sofort wurde seine Miene wieder ernst. »Mit wie vielen Opfern haben wir's zu tun?«

»Mit drei. Und mir kommt es so vor, als hätten wir damit noch Glück gehabt.«

»Wenn etwas schlimmer kommen kann, tut's das normalerweise auch.«

»Deswegen brauche ich ja Ihren Rat. Ich denke nämlich auch, dass es schlimmer kommen kann. Ich muss jetzt noch die Hinterbliebenen informieren. Können Sie in einer Stunde bei mir sein?«

»Ja.«

»Ich danke Ihnen.« Sie legte auf und wandte sich an Peabody, als die von draußen hereinkam.

»Sie fahren bitte noch ins Krankenhaus und sprechen mit den Eltern des Kindes mit dem gebrochenen Bein. Falls man sie schon entlassen hat, fahren Sie dorthin, wo sie jetzt sind, und nehmen ihre Aussage auf. Währenddessen werde ich die Angehörigen der Opfer informieren.«

»Ich bin noch längst nicht mit den Aufnahmen durch. Der Park ist schließlich alles andere als klein.«

»Lassen Sie die Aufnahmen auf meinen Computer im Büro und auf den bei mir zuhause schicken, dann fangen wir mit den Sektoren östlich der Eisbahn an. Lassen Sie die Bilder auch auf Ihren Computer im Büro sowie bei sich zuhause schicken und sehen Sie sie sich zusammen mit Ian an. Wenn Ihnen irgendetwas auffällt, geben Sie sofort Bescheid. Falls dieser Anschlag aus dem Park heraus erfolgt ist, suchen wir nach einem Individuum, das mit einer großen Tasche oder einem Koffer durch die Gegend läuft.«

»Falls?«

Eve trat vor das Büro und sah sich in der leeren Garderobe um. »Ich wette, dass der Täter außerhalb des Parks gewesen ist. In einem Gebäude, dessen Fenster Richtung Westen gehen, angefangen in der Sechsten Richtung Osten, so weit, wie es Lowenbaum zufolge möglich ist.«

»Was hat denn Lowenbaum damit zu tun?«

»Er kommt zu mir nach Hause, um sich dort mit mir zusammen die Bilder der Eisbahn anzusehen. Ich will sie mir auf einem Gerät anschauen, das mir anders als die Kiste im Büro nicht ständig irgendwelchen Ärger macht.«

»Lowenbaum ist wirklich süß.«

Als Eve die Partnerin mit einem kalten Blick bedachte, hob die unschuldig die Schultern an. »Ich liebe nur McNab, aber ich bin nicht blind und sehe trotzdem noch, wenn andere Männer gut aussehen. Sie müssen ja wohl zugeben, dass er echt niedlich ist.«

»Niedlich ist ein Wort für Kinder und für kleine Hunde – wenn man Kinder oder kleine Hunde mag. Aber okay, er sieht nicht übel aus.«

»Da haben Sie recht. Dann mache ich ein bisschen Druck wegen der Aufnahmen und höre nach, ob die Familie mir irgendwas erzählen kann.« Mit einem Seufzer wickelte sich Peabody in ihren meterlangen Schal. »Ich frage mich, wie wir jemals mit all den Aussagen von all den Leuten durchkommen sollen.«

»Am besten übernehmen Sie die ersten zehn und ich den Rest. Lassen Sie uns hoffen, dass es neben dem Besuch der Eisbahn auch noch eine andere Verbindung zwischen unseren Opfern gibt, denn wenn der Täter sie rein willkürlich gewählt hat, macht es das noch schlimmer, als es ohnehin schon ist.«

Mit diesen Worten trat sie vor die Tür. Während sie den Blick über die Köpfe der Kollegen der Spurensicherung nach Osten lenkte, dachte sie erneut, dass es noch viel schlimmer kommen könnte, als es bisher war.

2

Schwer zu sagen, dachte Eve auf dem Weg nach Hause, ob es schlimmer war, wenn man persönlich oder telefonisch mit den Hinterbliebenen eines Opfers sprach. Sie hatte gerade die Familie von Ellissa Wyman aufgesucht und dann am Telefon die Tochter von Brent Michaelson gesprochen, die für ihre Firma erst am Vormittag nach Philadelphia geflogen war, mit beiden Gesprächen hatte sie das Leben dieser Menschen ein für alle Mal aus dem Gleichgewicht gebracht. Der Tod veränderte das Leben von Familien, und ein Mord versetzte ihnen immer einen ganz besonderen Schlag.

Trotzdem musste sie es schaffen, durch die Trauer zu den Menschen durchzudringen, denn sonst konnten sie sich nicht auf ihre Fragen konzentrieren.

Keine Feinde, Drohungen, Probleme. Kein verbitterter Expartner und kein großer Haufen Geld, der vielleicht den Besitzer hätte wechseln sollen. Bisher stellten die drei Opfer sich ihr wie gesetzestreue Durchschnittsmenschen dar, die einfach nur zur falschen Zeit am falschen Ort gewesen waren.

Aber warum gerade diese drei, von denen eine täglich und ein anderer regelmäßig jeden Dienstag auf der Eisbahn unterwegs gewesen war? Warum hatte der Täter unter so vielen Menschen gerade diese drei gewählt?

Es gab für alles einen Grund, rief sie sich in Erinnerung. Auch wenn der vielleicht völlig irre war.

Sie dachte über mögliche Motive nach, während sie in die Einfahrt ihres Grundstücks bog und den gewundenen Weg in Richtung ihres Hauses nahm. Plötzlich fiel ihr wieder Lowenbaums Bemerkung ein.

Er wollte wissen, ob er sie in ihrem *Palast* besuchen sollte. Das war doch wohl nicht sein Ernst. Oder sahen das auch andere Kollegen so?

Vielleicht sah ihr Zuhause mit den hohen Steinmauern im Licht der ersten hellen Wintersterne, seinen Türmen und Zinnen, der schneebedeckten Rasenfläche und den eisverzierten Bäumen ein bisschen aus wie eine Burg aus einer anderen Zeit oder womöglich gar aus einer anderen Welt.

Das war aber nicht ihre Schuld, denn schließlich hatte Roarke sich mit dem Haus den Traum von einer ganz privaten Festung mitten in New York erfüllt. Genau wie die Kollegen hatte dieses Anwesen auch sie zu Anfang sehr beeindruckt und zugleich verschreckt, inzwischen war es aber einfach ihr Zuhause.

In dem heimelige Feuer in den zahlreichen Kaminen brannten, in dem ihr der Mann, den sie von ganzem Herzen liebte, nur mit Blicken zu verstehen gab, wie wichtig sie ihm war, und in dem ihr ein fetter Kater schnurrend um die Beine strich, sobald sie durch die Haustür trat.

Und wo ihr vom Butler ihres Mannes wie von einem leichenfressenden Dämon aufgelauert wurde, wenn sie von der Arbeit kam.

Als würde er erwarten, dass sie eine Spur aus Schlamm und Blut auf den bis dahin jungfräulichen Marmorfliesen in der Eingangshalle hinterließ. Okay, das hatte sie bereits des Öfteren getan, doch heute nicht.

Sie kontrollierte trotzdem vorsichtshalber ihre Stiefel, als sie aus dem Wagen stieg, denn schließlich fehlte ihr die Zeit für einen lächerlichen Streit.

Dann trat sie durch die Tür, und wie nicht anders zu erwarten, traf sie auf die knochige Gestalt von Summerset, die wie gewohnt im schwarzen Anzug und mit ausdrucksloser Miene, ihren dicken Kater neben sich, am Fuß der Treppe stand.

Bevor er jedoch die Gelegenheit bekam, ihr die Beleidigung des Tages an den Kopf zu werfen, meinte sie: »Ersparen Sie mir einen Kommentar. Gleich kommt noch ein Kollege. Lowenbaum. Sobald er da ist, schicken Sie ihn zu mir rauf.«

»Wird Ihr Gast zum Abendessen bleiben?«, fragte er mit seidig weicher Stimme, die für sie noch schlimmer als die übliche Beschimpfung war, und brachte sie auf diese Weise aus dem Gleichgewicht.

Verdammt, sie wusste nicht, wie spät es war, doch die Befriedigung, auf ihre Uhr zu sehen, gönnte sie ihm nicht.

»Er ist kein Gast, sondern ein Cop, und er kommt zum Arbeiten.«

Um selber auch noch einen Punkt zu machen, trat sie an den Treppenpfosten, zog den Mantel aus und ließ ihn achtlos über das Geländer fallen.

»Natürlich.«

Ohne weiter auf ihn zu achten, stapfte sie gefolgt von ihrem Kater in den ersten Stock, ging auf direktem Weg in ihr Büro und blieb verwundert stehen, als sie Roarke am Schreibtisch lehnen sah.

Bei seinem Anblick stockte ihr wie jedes Mal der Atem, und ihr Herz schlug einen wilden Purzelbaum. Sollte das nicht langsam aufhören? Schließlich hätten sie im Sommer bereits ihren dritten Hochzeitstag. War das in allen Ehen so?

Wahrscheinlich nicht, doch schließlich hatten auch nicht alle Frauen einen Ehemann wie Roarke.

Mit einem geradezu absurd schönen Gesicht, den wilden blauen Augen eines alten Keltengottes und den Lippen eines Dichters, schulterlangem schwarzem, jetzt zum Arbeiten zurückgebundenem Haar, das tatsächlich noch weicher als die Stimme seines Butlers war, und einem schlanken, hochgewachsenen Körper, dem ein Anzug und ein Schlips genauso standen wie das schwarze Hemd mit hochgerollten Ärmeln und die schwarzen Jeans, in denen er jetzt vor ihr stand.

Dann war er also schon seit einer ganzen Weile hier und bei der Arbeit, dachte sie.

Oh ja, bei seinem Anblick setzte ihr Herzschlag kurzfristig aus. Doch als sich ihre Blicke trafen, schlug ihr Herz vor Freude einen Salto, weil die Liebe, die er ihr entgegenbrachte, nicht zu übersehen war.

»Du kommst gerade rechtzeitig«, erklärte er mit seinem melodiösen irischen Akzent.

»Wofür?«

Er streckte wortlos eine seiner Hände nach ihr aus, und als sie vor ihn trat, zog er sie erst einmal an seine Brust und glitt mit den Händen über ihren Rücken und mit den Lippen über ihren Mund.

Zuhause, dachte sie noch einmal, und die letzten Stunden fielen einfach von ihr ab. Mit einem leisen Seufzer schlang sie ihm die Arme um den Hals und lehnte ihren Kopf an seine Schulter, weil sie wusste, dass sie bei ihm Halt fand, ohne dass sie dadurch ihre Eigenständigkeit verlor.

»Du hast einen neuen Fall hereinbekommen, stimmt's? Die Morde auf der Schlittschuhbahn, nicht wahr? Sobald ich davon hörte, habe ich an dich gedacht.«

Sie nickte knapp. »Ich habe gerade erst die Eltern und die kleine Schwester unseres ersten Opfers informiert und dadurch auch das Leben dieser Menschen ein für alle Mal aus dem Gleichgewicht gebracht.«

»Das ist mit Abstand der brutalste Teil eines auch sonst brutalen Jobs. Es tut mir leid.«

»Mir auch.«

Behutsam schob er ihren Kopf zurück und strich mit den Lippen über ihre Stirn. »Erzähl mir von dem Fall. Vielleicht bei einem Gläschen Wein. Ich weiß, dass du nachher noch literweise Kaffee trinken wirst, aber jetzt brauchst du erst mal einen kurzen Augenblick, damit du wieder runterkommst.«

»Dafür fehlt mir die Zeit, denn Lowenbaum ist auf dem Weg hierher. Er soll sich ein paar Bilder mit mir ansehen, ich brauche seinen Rat. Er ist beim SEK.«

»Ich weiß. Ich kenne ihn vom letzten Jahr, vom Fall des roten Pferds. Warum brauchst du jetzt gerade Lowenbaum?«

»Der Täter hat mit einem Lasergewehr auf die Leute auf dem Eis gezielt. Drei Schuss, drei Treffer, alle tödlich. Ich glaube, dass der Kerl von außerhalb des Central Parks geschossen hat.«

»Von außerhalb? Verstehe.«

Das tat er tatsächlich, deshalb konnte sie sich die ausführliche Erklärung ihrer Theorie ersparen.

»Vielleicht ging es ja nur um einen von den dreien, und die beiden anderen hat er erschossen, um uns zu verwirren. Vielleicht gibt's irgendetwas, was alle drei verbindet, doch ...« Sie schüttelte den Kopf. »Am besten fange ich sofort mit meinen Notizen und mit meiner Tafel an.«

»Dabei kann ich dir helfen.«

»Danke, ja. Vielleicht kannst du ...« Sie drehte ihren Kopf, und wieder stockte ihr der Atem. Diesmal allerdings auf eine alles andere als gute Art.

Das ganz in Pink und Violett gehaltene Zimmer auf dem Wandbildschirm hätte sie sich wahrscheinlich nicht einmal in ihren schlimmsten Träumen ausgemalt.

Pinkfarbene Wände, dazu noch mit violetten Schnörkeln, rahmten einen Raum mit einem S-förmigen Sofa, diesmal Violett mit pinkfarbenen Schnörkeln, voller Rüschenkissen in verschiedenen grellen Farben und mit Mustern, deren Anblick einen schwindlig werden ließ.

Dem Sofa gegenüber stand ein wieder pinkfarbener, grün getupfter Sessel, dessen Rückenlehne wie die eines Throns mit bunt schillernden Pfauenfedern verunziert worden war.

Unterhalb des abermals von Federn eingerahmten Fensters flankierten zwei pinkfarbene, violett getupfte Stühle ein giftgrün lackiertes Tischchen, auf dem eine riesengroße violette Vase voll fremdartiger Blumen stand.

Sie rang nach Luft, als sie den U-förmigen, bonbonrosanen, violett gerahmten Schreibtisch sah.

»Das kann ja wohl nicht sein.«

»Charmaine hat sich mit diesem Vorschlag einen kleinen Scherz erlaubt«, erklärte Roarke und legte Eve die Hände ans Gesicht. »Wir hätten uns darüber sicher ziemlich amüsiert, wenn du nicht in Gedanken bei den Morden wärst.«

»Ein Scherz.«

»Sie dachte, das ist das genaue Gegenteil dessen, wie du dein Arbeitszimmer haben willst.«

»Das Gegenteil.«

»Das Gegenteil. Sie hat mir dieses Bild zusammen mit den drei anderen geschickt, weil sie die Hoffnung hatte, dass du nach dem Schock womöglich eher mit einem von den anderen Entwürfen einverstanden wärst.« Lächelnd legte er den Finger auf die winzige Vertiefung in der Mitte ihres Kinns. »Lass uns noch kurz die anderen Entwürfe durchgehen, um zu sehen, ob sie recht hat. Es geht auch ganz schnell. Dann brauchst du keine Angst zu haben, dass ich dich zu etwas überreden möchte, was du hassen wirst.«

»Zu einem solchen Arbeitszimmer könntest du mich nicht mal überreden, wenn du mit gezückter Waffe vor mir stehen würdest«, antwortete Eve. »Aber ich weiß nicht, ob ...«

»Computer, Entwurf eins auf Bildschirm eins. Wie ich schon bei unserem Gespräch über die Renovierung deines Arbeitszimmers sagte, wird hier nichts passieren, was du nicht willst.«

Sie wollte etwas einwenden, aber dann sah sie das Bild. Die ruhigen Farben, schlichten Linien und das hochmoderne, riesige Kommandozentrum in der Mitte sprachen sie tatsächlich an.

»Nicht eine Spur von Pink und keine Rüschen oder Federn irgendwo«, bemerkte Roarke. »Computer, Entwurf zwei auf Bildschirm eins.«

Die Farben waren kräftiger, statt leuchtend aber einfach satt, und es gab ein paar Rundungen und eine ziemlich elegante Couch, die aber alles andere als peinlich waren.

»Computer, Entwurf drei.«

Das Bild war eine gute Mischung aus den anderen beiden, weil die Farben zwar gedämpft, die Möbel dafür aber etwas schicker waren.

»Besser?«

»Alles wäre besser als das grauenhafte erste Bild.«

»Am besten siehst du dir die Bilder noch einmal in Ruhe an, wenn du nicht ganz so viel im Kopf hast.«

»Meinetwegen. Und jetzt schalt den Bildschirm bitte aus. Ich höre jemanden im Flur. Das ist wahrscheinlich Lowenbaum.«

Es wäre seiner Polizistin furchtbar peinlich, das wusste Roarke, wenn ein Kollege etwas davon mitbekäme, dass sie über Inneneinrichtung sprach. Sie ging bereits zur Tür, und lächelnd schloss er die Datei, in der die Bilder seiner Innenarchitektin abgespeichert waren.

»Lieutenant Lowenbaum«, meldete Summerset und wandte sich zum Gehen.

Mit einem breiten Grinsen auf den Lippen trat der SEKler durch die Tür. Er sah tatsächlich gut aus, wenn auch nicht so gut wie Roarke.

»Aber hallo«, meinte er, und seine ruhigen grauen Augen nahmen alle Einzelheiten ihres Arbeitszimmers in sich auf. »Verlaufen Sie sich nicht manchmal in Ihrem Haus?«

»Das kommt durchaus vor.«

»Das glaube ich. Hi, Roarke.«

»Lowenbaum.«

»Ich bin selber gerade erst zuhause angekommen«, meinte Eve. »Das heißt, dass noch nichts vorbereitet ist.«

»Ich habe es nicht eilig. Na, wer bist du denn?« Noch immer lächelnd, ging er in die Hocke und kraulte den Kater, der an seinen Beinen schnupperte, zwischen den Ohren.

»Das ist Galahad.«

»Oh, ja, genau. Die Geschichte habe ich gehört. Der Kater hat dem Arsch ein Bein gestellt und Sie gerettet, nachdem Sie bereits getroffen worden waren.«

»Sie kennen die Geschichte?«

»Wenn Sie einen amtierenden Senator festnehmen, spricht sich das eben herum. Er hat ein blaues und ein braunes Auge. Cool.«

»Er ist ein wirklich guter Kater«, meinte Eve, während das Tier sich schnurrend weiterkraulen ließ.

»Ich selbst bin eher ein Hundemensch, aber Sie haben recht, für einen Kater ist er wirklich cool.« Noch immer lächelnd richtete sich der Kollege wieder auf. »Also.«

»Wie wäre es mit einem Bier oder einem Glas Wein?«

Eve runzelte die Stirn angesichts des Angebots von ihrem Ehemann. »Wir müssen arbeiten.«

»Würde ein Bier Sie daran hindern, Lowenbaum?«

Der andere grinste, und in seinen Wangen tauchten zwei verführerische Grübchen auf. »Im Gegenteil. Ein Bier wäre nicht schlecht.«

»Wir haben gerade ein besonderes Craft-Bier reinbekommen. Deputy Banner hat erzählt, seine Familie würde selber brauen, und versprochen, dass er mir etwas davon zum Probieren schickt«, wandte sich Roarke an Eve.

»Der Cop aus Arkansas«, erklärte diese Lowenbaum. »Er hat uns geholfen, dieses mörderische Pärchen zu erwischen.«

»Auch davon habe ich bereits gehört. Also werde ich das Bier probieren und sehen, ob ich Ihnen helfen kann.«

»Einen Augenblick.« Eve trat an den Schreibtisch, während Roarke hinüber in die kleine Küche lief. »Das sind die Aufnahmen der Überwachungskameras der Schlittschuhbahn. Peabody besorgt auch noch die der anderen Kameras im Park, aber auf diesen Bildern kann man alle Treffer sehen.«

Sie rief die Bilder auf und zeigte auf den Wandbildschirm. »Sehen Sie die junge Frau in Rot?«

»Na klar, denn sie kann wirklich Schlittschuh laufen, und dazu sieht sie auch noch fantastisch aus.«

»Konnte und sah«, verbesserte Eve ihn.

Er nickte, als das Mädchen plötzlich durch die Gegend flog, verfolgte dann mit ausdruckslosem Blick den zweiten und den dritten Treffer und bat Eve: »Lassen Sie die Sequenz noch einmal verlangsamt laufen.«

Roarke kam mit drei Bierflaschen zurück, blieb stehen und sah sich die Bilder ebenfalls an.

»Okay, jetzt vergrößern Sie den dritten Treffer, gehen ein Stück zurück und lassen dann die Aufnahmen langsam weiterlaufen.«

Eve kam der Bitte nach und runzelte die Stirn, als sie ein unmerkliches Blitzen sah.

»Der Schütze hat von Osten auf die Leute auf der

Schlittschuhbahn gezielt. Da er jedes Mal getroffen hat, bedeutet das, dass er ein Profi ist. Mit Glück haben diese Treffer nichts zu tun. Die Schüsse kamen von Osten und von oben.«

»Oben?«

»Wenn Sie mir nicht glauben, warten Sie auf den Bericht des Pathologen, denn der wird dasselbe sagen. Danke«, sagte er zu Roarke und nahm ihm eine der drei Flaschen ab. »Es würde mich sehr überraschen, wenn die Bilder aus dem Park etwas zeigen würden, was uns weiterhilft. Selbst in New York dürfte es schwierig sein, vollkommen unbemerkt mit einer Waffe in der Hand auf einen Baum zu klettern, außerdem saß der Schütze sicher höher als auf einem Baum. Spulen Sie noch einmal zurück und lassen Sie mich noch einmal alles sehen.«

»Ich hatte das Gefühl, als hätte ich beim letzten Treffer einen kleinen roten Blitz gesehen.«

»Das war bestimmt der Laserstrahl. Entschuldigung«, mischte sich Roarke in die Unterhaltung ein.

»Oh nein, Sie haben recht.« Mit einem zustimmenden Nicken wandte Lowenbaum sich abermals dem Bildschirm zu. »Bei einem Schuss mit einem Laser gibt es einen Strahl, auch wenn man den nur für den Bruchteil eines Augenblickes sieht. Bringen Sie die Bilder ins Labor und lassen Sie sie aufbereiten, damit Sie es besser sehen, aber da ...«

Eve hielt die Aufnahme noch einmal an. »Oh ja, ich sehe es. Und ja, Sie haben recht. Die Schüsse kommen aus Osten und von oben.«

»Vielleicht ist das Arschloch ja tatsächlich auf den höchsten Baum im Central Park geklettert und hat dann mit einem Lasergewehr auf die Leute auf der Eisfläche gezielt.«

»Was hat so ein Gewehr für eine Reichweite?«

»Das kommt natürlich auf die Waffe und vor allem auf den Schützen an, aber wenn er wirklich gut ist und das passende Gewehr benutzt? Anderthalb, zwei Meilen, vielleicht mehr.«

»So eine Waffe gibt es nur beim Militär oder der Polizei. Die kriegt man nicht im Supermarkt. Vielleicht bei einem Waffenhändler oder auf dem Schwarzmarkt, aber dafür legt man dann auf alle Fälle ein Vermögen hin.«

»Locker zwanzig Riesen«, stimmte Lowenbaum ihr zu. »Selbst ein lizenzierter Sammler dürfte Schwierigkeiten haben, auf legalem Weg an so ein Ding heranzukommen.«

»Schwierig, aber machbar.«

»Also hast du eine solche Waffe«, stellte Eve an Roarke gewandt fest.

»Tatsächlich nicht nur eine, sondern drei«, räumte er unumwunden ein. »Eine Stealth-LZR ...«

»Sie haben eine LZR?«, hakte der SEKler enthusiastisch nach. »Das erste tragbare Lasermaschinengewehr. Wurde zwischen 2021 und '23 hergestellt. Schwer und unhandlich, aber ein guter Schütze träfe mit dem Ding auf eine Meile Abstand ohne Mühe eine Centmünze.«

»Sie sind inzwischen deutlich leichter und viel besser zu bedienen«, meinte Roarke. »Außerdem habe ich noch eine Tactical-XT, wie Sie und Ihre Leute sie benutzen, und eine Peregrine-XLR.«

»Ach, hören Sie doch auf. Sie haben eine Peregrine?«

Roarke nickte knapp.

»Mit diesen Dingern trifft man auf fünf Meilen, als

wirklich guter Schütze sogar noch auf sechs. Sie wurden letztes Jahr erst für die militärische Verwendung freigegeben. Woher haben Sie ...« Lowenbaum brach ab und trank den ersten Schluck von seinem Bier. »Am besten frage ich nicht weiter nach.«

»Der Kauf war vollkommen legal. Es war nicht einfach, aber ich verfüge über sämtliche Papiere, die belegen, dass es bei dem Kauf mit rechten Dingen zugegangen ist«, versicherte ihm Roarke.

»Oh, Mann, ich würde diese Waffe wirklich gerne einmal sehen.«

»Kein Problem.«

»Ist das Ihr Ernst?«

»Wie groß ist eurer Meinung nach die Wahrscheinlichkeit, dass unser Schütze eine solche Waffe hat?«, versuchte Eve zum eigentlichen Thema des Gesprächs zurückzukehren.

»Wenn er so eine Waffe hätte, hätte er von Queens aus schießen können und die Leute immer noch erwischt. Ich würde mir das Ding echt gern mal ansehen.«

»Sie wollen doch nur spielen, aber meinetwegen.«

»Warum nehmen wir nicht den Fahrstuhl?«, schlug Roarke vor.

»Sie sollten sich die Waffe auch ansehen, damit Sie ein Gefühl dafür bekommen«, sagte Lowenbaum zu Eve.

»Ich kenne Ihre Waffe, Lowenbaum, und habe selbst schon ein-, zweimal ein solches Ding benutzt.«

»Ich gehe eher davon aus, dass Ihr Schütze so ein Ding wie das, was wir gleich sehen werden, benutzt. Zumindest eins mit einer solchen Reichweite.« Der SEKler stieg zusammen mit den beiden anderen in den Lift. »Drei solche Schüsse innerhalb von einer solchen Zeitspanne? Sie haben es auf jeden Fall mit jemandem zu tun, der im Besitz von einer solchen Laserwaffe und vor allem daran ausgebildet worden ist.«

»Dann ist er also entweder beim Militär oder bei unserer Truppe oder war es irgendwann einmal. Zusätzlich gehe ich auch noch die Sammler solcher Waffen durch.«

Eve schob die Hände in die Hosentaschen, als sie vor die dicke Tür der Waffenkammer ihres Mannes trat.

Roarke legte seine Rechte auf das Handlesegerät, und als die Türen aufschwangen, entfuhr dem Besucher ein Geräusch, als sähe er dahinter eine nackte Frau.

Was Eve ihm nicht verdenken konnte, weil Roarkes Sammlung aus verschiedenen Waffen vom Mittelalter bis in die moderne Zeit bestand. Breitschwerter, Stunner, dünne Silberdegen, Kampfmesser, Musketen und Revolver, Sprengstoffe, Maschinengewehre und -pistolen.

In den gläsernen Vitrinen wurden todbringende Waffen aus Jahrhunderten zur Schau gestellt.

Sie ließ Lowenbaum ein paar Minuten Zeit, um durch den Raum zu wandern und sich alles anzusehen.

»Sie und Roarke können mit allen diesen Sachen später aufeinander schießen, einhauen oder -stechen, aber erst mal ...«

Roarke deaktivierte die verschiedenen Schlösser der Vitrine mit den Laserwaffen, öffnete die Tür und nahm die Peregrine aus ihrem Fach.

Eve hatte diese Waffe nie zuvor gesehen. Und merkte, dass sie selbst sie gerne einmal ausprobieren wollte. Doch schweigend sah sie zu, wie Roarke sie ihrem Kollegen reichte, der sie ehrfürchtig entgegennahm.

»Ist sie geladen?«

»Nein. Das wäre ... gegen das Gesetz«, klärte Roarke ihn mit einem Lächeln auf.

Die Waffe war schwarz wie der Tod und schlank wie ein Reptil, lachend legte Lowenbaum sie auf der rechten Schulter auf. »Sie ist erstaunlich leicht. Unsere Waffen wiegen an die zweieinhalb Kilo, mit Zielfernrohr und zweiter Batterie kommt locker noch ein halbes Kilo drauf. Wie schwer ist dieses Ding? Ein Kilo, anderthalb?«

»Knapp anderthalb. Man sucht sein Ziel entweder über GPS oder mit Infrarot.« Jetzt nahm Roarke noch einen Handcomputer aus dem Schrank. »Das Ding ortet ein Ziel in einem Umkreis von gut fünfzehn Meilen. Die Batterie hält zweiundsiebzig Stunden, auch wenn sie sich nach zwei Tagen aufheizt, wenn sie zwischendurch nicht ausgeschaltet wird. Doch dafür lädt sie sich in weniger als zwei Minuten wieder auf.«

Der SEKler ließ die Waffe wieder sinken und sah sie sich eingehend von allen Seiten an. »Haben Sie die Waffe schon mal ausprobiert?«

»Na klar. Der Rückstoß ist beträchtlich, aber mir wurde gesagt, sie würden daran arbeiten.«

»Haben Sie was getroffen?«

»Auf dem Simulator. Aber da war dann nach einer guten Meile Schluss.«

Mit offensichtlichem Bedauern gab Lowenbaum ihm die Peregrine zurück. »Das Ding ist eine echte Schönheit, aber unser Täter hat wahrscheinlich eher etwas in dieser Art benutzt«, erklärte er und wies auf eine von den klobigeren Waffen in dem Schrank. »Die nimmt man auch beim Militär und bei der Polizei. Die Waffen haben sich in den letzten fünf, sechs Jahren kaum verändert, ich halte es für sehr wahrscheinlich, dass die Waffe ihm privat gehört, weil man ein solches Ding anders als die normale Dienstwaffe nicht einfach abends mit nach Hause nimmt. Lasergewehre werden immer nur für einen ganz bestimmten Einsatz ausgegeben und dann sofort wieder einkassiert. Wenn er innerhalb so kurzer Zeit dreimal getroffen hat, hat er wahrscheinlich ein Stativ benutzt. Die Zielpersonen haben sich bewegt, und diese junge Frau war wirklich schnell. Auf eine Meile Abstand braucht der Strahl gut zwei Sekunden, bis er sie erwischt. Natürlich kommt es dabei auch noch auf die Windgeschwindigkeit und -richtung an, aber viel mehr oder viel weniger ist es ganz sicher nicht.«

»Das musste er in die Berechnungen mit einbeziehen. Die Windgeschwindigkeit und -richtung, die Distanz und dazu noch das Tempo, in dem sich die Zielperson bewegt.« Eve nickte zustimmend. Der Schütze hatte seine Zielpersonen vorher also eingehend studiert, damit er wusste, wie schnell diese Menschen auf der Eisbahn unterwegs waren. »Ich habe außerhalb des Trainings niemals ein Stativ benutzt. Wie schwer und groß ist so ein Teil?«

»Vielleicht ein Kilo, und man kann es so zusammenschieben, dass es mühelos in eine Aktentasche passt.«

»Das Gewehr kann man wahrscheinlich auseinandernehmen.«

»Ja, natürlich«, meinte Löwenbaum und wandte sich an Roarke. »Ich kann es Ihnen zeigen.«

Roarke nahm die gewünschte Waffe aus dem Schrank und drückte sie ihm in die Hand.

Der SEKler vergewisserte sich, dass sie nicht geladen

war, und entspannte noch zusätzlich den Hahn. »Sicherheit geht vor«, erklärte er, bevor er einen kleinen Hebel drückte und in weniger als zehn Sekunden Lauf, Magazin und Zielfernrohr in drei kompakten Teilen in den Händen hielt.

»Die Einzelteile würden ebenfalls in eine Aktentasche passen«, meinte Eve.

»Genau. Wobei man, wenn man auch nur einen Hauch Respekt vor seiner Waffe hat, einen besonderen Kasten mit getrennten Fächern für die Einzelkomponenten hat.«

»Mit dem man aber nicht durch die Kontrollen in Gebäuden der Regierung, in Museen oder sonst wohin kommt.«

»Auf keinen Fall«, pflichtete Lowenbaum ihr bei.

»Okay, dann war er also eher in einem Hotel oder einem Apartmenthaus.«

Während Lowenbaum die Waffe wieder ordentlich zusammensetzte, lief sie auf und ab und dachte nach.

»Wer schafft es im Labor am ehesten, die Schüsse zu rekonstruieren?«

»Ich nehme an, der Sturschädel.«

»Oh, nein. Jemand anderen gibt es nicht?«, hakte sie nach, denn schließlich hatten sie den Leiter des Labors aus gutem Grund mit diesem Spitznamen belegt.

»Ich fürchte nein. Wenn Sie ihm etwas Druck machen, bin ich bereit, mit ihm zusammenzuarbeiten.«

»Das ist echt nett von Ihnen. Danke.«

»Nichts zu danken, denn aus meiner Sicht haben Sie es hier mit einem SKGA zu tun.«

»Mit einem SKGA?«, erkundigte sich Roarke.

»Mit einem Serienkiller, der auf großen Abstand tötet«, klärte Eve ihn auf.

»Cops«, murmelte er. »Wer käme sonst auf eine solche Abkürzung?«

»Die wir nicht brauchten, wenn die Menschen nicht so krank wären, wie sie nun mal leider sind. Wen kennen Sie, der diese Treffer hätte landen können?«, wandte Eve sich abermals an Lowenbaum.

Er blies die Backen auf. »Mich selbst, außerdem noch den einen oder anderen aus meinem Team. Und ja, ich weiß, dass Sie uns überprüfen müssen, aber ich weiß auch ganz sicher, dass keiner meiner Jungs für eine solche Tat in Frage kommt. Daneben kenne ich noch ein paar andere Leute, ich werde Ihnen eine gottverdammte Liste machen, auch wenn es ganz sicher jemand anderes war.«

»Trotzdem würden mir die Namen helfen.«

»Vielleicht ist der Täter auch ein Profikiller, Dallas. Eine solche Liste könnten Sie genauso gut zusammenkriegen wie ich selbst.«

»Die werde ich auf jeden Fall zusammenstellen. Aber wer zum Teufel würde einen Profikiller engagieren, um eine harmlose Studentin, die im Nebenjob Barista war, einen Gynäkologen und einen Geschichtslehrer, der nebenher in einem Obdachlosenheim geholfen hat, aus dem Verkehr zu ziehen?«

»Es gibt eben jede Menge kranker Leute«, rief ihr Lowenbaum mit Grabesstimme in Erinnerung.

»Da haben Sie recht.«

»Sie sind die Mordermittlerin. Sie machen Ihren Job, und ich versuche herauszufinden, was es mit der Waffe und dem Schützen auf sich hat. Drei solche Schüsse?«, fragte er, wobei sein Kopfschütteln zum einen Sorge und zum anderen widerstrebende Bewunderung verriet. »Ich nehme an, der Schütze fühlt sich deshalb ziemlich gut.«

»Das Gefühl will er bestimmt noch einmal haben.«

Sie fuhren wieder in ihr Arbeitszimmer, und nachdem der SEKler sie verlassen hatte, stellte Eve die Tafel mit den Bildern der Opfer auf und nahm am Schreibtisch Platz, um ihre Aufzeichnungen zu sortieren.

»Jetzt wirst du erst mal etwas essen«, meinte Roarke in einem Ton, der keine Widerrede duldete.

»Meinetwegen, was auch immer.«

»Du bekommst den Eintopf, den du gerne magst«, erklärte er und löste das Problem, indem er sie vom Schreibtischsessel zog. »Du kannst beim Essen weiter nachdenken und mir erzählen, was du weißt und denkst.«

Es half ihr, wenn sie mit ihm über ihre Fälle sprechen konnte – und tatsächlich roch der Eintopf wirklich gut.

»Bevor die Meldung reinkam, dachte ich, dass wir uns heute endlich wieder einmal einen ruhigen Abend machen könnten. Abendessen und ein Gläschen Wein, vielleicht ein Film und dann zum Abschluss ruhigen Feierabendsex.«

Da er wusste, wie viel Kaffee seine Liebste in den nächsten Stunden trinken würde, schob er ihr ein Glas voll Wasser hin. »Den kriegen wir bestimmt dazwischen, meinst du nicht?«

»Die junge Frau, Ellissa Wyman. Ich hatte gleich nach meiner Ankunft so ein seltsames Gefühl, aber als ich dann auf den Bildern sah, wie sie geflogen ist, war mir alles klar. Das Geschoss muss sie mit voller Wucht getroffen haben, und die anderen Leute auf der Eisbahn haben nichts gesehen. Wie landet man drei solche Treffer, ohne dass es jemand sieht? Nicht mal der Cop, der die verschiedenen Bilder der Eisbahn gründlich durchgegangen ist. Ich glaube also kaum, dass ich die Stelle finden werde, von der aus geschossen wurde.«

»Ich gehe jede Wette ein, dass du sie finden wirst.«

»Das liegt nur daran, dass du eine Schwäche für mich hast und es dir bei dem ganzen Geld auf deinen Konten kaum was ausmacht, eine Wette zu verlieren. Ich hoffe, dass es Lowenbaum gelingt, die Gegend einzugrenzen, aber selbst wenn er das schafft ...«

Sie schüttelte den Kopf und schob sich den ersten Löffel des Eintopfs in den Mund. Er schmeckte fast noch besser, als er roch, und eilig schob sie einen zweiten Löffel nach.

»Das Mädchen lebte noch zuhause bei den Eltern, die solide Mittelklasse sind, sie hatte gerade keinen Freund. Der Ex geht jetzt in Florida aufs College, aber ihre Eltern haben erzählt, dass sie auch weiter gute Freunde waren. Tatsächlich haben sie es nach seinem Fortgang fast ein Jahr lang auf Distanz versucht, bis die Beziehung langsam eingeschlafen ist. Sie ist manchmal mit jungen Männern ausgegangen, aber etwas Ernstes war da nicht. Mit acht Jahren hat sie mit dem Schlittschuhlaufen angefangen und sich sofort in diesen Sport verliebt. Sie ist vor allem zum Spaß aufs Eis gegangen, auch wenn sie sich für irgendeinen Wettkampf angemeldet hat. Sie war fast täglich auf der Eisbahn, also muss ich davon ausgehen, dass sie vielleicht die Zielperson des Täters war.«

»Mit ihrer Grazie und mit ihrem Aussehen hat sie sich von den anderen Leuten abgehoben«, meinte Roarke.

»Das stimmt. Was man vom zweiten Opfer nicht behaupten kann. Brent Michaelson sah vollkommen gewöhnlich aus und fiel bestimmt niemandem weiter auf. Aber auch er war regelmäßig auf der Schlittschuhbahn. Nicht täglich wie das Mädchen, aber jeden Dienstagnachmittag. Seit Jahren geschieden, ging er auch weiter höflich mit der Ex-Frau um. Die Tochter stand ihm nah genug, dass sie sich an Geburtstagen und Feiertagen immer noch im Haus der Ex-Frau trafen, ohne dass es dabei je zu irgendwelchen Dramen kam. Manchmal ging er mit seinen Enkelkindern Schlittschuh laufen und war selbst seit Jahren regelmäßig auf der Eisbahn, um in Form zu bleiben und den Stress der Arbeit abzubauen.«

»Was ist mit dem letzten Opfer?«, fragte Roarke. »Dem, der getötet wurde, während er die Hand von seiner Frau gehalten hat?«

»Du achtest wirklich aufs Detail. Sie hatten heute ihren fünften Jahrestag und wollten alles noch mal ganz genauso machen wie bei ihrem allerersten Date. Die beste Freundin und die Mutter wussten, dass sie Schlittschuh laufen wollten, aber niemand wusste, wann genau.«

»Du glaubst, dass er ein Zufallsopfer war. Das sind sie vielleicht alle drei, aber bei ihm bist du dir jetzt schon sicher, dass er nicht im Mittelpunkt des Anschlags stand. Falls es um einen von den beiden anderen ging, haben der andere und der junge Ehemann vielleicht einfach als Ablenkung gedient.«

»Ich denke, er hat wirklich zwei der Opfer oder vielleicht ja auch alle drei rein zufällig gewählt. Natürlich muss ich hoffen, dass es ihm um einen von den dreien ging, weil es dann vielleicht nicht weitergeht. Wie Lowenbaum gesagt hat, hat die Tat den Schützen garantiert mit einem Hochgefühl erfüllt. Wenn's ihm speziell um eins der Opfer ging, werde ich herausfinden, wen er aus welchem Grund aus dem Verkehr gezogen hat, wenn aber alle drei nur Zufallsopfer waren ...«

»Warum hat er dann die Schlittschuhbahn gewählt?«

Er dachte wie ein Cop, doch weil er sich bemühte, ihr zu helfen, sprach sie diese Überlegung rücksichtsvollerweise nicht laut aus. »Sie ist ein öffentlicher Ort, an dem er eine möglichst große Wirkung mit der Tat erzielt. Für einen SKGA ist so was ein Motiv. Vielleicht hat er auch ein Problem mit dieser Bahn. Vielleicht hat seine Frau, die Freundin oder auch der Freund dort mit ihm Schluss gemacht. Oder vielleicht war er früher mal ein guter Schlittschuhläufer, musste damit aufhören, weil er sich verletzt hat, und ist sauer, weil die anderen einfach weiter ihre Runden auf der Eisbahn drehen.«

Sie grübelte darüber nach, obwohl all das reine Hypothesen waren. »Die Frau des dritten Opfers hatte gerade erst herausgefunden, dass sie schwanger ist. Sie wollte es ihm heute Abend bei der Pizza, die sie auch bei ihrem ersten Date gegessen haben, sagen.«

Mit einem leisen Seufzer meinte Roarke: »Das heißt, dass diese Sache immer größere Kreise zieht. Aber schließlich trittst du nie nur für die Opfer, für die Toten selber, sondern immer auch für ihre Hinterbliebenen mit ein.«

»Ihr Vater stammt aus Irland. Sein Akzent ist etwas stärker als bei dir, aber ich musste sofort an dich denken, als er sprach. Ich glaube, er und seine Ex gehen ebenfalls recht höflich miteinander um, auch wenn er an den Feiertagen sicher nicht bei ihr zum Essen eingeladen ist. Der Tochter gegenüber aber haben sie sich als Einheit präsentiert. Und er – der Vater – blieb noch einen Augenblick zurück, nachdem die beiden Frauen gegangen waren, und hat von seinem Schwiegersohn erzählt. Er hatte ihn anscheinend wirklich gern.«

Sie griff nach ihrem Wasserglas. »Solche Dinge spielen eine Rolle, weil es aus meiner Sicht ganz sicher nicht um ihn gegangen ist. Falls es um einen von den beiden anderen ging, hat der Täter ihn einfach nebenher und völlig grundlos abgeknallt.«

»Weshalb er dir besonders wichtig ist.«

»Das erste Opfer war die junge Frau in Rot. Wie Lowenbaum gesagt hat, konnte man sie ganz unmöglich übersehen. Als Erstes schießt man doch wahrscheinlich auf die eigentliche Zielperson, damit man sicher ist, dass man sie auch erwischt. Aber vielleicht ist ja unser Schütze auch besonders kess. Wer so was kann und durchzieht, ist auf alle Fälle kess und wirklich dreist.«

»Dann war vielleicht der erste Mann die eigentliche Zielperson. Zuerst hat er das Mädchen abgeknallt, dann ihn und dann noch jemand anderen.«

»So könnte es genauso gut gewesen sein.«

»Was kann ich tun, um dir zu helfen?«

»Als ich heimkam, warst du selber bei der Arbeit, oder nicht?«

»Tatsächlich war ich gerade fertig, als die wunderbaren Entwürfe für dein Arbeitszimmer kamen, ich habe sie mir angesehen, als du nach Hause kamst. Das heißt, dass es jetzt nichts mehr gibt, was ich noch machen muss.«

Er drückte ihre Hand. »Die Ehefrau, die Eltern und auch alle anderen, die in den Sog von dieser Tat geraten sind, tut mir unendlich leid. Der Tod des jungen Mädchens aber geht mir ganz besonders nah. Ihr Strahlen und die Freiheit, mit der sie über das Eis geglitten ist, haben mich derart berührt, dass ich dir helfen will herauszufinden, wer ihr dieses Strahlen und die Unbekümmertheit genommen hat.«

Sie war zuhause, dachte sie erneut. Bei ihrem Mann. An dessen Schulter sie sich lehnen konnte, ohne dass sie ihre Identität verlor.

»Du könntest für mich herausfinden, wer Waffen sammelt, mit denen solche Schüsse möglich sind.«

»Das ist zu einfach.«

»Also gut. Wie sieht's dann mit Gebäuden außerhalb des Central Parks zwischen der Siebenundfünfzigsten und Einundsechzigsten bis runter zum Ufer des East River aus? Auch wenn wir uns nur auf die schlecht bewachten Häuser konzentrieren, wird die Liste sicher ziemlich lang. Wobei die Häuser mehr als vier Etagen haben müssen, weil die Schüsse von schräg oben kamen. Sobald die Einschusswinkel feststehen, wissen wir vielleicht, aus welcher Höhe ganz genau geschossen worden ist.«

Sie aß den nächsten Löffel des Eintopfs, legte ihren Kopf ein wenig schräg und fragte Roarke: »Was meinst du, wie viele dieser Häuser gehören dir?«

Lächelnd trank er einen Schluck von seinem Wein. »Das wüsste ich tatsächlich selber gern.«

Nach Ende des Abendessens ging er in sein eigenes Büro, und Eve begann mit der Routine, die im Grunde nie Routine war. Sie überprüfte ihre Opfer und die Zeugen, führte eine Reihe von Wahrscheinlichkeitsberechnungen durch, schrieb den Bericht, las ihn sich noch einmal durch und nahm verschiedene kleine Korrekturen vor.

Dann machte sie es sich mit einem Becher frischen Kaffees auf dem Schreibtischstuhl bequem, legte die Füße auf den Tisch und schaute sich die Bilder an der Tafel an.

Warum nur drei? Bei der Geschwindigkeit und der Genauigkeit der Schüsse hätte er auch gut ein Dutzend Menschen töten können. Im Allgemeinen ging es Serienkillern darum, Angst und Panik auszulösen, warum also hatte er nicht noch auf andere Besucher der verdammten Schlittschuhbahn gezielt?

Und warum hatte er von all den Menschen, die dort auf dem Eis gewesen waren, gerade diese drei gewählt?

Das Mädchen war mit seinem leuchtend roten Skinsuit, seiner Jugend, seinem Talent, seiner Geschwindigkeit und Grazie das perfekte Ziel gewesen. Vielleicht hatte der Schütze es ja auch noch aus anderen Gründen auf sie abgesehen, aber Eve ging davon aus, dass die Entscheidung, sie zu erschießen, spontan gefallen war.

Das dritte Opfer hatte ganz spontan beschlossen, an dem Tag mit seiner Frau die Eisbahn zu besuchen. Sie waren nicht regelmäßig dort gewesen, und dass sie an diesem Tag um diese Zeit dort wären, hatte kaum jemand gewusst. Das zeigte Eve, dass auch der junge Mann ein zufälliges Opfer war.

Wie aber sah es mit dem zweiten Opfer aus? Dem Frauenarzt? Er hatte jeden Dienstag um dieselbe Uhrzeit seine Runden auf dem Eis gedreht.

Falls es dem Schützen also um eins der drei Opfer im Besonderen gegangen war, dann sicher um Brent Michaelson.

Wobei sie keine Ahnung hatte, ob die Wahl nicht auch auf ihn ganz zufällig gefallen war.

Sie stand mit ihrem Kaffeebecher auf, umrundete die Tafel und sah sich die Positionen der Leichen an.

Warum, zum Teufel, hatte dieser Mistkerl dann nicht noch mehr Menschen umgebracht?

»Computer, zeig mir noch einmal die Aufnahmen des Tatorts, beginnend eine Minute vor dem ersten Schuss...«

Einen Augenblick ...

Sie lehnte sich an den Schreibtisch und studierte die drei Opfer, die sich auf dem Eis bewegten, dann kamen der erste, zweite, dritte Schuss.

Ein paar der anderen Leute liefen einfach weiter und boten sich dadurch regelrecht als Ziel an. Andere wurden panisch, stürzten durch die Gegend, stolperten in Richtung Ausgang oder kletterten sogar über die Absperrung am Rand. Auch diese Leute und vor allem die beiden Mediziner, die zur Rettung der drei Opfer und der anderen Verletzten angetreten waren, hätten gute oder vielleicht sogar einfachere Ziele abgegeben als die beiden Männer und die junge Frau.

Trotzdem hatte er nur sie erschossen, trotzdem hatte er sich auf die drei beschränkt.

Natürlich bräche bald die Hölle wegen dieser Sache los. Die Medien würden sich auf die Morde stürzen, und die Geschichte würde in den nächsten Tagen auf sämtlichen Titelseiten stehen. Aber wenn der Täter statt der drei ein Dutzend Leute umgebracht oder verwundet hätte, würde nicht nur ein paar Tage, sondern wochenlang über diese Tat berichtet, und zwar nicht nur in den Staaten, sondern auf der ganzen Welt.

Drei Tote würden dazu führen, dass in der nächsten Zeit die meisten Menschen einen möglichst großen Bogen um die Eisbahn machten, vielleicht wollte der Täter ja dem Betreiber schaden. Mit einer Laserwaffe in der Hand und einem Groll gegen die Eisbahn hätte er womöglich auch die junge Frau in Rot und irgendjemand anderen ins Visier genommen, aber wahrscheinlicher hätte er jemanden der Security oder einen der beiden Ärzte, die vor Ort gewesen waren, ausgewählt.

»Drei Tote.« Sie verfolgte weiter das Geschehen auf dem Wandbildschirm. »Der Schütze ist organisiert und hat diese Tat bestimmt von langer Hand geplant. Das heißt, er hat absichtlich diese Zahl an Menschen umgebracht. Nicht mehr, nicht weniger.«

Sie hielt die Aufnahmen des Tatorts an, nahm wieder hinter ihrem Schreibtisch Platz und las sich noch einmal die Infos durch, die sie über die drei Opfer hatte.

Als Roarke ihr eine Liste in New York und in New Jersey registrierter Sammler, die auch Laserwaffen besaßen, schickte, fing sie mit der Überprüfung aller achtundzwanzig an und suchte nach Verbindungen zwischen ihnen, den Opfern und der Schlittschuhbahn.

Dann schenkte sie sich einen frischen Kaffee ein. Als sie in der Mitte ihrer Liste angekommen war, kam Roarke herein.

»Eine Sammlerlizenz für ein Lasergewehr, egal von welcher Marke und aus welchem Jahr, kostet fünfundzwanzig Riesen«, meinte sie.

»Ich weiß.«

»Die meisten der Lizenzen, die ich bisher durchgegangen bin, gehören irgendwelchen reichen Knackern, und ein paar haben die Leute auch geerbt. Sie werden gründlich überprüft, aber vielleicht ist bei der Prüfung ja auch jemand durchgerutscht.«

»Das kommt auch in anderen Bereichen vor.« Statt Kaffee schenkte Roarke sich einen Whiskey ein. »Ich habe die Gebäude.«

»Das ging aber schnell.«

»Am längsten hat's gedauert, das Suchprogramm zu entwickeln.« Er zuckte mit den Achseln und nahm einen Schluck aus seinem Glas.

»Du hast dafür extra ein Programm entwickelt?« Sie geriet bereits ins Schwitzen, wenn sie ein Programm benutzen musste, das von jemand anderem entwickelt worden war.

»Das habe ich. Und es hat wirklich Spaß gemacht.«

»Manchmal ist es praktisch, wenn der eigene Mann ein Elektronikfuzzi ist. Hast du die Liste der Gebäude mitgebracht?«

»Das habe ich, aber ich dachte, dass du dir die Häuser vielleicht lieber ansehen willst. Wenn wir dein Arbeitszimmer renovieren, gibt's auch ein Hologramm-Programm für dich, aber bis dahin ...« Lächelnd stellte er sein Glas auf ihrem Schreibtisch ab, bedeutete ihr aufzustehen, setzte sich auf ihren Schreibtischstuhl und drückte ein paar Tasten am Computer.

Sofort tauchten auf ihrem Bildschirm ein paar Straßen in Manhattan auf.

»Das ist der von dir angegebene Bereich des Tatorts bis hinunter an den Fluss, mitsamt den Straßen, die im Norden und im Süden daran anschließen. Und hier ...«

Er tippte wieder etwas ein, und plötzlich stand nur noch ein Teil der Häuser da.

»Okay, okay, verstehe. Jetzt stehen nur noch die nicht wirklich gut gesicherten Gebäude da.«

»Und die, die mehr als vier Etagen haben«, fügte er hinzu.

»Genau. Dann hatte sich der Schütze also in einem der Häuser, die wir jetzt noch sehen, einquartiert. Ich muss sofort …«

»Moment. Das ist noch längst nicht alles.« Da er schnell war und sie sich noch immer auf den Bildschirm konzentrierte, schaffte er es, sie auf seinen Schoß zu ziehen.

»Ich bin am Arbeiten, Kumpel.«

»Ich auch. Von diesen Häusern aus kann man die Eisbahn relativ gut sehen, aber …« Einen Arm um ihre Taille gelegt, gab er weitere Befehle ein, und wieder löste sich ein Teil der Häuser auf dem Bildschirm auf. »Jetzt sind nur noch die Häuser übrig, die so gut wie nicht gesichert sind. Vielleicht musst du zu irgendeinem Zeitpunkt auch die halbwegs gut gesicherten Gebäude in die Suche einbeziehen, aber fürs Erste lassen wir die weg. Jetzt haben wir nur noch Apartmenthäuser oder Häuser, in denen Büros, ein Tanzstudio und irgendwelche Künstlerateliers vermietet sind.«

»Warum sollte man riskieren, aufgenommen und kontrolliert zu werden, wenn's auch anders geht? Aber natürlich ist es trotzdem gut, auch noch die anderen Häuser in der Hinterhand zu haben, falls die Suche in den Ateliers und Studios nichts ergibt. Wenn ich …«

»Moment.«

Auf ihrem Bildschirm tauchten dünne blaue sowie rote Linien auf.

»Die blauen Linien zeigen Fenster oder Hausdächer, von denen aus vielleicht geschossen worden ist, und die roten Linien weisen auf die schlecht gesicherten Gebäude östlich deiner Eisbahn hin.«

Sie wollte aufstehen, um sich das Bild genauer anzusehen, doch Roarke zog sie zurück auf seinen Schoß, und sie beschloss, sich zu entspannen, denn sie wollte schließlich ursprünglich einen ruhigen Abend ganz allein mit ihrem Liebsten haben.

»Das Programm enthält auch einen Algorithmus auf der Grundlage der Aufnahmen des Tatorts, der Temperatur, der Windgeschwindigkeit, der wahrscheinlichen Geschwindigkeit des Schusses und des Schusswinkels und ... einer Reihe anderer mathematischer Berechnungen, von denen du bestimmt nichts hören willst.«

»Du hast also aufgrund der Variablen, die wir bisher kennen, ein Programm geschrieben, das mir zeigt, von wo die Schüsse vielleicht abgegeben worden sind.«

»Mehr oder weniger.«

»Du bist nicht nur praktisch, sondern regelrecht genial«, stellte sie anerkennend fest.

»Da muss ich dir bei aller gebotenen Bescheidenheit wohl zustimmen. Tatsächlich war die Arbeit durchaus interessant und hat mir wirklich Spaß gemacht.«

Noch immer blieben zahlreiche Gebäude übrig, aber deutlich weniger, als sie befürchtete hatte, also schlang sie ihm die Arme um den Hals und sah ihn fragend an. »Ich glaube kaum, dass dieser Service gratis ist.«

»Mein Liebling, deine Wertschätzung reicht mir als Lohn vollkommen aus.«

»Und Sex.«

»Ich dachte, dass du deine Wertschätzung damit zum Ausdruck bringen wirst.« Lächelnd küsste er sie auf den Mund.

»Wertschätzungssex, okay.« Fürs Erste aber wandte sie sich abermals dem Bildschirm zu. »Was ist mit den Gebäuden, die nicht gut gesichert, aber deren Fenstern wenigstens mit Sichtschutz versehen sind?«

»Wie clever du doch bist. Sie wollten sicher nicht, dass irgendwer mit einer Kamera vorbeikommt und sie aufnimmt, während sie mit einem Gewehr am Fenster stehen.«

»An einem Fenster, das sich öffnen lässt. Durch Glas zu schießen hätte keinen Sinn ergeben – außer unser Täter hätte seine eigene Wohnung oder seinen eigenen Arbeitsplatz benutzt.«

»Gib mir eine Minute Zeit. Oh nein, ich kann auch gut um dich herum arbeiten«, meinte er, als sie erneut versuchte aufzustehen. »Obwohl auch das an deinem neuen Schreibtisch deutlich leichter wird.«

Im Handumdrehen gab er manuell die neuen Parameter ein und rief die Resultate der Berechnung auf dem Bildschirm auf.

»Damit fallen fünf, sechs weitere Gebäude weg. Wie viele ...«

»Augenblick. Computer, teil den Bildschirm auf und zeig mir die Gebäude, die noch übrig sind.«

Einen Augenblick ...

»Dann kriege ich also in meinem neuen Arbeitszimmer ein Holo-Programm?«

»Allerdings, auch wenn ich das zunächst bedienen werde, bis du selbst weißt, wie es geht.«

»Das kann ich schon.« Mehr oder weniger. »Selbst an der Kiste hier.«

»Die immerhin schon deutlich besser ist als die in deinem Büro auf dem Revier. Da haben wir's.«

Sie hatte die Adressen und Gebäudetypen und dazu in jedem Haus die Stockwerke, die für die Tat in Frage kamen.

»Mit dreiundzwanzig Häusern kann ich arbeiten. Wenn ich dort die Stelle finde, von der aus geschossen wurde, kriegst du jede Menge wertschätzenden Sex von mir.«

»Mit Kostümen und Requisiten?«

Augenrollend meinte sie: »Bisher bin ich noch nicht mal in der Nähe des Hauses, aus dem geschossen worden ist.«

»Aber ein kleiner Vorschuss ist doch sicher trotzdem drin«, bemerkte er und knabberte an ihrem Hals.

»Du solltest dein Gehirn auf etwas anderes programmieren.«

»Das schaffe ich beim besten Willen nicht, egal, wie gut ich auch als Programmierer bin. Aber bevor ich meinen Lohn bekomme, wirst du sicher erst mal gucken wollen, ob es eine Verbindung zwischen deinen Waffensammlern oder deinen Opfern und einem der dreiundzwanzig Häuser gibt.«

»Genau. Wobei ich dich vorher noch etwas fragen muss. Du bist ein SKGA – organisiert, ein guter Schütze und beherrscht.«

»Du glaubst, der Täter ist beherrscht?«

»Wir haben nur drei Opfer, obwohl er problemlos auch ein Dutzend Leute hätte töten oder wenigstens verletzen können. Sicher wäre das ein noch größerer Kick für ihn gewesen, und vor allem hätte er dadurch die Wirkung dieses Anschlags noch verstärkt. Auch wenn ich noch nicht weiß, ob es ihm um den Kick und um das Eindruckschinden ging. Also ja, ich denke, dass er sich beherrschen kann. Und ganz egal, ob es speziell um eins der Opfer ging oder ob er sie alle willkürlich gewählt hat: Warum hätte er sein eigenes Zuhause oder seinen eigenen Arbeitsplatz benutzen sollen, um diese Morde zu begehen?«

»Das ist eine interessante Frage.« Er griff nach dem noch nicht ganz geleerten Whiskeyglas, das auf dem Schreibtisch stand, und dachte kurz darüber nach. »In seinem Heim oder Büro hätte er alle Zeit der Welt gehabt, um die Zielperson in Ruhe zu beobachten. Er wäre völlig ungestört gewesen und hätte die Möglichkeit für eine Reihe Probeschüsse gehabt.«

»Daran habe ich bisher noch nicht gedacht, aber das könnte durchaus sein. Vielleicht hat er ja dort geübt. Und was wären die Nachteile?«

»Dass ein so cleverer Cop wie du die Möglichkeit erwägt, dass diese Schüsse entweder vom Arbeitsplatz oder vielleicht auch aus der Wohnung des Täters kamen. Vor allem wäre er in einem Büro wohl kaum die ganze Zeit allein gewesen, denn dort gehen schließlich ständig die Kollegen, eine Putzkolonne oder sonst wer ein und aus. Und was die Wohnung angeht – lebt der Killer dann alleine, oder hat er einen Mitbewohner oder eine Mitbewohnerin, der oder die ihm bei der Tat geholfen hat?«

»Ich hätte eher unter falschem Namen etwas angemietet. Das macht zwar ein bisschen Arbeit, doch die wäre es auf alle Fälle wert. Einen Büroraum, eine kleine Wohnung oder ein Hotelzimmer, aus dem ich später einfach so verschwinden kann.«

»Ich auch.« Sie nickte, weil sie ähnliche Gedanken hatte wie ihr Mann. »Natürlich können wir die andere Möglichkeit nicht ausschließen, aber ich hätte mir als Täter ebenfalls was anderes gesucht. Es wäre zwar nicht ganz so komfortabel wie von meiner eigenen Wohnung aus, doch deutlich weniger riskant. Wir suchen also erst mal nach Apartments, nach Hotelzimmern und nach Büros, die innerhalb des letzten halben Jahres angemietet worden sind. Er ist beherrscht, aber ich glaube nicht, dass er sich langfristig irgendwo eingemietet hat. Okay.«

Roarke drückte sie ein letztes Mal und ließ dann von ihr ab. »Warum führst du nicht erst mal diesen Abgleich durch, und ich mache den Rest?«

Sie standen beide auf, doch Eve wandte sich ihm noch einmal zu. »Wenn mein Büro erst renoviert ist, könnten wir ja dafür sorgen, dass du einen eigenen Arbeitsplatz bekommst, damit du deine Arbeit für die Polizei nicht mehr in deinem eigenen Zimmer machen musst.«

»Es ist für mich durchaus okay, wenn ich sie drüben mache.«

»Das ist wirklich großmütig von dir. Wenn ich mit meinem Abgleich durch bin, schaue ich mir die Entwürfe noch mal an und suche einen aus.«

»Falls du mit einem der Entwürfe einverstanden bist.«

»Genau.«

Sie nahm wieder alleine hinter ihrem Schreibtisch Platz, begann, die Namen der Sammler und der Opfer mit den

Häusern abzugleichen, und schickte das komplizierte, gerade erst von Roarke entwickelte Programm an ihre Partnerin.

Wahrscheinlich würde deren Freund und Elektroniknerd McNab, wenn er es sähe, einen Freudentanz vollführen.

Sie aktualisierte ihren Bericht, ging in die Küche, um dort einen Becher frischen Kaffees zu bestellen, und erinnerte sich daran, dass auch dieser Raum schon bald nicht mehr der alte wäre.

Aber schließlich hatte sie auch keinen Grund, sich an den alten Dingen festzuklammern, nachdem auch schon ihre alte Wohnung sich total verändert hatte, seit dort ihre Freundin Mavis mit dem hünenhaften Leonardo eingezogen war.

Statt nüchtern und spartanisch wie zu ihrer Zeit wirkte die Wohnung heutzutage bunt und vollgestopft, denn schließlich lebte dort inzwischen auch ein kleines Kind.

Das Kind.

Als sie an Bella dachte, fiel ihr auch die Party wieder ein. Sie müsste zur Geburtstagsparty eines Babys gehen, auf der bestimmt noch jede Menge anderer Babys wären. Die durch die Gegend krabbelten und torkelten, die seltsame Geräusche machten und so große Augen hatten wie die Puppen, die ihr schon als kleinem Mädchen unheimlich gewesen waren.

Warum zum Teufel schienen Babys einen stets mit ihren Blicken zu durchbohren?

Sie schüttelte den furchteinflößenden Gedanken ab, nahm ihren Kaffee und beschäftigte sich abermals mit Mord.

Dann schickte Roarke ihr eine Mail, bevor er drei Sekunden später selber auf der Bildfläche erschien.

»Ich habe dir die Wohnungen, Hotels, Büros und Studios herausgesucht, die innerhalb des letzten halben Jahres angemietet worden sind. Ganz unten auf der Liste stehen die Wohnungen, in denen Familien mit Kindern wohnen, und Büros, in denen Co-Working betrieben wird.«

»Dann hast du also auch die Mieter überprüft?«

»Das wolltest du doch sicherlich als Nächstes machen.«

»Das stimmt. Ich habe zwar zwei Namen, glaube aber nicht, dass sie tatsächlich von Bedeutung sind. Die Tante eines Sammlers wohnt in einem der Häuser, aber in einer von den unteren Etagen, und vor allem hat er keine Ausbildung beim Militär oder der Polizei und nicht einmal ein Schießtraining gemacht. Wir werden ihn natürlich überprüfen, aber ich bin jetzt schon sicher, dass er nicht der Täter ist.«

Sie lehnte sich auf ihrem Stuhl zurück, hob den Becher an den Mund und legte ihre Stiefel auf der Schreibtischplatte ab.

»Der andere lebt in der Park Avenue in einer Riesenwohnung und geht ab und zu zum Spaß mit Freunden auf die Jagd. Er wirkt nicht gerade wie ein guter Schütze, aber vielleicht hat er ja auch nur getan, als wüsste er nicht, was er tut. Allerdings lebt er mit seiner dritten Ehefrau in dieser Wohnung, hat ein Kindermädchen für die Tochter, die die dritte Frau von ihm bekommen hat, und einen heranwachsenden Sohn mit seiner zweiten Frau, der hälftig bei ihm lebt. Dazu kommt noch die Hauswirtschafterin, die ebenfalls bei ihnen in der Wohnung wohnt. Aber sicher hat er dort ein Arbeitszimmer oder einen anderen Raum für sich allein, wir sehen uns dort also auf jeden Fall mal um.«

Sie stellte ihre Füße wieder auf den Boden und richtete sich auf. »Keiner von den beiden ist vorbestraft. Und es gibt auch keinerlei Verbindung zwischen ihnen und einem der Opfer oder der verdammten Schlittschuhbahn.«

Sie stand auf, trat vor die Tafel und fuhr fort: »Falls es ihm nicht allein um diese Morde ging, schlägt er wahrscheinlich bald noch einmal zu. Drei Schuss, drei Treffer. Er war einfach zu erfolgreich, um es nicht noch einmal zu versuchen. Wenn auch ganz bestimmt nicht auf der Eisbahn – außer es geht um die Eisbahn selber.«

»Du denkst, wenn's um die Eisbahn ginge, würden doch wahrscheinlich mehr als nur die Bilder von drei Leuten an der Tafel hängen, stimmt's?«

»Genau das denke ich. Also sucht er sich jetzt einen anderen öffentlichen Ort, um erneut ein paar Menschen abzuknallen. Falls das sein Plan ist, hat er diesen Ort und auch den Ort, von dem aus er schießen will, bestimmt schon ausgewählt. Alles, was wir wissen, ist, dass er jetzt jederzeit an jedem Ort noch einmal zuschlagen kann. Er hat alle Trümpfe in der Hand.«

»Du hast doch jede Menge eigener Trümpfe.«

»Die ich aber erst einmal nicht ausspielen kann. Vielleicht können mir Morris und Berenski morgen ja etwas sagen, was mir weiterhilft. Peabody und McNab sind auch noch bei der Arbeit, und ich werde Mira bitten, ein Profil des Täters zu erstellen, das mir vielleicht weiterhilft. Ich glaube nicht, dass unser Mann ein Profi ist.«

Mit zusammengekniffenen Augen sah sie sich die Bilder an der Tafel an. »Ein Profi hätte neben seinem eigentlichen Opfer nicht auch noch zwei Leute abgeknallt, die nichts mit dieser ganzen Angelegenheit zu tun haben. Und bisher sieht es nicht so aus, als ob es eine Verbindung zwischen unseren Opfern gäbe. Das heißt, ein Profi, der im Auftrag handelt, hätte so nicht gehandelt. Vielleicht ist unser Killer ja ein Profi, der auf eigene Rechnung losgezogen ist. Ich glaube nicht, dass dies ein Auftragsmord war. Wobei der Auftraggeber auch für drei Morde hätte bezahlen können, damit wir nicht wissen, wer das eigentliche Opfer ist. Das könnte durchaus sein.«

»Du fängst an, dich im Kreis zu drehen, Lieutenant.«

»Ja, ja.« Nach einem letzten langen Blick auf Opfer Nummer eins, die junge Frau in Rot, wandte sie sich von der Tafel ab. »Okay. Dann sehe ich mir jetzt noch einmal die Entwürfe für mein Arbeitszimmer an.«

»Das hat auch noch bis morgen Zeit.«

»Am besten kriege ich die Angelegenheit noch heute Abend aus dem Kopf. Wie schwer kann es schon sein, einen dieser Entwürfe auszuwählen?«

»Wahrscheinlich gibt es auf der ganzen Welt nur eine Handvoll Frauen, die das glauben und es obendrein noch schaffen, sich tatsächlich zu entscheiden, ohne dass es erst zu einer Krise kommt. Eine dieser Frauen bist du, mein Schatz.«

Er rief das erste Bild auf ihrem Bildschirm auf.

»Das hier gefällt mir nicht so gut. Die Farben sind mir irgendwie zu mädchenhaft und die Möbel … ach, ich weiß nicht … einen Hauch zu elegant. So schlicht, dass es schon wieder übertrieben ist. Ich weiß nicht, wie man so was nennt, aber so kommt mir dieses Zimmer vor. Ich meine, die Verteilung der verschiedenen Möbel ist okay, aber die Sachen selber gäben mir wahrscheinlich das Gefühl, als säße ich in einem Arbeitszimmer, das im Grunde jemand anderem gehört.«

»Dann weiter.«

Sie betrachtete das zweite Bild und kam sich undankbar und dämlich vor. »Die Sachen sind okay. Sie sind nicht übertrieben hipp und schick und sehen auch nicht übertrieben teuer aus. Hier könnte ich wahrscheinlich meine Arbeit machen, ohne das Gefühl zu haben, dass Summerset mir den Hals umdrehen würde, wenn ich was verschütte oder so.«

»Aber?«

»Tja, die Farben sind sehr kräftig. Das ist sicher nicht verkehrt, aber ein bisschen aufdringlich. Das würde mich bestimmt von meiner Arbeit ablenken, meinst du nicht auch?«

»Und wie sieht's hiermit aus?«

Sie hatte keine Ahnung, wie Designer diese Farben nannten, vielleicht Schokoladenstreusel, Zenzuflucht oder glückliches Kitz.

Für sie waren es einfach Braun-, Grün- und Weißtöne, die weder übermäßig grell noch übertrieben leuchtend waren.

»Okay, die Farben sind nicht schlecht. Sie sind eher ruhig, nicht mädchenhaft und sagen auch nicht, he, guck dich uns an. Es ist, als wären sie schon seit einer Weile da. Der Schreibtisch, tja, der sieht echt praktisch aus. Aber die anderen Sachen wirken so, als würden sie niemals benutzt.«

»Versuchen wir's mal so.« Er trat an ihren Computer, tippte etwas ein, und plötzlich nahmen die Möbel aus dem zweiten Bild die Farben aus dem dritten an.

»Huh. Wie hast du ... ja, okay, so ist es ...«

»Wenn du dir nicht sicher oder nicht zufrieden bist, kann ich Charmaine auch morgen sagen, was du an den Bildern mochtest und was dir an ihnen nicht gefallen hat.«

»Es ist nur ... es gefällt mir. Es gefällt mir wirklich, und das hätte ich beim besten Willen nicht gedacht. In diesen Farben sehen die Möbel viel dezenter und irgendwie echter aus. So ist es gut. Ich dachte, dass ich mich für den Entwurf entscheiden würde, mit dem ich am ehesten leben könnte, aber das hier sagt mir wirklich zu. Es ist weder mädchenhaft noch seltsam und sieht aus, als könnte ich dort wirklich meine Arbeit tun.« Sie wandte sich ihm zu, wobei ihr die Verblüffung deutlich anzusehen war. »So ist es wirklich gut. Mein Gott, ich weiß allmählich gar nicht mehr, wie ich den ganzen wertschätzenden Sex auf Dauer abarbeiten soll.«

»Das höre ich natürlich gern.« Auch er betrachtete das Bild und freute sich, weil es ihm ebenfalls gefiel. Auch wenn ...

»Willst du noch mal darüber nachdenken? Vielleicht fällt dir ja noch etwas ein, was anders werden soll.«

»Auf keinen Fall. Es macht mich irre, wenn ich mich mit solchem Kram befassen muss. Am besten machen wir es einfach so wie auf dem Bild. Wobei ich es bestimmt nicht brauchen kann, dass jede Menge Leute durch das Zimmer rennen und alles auf den Kopf stellen, während ich mit diesem Fall beschäftigt bin.«

»Überlass das einfach mir.« Er legte ihr die Hände

auf die Schultern, glitt mit seinen Lippen über ihre Stirn und meinte: »Es ist für uns beide gut, wenn du ein neues Arbeitszimmer kriegst.«

»Ich weiß. Das alte Zimmer wird mir auch nicht wirklich fehlen. Ich weiß noch, was für ein Gefühl es für mich war, als du zum ersten Mal die Tür geöffnet hast, um mir zu zeigen, dass es ganz genauso wie mein altes Arbeitszimmer war. Das ändert sich auch nicht, wenn du es jetzt verschönern lassen willst.«

»Es war mir einfach wichtig, dass du dich zuhause fühlst, und das ist es mir immer noch.« Er legte einen Arm um sie und wandte sich mit ihr zum Gehen. »Ich hoffe doch, du weißt auch noch, was du empfunden hast, als du zum ersten Mal mein Schlafzimmer betreten hast.«

»Diese Erinnerung hat sich mir unauslöschlich eingeprägt.«

»Gut, weil ich nämlich auch dieses Zimmer renovieren lassen will.«

»Im Ernst?«

»Auf jeden Fall.«

»Aber das Schlafzimmer …«

»… wurde für mich allein entworfen, aber jetzt gehört es uns, weshalb es zukünftig auch unseren Bedürfnissen und unserem Geschmack entsprechen soll.«

»Aber du hast einen vollkommen anderen Geschmack als ich, das heißt, im Grunde sind Geschmacksfragen mir meistens vollkommen egal.«

»Du weißt, was dir gefällt und was dir nicht gefällt. Ich bin schon gespannt darauf, wie die Verbindung unserer Geschmäcker aussehen wird. Genau wie dein Büro soll dieses Zimmer einfach zu dir passen. Aber auch zu mir, deshalb wird das vielleicht ein bisschen arbeitsintensiver als die zwei Minuten, die du für die Auswahl deines Arbeitszimmers aufgewendet hast.«

Es würde sicher länger dauern, wenn sie Roarke in die Entscheidung einbeziehen müsste, das wusste sie. »Du hast doch wohl nicht vor, dich über Stoffe oder anderen Kram zu streiten?«

»Nein, aber falls wir darüber uneins sind, machen wir das dann einfach in dem neuen Bett, das wir bekommen, wieder wett.«

Stirnrunzelnd trat sie durch die Tür des Raums und blickte auf das große Bett, das unter einem Oberlicht auf einem Podest mitten im Zimmer stand. Sie konnte sich nicht vorstellen, dass es ein Bett gäbe, das ihr lieber wäre als das Bett, in dem sie jetzt seit fast drei Jahren schlief.

»Ich mag das Bett.«

»Vielleicht behalten wir's ja auch, aber falls nicht, hat es auf jeden Fall ein ordentliches Lebewohl verdient. So wie der alte Schreibtisch, der in deinem Arbeitszimmer steht.«

»Wahrscheinlich legst du mich auf diesem Bett noch Hunderte von Malen flach, bevor du es entsorgen lässt.«

»Kann sein, denn schließlich weiß ich nicht, wie lange es noch hier in diesem Zimmer stehen wird.« Er hob sie hoch, und da sie keine Ahnung hatte, ob sie lachen oder protestieren sollte, schlang sie ihm, als er sie Richtung Bett trug, kurzerhand die Beine um die Taille, ohne sich auch nur die Stiefel auszuziehen.

»Wir sind noch angezogen.«

»Das können wir ändern. Gleich«, erklärte er und presste ihr die Lippen auf den Mund.

Dies war der Lohn für einen langen, anstrengenden Tag. Sein Körper presste ihren auf das Bett, und unter seinen Küssen stoben Funken des Verlangens in ihr auf. Die düsteren Gedanken, die wie bluttriefende Finger an ihr kratzten, lösten sich in Wohlgefallen auf, weil es in diesem Augenblick nur noch um Liebe ging.

Mit einem leisen Klicken öffnete er den Verschluss von ihrem Holster, und sie drehte sich ein wenig auf die Seite, damit er es schaffte, es ihr auszuziehen.

»Du bist entwaffnet, Lieutenant.«

»Ach. Und was ist mit den anderen Waffen, die mir zur Verfügung stehen?«

»Dagegen komme ich mit meinen eigenen Waffen an.«

Als seine Zähne leicht an ihrem Nacken kratzten, reckte sie sich ihm entgegen und erklärte: »Wie es aussieht, hast du deine Waffe schon gezückt.«

Er lächelte an ihrer Haut. »Und du trägst offenbar dein Clownskostüm.«

»Das du mir gerne ausziehen darfst.«

Sie schaffte es, die Stiefel abzustreifen, wobei die Bewegung ihrer Hüften ihm durchaus gefiel. Entschlossen schob er seine Hände unter ihren dünnen Wollpullover, glitt über das Tanktop, das sie trug, und als er ihre harten Nippel spürte, fuhr er mit den Fingern über ihren Bauch zum Gürtel, zog ihn auf und wandte sich dann wieder den straffen Brüsten zu.

Dann strich er mit den Fingerspitzen über ihren Nabel bis zur Jeans, öffnete den Knopf und zog in Zeitlupe den Reißverschluss der Hose auf.

Er könnte ewig nur mit seinen Händen über ihren Körper streichen. Über die festen Brüste und den schlanken

Bauch unter dem dünnen, schlichten Hemd bis zu den schmalen Hüften und der schlichten Unterhose, die sie trug. Er zog die Jeans ein Stück an ihr herab und schob behutsam einen Finger in den Bund von ihrem Slip. Für Rüschen und für Spitzen hatte sie nichts übrig, gerade ihre schlichte, ungeschmückte Unterwäsche weckte sein Verlangen, weil er wusste, welche Leidenschaft und Kraft darunter zu entdecken waren.

Genauso wusste er, dass es für sie in diesem Augenblick kein Blut und keinen Tod mehr gab. Jetzt gab es nur noch sie und ihn und diesen herrlichen Moment, der keinen Raum für Dunkelheit und Kälte ließ.

Er zog ihr auch den Pullover und das Tanktop aus, und als er ihr die Hände auf die Brüste legte, rahmte sie mit ihren Händen sein Gesicht. Und lächelte ihn an.

»Das ist schön.«

»Nicht wahr?«

»Oh ja.« Sie ließ die Hände wieder sinken, öffnete die Knöpfe seines Hemds und wiederholte: »Das ist wirklich schön.«

»Mehr nicht?«

»Du kannst ja mal versuchen, ob du dich noch steigern kannst«, erklärte sie, und lachend glitt er mit den Lippen über ihren Mund.

Natürlich hatte auch sie selbst noch mehr zu bieten, aber erst mal würden sie es langsam angehen, weil die Zärtlichkeit, mit der sie ihr Zusammensein begannen, tröstlich für sie war.

Der harte, durchtrainierte Körper unter seinem Hemd und all die warme, weiche Haut gehörten ihr.

Sie könnte damit tun und lassen, was sie wollte, dachte sie, und als er seinen Kuss vertiefte, loderte in ihrem Inneren ein Feuer auf. Noch einmal schlang sie ihm die Beine um die Taille, rollte sich mit ihm herum, nahm rittlings auf ihm Platz, neigte den Kopf und knabberte an seinem Mund.

Noch während sie an seinem Gürtel zerrte, rollte er sich abermals mit ihr herum, zog ihr die Hose aus und glitt mit seiner Hand über die Waffe, die sie in dem Knöchelholster trug. Dass er sie einfach ziehen könnte, verlieh dem Moment noch einen zusätzlichen Kick, im Grunde aber reichten seine Hände und sein Mund vollkommen aus, damit sie den Verstand verlor.

Er drang mit seiner Zunge in sie ein, und als sie schreiend ihre Finger erst ins Laken und danach in seinen Rücken bohrte, trieb er sie noch weiter an, bis sie erschauernd kam. Doch er ließ immer noch nicht von ihr ab, blind und außer Atem wälzten sie sich auf dem dunkelblauen Laken hin und her, während sie wild an seinen Kleidern riss.

Dann fing die Erde an zu beben, als er seinen wunderbaren Mund auf ihre Lippen presste, ihre Hände packte und sie mit so harten Stößen nahm, dass sie vor Freude und Verlangen wie von Sinnen war.

Als sie noch einmal kam, waren seine wilden blauen Augen alles, was sie sah.

Am Ende lagen sie erschlafft wie Überlebende eines brutalen Unfalls auf dem Bett, und er glitt matt mit seinen Lippen über ihren Hals.

»Dann fandest du es also schön?«

»Es war okay. Und was ist mit der Wertschätzung, die ich zum Ausdruck gebracht habe?«

»Das hast du auf jeden Fall geschafft.«

»Und das ganz ohne Kostüme oder Requisiten.«

»Nun, du hast zumindest noch dein Knöchelholster an.«

Blinzelnd schlug sie die Augen wieder auf. »Ich habe was?«

»Das war für mich durchaus okay.« Mit einem halben Stöhnen rollte er von ihr herunter, richtete sich auf und ließ den Blick an ihr hinunterwandern, während sie lediglich mit einem dicken Diamanten um den Hals und einer Waffe, die an ihrem Knöchel steckte, auf dem Laken lag. »Das heißt, im Grunde mehr als nur okay.«

»Ihr Männer seid echt schräg.«

Mit einem Lächeln auf den Lippen stand er auf und holte eine Flasche Mineralwasser ans Bett. Erst trank er selber einen großen Schluck und drückte sie dann seiner Liebsten in die Hand. »Ein bisschen Wasser tut dir sicher gut.«

Sie stützte sich auf einem Ellenbogen ab und trank, doch als sie ihre Hand an das Knöchelholster legte, bat er: »Wart noch kurz.«

»Ich werde ganz bestimmt nicht damit schlafen.«

»Es geht nicht darum, dass du damit schlafen sollst.« Er hob ihr Schulterholster auf, doch als er es ihr wieder anziehen wollte, schob sie ihn entschlossen fort.

»Was hast du vor?«

»Ich würde gerne meine Neugierde befriedigen.« Mit schnellen Bewegungen legte er ihr das Holster an, stand wieder auf und unterzog sie einer eingehenden Musterung.

Mit wunderbar verblüffter Miene und vom Sex verhangenem Blick stützte sie sich auf den Ellenbogen ab, und dieser Anblick rührte an sein Herz.

Mit ihrem schlanken, nackten Kriegerinnenleib, an dem sie nur das Schulter- und das Knöchelholster trug, rief sie auch noch ganz andere Gefühle in ihm wach.

»Oh ja, genau so habe ich es mir vorgestellt.«

»Du hast dir vorgestellt, dass ich nur meine Waffen, aber weder Hemd noch Hose trage?«

»Du siehst noch verführerischer aus, als ich gedacht hätte«, gab er zurück. »Und deshalb, Lieutenant ...«

Ihr Verblüffen wich Entsetzen, als er plötzlich rittlings auf ihr saß. »Das soll ja wohl ein Witz sein.«

»Ganz im Gegenteil.« Jetzt drückte er noch ihre Hände auf das Bett.

»Du kannst ja wohl unmöglich ...«

Doch er konnte, und sie fragte überrascht: »Wie hast du das gemacht?«

»Ich nehme an, es hat etwas damit zu tun, dass ich ziemlich gelenkig bin.«

Mit diesen Worten drang er kraftvoll in sie ein, und als sie sofort wieder kam, schrie sie mit lauter Stimme: »Oh, mein Gott.«

»Ich will dich sehen, wenn du mir trotz der beiden Waffen, die du noch am Körper hast, vollkommen ausgeliefert bist.« Er rammte sich ein zweites und ein drittes Mal in sie hinein. »Ich will dich sehen, während ich dich nehme, bis wir beide vollkommen erledigt sind.«

Er zog sie mit sich in die Dunkelheit der Leidenschaft, rief neues, düsteres Verlangen in ihr wach und ritt sie weiter, bis sie sich nicht länger darum scherte, dass sie völlig hilflos war. Ihr Körper sehnte sich nach mehr, und willenlos versank sie in der neuen, wunderbaren Finsternis und ließ sich von ihm plündern, bis sie leer und vollkommen ermattet in den Kissen lag. Erst dann ließ auch er selbst sich gehen und kam, bevor er ebenfalls total erledigt über ihr zusammenbrach.

3

Erst ganz allmählich kam sie wieder zu sich, und als ihr Gehirn die Arbeit erneut aufnahm, gab es ihren Augen den Befehl, sich umzusehen, weil es verführerisch nach frisch gebrühtem Kaffee roch.

Mit einem Becher in der einen und einem Tablet in der anderen Hand saß Roarke gemütlich auf der Couch und sah sich auf dem Wandbildschirm die morgendlichen Aktienkurse an.

Er hatte bereits seine Herrscher-über-die-Geschäftswelt-Kleidung angelegt, einen dunkelgrauen Anzug und ein Hemd, das einige Schattierungen heller war, sowie einen perfekt gebundenen Schlips mit schmalen grauen Streifen auf marineblauem Untergrund.

Da seine Halbstiefel denselben Grauton wie der Anzug hatten, ging sie davon aus, dass sie speziell für dieses Outfit angefertigt worden waren. Sicher wichen auch die Socken, die er an den Füßen trug, nicht von diesem Schema ab.

Es war zwar gerade erst sechs Uhr, doch sie würde ihren Arsch darauf verwetten, dass er schon verschiedene wichtige Entscheidungen getroffen und Geschäfte in diversen fremden Ländern oder selbst auf anderen Planeten abgeschlossen hatte, wohingegen sie sich zwingen musste aufzustehen, ohne laut zu stöhnen.

»Morgen, Liebling.«

Knurrend stolperte sie Richtung AutoChef, genehmigte sich eine erste Dosis lebensspendenden Kaffees, stolperte weiter in das angrenzende Bad und drehte dort die Dusche auf.

Gierig kippte sie den Rest ihres Kaffees hinunter, während sie sich von dem heißen Wasser, das auf ihren Körper trommelte, vollständig wecken ließ.

Wenn sie die Welt nur dadurch retten könnte, dass sie so wie früher widerlichen Kaffee trank und morgens unter der Dusche nur ein müdes Rinnsal über ihren Körper rinnen ließ, bekäme sie das vielleicht hin.

Doch sicher war sie nicht.

Es war gut, dass sie nicht die Verantwortung für die gesamte Welt, sondern nur für die Mordopfer in New York City trug.

Da sie es inzwischen wieder schaffte, so komplexe Überlegungen anzustellen, war sie auf alle Fälle wach.

Zehn Minuten später fühlte sie sich wieder wie ein Mensch, zog einen Morgenmantel an und ging ins Schlafzimmer zurück, wo sie zwei mit Glocken abgedeckte Teller neben einer Kanne Kaffee auf dem Couchtisch stehen sah. Womit ihr Roarke zum x-ten Mal bewies, wie schnell er war.

Dann aber klappte er das Tablet zu, und sofort war der Cop in ihr geweckt.

»Was hast du auf dem Tablet?«, fragte sie.

»Auf meinem Tablet? Alles Mögliche.«

Sie schenkte sich den nächsten Kaffee ein und streckte ihre andere Hand nach seinem Tablet aus. »Zeig her, Kumpel.«

»Vielleicht ist es ja ein Nacktfoto von meiner Freundin Angelique.«

»Dann lassen wir's doch rahmen und hängen es zusammen mit dem Bild von meinen Liebhabern, den Zwillingen Raoul und Julio, auf. Aber bis dahin ...«

Um sie abzulenken, deckte er erst einmal die Teller ab.

Haferschleim. Das hätte sie sich denken können. Zumindest hatte er die Schüsseln mit ein bisschen Schinkenspeck und Rührei, einem Teller Beeren und einem Schälchen echten braunen Zuckers aufgepeppt.

Trotzdem.

»Auf dieser Grundlage kommen wir sicher prima durch den Tag.«

»Dein Tag hat doch bereits vor Stunden angefangen.«

»Aber nicht mein Tag mit dir.«

»Uh-huh.« Als Erstes schnappte sie sich ein Stück Speck, worauf der Kater mit bebenden Schnurrhaaren wie zufällig in Richtung Tisch geschlendert kam.

»Das Tablet.«

Erst bedachte Roarke das Tier mit einem Blick, der dazu führte, dass es Platz nahm und sich übertrieben gründlich wusch. »Charmaine hat mir einen Entwurf für unser Schlafzimmer geschickt, während wir anderweitig dort beschäftigt waren. Sie wollte einfach wissen, ob die Richtung stimmt. Ich denke nicht, dass du dir den Entwurf gleich nach dem Aufstehen ansehen willst.«

Noch einmal streckte sie die Hand nach seinem Tablet aus und schaufelte sich Beeren und Zucker auf den Haferschleim.

»Du kannst ihn dir auch auf dem Wandbildschirm ansehen.«

Er wischte kurz über den Monitor des Tablets, und Eve runzelte die Stirn, als sie das Bild des Zimmers sah.

»Die Vorhänge sind viel zu überladen. Sie sind, ach, ich weiß nicht, zu pompös ...«

»Das stimmt.«

»Am schönsten ist aus meiner Sicht die Sitzecke. Das Sofa ist geräumiger, aber ...«

»... zu reich verziert. Tatsächlich habe ich ein Bild in einem Katalog von Sotheby's gesehen, das mir gefallen hat. Ich werde es euch beiden schicken, damit ihr es euch ansehen könnt. Was ist mit dem Bett?«

Auch das war mit den dicken Pfosten, seinem hohen Kopfteil, einem langen Fußteil und dem Rahmen mit den eingeschnitzten keltischen Symbolen aufwändig verziert, und all das dunkle, weich schimmernde Holz sah alt und irgendwie ... bedeutsam aus.

Trotzdem.

»Ich ...«

»Wenn es dir nicht gefällt ...«

»Genau das ist es ja. Das Bett gefällt mir sogar sehr. Auch wenn ich dir beim besten Willen nicht sagen kann, warum. Es ist nicht schlicht, und ich hätte gedacht, dass mir was Schlichtes lieber ist. Aber ... normalerweise sind mir solche Sachen völlig schnuppe ... aber, Mann, das ist ein Wahnsinnsbett. Wo hat sie das gefunden?«

»Ich habe es selbst gefunden, und zwar schon vor einer halben Ewigkeit. Ich habe es spontan gekauft, dann aber eingelagert, weil mir klar wurde, dass dir etwas Schlichtes sicher lieber ist.«

Während sie sich das Bett genauer ansah, trank er einen Schluck von seinem Kaffee. »Zu dem Bett gibt's auch eine Geschichte, die ich dir erzählen kann.«

»Schieß los.«

»Tja dann. Es war einmal ein wohlhabender irischer Baron, der hatte zwar noch keine Braut, hat aber seinem Schreiner trotzdem schon einmal den Auftrag für den Bau von einem Ehebett erteilt.«

»Ein echter Optimist.«

»So kann man sagen. Als es angeliefert wurde, war er immer noch allein, deshalb hat er das Zimmer, wo das Bett stand, abgesperrt. Dann ging die Zeit ins Land, er war nicht länger jung und glaubte irgendwann nicht mehr daran, dass er jemals der Frau begegnen würde, die das Bett, sein Leben, sein Zuhause mit ihm teilen und die Mutter seiner Kinder werden wollte.«

»Das klingt für mich nach einem echten Unglücksbett.«

»Am besten hörst du die Geschichte bis zum Ende an. Eines Tages lief er wie so oft durch seinen Wald und traf auf eine Frau, die am Ufer seines Flusses saß. Keine junge Schönheit, sondern eine attraktive Frau mittleren Alters, die in einem hübschen Cottage lebte, das auf seinem Grundstück stand.«

Nachdenklich tauchte Eve den Löffel in den stark gesüßten und mit Beeren aufgemotzten Haferbrei. »Dann hätte er ihr doch schon vorher irgendwann einmal begegnen müssen, denn wie viele Leute haben dort wohl gelebt und ...«

»Tja, er ist ihr aber vorher nicht begegnet.«

»Vielleicht hätte er ein bisschen öfter dort im Wald

spazieren gehen sollen, wenn er die ganze Zeit auf Brautschau war.«

Kopfschüttelnd schob Roarke sich einen Bissen Rührei in den Mund. »Vielleicht sollte es so sein, dass sie sich erst an diesem Tag an diesem Ort begegnet sind. Auf jeden Fall ...«, fuhr er, bevor sie ihm erneut mit ihrer gnadenlosen Logik kommen konnte, fort: »... haben sie sich dort getroffen und sich während dieses Frühjahres und des Sommers öfter zum Spazierengehen verabredet. Er erfuhr, dass sie bereits in jungen Jahren und schon einen Monat nach der Hochzeit ihren Mann verloren hatte und danach allein geblieben war. Sie sprachen über ihren Garten und sein Unternehmen, über den Tratsch im Ort und über Politik.«

»Verliebten sich und haben dann bis an ihr Lebensende glücklich in dem Herrenhaus gelebt.«

Roarke bedachte sie mit einem Blick wie sonst den Kater, wenn er etwas vom Tisch stibitzen wollte. »Erst einmal wurden sie nur gute Freunde, und während des ganzen ersten Jahres kam der Mann niemals auf den Gedanken, dass es sich um Liebe handeln könnte, weil er dachte, diese Zeiten wären endgültig vorbei. Aber er schätzte sie als Mensch, ihre Intelligenz, ihre Umgangsformen und ihren Humor. Das sagte er ihr auch und fragte sie, ob sie nicht Lust hätte zu heiraten, damit sie beide zukünftig nicht mehr alleine wären. Er war zufrieden, als sie seinen Antrag annahm, aber hätte nie daran gedacht, die Tür des Zimmers aufzusperren, in dem das Bett stand, das er sich vor so vielen Jahren hatte bauen lassen. Doch in der Hochzeitsnacht führte die Braut ihn geradewegs zu diesem Raum. Die milde Brise dieses zweiten Frühlings wehte durch das Fenster, Kerzen brannten, auf den Tischen standen Vasen voller Blumen aus ihrem Garten, und das Mondlicht fiel auf das zu seiner Überraschung frisch mit weißem Leinen bezogene Bett. Plötzlich wurde ihm bewusst, dass sie die Braut aus seinen Träumen war. Keine junge Schönheit, sondern eine reife Frau, die tiefgründig, beständig, witzig, freundlich war. In dem Bett wurde aus ihrer starken, wahren Freundschaft eine Liebe, die genauso stark und wahrhaftig war. Heute heißt es, dass es einem, wenn man dieses Bett mit einem Menschen teilt, genauso geht.«

Diese Geschichte war idiotisch, aber trotzdem nett, fand Eve. »Dann werden wir's auf jeden Fall behalten«, meinte sie und stellte fest, dass sie den ganzen Haferbrei gegessen hatte, ohne dass es ihr bewusst gewesen war. »Was ist das für eine Farbe? Der Bezug?«

»Bronze mit einem Hauch von Kupfer«, klärte Roarke sie auf.

Mit einem neuerlichen Nicken aß sie den Speck. »Der Stoff von meinem Hochzeitskleid sah ganz genauso aus.«

»Das überrascht mich nicht, denn schließlich ist es auch derselbe Stoff.«

»Du bist manchmal erschreckend rührselig.«

»Und irre«, gab er grinsend zu.

»Die Farbe und das Bett gefallen mir. Das ist schon mal nicht schlecht.«

»Dann sage ich Charmaine, dass sie das Bett als Grundlage für die Entwürfe nehmen soll.«

»Okay.« Gesättigt und zufrieden stand sie auf und ging zum Schrank, der eigentlich kein Schrank, sondern ein eigenes Zimmer war.

»Heute wird es kälter«, warnte Roarke. »Nachmittags gibt es wahrscheinlich sogar Schneeregen.«

»Pfirsichfarben«, stellte sie beim Anblick einer ihrer Jacken fest. »Warum gibt's dann nicht auch melonen- oder apfel- oder einfach obstfarben?«

Er studierte seine Frau, die häufig zynisch war und viel zu viele Dinge wörtlich nahm, und räumte achselzuckend ein: »Ich weiß es nicht. Darüber habe ich bisher nie nachgedacht.«

»Genau das meine ich. Als Erstes fahre ich ins Leichenschauhaus und dann weiter ins Labor. Der Sturschädel muss mir bei der verdammten Waffe helfen, denn anscheinend ist er unser Laserking.« Sie griff nach einem dunkelgrünen Pullover, einer warmen braunen Hose, doch bevor sie eine Jacke wählte, dachte sie kurz nach. Wenn sie die falsche nähme, würde Roarke ihr eine andere reichen, doch das ließ ihr Stolz nicht zu.

Warum musste sie nur so viele Jacken haben? Und warum kam es ihr vor, als ob die Auswahl jedes Mal noch größer wäre, wenn sie morgens vor den Ständern und Regalen stand?

Niemand war überraschter als sie selbst, als sie nach einer Jacke griff, die etwas dunkler als die Hose und mit einem Saum im Grün von ihrem Oberteil versehen war.

Dann schnappte sie sich ein Paar Stiefel und noch einen Gürtel, womit der Fall ihrer Meinung nach erledigt war.

»Ich werde heute meistens in der City sein«, erklärte Roarke. »Und heute Nachmittag sehe ich mir An Didean an.«

Sie dachte an den Zufluchtsort für junge Menschen, den er gerade bauen ließ. »Wie kommen sie dort voran?«

»Das werde ich nachher sehen, aber anscheinend wirklich gut. Wenn es so weitergeht, können im April die ersten jungen Leute einziehen.«

»Gut.« Sie zog ihr Schulterholster, die Jacke und danach die Stiefel an. »Was ist? Was stimmt mit diesen Sachen nicht?«

»Mit ihnen stimmt nichts nicht. Du siehst perfekt und durch und durch wie eine Polizistin aus.«

»Das bin ich schließlich auch.«

»Genau. Vor allem bist du meine Polizistin, also pass gut auf dich auf.«

Er selbst blieb auf dem Sofa sitzen, trank gemütlich seinen Kaffee, während Galahad an seiner Seite fläzte, und sah sie mit diesem ganz besonderen Lächeln an, das sie noch einmal vor ihn treten, sein Gesicht mit ihren Händen rahmen und ihn küssen ließ.

»Bis heute Abend.«

»Schnapp die Schurken, Lieutenant, aber guck, dass dir bei der Verhaftung nichts passiert.«

»Genau so ist es geplant.«

Sie ging ins Erdgeschoss, in dem ihr Mantel neben der Glitzerschneeflockenmütze, dem von Peabody gestrickten Schal und neuen Handschuhen über dem Treppenpfosten hing.

Draußen stand ihr Wagen und war obendrein schon vorgeheizt.

Sie blickte durch den Rückspiegel noch einmal auf das tröstlich warme Haus und fuhr dann los, um sich im Leichenschauhaus ihre Toten anzusehen.

Der Schneeregen setzte schon morgens ein. Während sie sich Richtung City kämpfte, trommelten unbarmherzig kleine Eispartikel auf die Windschutzscheibe ihres Wagens ein.

Das Wetter hinderte die Werbeflieger nicht daran, lautstark Kreuzfahrtoutfits, Räumungs- oder vorgezogene Winterschlussverkäufe anzupreisen, doch die Maxibusse, die sich auch bei Trockenheit eher schwerfällig bewegten, krochen jetzt im Schneckentempo, und nachdem die meisten Autofahrer schon bei dem Gedanken, dass jetzt Winter war, nicht einmal mehr das Minimum an fahrerischem Können, das sie sonst zumindest zeigten, hatten, brachte sie den Großteil ihres Weges damit zu, den anderen Gefährten auszuweichen, über sie hinwegzuspringen und sich in lauten Flüchen zu ergehen.

Erleichtert lief sie schließlich durch den langen weißen Tunnel, der zu den verschiedenen Sektionsräumen führte, und nahm nicht einmal Anstoß an dem meckernden Gelächter, das aus einem der Säle drang.

Aus ihrer Sicht gehörte meckerndes Gelächter sich in einem Leichenschauhaus nicht. Gelegentlich ein leises Lachen war in Ordnung, aber meckerndes Gelächter hier an diesem Ort war einfach unheimlich.

Dann trat sie in die kühle Luft des Autopsieraums und vernahm die ruhigen Klänge klassischer Musik.

Die Opfer lagen auf drei Stahltischen, und Morris schaute sich durch eine Mikrobrille Wymans Leichnam an. Unter seinem durchsichtigen Kittel trug er einen grauen Anzug über einem leuchtend blauen Hemd mit feinen Nadelstreifen in der Farbe seiner Jacke, die dunklen Haare hatte er zu einem komplizierten Zopf geflochten, den ein ebenfalls geflochtenes graues Band zusammenhielt.

Er hob den Kopf, als Eve den Raum betrat.

»Ein kalter, trüber Morgen, finden Sie nicht auch?«

»Ich gehe davon aus, dass es noch schlimmer wird.«

»Das tut es leider allzu oft. Doch unsere Gäste haben jetzt das Schlimmste hinter sich. Bei ihrem Anblick musste ich an Mozart denken«, meinte er und dämpfte die Musik, bis sie nur noch ein leises Murmeln war. »So jung.«

Er hatte sie schon aufgeschnitten und wies mit der blutverschmierten Hand auf einen Wandbildschirm.

»Sie war gesund und durchtrainiert, sie hatte keine Spuren von Drogen oder Alkohol im Blut. Ihre letzte Mahlzeit waren ein Kakao mit Sojamilch und eine Brezel, die sie circa eine Stunde vor dem Tod gegessen hat.«

»Ein kleiner Snack auf ihrem Weg zur Schlittschuhbahn. Im Central Park gibt's Stände, wo man solche Sachen kaufen kann. Sie war seit einer guten Viertelstunde auf dem Eis, als sie den Treffer abbekommen hat.«

»Der Laser traf sie mitten in den Rücken und hat ihre Wirbelsäule fast durchtrennt.«

»Durchtrennt?«

»Beinah. Er kam also mit voller Wucht. Wenn sie nicht gestorben wäre und sich keine lange, teure und besondere Behandlung hätte leisten können, wäre sie gelähmt gewesen. Doch nach dem Treffer war sie innerhalb von wenigen Sekunden tot.«

»Das heißt, im Grunde hat sie gar nicht mitbekommen, was geschehen ist.«

»Genau. Was meiner Meinung nach ein Segen ist. Ich habe gerade erst begonnen, mir ihre inneren Organe anzusehen, der Schaden ist beträchtlich.«

Obwohl Eve kein großer Fan von inneren Organen war, hatte sie sich ein dickes Fell in diesen Dingen zugelegt, weshalb sie die ihr angebotene Mikrobrille nahm, um sich die Schäden selbst genauer anzusehen.

»Ist das da eine starke innere Blutung?«

»Ja. Milz und Leber wurden regelrecht zerfetzt.« Er zeigte auf die Waage, in der Eve die Überreste der Organe liegen sah.

»Sind solche inneren Verletzungen nach einem Schuss aus einem Lasergewehr normal?«

»Ich habe so etwas schon einmal gesehen. Aber das waren Kampfverletzungen aus dem Krieg, in dem man eine möglichst große Zahl an Gegnern möglichst schnell aus dem Verkehr ziehen will.«

»Der Strahl pulsiert oder vibriert, sobald er auf sein Ziel trifft, stimmt's?« Eve richtete sich wieder auf und nahm die Brille ab. »Das habe ich gehört. Bei Polizei- und Sammlerwaffen ist das nicht erlaubt.«

»Mit diesen Sachen kennt Berenski sich erheblich besser aus als ich.«

»Das sagte man mir schon. Als Nächstes fahre ich zu ihm.«

Sie legte ihre Brille fort, warf einen letzten Blick auf Wyman und wandte sich dann den beiden anderen Leichen zu.

»Dann hat also jemand eine Militärwaffe oder etwas in der Richtung in die Hand gekriegt. Dieser Jemand wollte sichergehen, dass keiner von den dreien überlebt.«

Morris ging noch einmal auf das Mädchen ein. »Schwer zu sagen, warum jemand dieses Mädchen hätte töten wollen. Vielleicht war sie ja auch ein böses Weib und hat sich jeden, dem sie irgendwann einmal begegnet ist, zum Feind gemacht.«

»Danach sieht's bisher nicht aus. Ihre Familie ist solide Mittelklasse, sie hat noch daheim gelebt, neben dem Collegestudium gejobbt, und ihre große Leidenschaft war schon seit Jahren das Eislaufen.«

Eve umrundete das junge, schlanke Mädchen, das nicht mitbekommen hatte, was mit ihm geschehen war. »Nicht mal mit ihrem Ex-Freund gab es Streit. Als ich gestern bei ihren Eltern war, habe ich mir kurz ihr Zimmer angesehen. Nicht übertrieben, aber ziemlich mädchenhaft. Sie hatte nirgends Drogen oder dergleichen versteckt und keine kranken Sachen auf dem Laptop. Trotzdem werden sich die elektronischen Ermittler noch ansehen, was genau dort abgespeichert ist.«

»Also eine normale, noch nicht ganz erwachsene junge Frau, die noch nicht wusste, was sie wollte, und sich eingebildet hat, sie hätte genügend Zeit, um sich zu überlegen, was sie mal mit ihrem Leben machen soll.«

»So sehe ich das bisher auch«, pflichtete Eve ihm bei. »Ihre Familie wird Sie kontaktieren, weil sie sie ein letztes Mal sehen wollen.«

»Ich habe gestern Abend schon mit ihnen gesprochen und einen Termin für heute Vormittag gemacht. Ich werde für sie da sein.«

»Das ist gut.«

Sie wandte sich erneut den beiden anderen Opfern zu. »Falls es dem Täter ganz speziell um einen von den dreien ging, dann wohl am ehesten um die Nummer zwei.«

»Brent Michaelson.«

»Genau. Aber das ist einfach ein Bauchgefühl, nur eine Theorie, für die es bisher keinerlei Beweise gibt.«

»Da Sie sich meistens auf Ihr Bauchgefühl verlassen

können und Ihr Bauch in deutlich besserer Verfassung ist als der des armen Kerls, werde ich die Information im Hinterkopf behalten, wenn ich ihn mir anschaue«, sagte Morris ihr zu.

»Er hat auf alle Fälle mitbekommen, was mit ihm passiert ist, denn laut den Zeugen, die ihm helfen wollten, war er noch ein bis zwei Minuten bei Bewusstsein, nachdem er getroffen worden war.«

»Die zwei Minuten waren sicher eine Qual«, fügte der Pathologe dumpf hinzu. »Auch deshalb sagt Ihr Bauch, dass es vielleicht um ihn gegangen ist.«

»Zum Teil.«

»Sie haben in Ihrem Bericht vermerkt, dass Lowenbaum Sie in dem Fall berät. Ich werde ihm Kopien von allem schicken, wenn Sie wollen.«

»Das wäre gut. Wie oft hatten Sie es bei Ihrer Arbeit schon mit Opfern von SKGAs zu tun?«

»Dies wäre jetzt das dritte Mal – das erste Mal, seit ich Chef des Ladens bin.« Er schob sich seine eigene Mikrobrille auf die Nasenspitze und sah sie mitfühlend aus seinen schrägstehenden dunklen Augen an. »Ich schätze, dass ich ungefähr zehn Jahre älter bin als Sie.«

»Ich weiß nicht. Sind Sie das?«

Er lächelte sie an, denn anders als die meisten anderen Cops hielt Eve sich streng aus dem Privatleben anderer heraus.

»Ich schatze, schon. Das heißt, wir beide sind etwas zu jung, um uns noch an die Innerstädtischen Revolten zu erinnern, während derer solche Dinge an der Tagesordnung waren. Die Technologie, die solche Waffen schafft, mit denen diese drei getötet worden sind, verfeinert eben auch die Wissenschaft des Tötens, wenn ich das so sagen darf. Wobei es heutzutage nicht mehr ganz so einfach ist, an Waffen dieser Art heranzukommen, weshalb es nicht mehr oft zu derartigen Taten kommt.«

»Was sich natürlich wieder ändern kann.«

»Da haben Sie recht. Ich kenne mich mit solchen Waffen nicht besonders aus, aber ich werde mich damit befassen, sodass ich mein Bestes für die junge Frau und für die beiden anderen geben kann.« Noch einmal sah er zu dem toten Mädchen, das auf dem kalten Stahltisch lag.

»Dann fahre ich jetzt los und gucke, ob der Sturschädel sich tatsächlich so gut mit Laserwaffen auskennt, wie behauptet wird.«

»Viel Glück. Im Übrigen hat Garnet mir erzählt, Sie beide würden bald mal was zusammen trinken gehen.«

»Was? Wer?«

»DeWinter.«

»Oh, DeWinter.« Die forensische Anthropologin, von der Eve nicht sicher wusste, ob sie ihr sympathisch war.

»Wir sind Freunde, Dallas.«

Unbehaglich stopfte Eve die Hände in die Hosentaschen. »Das geht mich nichts an.«

»Nach Amaryllis' Tod waren Sie für mich da, das hat mir geholfen, diese dunkle Zeit zu überstehen. Und auch wenn es Sie vielleicht nichts angeht, kann ich nachvollziehen, wenn Sie in Sorge um mich sind. Garnet und ich sind einfach gern zusammen, und da wir uns nicht ständig fragen, ob wir miteinander in die Kiste gehen sollten, sind die Treffen wunderbar entspannt. Tatsächlich waren sie, Chale und ich erst gestern Abend zusammen in einem wirklich netten Restaurant.«

»Der Priester, der Knochen- und der Totendoktor«, stellte Eve mit dumpfer Stimme fest, und als er lachte, merkte sie, wie ihre Anspannung verflog.

»Wenn man es so sieht, geben wir ein wirklich interessantes Trio ab. Auf jeden Fall hat sie erwähnt, dass sie Sie dazu überredet hat, dass Sie mal was zusammen trinken gehen.«

»Vielleicht. Mal sehen.« Als er die Brauen anhob, atmete sie zischend aus. »Okay. Ich bin ihr etwas schuldig, weil sie mir bei meinem letzten Fall geholfen hat. Hat sie Sie darauf angesetzt zu prüfen, wie die Aktien stehen?«

Mit einem Lächeln meinte er: »Sie werden Garnet auf jeden Fall auf Bellas Party sehen.«

»Was hat Garnet denn mit Mavis' Kind zu tun?«

»So wie ich Sie eben hat mich Mavis schon des Öfteren ausgehorcht. Wenn auch auf durch und durch charmante Art versucht sie immer herauszukriegen, wie es mir geht, weshalb wir zu viert vor ein paar Wochen zusammen im *Blue Squirrel* waren.«

»Sie waren im *Blue Squirrel*? Ohne Scheiß?«

»Es war eine besondere Erfahrung, am Ende haben Mavis und Leonardo Garnet und mich zu der Party eingeladen. Wie ich die beiden kenne, wird das sicher ein besonderes Event.«

»So wie Sie das sagen, klingt es fast, als würden Sie sich darauf freuen. Allmählich machen Sie mir Angst, Morris«, erklärte sie nicht nur zum Scherz, bevor sie ihn mit Wyman und den beiden anderen alleine ließ.

Am Ausgang kam ihr Peabody entgegen, die zur Abwechslung statt pinkfarbener Cowboy- pinkfarbene Winterstiefel aus Kunstfell trug.

»Ich komme nicht zu spät. Sie sind zu früh.«

»Ich dachte mir, ich fange einfach schon mal an.«

Als Eve das Institut verließ, machte Peabody auf dem Absatz kehrt und lief ihr eilig hinterher. »Hat Morris was herausgefunden?«

»Bisher hat er sich nur das erste Opfer angesehen. Wir müssen mit Berenski sprechen, im Moment sieht es aus, als hätte unser Täter eine Militärwaffe benutzt.«

»McNab hat gestern Abend dazu recherchiert.« Mit einem lauten *Ahhh* machte Peabody es sich in dem warmen Auto ihrer Partnerin bequem. »Er war total begeistert. Warum fahren Männer so auf Waffen ab?«

»Ich bin kein Mann, aber ich fahre durchaus auch auf Waffen ab.«

»Da haben Sie recht. Aber egal. Er hat die potenzielle Tatwaffe gesucht und ein paar Berechnungen angestellt. Was ich durchaus verstehen kann, weil er schließlich ein Elektronikfuzzi ist, dann haben Sie das von Roarke entwickelte Programm geschickt. Das war für ihn wie Weihnachten, heißer Sex und Schokopudding gleichzeitig. Als hätten wir an Weihnachten echt heißen Sex gehabt und uns dabei mit Schokopudding eingeschmiert.«

»Hören Sie auf.«

»Zu spät. Jetzt habe ich das Bild im Kopf. Aber wie dem auch sei, er hat ein bisschen damit herumgespielt, und ich habe mir in der Zeit die Zeugenliste angesehen. Wie Sie meinem Bericht bereits entnehmen konnten, haben der arme kleine Kerl mit dem gebrochenen Bein und seine Eltern nichts gesehen, bevor sie umgefallen sind. Danach war das Einzige, was die Eltern noch wahrgenommen haben, das Mädchen und ihr Kind. Als es passierte, sahen sie gerade in die andere Richtung, weil sie auf dem Weg zum Ausgang waren, und dann ...«

»Natürlich gehen wir die Liste weiter durch, aber ich glaube nicht, dass es dort unten auf der Eisbahn Zeugen für die Schüsse gibt, denn dafür war der Täter viel zu weit entfernt. Auch eine Verbindung zwischen unseren Opfern habe ich bisher noch nicht gefunden, ich kann mir auch nicht vorstellen, dass es eine gibt.«

»Dann hat er seine Opfer also willkürlich gewählt?« Peabody blickte auf die Menschen auf der Straße, auf die Häuser und die unzähligen Fenster, die es in den Häusern gab.

»Ich bin mir noch nicht sicher, ob es wirklich reine Willkür war. Ich brauche die Ergebnisse der Leichenschau, außerdem müssen wir die Häuser überprüfen, die auf der zum Glück inzwischen ziemlich kurzen Liste der möglichen Tatorte stehen. Der erste Schuss hat Wyman mit so einer Wucht getroffen, dass es sogar einen Nachhall gab.«

»Ich weiß, was das bedeutet. Das hat mir McNab erklärt. Mit Nachhall meinen Sie, dass der Laser nach dem Aufprall noch pulsiert und sich dadurch in ihrem Körper ausgebreitet hat.«

»Sie hatte also keine Chance. Der Schuss hätte ihr fast die Wirbelsäule durchtrennt. Das heißt, der Täter wollte Wyman nicht nur treffen, sondern umbringen. Vielleicht hat er ja deshalb nach dem dritten Opfer auf gehört. Die Leute waren in Panik, gingen in Deckung oder sind so schnell wie möglich abgehauen. Er hätte sie zwar durchaus noch treffen können, aber vielleicht nicht so präzise, dass sie gestorben wären. So war jeder

Schuss ein Volltreffer, und vielleicht hatte er es darauf abgesehen.«

»Sonst hätte er sich vielleicht die Bilanz versaut.« Peabody atmete geräuschvoll aus. »Wie viele Häuser stehen auf dieser Liste?«

Eve hielt vor dem Labor und stellte düster fest: »Genug, dass alle, die nicht gerade einen anderen heißen Fall haben, uns helfen müssen, sie zu überprüfen.«

Sie stapfte durch das Labyrinth der Kriminaltechnik direkt in das Büro des Chefs.

Berenski saß an seinem langen Arbeitstisch und wandte ihr den Rücken zu, mit den quer über den Eierkopf gekämmten, fettglänzenden Haaren hätte sie ihn überall auch von hinten erkannt.

Die langen Spinnenfinger huschten wechselweise über einen Monitor und eine Tastatur. Obwohl er ihr unheimlich und eine echte Nervensäge war, war er ein Meister seines Fachs. Auf den sie für die Lösung ihres Falles angewiesen war.

Dann drehte er sich plötzlich um, und ihr klappte die Kinnlade herunter, denn der jämmerliche Bart, den er sich wachsen lassen wollte, sah inzwischen aus wie eine dünne Raupe, die versuchte, zwischen seinem Mund und seiner Nase von der einen auf die andere eingefallene Wange zu gelangen, während sein spitzes Kinn von dürren Haaren wie von den Fäden eines ramponierten Spinnennetzes überzogen war.

Er hatte immer schon davon geträumt, ein Frauenheld zu sein, doch falls er sich von diesem Look Erfolg versprach, würde er sicher schwer enttäuscht.

»Ein SKGA«, stellte er fröhlich fest.

»Genau.«

»Die kriegen wir nicht alle Tage rein. Und dann noch ein Gewehr mit einer solchen Reichweite. Wahrscheinlich ein Modell, wie Lowenbaum es mir beschrieben hat.«

»Die gibt's normalerweise nur fürs Militär. Morris hat sich bisher nur das erste Opfer angesehen, aber er sagt, die inneren Organe seien zerfetzt.«

»Das hatte ich mir schon gedacht. Das liegt am Nachhall.« Eilig rollte er mit seinem Hocker bis zu einem anderen Monitor. »Sehen Sie hier? Hier wird ein Schuss mit einer Tactical-XT für militärische Verwendung simuliert. Bei einer Schussweite von tausend Metern braucht der Laserstrahl 1,3 Sekunden. Sehen Sie, wie der rote Strahl den Körper trifft und sich dann ausbreitet? Das ist der Nachhall. Nach dem Auftreffen dehnt sich der Laser aus.« Er legte seine Fäuste aneinander, breitete die Arme aus und fügte noch hinzu: »Die Zielperson hat nicht den Hauch von einer Chance.«

»Das habe ich gesehen, als ich eben im Leichenschauhaus war.«

»Sie sind für die Toten zuständig und ich für das Gewehr. Wenn Morris sagt, dass diese Waffe für das Militär gedacht war und es einen Nachhall gab, passt das zu dem, was auf den Aufnahmen zu sehen ist. Ich habe mit Lowenbaum gesprochen, und er hat mir zugestimmt.«

»Ich widerspreche Ihnen auch nicht.«

Ohne darauf einzugehen, fuhr er fort: »Die eingetragene Reichweite der Tact-XT des Militärs beträgt 3,6 Meilen.«

»Ich weiß. Ich brauche …«

»Also hätten diese Schüsse auch von einem Schiff auf dem East River kommen können. Wahnsinn, finden Sie nicht auch? Ich würde mich echt gern mal mit dem Bastard unterhalten und ihn fragen, wie er es geschafft hat, mitten in New York bei sicher nicht durchgehend freier Sicht, wechselnder Windgeschwindigkeit und schwankenden Temperaturen mit drei Schüssen drei Leute zu erwischen, die noch dazu in Bewegung waren.«

»Wenn ich ihn hochgenommen habe, mache ich Sie beide bekannt.«

»Das hoffe ich doch wohl. Aber ich glaube nicht, dass er über die ganze Reichweite geschossen hat, und ich entwickle gerade ein Programm aufgrund der Schusswinkel, der Schussgeschwindigkeit und anderer Faktoren, um herauszufinden, von wo aus der Kerl die Opfer vielleicht ins Visier genommen hat.«

»Das weiß ich schon. Ich habe schon so ein Programm.«

»Das, was wir bisher benutzt haben, ist nicht ganz aus …«

»Es ist ein anderes Programm.«

Statt abzuwinken, runzelte er überrascht die Stirn. »Ach ja?«

»Peabody.«

»Ich habe es auf meinem Handcomputer. Jetzt«, erklärte sie und gab ein paar Befehle ein, »haben Sie es auch.«

Er rief es sofort auf, sah es sich an und fragte: »Haben Sie das etwa von der NSA?«

»Ich habe es von Roarke.«

»Wie lange haben seine Leute gebraucht, dieses Programm zu entwickeln?«

»Er hat es ganz allein entwickelt. Gestern Abend.«

»Wollen Sie mich verarschen?«, knurrte er und fuhr zu ihr herum.

»Weswegen sollte ich das tun? Es geht mir einzig und allein darum, den Kerl zu finden, der drei Leute umgebracht hat. Alles andere ist mir egal.«

»Ihr Mann ist ein Genie.« Berenski wandte sich erneut dem Bildschirm zu und fuhr sich mit der Hand über das Genick. »Obwohl man das Programm hier und da noch etwas verfeinern kann.«

»Machen Sie keinen Scheiß.«

»Ich habe ganz bestimmt nicht vor, daran herumzupfuschen, aber wenn er selber oder seine Leute es noch eine Spur verfeinern würden, könnte er damit bestimmt Millionen machen ... was er natürlich nicht nötig hat.«

»Um nötig haben geht es nicht«, murmelte Eve.

»Haben Sie das Lowenbaum schon gezeigt?«

»Ich habe es ihm gestern Nacht geschickt, aber ich weiß nicht, ob er's schon gesehen hat.«

»Er wird genauso ausflippen wie ich, wenn er es zu Gesicht bekommt. Genauer, als Sie es schon ausgerechnet haben, geht es bestimmt nicht mehr. Sehen Sie hier, er hat die Windgeschwindigkeit, die Außentemperatur, die Feuchtigkeit, den Schusswinkel, die Zeit zwischen den Schüssen und die Sichtachsen mit einbezogen. Es ist alles da. Wahrscheinlich haben Sie mit der Durchsuchung der Gebäude wochenlang zu tun, aber die grobe Richtung stimmt auf jeden Fall.«

»Nehmen Sie die gut gesicherten Gebäude raus«, wandte Eve sich an ihre Partnerin.

»Ist das denn möglich?«

Ohne die Erlaubnis abzuwarten, schob sich Peabody am Sturschädel vorbei und gab einen entsprechenden Befehl in den Computer ein.

»Toll. Sie haben recht, so eine Waffe kriegt man nicht so leicht durch die Kontrollen durch.«

»Jetzt eliminieren Sie die Wohnungen, in denen Familien wohnen, und Büroräume, in denen mehr als eine Person sitzt.«

Berenski nickte, als er die inzwischen wesentlich geringere Zahl an Häusern auf dem Bildschirm sah. »In Ordnung. Wissen Sie, wie eine Laserwaffe klingt? Falls unser Täter keinen Schalldämpfer benutzt hat, hat vielleicht irgendwer drei hohe Pfeiftöne gehört.«

»Ich habe selbst schon mal mit einem solchen Ding geschossen.«

»Na, dann kennen Sie das Geräusch ja. Falls er einen Schalldämpfer benutzt hat, wurde zwar die Reichweite etwas begrenzt, dafür hat aber niemand etwas gehört. Es kommt drauf an, wie er es angehen wollte, doch auf alle Fälle suchen Sie nach jemandem, der wusste, was er tat. Ihr Killer ist ein super Schütze, Dallas. Er ist wirklich gut. Der letzte Treffer zeugt nicht nur von Können, sondern obendrein von einem gewissen Maß an Dreistigkeit.«

Obwohl es sie ein wenig schmerzte, einer Meinung mit dem Sturschädel zu sein, gab sie ihm recht. »Aber wie heißt es doch so richtig? Übermut tut selten gut.«

»Hoffentlich.«

»Arbeiten Sie weiter, und falls Sie es schaffen, auch noch andere Bereiche auszuschließen, geben Sie mir umgehend Bescheid.«

Tatsächlich hatte er sich bereits wieder seiner Arbeit zugewandt, Eve und Peabody verließen das Büro.

»Das war das erste Mal, dass Sie ihm weder drohen

noch ihn bestechen mussten«, stellte Peabody verwundert fest.

»Weil das Programm der feuchte Traum von jedem Elektronikfuzzi ist, mit dem er sich jetzt erst einmal stundenlang amüsieren wird«, gab Eve zurück und stellte fest, dass sie es fast ein wenig traurig fand, wie glatt es dieses Mal gelaufen war.

4

Als Nächstes fuhren sie aufs Revier. Eve musste ihre Tafel aufstellen, schauen, wer von ihren Leuten anfangen könnte, sich in den Gebäuden umzusehen, und hoffte, Dr. Charlotte Mira wäre ebenfalls im Haus.

Um sie zu sprechen, müsste sie sich erst mit deren knochenharter Sekretärin auseinandersetzen, aber ein Gespräch mit der Profilerin und Psychologin wäre diese Mühe durchaus wert.

Als sie ihr Dezernat erreichte, schaute sie sich erst einmal um. Wenn Baxter und der treue Trueheart nicht zu sehen waren, waren sie wahrscheinlich irgendeiner Sache auf der Spur. Und so wie sich Carmichael auf Santiagos Schreibtisch stützte, waren die beiden offensichtlich nicht am Tratschen, sondern in ein ernsthaftes Gespräch vertieft.

Jenkinson gab stirnrunzelnd etwas in den Computer ein, und Reineke kam mit einem Becher Kaffee in den Händen aus dem Pausenraum.

»Haben Sie gerade keinen heißen Fall?«, fragte sie Jenkinson.

»Da ich beim Schnick-Schnack-Schnuck verloren habe, schreibe ich jetzt den Bericht zu unserem letzten Fall«, klärte er sie mit Grabesstimme auf.

»Dann kommen Sie in fünf Minuten zu mir ins Büro. Peabody, Sie erklären ihm und Reineke, worum es geht.«

In ihrem Büro rief sie als Erstes Roarkes Programm auf den Computer, brachte danach die Bilder der drei Opfer an der Tafel an und schrieb, um Miras Drachen zu umgehen, eine kurze Mail an Mira persönlich. Wenn sie sie angerufen hätte, wäre sicherlich die Sekretärin an den Apparat gegangen und hätte sie mit irgendwelchen dummen Floskeln abgespeist.

Mit einem Becher echten Kaffees in der Hand studierte sie die Bilder auf dem Bildschirm des Computers, bis ihre Detectives kamen und sie das Gefühl hatte, als würde durch den grellen Schlips von Jenkinson der ganze Raum erhellt. Wahrscheinlich hielt er selbst die goldenen und grünen Punkte auf dem roten Untergrund für klassisch und vielleicht sogar dezent.

»Sie fangen in diesem Sektor an und arbeiten sich von der Madison nach Osten vor. Peabody wird Ihnen die Zielgebäude nennen, die das Programm errechnet hat. Vielleicht haben Sie ja Glück und finden etwas.«

»Ein Heckenschütze«, meinte Reineke. »Sie gehen davon aus, dass er alleine war.«

»Wahrscheinlich. Ich muss noch mit Mira reden, aber der Wahrscheinlichkeitsberechnung nach ist es ein Mann mit einer Ausbildung beim Militär oder der Polizei. Ein Einzelgänger. Solche Treffer landet man nicht ohne Training, für das es vielleicht ja irgendwelche Zeugen gibt. In den Hotels und den Apartmenthäusern suchen Sie nach jemandem, der fast ohne Gepäck dort eingezogen ist. Natürlich brauchte er den Koffer mit der Waffe, aber sonst hatte er sicher kaum etwas dabei. Außerdem brauchte er ein Fenster, das er öffnen konnte, oder hat ein Fenster vor dem Anschlag auf die Schlittschuhbahn kaputt gemacht. Wobei das Fenster sicher einen Sichtschutz hatte, damit niemand ihn mit der verdammten Waffe sah. Ohne Schalldämpfer macht eine solche Waffe, wenn man schießt, ein pfeifendes Geräusch, vielleicht hat also irgendwer drei helle Pfiffe innerhalb von wenigen Sekunden irgendwo gehört.«

»Die Chance, dass jemand etwas gehört hat ...«

»Geht gegen null.« Eve nickte Jenkinson kurz zu. »Aber vielleicht haben wir ja Glück, und es gab keinen Schallschutz in dem Raum, aus dem geschossen worden ist.«

»Sie glauben doch wohl nicht im Ernst, dass wir in einer solchen Billigabsteige jemanden finden, der freiwillig mit den Bullen spricht.«

»Wunder gibt es immer wieder«, meinte Eve.

»Vielleicht hat er ja auch aus seiner eigenen Wohnung auf die Schlittschuhbahn gezielt«, bemerkte Reineke. »Vielleicht war er, egal aus welchem Grund, von der Bahn besessen und hatte es deswegen auf die Schlittschuhläufer abgesehen.«

»Wir müssen eben herausfinden, ob es so war. Peabody und ich fangen weiter östlich an und arbeiten uns dann in Ihre Richtung vor. Auch wenn es sicherlich noch etwas dauern wird, bis wir dort sind. Wir müssen nämlich vorher noch kurz in die Praxis unseres zweiten Opfers und ...«

Bevor sie den Satz beenden konnte, ging auf ihrem Computer eine E-Mail für sie ein. »Okay, Mira kommt auf dem Weg in ihre Praxis kurz vorbei. Wenn sie mir irgendetwas sagen kann, was uns bei unserer Suche weiterhilft, bekommen Sie Bescheid. Und jetzt fahren Sie los.«

»Peabody, verfeinern Sie die Liste geografisch und melden Sie uns in der Praxis unseres zweiten Opfers an.« Sie sah auf ihre Uhr und fügte noch hinzu: »Bevor wir losfahren, möchte ich noch kurz mit Feeney sprechen, auf meinem Weg in die Garage hole ich Sie ab.«

»Okay.«

Nachdem auch Peabody gegangen war, trat Eve ans Fenster und sah auf die Stadt. Sie hielt sich selbst für eine ziemlich gute Schützin. Obwohl sie meistens Handfeuerwaffen benutzte, kam sie mit Gewehren ebenfalls durchaus zurecht.

Wahrscheinlich würde sie es schaffen, innerhalb von weniger als zwei Minuten mindestens ein Dutzend Leute auf der Straße durch das schmale Fenster hindurch zu verwunden, zu verstümmeln oder abzuknallen.

Wie zum Teufel sollte es ihr da gelingen, die Einwohner der Stadt vor Schaden zu bewahren?

Sie wandte sich vom Fenster ab, als ihr das schnelle Klappern eleganter Absätze im Flur verriet, dass Mira auf dem Weg durch die Abteilung war.

Die eleganten Absätze waren Teil von eleganten roten Stiefeln, deren Muster zu dem schmalen, vollkommen unnötigen Gürtel passte, den die Psychologin über einem aus welchem Grund auch immer winterweiß genannten Hosenanzug trug.

Ihr weiches Haar trug sie in einem glatten Bob, der ihre kleinen Ohrringe mit roten Steinen und winzig kleinen Perlen hervorragend zur Geltung kommen ließ.

Wie konnte jemand schon am frühen Morgen so klar denken, dass er seinen Schmuck passend zur Garderobe wählte und dabei nicht wie ein Modepüppchen, sondern wie ein Mensch aus Fleisch und Blut aussah?

»Danke, dass Sie vorbeikommen.«

»Ich hoffe, dass Sie mir dafür zumindest eine Tasse Ihres köstlichen Kaffees servieren. Normalerweise trinke ich um diese Zeit eher Tee, aber der Kaffee duftet einfach zu verführerisch.«

Die Psychologin legte ihren Mantel und die Handtasche mit einem überraschend kühnen roten Streifen in der Mitte des Schreibtischs ab und schaute sich die Bilder an der Tafel an.

»Ich habe Ihren Bericht gelesen und die Meldung in den Nachrichten gehört. Dann gibt's also noch immer keine greifbare Verbindung zwischen den drei Opfern, außer dass sie alle auf der Eisbahn waren?«

»Keine. Nicht einmal eine Handvoll Leute wusste, dass das dritte Opfer Schlittschuh laufen wollte. Wobei von denen keiner wusste, wann genau.«

»Killer dieses Typs wählen ihre Opfer oft willkürlich aus. Es geht ihnen nicht um die Person, sondern alleine um die Tat und um die Panik, die dadurch verursacht wird. Ein öffentlicher Ort, und dann noch auf Distanz – danke«, meinte Mira, als sie den Kaffee gereicht bekam. »Drei Menschen ohne jede Gemeinsamkeit. Ein Mädchen und zwei Männer aus verschiedenen Generationen, einer alleine, der andere in Begleitung seiner Frau. Es ging dem Täter also nicht um einen ganz bestimmten Typ, auch das deutet für mich auf Willkür hin.«

»Das erste und das dritte Opfer waren auf der Stelle tot. Ein Rückenschuss und einer in den Kopf. Aber das zweite Opfer wurde mitten in den Bauch getroffen und war bei Bewusstsein, während es ausgeblutet ist. Opfer eins und drei haben nicht gemerkt, wie ihnen geschah, das zweite Opfer aber schon.«

»Verstehe. Deshalb gehen Sie davon aus, dass es dem Täter um das Opfer Nummer zwei gegangen ist.«

»Deshalb und weil diese Tat genau geplant und sorgsam vorbereitet wurde und das Auftauchen des dritten Opfers eigentlich nicht abzusehen war. Ich kann mir nicht vorstellen, dass es ihm speziell um Opfer Nummer eins gegangen ist. Entweder ging es also um den älteren Mann, oder der Täter hat sie alle willkürlich gewählt. Das Mädchen vielleicht wegen seines roten Skinsuits und weil es die beste Eistänzerin auf der Bahn war.«

»Also gut.« Die Psychologin lehnte sich mit ihrer Hüfte an Eves Schreibtisch. »Er ist organisiert, ein guter Schütze, hat die Tat geplant und ist anscheinend relativ beherrscht. Der durchschnittliche Amokschütze hat eine politische Agenda oder hegt einen besonderen Groll auf die Gesellschaft oder einen ganz bestimmten Ort. Das könnte eine Militärbasis, aber genauso gut auch eine Schule oder Kirche sein. Er will möglichst viele Menschen töten, damit es zu einer Panik kommt, und nimmt in Kauf, dass er als Märtyrer der Sache, die ihn antreibt, selber stirbt.«

»Er will möglichst viele Menschen töten, sagen Sie. Der Schütze gestern hat mit jedem Schuss getroffen, aber trotzdem nur drei Menschen umgebracht. Das heißt, er hatte sicher keinen speziellen Groll gegen die Schlittschuhbahn. Er hat auf die drei Menschen innerhalb von zwölf Sekunden angelegt. Und ja, natürlich gibt es Amokschützen, die sich nach der Tat freiwillig von der Polizei erschießen lassen oder von Beginn an planen, Selbstmord zu begehen. Das hat der Täter gestern aber nicht gemacht.«

»Vielleicht bedeutet das, dass er den Feldzug noch nicht abgeschlossen hat.«

»Das könnte sein.« Eve atmete geräuschvoll aus. »Der Gedanke ging mir auch schon durch den Kopf.«

»Ich glaube auch, dass es dem Täter um jemand Speziellen ging, wenn er's bei drei Toten belassen hat.« Noch einmal schaute Mira sich die Fotos der drei Opfer an und trank dabei den ersten Schluck Kaffee. »Wenn Sie sagen, dass das zweite Opfer anders als die beiden anderen nicht auf der Stelle tot war, heißt das vielleicht, dass der Täter diesen Mann leiden lassen wollte.«

»Vielleicht hat er ihn einfach nicht so gut getroffen wie die beiden anderen, aber ich glaube nicht, dass es so war.«

»Falls er es speziell auf dieses Opfer abgesehen hatte, hat der Killer extra diesen öffentlichen Ort gewählt und noch zwei andere Menschen umgebracht, um davon abzulenken, dass es ihm um jemand ganz Bestimmten ging. Wir beide wissen, dass es viel direktere und einfachere Wege gibt, um jemanden zu töten, aber die Methode zeigt uns, was für ein guter Schütze dieser Täter ist, diese Fähigkeit verleiht ihm vielleicht ganz besonderes Selbstvertrauen.«

»Das könnte durchaus sein«, murmelte Eve und fügte das dem Bild hinzu, das sie in ihrem Kopf entstehen ließ.

»Ich würde sagen, dass es ihm auch darum ging, eine Panik und den Medienrummel auszulösen, der ihm durch die Tat zuteilgeworden ist. Wobei die räumliche Distanz zu seinen Opfern zeigt, dass er im Grunde ohne Leidenschaft und eher nüchtern vorgegangen ist. Genauso machen es auch Auftragskiller und die Scharfschützen beim Militär.«

»Ich kann nicht ausschließen, dass es ein Profi ist, aber ich gehe erst einmal nicht davon aus. Falls es doch ein

Profi ist: Wer hat ihn angeheuert und warum? Das führt mich wieder zu der Frage, warum gerade diese drei? Oder, um meinem Instinkt zu folgen: Warum gerade Michaelson?«

»Sie sagen, er war Arzt?«

»Ein Frauenarzt. Er hat geguckt, ob untenrum alles in Ordnung ist, hat Babys auf die Welt geholt und so weiter.«

»Okay. Dann gucken Sie vielleicht einmal, ob es in seiner Praxis irgendwelche Todesfälle gab. Eine Patientin, die er falsch behandelt haben könnte, eine Frau oder ein Baby, die bei der Geburt gestorben sind. Zum Glück kommt so etwas nur noch sehr selten vor, aber in einem Notfall kann es trotzdem passieren. Oder wenn die Patientin einen Rat des Arztes in den Wind geschlagen hat.«

»Dann gleiche ich die Namen mit den Namen von Ehemännern, Partnern, Brüdern, Vätern ab.« Nickend fügte Eve auch dieses Teil ins Puzzle ein. »Vielleicht haben wir auch eine Täterin. Auch wenn das ziemlich selten ist, wäre das trotzdem eine Möglichkeit. Nur, warum sollte unser Täter oder unsere Täterin dann noch mal töten wollen, außer ...«

»Es lief wirklich gut, nicht wahr?«

Eve wandte sich erneut der Tafel zu. »Oh ja, er hatte einen wirklich guten Tag. Wir fahren jetzt zur Praxis dieses Dr. Michaelson. Vielleicht kommt dabei ja etwas raus. Wenn nicht ...«

»... schlägt unser Täter unter Umständen noch einmal zu.«

»Falls er einen Plan verfolgt, hat er den nächsten Ort des Anschlags schon gewählt. Wenn es ihm um Panik und um Medienrummel geht, legt er jetzt sicher keine lange Pause ein.«

»Da haben Sie leider recht.«

»Wenn es dann abermals drei Opfer gibt, verrät mir das, dass diese Zahl eine Bedeutung für ihn hat. Wenn nicht, belässt er es beim nächsten Mal wahrscheinlich nicht dabei. Es geht ihm um sein Ego, stimmt's?«

»Auf jeden Fall zum Teil.«

»Wenn es zu sehr ums Ego geht, führt das ja vielleicht dazu, dass er irgendwelche Fehler macht. Wobei ihm gestern womöglich schon einer unterlaufen ist, den ich jetzt nur noch finden muss. Ich sollte langsam los. Vielen Dank, dass Sie vorbeigekommen sind.«

»Ich danke Ihnen für den Kaffee.« Die Psychologin drückte Eve die leere Tasse in die Hand und stellte lächelnd fest: »Sie haben da eine wirklich schöne Jacke an.«

»Ach ja?« Eve hatte ganz vergessen, was sie trug, und sah an sich hinab.

»Ich liebe diese warmen Erdtöne. Ich selbst kann sie nicht tragen, aber Ihnen stehen sie wirklich gut. Jetzt will ich Sie nicht länger aufhalten«, erklärte Mira, während sie bereits nach ihrem Mantel und nach ihrer Tasche griff. »Sie wissen, wo Sie mich erreichen, wenn ich Ihnen noch einmal helfen kann – aber auf alle Fälle sehen wir uns ja auf Bellas Fest. Dennis und ich freuen uns schon darauf. Die Freude und die Fröhlichkeit tun ihm bestimmt gut.«

Statt weiter an das Fest zu denken, fragte Eve: »Wie geht es ihm?«

»Er trauert immer noch um den Cousin, den er geliebt hat, auch wenn es den Mann schon lange nicht mehr gab. Falls es ihn je gegeben hat, ist er bereits gestorben, lange bevor er ermordet worden ist. Aber er hält sich ziemlich gut. Ich wollte Dennis dazu überreden, dass wir eine kleine Reise machen, aber schließlich ging mir auf, dass er jetzt eher sein Heim und seine tägliche Routine braucht. Zu der auch Bellas Fest gehört. Was gibt es Schöneres, als wenn ein kleiner Mensch zum ersten Mal Geburtstag feiern kann?«

»Da fallen mir jede Menge Dinge ein.«

Mira schüttelte den Kopf und meinte lachend: »Ihnen heute noch viel Glück.«

Zusammen mit Peabody fuhr Eve zurück nach Midtown und zur Praxis ihres zweiten Opfers, die zwischen Fifth Avenue und Vierundsechzigster in einer wirklich guten Gegend angesiedelt war.

Von hier aus war es ein gesunder Marsch zur Eisbahn und ein lockerer Spaziergang bis zu seiner Wohnung, die zwei Häuserblocks weiter lag.

Peabody hielt den Atem an, als Eve den Wagen in die einzig freie, doch im Grunde viel zu kleine Lücke zwängte, die sie noch fußläufig zur Praxis fand, und stieß mit rauer Stimme aus: »Die Praxisleitung hat eine gewisse Marta Beck. Dazu haben sie noch ein junges Mädchen am Empfang, jemanden, der die Rechnungen schreibt, eine MTA und eine Hebamme, zwei Schwestern und zwei Schwesternhelferinnen mit jeweils einer halben Stelle.«

»Ganz schön viele Angestellte, finden Sie nicht auch?«

»Dann lief die Praxis offenbar sehr gut. Es gibt sie schließlich auch bereits seit zweiundzwanzig Jahren, und nebenher hat Michaelson sich ehrenamtlich alle vierzehn Tage in der freien Klinik in der Nähe engagiert.«

Sie bahnten sich den Weg über den glatten Bürgersteig.

»Der ersten Überprüfung nach war er ein durchaus angesehener Arzt, auch privat habe ich nichts entdeckt, weshalb ihn jemand umbringen wollen sollte.«

An der Tür des eleganten Stadthauses waren zwei Schilder mit den Namen Dr. Brent Michaelson und Faith O'Riley angebracht.

»O'Riley ist die Hebamme«, erklärte Peabody und folgte Eve in den Empfangsbereich, der elegant, doch gleichzeitig gemütlich eingerichtet war.

Drei schwangere Frauen saßen dort – eine mit einem kleinen Kind auf dem infolge ihres Bauchs beengten Schoß, eine, die gelangweilt irgendetwas auf ihrem Handcomputer las, und eine, die die Hand ihres Partners fest umklammert hielt.

Eve ging direkt zum Empfangstisch, und aus Rücksicht auf die zahllosen Hormone, die durchs Zimmer waberten, stellte sie sich und ihre Partnerin mit möglichst leiser Stimme vor.

»Lieutenant Dallas und Detective Peabody. Wir möchten gern zu Marta Beck.«

Die junge Frau mit einer Haut, die aussah wie geschmolzenes Gold, sah sie aus tränenfeuchten Augen an. »Sie ist in ihrem Büro. Da vorne rechts.« Sie drehte sich auf ihrem Hocker um und sprach mit einem Mann, der einen blauen Kittel trug. »George, würden Sie bitte Marta sagen, dass die ... beiden Frauen sie sprechen wollen?«

Auch seine Augen, die dieselbe Farbe wie sein Kittel hatten, füllten sich mit Tränen, mit zusammengepressten Lippen griff er nach dem Telefon.

»Ich zeige Ihnen den Weg«, wandte sich das Mädchen abermals an Eve und führte sie und Peabody an einer

Reihe von Untersuchungsräumen vorbei, deren Anblick Eve erschaudern ließ. »Wir, wir alle ... wir ... das ist für uns nicht leicht.«

»Aber Sie haben die Praxis nicht geschlossen.«

»Nein. Dr. Spicker kümmert sich um Dr. Michaelsons Patientinnen, und Mrs. Riley nimmt ihm ein paar Frauen ab. Wir versuchen, alle zu versorgen, die Termine haben. Dr. Michaelson und Dr. Spicker hatten überlegt, dass Dr. Spicker in die Praxis einsteigt, deshalb dachte Marta ...«

Sie passierten einen kurzen Flur, in dem zwei Stühle und ein Tresen voller Klemmbretter und Kaffeetassen sowie eine Waage standen, auf der eine junge Frau in einem – dieses Mal geblümten – Kittel eine Schwangere wog.

»Wie lange kannten sich die beiden Männer?«

»Oh, schon eine halbe Ewigkeit. Die Spickers und der Doktor waren befreundet, er hat dem jungen Dr. Spicker angeboten, bei ihm einzusteigen, wenn er seinen Facharzt hat. Martas – Miss Becks Büro ist ...«

Ehe sie den Satz beenden konnte, erschien eine große, breitschultrige Frau in einem schwarzen Hosenanzug in der Tür.

»Danke, Holly«, wandte sie sich an die junge Frau und trat mit ausgestreckter Hand auf die Besucherinnen zu. »Marta Beck.«

Eve nahm die angebotene Hand und schüttelte sie kurz. »Lieutenant Dallas und Detective Peabody.«

»Bitte kommen Sie in mein Büro. Darf ich Ihnen einen Tee anbieten? Kaffee gibt's hier leider nicht.«

»Nein danke.«

Marta schloss die Tür. »Nehmen Sie Platz.«

Eve setzte sich auf einen der gradlehnigen Stühle in dem nüchternen Raum. Mit ein paar Grünpflanzen, hübschen Tassen im Regal und einem kleinen Sofa, auf dem eine Reihe eleganter Kissen lagen, war es zwar behaglich, trotzdem sah man, dass es hier vor allem um die Arbeit ging.

Marta selbst nahm hinter ihrem Schreibtisch Platz, faltete die Hände und sah die Ermittlerinnen fragend an.

»Haben Sie schon einen Verdächtigen?«

»Wir gehen allen Spuren nach. Wissen Sie, ob es Probleme zwischen Dr. Michaelson und irgendwelchen Angestellten, Patientinnen oder sonst wem gab?«

»Brent war allgemein beliebt. Er war ein guter, fürsorglicher Arzt, und seine Patientinnen haben ihn geliebt. Einige von ihnen kamen sogar noch, obwohl sie in der Zwischenzeit nach Brooklyn, nach New Jersey oder Long Island umgezogen sind. Sie kamen immer noch zu uns, weil sie dem Doktor eng verbunden waren. Die Patientinnen lagen ihm am Herzen, Lieutenant, und die Wand im Pausenraum ist mit Fotos all der Babys übersät, denen er auf die Welt geholfen hat. Auf einigen der Bilder sieht man auch die jungen Menschen, die aus ihnen geworden sind. Ich habe zwanzig Jahre lang für ihn gearbeitet. Er war ein guter Arzt und warmherziger Mensch.«

Sie atmete vernehmlich ein. »Den Berichten in den Medien zufolge hat irgendein Irrer willkürlich auf Menschen auf der Schlittschuhbahn gezielt.«

»Wir gehen allen Möglichkeiten nach.«

»Mir fällt beim besten Willen niemand ein, der Brent so etwas hätte antun wollen. Ich würde Ihnen sagen, wenn da irgendwer gewesen wäre, denn er war nicht nur mein Arbeitgeber, sondern auch ein wirklich guter Freund.«

»Wie wird es jetzt mit der Praxis weitergehen?«

Sie seufzte. »Sie wird wohl an Andy – Dr. Spicker – gehen, falls er sie übernehmen will. Brent hat diese Möglichkeit mit mir besprochen, während er noch in der Ausbildung zum Facharzt war. Andys Eltern sind – das heißt, sie waren – seine besten Freunde. Er war Andys Patenonkel und hat ihn gefördert, wo es ging. Sie alle standen sich sehr nahe, vor allem dachte Brent, dass er die Arbeit selbst ein bisschen runterfahren könnte, falls sein Patensohn Interesse hätte, in die Praxis einzusteigen und sie irgendwann zu übernehmen. Er hatte das Gefühl, dass die Praxis bei Andy und bei Faith – unserer Hebamme – in guten Händen sei, er hat sich schon darauf gefreut, dass er dann selber aufhören oder zumindest öfter einmal Urlaub machen kann.«

»Bei einem Arzt, der zwanzig Jahre praktiziert, geht doch bestimmt nicht immer alles glatt, egal, wie gut er ist.«

»Das stimmt.«

»Auf den Verlust eines geliebten Menschen reagieren die Hinterbliebenen nicht immer rational.«

»Natürlich nicht«, stimmte ihr Marta wieder zu. »Vor ein paar Jahren hatte Brent eine Patientin, die ihr Kind verloren hat, nachdem ihr Partner auf sie losgegangen war. Er hatte sie geschlagen und bewusstlos auf dem Boden liegen lassen. Bis sie dann wieder zu sich kam und einen Krankenwagen rufen konnte, war es schon zu spät. Der Mann, der schuld am Tod des Kindes war, hat Brent bedroht, als er nach dessen Aussage für diese Tat verurteilt worden ist. Aber zwei Jahre später kam er selber im Gefängnis um. Ich nehme an, so etwas haben Sie gemeint.«

»Das habe ich. Was ist mit der Frau, die damals diese Fehlgeburt erlitten hat?«

»Sie hat kurz nach dieser Sache einen netten jungen Mann geheiratet, von dem sie wenig später wieder schwanger war. Sie kam wieder zu uns in die Praxis, und wir haben auch das Foto ihrer wundervollen Tochter an die Wand im Pausenraum gehängt. Sie ist uns all die Jahre treu geblieben, sie war Brent dankbar, dass er zur Verurteilung von ihrem damaligen Partner beigetragen hat. Natürlich gab es auch noch ein paar andere Fälle, und wie jede Praxis wurden wir gelegentlich verklagt, wobei die Klagen wegen der angeblichen Behandlungsfehler immer abgewiesen worden sind. Vor allem wurde Brent, soweit ich weiß, außer von diesem Kerl niemals von irgendwem bedroht.«

»Was ist mit dem Personal? Gab es da irgendwelchen Ärger, hat er in den letzten Wochen jemandem gekündigt oder so?«

»Oh nein. Die Organisation der Praxis ist manchmal ein bisschen schwierig, weil sich Brent oft viel mehr Zeit für die Patientinnen genommen hat, als üblich ist. Aber ich habe schon vor einer Ewigkeit gelernt, seine Termine so zu legen, dass es deshalb keinen Stau im Wartezimmer gibt. Seit er vor acht Jahren noch eine zusätzliche Helferin ins Haus geholt hat, haben sich die Wartezeiten weiter verkürzt. Wenn jetzt noch Andy bei ihm eingestiegen wäre, hätte es bestimmt noch reibungsloser funktioniert. Auch wenn das jetzt nicht mehr passieren wird.«

Sie wandte sich kurz ab.

»Ich muss hier weiterhin die Stellung halten, wenn es mit dem Laden nicht den Bach hinuntergehen soll. Ich habe so etwas noch nie erlebt. Natürlich habe auch ich selbst wie jeder andere schon einmal jemanden verloren, aber nicht auf diese Art. Im Grunde kann ich immer noch nicht glauben, was da gestern Nachmittag geschehen ist. Ich weiß, Sie brauchen Antworten, doch mir fällt einfach niemand ein, der Brent so etwas hätte antun wollen.«

Obwohl es dadurch sicher einen Stau im Wartezimmer gab, sprach Eve auch noch mit den Angestellten, die an diesem Morgen in der Praxis waren. Erst als sie sich sicher war, dass niemand ihr noch etwas sagen könnte, trat sie wieder in den Schneeregen hinaus.

»Vielleicht liege ich falsch, und Michaelson war einfach nur zur falschen Zeit am falschen Ort und ebenso ein Zufallsopfer wie die anderen beiden.«

»Vielleicht«, stimmte Peabody ihr mit zögerlicher Stimme zu.

»Aber?«

»Nun, das dritte Opfer hat unser Täter sicher zufällig gewählt. Aber wenn ich selber mich auf eins der beiden anderen Opfer konzentrieren müsste, nähme ich die junge Frau.«

»Warum?«

»Vielleicht ging es um Eifersucht, denn schließlich war sie jung, sehr hübsch, echt talentiert und stand auf ihre Art durchaus im Mittelpunkt. Vielleicht gibt es ja irgendeinen Kerl, auf den sie nicht genug geachtet oder den sie rundheraus zurückgewiesen hat. Vor allem war sie das erste Opfer, wenn ich's auf jemand ganz Bestimmten abgesehen hätte, würde ich zuerst auf diesen Menschen zielen.«

»Gute Überlegung. Also übernehmen Sie sie.«

»Ich soll sie übernehmen?«

»Sehen Sie sie sich noch mal genauer an. Arbeit, Familie, Schule, Freundinnen und Freunde, die Geschäfte, wo sie eingekauft hat, die Restaurants, in denen sie gegessen hat. Gab's eine U-Bahn oder einen Bus, mit dem sie regelmäßig fuhr, oder eine Strecke, die sie häufiger zu Fuß gegangen ist? Sprechen Sie noch einmal mit der Familie und mit ihren Freundinnen und Freunden, die sie auf der Arbeit, auf dem College oder in der Gegend ihres Hauses hatte. Konzentrieren Sie sich auf das Mädchen, und ich bleibe erst einmal bei Michaelson. Zusätzlich klappern wir zusammen die Gebäude auf der Liste ab. Ich setze Sie am College ab, damit Sie dort beginnen, und sehe mich noch in der Wohnung unseres Doktors um. Dann überprüfen Sie die Häuser in der York und der Ersten, und ich nehme mir die Häuser in der Zweiten und der Dritten vor.

Reineke und Jenkinson kommen aus Richtung Madison über die Park und Lex. Fangen Sie so weit im Osten an wie möglich, ohne in den Fluss zu fallen.«

»Okay.«

»Falls Sie dann irgendwann in meine Nähe kommen, hole ich Sie ab. Ansonsten fahren Sie aufs Revier, sobald Sie fertig sind. Wir halten unterwegs Kontakt zu Jenkinson und Reineke. Falls einer von uns etwas findet, treffen wir uns dort.«

»In Ordnung.« Peabody sah auf die schneebedeckte Straße und bot seufzend an: »Ich kann von hier aus auch die U-Bahn nehmen. Das geht wahrscheinlich schneller, als wenn Sie mich extra fahren.«

»Gut.«

Eve stieg allein in ihren Wagen, zwängte sich aus der noch immer viel zu kleinen Lücke auf die Straße und fuhr Richtung Einundsechzigster.

Der Doktor hatte gut gelebt, erkannte sie, als sie den Generalschlüssel ins Schloss der Tür des würdevollen weißen Backsteinhauses schob. Das Haus war zwar diskret, doch gut gesichert, und die Treppe, die sie statt des Fahrstuhls in den dritten Stock benutzte, war blank geputzt.

Die elektronischen Geräte hatte sie schon aufs Revier holen lassen, aber sicher würde es nicht schaden, sich die Wohnung des Mannes auch selber anzusehen.

Ein ruhiger Flur, auf dem es nur noch eine andere Wohnung gab, und eine Wohnungstür, die ebenfalls diskret, doch gut gesichert war.

Das große Wohnzimmer ging über in die kleine, ordentliche Küche und in einen Essbereich mit neuen Kerzen in den dicken Ständern auf dem Tisch.

Die Möbel waren maskulin und schlicht, bequem und schnörkellos. Auf einem langen Bord standen unzählige Fotos der Tochter in verschiedenen Altersstufen und deren Familie. Genau wie Aufnahmen von Andy Spicker und wahrscheinlich dessen Eltern und den Angestellten seiner Praxis, oft mit irgendwelchen Babys auf dem Arm.

Die Fotos wiesen auf ein glückliches, zufriedenes Leben hin.

Als Nächstes sah sich Eve den AutoChef, den Kühlschrank und die Schränke in der Küche an, weil sich aus ihrer Sicht aus der Ernährung eines Menschen gut auf dessen Leben schließen ließ.

Der Doktor hatte sich durchaus gesund ernährt, die Eiscreme und der Rotwein aber zeigten, dass er kein Asket gewesen war.

Genauso schlicht und ordentlich wie der gesamte Wohnbereich war auch sein Arbeitszimmer, wie im Pausenraum der Praxis war auch eine von den Wänden hier mit Aufnahmen von Säuglingen geschmückt. Wahrscheinlich hatte Michaelson sich, wenn er hinter seinem Schreibtisch Platz genommen hatte, gerne diese Wand des Lebens angesehen.

Ihr selber waren viele dieser – wirklich frischen – Babys unheimlich. Sie sahen entweder wie Fische oder schlecht gelaunte, fremdartige Lebensformen aus. Den Doktor aber hatte es bestimmt mit Stolz erfüllt zu wissen, dass er Anteil daran hatte, dass sie auf die Welt gekommen waren.

Auch hier gab es einen kleinen AutoChef mit Wasser, Saft und Kräutertees und einen Minikühlschrank voller Obst und mit Gemüsesnacks.

In seiner ganzen Wohnung fand sie nirgends einen Schokoriegel, Kaffee oder auch nur eine Tüte Chips.

Wie hatte dieser Mann das überlebt?

»Im Grunde ist das jetzt ja auch egal«, brummte sie auf dem Weg ins Schlafzimmer.

Die weiße Decke und die dunkelblauen Kissen wirkten schlicht und elegant. Wenn er vor dem Schlafen noch in einem der vielen Bücher, die in den Regalen standen und auf seinem Nachttisch lagen, lesen wollte, hatte sich der

Doktor offenbar an das mit einer dunkelblauen Polsterung versehene Kopfteil angelehnt.

Er hatte nirgends Sexspielzeug versteckt, und nichts wies darauf hin, dass irgendjemand einmal über Nacht geblieben war, denn Eve fand keine Frauenkleider, und die männliche Garderobe hatte offenbar ausschließlich Michaelson gehört.

Anzüge und Arbeitskittel, Sport- und Freizeitkleidung sowie zwei Paar Schlittschuhe. Mit denen, die er gestern Nachmittag getragen hatte, hatte Michaelson also drei Paar besessen.

Im Badezimmer fand sie keine Drogen und auch sonst nichts, was ihr aufgefallen wäre, außer einem Potenzmittel und einer Packung mit Kondomen, die ihr zeigten, dass es vielleicht doch jemanden gegeben hatte oder er auf jeden Fall nicht abgeneigt war, sich auf eine sexuelle Beziehung einzulassen.

Als Letztes sah sie sich das komfortable Gästezimmer und das blank geschrubbte Gästebadezimmer an, und als sie wieder ging, erschien ihr Michaelson wie ein solider, engagierter Arzt, der Babys, Kindern sowie Frauen im Allgemeinen gegenüber echte Zuneigung empfunden hatte, und als ruhiger Mensch, der sich gesund ernährt und gern gelesen hatte, der zum Ausgleich für die anstrengende Arbeit auf die Schlittschuhbahn gegangen und ein guter Freund gewesen war.

Nichts an diesem Bild bot ein Motiv für einen Mord.

Abermals stieg Eve in ihren Wagen, und auf dem Weg nach Osten gingen ihr Peabodys Bemerkungen über Wyman durch den Kopf.

Eine junge, sportliche, sehr attraktive Frau, anscheinend glücklich und mit sich im Reinen und – zumindest auf den ersten Blick – nicht sonderlich an Männern interessiert. Was allerdings nicht hieß, dass das auch andersherum galt. Womöglich hatte sie ja irgendeinem Typ einen Korb gegeben oder gar nicht mitbekommen, dass da jemand war, der auf sie stand.

Vielleicht hatte sie auch, unbemerkt von der Familie und den Freundinnen und Freunden, heimlich einen Freund oder einen ganz anderen Lebensstil als den, den sie nach außen trug.

Das könnte durchaus sein, genau wie Michaelson vielleicht nicht der war, als der er ihr erschien.

Wenn nicht, blieb immer noch die letzte, schlimmste Möglichkeit. Dann wären die drei Menschen auf der Eisbahn willkürlich ermordet worden, und der Killer würde sich beim nächsten Mal genauso wenig darum scheren, wen er ins Visier nahm, weil es ihm ausschließlich um den Akt des Tötens ging.

Es war kein wirklich angenehmer Tag, um draußen herumzulaufen, mit einem Seufzer stellte sie den Wagen dieses Mal auf einem übertrieben teuren Parkplatz ab und stapfte zu dem ersten Haus, das auf der Liste stand. Im Erdgeschoss waren ein Restaurant, eine Boutique sowie ein hipper Laden voll mit hippem Nippes, um ihn ins Regal zu stellen. Darüber waren drei Etagen mit Apartments, und ganz oben unter einem Dach, das die Bewohner als Terrasse nutzen konnten, waren ein Yoga- und ein Tanzstudio.

Nachdem laut Roarkes Programm am ehesten das Dach und dann das Yogastudio in Frage kämen, fing Eve oben an.

Der Wind war beißend, und die Eispartikel brannten im Gesicht. Als sie ihr Fernglas aus der Tasche zog und vor die Augen hob, sah sie sofort die Schlittschuhbahn. Sie war trotz Fernglas winzig klein, aber mit einem besseren Gerät … Oh ja, hier könnte es passiert sein.

Vor allem hatte es am Vortag keinen Eisregen gegeben, und es hatte auch kein so starker Wind geweht.

Sie stand dort auf dem Dach und überlegte, wie der Killer vielleicht vorgegangen war. Wahrscheinlich musste er ein bisschen warten und hatte sich einen leichten, faltbaren Hocker mitgebracht. Dann hatte er die Waffe auf den Sims gelegt, damit sie nicht wackelte, wenn er zielte.

Sie ging ein wenig in die Hocke, tat, als säße sie auf einem Stuhl, hielte eine Waffe in der Hand und sah sich die umgebenden Gebäude an.

Der Killer hätte keine Deckung auf dem Dach gehabt, irgendjemand hätte ihn durch eins der vielen Fenster sehen können, während er hier auf der Lauer lag. Ein solches Wagnis ging doch sicher nicht mal ein Verrückter ein.

Trotzdem setzte sie noch ihre Mikrobrille auf und suchte sorgfältig den Sims nach irgendwelchen Spuren ab. Als sie nichts fand, ging sie wieder ins Haus und nahm sich dort das Yogastudio vor.

Dort traf sie eine Gruppe Leute – überwiegend Frauen – in farbenfrohen Skinsuits und auf bunten Matten in verschiedenen bizarren Positionen an. Ihnen gegenüber stand eine schlanke, attraktive Frau mit einem makellosen, durchtrainierten Leib vor einer Spiegelwand.

Sie musste diesen Leuten wirklich Anerkennung dafür zollen, dass sie überhaupt zu diesem Kurs erschienen waren.

Die Lehrerin erteilte ihre Instruktionen mit einer Stimme, die so weich und hell wie die leise Hintergrundmusik war. Alleine dafür hätte Eve ihr sicher noch vor Ende der ersten Stunde die Beine um den Hals geschlungen und kraftvoll zugedrückt, die anderen Frauen und die wenigen Männer waren aber offensichtlich hin und weg.

Sie trat den Rückzug an und öffnete die Tür des angrenzenden Tanzstudios.

Auch hier gab es eine Spiegelwand, doch diesmal erklang harte rhythmische Musik, und eine Frau ließ ihre Füße, Beine und Arme fliegen.

Wie ein Derwisch wirbelte sie um die eigene Achse, landete auf einer Hand, reckte den anderen Arm zum letzten Ton des Liedes in die Luft und warf den Kopf zurück.

Dann rief sie keuchend, aber durchaus enthusiastisch: »Mist!«

»Das sah doch super aus.«

Die Frau im schweißgetränkten schwarzen Skinsuit schnappte sich ein Handtuch, fuhr sich damit durchs Gesicht und sah Eve forschend an.

»Ich habe zweimal falsch gezählt und dann noch die verdammte Kopfdrehung vergessen. Tut mir leid, kommen Sie zum Unterricht?«

»Nein.«

Eve zückte ihre Marke, und der Frau entfuhr ein überraschtes »Oh«.

»Ich habe ein paar Fragen, aber vielleicht stellen Sie sich mir erst einmal vor.«

»Ich bin Donnie Shaddery, und das hier ist mein Studio. Das heißt, natürlich bin ich nur die Mieterin.«

»Haben hier gestern Kurse stattgefunden?«

»Sicher, so wie jeden Tag.«

»Aber nicht gestern zwischen drei und fünf.«

»Das stimmt. Die Kurse finden überwiegend morgens statt. Von sieben bis acht, halb neun bis halb zehn, zehn bis elf und elf bis zwölf. Dann ist eine Stunde Pause, und um eins mache ich eine halbe Stunde Freestyle, bis es von halb zwei bis halb drei weitergeht. Danach ist außer freitags bis fünf nichts los.«

»Sie geben hier den Unterricht?«

»Wir sind zu zweit. Ich hatte gestern alle Kurse bis halb drei, und abends kam dann meine Partnerin. Warum?«

Bei einem derart dicht gedrängten Kursplan kam das Studio sicher nicht in Frage. Aber wenn Eve schon mal hier war, schlösse sie am besten alle Möglichkeiten aus.

»War gestern zwischen drei und vier Uhr nachmittags jemand entweder hier oder im Studio nebenan?«

»Ja, ich. Sie suchen Tänzerinnen für ein neues Musical, da tanze ich heute vor. Deshalb trainiere ich im Augenblick, so oft es geht, und gestern war ich ab halb sieben morgens durchgehend bis fünf Uhr hier.«

»Und was ist mit dem Yogastudio?«

»Ich weiß, dass Sensa schon vor sieben dort war. Genauso weiß ich, dass sie nachmittags um drei normalerweise immer meditiert. Außerdem hat sie zwei Lehrerinnen angestellt, und eine von den beiden – Paula – ist auch Tänzerin und kam nach ihrem Mittagskurs um drei vorbei, um mir beim Training zuzusehen.«

»Dann war also den ganzen Nachmittag in beiden Studios jemand da.«

»Ja.«

»Kam sonst noch irgendwer in dieser Zeit vorbei?«

»Ich habe niemanden gesehen. Müssen wir uns wegen irgendetwas Sorgen machen?«

»Nein, ich glaube nicht.« Eve trat ans Fenster und sah kurz hinaus. »Sie geben also täglich Unterricht, und nachmittags ist für gewöhnlich immer jemand hier.«

»Das stimmt. Und wenn wir gehen, sperren wir ab. Sensa und ich teilen uns die Miete für die beiden Studios und haben zusammen ein winziges Büro, in dem wir zusätzliche Matten und Kostüme aufbewahren. Wir bieten nämlich zweimal in der Woche Bauchtanzkurse an. Das Zeug ist nicht viel wert, aber wir schließen trotzdem immer ab. Ist irgendwer hier eingebrochen?«

Abermals sah Eve sich in dem Studio um.

Es passte einfach nicht.

»Nicht dass ich wüsste, nein. Noch eine letzte Frage. Warum sagen Künstler immer ›Hals- und Beinbruch‹? Wie zum Teufel kann man tanzen, wenn man sich das Bein gebrochen hat?«

»Tut mir leid, ich ... oh, Sie meinen den Spruch. Das liegt daran, dass die Theaterleute furchtbar abergläubisch sind. Deshalb wünschen sie sich immer Hals- und Beinbruch statt viel Glück.«

»Das ergibt doch keinen Sinn.«

»Da haben Sie recht«, stimmte Donnie ihr zu, bevor sie einen Schluck aus der Wasserflasche nahm. »Aber so ist das in der Branche nun einmal.«

5

Eve klapperte noch ein Apartmenthaus und ein Bürogebäude ab. Womöglich würde es sich lohnen, eine von den Wohnungen und vor allem deren Mieter – Single, männlich, Mitte dreißig – eingehender zu überprüfen, weil der Mann fünf Jahre lang bei der Armee gewesen war.

Sie gab den Namen auf dem Weg zum nächsten Haus in ihren Handcomputer ein. Er hatte offenbar bei einem Versorgungstrupp gedient und nur ein grundlegendes Waffentraining absolviert. Trotzdem wollte sie den Mann persönlich sprechen.

Der widerliche Eisregen nahm etwas ab, als sie von der Dritten Richtung Zweiter lief.

Das dort markierte Haus beherbergte ein offenbar nicht wirklich gut laufendes Künstleratelier, Büros und eine Wohnung, kam ihr aber völlig unverdächtig vor.

Im Gegensatz zu dem Hotel, das ein paar Häuser weiter lag und ebenfalls auf ihrer Liste stand. Es wirkte alt, aber gepflegt und warb damit, dass es familienfreundlich war und es in einigen der Zimmer kleine Küchenzeilen gab.

Das Foyer war ruhig und klein, und neben einem winzigen Café hatten die Betreiber des Hotels noch einen Souvenirshop in der Größe eines Kleiderschranks hineingequetscht.

Der Mann, der an der Rezeption saß, nahm Eve mit einem breiten Lächeln in Empfang.

»Guten Morgen. Kein besonders schöner Tag, um draußen unterwegs zu sein. Was kann ich für Sie tun?«

Passend zu der angenehmen Stimme hatte er ein rundes, freundliches Gesicht, Eve tat es fast leid, dass sie kein Zimmer haben wollte, sondern ihrer Arbeit wegen ins Hotel gekommen war. Sie zückte ihren Ausweis, und er schaute ihn sich blinzelnd an.

»Oh je, ist was passiert, Offi… oh, nein, Verzeihung, da steht, dass Sie Lieutenant sind. Lieutenant!«, wiederholte er, bevor sie etwas sagen konnte. »Ja, natürlich. Sie sind Lieutenant Dallas. Ich war ganz begeistert von dem Buch und Film zum Icove-Fall und hoffe sehr, dass ich einer so engagierten Polizistin helfen kann.«

»Ich auch. Ich suche jemanden, der gestern hier ein Zimmer gemietet hat. Wahrscheinlich im neunten oder zehnten Stock, mit Fenstern, die nach Westen gehen.«

»Jemand, der gestern eingecheckt hat. Lassen Sie mich …«

»Vielleicht auch schon vorher, aber gestern war er dann auf jeden Fall im Haus. Am besten fangen wir mit den Gästen an, aber vielleicht geht's auch um einen von den Angestellten, der problemlos Zugang zu den leeren Zimmern hat.«

»Verstehe, alles klar. Das heißt, natürlich weiß ich nicht, worum es geht, aber ich sehe trotzdem gerne nach.«

»Ich gehe davon aus, dass es ein Mann und er alleine war. Aber vielleicht war es auch eine Frau, oder sie waren zu zweit.«

»Neunte Etage, West … Mr. und Mrs. Ernest Hubble. Sie sind für vier Tage hier und checken morgen wieder aus.«

»Haben Sie eine Adresse des Ehepaars?«

»Oh ja, sie kommen aus Des Moines und wohnen jetzt bereits zum dritten Mal bei uns. Sie kommen immer für die Schlussverkäufe und sehen sich irgendeine Show am Broadway an.«

»Geben Sie mir jemanden, der heute Morgen oder gestern Abend ausgezogen ist.«

»Okay. Das ist natürlich wirklich aufregend«, bemerkte er, und eine leichte Röte überzog das freundliche Gesicht. »Da wäre beispielsweise Mr. Bennett, der aus Boulder, Colorado, stammt. Er ist, glaube ich, Vertreter und geschäftlich in New York. Er hat vorgestern ein- und heute Morgen ausgecheckt. Vor einer halben Stunde, um genau zu sein.«

»Dann geben Sie Bescheid, dass in dem Zimmer erst mal alles bleibt, wie es ist. Ich würde es mir gerne ansehen. Aber vorher sagen Sie mir, wen es sonst noch alles gibt.«

»Miss Fry und Mrs. Emily Utts. Zwei ältere Damen, die aus Pittsburgh eines Klassentreffens wegen nach New York gekommen sind. Collegejahrgang '19.«

»Die scheiden dann schon mal aus. Gibt's sonst noch irgendwen?«

»Nur noch einen. Mr. Philip Carson aus East Washington. Er war in Begleitung seiner Tochter oder vielleicht seines Sohns. Bei Teenagern kann man das oft nicht sicher sagen, finden Sie nicht auch? Vor allem wenn sie einen dieser Hoodies tragen, unter dem man kaum etwas erkennen kann. Sie haben extra dieses ganz bestimmte Zimmer reserviert.«

Ach ja?

»Waren sie vorher schon mal hier?«

»Wir haben den Namen nicht in unserer Datenbank, aber ich hatte das Gefühl, als hätte ich den Vater vorher schon einmal irgendwo gesehen.«

»Was hatten die beiden für Gepäck dabei?«

»Ich …« Er kniff die Augen zu und riss sie wieder auf. »Genau! Ich wollte Gino rufen, damit er ihnen damit hilft, aber Mr. Carson hat gesagt, sie kämen gut allein zurecht. Sie hatten jeder einen kleinen Rollkoffer, das Kind noch einen Rucksack und der Vater einen großen Aktenkoffer aus Metall.«

»Wann haben die beiden ausgecheckt?«

»Schon gestern Nachmittag. Was ich ein bisschen seltsam fand, denn schließlich hatten sie bis heute reserviert. Eingecheckt haben sie am Nachmittag zuvor so gegen fünf. Das weiß ich, weil da gerade meine Schicht geendet hat. Ich glaube nicht, dass ich die beiden danach noch mal gesehen habe, bis sie gestern gegen halb vier wieder ausgezogen sind. Mr. Carson meinte, wegen eines familiären Notfalls müssten sie schon früher heimkehren.«

»Ich muss das Zimmer sehen.«

»Oh je. Natürlich, doch ich fürchte, das ist längst geputzt.«

»Ich muss es trotzdem sehen.«

»Lassen Sie mich Gino rufen, damit er mich hier vertritt, dann bringe ich Sie selber rauf. Moment.«

Tatsächlich tummelte er sich, damit er ihr so schnell wie möglich zur Verfügung stand. Aus welchem Grund auch immer ging Eve dieses lächerliche Wort bei seinem Anblick durch den Kopf, als er einen Mann in der marineblauen Uniform des Kofferträgers aus dem Nebenzimmer rief und eilig vor den Tresen trat.

»Ich weiß noch gar nicht, wie Sie heißen.«

»Oh. Ich heiße Henry. Henry Whipple.«

Genau nach diesem Namen sah er aus, fand Eve, als sie mit ihm zusammen in den Fahrstuhl stieg. Der wegen seines Alters tatsächlich noch eine Reihe Knöpfe hatte, die man drücken musste, um ein Stockwerk zu wählen.

»Manche Gäste mögen diesen altmodischen Touch«, erklärte Henry und betätigte den Knopf des zehnten Stocks.

»Dann haben die Gästezimmer sicher auch noch Fenster, die man öffnen kann.«

»Das stimmt, aber nicht ganz. Inzwischen haben wir Sichtschutze an unseren Fenstern angebracht, weil die Gäste das erwarten, aber wenn das Wetter schön ist oder einfach weil sie die Geräuschkulisse von New York erleben wollen, machen sie die Fenster auch gern auf.«

»Und wie sieht's mit dem Schallschutz aus?«

»Es gibt natürlich einen, aber der ist nicht so gut wie in den neueren und teureren Hotels. Das Unternehmen ist seit fünf Generationen in Familienbesitz, und wir haben stets versucht, dafür zu sorgen, dass sich auch eine Familie einen Aufenthalt in unserem kleinen Reich abseits ihres eigenen Zuhauses leisten kann.«

»Verstehe.«

Als sie oben aus dem Fahrstuhl stiegen, hörte Eve das leise Murmeln eines Fernsehers, das durch die Tür eines der anderen Zimmer drang. Doch die Security war ordentlich und der Flur so sauber und gepflegt wie das Foyer.

Bevor sie ihren Generalschlüssel benutzen konnte,

hatte Whipple bereits seinen Schlüssel in der Hand und schloss ihr auf.

»Soll ich hier draußen warten?«

»Kommen Sie mit rein, machen Sie die Tür hinter sich zu und bleiben Sie dann dort stehen.«

Es gab altmodische Lampen, die tatsächlich noch mit Schaltern ein- und ausgeschaltet wurden, und zwei ordentlich gemachte Betten, die mit ihren weißen Decken und gestärkten Kissen durchaus einladend aussahen. Dazu einen Schrank, ein blitzsauberes Bad, in dem es nach Zitronenscheuerpulver roch, und eine kleine, gut bestückte Küchenzeile an der Wand, in deren Oberschränken Eve verschiedene Getränke und diverse Snacks hinter den Glastüren stehen sah.

Dann ging sie weiter bis zur Fensterfront und schob ein Fenster hoch. Es ließ sich zehn, zwölf Zentimeter öffnen, dieser Spalt hätte auf alle Fälle ausgereicht.

Sie zog einen der beiden Stühle an das Fenster, setzte sich und blickte durch ihr Fernglas Richtung Central Park.

»Verdammt. Ich wusste es.«

Sie blickte auf den etwas abgewetzten, aber sauberen Teppich, setzte ihre Mikrobrille auf, betrachtete den Fenstersims und schüttelte den Kopf.

»Ich brauche die Person, die hier geputzt hat.«

»Nun, ich schätze, dass das Tasha war. Verzeihung, Lieutenant, aber Sie schauen durch Ihr Fernglas auf den Central Park, nicht wahr? Ich habe in den Nachrichten gehört … Es geht doch sicher um die Mordanschläge auf der Schlittschuhbahn. Darum, dass dort drei Menschen umgekommen sind.«

»Behalten Sie das unbedingt für sich, Henry.«

»Ja, ja, natürlich. Aber vielleicht sollte ich mich erst einmal kurz setzen. Meine Beine ...« Leichenblass und vollkommen ermattet, sank er auf den zweiten Stuhl.

»Jetzt werden Sie mir bloß nicht ohnmächtig.« Eve zerrte ihren Handcomputer aus der Tasche und tippte den Namen Philip Carson und dazu East Washington als dessen angeblichen Wohnsitz ein.

»Nein, nein, gleich wird es wieder gehen. Ich arbeite seit dreiundzwanzig Jahren in Hotels und habe, wie nicht anders zu erwarten, bereits alles Mögliche erlebt. Aber die Vorstellung, dass ich ... dass die Person, die das getan hat ... aber Carson hatte doch ein Kind dabei.«

»Vielleicht. Ist das der Mann?«

Der arme Henry fächerte sich Luft zu und sah sich die Aufnahme auf ihrem Bildschirm an. »Oh, nein, er war erheblich jünger.«

»Wie ist es dann mit diesem Mann?«

»Es tut mir leid, aber der ist zu jung.«

»Es hilft mir auch, verschiedene Leute auszuschließen«, meinte Eve, obwohl jetzt kein Philip Carson in East Washington, der unter achtzig, aber über zwanzig war, mehr übrig blieb. »Was ist mit dem Zimmermädchen?«

Henry atmete geräuschvoll aus, gab aber eilig eine Nummer in sein Handy ein. »Tasha, bitte kommen Sie in die 1004. Sofort.«

»Das wäre ein Ding, wenn tatsächlich von hier geschossen worden wäre, aber manchmal haben eben auch Ermittler Glück. Vielleicht irre ich mich auch. Haben Sie Aufnahmen der Überwachungskameras von gestern Nachmittag?«

»Wir ... es tut mir leid ... so etwas gibt's hier nicht.«

Auch das wäre ein guter Grund gewesen, das Hotel zu wählen, dachte Eve. »Können Sie mir die beiden dann wenigstens beschreiben?«

»Ja, natürlich.« Langsam kehrte etwas Farbe in das rundliche Gesicht zurück. »Auf jeden Fall.«

»Okay, dann geben Sie mir gleich schon mal eine vorläufige Beschreibung und kommen danach bitte aufs Revier und arbeiten mit unserem Zeichner dort.«

»Ich ... bräuchte jemanden, der mich so lange an der Rezeption vertritt.«

»Der Zeichner kann natürlich auch zu Ihnen kommen, wenn das besser ist.«

»Das wäre mir tatsächlich eine Hilfe. Vielen Dank.«

»Sie sind mir auch eine große Hilfe, Henry«, antwortete Eve, und als es klopfte, fügte sie hinzu: »Sie bleiben sitzen, und ich gehe an die Tür.« Sie machte einer winzig kleinen blonden Frau mit riesengroßen blauen Augen auf.

»Tasha, dies ist Lieutenant Dallas von der Polizei«, fing Henry an. »Sie müsste Ihnen ein paar Fragen zu den Gästen stellen, die zuletzt in diesem Zimmer waren.«

»Und nach dem Zimmer, als die beiden wieder ausgezogen waren.«

»Okay, nur habe ich die Gäste nie gesehen. Sie hatten das Nicht-stören-Schild herausgehängt, deswegen habe ich hier erst geputzt, nachdem sie wieder ausgezogen waren.«

»Wie sah es hier aus, als Sie zum Putzen kamen?«

»Die beiden waren wirklich ordentlich. Sie haben sogar das Geschirr, das sie benutzt hatten, gespült. Die meisten Gäste lassen diese Sachen einfach stehen. Aber keine

Sorge, Mr. Henry, selbst wenn unsere Gäste selber spülen, spüle ich die Sachen immer noch einmal nach. Sie haben auch die Minibar benutzt, und ich habe die Getränke, die dort fehlten, wieder aufgefüllt.«

»Der Teppich drüben vor dem Fenster. Ist Ihnen daran etwas aufgefallen?«

»Seltsam, dass Sie danach fragen, denn anscheinend hatten sie die Stühle dort am Fenster stehen. Das haben die Abdrücke der Stuhlbeine im Teppich mir gezeigt. Es gab auch noch ein paar andere Dellen. Vielleicht hatten sie ja ein kleines Teleskop dabei, um sich damit die City anzusehen. So was kommt öfter vor.«

»Oh je«, entfuhr es ihrem Boss.

»Ich habe sehr gründlich gesaugt.«

»Ich weiß. Der Raum ist tadellos wie immer, wenn Sie saubermachen, meine Liebe«, machte er ihr deutlich, dass sie nicht aufgrund von irgendwelchen Klagen über ihre Arbeit zum Rapport gebeten worden war.

»Was haben Sie mit dem Müll gemacht? Die beiden haben doch sicher irgendwelchen Müll zurückgelassen, als sie ausgezogen sind.«

»Den habe ich direkt entsorgt.«

»Wie sieht's mit den Handtüchern und Laken aus?«

»Die gehen immer sofort in die Wäscherei.«

»Und sicher haben Sie auch das Bad gründlich geschrubbt.«

»Natürlich, Ma'am. Wir legen hier den allergrößten Wert auf Sauberkeit.«

»Lieutenant«, korrigierte Eve. »Auch den Schrank, die Küchenzeile und die Nachtschränke haben Sie abgewischt?«

»Natürlich. Es gehört zur Politik dieses Hotels, dass immer alles sauber und vor allem keimfrei ist.«

»Sogar die Lichtschalter?«

»Auch die.«

»Ich schicke Ihnen trotzdem noch die Spurensicherung vorbei. Nur für den Fall der Fälle.« Eve bedankte sich bei Tasha und gab ihr mit einem Nicken zu verstehen, dass sie in Ehren entlassen war.

»Okay, Henry.« Sie nahm ihm direkt gegenüber Platz und sah ihn fragend an. »Wie haben die beiden ausgesehen? Ich brauche sämtliche Details, an die Sie sich erinnern können. Kleidung, Haar- und Augenfarbe, alles, was mir vielleicht weiterhilft.«

Sie quetschte ihn so lange aus, bis ihm beim besten Willen nichts mehr einzufallen schien, dann schickte sie ihn fort und rief die Partnerin auf ihrem Handy an.

»Hi.« Peabodys rote Wangen zeigten, dass die arme Frau noch immer durch die Kälte stapfte. »Mit dem College bin ich durch. Sie kriegen nachher den Bericht, auch wenn darin nicht wirklich etwas Besonderes stehen wird. Ich laufe gerade Richtung Erste Straße, um mir dort die Häuser anzusehen, die auf der Liste stehen. Die Gebäude in der York haben nichts ergeben.«

»Was daran liegt, dass von der Zweiten aus geschossen worden ist. Zimmer 1004, *Manhattan East Hotel*. Geben Sie auch noch Jenkinson und Reineke Bescheid.«

»Sie haben den Raum gefunden, von dem aus geschossen worden ist? Sind Sie sich sicher?«

»Hätte ich Sie sonst wohl angerufen? Heben Sie sich Ihre Fragen auf und kommen Sie her.« Bevor die Partnerin noch etwas sagen konnte, legte Eve schon wieder auf, bestellte die Kollegen der Spurensicherung und ihren Zeichner Yancy ins Hotel und kontaktierte Lowenbaum.

»Da haben Sie aber einen echten Glückstreffer gelandet, Dallas. Warum setzen Sie nicht auch noch Geld bei irgendeiner Pferdewette oder so?«

»Sie wollen den Raum doch sicher sehen, und ich hätte gerne die Bestätigung dafür, dass man von hier aus auf die Menschen auf der Eisbahn zielen kann.«

»Ich bin schon unterwegs.«

»Am besten bringen Sie auch ein Stativ und die passende Waffe mit.«

»Auf jeden Fall.«

Eve schob ihr Handy wieder in die Tasche und marschierte nachdenklich im Zimmer auf und ab.

Es war nicht gerade riesig, reichte aber völlig aus.

Wahrscheinlich hatte sich der Täter dieses Zimmer schon einmal vorher ohne seinen Partner angesehen. Er musste schließlich sichergehen, dass der Raum für dieses Attentat geeignet war.

Ein ruhiges, eher bescheidenes Hotel, in dem es keine Kameras, doch ordentliche Schlösser an den Zimmertüren gab, damit nicht plötzlich unerwartet eins der Zimmermädchen oder sonst jemand hereinkam, während er beschäftigt war. Zur Tarnung hatte er noch seine Tochter oder seinen Sohn dabeigehabt und sicher nicht damit gerechnet, dass es einen Henry Whipple geben würde, dem sie beide sehr gut in Erinnerung geblieben waren.

Das Zimmer hatte er bestimmt auf einen falschen Namen reserviert, der falsche Pass jedoch war offenbar nicht schlecht gewesen, wenn er bei der Überprüfung durch den Scanner des Hotels nicht aufgefallen war. Sie hatten ihr Gepäck selbst heraufgetragen, sich im Zimmer eingeschlossen, das Nicht-stören-Schild hinausgehängt und dann ...

Noch immer in Gedanken ging sie an die Tür und ließ die noch ein wenig atemlose Peabody herein.

»Woher haben Sie ...«

»Der Bursche am Empfang ist wirklich aufmerksam. Der Verdächtige hat laut Henry, das ist der Empfangschef, mit einem Teenager zusammen eingecheckt. Ob Junge oder Mädchen, konnte er nicht sehen. Der Name ist natürlich falsch, aber wir finden sicher heraus, wie er in Wahrheit heißt. Er hat sich als Philip Carson ausgegeben, aus East Washington, und wollte genau diesen Raum.«

Eve zog ihren Feldstecher hervor. »Hier, sehen Sie selbst.«

Peabody trat ans Fenster und sah Richtung Central Park. »Wow, das ist echt weit, aber okay, man kann die Eisbahn von hier aus gut sehen.«

»Das Zimmermädchen hat erschreckend gründlich geputzt, aber ihm sind ein paar Dellen im Teppich aufgefallen, wie sie ein Stuhl und ein Stativ in einem Teppich hinterlassen.«

»Falls sie die Schlittschuhbahn von hier aus ins Visier genommen haben, waren sie bestimmt vorher schon einmal hier. Sie mussten schließlich sichergehen, dass man von hier aus ungehindert auf die Leute auf der Eisbahn zielen kann.«

»Henry hat gesagt, er habe den Erwachsenen vorher schon mal irgendwo gesehen. Außerdem hat er die beiden wirklich gut beschrieben, und gleich kommt noch

Yancy, um mit ihm zusammen Phantombilder der beiden zu erstellen. Der Mann ist weiß und um die fünfzig, circa 1,80 Meter groß und schlank, mit kantigem Kinn und kurzem mittelbraunem Haar. Was die Farbe seiner Augen angeht, war Henry sich nicht ganz sicher, aber sie waren eher hell, das heißt wahrscheinlich blau, grün oder grau. Er war offenbar erkältet oder hat was ausgebrütet, denn er wirkte ziemlich schlapp, und seine Augen sahen müde aus. Er trug bei seiner Ankunft einen schwarzen Parka, eine schwarze Skimütze und Jeans und hatte einen mittelgroßen Rollkoffer und einen großen Aktenkoffer aus Metall dabei.«

»Das ist eine wirklich ausgezeichnete Beschreibung. Falls stimmt, was Henry sagt, haben wir jede Menge in der Hand.«

»Wobei er mir den jüngeren Verdächtigen genauso gut beschrieben hat. Makellose milchkaffeebraune Haut, grüne Augen, kurze schwarze Dreadlocks, circa 1,65 Meter groß und um die 55 Kilo schwer. Knielange dunkelgrüne Jacke, grün-schwarz gestreifte Mütze und wahrscheinlich höchstens sechzehn Jahre alt. Vielleicht lag's aber auch ganz einfach an der Größe und Statur und daran, dass es Henry vorkam, als ob er das Kind des anderen war.«

»Wenn dem so ist ...« Peabody drückte Eve das Fernglas wieder in die Hand. »Oh Gott, oh Gott.«

»Um das zu sagen, ist es noch zu früh. Sie haben dieses Zimmer reserviert, am frühen Abend eingecheckt, dann selber ihr Gepäck hochgeschleppt, die Tür von innen abgesperrt und das Nicht-stören-Schild hinausgehängt. Sie haben ein paar Sachen aus der Minibar genommen und sind außerdem noch einmal losgezogen, um was zu essen zu besorgen, oder hatten vielleicht alles, was sie brauchten, mitgebracht. Es gibt hier keine Kameras, wir wissen also nicht, ob sie noch einmal weggegangen sind. Das Zimmermädchen hat gesagt, sie seien sehr ordentlich gewesen und sie hätten sogar das Geschirr, das sie benutzt haben, gespült.«

»Wahrscheinlich haben sie vor ihrem Auszug auch noch alle Oberflächen abgewischt.«

»Wahrscheinlich«, stimmte Eve ihr zu. »Doch selbst wenn sie hier irgendwelche Spuren hinterlassen hätten, hätte denen das Zimmermädchen den Garaus gemacht. Ich habe zwar die SpuSi einbestellt, aber ich glaube nicht, dass sie hier noch was finden wird. Eine knappe Viertelstunde nach dem Anschlag haben sie ausgecheckt und einen familiären Notfall vorgeschoben, denn das Zimmer war bis heute reserviert.«

»Falls sie nicht getroffen hätten und damit sie nicht gezwungen waren, schon morgens auszuziehen.«

»Vor allem haben sie das Zimmer schon vor über einer Woche reserviert, damit fällt unser drittes Opfer endgültig als Zielperson des Anschlags weg. Wobei ich eine Sache nicht verstehen kann. Sie kommen her und richten sich hier ein. Die Eisbahn war auch vorgestern geöffnet, trotzdem haben sie gewartet und die Nacht und den gesamten Morgen hier verbracht, bevor es zu den Schüssen kam.«

»Okay, Sie haben recht. Warum haben sie nicht sofort nach dem Einzug losgelegt? Vor allem da die Eisbahn abends sehr beliebt und wirklich gut beleuchtet ist. Wenn es dunkel ist, brechen die Leute eher in Panik aus, nicht wahr? Wenn's also einfach darum ging, die größtmögliche Panik unter den Besuchern auszulösen, hätten sie doch sicher eher im Dunkeln auf die Leute auf der Schlittschuhbahn gezielt. Stattdessen haben sie Stunden hier in diesem Raum verbracht. Das zeigt für mich, dass es speziell um eins der Opfer ging.«

»Sie haben ein paar Snacks gegessen und vielleicht ein bisschen ferngesehen. Dann haben sie durch den Sucher des Gewehrs geguckt und an die Leute auf dem Eis gedacht, die ihnen zu verdanken haben, dass sie noch am Leben sind und einfach so nach Hause oder in ein Restaurant gehen können, wenn sie mit dem Schlittschuhlaufen fertig sind. Das hat ihnen wahrscheinlich ein Gefühl von Macht verliehen.«

Die Hände in den Hosentaschen, baute Eve sich abermals am Fenster auf und sah hinaus. »Die Leute sind nur deshalb noch am Leben, weil du ihnen das gestattet hast. Und sie sind völlig ahnungslos. Sie wissen nicht, dass sie nichts anderes sind als Ameisen, die du mit einem Tritt zerquetschen kannst. Bestimmt hast du die halbe Nacht an diesem Fenster zugebracht, darüber nachgedacht, dir vorgestellt und dich darauf gefreut, was morgen Nachmittag passieren wird.«

»Welcher von den beiden?«

»Meiner Meinung nach der Jüngere. Wenn nicht gestern, dann auf jeden Fall beim nächsten Mal.«

»Warum?«

»Weswegen hätte ihn der andere sonst mitnehmen sollen? Henry ist solide und hat einen wirklich guten Blick. Vielleicht ist ja der Jüngere auch schon Anfang zwanzig, aber älter sicher nicht. So sehr hätte sich Henry sicher nicht verschätzt. Vor allem werden wir ja sehen, was Yancy sagt, wenn Henry ihm die beiden beschrieben hat.

Warum also hat der Alte sonst den Jungen mitgeschleift? Ich glaube nicht, dass es ihm nur um die Gesellschaft ging. Er wollte seinem Jungen zeigen, wie es geht, damit er es beim nächsten oder vielleicht auch schon dieses Mal selber machen kann. Na los, jetzt zeig mir, was du kannst.«

War es so nicht zwischen ihr und Feeney abgelaufen? Hatte Feeney ihr nicht alles beigebracht und wollte danach sehen, ob sie eine gute oder schlechte Schülerin gewesen war?

»Henry hatte das Gefühl, als hätte er es mit einem Vater und mit dessen Kind zu tun gehabt. Was vielleicht daran lag, dass er die beiden so sehen wollte. Aber Menschen zweier verschiedener Altersgruppen können ebenso ein Trainer und sein junger Schützling sein.«

»Dann war es vielleicht doch ein Profi«, überlegte ihre Partnerin. »Ein Profi, der mit einem Jüngeren trainiert, egal, ob sie verwandt sind oder nicht.«

»So könnte es sein. Außer wenn man sich die Opfer ansieht, weil bei denen kaum etwas zu holen ist. Michaelson war zwar nicht gerade arm, aber er schwamm auch nicht in Geld. Die Praxis geht an seinen Patensohn, der sowieso bereits dort angefangen hat. Seine Patientinnen waren ausnahmslos von ihm begeistert, seine Ex hat einen neuen Ehemann, und wie es aussieht, gingen sie auch nach der Scheidung weiter höflich miteinander um, auch mit seiner Tochter, die das Geld, das sie jetzt von ihm erben wird, nicht braucht, kam er sehr gut zurecht. Ich glaube also nicht, dass es bei ihm um Geld gegangen ist.«

»Auch Sex ist häufig ein Motiv.«

»Nichts deutet darauf hin, dass Michaelson mit irgendwem zusammen war. Was unseres Wissens nach auch für das Mädchen gilt. Wir suchen also weiter nach dem Grund für dieses Attentat.«

»Sie haben recht. Auch von Ellissas Tod hat niemand profitiert. Es gibt auch niemanden, der sie nicht mochte oder so in sie verliebt gewesen wäre, dass er eine Abfuhr nicht verkraftet hat.«

»Trotzdem hatte irgendwer es entweder auf Michaelson oder auf Wyman abgesehen.«

Wieder ging sie, als es klopfte, an die Tür und ließ diesmal Lowenbaum herein.

Er hatte eine schneebedeckte schwarze Jacke an und zog sich seine durchgeweichte Skimütze vom Kopf.

»Das mit den Pferdewetten ist mein Ernst.« Er kaute nachdenklich sein Kaugummi, sah sich im Zimmer um und legte einen großen, abgeschlossenen Kasten auf den Tisch. »Der Bursche am Empfang ist kreidebleich geworden, als ich mit dem Kasten kam, und als er meinen Ausweis sah, hat er erzählt, der Mann, der dieses Zimmer angemietet habe, habe haargenau den gleichen Koffer in der Hand gehabt.«

Volltreffer, dachte Eve erneut. »Ich halte nichts von Pferderennen, aber vielleicht wette ich ja heute Abend auf das Spiel der Knicks.«

»Hat nicht Ihr Mann die Celtics aufgekauft?«

»Ich glaube schon.«

»Cool.« Noch immer blickte Lowenbaum sich um und schloss zugleich den Kasten auf. »Ein anständiger Raum in einem anständigen Haus. Er hätte auch was Billigeres kriegen können, um auf die Schlittschuhbahn zu zielen, dann hätten wir das Zimmer sicher nicht so leicht entdeckt.«

»Er war nicht allein.«

Jetzt sah der SEKler auf. »Ach nein?«

»Er hatte jemand Jüngeren dabei. Der Empfangschef hat auf einen Teenager getippt, auch wenn das noch nicht sicher ist.«

»Das ändert einiges.«

Als er den Kasten öffnete und dann mit schnellen Bewegungen das Gewehr zusammenbaute, fragte Eve: »Wie viel wiegt dieses Ding einschließlich Koffer?«

»Mit den zusätzlichen Batterien locker sieben Kilo«, meinte er und griff nach dem Stativ.

»Das erste Fenster rechts vom Bett«, erklärte Eve. »Das Zimmermädchen hat die Dellen von den Stuhlbeinen und dem Stativ im Teppich dort gesehen.«

»Im Ernst?«

»Im Ernst. Hier im *Manhattan East* sind sie echt aufmerksam. Die Fenster kann man gut zehn Zentimeter hochschieben.«

»Was wirklich praktisch ist.« Er stellte das Stativ vors Fenster, griff nach dem gesicherten Gewehr und sagte »Danke«, als Eves Partnerin mit einem der beiden Stühle kam.

Er setzte sich, sah durch den Sucher, nahm ein paar Veränderungen vor und schob den Stuhl ein winzig kleines Stück nach links. »So wäre es das reinste Kinderspiel.«

»Dann könnten Sie also von hier aus auf die Leute auf der Eisbahn zielen?«

»Oh ja, das könnte ich. Genau wie noch zwei andere Leute meines Teams. Und mit ein bisschen Glück die anderen auch.«

»Die Ziele waren in Bewegung.«

»Trotzdem würde ich sie treffen und die beiden anderen auch. Bei meinen anderen Leuten gäbe es zumindest eine Fifty-fifty-Chance. Hier, schauen Sie mal.« Er überließ Eve seinen Platz, und sie sah selber durch den Sucher, der erheblich besser als ihr lächerliches Fernglas war. Sie blickte auf die leere Eisbahn und die Absperrungen am Rand, nahm selbst ein paar Veränderungen vor, bis sie die Gaffer sah, die um die Schlittschuhbahn versammelt waren, und nahm eine Frau mit einem bunten Schal und einer blauen Pudelmütze ins Visier.

Man fühlte sich tatsächlich mächtig, wenn die Menschen einem derart hilflos ausgeliefert waren.

»Ich habe das Gefühl, als könnte ich die Leute ganz problemlos treffen, auch wenn dabei die Temperatur, die Windgeschwindigkeit und all der andere Mist noch eine Rolle spielen. Könnte der Jüngere der beiden all diese Dinge ausgerechnet haben?«

»Mit einer solchen Waffe und als guter Schütze stellt man immer seine eigenen Berechnungen an. Das kommt von ganz allein, und es ist ein im Grunde fast intimer Augenblick. Ich meine, zwischen einem selbst und seinem Gewehr. Zwischen einem selbst und seiner Zielperson ganz sicher nicht.«

Nickend stand Eve wieder auf. »Sie würden also sagen, dass von hier aus auf die Leute auf der Schlittschuhbahn geschossen worden ist?«

»Das würde ich, aber warum setzen wir nicht auch noch unser Spielzeug ein, um ganz sicherzugehen?«

Jetzt nahm er selber wieder Platz, zog seinen Handcomputer aus der Tasche und erklärte ihr: »Ich gebe einfach nur den Raum und die genauen Positionen der Waffe und der Zielpersonen ein, und schon berechnet das Programm, ob die drei Schüsse tatsächlich von hier gekommen sind.«

»Das geht?«

»Das geht, weil ich mit Roarke gesprochen habe, der dieses fantastische Programm entwickelt hat.«

»Darauf hätte ich selber kommen können.«

»Dann hätten Sie mich ja nicht mehr gebraucht. Moment.«

Als es wieder klopfte, gab Eve ihrer Partnerin ein Zeichen, dass sie an die Tür gehen sollte, und erklärte: »Wenn das die Kollegen der SpuSi sind, sollen sie noch ganz kurz warten, bis wir fertig sind.«

»Sofort. Mit so viel Technik habe ich es nicht oft zu tun«, bemerkte Lowenbaum. »Ihr Genie war auf dem Weg zu einem Termin – vielleicht kauft er ja jetzt auch noch die Mets. Sonst würde ich ihn anrufen und fragen, ob er sich nicht kurz in meinen Rechner klinken kann. Aber ich glaube, ich ... genau, jetzt habe ich's. Die Wahrscheinlichkeit, dass die drei Schüsse hier aus diesem Zimmer kamen, beträgt 95,6 Prozent.«

Er hielt Eve seinen Handcomputer hin, damit sie selber das Ergebnis der Berechnung sah.

»Das wertet das Gericht, wenn wir die Bastarde erwischt haben, bestimmt als sicheren Beweis.« Grinsend nahm er ihr den Computer wieder ab, schob ihn zurück in seine Tasche und stand auf. »Dann wäre meine Arbeit hier getan. Ich würde diese beiden Schweinebacken gern mal sehen. Schicken Sie mir die Aufnahmen der Überwachungskameras?«

»So etwas gibt's hier nicht.«

»Damit reißt Ihre Glückssträhne wohl ab.«

»Oh nein, denn Henry hat die beiden wirklich gut beschrieben, ich habe Yancy einbestellt, damit er Phantombilder der beiden macht.«

»Okay, Ihr Glück hält weiter an. Wie haben die beiden ausgesehen?«, erkundigte er sich, während er seine Waffe wieder auseinandernahm.

»Der Mann ist weiß«, setzte sie an und nannte ihm, als er auch das Stativ einpackte, noch die anderen Details.

»Dann sehe ich mir Yancys Bilder nachher gründlich an. Ich kenne ein paar wirklich gute Schützen, manche nur dem Namen oder Aussehen nach und andere persönlich. Vielleicht passt ja einer dieser Typen zu den Skizzen – und wenn nicht, kann ich sie ein paar Leuten zeigen, die ganz sicher keine Arschlöcher und auch nicht völlig irre sind.«

»Sie kriegen die Bilder, sobald sie fertig sind. Und vielen Dank für Ihre Hilfe, Lowenbaum.«

»Schon gut. Wir sprechen uns. Bleiben Sie locker, Peabody.«

»Auf jeden Fall.« Sie ließ ihn raus und die Kollegen der SpuSi rein.

Eve sprach noch kurz mit ihnen, dann wandten sie und Peabody sich ebenfalls zum Gehen.

»Ich werde weiter gucken, ob es über Wyman etwas rauszufinden gibt. Nachdem wir davon ausgehen, dass es unseren Tätern ganz speziell um sie oder um Michaelson gegangen ist, könnten sie längst verschwunden sein.«

»Sie glauben, dass sie fertig sind?«

»Falls sie die Zielperson aus dem Verkehr gezogen haben ...«

»Warum waren sie dann zu zweit? Warum hatte der Schütze dann noch diesen jungen Mann oder die junge Frau dabei? Sind die beiden Partner oder bei dem Altersunterschied ein Meister und sein Lehrling? Und wofür ist dann ein solches Training gut? Ich glaube auch, dass es eine Verbindung zwischen den Verdächtigen und einem der drei Opfer gibt. Aber Menschen haben mehr Beziehungen. Und Menschen mit so einem Groll wie diese beiden? Die dehnen ihren Hass doch sicher noch auf irgendwelche anderen Leute aus.«

Die beiden Frauen stiegen in den Lift, und Eve drückte den Knopf fürs Erdgeschoss. »Ich bin mir sicher, dass das gestern erst der Anfang war.«

6

Eve versuchte, Mira aus dem Wagen anzurufen, aber leider sprang nur deren Mailbox an. »Der Verdächtige hat einen Partner, vielleicht einen Teenager, ob Junge oder Mädchen weiß ich nicht. Ich schicke Ihnen noch den ausführlichen Bericht, bitte denken Sie schon einmal darüber nach.«

Sie legte wieder auf, wählte Feeneys Nummer und wandte sich gleichzeitig an ihre Partnerin. »Peabody, rufen Sie den Commander an und sagen ihm, dass ich ihn so schnell wie möglich sprechen muss.«

»Feeney«, fuhr sie ohne Unterbrechung fort, als das langgezogene Basset-Gesicht des Chefs der elektronischen Ermittler auf dem Bildschirm ihres Autotelefons erschien. »Ich komme aufs Revier und muss dich sprechen.«

»Wegen des SKGA?«

»Ich weiß, woher die Schüsse kamen, und habe eine Beschreibung des Kerls.«

»Dann komm einfach vorbei. Ich schiebe dich dazwischen«, bot er an.

»Das ist nett. Bis dann.«

»Der Commander ist in einer Videokonferenz, aber ich habe ihm gesagt, es sei wirklich wichtig, und er meint, wenn Sie in einer halben Stunde kämen, habe er kurz Zeit.«

»Okay. Sie gehen in unsere Abteilung, briefen Jenkinson und Reineke und sagen ihnen, ich bräuchte sie vielleicht noch einmal. Ich schicke Ihnen meine Aufzeichnungen von den Vernehmungen im Hotel, damit Sie schon mal anfangen können, den Bericht zu schreiben, falls dann noch Zeit ist, kümmern Sie sich um den falschen Ausweis, den der Mann verwendet hat. Vielleicht hat er den Namen ja aus einem ganz bestimmten Grund gewählt. Überprüfen Sie auch die Kreditkarte, mit der er das Hotelzimmer bezahlt hat.«

»Alles klar. Warum wollen Sie mit Feeney reden?«

»Er hat die Innerstädtischen Revolten miterlebt und hatte es schon öfter mit SKGAs zu tun.« Vor allem hatte er sie ausgebildet, dachte Eve.

Als sie in einen Stau geriet, weil jemand auf der glatten Straße aus der Spur gekommen war und sich jetzt lautstark mit dem Fahrer des von ihm lädierten Taxis stritt, flog sie mit eingeschalteter Sirene über beide Fahrzeuge hinweg.

»Melden Sie den Unfall, bevor es hier noch zu Blutvergießen kommt.«

»Schon erledigt.«

Eve bog in die Tiefgarage des Reviers und lenkte den Blick auf ihre Partnerin. Die so wie sie von Feeney von ihr ausgebildet worden war.

»Sie denken, dass es einen zweiten Anschlag geben wird«, bemerkte Peabody. »Das ist der Grund für Ihre Eile, stimmt's?«

»Das stimmt. Doch falls ich mich irre, hatten sie fast einen ganzen Tag, um zu verschwinden, und wir müssen sie so schnell wie möglich einholen.«

Als immer mehr Kollegen in den Fahrstuhl drängten, stieg sie hinter Peabody in ihrem Stockwerk aus und nahm das Gleitband in die obere Etage, die das Reich der elektronischen Ermittler war.

Sie öffnete die Tür der ihr vollkommen fremden Welt aus grellen Farben und Bewegung und entdeckte dort McNab, der in dem leuchtenden gelb-roten Hemd über der neongrünen Schlabberhose schwer zu übersehen war. Er wackelte in einem fremdartigen Rhythmus mit den schmalen Hüften und gab irgendwelche bunten, seltsamen Symbole in den Computer ein.

Mit Mühe wich Eve einer Elektroniknerdin aus, die unbekümmert durch die Gegend hüpfte, während auf der Vorderseite ihres pinkfarbenen Flauschpullis ein Pudel Rückwärtssaltos schlug, und flüchtete sich in die relative Ruhe des Büros von ihrem alten Freund und Ausbilder.

Er wackelte zum Glück nicht mit den Hüften und trug wie gewöhnlich einen langweilig kackbraunen Anzug über einem ausgebeulten beigefarbenen Hemd und einem schief sitzenden, ebenfalls kackbraunen Schlips und wischte beidhändig auf einem großen Monitor herum.

Wie immer stand sein graumeliertes rotes Haar in alle Richtungen um sein tröstlich faltiges Gesicht, als hätte er es ordentlich mit einer Drahtbürste geschrubbt, ebenfalls wie immer war der Raum vom Duft gebrannter Mandeln, die er liebte, und des guten, echten Kaffees, den er genau wie Eve von Roarke bekam, erfüllt.

»Kann ich die Tür kurz zumachen? Von all den Farben und dem Lärm da draußen wird mir schwindelig.«

Er nickte, und als sie vor seinen Schreibtisch trat, wies er mit seinem Daumen auf den AutoChef, der in der Ecke stand. »Du musst auf Karotten-Grünkohl-Smoothie drücken, wenn du einen Kaffee willst.«

»Clever.« Eve bestellte Kaffee für sie beide, und als Feeney sich in seinen Schreibtischsessel setzte, drückte sie ihm einen Becher in die Hand.

»Dann schieß mal los, Mädchen.«

»Wir haben den Ort, von dem aus auf die Schlittschuhbahn geschossen wurde, und eine Beschreibung des Verdächtigen. Die Schüsse kamen aus der Second Avenue.«

Mit einem widerstrebend anerkennenden Pfiff hob er die Brauen an. »Nicht schlecht.«

»Er war nicht allein. Er hatte einen Partner, nur dass der viel jünger ist als er. Vielleicht ein Teenager, ob Junge oder Mädchen wissen wir noch nicht. Yancy fertigt gerade mit dem Zeugen die Phantombilder der beiden an. Der Erwachsene sah wie Anfang fünfzig aus.«

»Das klingt für mich nach etwas anderem als einer Partnerschaft.«

»Genau. Für mich klingt das nach einem Ausbilder und seinem Lehrling. Vielleicht irrt sich unser Zeuge auch, aber er kommt mir grundsolide vor. Wenn er sagt, der Junge sei höchstens sechzehn, glaube ich ihm das. Aber wer nimmt ein Kind zu einem solchen Anschlag mit, wenn er ihm nicht was beibringen will?«

Nachdenklich nahm Feeney ein paar Mandeln aus der unförmigen Schale, die auf seinem Schreibtisch stand. »Besteht die Möglichkeit, dass dieser Teenie eine Geisel ist?«

»So fühlt es sich nicht an. Wenn er gezwungenermaßen mit in das Hotel gekommen wäre, wäre das dem Zeugen aufgefallen. Sie hatten das spezielle Zimmer reserviert, haben dort zusammen eingecheckt und dann die Nacht und noch den nächsten Morgen dort verbracht. Das zeigt mir, dass sie planvoll und geduldig vorgegangen sind. Und dass sie auf der Lauer lagen, bis der rechte Zeitpunkt kam. Also frage ich mich, warum unser Täter diesen Teenie mitgenommen hat. Du hast mich ausgebildet.«

Er nickte. »Du hast mir gefallen, denn du hattest Biss.«

»Aber ich war noch völlig unbedarft.«

»Das warst du nie. Vor allem habe ich dein Potenzial, dein Polizistenhirn und deinen ungeheuren Mumm gesehen. Vielleicht hast du mich auch ein bisschen an mich selbst erinnert, als ich noch in deinem Alter war. Außerdem wolltest du um jeden Preis zum Mord. Und nachdem du das geschafft hattest, hast du Peabody genauso ausgebildet wie ich dich«, rief er ihr in Erinnerung.

»Das stimmt. Ich kann nicht sagen, dass sie mich an mich erinnert hätte, aber das Potenzial und Polizistenhirn hatte sie ebenfalls. Genau wie ich wollte auch sie zum Mord, also dachte ich, dass ich es mal mit ihr versuchen sollte, dann hat es zwischen uns auch wirklich gut geklappt.«

»Sie hat sehr viel von dir. Sie hat vielleicht ein sonnigeres Wesen und den Hippie-Touch von ihren Eltern, aber sie gibt niemals auf, und es geht ihr auch immer um die Opfer und nie einfach um den Job. Ich denke, das hast du gespürt. Sonst hättest du sie nicht persönlich ausgebildet, sondern sie ganz einfach einem deiner Leute zugeteilt.«

»Wahrscheinlich hast du recht. Genau. Also sieht mein erwachsener Täter in dem Teenie vielleicht etwas von sich selbst und denkt, dass er das Potenzial zum Töten hat. Du hast mich unter deine Fittiche genommen so wie ich dann Peabody und Baxter Trueheart, aber dabei ging es nie nur um das Potenzial, denn schließlich hatten ich und Peabody und Trueheart alle vorher schon die Polizeiakademie besucht.«

Feeney nickte und hob seinen Becher an den Mund. »Jetzt fragst du dich, ob dieser Teenie vielleicht schon ein Killer ist.«

»Schließlich wählt man seinen Azubi mit Bedacht. Man nimmt nicht einfach irgendwen. Nur, wo haben die beiden sich gefunden? Der Erwachsene hat wahrscheinlich eine Ausbildung beim SEK oder beim Militär gemacht. Hat er den Jungen also einfach auf der Straße aufgelesen, vielleicht irgendwo in einem Kriegsgebiet?«

»Da wäre noch eine Möglichkeit.«

»Ich bin mir sicher, die beiden sind verwandt. Vater und Sohn, Onkel und Neffe, Brüder oder vielleicht auch Cousins. Sobald ich die Phantombilder bekomme, gleiche ich sie mit den Bildern von Vermissten ab und gucke, ob jemand nach einem Jungen oder Mädchen in dem Alter sucht. Aber wenn es eine besondere Verbindung zwischen ihnen gibt, warum bildet der Mann den Jungen dann zum Töten aus? Die Sache wirkt auf mich nicht wie ein Auftragsmord, weil keins der Opfer etwas hatte, wofür jemand einen Profikiller engagiert hätte. Doch wenn das Ganze einfach eine Übung war, hätten sie sicher keinen derart öffentlichen Ort gewählt. Es ging also um etwas Persönliches.«

»Wenn dem so ist, haben die Täter es sich ungewöhnlich schwer gemacht.«

»Da hast du recht.«

»Allerdings ist dein Hauptverdächtiger für diese Art des Tötens ausgebildet.« Feeney schob ihr die ein wenig wackelige Schale mit den Mandeln hin. »Ich nehme an, du denkst, dass dein Verdächtiger kein Auftragskiller, sondern eher ein Heckenschütze ist, der seine Ausbildung beim Militär oder der Polizei durchlaufen hat.«

Eve atmete geräuschvoll aus und nickte zustimmend. Es half, dass er es offenbar genauso sah. »Das stimmt, das denke ich. Und jetzt hat er einen Lehrling, der ihn aus welchem Grund auch immer an sich selbst erinnert und an den er sein besonderes Können weitergeben will. Der Altersunterschied ...«

»... ist ungefähr so groß wie zwischen dir und mir.« Der elektronische Ermittler nickte zustimmend. »Natürlich habe ich ein so besonderes Training nie mit einem Partner oder Auszubildenden gemacht, aber ich würde sagen, dass der Junge eine Neigung und Talent zu dieser Arbeit haben muss und kaltblütig genug ist, um aus der Entfernung einfach irgendwelche Menschen abzuknallen. Das ist nichts, was man lernen kann. Man hat es, oder man hat es nicht.«

Auch damit sprach er etwas aus, was ihr schon durch den Kopf gegangen war.

»Wie haben sie zur Zeit der Innerstädtischen Revolten ihre Heckenschützen ausgewählt?«

»Ich würde sagen, so wie heute auch. Man braucht Talent und Selbstbeherrschung, muss es schaffen, einen Menschen nur als Ziel zu sehen, erst auf ihn zu zielen, wenn man grünes Licht dafür bekommt, und sofort abzudrücken, wenn es so weit ist.«

»Wer immer diese Schüsse abgegeben hat, hat nicht gezögert«, meinte sie. »Und er wird auch nicht zögern, wenn er noch einmal grünes Licht bekommt.«

Auf dem Weg zum Commander feilte Eve noch kurz an ihrem mündlichen Bericht. Als sie das Vorzimmer betrat, nickte Whitneys Sekretärin ihr zu, reckte zum Zeichen, dass sie warten sollte, einen Finger in die Luft und meldete sie an.

»Commander, Lieutenant Dallas ist jetzt da. Ja, Sir. Gehen Sie durch, Lieutenant.«

Der Hüne mit den breiten Schultern, die die Last seiner Befehlsgewalt zu tragen hatten, saß mit ernster Miene hinter dem Schreibtisch, als sie das Büro betrat.

»Sie waren heute Morgen unterwegs, deswegen habe ich Sie nicht zur Pressekonferenz bestellt. Sagen Sie mir, dass Sie etwas haben.«

»Allerdings. Den Ort, an dem die Schüsse abgegeben worden sind, eine Beschreibung zweier Verdächtiger und Yancy, der mit meinem Zeugen die Phantombilder erstellt.«

Er lehnte sich zurück. »Das ist bereits eine ganze Menge. Nennen Sie mir Details.«

Ohne Platz zu nehmen, zählte sie ihm alle Einzelheiten auf.

»Ein jugendlicher Lehrling«, stellte Whitney fest. »Das wäre nicht das erste Mal, denn schließlich gab es Anfang des Jahrhunderts die Washington Snipers und vor dreißig Jahren die Ozark Snipers, einen Kerl und seinen kleinen Bruder, der mit gerade einmal dreizehn Jahren angefangen hat.«

Eve nahm sich vor, sich beide Fälle gründlich anzusehen.

»Wenn wir die Bilder haben, geben wir sie raus. Dann brauchen wir Sie bei der Pressekonferenz. Moment, ich kontaktiere Kyung, denn schließlich müssen wir besprechen, wie dabei am besten vorzugehen ist.«

Obwohl sie sofort mit der Arbeit fortfahren und alles noch einmal in Gedanken durchgehen wollte, blieb sie wie befohlen stehen, während ihr Vorgesetzter mit dem Pressesprecher sprach.

Genau wie Eve wartete auch der Lehrling ab. Kaltblütig, doch gleichzeitig erwartungsfroh. Es würde anders als beim letzten Mal ablaufen. Inzwischen kannte er das herrliche Gefühl der Macht, wenn er den Finger krümmte und die Zielperson zusammenbrach.

In ihrem Versteck stank es nach Pisse und nach Kakerlaken, aber das war vollkommen egal. Von hier aus konnte man direkt über den Broadway bis zum Times Square sehen, der nachlassende Eisregen und selbst die Pendelflieger, die gelegentlich vorbeikamen, waren kein Problem.

»Ich habe sie.«

Der Meister nickte und sah selbst durch ein Fernglas auf die Zielperson. »Dann kann es losgehen, aber lass dir Zeit. Ich will schließlich, dass du sie auch erwischst.«

»Ich schaffe dieses Mal auch sechs.«

»Es geht um Tempo und Genauigkeit, vergiss das nicht. Drei sind erst einmal genug.«

»Dann würden wir nach einem bestimmten Muster vorgehen, ich schaffe garantiert auch sechs.«

Der Meister ließ das Fernglas sinken. »Vier. Mach deinen Job und widersprich mir nicht. Wenn du mir widersprichst, brechen wir ab.«

Zufrieden sah der Lehrling auf die Menschen, die sich auf den Straßen um den Times Square drängten, gafften, Fotos oder Videos machten, irgendwelche Andenken in Tüten durch die Gegend schleppten, und fing mit der Arbeit an.

Officer Kevin Russo war mit seiner Freundin und Kollegin Sheridon Jacobs auf dem Times Square unterwegs. In ihrer Mittagspause hatten sie sich Hot Dogs von einem der Schwebegrills geholt und saßen jetzt, gesättigt und von innen aufgewärmt, auf einer Bank.

Er liebte diese Gegend, und er lief hier gerne Streife, weil rund um den Times Square immer etwas passierte und es immer etwas zu sehen gab.

»Da vorn läuft Larry Langfinger«, bemerkte er, als er den alten Taschendieb inmitten einer Schar Touristen sah. »Am besten sagen wir ihm, dass er Land gewinnen soll.«

»Allmählich sieht man ihm sein Alter an.« Jacobs schüttelte den Kopf. »Warum richtet die Stadt kein Altersheim für Taschendiebe ein? Er muss inzwischen an die hundert sein.«

»Sein Hundertster ist, glaube ich, schon ein paar Jahre her. Mein Gott, er sieht uns nicht mal kommen.«

Sie hatten es nicht eilig, weil der gute Larry längst nicht mehr so flink und so geschmeidig wie in seinen besten Zeiten war. Erst letzte Woche hatte eine alte Dame ihm die Handtasche, die er ihr klauen wollte, so kraftvoll auf den Kopf gehauen, dass er einfach umgefallen war.

Russo grinste, als er daran dachte, bevor Larrys aktuelles Opfer – eine Frau von vielleicht siebzig, deren leuchtend rote Handtasche an ihrem Arm gebaumelt hatte – wie ein Stein zu Boden ging.

»Scheiße, ruf den Krankenwagen, Sherry.« Russo stürzte los, als gleichzeitig ein Teenager auf einem Airboard durch die Luft flog und bei seiner Landung drei Passanten umfallen ließ wie Kegel auf der Bowlingbahn.

Auf dem Rücken seiner leuchtend blauen Jacke breitete sich dunkelrot ein Blutfleck aus.

»In Deckung! Runter! Los!«

Noch vor dem ersten Schrei und noch bevor den Menschen klar war, was passierte, warf Russo sich in der Hoffnung, es vor einem weiteren Treffer zu bewahren, mit gezückter Waffe auf das Kind. Bevor er selber einen Zentimeter unterhalb des Randes seiner Mütze in die Stirn getroffen wurde und auf diese Weise von den beiden anderen Menschen, die getroffen wurden, nichts mehr mitbekam.

Während auf dem Times Square Chaos ausbrach, während Menschen schrien und Reifen quietschten, sah der Lehrling seinen Meister lächelnd an.

»Fünf sind weniger als sechs.«

Der Meister ließ das Fernglas sinken und bedachte ihn mit einem strengen, aber gleichzeitig auch stolzen Blick. »Pack ein. Wir sind hier fertig.«

Dallas' Handy schrillte fast zur selben Zeit wie das ihres Commanders los, eilig sagte er zu seinem Pressesprecher »Augenblick«, und nahm den Anruf an.

»Dallas«, meldete Eve sich auf ihrem eigenen Gerät.

»Hier Zentrale, Lieutenant Dallas. Wir haben einen erschossenen Beamten an der Ecke Broadway/Vierundvierzigste. Insgesamt gibt es vier Tote sowie mehrere Verletzte, deren Zahl uns noch nicht durchgegeben worden ist.«

»Verstanden. Fahre sofort los. Commander.«

»Ich komme mit, denn schließlich haben wir jetzt auch noch einen toten Cop.«

Auf dem Weg in die Garage informierte sie ihre Partnerin. »Kommen Sie zu meinem Wagen. Es gab einen zweiten Anschlag auf dem Times Square, dabei hat es auch einen Cop erwischt.«

Automatisch lief sie auf das Gleitband zu. »So sind wir schneller, Sir.«

Falls irgendwer es seltsam fand, dass der Commander rannte, um mit seinem Lieutenant Schritt zu halten, war er klug genug, den Blick woanders hinzulenken oder ganz auf Tauchstation zu gehen.

Auf halbem Weg nach unten packte Whitney Eve am Arm. »Wir nehmen den Lift, denn ich kann dafür sorgen, dass er uns direkt in die Garage bringt.«

Als Whitney sich in den schon überfüllten Fahrstuhl quetschte, nahmen seine Untergebenen Haltung an, niemand wagte es, sich für ihn hörbar aufzuregen, als er seinen Ausweis vor den Scanner hielt und von Eve wissen wollte, wo genau ihr Wagen in der Tiefgarage stand.

»P1.«

Er gab das Stockwerk ein und sah sie an. »Bei Ihrem Rang steht Ihnen ein anderer Parkplatz zu.«

»Mein Wagen steht sehr gut da, wo er steht.«

»Sie haben ja auch kein Problem mit einem Büro, das bestenfalls die Größe einer Besenkammer hat.«

»Das stimmt. Wenn wir zum Times Square kommen, ist dort sicher die Hölle los.«

Er zerrte einen schwarzen Schal aus einer Tasche seines eilig angezogenen Mantels und wickelte ihn sich um den Hals.

»Das habe ich schon häufiger erlebt«, erklärte er. Um nicht neugierig zu wirken, hakte Eve nicht weiter nach.

Dann ging die Tür des Fahrstuhls auf, und sie marschierten zu ihrem Wagen. Da Peabody noch auf dem Weg war, nutzte der Commander den Moment, um sich das Fahrzeug anzusehen.

»Was ist das für ein Gefährt, und warum hat man Ihnen nicht was Besseres zugeteilt?«

»Das ist mein Privatfahrzeug, und es fährt deutlich besser, als man meinen könnte.« Sie schloss die Türen auf, und als die Tür des Fahrstuhls wieder aufging, meinte sie: »Am besten setzen Sie sich mit nach vorne, Sir.«

»Sie steigen hinten ein, denn der Commander fährt mit uns«, wandte sie sich an Peabody und nahm selbst hinter dem Steuer Platz. »Wir müssen uns beeilen.«

Sie ließ den Motor an, und während sie mit laut quietschenden Reifen rückwärts aus der Lücke schoss, beugte die Partnerin sich vor und raunte Whitney zu: »Am besten schnallen Sie sich an, Sir. Es ist besser so.«

Mit heulenden Sirenen und ohne wenigstens nach links und rechts zu sehen, bog sie auf die Straße, bahnte sich in einem wilden Zickzack einen Weg durch den Verkehr, ging in die Vertikale und bog Richtung Norden ab.

»Was ist das für eine Kiste?«, wollte der Commander

nochmals wissen, und die arme Peabody, die beidhändig den Sitz umklammerte, stieß mit gepresster Stimme aus: »Das ist ein DLE. Ein Prototyp.«

»Sobald er auf den Markt kommt, will ich einen haben.«

Damit zerrte er sein Handy aus der Tasche und rief Polizeichef Tibble an.

Eve ignorierte das Gespräch und kämpfte sich erneut im Zickzack und mit Sprüngen über Autodächer durch den stockenden Verkehr.

Es ging schließlich um einen Anschlag auf die Partymeile Times Square, eine der mit Abstand meistbesuchten Gegenden der Stadt.

Und um einen toten Cop.

Da wäre dort wahrscheinlich deutlich mehr als nur die Hölle los.

Sie müsste alles absperren lassen, potenzielle Zeugen separieren und vernehmen, die Toten schützen und die möglichen Verletzten in Sicherheit bringen.

Zwar hatte sie damit gerechnet, dass es einen zweiten Anschlag geben würde, aber wenn er innerhalb von weniger als vierundzwanzig Stunden nach dem letzten Attentat erfolgt war, hatten ihre Killer offenkundig einen ganz bestimmten Plan und waren auf irgendeiner schrecklichen Mission.

Das hieß, sie zogen diese Sache weiter durch, egal, zu welchem Preis.

»Peabody, rufen Sie Yancy an und machen ihm ein bisschen Dampf. Ich brauche diese Bilder. Aus dem Weg, ihr Arschlöcher! Hört ihr nicht die Sirenen?«

Wieder ging sie in die Vertikale und schoss über zwei

Gefährte, die im Schneckentempo durch die Gegend krochen, aus der Achten in die Siebte und dann weiter auf den Broadway, auf dem tatsächlich die Hölle ausgebrochen war.

Gegen Hunderte von Zivilisten kamen die wenigen Kollegen der Trachtengruppe schlicht nicht an. Fußgänger, die panisch durch die Gegend rannten, Autofahrer, die auf ihre Hupen drückten, Gaffer, die versuchten, das Geschehen mit ihren Kameras und Handys aufzunehmen, die Angestellten der Geschäfte und der Restaurants und Straßendiebe, die das Durcheinander nutzten, um auf Beutezug zu gehen.

Es herrschte ein dermaßen unglaublicher Lärm, dass man kaum noch sein eigenes Wort verstand.

Eve hielt den Wagen an, ließ aber die Sirenen weiterlaufen, bevor einer der Kollegen einen Abschleppwagen kommen ließ.

»Commander ... tut mir leid.«

Sie überließ den Vorgesetzten ihrer Partnerin, schob sich durch das Gedränge, schnappte sich das Megafon von einem Streifenhörnchen und hielt es sich vor den Mund.

»Drängen Sie die Zivilisten, die hier herumlaufen, zurück und stellen Sie die Absperrungen auf. Zu jedem Toten drei Beamte, jetzt sofort! Sie da!« Sie packte einen der Kollegen wenig sanft am Kragen seiner Uniform. »Sperren Sie die Gegend ab und lassen Sie nur noch Krankenwagen oder Polizeifahrzeuge durch.«

»Aber, Lieutenant ...«

»Keine Widerrede. Los. Und Sie ...« Entschlossen schob sie einem anderen Kollegen einen Sichtschutz hin.

»Sie schirmen die Toten ab. Warum zur Hölle können die verdammten Gaffer sie noch sehen? Machen Sie gefälligst Ihren Job und kontrollieren Sie die Menge, und zwar jetzt sofort! Peabody!«

»Ma'am?«

»Ich brauche fünfundzwanzig weitere Beamte, und zwar möglichst schnell. Ich brauche Leute, die die Menge kontrollieren. Rufen Sie bei Morris an und sagen ihm, dass er kommen und sich die Toten ansehen soll.«

Sie packte einen Dieb am Kragen seines übertrieben weiten Mantels, schüttelte ihn durch, und während Geldbeutel und Taschen auf den Boden fielen, herrschte sie ihn an: »Du blöder Wichser. Hast du keinerlei Respekt? Verschwinde, wenn ich nicht persönlich dafür sorgen soll, dass du die nächsten zwanzig Jahre hinter Gittern sitzt.«

Vielleicht aus Panik, vielleicht auch aus Zorn, weil sie ihm das Geschäft vermasselt hatte, ging er auf sie los. Sie war von diesem Angriff vor den Augen Dutzender von Polizisten derart überrascht, dass er mit seiner Faust tatsächlich ihren Kiefer traf, bevor sie, ihrerseits erfüllt von heißem Zorn, ihr Knie so fest in seine Kronjuwelen rammte, dass er auf den Rücken fiel und sich nicht einmal wehrte, als er einen abschließenden Tritt von ihr verpasst bekam. »Bringen Sie das Arschloch aufs Revier. Jetzt gleich, verdammt noch mal! Seid ihr Idioten oder Cops? Besorgt mir Bilder aller Überwachungskameras, die es hier in der Gegend gibt.«

Mit ihren Ellenbogen bahnte sie sich den Weg bis zu dem toten Officer und den Kollegen, die um ihn versammelt waren.

»Zurück, ich brauche Platz. Wie hieß er?«

»Kevin Russo«, klärte eine Frau in Uniform sie unter Tränen auf. »Er war mein Partner und ...«

»Sie bleiben hier, alle anderen gehen. Sichern Sie, verdammt noch mal, den Tatort, bis Verstärkung kommt. Officer?«

»Sheridon Jacobs«, stellte sich die Polizistin vor. »Wir kamen gerade aus der Mittagspause. Wir ...« Sie atmete tief durch. »Wir hatten gerade einen von den Taschendieben ins Visier genommen, dann fiel dessen Opfer plötzlich einfach um. Ich dachte, dass sie ohnmächtig geworden wäre, aber dann ... Als Nächstes kam der Junge dran. Er war auf einem Airboard unterwegs. Kevin ist dorthin gelaufen, wo er durch die Luft geflogen ist, und hat den Leuten zugerufen, dass sie irgendwo in Deckung gehen sollen. Dann fiel er selber um. Ich habe noch den Schuss gesehen. Er traf ihn direkt in die Stirn. Ich ... lief hin, um ihm zu helfen, und dann war mit einem Mal der Teufel los. Es tut mir leid, aber die Leute wurden völlig panisch, und wir ... konnten nichts mehr tun. Wir waren einfach zu wenige, um dieses Chaos noch zu kontrollieren.«

»Aus welcher Richtung kam der Schuss?«

»Wie bitte?«

»Reißen Sie sich zusammen, Jacobs«, herrschte Eve sie an. »Aus welcher Richtung kam der Schuss, der Ihren Partner umgeworfen hat?«

»Aus Süden, glaube ich. Es ging alles so schnell, Lieutenant, so ungeheuer schnell. Die Leute fielen um, andere Leute rannten schreiend durch die Gegend, warfen sich in ihrer Panik gegenseitig um und trampelten dann über die am Boden Liegenden hinweg. Ich habe umgehend Verstärkung angefordert, aber es war schon zu spät.«

»Okay. Bleiben Sie hier.« Noch ehe Eve nach ihrem Untersuchungsbeutel rufen konnte, drückte Peabody ihn ihr schon in die Hand.

»Dallas«, meinte sie und zeigte mit der ausgestreckten Hand auf einen riesengroßen Bildschirm, auf dem Eve genauso wie auf allen anderen Bildschirmen auf dem Platz mit grimmigem Gesicht und im Wind flatterndem Haar zu sehen war. Zu ihren Füßen lag der tote Cop, und als Begleittext war zu lesen: *Lieutenant Dallas auf dem Times Square, wo vor wenigen Minuten ein Massaker stattgefunden hat.*

»Um Gottes willen, lassen Sie das abstellen. Stellen Sie das ab!«

»Ich kümmere mich darum.« Whitney hatte schon sein Handy in der Hand und starrte unverwandt den Bildschirm an. »Tun Sie, was Sie tun müssen, ich kümmere mich darum.«

»Ich habe seinen Namen von seiner Partnerin«, wandte sich Eve an ihre Partnerin. »Die Todesursache ist ja wohl klar. Ermitteln Sie noch den genauen Todeszeitpunkt und stellen Sie vor allem einen Sichtschutz auf.«

Eve hockte sich mit ihrem Untersuchungsbeutel zu dem Jungen, den Kevin Russo schützen wollte.

Er war ganz sicher noch nicht volljährig gewesen, dachte sie, bevor sie seinen Ausweis aus der Tasche seiner Jacke zog.

»Nathaniel Foster Jarvits, siebzehn Jahre alt. Seit heute. Na, fantastisch. Den Geburtstag hast du dir wahrscheinlich anders vorgestellt. Todeszeitpunkt 13.21 Uhr. Der Pathologe wird die Todesursache bestimmen, aber auf den ersten Blick sieht es nach einem Schuss mit einem

Laser mitten in den Rücken aus. Wie bei Ellissa Wyman«, fügte sie hinzu und richtete sich auf. »Peabody, rufen Sie die Eltern an.«

»Der Todeszeitpunkt stimmt mit dem von Russo überein, Dallas. 13.21 Uhr.«

Eve sah auf und stellte wütend fest, dass ihr Gesicht noch immer auf den Bildschirmen rund um sie herum zu sehen war. Die blöden Journalisten hatten auch nicht mehr Respekt als der verfluchte Taschendieb.

Ohne noch einmal den Kopf zu heben, stand sie auf, um sich das nächste Opfer anzusehen. Sie regte sich auch nicht darüber auf, dass sie noch immer schreien musste, damit der Rekorder sie verstand, denn ein paar kurze Blicke zeigten ihr, dass weitere Beamte angekommen waren, um die Absperrungen zu errichten und die Leute festzunehmen, die sich weigerten, zurückzutreten oder damit aufzuhören, das Grauen aufzunehmen.

Sie arbeitete sich bis zum ersten Opfer durch, als plötzlich Whitney neben ihr erschien.

»Die Übertragung hier am Times Square wurde abgebrochen, aber gegen Meldungen im Fernsehen können wir nichts tun.«

»Die interessieren mich nicht.«

»Der Tatort ist gesichert. Dieses Opfer war mit einer Freundin unterwegs, die wegen eines Schocks behandelt wurde, aber jetzt vernommen werden kann. Der Minderjährige war mit fünf Freunden hier, die alle noch vor Ort sind, falls Sie sie sprechen wollen. Das andere Opfer war alleine unterwegs. Und es gibt eine Überlebende.«

Eve hob ruckartig den Kopf. »Ach ja?«

»Eine Sekretärin. Ihr Büro liegt in der City, deshalb

war sie eher selten hier. Der Laser hat sie links am Bauch erwischt. Sie haben sie ins Krankenhaus gebracht und werden sie dort operieren, die Chancen stehen höchstens fifty-fifty.«

»Damit stehen sie auf alle Fälle besser als die Chancen von den anderen vier. Es wird ihm nicht gefallen, dass er nicht fünf Volltreffer gelandet hat. Das wird ihn ärgern, also müssen wir die Frau rund um die Uhr bewachen lassen, Sir.«

»Das habe ich bereits veranlasst, Lieutenant. Schließlich bin ich Polizist und kein Idiot.«

»Verzeihung, Sir.«

»Schon gut. Sie haben hier so schnell wie möglich Ordnung reingebracht.« Er blickte zu dem toten Polizisten, der hinter dem Sichtschutz lag. »Ich glaube nicht, dass seine Partnerin sich irrt. Officer Russo hat sein Leben hingegeben, als er diesen Jungen schützen wollte.«

»Vielleicht war auch er selbst die Zielperson«, sinnierte Eve und fuhr trotz Whitneys plötzlich kalter Miene fort: »Oder das vierte Opfer, dieser Medientyp, der auf dem Weg zu einem Termin mit einem Kunden war. Ich glaube nicht, dass sie es auf den Jungen abgesehen hatten, das erste Opfer kam von außerhalb und war nur als Touristin in New York. Aber Russo? Dies war sein Revier, und er war seit vier Monaten fast jeden Tag um diese Uhrzeit hier. Der Medientyp hat sein Büro hier in der Gegend, könnte also ebenfalls die Zielperson gewesen sein. Die anderen kommen nicht in Frage, denn sie waren zufällig um diese Zeit hier unterwegs. Ich schätze, dass es um den Cop gegangen ist und dass es da eine Verbindung gibt. Ich gehe der Sache weiter nach, denn diese Kerle bringen ganz bestimmt nicht einen unserer Leute oder einen Jungen an seinem siebzehnten Geburtstag um und kommen dann einfach damit durch.«

Mit diesen Worten stand sie wieder auf. »Commander Whitney, ich muss alles wissen, was es über diesen Officer beruflich und privat zu wissen gibt. Auch noch die kleinste Kleinigkeit. Sie könnten dafür sorgen, dass ich diese Infos kriege, ohne dass etwas zurückgehalten wird, was vielleicht wichtig ist.«

»Das mache ich.« Mit steinernem Gesicht sah er noch einmal zu dem Sichtschutz, an dem ein paar Beamte ähnlich einer Ehrengarde um den toten Officer versammelt waren. »Sie bringen ganz sicher keinen unserer Leute um und kommen dann einfach so davon. Falls Sie zusätzliche Leute oder sonst etwas brauchen, geben Sie mir einfach kurz Bescheid.«

»Da wäre wirklich etwas. Ich habe keine Zeit für diese Pressekonferenz.«

»Dann springe ich dort für Sie ein.«

»Und ich bräuchte Dr. Mira.«

»Kein Problem.«

»Und Nadine Furst – damit sie für mich recherchiert und diese Sache so bringt, dass es uns bei der Suche nach den Tätern hilft.«

Er zögerte nur einen Augenblick. »Tun Sie, was nötig ist, aber seien Sie bitte vorsichtig. Und sprechen Sie vielleicht mit Kyung, denn der kennt sich mit solchen Dingen aus.«

Sie nickte, weil der Pressesprecher der New Yorker Polizei ein durchaus anständiger Bursche und vor allem alles andere als dämlich war. »Ich denke, dass auch Roarke mir helfen könnte. Wobei ich ihn erst noch fragen muss.«

»Wir würden es zu schätzen wissen, wenn er als Berater zur Verfügung stünde«, stimmte Whitney unumwunden zu.

»Wenn stimmt, was ich vermute, und es gestern Nachmittag um Michaelson und heute hier um Russo oder eins der anderen Opfer ging, ist diese Sache längst noch nicht vorbei. Ich glaube nicht, dass es dabei nur um zwei Menschen geht. Die Killer haben eine Mission, bei der es garantiert auch noch um irgendjemand anderen geht. Irgendwer muss einen von den beiden kennen. Irgendwer hat sie schon mal gesehen und kann uns sagen, wer sie sind. Ich brauche Yancys Bilder in der ganzen Stadt. Sie können dafür sorgen, dass diese Killer überall zu sehen sind.«

»Sobald wir die Gesichter haben, werden sie auf alle Fälle überall zu sehen sein«, erklärte der Commander, während er den Blick über die mittlerweile schwarzen Riesenbildschirme rund um den Times Square wandern ließ.

»Vielleicht gehen sie dann erst einmal auf Tauchstation. Aber das Loch, in das sie sich verkriechen, ist bestimmt nicht tief genug, um sie nicht wieder herauszuzerren.« Sie sah noch einmal zu den Toten, die endlich hinter Sichtschutzwänden vor den Blicken der verdammten Gaffer sicher waren. »Verzeihung Sir, ich sehe, dass da drüben Morris kommt, und muss kurz mit ihm sprechen.«

Als sie sich zum Gehen wandte, nahm Commander Whitney seine Anstecknadel der New Yorker Polizei vom Aufschlag seines Mantels, trat zu dem gefallenen Officer und legte sie ihm auf die Brust.

7

Wie Eves Haare flatterte auch Morris' Mantel wild im Wind, als er neben das erste Opfer trat. Er sprühte sich die Hände ein und wandte sich dem Lieutenant zu.

»Ich sehe sie mir in der Reihenfolge ihres Todes an. Können Sie mir sagen, wo und wie die Frau zu Fall gekommen ist?«

»Die Leichen wurden alle von den Ersthelfern bewegt, und Spuren, die es vielleicht gab, haben die Leute, die hier herumgelaufen sind, zerstört.« Sie brach ab und schüttelte den Kopf. »Das ist noch viel zu milde ausgedrückt. Sie haben hier alles total versaut. Ich lasse mir die Aufnahmen der Kameras rund um den Times Square kommen, damit ich das Tatgeschehen auf diese Art rekonstruieren kann. Die Leute sind in Panik ausgebrochen und sogar auf einigen der Opfer herumgetrampelt, während sie versucht haben zu fliehen.«

»Ein Anschlag hier?« Er zog die ersten Untersuchungsinstrumente aus dem Arztkoffer, der auf dem Boden stand. »Der hätte noch viel schlimmer ausgehen können.«

Das wollte Eve sich gar nicht vorstellen und zählte deshalb erst einmal die Opfer auf. »Fern Addison, Touristin, sechsundachtzig Jahre alt. Sie wurde zuerst getroffen, dann war der Junge dran. Nathaniel Jarvits, siebzehn Jahre jung. Dann Officer Russo und als Letzter David

Chang, Medienberater, neununddreißig Jahre alt. Es wurde auch noch eine zweite Frau getroffen, die hat bisher überlebt und wird jetzt gerade operiert.«

»Dann hat er also vier von fünf erwischt«, murmelte Morris, während er neben der Toten auf die Knie ging. »Sie haben sich die Opfer schon angesehen?«

»Alle vier. Die Todeszeit haben wir schon ermittelt, aber Sie können sie gerne noch einmal überprüfen, wenn Sie wollen.«

»Das werde ich in diesem Fall tatsächlich tun, denn es ist besser, wenn wir möglichst gründlich sind.« Er schaltete seinen Rekorder ein und fing mit der Arbeit an. »Ein Bauchschuss mit voller Wucht. Todeszeitpunkt 13.21 Uhr. Um mehr zu sagen, brauche ich sie auf dem Tisch, aber wie's aussieht, war sie bereits tot, bevor sie auf dem Boden aufgekommen ist.«

Er winkte seine Leute zu der toten Frau. »Sie können sie schon einmal einpacken und mitnehmen.«

Dann stand er wieder auf und wandte sich dem zweiten Opfer zu. »Siebzehn, haben Sie gesagt.«

»Ja. Seit heute.«

»Manchmal kann das Leben wirklich furchtbar grausam sein. Eltern?«

»Ja, und einen Bruder. Er war mit ein paar Freunden mit dem Airboard unterwegs. In seinem Fall war es ein Rückenschuss wie bei Ellissa Wyman. Er ist durch die Luft gesegelt und hat dabei drei Passanten umgeworfen, aber denen ist nicht viel passiert. Sie sind nur leicht verletzt und wurden oder werden hier vor Ort versorgt.«

»Mitten in den Rücken wie bei Wyman«, wiederholte er.

»Seiner Partnerin zufolge hat Officer Russo noch versucht, den Jungen mit seinem eigenen Körper abzuschirmen, und die Leute angeschrien, dass sie in Deckung gehen sollen. Sekunden später hat der Täter dann auch ihn erwischt, das heißt, dass er fast zeitgleich mit dem Jungen gestorben ist.«

Morris blickte auf und sah sich um. »Sie haben den Bereich schnell abgesperrt.«

»Nicht schnell genug.« Jetzt hockte Eve sich neben ihn. Dass die Dinge, die sie sagte, aufgenommen wurden, war ihr vollkommen egal. »Sie haben mich und die Opfer auf den gottverdammten Riesenbildschirmen gezeigt. Vielleicht haben die Mutter und der Vater des Jungen die Aufnahme gesehen, bevor wir Zeit hatten, sie über das Geschehen zu informieren. Ich habe Peabody gebeten, das zu tun.«

Er berührte flüchtig ihre Hand, stand wieder auf und sah sich den gefallenen Polizisten an.

»Auch er war noch sehr jung.«

»Dreiundzwanzig.«

»Kopfschuss, mitten in die Stirn. Glauben Sie, der Schütze hat damit angegeben, wie beim dritten Opfer auf der Schlittschuhbahn?«

»Ich glaube, dass der Schütze wusste, dass Officer Russo eine schusssichere Weste trug. Mit einem Schuss auf seinen Körper hätte er ihn nur verletzen können, aber er wollte ihn töten. Beim vierten und beim fünften Opfer hat er dann wieder den Körper ins Visier genommen, wenn er das fünfte Opfer ein paar Zentimeter weiter rechts getroffen hätte, läge sie jetzt hier und nicht im Krankenhaus. Wobei wir noch nicht wissen, ob sie überleben wird.«

»Für mich sind alle Opfer gleich, aber ...«

»Wenn man einen Polizisten umbringt, fordert man dadurch die Polizei direkt heraus. Das muss dem Schützen klar gewesen sein, trotzdem hat er einen Cop als Ziel gewählt. Er hatte es auf einen Polizisten, vielleicht genau auf diesen Polizisten abgesehen.«

»Aber er hat es nicht dabei belassen, sondern nach ihm auch noch jemand anderen erschossen und ein fünftes Opfer schwer verletzt.«

»Ich glaube ...« Sie brach ab, denn plötzlich hörte sie hysterisches Geschrei und sah, dass eine laut schluchzende Frau versuchte, durch die Absperrung hindurchzukommen, wobei sie immer wieder einen Namen rief.

Nathaniel. Nate.

Das war der Junge, der erschossen worden war.

»Seine Mutter«, stellte Morris fest. »Soll ich ...«

»Nein, die übernehme ich. Machen Sie hier weiter und lassen Sie die Opfer dann so schnell wie möglich wegbringen.«

Sie richtete sich auf und ging mit schnellen Schritten zu der Frau, die mit den Kollegen stritt.

Sie hatte nicht einmal einen Mantel an, sie war einfach im Pullover aus dem Haus gestürzt.

»Mrs. Jarvits. Mrs. Jarvits! Sehen Sie mich an. Ich bin Lieutenant Dallas.«

»Nate. Nathaniel. Ich will zu meinem Kind!«

»Mrs. Jarvits, kommen Sie bitte mit.« Wo zum Teufel sollte sie in diesem Durcheinander mit der armen Mutter hin? Noch während sie sich diese Frage stellte, zog sie ihren Mantel aus, doch der Commander hüllte Mrs. Jarvits schon in seinen Mantel ein.

»Ich bin Commander Whitney. Kommen Sie bitte mit. Wir gehen da vorn in das Café. Es hat auf meine Anweisung inzwischen wieder aufgemacht. Ich werde mich um Mrs. Jarvits kümmern«, sagte er zu Eve.

»Bitte, wo ist mein Sohn? Ist er verletzt? Ich muss zu meinem Sohn. Er heißt Nathaniel Foster Jarvits. Nate.«

Noch während Whitney einen Arm um ihre Schultern legte, um mit ihr in das Café zu gehen, kam Peabody mit unglücklicher Miene angerannt.

»Ich habe sie nicht rechtzeitig erreicht. Wahrscheinlich hat sie es in den Nachrichten gesehen. Den Vater habe ich erwischt, aber sie nicht. Sie arbeitet nur ein paar Häuserblocks von hier.«

»Sie ist einfach losgerannt«, schloss Eve. »Sie hat die verdammte Aufnahme gesehen und ist dann einfach losgerannt. Schon gut.« Sie atmete tief durch. »Wir reden mit den Zeugen in dem kleinen Café da vorne. Am besten teilen wir uns dafür auf. Was ist mit Jenkinson und Reineke?«

»Die haben sich sofort auf den Weg gemacht, wobei es bei dem furchtbaren Verkehr bestimmt noch zehn Minuten dauern wird.«

»Gibt's schon Neuigkeiten von der Überlebenden?«

»Bisher noch nicht.«

»Dann machen wir jetzt erst mal weiter unseren Job.«

Als Morris' Leute Russos Leichnam auf die Trage hoben, unterbrachen mindestens ein Dutzend andere Polizisten ihre Arbeit, um ihm auf dem letzten Weg zu salutieren.

Das tat auch Eve, doch schließlich meinte sie: »Whitney wird so schnell wie möglich alle Infos über Russo einholen. Er hat erst mal Vorrang vor den anderen Opfern, und zwar nicht nur, weil er Polizist war.«

Sie ließ den Blick über die anderen Polizisten wandern und verfolgte aus zusammengekniffenen Augen, wie ihr Mann die Absperrung umrundete und schnellen Schrittes auf sie zugelaufen kam.

Im Grunde hätte sie sich denken können, dass er schneller zu ihr an den Times Square kommen würde als die beiden Männer ihres Dezernats.

»Du hättest nicht alles stehen und liegen lassen müssen, um vorbeizukommen.«

»Trotzdem bin ich hier und werde alles tun, um euch zu helfen. Das mit deinem Kollegen tut mir wirklich leid.«

Er wusste, wie es ihr jetzt ging, in Eves Kehle stiegen Tränen auf. Sie hatte Russo nicht gekannt, aber er war ein Cop gewesen, und er war gestorben, weil er einem unschuldigen Jungen helfen und ihn schützen wollte.

Obwohl er Eve am liebsten in den Arm genommen hätte, schirmte Roarke sie einfach mit dem Körper gegen den noch immer bitterkalten Ostwind ab.

»Den Nachrichten zufolge gab's vier Tote und mehrere Verletzte.«

»Stimmt. Die fünfte Zielperson hat – bisher – überlebt. Andere wurden bei der Massenpanik, die hier ausgebrochen ist, verletzt.«

»Sag mir, was ich tun kann.«

»Vielleicht könntest du ...« Sie atmete tief durch und wischte sich den jämmerlichen Schnee, zu dem der Eisregen geworden war, vom Ärmel ihres Mantels ab. »Am besten sprichst du dich mit Feeney, Ian oder beiden ab und wendest das Programm, das du entwickelt hast, auf diesen Anschlag an. Ich habe heute früh mithilfe des Programms den Ort gefunden, von dem gestern Nachmittag geschossen wurde, ich denke, dass uns alles, was ihr herauskriegt, weiterhelfen kann.«

»Dann fange ich jetzt sofort mit der Arbeit an.«

Doch vorher schob er zu ihrem Entsetzen noch eine Hand in ihre Manteltasche und zog die Handschuhe daraus hervor, die sie vollkommen vergessen hatte.

»Du hast eiskalte Hände, also zieh am besten die hier an. Gibt's einen bestimmten Ort, an dem ich diese Arbeit machen soll?«

Da ihre Hände wirklich eisig waren, schob sie die Finger in die Handschuhe und sah dabei dem weißen Atemwölkchen, das sie ausstieß, hinterher. »Am besten nimmst du mein Büro. Falls das zu klein ist, kann Peabody dir auch einen Konferenzraum reservieren.«

»Dein Büro reicht völlig aus. Wenn nicht, fahre ich einfach zu den elektronischen Ermittlern rauf. Inzwischen kenne ich mich schließlich auf der Wache aus.«

»Das stimmt. Sieht aus, als ob ich dir schon wieder etwas schuldig wäre.«

»Diesmal nicht.« Er drückte ihr die Hand. »Falls du die Handschuhe verlierst, liegt noch ein Paar im Handschuhfach von deinem DLE. Das Ding hat diesen Namen schließlich nicht umsonst. Pass gut auf meine Polizistin auf.«

Es dauerte noch gut zwei Stunden, bis der Tatort annähernd geräumt und die Befragung aller Zeugen abgeschlossen war. Whitney war schon aufgebrochen, um die nächsten Angehörigen des umgekommenen Polizisten zu verständigen. Nachdem Jenkinson und Reineke die letzte Arbeit hier vor Ort alleine hinbekommen würden, kehrte Eve zu ihrem Wagen zurück und fuhr mit noch immer heulender Sirene wieder los.

»Sie fahren zu den elektronischen Ermittlern rauf und gucken, ob Sie ihnen helfen können«, wandte sie sich auf dem Weg zurück zur Wache an die Partnerin. »Sobald wir irgendwelche Häuser haben, aus denen diese Schüsse vielleicht abgegeben wurden, schicken wir Detectives los, um sich dort umzuhören. Wir setzen jeden, der nicht gerade einen anderen heißen Fall hat, auf die Sache an. Können Sie das koordinieren?«

»Auf jeden Fall.«

»Ich selbst werde zu Yancy gehen, damit er sich mit den Phantombildern beeilt. Danach spreche ich noch mit Nadine, damit sie die Geschichte so bringt, dass es uns bei unserer Arbeit weiterhilft. Ich werde auch noch einmal mit Morris reden, obwohl ich nicht glaube, dass er selbst oder die Toten noch irgendetwas verraten können, was uns weiterbringt. Und mit Mira, obwohl sie mir sicher auch nichts Neues sagen kann.«

Sie trat das Gaspedal bis auf den Boden durch und drückte trotz des Lärms, den die Sirene bereits machte, zusätzlich auf die Hupe, wenn irgendwer sie nicht schnell genug passieren ließ.

»Eins kann ich nicht verstehen. Was hat ein angesehener Frauenarzt mit einem jungen, unerfahrenen Cop gemein? Außer dass sie beide innerhalb von einem Tag erschossen worden sind?«

»Warum der Polizist, Dallas?«

»Weil man, wenn man zum Vergnügen tötet, und egal wie dreist man ist, um Polizisten für gewöhnlich einen Bogen macht. Nur tötet unser Killer eben nicht zum Spaß.

Er ist auf irgendeiner schrecklichen Mission. Und weil nur Russo in den Kopf geschossen worden ist. Wir müssen herausfinden, wo die Verbindung zwischen Michaelson und Russo ist, und zwar so schnell es geht.«

Sie bog in die Tiefgarage des Reviers und stellte ihren Wagen wieder auf dem für sie reservierten Stellplatz ab. »Russo kam gerade aus seiner Mittagspause. Fünf Minuten früher oder später hätte der Killer ihn dort nicht mehr erwischt. Es war kein Zufall, dass er dort war …«

»… weil Zufälle Schwachsinn sind«, beendete die Partnerin den Satz. »Ich weiß.«

»Genau, seiner Partnerin zufolge haben sie jeden Tag um diese Uhrzeit die Mittagspause dort gemacht und sind auch immer um dieselbe Uhrzeit wieder losgegangen. Routine, Peabody, genauso wie bei Michaelson. Die gab es bei den anderen Opfern nicht. Nur bei diesen beiden Opfern konnte unser Schütze sicher davon ausgehen, dass er sie um diese Zeit an diesem Ort erwischen würde.«

»Aber Wyman …«

»War zwar regelmäßig auf der Schlittschuhbahn, aber nicht stets am selben Tag und um dieselbe Uhrzeit so wie Michaelson. Ihre Routine war nicht ganz so streng.«

Eve stapfte Richtung Lift. »Sie wollen, dass es wie Zufall aussieht, aber das bekommen sie nicht hin. Weil es kein Zufall ist. Wir werden die Verbindung finden, und dann nageln wir die Täter fest.«

»Jetzt nehmen Sie es persönlich«, meinte Peabody. »Ich weiß, dass Sie das tun. Man nimmt zwar jeden Fall persönlich, aber das hier …«

Als die Tür des Fahrstuhls aufging, brach sie ab. Zwei Detectives und zwei Leute der Trachtengruppe, alle vier mit schwarzen Trauerbinden, stiegen aus, einer der Beamten nickte ihnen zu. »Lieutenant, Detective. Falls wir etwas tun können, geben Sie Bescheid.«

Eve nickte stumm, bevor sie ihrerseits den Lift bestieg.

Denn ihr Detective hatte recht. Jetzt war es etwas Persönliches.

Oben angekommen, nahm sie den direkten Weg in Yancys Dezernat. Auch dort hatten die Leute schwarze Trauerbinden angelegt, weil sich herumgesprochen hatte, was geschehen war.

Sie riss verblüfft die Augen auf, als sie die zierliche Blondine neben Yancys Schreibtisch stehen sah. Laurel Esty, fiel ihr ein, eine der Hauptzeuginnen in einem anderen Fall. Deren Zusammenarbeit mit dem Zeichner von Erfolg gekrönt gewesen war.

Jetzt strich sie über Yancys Arm und wandte sich zum Gehen. Als sie Eve erkannte, lächelte sie freundlich, aber sofort wurde ihre Miene wieder ernst.

»Lieutenant Dallas, es tut mir sehr leid. Ich bin nur kurz vorbeikommen, um ... tja, nun, ich wollte gerade wieder gehen.«

»Okay.«

»Tja nun, wir sehen uns, Vince.«

»Bis später.« Während Laurel sich den Weg nach draußen bahnte, wandte Yancy sich an Eve. Er wurde nicht so einfach rot wie Trueheart, aber er verzog verlegen das von einem Mopp aus wilden Locken eingerahmte, alles andere als hässliche Gesicht.

»Hm, sie wollte ...«

»... gerade gehen.«

»Genau. Wir wollten was zusammen trinken gehen, aber …«

»Was zusammen trinken?«

»Ja. Wir … gehen inzwischen öfter miteinander aus.«

»Ich glaube nicht, dass mich das etwas angeht.«

»Nein, aber … egal.«

»Mich interessieren mehr die Bilder und wie Sie damit vorangekommen sind.«

»Genau. Deswegen werde ich auch nichts mit Laurel trinken gehen. Es dauerte erheblich länger, als ich dachte, obwohl Henry ein echt guter Zeuge ist. Vielleicht gerade deshalb. Er konnte sich an sehr viele Details erinnern, und es wurde noch besser, als Mira uns geholfen hat. Ich habe mir gedacht, dass sie seinem Gedächtnis vielleicht noch ein bisschen auf die Sprünge helfen könnte, und das hat sie tatsächlich geschafft.«

Er sah sich um und bot Eve einen Stuhl von einem unbesetzten Schreibtisch an. »Ich wollte es noch eine Stunde sacken lassen, um es dann noch einmal zu verfeinern, vielleicht wollen Sie die Bilder trotzdem schon mal sehen.«

Sie setzte sich, und er rief seine Zeichnungen auf dem Bildschirm auf.

Ihr Polizistinnenbauch vollführte einen Freudentanz. »Meine Güte, Yancy, diese Bilder sehen fast wie Fotos aus.«

»Bedanken Sie sich nicht bei mir, sondern bei Henry«, bat er sie.

Das würde sie auf jeden Fall noch tun, jetzt aber schaute sie sich erst einmal das Bild des weißen Mannes mit dem harten Kiefer und den kalten Augen an. Er war Anfang fünfzig, die eingefallenen Wangen deuteten auf eine

Krankheit oder fehlenden Appetit beim Essen hin. Er hatte beinah militärisch kurz geschnittenes mittelbraunes Haar, war ordentlich rasiert, mit schmalen, oben etwas volleren Lippen und mit dichten, beinah geraden Augenbrauen.

Sie wandte sich der zweiten Skizze zu.

Höchstens sechzehn, runde Wangen und ein nicht ganz so ausgeprägtes Kinn. Schwarze Augen, weiche dunkelbraune Haut und schwarze Dreadlocks, deren Enden unter der gestreiften Skimütze noch gerade so zu sehen waren.

Aber die Form der Augenbrauen und des Kiefers und die etwas vollere Oberlippe …

»Meiner Meinung nach ist es ein Mädchen«, meinte Yancy. »Aber das ist nur so ein Gefühl. Es könnte auch ein Junge sein. Zum Ende unserer Sitzung dachte Henry, dass es eher ein Junge ist. Auch Jungengesichter sind in diesem Alter manchmal noch ein bisschen weich. Wenn es ein Junge ist, ist er wahrscheinlich höchstens vierzehn, doch ein Mädchen, das so aussieht, könnte auch schon fünfzehn oder sechzehn sein.«

»Sie sind auf jeden Fall verwandt.«

»Das sehe ich genauso. Vielleicht Vater und Tochter oder Sohn oder vielleicht auch nur der Onkel, aber eine Ähnlichkeit ist da. Sie haben dieselben Augenbrauen, denselben Kiefer, denselben Mund. Ich habe auch noch andere Bilder, auf denen sie ganz zu sehen sind.«

»Haben Sie die Skizzen schon in die Gesichtserkennung eingegeben?«

»Nein. Ich wollte vorher noch ein paar Details verändern.«

»Geben Sie sie jetzt ein und nehmen Sie die Veränderungen später vor«, bat Eve. »Setzen Sie bei dem Erwachsenen noch einen Filter, denn er hat auf alle Fälle eine Ausbildung beim SEK oder beim Militär gemacht. Dann wollen wir doch mal sehen, ob es nicht vielleicht einen Treffer gibt.«

»Moment.« Er rief das Programm auf einem anderen Bildschirm auf, setzte den Filter und wandte sich abermals an Eve. »Sie sollten auch die anderen Bilder sehen. Sie sind vielleicht nicht geeignet, um mit ihnen an die Öffentlichkeit zu gehen, aber Sie bekommen dadurch zumindest ein Gefühl für Größe und Statur der beiden.«

Er zeigte ihr die Skizze eines breitschultrigen, langbeinigen Mannes, der dem Aussehen nach erheblich an Gewicht verloren hatte und auch nicht mehr ganz so muskulös wie vielleicht früher einmal war. Aufgrund von einer Krankheit oder Stress.

Der minderjährige Verdächtige war deutlich zarter, doch statt schlaksig eher kompakt. Zäh und …

»Irgendwie elastisch«, meinte Eve.

»Elastisch«, wiederholte Yancy. »Stimmt, das ist ein gutes Wort. Ich glaube – wow, wir haben schon einen Treffer. Es wird doch bestimmt …«

Bevor er seinen Satz beenden konnte, tauchten schon die Daten und das Passbild auf dem Bildschirm auf.

Er atmete geräuschvoll aus. »Verdammt noch mal.«

Eve starrte auf das Bild und packte seinen Arm. »Bleiben Sie ruhig«, murmelte sie.

»Er ist ein Cop«, stieß er mit leiser Stimme aus. »Ein gottverdammter Cop.«

»Er war«, verbesserte Eve ihn.

Reginald Mackie, vierundfünfzig Jahre alt, nach seiner

Zeit bei der Armee, wo er an allen Waffen ausgebildet worden war, noch zwanzig Jahre Mitglied der New Yorker Polizei, die letzten elf beim SEK.

Im Team von Lowenbaum.

»Schicken Sie mir alles zu und reden Sie mit niemandem darüber, bis Sie mein Okay bekommen.«

Am liebsten wäre sie in ihr Büro gesprintet, aber wenn die anderen mitbekämen, dass die Ermittlungsleiterin in diesem Fall den Flur hinunterrannte, hätten sie bestimmt vermutet, was der Grund für ihre Eile war.

Sie hatte eine heiße Spur.

Trotzdem ging sie möglichst schnell und kontaktierte schon im Gehen Lowenbaum.

»Kommen Sie sofort in mein Büro.«

»Ich habe einen ...«

»Was auch immer, lassen Sie es liegen und kommen Sie sofort her.«

Ohne eine Antwort abzuwarten, rief sie schon ihren Commander an. »Ich brauche einen Konferenzraum, Sir, bitte kommen Sie und Mira schnellstmöglich dazu.«

»Ich komme gerade von den Angehörigen.« Er sah ihr forschend ins Gesicht, und ihm war deutlich anzusehen, als ihm aufging, warum sein Erscheinen ihr so wichtig war. »Zwanzig Minuten«, sagte er ihr zu. »Ich kümmere mich um den Raum und rufe auch bei Mira an.«

Auf dem Gleitband wagte sie zu rennen, weil sie das auch sonst oft tat, und rief als Nächstes Feeney an.

»Ich brauche dich, Roarke und McNab, falls du ihn nicht für etwas anderes benötigst.« Ohne dass sie ihm etwas erklären musste, nickte er und meinte nur: »Wir sind in zehn Minuten da.«

»Wenn's schneller geht, treffen wir uns in meinem Dezernat. Ansonsten kommt am besten gleich in den Besprechungsraum. In welchen, findet ihr am besten selber heraus.«

Sie legte wieder auf. Als sie durch die Tür ihrer Abteilung trat, wies sie die anderen an: »Egal, was ihr gerade macht, hört damit auf. Ich will, dass jeder, der nicht den mit Abstand größten Fall dieses Jahrzehnts abschließt, zu einem umfänglichen Briefing kommt.«

»Yancy hat einen Treffer.« Peabody sprang auf. »Wie sicher ist er sich?«

»Hundert Prozent. Lowenbaum ist unterwegs, und der Commander reserviert einen Besprechungsraum für uns. Sobald er ihn bekommt, gehen wir rüber. Fürs Erste bleibt die Sache unter uns.«

Baxter ballte eine Hand zur Faust und verzog grimmig das Gesicht. »Leck mich doch am Arsch. Es ist ein Cop.«

»Weitere Infos kommen gerade rein. Schließen Sie Ihre Arbeit ab, und wenn Sie das nicht können, erklären Sie mir gleich, warum. Auf alle Fälle kommen Sie, so schnell es geht, in mein Büro. Peabody, Sie kommen jetzt schon mit.«

Sie zog sich im Gehen ihren Mantel aus, und als sie ihr Büro erreichte, wies sie den Computer an: »Ich brauche einen Backgroundcheck zu Reginald Mackie, Ex-Officer beim SEK.«

Einen Augenblick ...

»Machen Sie die Tür zu«, sagte sie zu ihrer Partnerin und las die Infos, die auf ihrem Monitor erschienen, ab.

»Von 2029 bis 2039 Sergeant bei der Armee, wo er zum Heckenschützen ausgebildet worden ist. Sechs Monate später kam er dann zur Polizei, und seit '49 war er hier beim SEK. Wurde letztes Frühjahr pensioniert. Sein letzter Boss war ... Lowenbaum.«

Während sie las, lief sie vor ihrem Schreibtisch auf und ab, Peabody trat vor den AutoChef und hielt ihr wenig später einen Becher dampfend heißen Kaffees hin.

»2045 Heirat mit Zoe Younger, eine Tochter, Willow, die inzwischen fünfzehn ist. Computer, Passfoto und Infos über Willow Mackie.«

Mit kalten, ausdruckslosen Augen sah sich Eve das Foto an. Die Haare waren etwas länger als in Yancys Skizze, ansonsten aber hatte er sie absolut getroffen, sie sah aus wie auf der Skizze.

»Sie ist mit ihm zusammen unterwegs«, bemerkte Eve. »Die Eltern wurden '52 geschieden. Überprüfen Sie die Ex-Frau, Peabody. Ich brauche die Adresse, ich muss wissen, ob sie einen neuen Partner und ob sie oder der Mann das Sorgerecht für ihre Tochter hat.«

»Sofort.«

»Reginald hat auch noch eine zweite Ehefrau gehabt, eine gewisse Susann Prinz. Geheiratet haben sie im Frühjahr 2059, schon im November war sie tot. Computer: Wie ist Susann Prinz gestorben?«

Einen Augenblick ... Prinz, Susann starb mit zweiunddreißig Jahren. Sie wurde beim Überqueren der Vierundsechzigsten zwischen der Fünften und der Madison von einem Fahrzeug angefahren. Dem Unfallbericht und Zeugen nach rannte sie zwischen zwei geparkten Autos auf die Straße und wurde von einem Wagen, dessen Fahrer nicht so plötzlich bremsen konnte, überfahren. Gegen den Fahrer, Brian T. Fine, zweiundsechzig, wurde keine Anklage erhoben. Brauchen Sie den Unfallbericht und weitere Informationen?

»Speicher die einfach erst mal ab und gib mir noch den Namen des oder der Beamten, die zuerst am Unfallort erschienen sind.«

Der erste Polizist am Unfallort war Officer Kevin Russo, Ausweisnummer ...

»Warte kurz. Das reicht. Hat Prinz damals ein Kind erwartet?«

Prinz war schwanger, als sie überfahren worden ist.

»Wie hieß ihr Arzt? Ihr ... wie heißt das noch mal ... Gynäkologe?«

Einen Augenblick ... Dr. Brent Michaelson.

»Pause«, wies sie den Computer an und ging, als sie ein Klopfen hörte, selber an die Tür. »Lowenbaum. Ich brauche alles, was Sie mir über Reginald Mackie sagen können.«
»Was?« Er riss entsetzt die Augen auf, und ihm war deutlich anzusehen, dass er nicht glauben konnte, dass der Täter einer seiner Leute war. »Nie im Leben. Also bitte, Dallas.«

Entschlossen drückte sie die Tür wieder ins Schloss. »Sie wussten, dass mit ihm etwas nicht stimmte, das haben Sie auf jeden Fall gesehen. Versuchen Sie, sich zu erinnern.«

»Meine Güte.« Er fuhr sich mit beiden Händen durchs Gesicht. »Hören Sie zu, Mac stand mitunter ziemlich unter Strom, aber das kommt bei meinen Leuten öfter vor. Er war ein guter, grundsolider Cop und elf Jahre in meinem Team. Bis seine Frau bei einem Unfall starb. Sie hatten gerade erst geheiratet, sie erwartete ein Kind, und er …«

Eve wartete, bis Lowenbaum von selbst begriff. »Verdammt. Verdammt noch mal. Es geht bei dieser Sache um Susann. So muss es sein. Aber er hat noch eine Tochter, die jetzt vierzehn oder fünfzehn ist.«

»Willow, fünfzehn und die zweite Tatverdächtige. Ich werde Ihnen alles sagen, was ich weiß, und Sie mir ihrerseits auch. Des Weiteren werden Sie Ihre besten Leute wählen – lauter Leute, die die Klappe halten können – und sich darauf vorbereiten, diese beiden aus dem Verkehr zu ziehen.«

»Die meisten meiner besten Leute haben mit Mac zusammengearbeitet. Auch der Cousin von Susann ist bei unserer Truppe und ein guter Freund von mir. So haben die beiden sich kennengelernt.«

Ein Ex-Cop, dachte Eve, hatte nach zwanzig Jahren im Dienst wahrscheinlich jede Menge Freunde und Bekannte bei der Polizei.

»Also wählen Sie die Leute mit Bedacht. Denken Sie daran, er hat inzwischen sieben Leute umgebracht, von denen einer bei der Truppe war. Ein junger Mann von dreiundzwanzig Jahren, der eins der anderen Opfer beschützen wollte. Wenn Mackie Wind davon bekommt, dass wir seinen Namen haben, geht er entweder auf Tauchstation oder zieht noch einmal ins Gefecht, selbst wenn ihm klar ist, dass er das bestimmt nicht überlebt.«

»Er wird nicht abhauen.« Wieder fuhr sich Lowenbaum mit beiden Händen durchs Gesicht und kniff die Augen zu. »Ich brauche einen Augenblick, um diese Sache zu verdauen und meine Gedanken zu sortieren. Ich nehme an, ich kannte ihn so gut wie jeder andere in der Abteilung.«

»Was ist mit der Tochter? Kennen Sie die auch?«

»Ja, ja, ich kenne Will, wenn auch nicht gut. Sie betet ihren Vater an. Sie hatte ein paar Schwierigkeiten in der Schule, nachdem ihre Mutter noch einmal geheiratet und noch ein Kind bekommen hat. Die Eltern teilen sich das Sorgerecht für Will. Lassen Sie mich nachdenken. Wir müssen diese beiden stoppen, doch ich hätte gerne, dass sie nach dem Zugriff noch am Leben sind. Lassen Sie mich nachdenken.«

»Okay. Peabody, finden Sie heraus, wo unser Konferenzraum ist.«

»Wir haben Konferenzraum A.«

»Dann nehmen wir mit rüber, was wir haben, und bereiten schon einmal alles vor. Lowenbaum, Sie kommen in zehn Minuten nach, egal, wie weit Sie dann mit Überlegen sind.«

»Okay.«

Eve selber stellte innerhalb von fünf Minuten ihre Tafel drüben auf, sortierte sich gedanklich und entwarf den ersten groben Plan, um Reginald und Willow festzunehmen, sobald sie wüssten, wo sie waren.

Als ihre Leute kamen, wandte sie sich an Carmichael von der Trachtengruppe und befahl: »Carmichael, lassen Sie die folgenden Personen in Schutzhaft nehmen: Brian T. Fine, Zoe Younger, Lincoln Stuben, Zach Younger Stuben, sieben Jahre alt, und Marta Beck. Peabody wird Ihnen die Adressen geben, falls diese Leute nicht freiwillig mitkommen, nehmen Sie sie vorübergehend fest. Nehmen Sie so viele Leute, wie Sie brauchen, und holen Sie diese Individuen so schnell wie möglich aufs Revier. Ein genaues Briefing kriegen Sie, sobald Sie wieder hier sind. Peabody, Sie geben ihm jetzt die Adressen, und Carmichael, Sie bewahren absolutes Stillschweigen, okay?«

»Ich werde schweigen wie ein Grab.«

Als Eve wieder vor ihre Tafel trat, erschienen auch Feeney, Roarke, McNab und der inzwischen wieder annähernd gefasste Lowenbaum.

»Sucht euch einen Platz und holt euch einen Kaffee, wenn ihr welchen braucht. Sobald Mira und Commander Whitney da sind, fangen wir an.«

Roarke trat auf sie zu und fragte leise: »Also ist der Kerl einer von euch?«

Sie nickte, aber statt sie zu berühren, wie er es wollte, blickte er sie einfach an und stellte fest: »Es tut mir leid.«

»Mir auch.«

Wie schon am Morgen hörte sie das schnelle Klack-Klack-Klack von Miras Absätzen. »Vielleicht siehst du mal nach, ob es im AutoChef auch einen dieser Blumentees für Mira gibt, weil die Besprechung sicher eine ganze Weile dauern wird. Obwohl ich hoffe, dass du dieses Mal darauf verzichtet hast, einen Haufen Essen für uns alle zu bestellen.«

»Das habe ich tatsächlich nicht gemacht.«

»Gut. Ein voller Magen wäre jetzt nämlich nicht gut.«

Sie hatte bereits Yancys Skizzen und die Passfotos der beiden aufgehängt, murmelnd sahen sich die anderen Cops die Bilder an.

Dann traten Whitney und Chief Tibble durch die Tür, und Stille senkte sich über den Raum.

»Lieutenant«, sagte Tibble und nahm in der letzten Reihe Platz. »Sie haben das Kommando.«

»Danke, Sir. Dann setzen Sie sich am besten erst mal alle hin und hören zu.«

8

Eve wandte sich erneut der Tafel zu.

»Wir haben zwei Verdächtige. Reginald Mackie, vierundfünfzig, pensionierter SEKler der New Yorker Polizei.« Ohne auf das Raunen der Kollegen einzugehen, fuhr sie fort: »Und dessen Tochter Willow Mackie, fünfzehn. Wir haben die Verdächtigen mithilfe eines Zeugen, der sie eindeutig beschreiben konnte, identifiziert. Abgesehen von seinem Äußeren stimmt auch Mackies Profil mit dem des Täters überein. Er war Waffenspezialist und Ausbilder bei der Armee, danach elf Jahre lang beim SEK.«

Nach einer kurzen Pause konzentrierte sie sich auf das Foto einer attraktiven Frau. »Willow Mackie ist das Kind aus seiner ersten Ehe. Nach der Scheidung vor acht Jahren haben die Eltern sich das Sorgerecht geteilt. Zoe Younger hat kurz darauf abermals geheiratet und auch mit diesem Mann ein Kind. Wir werden Younger, ihren Mann und ihren Sohn in Schutzhaft nehmen, bis sich die Gefahrenlage entspannt. Ich glaube, dass der Auslöser der beiden Anschläge der Tod von Mackies zweiter Frau, Susann Prinz Mackie, sowie ihres ungeborenen Kindes war. Die beiden kamen bei einem Verkehrsunfall im November 2059 um. Der Unfallbericht liegt vor, aber ich fasse trotzdem kurz zusammen, wie es abgelaufen ist. Die Frau lief zwischen zwei geparkten Wagen auf die Straße, wurde dort von einem Pkw erfasst und starb am Unfallort. Der Rekonstruktion des Unfalls und acht Augenzeugen nach traf den Fahrer, Brian T. Fine, keinerlei Schuld. Trotzdem holen wir auch Mr. Fine zu seiner eigenen Sicherheit vorläufig aufs Revier.« Sie hielt kurz inne.

»Mrs. Mackies Frauenarzt war Brent Michaelson, eins der drei Opfer gestern auf der Schlittschuhbahn im Central Park. Die Praxis liegt nur einen Häuserblock vom Unfallort entfernt. Der erste Officer am Unfallort war Kevin Russo, der vor ein paar Stunden in Ausübung seines Dienstes auf dem Times Square umgekommen ist.«

Eve wandte sich der Psychologin zu. »Dr. Mira, ist es denkbar, dass Reginald Mackie Individuen ins Visier nimmt, die auf welche Art auch immer mit dem Tod von seiner zweiten Frau zu tun hatten?«

»Ich kenne zwar nicht alle Einzelheiten, aber die Ermittlungen haben eindeutig ergeben, dass der Mann es auf Personen abgesehen hat, die damit in Verbindung stehen. Die anderen Opfer dienen nur der Ablenkung. Er misst den Leben dieser Menschen keinerlei Bedeutung bei. Wenn er seine Tochter in die Angelegenheit mit hineinzieht, denkt er offenbar, es ginge bei dem Feldzug nicht um Rache, sondern um Gerechtigkeit.«

»Er zeigt der Tochter, wie man seiner Meinung nach Gerechtigkeit erzielt.«

»Ich glaube, dass er ihr das nicht nur zeigt. Bei beiden Attentaten wurde auch auf Teenager gezielt, Serienkiller haben für gewöhnlich einen ganz bestimmten Opfertyp. Ich glaube also, nicht Mackie selbst, sondern seine Tochter hat gestern Nachmittag Ellissa Wyman und vorhin Nathaniel Jarvits ins Visier genommen. Der Vater hätte meiner Meinung nach nicht auf ein Kind oder auf jemanden gezielt, der ungefähr das Alter seiner eigenen Tochter hat.«

Whitney riss die Augen auf. »Sie glauben, dass das Kind der Killer ist?«

»Sir, seit der Scheidung ist die Zeit, die Mackie mit der Tochter verbringt, halbiert«, erklärte Eve. »Mit dem Tod der zweiten Frau hat er zugleich sein zweites, ungeborenes Kind verloren. Deshalb kann ich mir auch nicht vorstellen, dass der Mann auf Kinder schießt.«

»Sie als Psychologin sehen das auch so?«, wandte Whitney sich noch einmal Mira zu.

»Zumindest ist es schwer vorstellbar.«

»Aber eine solche Zielgenauigkeit bei einem solchen Abstand kriegen nur die allerbesten Schützen hin.«

»Ja, Sir. Lieutenant Lowenbaum, wissen Sie zufällig, ob Mackie seine Tochter im Gebrauch von Waffen ausgebildet hat?«

»Ja. Tatsächlich war sie regelmäßig auf dem Schießstand, ich habe selber einmal einen ihrer Wettkämpfe besucht.«

»Wettkämpfe?«

»Im Zielschießen und bei simulierten Kämpfen. Wobei allerdings die Waffen völlig ungefährlich sind. Mac hat sie regelmäßig mitgenommen, wenn er auf den Schießstand ging, sie zu den Wettbewerben angemeldet und war furchtbar stolz darauf, wie gut sie sich dabei geschlagen hat.«

»Dann hat Willow Mackie also die erforderliche Ausbildung und das erforderliche Können für die Anschläge von gestern und von heute Nachmittag?«

»Das hätte ich zwar nicht gedacht, aber schließlich habe

ich sie auch seit Längerem nicht mehr gesehen und auch vorher nur gelegentlich mit ihrem Vater auf dem Schießstand und bei diesem einen Wettbewerb. Sie war nicht schlecht«, räumte er ein und atmete geräuschvoll aus. »Im Grunde war sie sogar wirklich gut, und Mac war, wie gesagt, sehr stolz auf ihr Interesse und Talent. Wobei man mehr als gut sein muss, um eine solche Trefferquote wie bei diesen beiden Attentaten zu erzielen.«

Zwei Jahre zusätzliches Training hatte vielleicht ausgereicht, um es zur Meisterschaft zu bringen, überlegte Eve. »Was können Sie uns über die Beziehung zwischen Reginald und seiner Tochter sagen?«

»Die beiden waren wirklich dicke, vor zwei Jahren wollte Willow ganz zu ihrem Vater ziehen. Er wollte sie auch nehmen, vor allem nach seiner Hochzeit mit Susann, aber nach dem Unfall war er nicht in der Verfassung, um allein ein junges Mädchen aufzuziehen.«

»Beschreiben Sie mir die Verfassung, in der Mackie damals war.«

»Tja nun, ich kenne Mac seit einer halben Ewigkeit, außerdem war er in meinem Team. Er bewahrt – oder bewahrte – immer einen kühlen Kopf. Den Neuen von seiner Ex-Frau konnte er nicht leiden, aber das war eine normale Abneigung, wie man sie manchmal irgendwem entgegenbringt. Er hat sehr viel Zeit mit seiner Tochter verbracht. Natürlich kam gelegentlich der Job dazwischen, aber es war immer klar, dass sie für ihn an erster Stelle kam. Ich weiß, dass sie dann immer öfter Ärger in der Schule hatte und dass ihre Mutter sie deshalb zu einem Therapeuten schicken wollte. Aber sie wollte nicht, und Mac hat seine Tochter darin unterstützt.«

»Dr. Mira, können Sie herausfinden, ob Willow Mackie irgendwann einmal in Therapie gewesen ist? Und nach dem Unfall seiner Frau haben Sie gemerkt, dass er verändert war«, wandte sich Eve wieder an Lowenbaum.

»Auf jeden Fall. Er war vollkommen fertig, und ich habe ihm befohlen, sich krankschreiben zu lassen, weil er völlig von der Rolle war. Wer wäre das an seiner Stelle nicht gewesen? Er hat diese Sache einfach nicht verkraftet, angeblich war er auch bei einem Anwalt, um den Unfallfahrer vor Gericht zu zerren, aber das weiß ich nur vom Hörensagen, weil er selbst kaum noch mit mir geredet hat.«

»Heißt das, dass er sauer auf Sie war?«

»Kann sein. Vielleicht ein bisschen. Aber lassen Sie uns doch mit Vince Patroni reden. Der ist auch in meiner Einheit, und die beiden standen sich echt nah. Mac war nicht mehr derselbe, als er wiederkam. Er hatte abgenommen, war ständig abgelenkt und furchtbar aufbrausend. Er kam zwar niemals alkoholisiert zum Dienst, aber ich weiß, dass er, bevor er wiederkam, sehr viel getrunken hat. Das hatte aufgehört, aber er war relativ zittrig und vor allem ständig schlecht gelaunt. Inzwischen hatte er schon dreißig Jahre erst bei der Armee und dann bei unserer Einheit auf dem Buckel, also habe ich ihm zugeredet, dass er sich versetzen oder pensionieren lassen soll.«

»Haben Sie ihn dazu gedrängt?«

»Das war gar nicht nötig, denn er meinte, dass er sowieso bereits beschlossen hätte aufzuhören, um mehr Zeit mit seiner Tochter zu verbringen und vielleicht ein bisschen zu verreisen oder so. Ich habe noch ein paarmal bei ihm angerufen, um zu fragen, ob er Lust hat, sich mit mir auf einen Drink oder im Restaurant zu treffen, aber schließlich habe ich es gut sein lassen, weil er immer wieder irgendwelche neuen Ausreden erfunden hat.«

»Ich brauche diesen Vince Patroni hier.«

»Ich kann ihn holen gehen.«

»Wenn sich die beiden nahestanden, fühlt er sich vielleicht verpflichtet, ihn zu warnen.«

»Ich hole ihn und sorge dafür, dass er Mac nicht kontaktiert.«

Eve nickte. »Sicher haben die Verdächtigen noch andere Verbindungen zur New Yorker Polizei. Deswegen ist es unerlässlich, dass erst einmal niemand etwas von der Angelegenheit erfährt. Sobald sich herumspricht, dass wir einen Namen haben und nach Mackie suchen, geht er entweder auf Tauchstation oder sucht die direkte Konfrontation. Inzwischen hat er einen Polizeibeamten umgebracht oder die eigene Tochter dazu angehalten und wird ganz bestimmt nicht zögern, noch andere Polizeibeamte umzubringen, selbst wenn er dann vielleicht selber sterben wird.«

»Wahrscheinlich hat er sowieso die Absicht, ganz am Ende Selbstmord zu begehen«, fügte Mira noch hinzu. »Sobald seine Mission beendet oder fehlgeschlagen ist, hat er nichts mehr, wofür zu leben sich noch lohnt. Falls er vorhat, seine Tochter zu beschützen, ist der beste Weg sein eigener Tod. Dann würden ihm die Morde ganz alleine angelastet. Da sie noch minderjährig ist, kann sie behaupten, dass er sie gezwungen hat, bei diesen Anschlägen dabei zu sein.«

»Deshalb müssen wir die beiden so schnell wie möglich festnehmen. Der Verdächtige hat eine Wohnung in der Vierundzwanzigsten Ost. Captain Feeney, zwei von Ihren Leuten müssen herausfinden, ob er und seine Tochter jetzt gerade dort sind. Wobei ein so erfahrener Cop wie er auf alle Fälle weiß, wenn er von den Kollegen ins Visier genommen wird.«

»Wir werden es so anstellen, dass er es nicht merkt. Sie sind nicht zufällig der Eigentümer dieses Hauses?«, wandte Feeney sich an Roarke.

Der hatte schon auf seinem Handcomputer nachgesehen und schüttelte den Kopf. »Nein, aber ich besitze ein Gebäude auf der anderen Straßenseite, falls Ihnen das hilft.«

»Lowenbaum, ich brauche auch ein Team des SEKs. Obwohl er wissen wird, wonach er Ausschau halten muss.«

»Dann werden wir es so anstellen, dass er nichts bemerkt.«

»Reineke, Jenkinson, Santiago und Carmichael, Sie führen die Festnahmen der beiden durch. Baxter und Trueheart, Sie suchen nach weiteren Infos und führen die Vernehmungen der anderen Leute durch. Trueheart schafft es ganz bestimmt, die Mutter zu erweichen«, fügte Eve, bevor Baxter ihr widersprechen konnte, noch hinzu. »Wir brauchen ihre Kooperation. Und Baxter, Sie nehmen Patroni in die Zange, wenn nötig, heizen Sie ihm richtig ein. Falls er Reginald Mackie gegenüber immer noch loyal ist, soll er merken, was er davon hat. Dazu brauche ich noch drei Beamte in Zivil, um sich in der Schule, wo die Tochter Ärger hatte, umzuhören.«

»Die Schule ist für heute schon vorbei, Lieutenant«, erklärte Peabody.

»Vielleicht sind ja noch irgendwelche Lehrer da, die irgendwelchen Kram erledigen, den man nach der Schule macht. Vielleicht bekommen wir dort ja raus, wo sie am liebsten abgehangen hat. Wenn wir sie außerhalb der Wohnung schnappen können, tun wir das. Wir nehmen schließlich nicht nur zwei Serienkiller, sondern gleichzeitig auch einen Veteranen der New Yorker Polizei und dessen heranwachsende Tochter fest. Das heißt, dass alles sauber und nach Vorschrift laufen muss.« Sie seufzte.

»Wir brauchen die Erlaubnis eines Richters, um die Wohnung ihrer Mutter zu durchsuchen und uns dort im Zimmer des Mädchens umzusehen.«

»Das übernehme ich«, bot Whitney an.

»Die Durchsuchung selber übernehmen Peabody und ich. Entweder bevor oder nachdem die beiden festgenommen worden sind. Alle, die nicht an der Festnahme beteiligt sind, fangen jetzt mit ihrer Arbeit an.«

»Moment noch.« Jetzt stand Tibble auf. Er war ein großer, schlanker, stets beherrschter Mann, doch jetzt war der Zorn ihm deutlich anzusehen. »Ich möchte noch etwas hinzufügen. Reginald Mackie hat der Stadt und ihren Bewohnern über lange Jahre treu gedient. Aber er hat seinen Schwur gebrochen, und statt den New Yorkern weiterhin zu dienen und sie zu beschützen, hat er einen anderen Polizeibeamten und sechs Bürger, einen davon minderjährig, töten lassen oder selber umgebracht. Er hat aus egoistischen Beweggründen gehandelt und sich selbst dadurch entehrt, außerdem hat er sein eigenes Kind zum Mörder oder wenigstens zum Mittäter gemacht. Also nehmen Sie ihn fest und bringen Sie ihn her. Natürlich würde ich mir wünschen, dass Sie Mackie lebend schnappen, aber ich will keinesfalls, dass heute noch ein anderer anständiger Polizist sein Leben lässt. Gute Arbeit, Lieutenant Dallas. Commander, lassen Sie uns unsere eigene Arbeit tun, um die zu unterstützen, die sich in Gefahr begeben, damit andere Menschen sicher sind.«

Eve sah den beiden Männern, als sie sich zum Gehen wandten, hinterher und stellte fest: »Er ist echt angepisst.«

»Das bin ich auch.« Mit zornblitzenden Augen erhob sich auch Lowenbaum von seinem Platz. »Ich war vollkommen blind. Sie haben mich gefragt, ob ich jemanden kenne, der die Treffer auf der Eisbahn hätte landen können. An Mackie habe ich dabei nicht einen Augenblick gedacht.«

»Dann frage ich Sie jetzt noch einmal: Könnte er die Treffer auf der Schlittschuhbahn gelandet haben?«

»Möglich. Er ist nicht der beste Schütze, den ich kenne, aber möglich wäre es. Nur habe ich seit beinah einem Jahr nichts mehr mit ihm zu tun und habe nie versucht herauszufinden, wie es ihm jetzt geht. Wenn ich mich mehr um ihn gekümmert hätte, hätte ich vielleicht gemerkt, dass etwas mit ihm nicht stimmt.«

»Sie haben gesagt, Sie hätten bei ihm angerufen.«

»Aber als er mich nicht sehen wollte, habe ich nicht weiter nachgehakt.«

»Waren Sie beide Freunde?«

»Nein, nicht wirklich. Aber wir waren Kameraden, und ich war sein Vorgesetzter, als er nach dem Tod seiner Frau zusammengebrochen ist.«

»Sie haben für ihn getan, was möglich war, damit lassen Sie es gut sein, Lowenbaum. Wenn Sie die Absicht haben, sich in Selbstvorwürfen zu ergehen, heben Sie sich das für später auf und stellen jetzt erst mal ein Team für mich zusammen, das weiß, wie man einen Verdächtigen dieses Kalibers lebend schnappt, und in dem jeder die Klappe halten kann.«

Mit einem knappen Nicken verließ er den Raum.

»Feeney.«

»Augenblick, dein Mann ist gerade bei der Arbeit.«

»Ich habe vielleicht etwas, was euch nützlich ist. Kann ich den Bildschirm da benutzen?« Ohne eine Antwort abzuwarten, schloss Roarke seinen Handcomputer schon an den Computer, der im Raum stand, an.

»Das Gebäude mit der Wohnung des Verdächtigen«, setzte er an und zeigte auf das Bild. »Am besten zoomen wir uns etwas näher an die Wohnung heran. Die 612, wenn meine Infos stimmen.«

»Ja, okay.«

»In meinem Haus schräg gegenüber, ist vorübergehend eine Wohnung frei. Das heißt im Grunde sogar drei, aber die hier im siebten Stock bietet sich meiner Meinung nach am ehesten an. Von dort aus könnten wir die Wohnung gegenüber auspähen, vielleicht sogar abhören, je nachdem, wie gut der Schallschutz ist.«

»Tut das«, sagte Eve.

»Und wie wäre es damit?« Feeney kratzte sich am Kinn. »Es kommt doch immer wieder einmal vor, dass Leute umziehen. Wir könnten einen kleinen Möbelwagen nehmen, und McNab und einer meiner anderen Jungs könnten mit ein paar Kisten oder Möbeln in das Haus gehen, damit niemand merkt, wie unsere Ausrüstung nach oben in die Wohnung kommt.«

»Wie schnell kriegt ihr das hin?«

»In einer guten Viertelstunde.«

»Dann los. Baxter, Trueheart, sprechen Sie sich mit Carmichael von der Trachtengruppe ab. Sobald die Leute hier im Haus sind, fangen Sie mit den Vernehmungen an. Versuchen Sie, den Namen des Anwalts herauszufinden, bei dem Mackie war, und lassen Sie auch ihn abholen. Vielleicht haben sie es auch auf ihn abgesehen.«

»Wir sollen einen Anwalt schützen?« Baxter schüttelte den Kopf. »Was zur Hölle? Aber meinetwegen, kommen Sie mit, Partner, fangen wir jetzt mit unserer Arbeit an.«

Jetzt waren nur noch die Leute da, die die beiden festnehmen sollten, und Eve trat vor den Wandbildschirm. »Okay, ich sage euch, wie's laufen soll.«

Innerhalb von einer halben Stunde hatte Eve ihr Team in einem Polizeivan. Da alle Helme zu den schusssicheren Westen trugen, passte sie sich an. Statt einer Weste reichte ihr der schusssichere Mantel, aber um den Helm kam sie nun einmal nicht herum.

Er nervte sie, doch gegen einen Kopfschuss bot er den denkbar besten Schutz.

Im Inneren des Vans verfolgte sie auf einem Bildschirm, wie McNab und Callendar, getarnt als Freund und Freundin, die in eine neue Wohnung zogen, Kisten schleppten, bis die ganze Ausrüstung der elektronischen Ermittler unauffällig in Roarkes Haus verschwunden war.

»In der Wohnung des Verdächtigen sind keine Wärmequellen auszumachen«, stellte Feeney fest. »Wir überprüfen das bisher noch aus dem Möbelwagen, aber ich kann jetzt schon sagen, dass dort niemand ist.«

»Dann lasst McNab und Callendar jetzt aus dem Haus

heraus weiterarbeiten und macht euch allmählich wieder auf den Weg.«

»Dein Mann hat einen Block von hier entfernt eine Garage, dahin ziehen wir uns zurück. Lowenbaums Leute gehen in Position. Zwei auf dem Dach, einer in der Wohnung bei McNab und Callendar und zwei in einer anderen leeren Wohnung in Roarkes Haus. Siehst du das Fenster in der Wohnung des Verdächtigen?«

»Ja, ja. Obwohl man durch den Sichtschutz nichts erkennen kann. Ich gehe erst mal in das Haus der ersten Frau. Jenkinson, Sie haben hier das Sagen, bis ich wiederkomme, am besten rühren Sie sich erst einmal nicht vom Fleck. Peabody, Sie halten mich, bis ich zurück bin, auf dem Laufenden. Roarke, du kommst mit mir. Es ist nicht weit, und wenn was los ist, bin ich innerhalb von fünf Minuten wieder hier. Das heißt, Sie rufen mich umgehend an, falls einer der Verdächtigen sich blicken lässt.«

Mit diesen Worten stieg sie aus dem Van und lief mit schnellen Schritten los. Mackie und die Tochter könnten jeden Augenblick nach Hause kommen, aber vielleicht kämen sie auch ewig nicht zurück. Vielleicht würde eine von den Infos, die sie in der nächsten Zeit bekämen, zeigen, wer die nächste Zielperson der beiden war. Vielleicht saßen sie ja schon in irgendeiner Wohnung, einem leerstehenden Büro oder Hotelzimmer und wappneten sich für das nächste Attentat.

Inzwischen hatte es ganz aufgehört zu schneien, während der Tag in einen bitterkalten Abend überging. Die Straßenlampen gingen an und warfen kalte weiße Flecken auf den Bürgersteig. Fußgänger eilten heim, zum

Einkaufen oder auf einen Drink in eine Bar, andere standen frierend vor einem Schwebegrill, an dem es wenig angenehm nach Soja Dogs und wirklich widerlichem Kaffee roch.

Vielleicht waren der Vater und die Tochter auch hier unterwegs, entweder auf dem Weg zurück in ihre Wohnung oder um sich etwas zu essen zu holen. Auf alle Fälle waren sie hier irgendwann zu Fuß gegangen, wenn sie von der Mutter heimgegangen waren.

Hatten sie die Taten vielleicht unterwegs geplant? Wen sie töten wollten, wo und wann?

Eve hatte Zoe Youngers Haus schon fast erreicht, als Roarke erschien. »Lieutenant.«

»Ich will mir das Zimmer des Mädchens ansehen. Ich darf zwar das gesamte Haus durchsuchen, aber erst einmal konzentrieren wir uns auf diesen einen Raum. Ich halte es für unwahrscheinlich, dass die restliche Familie etwas mit dieser Angelegenheit zu tun oder dass Willow irgendwelche Hinweise im Wohnzimmer herumliegen lassen hat.«

»Verstehe.«

Als er ihre Hand nahm, ließ sie es geschehen. Natürlich war sie immer noch im Dienst, aber sie waren schließlich gerade ganz alleine unterwegs.

»Die elektronischen Geräte ignorieren wir erst einmal. Die sollen die elektronischen Ermittler abholen, um sie sich in Ruhe anzusehen.«

»Ich könnte dir bei den Geräten sicher besser helfen als dadurch, das Zimmer eines jungen Mädchens zu durchwühlen.«

Sie runzelte die Stirn, als sie im Strom der anderen Fußgänger über die Straße schwamm. »Du warst einmal ein Junge, und in diesem Alter ist der Unterschied doch sicher nicht so groß.«

»Nur ein paar Welten«, pflichtete er ihr ironisch bei, bevor er die fünf Stufen bis zur rechten Eingangstür des hübschen Doppelhauses nahm. Dann zog er ein paar Instrumente aus der Tasche, weil die Tür hervorragend gesichert und auf diese Art am einfachsten zu öffnen war.

»Und du warst mal ein junges Mädchen.«

»Nicht so richtig, aber ja.«

»Auch deshalb passen wir so gut zusammen, denn so ging es mir als Junge damals auch. Das Haus ist ganz hervorragend gesichert«, fügte er hinzu, obwohl sein Dietrich wie geschmiert ins Schloss der Haustür glitt.

»Als Erstes sichern wir das Haus.« Eve zückte ihre Waffe. »Schließlich weiß man nie.«

Auf sein Nicken sprangen sie gemeinsam durch die Tür.

»Polizei«, rief sie und wandte sich nach links. »Wir haben die Erlaubnis, uns hier umzusehen.«

»Niemand da. Man spürt, wenn ein Haus leer ist«, meinte Roarke. »Es gab mal Zeiten, als es kaum etwas Schöneres als Einbrüche in leere Häuser für mich gab.«

»Und jetzt brichst du völlig legal in fremde Häuser ein.«

»Was nicht einmal annähernd dasselbe ist.«

Obwohl wahrscheinlich niemand da war, klapperte sie vorsichtshalber noch das Wohnzimmer, den Essbereich, das Arbeitszimmer sowie eine Art von Fernsehzimmer in der unteren Etage ab.

Es roch im ganzen Haus nach den rostrot und kürbisfarbenen Blumen in der Vase auf dem Tisch im Esszimmer.

An einer Pinnwand in der Küche waren Kinderkunstwerke in Form von seltsamen Figuren und Bäumen sowie ein Kalender aufgehängt, auf dem die Namen der verschiedenen Familienmitglieder und die unterschiedlichen Arbeiten, die sie im Haushalt übernehmen mussten, aufgelistet waren.

Neben dem Kalender hatte irgendwer ein Weihnachtsfoto der Familie an die Wand gehängt. Zoe Younger, Lincoln Stuben, Zach und Willow standen vor dem bunt geschmückten Baum, auf dem Boden türmten sich Geschenke für die Kinder.

Alle lächelten vergnügt, nur Willow hatte einen harten, kalten Blick.

»Sie hat herausfordernd die Arme vor der Brust verschränkt«, bemerkte Eve. »Der Junge strahlt, und auch die Eltern sehen glücklich und zufrieden aus, nur Willow macht ein grimmiges Gesicht.«

»Das stimmt, sicher würde Mira anmerken, dass sie mit ihren vor der Brust gekreuzten Armen und ein bisschen abseits von den anderen, die sich alle drei auf irgendeine Art berühren, auf Distanz zu ihnen geht. Wobei sie auch in einem Alter ist, in dem man seine Eltern oft als Feinde sieht.«

»Das kann ich nicht beurteilen, weil unsere Eltern schließlich wirklich unsere Feinde waren. Aber auf den ersten Blick sieht es so aus, als würden diese beiden sich alle Mühe geben, damit ihre Kinder ein stabiles, glückliches Zuhause haben. Es ist sauber, aber nicht steril oder perfekt. Auf der Arbeitsplatte steht noch eine Cornflakes-Packung, in der Spüle stehen ein paar benutzte Teller, unter einem Stuhl im Wohnzimmer liegen die Turnschuhe des Jungen, und über einem anderen Stuhl hat jemand seinen Pulli hängen lassen.«

»Was du alles siehst.« Jetzt schaute sich auch Roarke noch einmal um, denn alle diese Dinge hatte er bisher noch nicht bemerkt.

»Ich bin schließlich ein Cop, da hat man einen Blick für so etwas. Die Liste an der Wand – anscheinend trägt hier jeder seinen Teil zur Arbeit bei, und das ist sicher gut. Die Zeichnungen des kleinen Jungen haben einen Ehrenplatz, außerdem haben sie noch dieses Weihnachtsbild der Familie aufgehängt.«

Sie schaute sich noch einmal um. »Das alles sieht total normal aus, aber hinter der Fassade ist es das ganz sicher nicht.«

Sie gingen in den ersten Stock und sahen sich das Schlafzimmer, das zweite Arbeitszimmer und den Raum des Jungen mit den auf dem Fußboden verstreuten Videospielen, Spielsachen und Kleidern und das jungfräuliche, offenbar noch nie benutzte Gästezimmer an, bevor es weiter in den Raum des Mädchens ging.

Es gab noch einen weiteren Stock mit einem legeren Wohnbereich zum Abhängen, Fernsehen oder Spielen, mit einer kleinen Küchenzeile und mit einem kleinen Bad.

Nach einem kurzen Blick ging Eve zurück in Willows Zimmer und betrachtete das nachlässig gemachte Bett, auf dem kein Rüschenkissen und kein Stofftier wie in anderen Jungmädchenzimmern lag. Dazu gab es einen Schreibtisch mit einem Computer, einen Loungesessel und ein Regal.

An den Wänden hingen Poster, eins von einer Band, die ganz in Schwarz gekleidet war und deren Mitglieder

Grimassen schnitten und mit zahllosen Tattoos verunziert waren, die anderen von Waffen oder Leuten, die mit Messern, Sprengstoff und verbotenen Gewehren bewaffnet waren.

»Es ist eindeutig, wo ihre Interessen liegen«, meinte Eve und öffnete die Tür des Kleiderschranks.

Ein paar mädchenhafte Kleider, die das Mädchen, wie die nicht entfernten Preisschilder verrieten, niemals angezogen hatte, und ansonsten lauter Zeug in Schwarz und anderen dunklen Farben und einem eher derben Stil.

»Hier herrscht penible Ordnung. Sie weiß ganz genau, wo alles hängt und liegt, alles hat seinen Platz. Falls der kleine Bruder oder ihre Mutter kommen, um in ihren Sachen herumzuwühlen, bekommt sie das gleich mit.«

Roarke hatte den Computer hochgefahren. »Für jemanden in ihrem Alter hat sie dieses Ding echt gut gesichert«, stellte er mit Anerkennung in der Stimme fest, zog Willows Schreibtischstuhl heran und gab ein paar Befehle in das Keyboard ein.

Eve nahm sich währenddessen die Kommode vor. Schlichte Unterwäsche, Wintersocken, Pullis, Sweatshirts, alles ordentlich sortiert.

Auch das war Absicht, dachte sie. So merkte Willow gleich, falls auch nur ein Paar Socken plötzlich anders lag.

»Sieh dir die Kiste meinetwegen an, aber sie hat darauf ganz sicher nichts, was niemand finden soll.«

»Bist du dir sicher?«

»Sie hatte von innen ein Schloss an ihre Zimmertür montiert, aber das haben die Eltern wieder abgemacht.« Sie wies auf die verräterischen Stellen in der Tür. »Alles hier ist ordentlich sortiert. Genauso habe ich es bei meinen

Pflegeeltern und im Heim gemacht. Ich wollte schließlich wissen, wo alles ist, damit ich mir im Notfall alles, was ich brauchte, schnappen könnte, um abzuhauen. Oder um zu wissen, wenn sich jemand anderes an meinem Zeug zu schaffen machte. Ich wette, dass die Mutter dieses Zimmer immer wieder mal durchsucht. Auch wenn sie Willows Poster hingenommen hat. Wenn sie verlangt hätte, dass sie sie abnimmt, hätte sie dadurch ihr Interesse an dem Zeug noch verstärkt. Also hat sie geschluckt, dass dieser Kram da hängt. Aber dafür hat sie diesen Raum in einem hübschen, hellen Blauton streichen lassen und Kleider in den Schrank gehängt, die Willow nie getragen hat. Sie hat sich immer wieder Zugang zu dem Raum verschafft und sich in dem Bemühen, ihre Tochter zu verstehen, oder aus Angst, dass sie hier vielleicht Drogen, Waffen oder auch ein Tagebuch voll hässlicher Gedanken findet, umgesehen.«

»Hattest du so ein Tagebuch?«

»Nein, ich habe meine hässlichen Gedanken meist für mich behalten, weil … Das Zimmer ihres Bruders!«

Als sie loslief, sah Roarke ihr mit hochgezogenen Brauen hinterher. Er tippte schnell noch etwas in das Keyboard des Computers, stand dann auf und ging nach nebenan, um nachzusehen, was seine Polizistin trieb.

Sie saß inmitten all der Sachen auf dem Boden, wo auch Zachs Computer stand.

»Ich wollte oder konnte meine hässlichen und nicht so hässlichen Gedanken manchmal nicht für mich behalten. Dabei habe ich gelernt, wie ich am besten dafür sorge, dass das trotzdem niemand mitbekommt. Manchmal hat man im Heim an einer Hausarbeit gesessen, sie haben sie sich angesehen und einen dafür bestraft, dass man geschrieben hat, man würde davon träumen, dass irgendjemand einem ein Airboard schenkt. Also hat man angefangen, diese Sachen aufzuschreiben, wenn man in der Schule war. Oder man war unglücklich oder gelangweilt und schrieb deshalb seine Wünsche auf. Wenn sie diese Liste fanden, setzte es was.«

Roarke küsste sie aufs Haar und schwieg, doch dieses Schweigen sagte bereits alles aus.

»Es geht hier nicht um mich, mir fiel nur gerade wieder ein ... manchmal, wenn ich das Bedürfnis hatte, etwas aufzuschreiben, habe ich einfach den Computer von einem der anderen benutzt. Einen, der für sie nicht weiter von Interesse war. Wenn man ein echtes Kind – das heißt ein eigenes Kind – im Haus hat, das aus Sicht von seinen Eltern einfach keine Fehler machen kann, kann man das ausnutzen. Wobei sie, wenn sie die Methode angewandt hat, sicher sehr viel besser war als ich.«

»Lass mich mal ran«, verlangte er, und als sie aufstand, drehte er sie sanft zu sich herum und sah ihr ins Gesicht. »Was musstest du denn damals aufschreiben?«

»Egal, wo ich auch war, hatte ich fast immer einen Kalender, um die Tage durchzustreichen, bis ich endlich tun und lassen könnte, was ich will. Wie viele Jahre, Monate, Wochen, Tage und mitunter sogar Stunden es noch dauern würde, bis ich endlich gehen könnte. Bis ich endlich nach New York ziehen könnte, weil das eine riesengroße Stadt mit unzähligen Menschen ist, um dort dann auf die Polizeischule zu gehen. Ich wollte Polizistin werden, denn die Polizei passt auf sich selbst und alle anderen auf. Auf jeden Fall die anständigen Cops, und ich hatte natürlich vor, ein anständiger Cop zu werden, damit mir nie wieder irgendjemand sagen könnte, was und wann ich essen oder was ich anziehen soll ...«

»Und jetzt macht dir dein eigener Mann genau dieselben Vorschriften.«

Sie schüttelte den Kopf. »Das ist etwas anderes. Das ist was völlig anderes. Damals hat mich niemand geliebt. Wahrscheinlich war das irgendwann auch meine eigene Schuld, aber mich hat tatsächlich nie jemand geliebt. Niemand hat gesagt, dass ich etwas essen soll, weil er mich liebt und ich ihm wichtig bin. Ich war einfach eine Nummer, bis ich dann zur Polizei gegangen bin. Dort war ich im Grunde nur ein Cop, bevor ich dir begegnet bin.«

Sie atmete tief durch. »Ich hätte so wie Willow enden können, Roarke.«

»Auf keinen Fall.«

»Oh doch, zumindest ungefähr so. Wenn Feeney kein so guter Cop und anständiger Mann, sondern so krank und so verdreht wie Reginald gewesen wäre, ganz bestimmt. Aber er hat mich so gesehen, wie ich bin, sich meiner angenommen, auf mich achtgegeben und mir seine Zeit und dazu noch sich selbst geschenkt. Das hat nie zuvor jemand für mich getan. Niemand vorher hat mich so gesehen wie er. Dafür war und bin ich ihm unendlich dankbar, er sollte stolz sein, wenn er sah, zu was für einer Polizistin ich durch ihn geworden war. Das hat mich angetrieben, so wie dieses Mädchen von dem Wunsch, dem Vater zu gefallen und ihn stolz zu machen, angetrieben wird.«

»Das würde heißen, dass sie sich von allem anderen abgewandt hat. Von ihrer Mutter, ihrem Bruder und von einem, wie es aussieht, durchaus liebevollen, anständigen Heim.«

»Vielleicht, aber der Anschein kann ja auch trügen. Wir werden sehen. Wobei die eigene Sicht der Dinge immer auch die eigene Wahrheit ist, nicht wahr? Anscheinend hat sie das Gefühl, dass niemand sie hier wirklich sieht oder versteht und dass sie niemandem hier wirklich wichtig ist. Ganz anders als bei ihrem Vater, denn dort dreht sich alles immer nur um sie. Deshalb tötet sie für ihn. Sie tötet, weil er es ihr beigebracht und dazu noch behauptet hat, dass das ihr gutes Recht oder auf alle Fälle eine Lösung ist.«

Sie schüttelte die schrecklichen Gedanken ab. »Im Grunde spielen diese Überlegungen nur eine Rolle, wenn sie helfen, sie zu finden und daran zu hindern, weitere Morde zu begehen. Also ja, sieh dir jetzt bitte den Computer ihres Bruders an. Bei seinem Alter haben die Eltern sicher noch Kontrollfunktionen installiert, aber vielleicht hat sie ja trotzdem ihre eigenen Dateien auf dem Ding versteckt.«

»Das finde ich problemlos heraus.«

»Dann sehe ich mich in der Zeit noch einmal in ihrem Zimmer um.«

Sie sprach mit Peabody, die nichts Neues zu berichten hatte, während sie den Blick durchs Zimmer gleiten ließ. Ein derart großes Zimmer und so gute Kleider hatte sie in Willows Alter nicht besessen.

Nirgends standen Fotos des Mädchens selbst, ihrer Familie, der Freunde oder Freundinnen oder zumindest ihres alten Herrn. Was vielleicht daran lag, dass alle Bilder, die sie hatte, auf ihrem Computer oder Handy abgespeichert waren.

Eve durchsuchte die drei Schubladen des Schreibtischs,

aber außer ein paar Sachen für die Schule hatte Willow dort nichts aufbewahrt. Es gab nicht den gewohnten Krempel, auf den Mädchen – oder Jungen – in dem Alter ganz versessen waren.

Auch keine einzige CD mit Daten oder mit Musik und keine elektronischen Geräte außer dem, das auf dem Schreibtisch stand. Kein Tablet, keinen Handcomputer, nichts.

Womöglich hatte sie das Zeug ja jede Woche wechselweise hierher oder in die Wohnung ihres Vaters mitgeschleppt.

Noch einmal sah sich Eve die Poster mit den Waffen an. Ein junger Mensch, der so versessen darauf war, verbrachte doch ganz sicher nicht die Hälfte seiner Zeit an einem Ort, an dem es keine Waffen gab.

Noch einmal trat sie vor den Schrank. Er war nicht groß und aufgeräumt. Ganz hinten hingen die – wahrscheinlich von der Mutter ausgesuchten – Rüschenkleider, daneben standen ein Paar Pumps und ein Paar Stiefel, die sogar für einen ungeübten Blick wie den von Eve zu schick für Jeans und Cargohosen waren.

Sie drehte sie kurz um, und die Sohlen zeigten, dass sie nie getragen worden waren.

Ganz anders als die ausgelatschten Boots, in denen Eve ein bisschen Bargeld fand. Wahrscheinlich hatte Willow es mit Absicht derart nachlässig versteckt, damit die Mutter es dort fand.

In der Tasche eines Hoodies fand sie ein Notizbuch, in dem sich ein junges Mädchen bitterlich beklagte, weil die Mutter, der Bruder und der Stiefvater sie nicht verstanden und weil sie kein richtiger Bestandteil der Familie war.

Auch dieses Büchlein sollte Willows Mutter finden, dachte Eve und tütete es ein. Sie hatte keine Lust, sich das Gejammer jetzt genauer durchzulesen, doch die letzten Sätze waren auf jeden Fall dazu gedacht, dass sich die Mutter schuldig fühlte, wenn sie ihren Schrank durchsuchte und auf das Notizbuch stieß.

Wenn sie damit gerechnet hatte, dass die Mutter sich dort umsehen würde, hatte Willow in dem Schrank bestimmt nichts wirklich Wichtiges versteckt.

Genauso wenig wie an allen anderen gewöhnlichen Verstecken, aber trotzdem schaute Eve noch hinter Willows Schreibtisch, unter ihrem Bett und der Matratze und selbst in den Hüllen der Sesselkissen nach.

Die schwere Holzkommode hätte beim Verrücken sicher Kratzspuren auf dem Boden hinterlassen, trotzdem zerrte Eve sie von der Wand, zog alle Schubladen heraus und schaute unter deren Böden nach.

Sie schob die Schubladen wieder in das Möbelstück zurück, und plötzlich fiel ihr etwas auf. Ein Flechtmuster aus Holz, das gut fünf Zentimeter oberhalb des Bodens der Kommode um das Möbelstück verlief. Sie zog die letzte Schublade noch einmal hervor, vernahm ein leises *Klick* und spürte einen beinah unmerklichen Widerstand.

Der ihr beim ersten Mal nicht weiter aufgefallen war, doch jetzt ...

Sie zog die Schublade ganz heraus und stellte fest, dass sie auf einem stabilen Boden lag.

Neugierig glitt sie mit den Fingern über das Geflecht, drückte daran herum und spürte, dass sich eine Stelle minimal bewegen ließ.

Sie zog daran, doch nichts geschah.

Sie arbeitete weiter, und dann gaben auch noch eine zweite sowie eine dritte Stelle nach. Ohne dass sie hätte zerren müssen, sprang ein schmales Schubfach auf.

In dem nur ein Stück Schaumstoff lag, mit passenden Vertiefungen für zwei Handfeuerwaffen, zwei Messer, Ausweise und Geld.

»Sie kommt nicht mehr hierher zurück«, murmelte sie.

»Wahrscheinlich nicht«, pflichtete Roarke ihr bei, als er durch die Tür trat. »Ich habe da etwas, was du dir sicher ansehen willst. Du hattest recht, sie hat tatsächlich den Computer des Kleinen benutzt. Sie hatte die Datei echt gut versteckt und war supervorsichtig. Das zeigt, dass sie ganz sicher kein naives, impulsives junges Mädchen ist.«

Eve folgte ihm ins Nebenzimmer und sah sich das erste Dokument, das Roarke gefunden hatte, auf dem Bildschirm des Computers an.

»Nicht einmal ansatzweise«, stimmte sie ihm zu. »Das ist offenbar die Liste mit den Zielpersonen. Sie hat zwar nur die Initialen eingegeben, aber das MB steht ganz eindeutig für Brent Michaelson, das KR für Kevin Russo, das MB vielleicht für Marta Beck, die Michaelsons Büro geleitet hat, und das BF für Fine, den Fahrer, der die zweite Frau von Mackie überfahren hat. Einer von den anderen – AE, JR oder MJ – wird wohl der Anwalt sein, den wir noch nicht gefunden haben, wobei ich nicht die geringste Ahnung habe, wer die beiden anderen sind. Zwei dieser Leute haben sie schon aus dem Verkehr gezogen, also fehlen jetzt noch fünf.«

»Das Dokument hat auch noch eine zweite Seite«, meinte Roarke und rief sie auf dem Bildschirm auf.

»Zach und Lincoln Stuben sind der Bruder und der

Stiefvater. Mein Gott, selbst ihre Mutter hat sie auf die Liste draufgesetzt. Außerdem einen oder eine Rene Hutchins, einen Thomas Green und eine Lynda Track. Wir müssen rausfinden, wer diese Leute sind. Und noch mal Initialen. Dieses Mal HCHS.«

»Ich bin mir sicher, dass das ihre Schule ist, denn ich habe auch dieses Dokument entdeckt.« Roarke rief den Grundriss der *Hillary Clinton High School* auf. »Sie hat bestimmte Klassenräume, Bereiche und die Ausgänge markiert.«

»Mein Gott. Dann hat sie's also auch auf ihre Schule abgesehen.«

»Und weiß auch schon, von wo aus sie schießen will. Sie wäre näher dran als bei den letzten beiden Malen, aber der Abstand wäre trotzdem alles andere als gering.« Er zeigte Eve das nächste Bild.

»Das Dach des Hauses, in dem Mackies Wohnung liegt. Sie hat die Dokumente hier versteckt, weil das ihre eigenen und nicht die Pläne ihres Vaters sind. Sie denkt, dass sie, wenn Reginalds Mission beendet ist, mit ihrer eigenen beginnen kann. Wie gründlich musstest du auf dem Computer suchen, bis du die Dateien gefunden hast?«

»Wenn ich nicht gewusst hätte, wonach ich suche, hätte ich sie sicher nicht entdeckt. Sie waren hinter einem harmlosen Referat über George Washington versteckt.«

Eve lief im Zimmer auf und ab. »Okay, lass uns jetzt erst mal wieder zu den anderen gehen. Wir müssen schnellstmöglich in Mackies Wohnung rein. Bestimmt hat er dort Kameras, die aufnehmen, wenn dort irgendwas passiert.«

»Um die kann ich mich kümmern.«

»Ich verlasse mich darauf. Wir müssen in die Wohnung, um herauszufinden, wer die nächste Zielperson der beiden ist und wann und wo sie sie erwischen wollen. Vielleicht sind sie ja schon vor Ort, und von drei Leuten auf der Liste wissen wir bisher noch nicht mal, wer sie sind. Genau wie von ein paar der Leute, die auf Willows eigener Liste stehen.«

»Auf ihrer stehen noch mehr. Sie hat dort alles aufgeführt, was sie bisher getötet hat. An Tieren«, fügte Roarke hinzu. »Die Art, den Ort, den Waffentyp und die Distanz, das Datum und die Uhrzeit. Wie es aussieht, war ihr Vater öfter mit ihr auf der Jagd. In Montana und Wyoming, in Alaska, North und South Dakota und sogar in Mexiko und Kanada. Meist illegal. Sie listet für die letzten sieben Monate über zwei Dutzend toter Tiere auf.«

»Schick mir Kopien der Dateien auf mein Gerät. Die elektronischen Ermittler sollen den Computer, den von Willow und auch alle anderen hier abholen, und zwar sofort. Bestimmt hat sie auch eine Kiste in der Wohnung ihres Vaters, an die müssen wir rankommen. Bei ihm brauchte sie nicht so vorsichtig zu sein, vielleicht stehen dort also die vollständigen Namen der Leute, die hier nur mit ihren Initialen auf den Listen stehen.«

Sie raufte sich die Haare und marschierte los. »Ich frage mich, ob Mackie weiß, was für ein Monster er geschaffen hat. Und falls er's weiß, ob ihn das auch nur ansatzweise interessiert.«

9

Wieder wählte Eve die Nummer ihrer Partnerin und las ihr alle Namen von Willows Liste vor. »Es gibt eine Verbindung zwischen diesen Menschen und unseren Verdächtigen, vor allem der weiblichen. Finden Sie heraus, wer diese Leute sind und wo man sie erreichen kann.«

Sie legte auf und wandte sich an Roarke. »Falls Mackie Kameras in seiner Wohnung hat und plötzlich nur noch schwarz sieht, kommt er sicher nicht mehr zurück.«

Roarke tätschelte ihr kurz die Schulter, rief bei Feeney an, und sie verfielen in den Slang der Elektroniknerds, von dem sie immer Kopfschmerzen bekam. Den Tenor des Gesprächs bekam sie trotzdem mit.

»Du oder Feeney könnt die Kameras so schalten, dass man irgendwelche alten Bilder darauf sieht.«

»Genau. Falls Mackie ganz genau hinsieht, lässt er sich davon sicher nicht auf Dauer täuschen, also kommt es auf das Timing an.«

»Vielleicht hat er ja auch was mit der Tür gemacht. Er ist ein Cop und denkt bestimmt an jede Einzelheit. Vielleicht hat er die Tür manipuliert, damit er sieht, falls jemand in der Wohnung war, und ...«

»Das ist nicht mein erster Einbruch, Schatz. Nicht mal an diesem Tag. Hab Vertrauen.«

Noch immer wehte ihnen ein kalter Eiswind ins Gesicht. Eve vernahm das Schrillen der Alarmanlage eines Autos und das ungestüme Kichern zweier junger Mädchen, die im Rennen gegen das Gefährt gestoßen waren, sie roch den winterlichen Duft von Soja Dogs und Röstkastanien, den die Rauchwolke verströmte, die von einem Schwebegrill in Richtung Himmel stieg, während Roarke sich weiter mit dem elektronischen Ermittler unterhielt.

»In zehn Sekunden«, erklärte Feeney.

»Alles klar. Du übernimmst die Tür«, wandte sich Eve an Roarke. »Ich kann mir zwar nicht vorstellen, dass er meinen Generalschlüssel entdecken würde, aber warum sollten wir etwas riskieren?«

Auf Feeneys »Los« schloss Roarke die Haustür auf, und innerhalb von weniger als sechs Sekunden waren sie im Foyer.

»Hier in der Eingangshalle gibt es keine Kameras, aber im Fahrstuhl dürften welche sein.«

»Dann nehmen wir die Treppe«, meinte Eve und stapfte los.

Das Haus war durchaus anständig. Zwar lange nicht so elegant wie die Behausung seiner Ex-Frau, aber auch nicht schlecht. Nicht alle Wohnungen waren schallgedämpft, aus verschiedenen Apartments drangen Geräusche auf den Flur.

In Mackies Stock jedoch war alles ruhig.

»Er hat die Security verbessert.« Eve wies auf die Kamera über der Wohnungstür.

Sie beide standen so, dass sie nicht aufgenommen werden konnten, während Roarke den mitgebrachten Scanner aus der Tasche zog, etwas darin eingab, auf den Bildschirm blickte und erklärte: »Feeney hat die Endlosschleife eingeschaltet. Also lass uns sehen, was Mackie noch für Tricks auf Lager hat.«

Sie traten vor die Tür, Roarke scannte das Schloss und das Gerät, durch das man seine Schlüsselkarte zog. »Clever. Er hat einen zusätzlichen Monitor hier eingebaut, das heißt, du hattest recht. Aber ich sehe nirgends Sprengstoff, das ist schon mal gut. Lass mich nur … genau, eins nach dem anderen. Das hat er wirklich clever angestellt … hier wären wir. Halt mal kurz fest.«

Er drückte ihr den leicht vibrierenden Scanner in die Hand, bevor er einen Dietrich aus der Tasche zog.

Er hatte die drei Polizeischlösser im Handumdrehen geknackt, sie gab ihm den Scanner wieder, zückte ihre Waffe und bemerkte: »Auch wenn hier kein Sprengstoff ist, denk an den alten Film, den du dir vor zwei Wochen mit mir angesehen hast. Der Kerl hatte ein automatisches Gewehr in seiner Wohnung, das geschossen hat, sobald die Tür geöffnet wurde.«

»Das war kein *alter* Film, sondern ein *Klassiker*«, verbesserte er sie. »Aber ich kann mich noch erinnern, also …«

Auf Eves Nicken stellten sie sich links und rechts der Tür, sie drehte vorsichtig den Knauf, ging in die Knie und schob die Tür von unten auf.

Kein Sprengstoff und kein Stolperdraht, nirgendwo eine Kamera und auch ansonsten kaum etwas.

Sie trat ins Wohnzimmer, in dem nur noch ein altes, durchgesessenes Sofa stand.

»Kannst du etwas sehen, Feeney?«, fragte sie und drehte sich, da sie ihr Aufnahmegerät am Aufschlag des Mantels trug, langsam im Kreis.

»Ja, verdammt.«

»Wir sehen uns trotzdem noch kurz um.«

Das Bett im Schlafzimmer war abgezogen, im zweiten Zimmer fanden sich nur ein paar leere Kleiderständer und ein Berg an Staub.

»Sie sind hier schon vor Wochen ausgezogen. Lowenbaum, Sie können abziehen, denn die beiden kommen sicher nicht hierher zurück. Peabody, bestellen Sie die SpuSi ein. Am besten sieht sie sich der Form halber trotzdem hier um.«

Sie trat frustriert gegen die Couch.

»Wird erledigt«, meinte Peabody. »Zumindest kann ich Ihnen die Namen geben, die Sie haben wollen.«

»Schießen Sie los.«

»Rene Hutchins ist als Psychologin an der Highschool, auf die Willow geht, Thomas Greenburg ist dort Rektor, und die Letzte, Lynda Track, ist Lincoln Stubens Schwester und zugleich eine Kollegin seiner Frau.«

»Lassen Sie die Leute kontaktieren, vernehmen und ihnen sagen, dass sie besser erst einmal zuhause bleiben sollen.«

»Alles klar.«

»Wenn du sie nicht in Schutzhaft nehmen lässt, glaubst du anscheinend nicht, dass sie akut gefährdet sind«, bemerkte Roarke.

»Nein. Vor ihnen sind noch andere dran.« Eve atmete geräuschvoll aus. »Sie rundet ihre Liste mit Autoritätspersonen aus der Schule, der Schwester ihres Stiefvaters und der Freundin und Kollegin ihrer Mutter ab.«

Sie hakte den Gedanken an die zweite Opferliste ab, weil erst einmal die unbekannten Leute auf der ersten Liste wichtig waren.

»Er ist davon ausgegangen, dass wir früher oder später in die Wohnung kommen würden, und hat deshalb nur die Möbel hier zurückgelassen, die zu groß oder zu alt sind, um sie mitzunehmen. Carmichael und Santiago, Sie hören sich bei den Nachbarn um. Vielleicht kann uns ja irgendjemand sagen, wann die beiden ausgezogen sind.«

Am liebsten hätte sie noch einmal gegen die Couch getreten, aber um nicht unbeherrscht zu wirken, hielt sie sich zurück. »Okay, in Ordnung. Jetzt brauchen wir zumindest nicht mehr so zu tun, als wüssten wir nicht, wer sie sind. Feeney, rufst du den Commander an und sagst ihm, wie es hier gelaufen ist? Am besten geben wir die Namen jetzt bekannt. In einer Stunde bin ich wieder auf der Wache und kann mit den Journalisten reden, wenn er will.«

»Lieber du als ich, Mädchen.«

»Lowenbaum, Sie kommen dann bitte auch dazu.« Sie riss ihr Handy aus der Tasche und brachte den Ball ins Rollen.

»Dallas«, meinte Nadine Furst. »Ich versuche schon den ganzen gottverdammten Tag, Sie zu erreichen. Diese Sa...«

»Wo sind Sie gerade?«

»Was? Zuhause, aber ich ...«

»In welcher Wohnung sind Sie?«

»In der neuen. Die alte habe ich nicht mehr. Was ...«

»Dann komme ich gleich kurz vorbei. Aber ich will keine Kameras.«

Roarke studierte ihren kalten Blick. »Dann ziehen wir jetzt also den Korken aus der Flasche?«

»Allerdings.«

»Wofür brauchst du mich?«

»Du könntest mir dein Auto leihen.«

Statt einen Streifenwagen zu bestellen, auf den sie ewig warten müssten, stiegen sie und Peabody in seinen dicken SUV.

»Wie groß und warm der ist.«

»Gewöhnen Sie sich am besten gar nicht erst daran. Roarke kriegt das Ding, so schnell es geht, von mir zurück. Geben Sie Nadines Adresse ein. Ich habe keine Ahnung, wohin sie gezogen ist.«

»Oh, die Wohnung ist echt toll. Sie ist zwar noch nicht fertig eingerichtet, aber sie sieht jetzt schon super aus und ...«

»Mir egal.«

»Okay.« Peabody gab das Ziel ins Navi ein und lehnte sich zurück. »Sie wollen, dass Nadine die Sache vor den anderen bringt.«

»Ich will, dass diese Sache explodiert. Dann brauche ich nicht so viel Zeit bei dieser Pressekonferenz, um blöde Fragen zu beantworten und alles dreimal zu erklären. Vor allem wird sie sich in diesen Fall verbeißen, bis sie alles über die Verdächtigen und die Opfer herausgefunden hat, was es herauszufinden gibt. Außerdem haben wir Zielpersonen, die wir nicht beschützen können, weil wir keine Ahnung haben, wer sie sind, vielleicht sind sie ja so schlau, von sich aus zu uns zu kommen, wenn sie in den Nachrichten erfahren, worum es geht. Außerdem brauche ich noch Infos über Mackies tote Ehefrau.«

»Ich habe mich ein bisschen schlaugemacht, als wir vorhin gewartet haben«, meinte Peabody. »Herkunftsfamilie, Ausbildung, Beruf, das alles wirkte vollkommen normal. Ein ganz normales Elternhaus in Westchester, kein Ärger in der Schule, zwei Jahre am College, nebenher Arbeit im Verkauf. Dann ist sie nach Brooklyn in eine WG mit ein paar Freundinnen gezogen und hat weiter im Verkauf gejobbt. Heirat mit Mackie, nochmaliger Umzug und wieder ein neuer Job. Zuletzt bei *Boomer's,* einem Klamottenladen in der Siebenundfünfzigsten Ost.«

»Sie war beim Arzt und wollte nach diesem Termin anscheinend wieder zurück ins Geschäft. Am besten rede ich noch einmal mit Marta Beck und frage sie, ob an diesem Termin etwas besonders war. Suchen Sie mir noch den Namen ihres Vorgesetzten oder ihrer Vorgesetzten in dem Laden raus. Mackie hat dem Arzt die Schuld daran gegeben, dass es zu dem Unfall kam, und Beck steht ebenfalls auf seiner Liste, also denkt er offenbar, dass sie zumindest eine Mitschuld trifft.«

»Aber Beck ist keine Ärztin, sondern macht nur die Verwaltung.«

»Ja, genau. Sie hat gesagt, dass sie Termine oft nicht eingehalten haben, wie sie eingetragen waren.«

»Waren Sie je bei einem Arzt, bei dem man pünktlich an die Reihe kommt?«

»Ich versuche, möglichst nie zum Arzt zu gehen. Vielleicht kam Susann also später als erwartet dran und wollte nicht zu spät zurück zur Arbeit kommen. Warum sollte sie sonst so einfach auf die Straße rennen, ohne nach links und rechts zu sehen? Und wenn sie es eilig hatte, wieder ins Geschäft zu kommen, gibt Mackie womöglich ihrer Chefin oder ihrem Chef die Schuld daran. Deswegen brauche in den Namen der Person.«

»Okay. Sie können übrigens da vorne in die Tiefgarage fahren, die ist extra für Besucher reserviert.«

»Aber wir sind keine Besucher.«

Sie fuhr direkt vor den eleganten Eingang des Gebäudes, das auf würdevolle Art gealtert war, und hielt dort hinter einer Limousine, der eine in einen Pelzmantel gehüllte Frau mit einem winzig kleinen, ebenfalls in Pelz gehüllten Hund entstieg.

Der Portier des Hauses nahm dem Fahrer mindestens ein Dutzend teurer Einkaufstaschen ab, warf einen Blick auf Eve und öffnete den Mund, doch als sie ihren Ausweis zückte, nickte er nur knapp und balancierte das Gepäck in Richtung Tür. »Lieutenant Dallas, ich bin sofort wieder da.«

»Nicht nötig«, sagte sie und lief entschlossen an der Dame mit dem Westentaschenhund vorbei.

»Charlie«, bat die Hundefrau. »Schicken Sie die Taschen bitte einfach rauf. Ich muss mich erst einmal um Mimi kümmern, denn sie ist total erschöpft.«

»Sehr wohl, Miss Mannery. Lieutenant?«

»Nadine Furst«, erklärte sie. »Und lassen Sie den Wagen, wo er ist.« Eve marschierte weiter, bis ihr aufging, dass sie keine Ahnung hatte, wie sie in die Wohnung ihrer Freundin kam.

Sie sah sich in der Eingangshalle mit der elegant gewölbten Decke, grün umrankten weißen Säulen und einem weißen Marmorboden, der im Licht von einem halben Dutzend großer Silberleuchter glänzte, um. Außer dem Büro der Hausverwaltung gab es dort eine Bank und drei Boutiquen, einen kleinen exklusiven Lebensmittelladen, Restaurants und eine Bäckerei.

»In Miss Fursts Penthouse kommen Sie mit einem der Fahrstühle der Reihe C«, drang die gedämpfte Stimme des Portiers durch den Einkaufstaschenberg hindurch.

Eve ging an einem kleinen Wasserfall vorbei, der sich in einen schmalen, von leuchtend roten Blumen gesäumten Pool ergoss, bestieg den Lift und runzelte die Stirn, als eine körperlose Stimme sagte: »*Zwei Personen für Penthouse A. Ich wünsche Ihnen einen angenehmen Aufenthalt und einen schönen Tag.*«

»Er kann nur besser werden«, knurrte Eve.

»Zumindest wissen wir jetzt, wo sie nicht sind«, meinte Peabody und gab etwas in ihren Handcomputer ein. »Okay, die stellvertretende Filialleiterin bei Boomer's ist eine gewisse Alyce Ellison.«

»Lassen Sie sie auf die Wache holen«, schnauzte Eve. »Ich will, dass sie in Schutzhaft kommt.«

Die Türen des Fahrstuhls glitten auf, und in der großen Eingangshalle, zwischen zwei mit blauen Orchideen geschmückten Säulentischchen stand Nadine und fragte: »Wer?«

Obwohl auf Eves Geheiß tatsächlich keine Kamera zugegen war, wirkte die Journalistin mit dem scharfen roten Hosenanzug, den aus dem Gesicht gekämmten, blond gesträhnten Haaren und den intelligenten grünen Augen äußerst telegen.

»Jetzt, Peabody«, wandte Eve sich wieder an die Partnerin.

Hinter Nadine erstreckte sich der Wohnbereich. Er war bisher nur spärlich eingerichtet, was das glänzende Parkett im Ton der Esskastanien, deren Duft Eve schon auf der Straße riechen konnte, und die bodentiefe Fensterfront, durch die man auf die riesige Terrasse und dahinter die New Yorker Skyline sah, hervorragend zur Geltung kommen ließ.

»Ich habe nicht viel Zeit.«

»Es freut mich auch, dass wir uns endlich wieder einmal sehen.«

»Nadine.«

»Okay, Sie haben es eilig, aber da Sie mir den ganzen Tag erfolgreich ausgewichen sind, ist ja wohl wenigstens genügend Zeit für minimale Höflichkeit.«

»Ich bin nicht Ihnen, sondern allen Journalisten ausgewichen, und das hat seinen Grund. Aber bevor ich nachher auf der Wache mit der Presse spreche, bin ich hier.«

»Reicht Ihre Zeit denn wenigstens für einen Kaffee aus?«

»Gott, ja.«

»Dann kommen Sie mit.«

Erst jetzt bemerkte Eve, dass Nadine Hausschuhe zu ihrem schicken Anzug trug, in denen sie eilig durch den Wohn- und anschließenden Essbereich mit einem langen, schlanken schwarzen Tisch mit einer ebenfalls mit einer blauen Orchidee hübsch bepflanzten Glasschale und schwarzen Stühlen mit blauen Kissen in die Küche lief. Sie war in Silber und in Weiß gehalten und mit einer riesengroßen Kochinsel und einem Frühstücksalkoven versehen.

»Was will jemand, der gar nicht kocht, mit einer Kochinsel?«

»Wenn's sein muss, kann ich durchaus kochen, und vor allem ist es schön, einen so tollen Raum zu haben, in dem man alles vorbereiten kann, wenn man mal Gäste hat.

Außerdem habe ich den einmaligen Dallas-Kaffee hier in meinem AutoChef.«

»Was soll das sein?«

»Das, was auch Sie selber immer trinken«, gab Nadine zurück und trat vor ihren AutoChef.

»Ich trinke Roarkes Kaffee.«

»Da gibt's verschiedene Mischungen. Ich trinke immer die, die Ihren Namen hat.«

»Aha. Peabody, kommen Sie mit dem Wandbildschirm da vorn zurecht?«

»Bestimmt.«

»Dann laden Sie die Fotos hoch, während wir auf den Kaffee warten.«

Statt den Knopf des AutoChefs zu drücken, drehte sich Nadine verblüfft nach ihren Gästen um. »Sie wissen, wer die Schützen sind?«

»Jetzt holen Sie uns erst mal unseren Kaffee«, befahl Eve, denn zwischenzeitlich war sie eindeutig auf Koffeinentzug. »Reginald Mackie, früher SEK, und seine Tochter Willow Mackie, fünfzehn Jahre jung.«

»Verdammt.« Nadine lief los und kam mit einem Notizbuch und mit einem Aufnahmegerät zurück.

»Das lassen Sie erst einmal aus. Wir haben die Verdächtigen bisher noch nicht erwischt.«

Statt abzuwarten, bis Nadine ihr den Kaffee reichte, trat Eve selber vor den AutoChef und schnappte sich den vollen weißen Becher, der dort stand.

»Die beiden sind aus Mackies uns bekannter Wohnung abgehauen, zur Vorsicht haben wir Willows Mutter, Stiefvater und Halbbruder erst einmal aufs Revier geholt.«

»Woher wissen Sie, dass sie die Täter sind?«

»Das war normale, gute Polizeiarbeit. Hören Sie, ich werde Ihnen geben, was ich kann und was es für die anderen auf der Pressekonferenz in einer Stunde auch geben wird.«

Eve trank den ersten Schluck Kaffee und stapfte in der Küche auf und ab. »Was ist jetzt mit den Bildern, Peabody?«

Nadine hielt ihrer Partnerin den zweiten Kaffeebecher hin und schaute sich die Aufnahmen des Vaters und der Tochter an.

»Sie können sich Notizen machen, aber Aufnahmen gibt es erst bei der Pressekonferenz«, erklärte Eve und fasste kurz zusammen, wie die Morde auf der Eisbahn und dann auf dem Times Square abgelaufen waren.

»Sie glauben, Willow hat freiwillig bei diesen Attentaten mitgemacht.«

»Was Sie jetzt hören, behalten Sie erst einmal für sich.«

Erst als die Journalistin nickte, fuhr Eve fort: »Ich glaube, dass sie sogar selbst geschossen hat, und glaube, das heißt *weiß*, dass sie noch eine zweite, eigene Opferliste hat. Aus welchem Grund auch immer, vielleicht weil er physisch oder psychisch selbst nicht dazu in der Lage ist, die Schüsse abzugeben, oder einfach weil er ein von Rachedurst getriebener Irrer ist, hat Mackie seiner Tochter grünes Licht gegeben, und das hat sie weidlich ausgenutzt.«

»Aber warum hat sie nicht nur auf die Zielpersonen, sondern nebenher noch auf sechs andere Menschen angelegt? Zur Tarnung?«

»So sieht's aus.« Womöglich aber hatte es dem Mädchen auch ganz einfach Spaß gemacht. »Wir glauben, dass die beiden noch andere Zielpersonen haben, die sie möglichst schnell erwischen wollen. Wenn sie nach ihrem bisherigen Muster vorgehen, wählen sie dafür öffentliche Orte, wo die Zielpersonen routinemäßig anzutreffen sind. Und bringen auch dort noch andere Menschen um.«

»Das heißt, dass ich die Bilder von den beiden bringen soll. Wann wollen Sie sie im Fernsehen sehen?«

»Die Namen und die Gesichter jetzt sofort und eine gute Viertelstunde später die Details. Die Dinge, die Sie erst einmal für sich behalten sollen, bringen Sie erst, wenn ich es sage. Trotzdem haben Sie dann noch einen Vorsprung vor den anderen Journalisten, aber den gibt's nicht umsonst.«

»Nennen Sie mir Ihren Preis.«

»Zeigen Sie ihr das Bild von Susann Mackie, Peabody. Auch das bringen Sie bitte gleich, Nadine. Ich will, dass Mackie Susann sieht, sobald er irgendwo in einen Fernseher schaut. Ich will, dass er sie sieht und ihren Namen hört und permanent an sie erinnert wird.«

»Sie wollen ihn brechen.«

Eve bedachte sie mit einem ausdruckslosen Blick und stellte ihren leeren Becher auf der Arbeitsplatte ab. »Ich *werde* Mackie brechen. Noch eins – der Anwalt, den er angeheuert hat, auch er ist vielleicht eine Zielperson, nur weiß ich nicht, wer dieser Anwalt ist. Vielleicht bekommen Sie das ja für mich heraus.«

»Ich setze ein paar Leute darauf an.«

»JR oder MJ. Sobald Sie jemanden mit diesen Initialen finden, kriege ich Bescheid. Sofort, Nadine.«

»Okay. Und wie wollen Sie das Mädchen brechen?«

»Da muss ich mir noch etwas überlegen«, gab Eve zu. »Jetzt müssen wir wieder losziehen.«

»Ich auch.«

Noch einmal blickte Eve sich um und stellte fest: »Sie haben hier eine wirklich schicke Bude.«

»Vielen Dank. Genauso sollte es auch sein, und sie wird noch viel schicker aussehen, wenn ich erst mit Einrichten und Dekorieren fertig bin.«

Eve wandte sich zum Gehen und hörte, wie Nadine ins Handy sprach: »Ich muss mit Lloyd sprechen, sofort. Ist mir egal, was er jetzt gerade macht. Stellen Sie mich zu ihm durch!«

Im Fahrstuhl auf dem Weg nach unten holte Eve vernehmlich Luft und wandte sich an ihre Partnerin. »Lassen Sie die Zeugen des Unfalls auf die Wache holen. Ihre Initialen stehen zwar nicht auf der Liste, aber trotzdem sollten wir jetzt nichts riskieren. Und ich brauche Willows Mutter im Vernehmungsraum. Bestimmt hat Trueheart schon etwas aus ihr herausbekommen, aber trotzdem nehme ich sie mir auch noch mal selber vor.«

Sie sah auf ihre Uhr. Und fragte sich, wo Mackie und sein mörderischer Nachwuchs wären, wenn sie sich selbst zum ersten Mal im Fernsehen sähen.

Sie befanden sich in dem umgebauten Loft, das Mackie vor Thanksgiving angemietet hatte und das nur mit einer Handvoll praktischer und alles andere als teurer Möbel eingerichtet war. Es hatte ihm zwar wehgetan, vorübergehend doppelt Miete zu bezahlen, doch es hatte sich auf jeden Fall gelohnt. Genau wie es ihm wehtat, dass er einen Teil von seinem Geld auf dem alten Konto unter einem Namen, den er nicht mehr nutzte, liegen lassen musste. Doch obwohl er hoffte, dass er sich das Geld zu einem späteren Zeitpunkt holen könnte, käme er auch ohne den Betrag zurecht.

Wenn alles gut lief, zögen er und Will noch diese Woche nach Alaska, um dort in der Einsamkeit der Wildnis auf die Jagd zu gehen und sich ein Häuschen und ein neues Leben aufzubauen.

Natürlich würde Zoe nach der Tochter suchen, doch sie würden keine Spuren hinterlassen, und vor allem wären sie nicht mehr Reginald und Willow Mackie, sondern John und William Black, ein pensionierter Schadensabwickler einer Versicherung mit Hauptsitz in New Mexico, der nach dem Tod der Frau mit seinem Sohn vor den Erinnerungen fliehen wollte.

Später würden sie dann innerhalb Alaskas noch einmal umziehen, damit wieder eine Tochter aus ihr würde, aber trotzdem würden sie weiterhin für sich bleiben, genau wie jetzt in diesem Loft. Er glaubte und er *musste* daran glauben, dass er in Alaska seinen Frieden finden könnte. Endlich würde er nicht mehr von Albträumen geplagt und führe nicht mehr schweißnass aus dem Schlaf hoch. Er würde keine Drogen mehr nehmen und aufhören zu trinken. Er könnte wieder richtig sehen, seine Hände würden aufhören zu zittern, und vor allem hätte er endlich wieder einen klaren Kopf.

Dann wären Susann und der heiß ersehnte Sohn geräcone. Dann hätte seine Tochter der Gerechtigkeit gedient und ihn mit Stolz erfüllt. Eines Tages, wenn sie älter wäre, könnte er sie in dem Wissen, dass sie nicht mehr auf ihn angewiesen war, verlassen und sich endlich an den Ort begeben, wo Susann mit ihrem Jungen war.

Er schweifte in Gedanken ab und stellte sie sich vor,

wie sie in einem weißen Kleid, den kleinen Gabriel in ihren Armen, unter einem großen, ausladenden Baum auf einem sanften grünen Hügel saß. Im Hintergrund sah er den kleinen, gelb gestrichenen Bauernhof mit seinen blauen Läden, einem weißen Zaun und einem Garten voller Blumen.

Ein solches Häuschen auf dem Land hatten sie beide sich erträumt.

Dort wartete sie jetzt auf ihn, mit ihrem Baby auf dem Arm und einem kleinen braunen Hündchen, das zu ihren Füßen schlief.

Er musste sie dort sehen, sie und seinen Sohn. Unter dem großen Baum im Sonnenlicht. Weil sie des Nachts im Dunkeln immer seinen Namen rief, während das Baby schrie.

Jetzt aber wartete sie lächelnd ab, bis er die Anhöhe erklommen hatte und an ihrer Seite saß.

»Dad! Dad!«

Erschrocken fuhr er aus dem Schlaf und tastete nach der Pistole, die er immer bei sich trug.

Im Dämmerlicht des Lofts stand Willow vor der Couch und starrte auf den Wandbildschirm. Sie hatte das Gewehr geputzt, bemerkte er und freute sich, als er es vor ihr auf dem Esstisch liegen sah.

Dann aber sprang er eilig auf und fragte knapp: »Was ist?«

»Sie haben unsere Namen und wissen, wie wir aussehen.«

Tatsächlich waren auf dem Bildschirm ihre aktuellen Passfotos zu sehen, und eine unsichtbare Stimme sagte: »Die New Yorker Polizei hat die Verdächtigen der Attentate auf die Wollman Rink und auf den Times Square mit zusammen sieben Toten und fast sechzig zum Teil schwer Verletzten identifiziert. Reginald Mackie, früher Scharfschütze der Polizei, und seine Tochter Willow, fünfzehn Jahre alt.«

Dann tauchte statt der Fotos Nadine Furst in ihrem leuchtend roten Hosenanzug auf.

»Weitere Details werden bei einer Pressekonferenz der Polizei bekannt gegeben, niemand, der die beiden irgendwo entdeckt, sollte sie ansprechen, weil sie bewaffnet und gefährlich sind.«

»Mackie ist vierundfünfzig Jahre alt, war erst bei der Armee und später bei der Polizei, quittierte aber seinen Dienst, nachdem er im November 2059 seine Frau Susann und ihr noch ungeborenes Kind bei einem Verkehrsunfall verloren hatte.«

Erst wurde Susanns Bild und dann wieder sein eigenes gezeigt.

»Woher haben sie jetzt schon unsere Namen? Woher wissen sie, dass wir das waren?«

»Durch solide Polizeiarbeit«, erklärte er der Tochter, und der Traum von einem ruhigen Leben in Alaska löste sich in Wohlgefallen auf.

Das war's, ging es ihm durch den Kopf. Er würde keinen Frieden finden, und er hätte keine Chance mehr, sich ein neues Heim sowie ein neues Leben aufzubauen.

»Aber wir waren doch so vorsichtig. Inzwischen haben sie Mom, Lincoln und das Rotzblag sicher aufs Revier geholt.«

»Das *Rotzblag* ist dein Bruder«, rief er seinem Mädchen in Erinnerung. »Er ist dein Bruder, Will. Dein Fleisch und Blut.«

In ihren Augen blitzte etwas auf, was er nicht sah.

»Aber ich nehme an, das haben sie. Hast du auch nichts in deinem Zimmer liegen lassen, was auf unsere Pläne schließen lässt?«

»Das habe ich doch schon gesagt«, begehrte sie beleidigt auf. Als wäre sie so dumm gewesen, irgendetwas dort zurückzulassen, was ihr Vorhaben verriet. Sie blickte Reginald aus zornblitzenden grünen Augen an. »Natürlich liegt da nichts. Ich bin schließlich nicht dumm.«

Nickend ging er in die Küchenecke und bestellte sich einen Kaffee und Willow eine Dose Cola, weil sie die am liebsten trank. »Zumindest haben wir für den Fall, dass sie uns auf die Schliche kommen, ja noch unseren Plan B.«

»Aber, Dad ...«

»Du weißt genauso gut wie ich, dass die Mission an erster Stelle kommt. Das ist dir klar, dafür hast du so lange trainiert. Wir halten uns jetzt an Plan B und sortieren uns neu.« Er lächelte sie traurig an. »Das heißt, dass du dir jetzt die Haare schneiden und von hier verschwinden musst. Ich komme nach, sobald ich kann, aber ... für den Fall, dass ich erwischt oder erschossen werde, weißt du, was du machen musst.«

Er legte eine Hand auf ihre Schulter. »Ich verlasse mich auf dich.«

Als sie nickte, trat er einen Schritt zurück und wies sie an: »Dann pack jetzt deine Sachen und verwisch die Spuren, die es hier von uns gibt, denn heute Abend hauen wir ab.«

»Aber die Pressekonferenz. Die müssen wir noch sehen. Wir müssen schließlich wissen, was die Öffentlichkeit über uns erfährt.«

Erfüllt von neuem Stolz auf seine Tochter meinte er: »Das stimmt. Die schauen wir uns auf jeden Fall noch an.«

Eve hasste Pressekonferenzen, wusste aber, wie sie sie zu ihrem Vorteil nutzen konnte, wenn es nötig war. Falls die Mackies sie nicht live sahen, würden sie auf alle Fälle eine Wiederholung oder eine der zahlreichen Sondermeldungen dazu sehen.

Ihnen sollten ruhig die Ohren klingeln, wenn sie mit den beiden fertig war.

»Ich werde Ihnen nicht enthüllen, wie es uns gelungen ist, die beiden zu identifizieren, aber die New Yorker Polizei hat bei den Ermittlungen zum Anschlag auf der Eisbahn und jetzt auch noch auf dem Times Square alle Kräfte und vor allem ihre gesammelte Erfahrung eingesetzt.«

Ein Journalist sprang auf. »Anscheinend wurden die Ermittlungen erst richtig aufgenommen, nachdem ein Polizeibeamter umgekommen war!«

Eve sah ihn reglos an. »Ellissa Wyman, Brent Michaelson und Alan Markum«, fing sie an und zählte alle Opfer in der Reihenfolge ihres Todes auf. »Das sind die Menschen, die getötet worden sind. Ich glaube nicht, dass die Verdächtigen die Namen kannten oder ihnen ins Gesicht gesehen und an das Leid ihrer Familien gedacht haben. Wir aber kennen ihre Namen, haben ihnen ins Gesicht gesehen und an das Leid ihrer Familien gedacht. Also heben Sie sich Ihre dämliche Bemerkung für jemanden auf, der nicht im Blut der sieben Menschen, die gestorben sind, gestanden hat. Nathaniel Jarvits war erst siebzehn Jahre alt. Sie haben ihn an seinem siebzehnten Geburtstag umgebracht. Officer Kevin Russo war erst dreiundzwanzig und wurde erschossen, während er versuchte, diesen Jungen abzuschirmen. Während er seinen Dienst als Polizist versah. Wenn Sie nicht die Eier haben, Ihren Job zu machen und den Leuten zu erzählen, wer diese Menschen waren, gebe ich gern eine Beschreibung jedes einzelnen der sieben Opfer ab.«

»Haben Sie schon ein Motiv?«

»Unserer Meinung nach nehmen die Mackies Individuen, die eine Verbindung zu dem Unfalltod von Susann Mackie hatten, ins Visier.«

»Aber Willow Mackie ist erst fünfzehn. Glauben Sie, dass Mackie sie gekidnappt hat?«

»Nichts deutet bisher darauf hin, dass dieses Mädchen gegen seinen Willen von ihm festgehalten und zu irgendetwas gezwungen wird. Ersparen Sie sich die Mühe, weiter nachzuhaken, weil ich momentan keine Einzelheiten nennen kann. Reginald Mackie hat der Tochter beigebracht, wie man mit Waffen umgeht, sie haben aus der Ferne sieben Menschen umgebracht und Dutzende verletzt. Sie sind Serienkiller, die auf großen Abstand töten, und SKGAs sind kaltblütig und talentiert, aber im Grunde ihres Herzens Feiglinge, die Opfer nicht als Menschen, sondern einfach nur als Ziele sehen.«

»Genau diese Eigenschaften brauchte Mackie aber auch in seiner Zeit bei der New Yorker Polizei.«

»Er musste sehr gut schießen können, ja. Aber Scharfschützen der Polizei sind keine Killer, und sie nutzen ihr Talent, um unschuldige Menschen und Kollegen zu beschützen, wenn es nötig ist. Normalerweise setzen sie Gefährder nur vorübergehend außer Gefecht. Tödliche

Schüsse geben sie nur ab, wenn sich ein Leben auf andere Weise nicht schützen lässt.«

»Warum ist in seiner Zeit beim SEK nicht aufgefallen, dass Mackie anders tickt?«

Ehe Eve etwas erwidern konnte, ergriff Lowenbaum das Wort. »Das geht auf meine Kappe«, erklärte er. »Lieutenant Lowenbaum. Ich war Reginald Mackies Vorgesetzter.«

Eve trat einen Schritt zurück, denn Lowenbaum sprach klar, präzise, akkurat und ging vor allem geduldiger als sie auf die folgenden Fragen ein.

Doch schließlich hatte sie genug gehört und machte wieder einen Schritt nach vorn.

»Falls Sie es so drehen wollen, als wären wir schuld am Treiben eines pensionierten Polizeibeamten, tun Sie das. Uns geht es darum, die Verdächtigen zu schnappen, ehe es zu einem dritten Anschlag kommt. Sie berufen sich doch immer auf das Recht der Öffentlichkeit, alles zu erfahren, also sollten Sie vielleicht erst einmal die Namen und die Bilder von den beiden bringen, weil das vielleicht unschuldige Leben retten kann. Wir beenden jetzt die Pressekonferenz und machen weiter unseren Job, bei dem es heute wie sonst auch auf alle Fälle um die Rettung unschuldiger Leben geht.«

10

Sie wandte sich zum Gehen, aber trotz des hohen Tempos, das sie hatte, holte Lowenbaum sie ein und packte sie am Arm. »Vielleicht haben sie recht.«

»Die Journalisten? Na, das wäre ja mal ganz was Neues.«

»Mackie war in meinem Team, ich habe trotzdem nicht gesehen, was mit ihm los war, Dallas. Er war einer meiner Leute, aber ich habe nicht mitbekommen, dass er ein Killer ist.«

»Weil er das unter Ihnen auch nicht war.« Sie müsste in Bewegung bleiben, doch sie brauchte Lowenbaum und konnte es nicht brauchen, wenn er wegen dieser Sache aus dem Gleichgewicht geriet. »Falls er das schon immer in sich hatte, haben weder die Armee noch die New Yorker Polizei noch sein erster Lieutenant etwas davon bemerkt, und auch die Tests haben nichts davon gezeigt. Wie kommen Sie darauf, dass Sie jemand derart Besonderes sind, dass Sie es hätten merken sollen? Vor allem, wo ist das Kaugummi, das Sie sonst immer kauen?«

Verwundert zog der Mann das Päckchen aus der Tasche und hielt es ihr hin. »Möchten Sie eins?«

»Auf keinen Fall. Ich esse nichts, was lila riecht.«

Da er die Packung gerade in der Hand hielt, wickelte er eins der Gummis aus und steckte es sich in den Mund. »Ich habe mal geraucht.«

»Und Mackie war einmal ein grundsolider Polizist. Die Dinge ändern sich. Unser Job ist es, ihn aufzuhalten, danach ist Mira dran.« Vor der Tür ihrer Abteilung blieb sie stehen, sah ihn an und nahm in seinem Blick die Dinge, die sie selbst verspürte, wahr. Zorn. Frust und das Adrenalin, das ihn trotz der Erschöpfung weitermachen ließ.

»Das SEK hat doch Szenarien zur Verhinderung von Attentaten in der Stadt, nicht wahr? Wie sehen die aus?«

»Tja nun, wir spielen die bisherigen Attentate immer wieder durch. Mit einem Hologramm-Programm. Die Techniker errechnen mit den Daten, die wir haben, die Wahrscheinlichkeit des nächsten Anschlagorts und Zeitpunkts. Aber viel kommt dabei selten heraus.«

»Was wird aus Ihrer Sicht passieren, wenn er sein Bild und das der Tochter überall im Fernsehen sieht? Wird er dann erst einmal eine Pause machen, um zu überlegen, wie er weitermachen soll, oder verfolgt er unerbittlich seinen ursprünglichen Plan?«

»Er hatte ewig Zeit zum Überlegen, und er wird versuchen, auch noch möglichst viele andere Leute, die auf seiner Liste stehen, aus dem Verkehr zu ziehen.«

»Genauso sehe ich das auch. Aber bis auf drei sind alle hier auf dem Revier, wo er sie nicht erwischen kann. Reden Sie mit Ihren Leuten. Vielleicht hat er ja einmal ein paar Namen fallen lassen oder so.«

»Das habe ich bereits gemacht, aber ich hake trotzdem noch einmal nach.«

»Genau. War gut, mit Ihnen zu reden, aber jetzt muss ich in den Vernehmungsraum.«

Sie ließ ihn stehen und betrat ihr Dezernat.

»Berichte«, schnauzte sie. »Als Erstes über Younger. Los.«

Sie wies auf Baxter, und der nickte knapp. »Sie hatten recht, denn Trueheart hat sie wirklich weich gekriegt. Sie war ziemlich angefressen, als sie auf die Wache kam, sie wollte sofort einen Anwalt und vor allem wissen, wo die Tochter ist. Trueheart hat ihr vorgeschlagen, sie zu kontaktieren, und als sie sie nicht erreichen konnte und es in der Schule hieß, dass Willow abgegangen sei, fing sie an zu wackeln. Sie wollte wissen, wie das Mädchen einfach abgehen konnte, ohne dass sie etwas davon wusste, doch die Sekretärin hat ihr Willows ordentliche Abmeldung, auf der die Unterschriften beider Eltern waren, vorgelegt.«

»Wie hat Younger darauf reagiert?«

»Sauer und erschrocken. Das hat Trueheart ausgenutzt. Machen Sie weiter«, forderte er seinen Partner auf, und Trueheart trat verlegen von dem einen auf den anderen blank beschuhten Fuß.

»Sie hat gesagt, sie habe nie was in der Richtung unterschrieben, ich glaube nicht, dass das gelogen war. Sie denkt, dass Willow Mackies Geisel ist. Nachdem ich eine Suchmeldung herausgegeben hatte, war sie deutlich kooperativer und hat mir so einiges erzählt.«

»Und zwar?«

»Zum letzten Mal hat sie das Kind vor drei Tagen gesehen, als es zu Mackie ging. Danach hat sich das Mädchen nicht noch einmal bei ihr gemeldet, aber Younger hat gesagt, dass das nicht weiter ungewöhnlich war. Angeblich war ihre Beziehung in den letzten Monaten ein bisschen angespannt.«

Nach kurzem Zögern fuhr er achselzuckend fort: »Ich

glaube, dass es bereits länger nicht mehr zwischen ihnen gestimmt hat, aber vielleicht ist die Sache in den letzten Monaten eskaliert. Miss Younger meinte, Willow würde ihren Vater idealisieren, könne ihren Stiefvater nicht leiden und fange fast täglich Streit mit ihrem kleinen Bruder oder mit ihr selber an. Sie denkt, dass das nur eine Phase ist, aber sie hat versucht, die Tochter und den Ex-Mann dazu zu bewegen, in Familientherapie zu gehen.«

Abermals trat er von einem auf den anderen Fuß. »Sie hat sehr viel geweint, Lieutenant, und hat gesagt, dass sie es hassen würde, dass die Tochter sich nur noch für Waffen interessiert. Sie hat gesagt, dass sie davon besessen sei, aber weil das ein gemeinsames Interesse zwischen ihr und ihrem Vater sei, habe sie es nicht gewagt, dagegen anzugehen. Vor allem habe sie das auch gar nicht gekonnt, denn schließlich teilen die beiden sich das Sorgerecht, und während sie bei ihrem Vater ist, können die beiden schließlich tun und lassen, was sie wollen.«

»Wie hat die Frau auf Sie gewirkt?«

»Sie hat Angst und klammert sich an den Gedanken, dass das Mädchen gegen seinen Willen von Mackie festgehalten wird. Aber ...«

»Aber?«

»Nun, ich habe das Gefühl, als ob sie Angst vor ihrer eigenen Tochter hat, auch wenn sie gleichzeitig in Sorge um sie ist.«

»Gut. Das kann ich ausnutzen. Verhörraum A?«

»Wir haben sie gerade heraufholen lassen, inzwischen ist sie wieder sauer«, fügte Baxter noch hinzu. »Sie will nach Hause, will nicht noch einmal mit uns reden und vor allem nicht getrennt von ihrem Mann und ihrem Jungen sein.«

»Auch das werde ich nutzen. Wer hat mit Marta Beck gesprochen?«

»Wir.« Santiago wandte sich Carmichael zu.

»Ich schreibe gerade den Bericht«, fing die Kollegin an. »Sie erinnert sich an Susann Mackie und daran, dass sie von dem Unfall hörte und zusammen mit Dr. Michaelson zu der Gedenkfeier für sie gegangen ist.«

»Sie waren auf der Gedenkfeier?«

»Beck zufolge haben sie und der Doktor das in solchen Fällen immer so gemacht. Aber als sie Mackie ihr Beileid ausgesprochen haben, hat er gar nicht reagiert. Er wirkte kalt und zornig, was sie aber vollkommen verständlich fand. Wir haben sie auch nach dem Termin gefragt, den Mrs. Mackie an dem Tag in ihrer Praxis hatte, also hat sie im Terminkalender nachgesehen. Es war eine Routineuntersuchung, die Mutter und das Kind waren vollkommen gesund. Aber sie hatten vorher einen Notfall in der Praxis, denn bei einer anderen Patientin hatten vorzeitig die Wehen eingesetzt. Die Hebamme kam nicht allein mit ihr zurecht, also hat Michaelson ihr assistiert, deshalb kamen die anderen Patientinnen erst später dran. Mrs. Mackie hätte sich auch von der Assistentin untersuchen oder einen anderen Termin bekommen können, aber sie meinte, dass sie lieber warten wolle.«

»Um wie viel Uhr war der Termin?«

»Viertel nach zwölf, aber bis sie dann an der Reihe war, war es schon kurz vor eins.«

»Damit war ihre Mittagspause herum. Wahrscheinlich hatte sie es also ziemlich eilig, wieder ins Geschäft zu kommen. Wer hat mit ihrer Chefin dort gesprochen?«

»Bisher niemand, aber sie ist gerade auf dem Weg hierher«, erklärte Jenkinson. »Reineke und ich haben uns Lincoln Stuben vorgeknöpft. Der alles andere als gut auf seine Stieftochter zu sprechen ist. Er sagt, dass sie verschlagen, aufsässig und vollkommen respektlos ist. Er meint, sie sei eine Lügnerin, sie sei einmal mit einem Messer auf ihn losgegangen und habe ihm erklärt, wenn er das ihrer Mutter sagen würde, würde sie behaupten, er wollte ihr an die Wäsche gehen. Sie hat gesagt, sie wüsste ganz genau, wie sie es drehen müsste, dass ihr die Geschichte abgenommen wird. Und wenn ihr Vater davon hören würde, brächte er ihn um.«

»Hat er der Mutter trotzdem etwas von der Angelegenheit erzählt?«

»Noch besser. Er hat eine Kamera im Haus versteckt, Willow dazu gebracht, die Drohung noch einmal zu wiederholen, und diese Aufnahme dann seiner Frau gezeigt. Als die Mutter die Tochter darauf angesprochen hat, hat Willow sich kämpferisch gezeigt und dann in ihrem Zimmer eingesperrt. Später hat sie sich entschuldigt, aber Stuben hat ihr die Entschuldigung anders als ihre Mum nicht abgekauft. Inzwischen kriselt's in der Ehe, und er weigert sich, den Jungen alleine mit der Stieftochter in einem Raum zu lassen, weil er Angst hat, dass sie ihm dann etwas antut. Vielleicht liegt's einfach daran, dass er sie nicht leiden kann, doch er glaubt nicht, dass Mackie seine Tochter hätte zwingen oder manipulieren müssen, um die Morde auf der Eisbahn und dem Times Square zu begehen.«

»Sie haben dem Jungen zum Geburtstag einen kleinen Hund geschenkt«, ergriff jetzt Reineke das Wort. »Das Kind war ganz verrückt nach ihm, es hat ihn abends immer mit ins Bett genommen und ging, wenn er musste, ganz alleine mit ihm raus. Zwei Monate später kam der Junge aus der Schule und musste mit ansehen, wie das Hündchen aus dem Fenster in der obersten Etage flog. Es landete direkt vor seinen Füßen, wie's aussah, war es auf der Stelle tot. Der Junge hat geschrien, die Leute blieben stehen, und jemand rief die Polizei. Nur ein paar Minuten später tauchte Willow unten auf.«

»Niemand wusste, warum dieses Fenster offen stand oder warum das Hündchen auf den Sims geklettert und gesprungen war, aber genauso sah es aus. Nur ist sich Stuben sicher, dass die Stieftochter dem Hündchen das Genick gebrochen und es rausgeworfen hat, als sie den Bruder kommen sah. Dann hat sie sich hinten aus dem Haus geschlichen und ist einmal um den Block gelaufen, damit es so aussieht, als ob auch sie selber erst in diesem Augenblick nach Hause kommt.«

»Es gibt eben nichts Besseres als kleine Hunde oder Katzen, wenn jemand das Töten üben will.«

»Ich habe noch ein bisschen etwas über Mrs. Mackie herausgefunden«, mischte Peabody sich ein. »Ich habe mit ihrer Familie, ein paar Lehrern, ein paar Angestellten und Kollegen und Kolleginnen von ihr gesprochen, sie alle stimmen darin überein, dass Mrs. Mackie eine wirklich nette Frau war. Höflich, wohlerzogen, zugänglich. Beruflich ohne großen Ehrgeiz und eher eine Träumerin als eine Macherin. Eine Romantikerin, die auf ihren Prinzen gewartet hat. Freundlich, sanft, hübsch, süß und ein bisschen naiv. Das waren die Worte, die am häufigsten gefallen sind.«

»In Ordnung. Trueheart, übernehmen Sie den Jungen,

den Halbbruder. Reineke, Sie nehmen sich den Vater vor und überlassen Trueheart erst einmal das Kind. Vielleicht hat Willow Mackie ihn bedroht und ihm so viel Angst gemacht, dass er es niemandem verraten hat. Vielleicht hat sie ja irgendetwas zu ihm gesagt und vor ihm mit den Dingen angegeben, die sie und ihr Vater machen wollen. Peabody, Sie kommen mit mir. Wir knöpfen uns Zoe Younger noch einmal vor.«

»Sie ist eindeutig das genaue Gegenteil von Mackies zweiter Frau. Hat sich eine solide Karriere aufgebaut und scheint eher eine Macherin als eine Träumerin zu sein, auch wenn sie ihre Tochter offenbar durch eine rosarote Brille sehen will.«

»Jünger als Younger – ha – und weicher, eine, die zu Mackie aufgesehen hat. Der Unfall war auf jeden Fall die Folge ihrer übertriebenen Eile, weil sie nicht zu spät zur Arbeit kommen wollte und deswegen nicht nach links und rechts gesehen hat, aber so kann er das nicht sehen. Sie war seine Idealfrau, deshalb kann sie ganz unmöglich selbst schuld an ihrem Tod gewesen sein.«

Eve blieb vor dem Verhörraum stehen. »Trueheart hat sie mit Verständnis weichgeklopft und an die Mutter appelliert, aber ich trete ihr jetzt in den Arsch.«

Sie öffnete die Tür des Raums, trat an den Tisch und schaltete dort den Rekorder ein. »Lieutenant Eve Dallas und Detective Delia Peabody vernehmen Zoe Younger zu den Fällen M-29073 und M-29089. Miss Younger, wurden Sie schon über Ihre Rechte aufgeklärt?«

»Meine Rechte? Ich verstehe nicht. Wir – man hat uns abgeholt, weil wir hier sicher sind.«

»Das stimmt. Aber zugleich, um Fragen in Bezug auf

Ihre Tochter Willow Mackie und auf Ihren Ex-Mann Reginald, die beiden Hauptverdächtigen in sieben Mordfällen, zu beantworten. Vielleicht haben Sie von dem Attentat auf die Wollman Rink und dem Massaker auf dem Times Square in den Nachrichten gehört.«

»Meine Tochter ist erst fünfzehn, und ihr Vater ...«

»Noch einmal. Wurden Sie schon über Ihre Rechte aufgeklärt?«

»Nein.«

»Peabody.«

»Das ist einfach Vorschrift, Miss Younger. Sie haben das Recht zu schweigen«, setzte der Detective an, und während Peabody den Text herunterleierte, marschierte Eve im Zimmer auf und ab.

»Haben Sie alles verstanden, Miss Younger?«

»Natürlich. Wenn ich befugt bin, einen Rechtsbeistand zu nehmen, will ich jetzt meinen Anwalt kontaktieren.«

»Fein. Dann sind wir erst einmal fertig. Sorgen Sie dafür, dass sie telefonieren kann«, wandte sich Eve an ihre Partnerin.

»Ich will wissen, was Sie unternehmen, um mein Kind zu finden!«

Eve bedachte sie mit einem Blick, der kälter als das Winterwetter draußen war. »Wenn Sie mir keine Antworten auf meine Fragen geben, tue ich das andersherum auch nicht.«

»Aber Willow ist erst fünfzehn, und ihr Va...«

»Erzählen Sie das Ihrem Anwalt«, riet Eve ihr.

»Ich will zurück zu meinem Mann und meinem kleinen Sohn.«

»Was Sie wollen, ist mir total egal. Sie bleiben erst einmal hier sitzen, bis Ihr Anwalt kommt. Ihr Mann und Ihr Sohn werden vernommen und dann an einen sicheren Ort gebracht, aber Sie bleiben erst einmal hier.«

»Warum tun Sie das?«

»Warum? Die Antwort kriegen Sie.« Eve schnappte sich die Akte, mit der Peabody hereingekommen war, klappte sie auf und schob der Frau die Aufnahmen der sieben Opfer aus dem Leichenschauhaus hin. »Darum.«

»Oh mein Gott.«

»Ein achtes Opfer liegt im Krankenhaus, es wird eine Weile dauern, bis es wieder laufen kann. Außer dieser Frau wurden noch über fünfzig andere unschuldige Menschen verletzt, unter anderem ein kleiner Junge, der noch nicht einmal so alt ist wie Ihr Sohn. Peabody, bestellen Sie den Anwalt ein und melden sich danach bei mir.«

»Zu Befehl, Ma'am.«

»Sie glauben doch wohl nicht im Ernst, ich hätte irgendwas mit alledem zu tun.« In Youngers Augen stiegen Tränen des Entsetzens auf. »Sie können auch nicht ernsthaft denken, dass ein Kind von fünfzehn Jahren an diesen Anschlägen beteiligt ist.«

»Wie gesagt, ich bin nicht hier, um Ihre Fragen zu beantworten. Da Sie einen Anwalt haben wollen, beenden wir jetzt fürs Erste das Gespräch.«

»Vergessen Sie den gottverdammten Anwalt.«

»Heißt das, Sie verzichten erst einmal auf einen Rechtsbeistand?«

»Genau. Zumindest bis auf Weiteres.« Sie presste sich die Finger vor die Augen, die genauso dunkelgrün wie die von ihrer Tochter waren. »Sie müssen das verstehen. Meine Tochter wurde offenbar von ihrem eigenen Dad entführt.«

Eve nahm ihr gegenüber Platz und sah sie reglos an. Sie hatte glatte braune Haut, dunkelgrüne Augen, eine wild gelockte Mähne schwarzen Haars …

… und zitterte am ganzen Leib.

»Das glauben Sie nicht wirklich. Ich kann nachvollziehen, dass Sie das glauben wollen und sich deshalb einreden, dass es so ist. Aber das glauben Sie nicht einen Augenblick, denn schließlich war ihr Vater auch nicht dabei, als Willow mit einem Messer auf ihren Stiefvater losgegangen ist.«

»Ich … Da hat sie sich nur aufgespielt.«

»Mit einer Waffe in der Hand. Genauso wenig war ihr Vater da, als sie dem kleinen Hund von ihrem Bruder das Genick gebrochen und ihn dann in hohem Bogen aus dem Fenster geworfen hat.«

Younger fuhr zusammen, als hätte Eve ihr einen Schlag verpasst. »Das hat sie nicht getan.«

»Sie wissen selbst, dass es so war. Sie haben die Anzeichen bemerkt. Nachts haben Sie ewig wach gelegen, weil Sie keine Ahnung hatten, was sie wohl als Nächstes tut. Sehen Sie mich an und sagen Sie mir ins Gesicht, wann Sie Ihre Tochter zum letzten Mal mit Ihrem Sohn allein gelassen haben.«

»Das tue ich nur deshalb nicht, weil sie noch nicht das nötige Verantwortungsgefühl entwickelt hat.«

»Sie hat ihm öfter wehgetan, nicht wahr? Auch wenn's bisher nur Kleinigkeiten waren. Dann hat er Ihnen weisgemacht, dass er gefallen ist oder sich irgendwo gestoßen hat, aber Sie wussten, dass es nicht so war. Nachdem Sie Ihre Tochter nicht mehr kontrollieren konnten, haben Sie versucht, zumindest alles andere zu kontrollieren. Weil Sie die Wahrheit nicht ertragen können, leugnen Sie, was aus ihr geworden ist.«

»Ich bin ihre *Mutter*. Also sagen Sie mir nicht, was für ein Mensch sie ist.«

»Dann zeige ich es Ihnen.« Eve legte ihr Kopien der Opferlisten und die Grundrisse der Schule hin.

»Die Liste hier haben Ihr Ex und Ihre Tochter aufgestellt. Aber die zweite Liste hat Willow ganz allein erstellt. Sehen Sie sich die Namen an. Ganz oben steht Ihr Sohn. Ihr Sohn, Ihr Mann, Sie selbst, danach die Psychologin und der Rektor ihrer Schule und die Schwester Ihres Ehemanns.«

»Lynda? Nein.«

»Hier. Erkennen Sie, was das ist? Das ist die Schule, auf der Ihre Tochter war. Ihr Vater hat ihr beigebracht, was man mit solchen Plänen macht, und sie ist eine wirklich gute Schülerin. Wie viele Jungen und Mädchen, Lehrerinnen, Lehrer, Eltern oder andere unschuldige Leute würde sie bei einem Anschlag auf die Schule wohl erwischen?«

Younger schob die Blätter fort und verschränkte ihre wild zitternden Hände auf dem Tisch. »Das ist nicht ihr Werk, sondern das von Mac. Ich habe jede Woche ihr gesamtes Zimmer auf den Kopf gestellt und mir ihren Computer angesehen. Wenn diese Sachen dort gewesen wären, hätte ich sie entdeckt.«

»Genau wie die versteckten Waffen in ihrer Kommode?«

»Was? Was reden Sie da für ein Zeug?«

»Woher stammt die Kommode?«

»Sie ... von Mac. Er hat sie ihr zum dreizehnten Geburtstag bauen lassen.«

»Und ein Geheimfach für die Waffen integriert. Sie hatte Schusswaffen in Ihrem Haus.«

»Oh nein. Ich … Das würden wir niemals erlauben …«

»Sie haben ihr Zimmer also regelmäßig auf den Kopf gestellt. Aus Angst vor Ihrem eigenen Kind, denn tief in Ihrem Innern wissen Sie, wozu sie fähig ist. Wir haben diese Listen nicht in ihrem Zimmer und auch nicht in Mackies Wohnung, sondern auf dem Laptop Ihres Sohns entdeckt, denn ihr war klar, Sie kämen nie auf die Idee, dort nachzusehen.«

»Die Sachen waren auf Zachs Computer?«

»Auf dem er gespielt hat und an seinen Hausaufgaben saß. Sie will ihn umbringen. Wie alt ist er?«

»Er ist sieben. Sieben. Ich wusste immer schon, dass sie ihn hasst.« Younger warf sich beide Hände vors Gesicht, und plötzlich brachen sich die Tränen Bahn. »Sie hasst ihn. Das zeigt mir ihr Blick. Er ist ein lieber, süßer Kerl, aber ich weiß, dass sie ihn hasst.« Sie schluchzte.

»Ich habe Willow auf die Welt gebracht.« Noch immer strömten ihr die Tränen über das Gesicht, und unglücklich griff sie sich an den Bauch. »Ich habe während meiner Schwangerschaft nicht einen Tropfen Wein getrunken, mich total gesund ernährt und alles so gemacht, wie der Doktor es mir geraten hat. Ich habe so gut aufgepasst, und als sie auf die Welt kam und ich sie in meinen Armen hielt, habe ich ihr versprochen, immer für sie da zu sein. Ich habe sie so sehr geliebt, ich habe sie gestillt, gebadet und ihr vorgesungen. Mac wollte einen Jungen haben, aber trotzdem war er wirklich gut zu ihr. Er hat sie ebenfalls geliebt, verstehen Sie? Er war ein guter Vater, aber irgendwann hörte er auf, ein guter Ehemann zu sein. Er hat sich von mir abgewandt, und alles, was wir beide noch gemeinsam hatten, waren die Liebe und die Zuneigung zu unserem Kind. Trotzdem meinte er, wir sollten es noch einmal versuchen, weil es dann vielleicht ein Junge würde, ich wollte selber noch ein zweites Kind.«

»Aber nicht mehr von ihm.«

»Er hatte etwas gegen meine Arbeit, denn ich hätte mich aus seiner Sicht auch weiter ausschließlich um Willow kümmern sollen. Tatsächlich habe ich nach der Geburt zwei Jahre ausgesetzt, um mich ihr ganz zu widmen, aber irgendwann hat meine Arbeit mir gefehlt. Trotzdem habe ich dann auf sein Drängen noch einmal sechs Monate an die zwei Jahre drangehängt und bin danach erst einmal nur in Teilzeit in den Job zurückgekehrt. Sie sind zwar selber bei der Polizei, aber Sie haben trotzdem keine Ahnung, wie es ist, mit einem Cop verheiratet zu sein.«

»Wir können es uns vorstellen. Es ist sicher alles andere als leicht.«

»Ich habe es versucht, aber er hat nur noch mit mir gesprochen, wenn es um die Kleine ging, und sogar dann ... Ich habe sie geliebt, aber ich musste neben Ehefrau und Mutter auch noch etwas anderes sein. Trotzdem habe ich's versucht. Ich hielt in dieser Ehe länger durch, als ich es wollte, denn schließlich hatten wir ein Kind. Als ich es dann irgendwann beendet habe, war auch Willow wütend, weil sie ihren Vater angebetet hat und die Familie meinetwegen auseinanderbrach. Dann ging es eine Zeitlang besser, weil sie ihre Zeit mit ihm allein total genossen hat. Doch schließlich ... sie war noch keine acht, als er zum ersten Mal mit ihr zusammen auf dem Schießstand war. Irgendwann fand ich einen Stunner unter ihrem Bett, und es gab einen Riesenstreit. Ich hätte etwas unternehmen sollen, doch ich habe mich damit begnügt, ihr zu verbieten, Waffen mit in unser Haus zu bringen, am Ende habe ich mir eingeredet, dass es gut ist, wenn sie wenigstens ein Hobby hat. Sie ist zu Wettkämpfen gegangen, hat dort gewonnen, und ich habe mir gesagt, es wäre eben ein normaler Sport. Sie hatte keine Lust auf irgendeinen Mannschaftssport und auf die anderen Dinge, die in der Schule angeboten wurden, deshalb war ich froh, dass sie etwas hatte, um sich abzureagieren. Ich habe mich auch deshalb nicht mehr eingemischt, weil sie dann glücklich war.«

Jetzt fuhr sie sich mit beiden Händen durchs Gesicht. »Lynda. Wir sind Kolleginnen und beste Freundinnen. Ich kannte Lincoln bereits, lange bevor … Aber wir haben erst etwas miteinander angefangen, als ich schon nicht mehr mit Mac zusammen war. Ich schwöre Ihnen, wir haben nie …«

Sie klappte unglücklich die Augen zu. »Im Grunde ist das vollkommen egal. Es ist die Wahrheit, trotzdem ist es vollkommen egal. Er hat sich stets um sie bemüht, trotzdem hat Willow ihn nie gemocht. Ich habe mir gesagt, dass das noch kommen würde, denn ich schwöre Ihnen, er ist ein wirklich netter, anständiger Mann. Dann erwartete ich Zach. Als wir es ihr sagten, ist sie völlig ausgeflippt. Ich sehe noch, wie sie mit ihren gerade mal acht Jahren mit geballten Fäusten dagestanden und uns wütend angefunkelt hat. Sie hat gesagt, sie habe immer schon gewusst, dass sie mir nicht genügt. Sie hat gesagt, oh Gott, sie hat gesagt, sie würde hoffen, dass wir beide sterben, denn dann könnte sie zu ihrem Vater ziehen.« Sie schloss die Augen.

»Kann ich ... es tut mir leid, kann ich wohl ein Glas Wasser haben?«

»Ich werde Ihnen welches holen«, bot Peabody an und ging zur Tür.

»Detective Peabody verlässt den Raum«, sprach Eve ins Aufnahmegerät. »Miss Younger, haben Sie für Willow eine Therapie erwogen?«

»Ja, das habe ich. Ich habe eine Freundin, die ist Therapeutin, aber nachdem Willow und auch Mac total dagegen waren, habe ich dafür gesorgt, dass sie *inoffiziell* mit Willow spricht. Grace Woodward. Sie ist Psychologin und auf Aggressionsprobleme und auf Trennungsängste spezialisiert. Sie hat sich möglichst beiläufig mit Willow unterhalten, ich hatte das Gefühl, diese Gespräche täten Willow gut. Nachdem ihr Bruder auf der Welt war, hat sie sich für ihn nicht weiter interessiert und noch mehr Zeit mit Mac verbracht – womit ich einverstanden war.«

Younger erschauderte und holte zitternd Luft.

»So war alles einfacher für mich. Sie hatte keinerlei Interesse daran, Zeit mit mir alleine zu verbringen, und wenn ich mal mit ihr shoppen, beim Friseur oder im Kino war, hat sie getan, als wäre es für sie die Höchststrafe, mit mir zusammen unterwegs zu sein. Also habe ich es irgendwann gelassen und mir eingeredet, dass wir einfach unterschiedliche Interessen hätten, wenn ich auch zu einigen von ihren Wettkämpfen gefahren bin. Bis sie mir irgendwann gesagt hat, dass sie spüren könne, dass ich nichts von diesen Dingen halte, und sie durcheinanderkomme, wenn sie mich dort herumstehen sieht. Sie hat mir deutlich zu verstehen gegeben, dass sie mich dort nicht mehr sehen will.«

Sie legte eine Pause ein, als Peabody mit dem Wasser kam, nach ein paar vorsichtigen Schlucken aber fuhr sie fort: »Ich habe mich gefreut, als Mac dann Susann fand. Er war eindeutig hin und weg, sie war wirklich süß und nett. Ich hatte Angst, dass Willow Susann auch ablehnen würde, aber das war nicht der Fall. Ich glaube ... sicher lag es daran, dass Susann ... ich will nicht sagen, schwach war, weil das kritisch klingt. Aber sie war unglaublich weich und total anspruchslos. Willow wirkte auch nicht wütend, als sie schwanger wurde, aber zu der Zeit fingen die Probleme in der Schule an. Sie machte keine Hausaufgaben mehr, war frech zu ihren Lehrern und hat einem anderen Mädchen Schläge angedroht. Wir kamen darin überein, dass sie zur Psychologin ihrer Schule gehen sollte.«

»Zu Rene Hutchins.«

»Ja, Gott, ja. Es sah aus, als ginge Willow danach wieder halbwegs in der Spur. Mac fuhr mit ihr alleine in den Westen auf die Jagd, wir hatten alle das Gefühl, dass diese Zeit mit ihm ihr zeigt, dass er sie durch das Baby, das bald kommen würde, nicht ersetzen wollte.

Dann kam Susann bei diesem Unfall um. Das war für uns alle eine grauenhafte Zeit, denn Mac verlor dabei nicht nur die Frau, sondern auch den Sohn, den er so sehnlich haben wollte. Sie hatten ihm schon einen Namen gegeben, Gabriel, doch plötzlich waren die beiden nicht mehr da. Ich mochte sie sehr gern, ich fand sie wirklich nett. Vor allem hatte ich gehofft, dass diese Ehe und der

Sohn, den er sich so gewünscht hatte, Mac helfen würden, endlich seinen Hass auf mich und Lincoln zu verwinden. Unserem Jungen gegenüber war er immer warmherzig und nett, aber wenn er mit uns sprach, war er immer eiskalt.«

»Hat er Ihnen oder Mr. Stuben je gedroht?«

»Oh, nein, so war das nicht. Er konnte uns nicht leiden, und ich konnte deutlich spüren, dass er selbst und Willow uns verachtet haben. Ich hätte deshalb gern eine Familientherapie gemacht, weil ich den Eindruck hatte, dass Willow sich alles abguckt, was er tut.«

»Trotzdem sagen Sie, Ihr Ex-Mann sei nett mit Ihrem Jungen umgegangen, aber Willow habe ihn gehasst.«

»Ja.« Sie kniff erneut die Augen zu. »Das stimmt.«

»Inwiefern haben sich die Dinge nach dem Unfall von Susann verändert?«

»Mac brach vollkommen zusammen, was durchaus verständlich war. Willow wollte noch mehr Zeit mit ihm verbringen, und das habe ich erlaubt. Ich hatte das Gefühl, dass er sie braucht und sie ihn auch. Aber dann fing er an zu trinken und kam sogar angetrunken bei uns vorbei, um Willow abzuholen. Deshalb musste ich den beiden sagen, dass er sich zusammenreißen muss, wenn er sie weiterhin sehen will. Als ich diese Grenze zog und Willow zwang zurückzukommen, geschah das mit dem kleinen Hund.«

»Dann wussten Sie also, dass sie ihm das Genick gebrochen hat«, fiel Peabody mit sanfter Stimme ein.

Die Tränen brachen sich trotz der geschlossenen Augen weiter Bahn. »Zumindest dachte ich, dass sie es war. Ich konnte es zwar nicht beweisen, aber ja, ich wusste, dass sie diesen kleinen Hund getötet hatte, und sie wusste, dass ich wusste, was geschehen war. Zach hat geweint, und ich hielt ihn im Arm, um ihn zu trösten, als ich den Kopf hob, stand sie da und lächelte mich an. Sie sah mir lächelnd in die Augen, und ich hatte Angst.«

Noch einmal hob sie den Wasserbecher an den Mund. »Damals fing ich an, ihr Zimmer zu durchwühlen, wenn sie nicht zuhause war. Ich habe nie etwas gefunden und mich selbst dafür gehasst, aber ich habe trotzdem regelmäßig alles auf den Kopf gestellt. Ich habe auch mit Grace gesprochen – die inzwischen in Chicago wohnt –, und sie hat mir geraten, das zu tun, was nötig war. Ich hätte Willow in die Psychiatrie einliefern lassen sollen, aber das habe ich einfach nicht über mich gebracht.«

Jetzt wischte Younger sich die Tränen fort und richtete sich kerzengerade auf. »Sie können natürlich sagen, dass ich ihre Mutter bin und Willow dazu hätte zwingen können, aber Mac hat sich geweigert, mich zu unterstützen, und sie hat gesagt, wenn ich sie zwingen würde, würde sie behaupten, Lincoln hätte sie missbraucht, und bei Gericht den Antrag stellen, dass man sie ganz zu ihrem Vater ziehen lässt. Dann würde sie mit Mac zur Polizei gehen und Lincoln anzeigen. Damit hätte sie ihn ruiniert. Ich habe noch versucht, sie zur Vernunft zu bringen, und angeboten, dass wir als Familie eine Therapie beginnen könnten, aber sie blieb hart. Sie war dann immer häufiger bei Mac, und ich habe mir eingeredet, dass es so vielleicht am besten ist. Sie hatte wieder bessere Noten in der Schule, und der Ärger hörte auf. Selbst wenn die Dinge bei uns zuhause nicht zum Besten standen, war sie wenigstens nicht mehr so aggressiv. Nur hin und wieder stand sie einfach da und lächelte mich an. Dieses Lächeln hat mir Angst gemacht.«

Sie brach erneut in Tränen aus. »Es tut mir leid. Es tut mir leid. Ich weiß nicht, was ich hätte machen sollen, und habe keine Ahnung, wie ich ihr noch helfen kann. Sie ist doch immer noch mein Kind.«

»Sie haben auch noch einen Sohn, den Sie beschützen müssen.«

»Ja, ich weiß.«

»Ihre Tochter ist eine Psychopathin, die von einem Experten in der Wissenschaft des Tötens ausgebildet worden ist.«

Peabody öffnete den Mund, Eve aber schüttelte den Kopf und fuhr mit ausdrucksloser Stimme fort: »Wir wissen, dass inzwischen sieben Morde auf das Konto Ihrer Tochter und ihres Vaters gehen, und müssen unbedingt verhindern, dass es noch einmal zu einem Anschlag kommt. Wir müssen Willow finden, aufhalten und ihr die Hilfe geben, die sie braucht. Wo könnten sie und Mackie sein?«

»Alaska.«

»Was?«

»Mac hat nach Susanns Tod davon gesprochen, nach Alaska umzuziehen. Er war betrunken oder vielleicht high. Ich glaube, dass er auch noch irgendwelche Drogen nimmt. Ich kann nicht sicher sagen, ob es ihm tatsächlich ernst war. Er sprach davon, dass er mit Willow nach Alaska gehen würde, wenn sie mit der Schule fertig sei. Das habe ich in dem Moment nicht ernst genommen, bis ich eines Tages Infos ausgerechnet über diese Gegend auf dem Laptop meiner Tochter fand. Es wirkte wie ein Schulaufsatz, nur dass es keiner war. Als ich noch einmal nachgesehen habe, waren diese Texte verschwunden.«

»Sie sind nicht in Alaska, sondern noch hier in New York.«

»Ich habe keine Ahnung, wo sie stecken, wirklich nicht.« Die Mutter streckte flehend ihre Hände aus. »Das schwöre ich. Ich war mit einem Cop verheiratet und weiß, was es bedeutet, dass er einen Cop getötet hat. Er ist verrückt geworden, Lieutenant, der Verlust von seiner Frau und seinem Sohn hat ihn um den Verstand gebracht. Vielleicht, ich weiß nicht, vielleicht hatte er das ja schon immer in sich und hat es einfach gut versteckt. Genau wie Willow ihre kalte Ader gut vor anderen verbergen kann. Aber jetzt ist er durchgedreht und nimmt in Kauf, dass er bei dem Versuch, die Sache zu beenden, selber stirbt. Aber Willow ist erst fünfzehn. Können Sie sich daran erinnern, wie man sich mit fünfzehn fühlt? Man denkt, dass man unsterblich ist, und ist bereit, sein Leben für die gute Sache hinzugeben, ganz egal, was das für eine Sache ist. Ich will nicht, dass mein Baby stirbt. Ich werde alles tun und Ihnen alles sagen, was ich weiß, damit mein Kind am Leben bleibt.«

Sie atmete tief durch und meinte plötzlich: »Seine Hände zittern.«

»Mackies Hände zittern?«

»Ja, nicht immer, aber er kann es nicht kontrollieren. Ich habe ihn zum letzten Mal vor einem Monat oder so gesehen, da sah er ... krank und zittrig aus. Wir sind zwar schon seit einer halben Ewigkeit geschieden, aber ich kann mir nicht vorstellen, dass er es geschafft hat, diese Schüsse abzugeben. Deshalb denke ich, Gott steh ihr bei, er hat die eigene Tochter dafür ausgebildet, das für ihn zu tun.«

Sie starrte auf den Tisch. »Natürlich will ich glauben, dass er sie dazu gezwungen hat, aber ich weiß, so ist es nicht. Er ist gewohnt, dass sie ihn liebt und zu ihm aufsieht, bestimmt hat er ihr eingeredet, dass die Attentate heldenhaft und richtig und vor allem das sind, was ihr Vater will und braucht. Aber im Grunde ist sie noch ein Kind. Das heißt, dass die Verantwortung bei ihrem Vater liegt.«

Statt ihr zu widersprechen, fragte Eve: »Gibt es eine Pizzeria oder sonst etwas, wo die beiden gern und regelmäßig sind?«

»Das weiß ich nicht.«

»Sie haben gesagt, sie habe Wettkämpfe gemacht und dort Trophäen eingeheimst. Sie haben doch bestimmt gefeiert, wenn sie einen dieser Wettkämpfe gewonnen hat.«

»Das weiß ich nicht. Sie hat mir deutlich zu verstehen gegeben, dass das etwas zwischen ihr und ihrem Vater ist und ich bei diesen Dingen überflüssig bin. Aber Moment. *Divine.*«

»Die Eisdiele?«, erkundigte sich Peabody, »in der es dieses leckere Eis und diesen tollen Frozen Yogurt gibt?«

»Genau. Sie ist total versessen auf den Laden und die Karamellsundaes. Sie sind nicht gerade billig, und oft muss man bis zu einer Stunde warten, bis man einen Platz bekommt, aber wir waren da schon mit Willow, als sie noch ein kleines Mädchen war, vielleicht gehen sie dort noch immer hin, wenn es irgendetwas zu feiern gibt.«

»Peabody, Shelby und Carmichael von der Trachtengruppe sollen dort mal hinfahren und nachhorchen, ob jemand sie dort in der letzten Zeit gesehen hat.«

»Zu Befehl, Ma'am. Detective Peabody verlässt vorübergehend den Vernehmungsraum.«

»Gibt's sonst noch einen Ort, an dem die beiden regelmäßig waren?«

»Der Indoorschießstand. Er ist irgendwo in Brooklyn, doch ich habe keine Ahnung, wie er heißt. Dann gibt's auch noch einen Schießstand in New Jersey, wo sie öfter waren.«

Eve schüttelte den Kopf. »Da würden sie sofort erkannt.«

»Ich weiß, dass Mac mal mit ihr in Montana war, und glaube, dass er sie danach noch öfter dorthin mitgenommen hat, obwohl das nicht mit mir abgesprochen war. Ich habe irgendwann nicht mehr gefragt, weil sie mich sowieso nur angelogen haben, und zwar extra so, dass ich erkennen musste, dass das Zeug, was sie erzählt haben, nicht die Wahrheit war. Haben Sie Kinder, Lieutenant?«

»Nein.«

»Dann wissen Sie nicht, wie es ist, als Mutter dermaßen zu versagen«, stellte Younger tonlos fest. »Ich habe keine Ahnung, wie ich sie noch retten soll.«

»Miss Younger, was Sie uns erzählt haben, kann uns helfen, sie zu finden und gesund hierherzubringen, bevor sie die Gelegenheit zu einem dritten Attentat bekommt. Ich lasse Sie zurück zu Ihrem Mann und Ihrem Jungen bringen, dann fahren die Kollegen Sie an einen Ort, an dem Sie sicher sind, bis Willow festgenommen ist.«

»Werde ich sie sehen und mit ihr sprechen können, wenn Sie sie verhaftet haben?«

»Ja«, erklärte Eve, auch wenn sie sich nicht vorstellen konnte, dass das Mädchen seine Mutter sehen und sprechen wollte.

11

Eve hatte keine Zeit für Hysterie, und keine zehn Sekunden nach Betreten des Verhörraums wünschte sie, sie hätte Alyce Ellison nicht selbst vernehmen wollen.

»Warum will er mich *umbringen*?«, kreischte Ellison mit einer derart schrillen Stimme, dass Eve das Gefühl hatte, sie bohre sich ihr geradewegs ins Hirn. »Ich habe nichts *getan*! Ich habe *niemandem* auch nur ein *Haar* gekrümmt, und trotzdem hat's jetzt jemand auf mich *abgesehen*.«

»Miss Ellison ...«

»Die Polizei hat mich in meiner *Wohnung* abgeholt. Ich saß gerade beim *Abendbrot* und konnte nicht mal *aufessen*! Jetzt werden alle denken, dass die Polizei mich *festgenommen* hat! Aber ich habe nichts *gemacht*! Ich könnte jeden Augenblick *erschossen* werden! *Tun* Sie was!«

Sie wirbelte durch den Vernehmungsraum, ruderte mit ihren Armen und schlang sie dann um ihren dürren Leib, als musste sie ihn festhalten, weil er sonst auseinanderflog. Die dick mit blauem Glitzerkajal eingerahmten Augen quollen ihr aus dem Kopf, während die leuchtend rot geschminkten Lippen unablässig in Bewegung waren.

»Setzen Sie sich hin und halten Sie den Mund.«

»Wie bitte? Was? Würden Sie sich etwa *hinsetzen*, wenn jeden Augenblick auf Sie *geschossen* werden kann?«

»Ich bin Polizistin, Lady, deshalb ist mein Leben täglich in Gefahr, trotzdem setze ich mich manchmal hin. Hier, schauen Sie.«

Demonstrativ setzte Eve sich auf einen Stuhl.

»Sie werden auch dafür *bezahlt,* dass Sie sich in Gefahr begeben! Irgendjemand hat es auf mich *abgesehen.*«

»Wobei er Sie im Augenblick wohl kaum erwischen kann. Also setzen Sie sich endlich *hin*!«, fuhr Eve sie ungehalten an.

»So können Sie nicht mit mir reden.« Ihre blauen Augen füllten sich mit Tränen und sahen wie zwei Seen mit blauen Glitzerufern aus. »Ich bin eine New Yorker *Bürgerin.*«

»Vor allem vergeuden Sie im Augenblick die Zeit der Leute, die in einer Reihe Mordfälle ermitteln. Also setzen Sie sich hin und halten Sie die Klappe oder hauen Sie einfach ab.«

»Ich gehe *nirgends* hin. Sie müssen mich *beschützen.* Ich ... ich werde Sie *verklagen*!«

»Um mich zu verklagen, müssen Sie am Leben sein.« Auch Eve stand wieder auf, trat an die Tür und zog sie auf. »Setzen oder gehen. Entscheiden Sie sich *jetzt.*«

Die Frau nahm Platz und brach in wildes Schluchzen aus. »Sie sind gemein. Sie sind total gemein.«

»Ich kann noch gemeiner werden, wenn Sie weiter meine Zeit vergeuden, weil Sie herumheulen wollen, statt mir zu erzählen, was ich wissen muss«, fuhr Eve sie an. »Reißen Sie sich zusammen. Sie sind gesund und munter und in Sicherheit. Wenn wir dafür sorgen sollen, dass das weiterhin so bleibt, reißen Sie sich zusammen und fangen Sie endlich an zu reden.«

»Aber ich *weiß* nichts.«

»Sie waren Susann Mackies Vorgesetzte.«

»Aber trotzdem habe ich ihr nie etwas getan!« Ellison fuhr sich mit den Händen durchs vom Heulen gerötete Gesicht. »Ich habe sie nicht einmal gefeuert, sondern sie zum x-ten Mal verwarnt, mehr nicht.«

»Warum hätten Sie sie feuern sollen?«

»Weil sie permanent zu spät kam, andauernd vergessen hat, das Lager aufzuräumen, und vor allem immer ewig mit den Kundinnen gequasselt hat. Es ist nicht meine Schuld, dass sie von einem Auto überfahren worden ist!«

»Wann haben Sie sie verwarnt?«

Inzwischen schniefte Ellison nur noch gelegentlich und blinzelte gegen die letzten fetten Kullertränen an. »Im Grunde jeden Monat, weil sie andauernd zu spät zur Arbeit oder aus der Pause kam und sich, statt irgendetwas zu verkaufen, stundenlang mit unseren Kundinnen unterhalten hat.«

»Warum haben Sie ihr nicht gekündigt?«

Ellison stieß einen abgrundtiefen Seufzer aus. »Weil sie, wenn sie etwas verkauft hat, wirklich gut war und die meisten Kundinnen vor allem ihretwegen immer wiederkamen. Außerdem musste man sie einfach mögen, denn sie war echt nett. Dazu sah sie gut aus und hatte, wenn sie nicht geträumt hat, einen untrüglichen Sinn dafür, was welcher Kundin steht. Ich mochte sie und habe mir auf der Gedenkfeier für sie die Augen aus dem Kopf geheult.«

Das glaubte Eve aufs Wort.

»Haben Sie sie an dem Tag, als sie in ihrer Mittagspause zu dem Arzttermin gegangen ist, verwarnt?«

Die schimmernd roten Lippen fingen an zu zittern. »Ja,

aber das musste ich. Ich musste ihre Monatsleistung an dem Tag bewerten, und ich habe ihr gesagt, dass sie in Zukunft immer pünktlich kommen muss. Sie hat gesagt, dass es ihr leidtun und dass sie sich bessern würde, aber das hat sie mir jedes Mal erzählt. Danach ging es meist für ein paar Tage gut, und dann … Nur kam sie an dem Tag dann gar nicht mehr zurück.«

Sie brach erneut in Tränen aus. »Ich war echt sauer, denn wir hatten gerade Ausverkauf, und deshalb haben die Kundinnen uns die Bude eingerannt. Ich habe sie auf ihrem Handy angerufen, aber da sprang gleich die Mailbox an. Ich war so wütend, dass ich eine Nachricht hinterlassen habe, dass sie gar nicht mehr zu kommen bräuchte, wenn sie mich und meine Position so wenig respektiert, dass sie noch nicht einmal direkt nach meiner letzten Standpauke rechtzeitig aus der Mittagspause kommt. Ich konnte ja nicht wissen, dass sie da bereits nicht mehr am *Leben* war.«

»Okay.« Nachdem die Frau ihr endlich die erforderlichen Infos gab, ging Eve jetzt etwas sanfter mit ihr um. »Sie haben einfach Ihren Job gemacht.«

»*Genau!* Wenn sie gesagt hätte, dass sie zum Arzt geht, oder mir Bescheid gegeben hätte, dass es deshalb später würde, hätte ich mich nicht so aufgeregt. Das schwöre ich. Ich will nicht *sterben*! Ich bin doch erst *neunundzwanzig*.«

Ihrem Pass nach war sie dreiunddreißig, aber Eve beschloss, dass das jetzt nichts zur Sache tat.

»Sie werden ganz bestimmt nicht sterben, denn bei uns sind Sie in Sicherheit. Haben Sie nach dem Unfall irgendwann einmal mit Susanns Mann gesprochen?«

»Wir ... wir haben Blumen und eine Karte mitgenommen und waren alle bei der Gedenkfeier.«

»Okay. Haben Sie ihn auf der Gedenkfeier gesprochen?«

»Das ging nicht, denn ich konnte einfach nicht mehr aufhören zu weinen.«

»Hat er Sie irgendwann mal angesprochen oder sonst wie kontaktiert?«

»Nein. Er ... seine Tochter ...«

»Willow Mackie.«

»Ja. Sie kam einmal in den Laden, ich habe sie erkannt, weil sie auch vorher schon einmal da war, um sich mit Susann ein paar Klamotten anzusehen. Sie kam direkt auf mich zu, hat sich vor mir *aufgebaut* und mir erklärt, es täte mir doch sicher leid, dass Susann nicht mehr lebt, weil ich mich nicht mehr aufspielen und sie nicht mehr runterputzen könnte. Sie hat gesagt, sie und das Baby wären tot, weil *ich* ihr nicht genügend Zeit gegeben hätte, um zum Arzt zu gehen. Dann meinte sie noch: ›Genieß deinen beschissenen Job und dein beschissenes Leben, solange du's noch kannst.‹«

»Wann war das?«

»Vielleicht einen Monat nach Susanns Gedenkfeier. Sie wirkte nicht einmal wütend oder unglücklich. Sie hat die ganze Zeit gelächelt, ich war echt fertig und habe beteuert, wie leid mir alles tut, aber sie hat sich einfach umgedreht und auf dem Weg nach draußen *absichtlich* noch einen T-Shirt-Ständer umgekippt.«

»Ist sie danach noch einmal gekommen?«

»Nicht während ich im Laden war. Ich habe sie nach dieser Szene nicht mehr gesehen, bis ihr Bild im Fernsehen auftauchte. Da dachte ich, dass mich das eigentlich kein bisschen überrascht.«

»Warum?«

»Nun, wie gesagt, sie sah nicht wütend oder traurig aus, als sie bei mir im Laden stand und mir all diese hundsgemeinen Dinge an den Kopf geworfen hat. Sondern sie wirkte irgendwie verrückt. Das hat Darla auch gesagt. Darla ist eine unserer Verkäuferinnen, und sie war an dem Morgen im Geschäft. Sie hat das alles mitgekriegt und meinte, dieses Mädchen habe einen völlig irren Blick.«

Bevor Eve ihr Büro erreichte, kam Peabody ihr entgegen und rief aufgeregt: »Die beiden waren an den Nachmittagen nach den Anschlägen tatsächlich im *Divine*. Heute Nachmittag haben sie sich dort etwas zu essen geholt. Sie standen um halb drei am Tresen, wo die Überwachungskamera sie aufgenommen hat.«

»Beide?«

»Ja. Nach vierundzwanzig Stunden werden diese Aufnahmen gelöscht, deshalb gibt es kein Bild mehr davon, als sie nach dem Anschlag auf die Schlittschuhbahn dort waren, aber als Carmichael von der Trachtengruppe sich die anderen Bilder angesehen hat, hat Shelby mit dem Personal gesprochen, und tatsächlich konnten sich zwei Mitarbeiter dran erinnern, dass die Mackies auch am Tag des Anschlags auf die Wollman Rink dort waren. Um kurz vor vier, nachdem die meisten Kids, die nach der Schule dort sind, wieder aufgebrochen waren.«

»Hatten Sie irgendwas dabei?«

»Ich …«

»Finden Sie das heraus, und zwar sofort! Hatte einer

von den beiden einen langen Koffer, oder hatten beide Koffer, Reisetaschen oder Rucksäcke dabei? Jetzt, Peabody.«

»Wird sofort erledigt, Ma'am.«

Eve lief schnurstracks in ihr Büro, um nachzuschauen, wie weit die elektronischen Ermittler in der Zwischenzeit gekommen waren.

»Resultate auf den Bildschirm«, wies sie den Computer an.

Sie stemmte ihre Hände in die Hüften, weil es wieder einmal eine ganze Reihe Häuser gab, von denen aus der Times Square von den beiden vielleicht ins Visier genommen worden war. Vielleicht hielte ihr Glück vom letzten Mal ja an, und sie fänden auch diesmal schnell den Ort, von dem aus auf die Menschen auf dem Platz geschossen worden war.

»Sie hatte einen Rucksack«, meinte Peabody aus Richtung Tür. »Mehr nicht. Kein Koffer, keine Tasche und kein anderes Gepäck. Nur dieser eine Rucksack. Auch die Zeugen, die sie gestern dort gesehen haben, haben kein Gepäck gesehen.«

»Dann sind sie also direkt nach dem Anschlag erst einmal in ihr Schlupfloch gegangen, haben die Waffe dort verstaut und sich danach ein gottverdammtes Eis gegönnt. Reservieren Sie einen Besprechungsraum für uns.«

»Wir haben noch immer Konferenzraum A. Den hat Whitney uns für die Dauer der Ermittlungen bereitgestellt.«

»Dann halten wir in fünf Minuten dort ein Briefing ab.«

»Sollen die elektronischen Ermittler auch dazukommen?«

»Auf jeden Fall.«

Eve schnappte sich die Dinge, die sie brauchte, lief in den Besprechungsraum, brachte die Tafel auf den neuesten Stand, rief die Karte, die die elektronischen Ermittler angefertigt hatten, auf dem Bildschirm auf und wies verschiedene Sektoren verschiedenen Beamten zu.

Sie drehte ihren Kopf und runzelte die Stirn, als Roarke den Raum betrat.

»Ich wusste nicht, dass du noch hier bist.«

»Bin ich ja auch nicht. Ich bin nämlich nicht *noch*, sondern *schon wieder* hier. Die elektronischen Ermittler kamen bestens ohne mich zurecht, deswegen war ich kurz in ein paar anderen Angelegenheiten unterwegs, doch jetzt bin ich zurück. Was kann ich für dich tun?«

»Ich brauche kei... Ruf bitte eine andere Karte auf dem anderen Bildschirm auf, in deren Mittelpunkt die Eisdiele *Divine* irgendwo in der East Side steht.«

»Die kennen wir ... das heißt, du kennst auf jeden Fall das wunderbare Eis, das es dort gibt.«

»Ich wüsste nicht, dass ich dort schon einmal war.«

»Weil wir das Zeug zuhause haben. Das ist einer der Vorzüge, wenn einem die Eisdiele gehört.«

»Heißt das, der Laden gehört dir?«

»Nicht ganz, weil er nämlich auf deinen Namen eingetragen ist.«

Sie wurde schreckensstarr und blinzelte ihn an. »Ich besitze eine Eisdiele?«

»Und zwar die beste in New York«, fügte er stolz hinzu und rief die Karte auf dem Bildschirm auf.

»Ich will nicht, dass das irgendwer erfährt.«

»Wie bitte? Was?«

»Vor allem nicht Peabody. Niemand darf je erfahren, dass mir eine Super-duper-Eisdiele gehört.«

»Dann können wir wohl die Pläne für das Lieutenant-Dallas-Eis vergessen, aber wie du willst.«

»Du willst ... das ist ein Witz. Ha ha. Warum hast du mir diesen Laden überschrie... oh nein, darüber reden wir ein andermal, weil ich mich jetzt auf meine Arbeit konzentrieren muss.«

»Dann sag mir nur noch eins. Was hat die Eisdiele mit eurem Fall zu tun?«

»Die Mackies gehen dort nach jedem Attentat zum Feiern hin.«

Bei diesen Worten wurde seine bisher amüsierte Miene ernst. »Sie bringen Menschen um und feiern dann mit einem Bananensplit?«

»Sieht ganz so aus.«

»Mit Monstern hattest du es während unserer gemeinsamen Zeit schon häufiger zu tun, aber so kaltblütig waren bisher die wenigsten. Vater und Tochter, die den Tod von Menschen feiern, während deren Familien vor Trauer und vor Schmerz vergehen.«

»Damit belohnt er sie. Er hat sie ausgebildet, und wenn sie die Arbeit gut macht, kauft er ihr dafür ein Eis. Ich suche immer noch nach ihrem Versteck. Bevor sie ins *Divine* gegangen sind, haben sie die Waffe noch versteckt, ich schätze also, dass man zu Fuß von ihrem Unterschlupf zu der Eisdiele kommt. Die Mutter hat erzählt, sie seien mit Willow auch schon ins *Divine* gegangen, als sie noch ein kleines Mädchen war.«

Während sie sprach, tauchten allmählich auch die anderen auf. »Warum nimmst du dir nicht noch Mackies

Konten vor? Er hat zwar seine Rente und das Geld der Versicherung, das er nach Susanns Tod bekommen hat, aber er musste schließlich auch die Miete für zwei Wohnungen, die Waffe und die falschen Ausweise bezahlen. Das ist ihm sicherlich nicht leichtgefallen, deswegen glaube ich, dass er die zweite Wohnung erst vor Kurzem angemietet hat und sie nicht allzu teuer ist.«

Inzwischen war auch Peabody erschienen und erklärte: »Shelby und Carmichael von der Trachtengruppe werden sicher noch ein bisschen brauchen, bis sie hier sind.«

»Kein Problem. Dann schalten wir sie einfach zu.«

»Genauso wie Chief Tibble«, fügte der Commander noch hinzu, als der durch die Tür trat.

»Das übernehme ich«, erbot sich Feeney und gab die entsprechenden Befehle in das Keyboard des Computers ein.

»Alle anderen konzentrieren sich jetzt auf Bildschirm eins und die markierten Häuser dort. Aus einem der Gebäude ist vielleicht der Anschlag auf den Times Square heute Nachmittag erfolgt. Die Karte ist in unterschiedliche Sektoren aufgeteilt, in denen sich jeweils zwei Beamte umsehen sollen«, meinte Eve.

»Beim ersten Anschlag haben die Attentäter ein Hotelzimmer benutzt und ganz normal dort eingecheckt. Vielleicht haben sie das diesmal auch gemacht. Klappern Sie die Hotels, die Wohnungen, die Büros, die Ateliers und Studios in den Sektoren ab. Das Programm hat die Wahrscheinlichkeit berechnet, mit der fünf Schüsse aus den einzelnen Gebäuden abgegeben worden sind, und die Etagen, die am ehesten in Frage kommen, rot markiert.«

»Sie nehmen sich trotzdem sämtliche Gebäude vor und sprechen dort mit Angestellten, Vorgesetzten, Streifenpolizisten, Bordsteinschwalben, Händlern, Dog Walkern, Bewohnern, Putzkolonnen. Sie haben den Ort nicht willkürlich gewählt, das heißt, dass einer von den beiden sich dort vorher schon umgesehen hat.«

Sie wandte sich dem zweiten Bildschirm zu.

»*Divine*.«

»Da gibt's das beste Schoko-Haselnuss-Marshmallow-Eis der Stadt«, bemerkte Jenkinson und schränkte achselzuckend ein: »Ich mein ja nur.«

»Es freut mich, wenn's Ihnen dort schmeckt. Das tut's auch der Verdächtigen, wobei sie eher auf Karamellsundaes zu stehen scheint. Wir haben nämlich herausgefunden, dass die beiden nach den Anschlägen immer in die Eisdiele gegangen sind.«

»Kalt«, murmelte Feeney. »Und ich meine damit nicht das Eis.«

»Willow Mackies Mutter Zoe Younger hat erklärt, dass Mackie regelmäßig zur Belohnung mit der Tochter ins *Divine* gegangen ist, und es sieht so aus, als ob er dieses Muster beibehalten hat. Der Anschlag auf die Eisbahn fand um 15.15 Uhr und der auf den Times Square um 13.20 Uhr statt. Die Aufnahme der Überwachungskamera der Eisdiele zeigt beide Mackies heute Nachmittag um 14.25 Uhr im *Divine*, Zeugen haben ausgesagt, dass sie am Tag des Anschlags auf die Wollman Rink um kurz vor vier dort waren. In beiden Fällen hatte Mackie kein Gepäck, und auch die Tochter hatte außer einem Rucksack nichts dabei.«

»Das heißt, sie haben die Waffen erst zurück in ihren

Unterschlupf gebracht und sich danach ihr Eis gegönnt«, schloss Baxter messerscharf.

»Beachten Sie das Timing. Nach dem Anschlag auf die Eisbahn haben sie innerhalb von einer halben Stunde das Hotel verlassen und die Eisdiele erreicht, während sie heute erst nach über einer Stunde dort waren. Sie brauchten also eine halbe Stunde länger für den Weg zu ihrem Versteck und weiter ins *Divine*.«

»Weil es vom Times Square in die East Side weiter ist«, setzte Santiago an. »Aber beide Male haben sie vorher noch die Waffe und das andere Gepäck verstaut. Waren sie vielleicht mit einem eigenen Wagen unterwegs?«

»Ich wüsste nicht, dass Mackie jemals einen eigenen Wagen hatte«, meinte Lowenbaum.

»In dem Hotel gibt's eine Tiefgarage für die Gäste«, fügte Eve hinzu. »Aber die Mackies haben dort nicht geparkt.«

»Wenn er keinen Wagen hat, der mindestens so sicher wie die Wagen meines Teams ist, würde er ganz sicher keine Waffe in dem Auto liegen lassen, ganz egal, ob es an der Straße oder irgendwo in einer Tiefgarage steht. Selbst wenn er also einen Wagen hätte, würde er die Waffe trotzdem irgendwo an einem sicheren Ort verstauen.«

»Vielleicht hat er sich einen Wagen zugelegt, weil er, wenn er hier fertig ist, mit seiner Tochter nach Alaska ziehen will, aber ich glaube auch nicht, dass ein Mann mit seiner Ausbildung einfach so eine Waffe irgendwo in einem Auto liegen lassen würde, um mit seiner Tochter Eis essen zu gehen.«

Noch einmal wies Eve auf den Wandbildschirm. »Von den markierten Häusern aus dauert es länger, bis man diese Eisdiele erreicht, doch nach dem ersten Anschlag waren sie schon eine halbe Stunde nach dem Tod des ersten Opfers dort.«

»Das heißt, dass ihr Versteck auch in der East Side ist«, bemerkte Jenkinson. »Wahrscheinlich so nah beim *Divine*, dass sie dorthin gelaufen sind. Sie haben *ihr* Versteck gesagt, dann geht es also um den Vater *und* die Tochter?«

»Ja, genau. Am besten konzentrieren wir uns erst einmal auf die Gegend zwischen Lex und Erster sowie Fünfundfünfzigster und Fünfzehnter. Damit läge die Eisdiele im Zentrum dieses Bereichs. Von dem Hotel, das in der Zweiten liegt, kämen Sie gut zu Fuß zu jedem Haus, das in dem Sektor liegt.«

»Da müssen wir aber an jede Menge Türen klopfen«, rechnete Carmichael nach.

»Deswegen werden auch die elektronischen Ermittler Häuser mit einer geringen Wahrscheinlichkeit eliminieren, während Sie alle auf der Suche nach dem Schlupfloch sind.«

»Die meisten uns bekannten, potenziellen Zielpersonen sind in Schutzhaft, am besten lesen alle die Berichte zu den heutigen Vernehmungen der Leute durch. Zusammenfassend kann ich sagen, dass bei dem Gespräch mit Willows Mutter Zoe Younger herauskam, dass das Mädchen psychopathische Tendenzen hat. Sie hat den Hund von ihrem kleinen Bruder umgebracht und ist auf ihren Stiefvater mit einem Messer losgegangen.«

»Genau wie auf den Bruder, Ma'am.« Der arme Trueheart wurde rot. »Entschuldigen Sie, dass ich Ihnen ins Wort falle.«

»Schon gut. Fahren Sie fort.«

»Der Kleine ist bei dem Gespräch zusammengeklappt.«

»Ich würde eher sagen, dass er sich geöffnet hat«, fiel Baxter seinerseits jetzt ihm ins Wort und wandte sich an Eve. »Er hatte das Gefühl, dass er bei Trueheart sicher ist. Dass er mit Trueheart reden kann und dass ihm Trueheart glaubt, was er erzählt.«

»Kann sein, vor allem aber wusste er, dass seine Schwester – oder Halbschwester – ihn auf der Wache nicht erreichen kann. Der Junge hat zuhause Todesängste ausgestanden, Ma'am. Er hat gesagt, die Schwester sei manchmal mitten in der Nacht in seinem Zimmer aufgetaucht und habe ihn geweckt oder nur dagesessen und ihn angestarrt. Einmal hat sie ihm sogar ein Messer an den Hals gehalten und gesagt, dass er es ja nicht wagen soll zu schreien.«

»Seinen Eltern hat er nie etwas davon erzählt?«

»Dafür hatte er zu viel Angst.« Trueheart atmete zischend aus. »Ich konnte sehen, dass er total verängstigt war, Lieutenant. Sie hat gesagt, wenn er den Mund aufmacht, würde er wie sein kleines Hündchen aus dem Fenster fliegen oder würde vielleicht eines Morgens in die Küche kommen, wo seine Mutter mit gebrochenem Genick oder sein Dad mit aufgeschlitzter Kehle liegt. Wenn die Polizei käme, würde ein kleiner Spielzeuglaster oder sonst ein Spielzeug von ihm in der Nähe auf dem Boden liegen, und dann würde er bis an sein Lebensende weggesperrt. Er ist ein Kind, Ma'am, deshalb hat er ihr alles geglaubt.«

»Zu Recht. Sie hat tatsächlich vor, sie alle umzubringen, wenn die Mission von ihrem alten Herrn beendet ist. Sie alle müssen aufhören, sie als Kind zu sehen. Sie hat inzwischen sieben Menschen umgebracht und wird erst aufhören zu töten, wenn sie hinter Gittern sitzt. Genauso hören Sie auf, in Mackie einen Cop zu sehen. Die beiden sind kaltblütige Killer, also finden Sie den Unterschlupf und sammeln Sie alles, was es an Beweisen gibt. Jetzt fahren Sie los und fangen Sie mit der Suche an.«

»Feeney, du versuchst, die Zahl der Häuser weitestgehend zu begrenzen.«

»Alles klar.« Er wandte sich an Roarke. »Sind Sie dabei?«

»Auf jeden Fall.«

»Dann kommen Sie rauf, wenn Sie hier fertig sind.« Feeney stand auf, schob seine Hände in die ausgebeulten Taschen seiner Jacke und erkundigte sich knapp: »Meint ihr, dass da noch etwas anderes ist?«

»Außer dass es sich bei ihnen um eiskalte Serienkiller handelt? Oh.« Jetzt schob auch Eve die Hände in die Taschen und erklärte: »Nein.«

»Okay, dann wollte er wahrscheinlich eine Wohnung mit zwei Schlafzimmern. Sie ist fast sechzehn, also teilen sie vielleicht für eine Nacht ein Zimmer im Hotel, aber auf Dauer hat wahrscheinlich jeder von ihnen ein eigenes Zimmer und sein eigenes Bett. Du hast gesagt, er wollte nach Alaska, das heißt, dass er bestimmt versucht zu sparen, weshalb er sicher keine allzu teure Wohnung angemietet hat. Das schränkt die Zahl schon einmal beträchtlich ein. McNab, Sie kommen mit und helfen mir.«

»Ich habe gerade nachgedacht.«

»Ach was.«

Mit einem schiefen Grinsen rieb McNab sein Ohrläppchen, an dem ein ganzer Wald von Silberringen hing.

»Der Mensch muss essen, stimmt's? Er ist allein mit seinem Kind, außerdem hocken sie die ganze Zeit zusammen und überlegen sich, wie sich ein Haufen Leute am geschicktesten aus dem Verkehr ziehen lässt. Da bleibt bestimmt kaum Zeit zum Kochen oder um den AutoChef mit etwas anderem zu bestücken als den grundlegendsten Dingen.«

»Das heißt, sie holen sich etwas oder sie lassen sich was kommen«, stimmte Eve ihm nickend zu. »Pizza, etwas vom Chinesen, Sandwichs oder so. Aus irgendwelchen Läden, die rund um die Uhr geöffnet haben, oder irgendwo von einem Schwebegrill.«

»Der Junge ist auch dann noch gut, wenn er mit seinem Magen denkt«, stellte sein Vorgesetzter anerkennend fest. »Auf jeden Fall beziehen wir das in unsere Überlegungen mit ein.«

»Was ist mit Officer Patroni, Lowenbaum?«

»Der wartet nebenan. Tun Sie mir einen Gefallen, Dallas, und ersparen ihm den Vernehmungsraum.«

Das wollte sie, wenn es um einen ihrer Leute ginge, ebenfalls. »Dann sprechen wir im Pausenraum. Zu dritt. Am besten reservieren Sie uns dort schon einmal einen Tisch.«

»Ich danke Ihnen.«

»Peabody, Sie hören nach, ob zwischenzeitlich alle Zivilisten, die wir schützen müssen, in Sicherheit sind. Dann fangen Sie mit der Suche nach der Nadel in der Jauchegrube oder sonst was an.«

»Im Heuhaufen.«

»Genau. Vergleichen Sie die bisher unbekannten Initialen mit allen Anwälten der Stadt und fangen Sie dabei mit denen an, die Werbung damit machen, dass sie Spezialisten für Personenschäden und fahrlässige Tötung sind.«

»Dann suche ich tatsächlich eine winzig kleine Nadel, die in einen riesengroßen Heuhaufen gefallen ist, aber okay.«

Als nur noch Eve und Roarke im Konferenzraum waren, stand auch Whitney auf. »Lieutenant, der Heimatschutz will wissen, wie es läuft.«

Sie richtete sich kerzengerade auf. »Sie wollen es nur wissen, oder wollen sie die Sache übernehmen, Sir?«

»Sie wollen es wissen und haben dabei unter Umständen im Hinterkopf, den Fall zu übernehmen.«

»Dies sind Mordermittlungen, Commander, und die fallen in mein Ressort.«

»Man könnte auch von Inlandsterrorismus sprechen, tatsächlich tun die Medien das auch.«

Sie tobte innerlich, weil die verdammte Politik ihr wieder einmal das Leben schwerzumachen drohte, aber ihre Stimme blieb vollkommen ruhig. »Möglich, Sir, doch die Indizien deuten darauf hin, dass es bei diesen Morden um bestimmte Zielpersonen geht, und zwar weder aus der Politik noch aus dem öffentlichen Leben. Die anderen Toten sollten einfach davon ablenken, um wen es unseren Tätern ging.«

»Wir können ja vielleicht trotzdem ein paar Quellen des Heimatschutzes nutzen, ohne dass er deshalb gleich die Führung übernimmt.«

»Bei allem gebotenen Respekt, Sir, aber wir haben einfach nicht die Zeit für derartige Spielchen. Falls ich jedoch zu der Überzeugung komme, dass uns diese Quellen wirklich etwas nützen oder dass wir selbst bei den Ermittlungen auf der Stelle treten, nehme ich die Hilfe vom Heimatschutz natürlich gerne an.«

»Einverstanden. Es ist Ihr Fall, Lieutenant, und Sie kriegen alle Überstunden, die aus Ihrer Sicht für die Ergreifung unserer Täter nötig sind. Wobei der Antrag bitte innerhalb von einer angemessenen Frist auf meinem Schreibtisch liegt.«

»Ja, Sir.«

»Schnappen Sie die beiden, Dallas. Setzen Sie sie fest.«

Als er den Raum verließ, presste sich Eve die Finger vor die Augen und stieß knurrend aus: »Verfluchter Heimatschutz. Verfluchte Anträge. Verflucht noch mal.«

»Hast du seit dem Frühstück etwas gegessen?«

»Meine Güte.«

Er zog einen Müsliriegel aus der Tasche und hielt ihn ihr hin. »Hier iss, damit nicht auch noch mein *verfluchtes Nörgeln* auf die Liste kommt.«

»Meinetwegen.« Wütend riss sie das Papier vom Riegel und schob sich noch immer schlecht gelaunt den ersten Bissen in den Mund. Zu ihrer Überraschung schmeckte er so gut, dass es tatsächlich keinen Grund für eine neuerliche Schimpftirade gab.

»Da du sicher keinen Kaffee aus dem Automaten trinken willst, holst du dir vielleicht eine Flasche Wasser, wenn du rübergehst. Ich fahre rauf zu Feeney, aber wenn du wieder losfährst, wüsste ich das gern.«

Er rahmte ihr Gesicht mit beiden Händen, gab ihr einen harten, festen Kuss und ließ sie stehen.

Seufzend aß sie den Rest des Müsliriegels, und tatsächlich hätte sie noch einen zweiten essen können, als sie wieder vor die Tafel trat.

Dann ging sie in den Pausenraum, wo Lowenbaum mit einem anderen Cop an einem der Tische saß.

Vince Patroni – Mitte vierzig, dunkles, kurzgeschnittenes Haar und kantiges Gesicht – saß grübelnd über einer Tasse widerlichen, aus dem Automaten stammenden Kaffees. Sie folgte Roarkes Empfehlung, holte für sich selber eine Flasche Wasser und war fast etwas enttäuscht, als sich der Automat nicht lange bitten ließ.

»Lieutenant Dallas, Officer Patroni«, stellte Lowenbaum die beiden einander vor.

»Lieutenant Lowenbaum sagt, Sie seien sich völlig sicher, dass Mac es war.«

»Das stimmt.«

»Zusammen mit seinem Kind.«

»Auch das ist richtig. Soll ich noch einmal kurz zusammenfassen, was bei den Ermittlungen bisher herausgekommen ist?«

»Nein.« Patroni fuhr sich mit der Hand durch das Gesicht. »Wir waren beide erst bei der Armee, wo wir zu Waffenspezialisten ausgebildet worden sind. Wir haben unsere Ausbildung zwar nicht zur selben Zeit gemacht, aber wir haben einige gemeinsame Bekannte aus der Zeit.«

»Das heißt, dass es eine Verbindung zwischen Ihnen gibt.«

»Genau. Außerdem habe ich einen zehnjährigen Sohn, von dessen Mutter ich geschieden bin wie Mac von Zoe, der Mutter von Will. Wir haben ab und zu zusammen etwas getrunken, uns ein Spiel zusammen angesehen oder waren gemeinsam auf dem Schießstand. Wenn er seine Tochter hatte, hat er die dann mitgebracht – ich meine, wenn er auf den Schießstand kam. Das Mädchen hatte echt Talent und ist eine echte Killerin auf …«

Er merkte selber, wie das klang. »Oh Gott.«

»Vergessen Sie's«, bat Eve. »Sie waren also regelmäßig mit ihm auf dem Schießstand.«

»Seit einem Jahr nicht mehr, aber davor. Ich hatte manchmal meinen Sohn dabei, aber den hat das eigentlich nicht interessiert. Er will mal Wissenschaftler werden, außerdem kamen unsere Kinder sowieso nicht wirklich miteinander klar.«

»Wegen des Altersunterschieds?«

»Nicht wirklich. Owen kommt mit allen gut aus, egal, wie alt die Leute sind, doch Willow hat er nicht gemocht. Er hat gesagt, er wollte nicht mehr mitkommen, wenn sie auch da ist. Er fand, dass sie seltsam guckt. Das hat mich wirklich überrascht, denn, wie gesagt, er kommt mit allen aus. Also habe ich zu ihm gesagt, man sollte Leute nicht danach beurteilen, was für ein Gesicht sie machen, aber er hat mir erklärt, sie sehe ihn und auch die anderen Leute wirklich komisch an. Sie habe einen echt gemeinen Blick. Er hat gesagt, wenn sie aufs Ziel schießt, würde sie sich vorstellen, dass das Menschen sind.«

»Er scheint ein wirklich kluges Kind zu sein.«

»Tja nun, das ist er. Er ist wirklich schlau. Wir haben ihn noch nicht auf Hochbegabung testen lassen, weil wir denken, dass er dafür noch zu jung ist, aber er ist wirklich aufgeweckt. Als er meinte, dass er Willow nicht mehr sehen will, habe ich ihn nicht mehr mitgenommen, wenn ich auf den Schießstand ging. Ich dachte, dass es daran liegt, dass Willow Mac nicht teilen will, Mac hat Owen wirklich gern. Verstehen Sie mich nicht falsch, er ist ganz wild auf Will, aber er hat sich eben immer einen Sohn gewünscht. Ich glaube, dass er Will deswegen eher als Jungen sieht. Aber sie ist schließlich auch nicht besonders mädchenhaft, nicht wahr?«

»Er hat noch einmal geheiratet.«

»Oh ja, und Susann war die Liebe seines Lebens, das steht fest. Er hat gesagt, auch Will würde sie lieben.«

»Wann?«

»Tja, nun ...« Patroni rutschte unruhig auf dem Stuhl und starrte wieder stirnrunzelnd in seinen Kaffee. »Für mich sah es so aus, als käme Willow gut mit Susann klar. Nach allem, was ich mitbekommen habe, hat Susann sich niemals zwischen Vater und Tochter gedrängt und sie sogar ermuntert, öfter einmal etwas allein zu unternehmen. Mac war deutlich lockerer und glücklicher, nachdem er ihr begegnet war. Er war völlig aus dem Häuschen, als sie dann auch noch mit einem Jungen schwanger war. Nach ihrem Tod ist er ... zerbrochen. Er hat angefangen zu saufen und niemanden mehr an sich herangelassen außer Will. Ich habe ein paar Zechtouren durch verschiedene Bars mit ihm gemacht, aber dann fing er an, daheim zu trinken, und hat völlig dichtgemacht.«

»Sie haben mir sein Verhalten nie gemeldet«, stellte Lowenbaum mit vorwurfsvoller Stimme fest.

Patroni blickte auf und sah ihm ins Gesicht. »Weil ihm der Zwangsurlaub, zu dem Sie ihn verdonnert haben, nicht geholfen hat. Was hätte es da nützen sollen, ihn zu melden, weil er während seines Urlaubs zu viel trinkt? Vor allem konnte ich mir sowieso nicht vorstellen, dass er noch mal zurückkommt. Er hätte es nicht mehr gepackt, das wussten Sie genauso gut wie ich. Er hat sich vorher zwar zusammengerissen und versucht, sich nichts von seinem Elend anmerken zu lassen, aber trotzdem wussten wir Bescheid. Sie haben ihn in den Innendienst versetzt, weil Sie es wussten, aus unserem Team war niemand überrascht, als er nach seinem Urlaub in Pension gegangen ist. Wobei ich glaube, dass er auch noch andere Probleme hatte als den Alkohol.«

Das hatte seine Ex-Frau auch gesagt, erinnerte sich Eve und fragte trotzdem nur: »Ach ja?«

»Ich war nach seiner Pensionierung noch ein paarmal bei ihm, er sah krank aus, hatte furchtbar abgenommen, seine Hände haben gezittert, und die Augen ... Selbst im frühen Stadium und auch wenn man erst einmal nur ganz wenig davon nimmt, ist es den Augen schon anzusehen.«

»Sie denken, dass er Funk genommen hat.«

»Verdammt, Patroni, warum haben Sie mir das nicht gesagt?«

»Er war schon pensioniert. Sie waren nicht mehr sein Vorgesetzter, und ich hatte keinerlei Beweis. Ich war mir sicher, doch beweisen konnte ich es nicht. Als ich später noch ein paarmal zu ihm gegangen bin, war immer Willow da und hat gesagt, er würde schlafen oder hätte irgendwas zu tun, aber es würde ihm allmählich wieder besser gehen, und vor allem hätte sie ihn dazu überredet, dass er mit ihr nach Montana fährt.«

»Sie hat ihn dazu überredet?«

»Sie hat mir erzählt, sie würden campen und die frische Luft und die veränderte Umgebung wären genau das Richtige für ihn. Sie hatte alles ganz genau geplant. Tatsächlich hatte er sie vorher auch schon öfter einmal mitgenommen, wenn er in Montana, Kanada oder Alaska war.«

»Wann haben Sie ihn zum letzten Mal gesehen?«

»Das ist schon eine ganze Weile her, vielleicht vor drei, vier Monaten. Er hat mir ziemlich deutlich zu verstehen gegeben, dass ich nicht mehr einfach so vorbeikommen soll, und wegen seines Alkoholproblems konnte ich nicht gut sagen: ›He, lass uns zusammen einen trinken gehen.‹ Ich habe noch ein paarmal angerufen und gefragt, ob wir zusammen ein Spiel anschauen oder auf den Schießstand gehen sollen, aber er hat immer nein gesagt und mir erklärt, er hätte schon etwas anderes mit seiner Tochter vor. Oder sie kam selbst ans Telefon und hat gesagt, dass er beschäftigt wäre und sich bei mir melden würde, doch das hat er nie getan.«

»Hat er Ihnen gegenüber je davon gesprochen, Susanns Tod rächen zu wollen?«

»Ganz bestimmt nicht auf die Art, dass er deswegen einen Haufen Leute abknallen will. Er ist mein Freund, Lieutenant, aber ich bin auch Polizist und kenne meine Pflicht. Wenn er ernsthafte Drohungen ausgestoßen oder ich vermutet hätte, dass ...«

»Das ist mir klar.«

»Okay.« Er glitt mit einer Hand über sein kurzes Haar. »Als er noch mit mir gesprochen hat, hat er, wenn er betrunken war, davon geredet, dass jemand für ihren Tod bezahlen muss. Ich glaube, dass er deshalb sogar irgendwann bei einem Anwalt war.«

»Bei welchem Anwalt?«

»Das hat er mir nie erzählt. Aber er hat davon gesprochen, einen zu engagieren. Er hat gesagt, dass seine Frau und sein Sohn ermordet worden sind und er sich fragt, wo die Gerechtigkeit bei dieser Sache bleibt. Er habe diesem Land und dieser Stadt jahrzehntelang gedient, und jetzt würde sich kein Schwein dafür interessieren, dass seine Frau und sein Kind ermordet worden sind. Ich habe es jedes Mal geschafft, ihn zu beruhigen. Verdammt, ich habe selber die Berichte über den Unfall durchgekämmt und mir sogar noch einmal Russo und die Zeugen vorgeknöpft. Es war ein Unfall – eine furchtbare Tragödie –, aber eben ein Unfall. Als er einmal nüchtern war, habe ich ihm das auch gesagt, nur hatte er danach anscheinend kein Interesse mehr an einem Gespräch mit mir.«

»Wissen Sie, wann er umgezogen ist?«

»Ich weiß gar nicht, dass er umgezogen ist, aber nachdem er mich zurückgewiesen und mich Willow immer wieder einfach abgefertigt hatte, dachte ich, dass er ein neues Leben anfangen will. Er wollte keinerlei Kontakt mehr zu mir und anderen Leuten haben, die ihn an den Verlust erinnerten.«

»Hat er je davon gesprochen, von hier wegzugehen?«

»Ja, sicher. Er hat dieses Faible für Alaska, und er hat davon gesprochen, dorthin umzuziehen, wenn Willow achtzehn ist. Aber das war, bevor er mit Susann zusammenkam. Danach hat er von einer kleinen Farm geträumt. Es war immer schon sein Traum, aufs Land zu ziehen.«

»Um einen Umzug innerhalb der Stadt ging's also nie? Schließlich war er neu verheiratet, und außerdem war ein Baby unterwegs.«

»Das stimmt.« Patroni schloss die Augen und durchforstete seine Erinnerungen. »Genau, sie haben gespart. Oh ja, jetzt fällt's mir wieder ein. Susann wollte nach der Geburt des Kindes mit der Arbeit aufhören. Vielleicht sogar schon vorher, um sich irgendwo ein Nest zu bauen. Aber er hat gesagt, sie bräuchten erst einmal noch das Geld, das sie verdient, um dann in eine größere Wohnung umzuziehen. Sie haben sich ein paar Häuser angesehen, lauter alte Kästen, die er hätte renovieren müssen, denn für etwas anderes hat ihnen das Geld gefehlt. In der East Side, damit Willow nicht die Schule wechseln müsste. Außerdem hat er gesagt, er wolle sie ganz zu sich nehmen. Vielleicht in der Dritten oder in der Lex. Ich glaube, südlich der Zwanzigsten. Einer von diesen alten Kästen, die man nach den Innerstädtischen Revolten hochgezogen hat. Sie wollten etwas, von wo aus sie mit ihrem Baby in den Park oder zum Spielplatz hätten laufen können. Nach so was haben sie gesucht.«

»Wollten sie kaufen oder mieten?«

»Kaufen oder mieten mit einer Option auf einen späteren Kauf. Das geht bei diesen Kästen, wenigstens hat er mir das erzählt. Ich dachte, klar, weil diese Fertighäuser sowieso zusammenfallen, wenn nicht jemand jede Menge Geld und Arbeit investiert. Ich habe selbst einmal in einem solchen Ding gelebt – in der Lower West –, als ich noch jünger war. Ich schwöre Ihnen, diese Häuser schwanken, wenn der Wind mal etwas stärker als gewöhnlich bläst. Aber ja, nach so etwas haben sie gesucht. Eine Investition, um es dann weiterzuverkaufen, wenn er irgendwann in Rente gehen und aufs Land ziehen könnte. Das war ein Hirngespinst, aber ich dachte, dass man so was eben manchmal braucht.«

»Hat er sonst noch irgendetwas gesagt oder sonst jemandem Vorwürfe gemacht? Sagen Ihnen die Initialen JR und MJ etwas? JR, MJ. Die beiden Initialen stehen auf seiner Liste, bisher haben wir keine Ahnung, wer das ist.«

»Nachdem ich den Bericht gelesen und ihm deutlich zu verstehen gegeben hatte, dass es tatsächlich ein ganz normaler Unfall war, hat er bei diesem Thema immer dichtgemacht. Mir fällt beim besten Willen niemand ... Augenblick, MJ? Das kann doch wohl nicht sein.«

»Wer ist das?«

»Vielleicht Marian. Marian Jacoby. Sie ist seit ein paar Jahren geschieden und hat einen Sohn, der auf dieselbe Schule geht wie Will. Wir kennen uns über Susann und waren ein paarmal miteinander aus, doch mehr als eine lose Freundschaft wurde nie daraus. Sie ist bei der Kriminaltechnik.«

»Moment.« Eve kontaktierte eilig ihre Partnerin. »Marian Jacoby, KTU. Finden Sie sie und holen Sie sie aufs Revier. Es könnte sein, dass sie auf Mackies Liste steht.«

»Ich wüsste wirklich nicht, warum er es auf sie abgesehen haben sollte«, fing Patroni an.

»Vielleicht wollte sie ihm nach dem Unfall helfen und sich in ihrer Freizeit noch einmal die Berichte und Beweise zu dem Unfall ansehen, vielleicht hat ihm das Ergebnis ihrer Überprüfung nicht gepasst.«

12

Eve eilte zu den elektronischen Ermittlern und rief noch vom Gleitband aus Berenski an.

»Marian Jacoby. Sagen Sie mir, wo sie ist.«

»He, ich mache extra Überstunden wegen Ihres Falls. Woher zum Teufel soll ich ...«

»Ist sie im Labor?«

»Noch mal, woher zum Teufel soll ich ...«

»Finden Sie es heraus. Sofort.«

»Meine Güte, sie hat heute Spätschicht, also müsste sie im Haus sein, aber falls sie irgendwo an einem Tatort ist ...«

»Ich brauche sie, und zwar sofort!«

Er runzelte nicht nur die Stirn, sondern das ganze längliche Gesicht, während er auf seinem Rollhocker zum anderen Ende des langen Arbeitstisches fuhr. »Ja, ja, ist sie im Haus. Was zur Hölle ...«

»Schwingen Sie Ihren Hintern und bringen Sie die Frau an einen Ort, an dem sie sicher ist. Ich schicke zwei Kollegen rüber, um sie abzuholen.«

»Sie bilden sich doch wohl nicht ein, Sie können hier einfach hereinschneien, um einen meiner Leute festzunehmen.«

»Vielleicht ist sie eine der Zielpersonen unserer Täter. Sie kennt Mackie, vielleicht hat er es auf sie abgesehen. Bringen Sie sie in Sicherheit, bis meine Leute da sind.«

»Wird sofort erledigt.« Jetzt verzog er grimmig das Gesicht und sprang entschlossen auf. »Niemand bringt einfach einen meiner Leute um.«

Er legte auf, und Eve marschierte am quirligen, lauten Büro der Elektroniknerds vorbei direkt in deren mit Glaswänden versehenes Labor.

»Marian Jacoby – sie ist eine potenzielle Zielperson und wird jetzt in Sicherheit gebracht. Das heißt, dass uns nur noch ein Unbekannter fehlt. Stadthäuser und Apartments in der East Side, unterhalb der Zwanzigsten – einer der Kästen, die man nach den Innerstädtischen Revolten hochgezogen hat. Wahrscheinlich in der Dritten oder vielleicht in der Lex.«

Sofort fing Feeney mit der Suche an.

»Finanzen«, sagte sie zu Roarke. »Sie haben für ein Haus gespart.«

»Am achtzehnten September hat Mackie sein Konto praktisch leergeräumt, und letzte Woche hat man ihm seine Pensionsansprüche ausbezahlt. Er hatte eine Lebensversicherung auf seine Frau über 250000 Dollar abgeschlossen, wobei der Betrag sich durch den Unfalltod verdoppelt hat. Vorher hatte er an die 200000 angespart. Zusammen mit dem Geld aus der Pensionskasse reicht das auf jeden Fall für eine Anzahlung, aber so dämlich kann er nicht sein.«

»Vielleicht kann er ja nicht mehr richtig denken, aber sicher hast du recht, und er hat einfach etwas gemietet. Doch selbst wenn er nicht mehr klar denken kann, kann seine Tochter das auf jeden Fall, wenn auch auf die ihr eigene verdrehte Art. Du hast bisher noch nicht herausgefunden, wo die ganze Kohle abgeblieben ist?«

»Die Suche läuft.«

»Ein paar Gebäude in der Gegend fallen schon raus.« Feeney wies auf einen Bildschirm, auf dem deutlich weniger Gebäude als zuvor zu sehen waren. »Jetzt konzentrieren wir uns auf die Fertighäuser, die man nach den Innerstädtischen Revolten dort errichtet hat, dadurch reduziert sich die Zahl der möglichen Gebäude sicher noch einmal.«

Nickend nahm sie einen Anruf von Berenski an.

»Ich habe sie in meinem Büro, aber sie hat totalen Schiss.«

»Geben Sie sie mir. Jacoby.«

»Lieu..., Lieu..., Lieutenant, ich ...«

»Reißen Sie sich zusammen. Sie sind in Sicherheit, und so wird es auch bleiben«, sagte Eve ihr zu. »Sie kannten Susann Mackie und auch deren Mann.«

»Lieutenant, bitte, mein Sohn. Mein Junge ist allein zuhause. Außer ihm ist nur die Hauswirtschaftsdroidin da. Mein Junge ...«

»Keine Angst, wir kümmern uns um ihn. McNab, die Leute, die sie abholen sollen, fahren erst bei ihrem Haus vorbei. Jacoby, nach unserem Gespräch rufen Sie Ihren Jungen an und sagen ihm, dass die Polizei ihn abholen wird. Sagen Sie ihm auch, dass er sich erst die Dienstmarken der beiden Beamten zeigen lassen soll.«

»Das weiß er schon. Er würde nie ...«

»Sehr gut. Sie kennen Reginald Mackie.«

»Ja, mein Sohn und seine Tochter gehen in dieselbe Schule, und ich kannte seine Frau Susann. Ich ...«

»Hat er Sie nach Susanns Tod gebeten, sich die Unfallakte und Beweismittel noch einmal anzusehen?«

»Er war total verzweifelt. Er ...«

Bevor Eve die Gelegenheit bekam, der Frau ins Wort zu fallen, herrschte der Sturschädel sie an: »Ja oder nein, Jacoby. Niemand wird Sie deshalb an den Pranger stellen. Antworten Sie ehrlich und vor allem schnell.«

»Ja gut, er kam zu mir und hat gefragt, ob ich mir die Beweise nicht noch einmal ansehen könnte. Das habe ich gemacht, natürlich außerhalb der Arbeitszeit. Ich musste ihm am Ende sagen, dass es ein normaler Unfall war. Wenn jemand schuld war, dann Susann selbst, aber das habe ich ihm nicht gesagt. Er war furchtbar wütend, er hat mir vorgeworfen, dass ich irgendetwas vertuschen wolle. Dafür hat er sich zwar bei mir entschuldigt, aber das war eindeutig nicht ernst gemeint. Danach habe ich ihn nicht noch einmal gesehen oder gehört.«

»Okay. Sie selber und Ihr Kind sind jetzt in Sicherheit. McNab, wie heißen die Beamten, die ihn abholen?«

»Task und Newman. Sie sind ungefähr in zwei Minuten dort.«

»Danke. Vielen Dank.«

»Rufen Sie Ihr Kind mit Ihrem eigenen Handy an«, übernahm Berenski wieder die Regie. »Dann weiß der Junge, dass der Anruf tatsächlich von Ihnen kommt. Und Sie, Dallas, sehen zu, dass Sie diesen verrückten Hurensohn erwischen, bevor irgendwer aus meinem Haus zu Schaden kommt. Verdammt, am Ende nimmt er noch mich selber ins Visier.«

»Genau das haben wir vor.« Sie legte auf und raufte sich das Haar.

Jacoby hatte Spätschicht, dachte sie. Wenn Berenski selber immer noch im Haus war, legte er anscheinend wirklich Überstunden ein. Sie nahm sich vor, es ihm beim nächsten Mal ein wenig nachzusehen, dass er ein sturer Hammel war.

»Ich suche nach den möglichen Gebäuden in der Zweiten«, meinte Feeney.

»Und ich schließe weitere Häuser in der Lexington Avenue aus«, fügte McNab hinzu.

»Schickt mir die Daten rüber.« Roarke gab gleichzeitig Befehle in die Keyboards zweier verschiedener Computer ein. »Dann füge ich sie in die Suche nach dem Konto und dem Namen, den er vielleicht dafür benutzt hat, ein.«

Als abermals ihr Handy schrillte, kehrte Eve den anderen den Rücken zu.

»Jacoby wird jetzt in ein sicheres Haus gebracht, die Beamten holen gerade ihren Sohn ab«, erklärte Peabody. »Bisher hat niemand eine Wohnung oder so entdeckt, aus der die Schüsse auf den Times Square abgegeben worden sind.«

»Machen Sie mir einen Termin mit Mira.«

»Jetzt? Es ist inzwischen kurz vor acht, da kann ich mir nicht vorstellen, dass sie noch in ihrer Praxis ist. Heißt das, dass ich bei ihr daheim anrufen soll?«

»Oh nein, so eilig ist es nicht.« Sie hatte schließlich schon ein ziemlich gutes Bild der Dynamik ihres Täterpaars. »Jeder, der noch keine Pause hatte, um etwas zu essen, nimmt sich eine halbe Stunde frei. Die Suche nach der Wohnung wird jetzt noch zwei Stunden fortgesetzt, morgen früh halb acht findet das nächste Briefing statt. Bis dahin gilt für alle Rufbereitschaft.«

»Okay. Sind Sie noch bei den elektronischen Ermittlern? Kann ich selbst dort auch noch etwas tun?«

»Ich kann dich immer brauchen«, flötete McNab.

»Wie lieb.«

»Hören Sie auf.« Eve stapfte vor den Bildschirmen auf und ab. »Wir haben noch immer eine unbekannte Zielperson.«

»Ich konnte schon ein halbes Dutzend Anwälte mit den Initialen von der Liste streichen, aber bei den Tausenden von Rechtsverdrehern in der Stadt ist das natürlich nur ein Tropfen auf den heißen Stein. Dazu kommen noch die Mitarbeiterinnen und Mitarbeiter der Kanzleien, die Rechtsanwälte, denen die Lizenz entzogen wurde, die, die gerade zugelassen worden sind und …«

»Graben Sie weiter. Machen Sie, wenn's sein muss, eine gottverdammte Pause, aber danach fahren Sie fort.«

Sie lief noch immer auf und ab.

»Ich habe drei Gebäude in der Zweiten und der Dritten zwischen Einundzwanzigster und Fünfzehnter, dazu noch zwei in der Dritten, Höhe Achtzehnter.«

Eilig trat sie neben Feeney und sah sich die Häuser an.

»Zwei in der Lex, zwischen der Neunzehnten und Vierzehnten«, meinte McNab, »je eins in der Zwanzigsten und Sechzehnten, zwischen der Dritten und der Lex.«

»Bei Feeney sind's zwei Wohnungen, zwei Stadthäuser, ein Loft.«

»Bei mir zwei Wohnungen und zwei Häuser.«

»Zeigt mir erst die Häuser, denn dort ist man ungestörter und kann die Wohnung sichern, wie man will. Wie heißen die Käufer oder Mieter?«

Eve runzelte die Stirn, als sie die ersten Passbilder auf Feeneys und auf Ians Bildschirm sah. »Das ist nicht Mackie. Weiter.«

»Alles klar.« McNab hob seine Limodose an den Mund. »Dann gehen wir weiter Richtung Süden, östlich der Zweiten.«

»Einen Augenblick. Das Stadthaus in der Dritten. Zeigt mir das noch einmal. Gabe Willowby«, murmelte Eve. »Willow, Willowby. Younger hat erzählt, der Sohn von Susann hätte Gabriel heißen sollen.«

Die Augen über Feeneys Tränensäcken fingen an zu leuchten. »Volltreffer.«

»Auf jeden Fall. Das ist nicht Mackies Passbild, aber seht euch mal die Daten an. Größe, Alter, Augenfarbe – alles passt.«

»An einen falschen Pass kommt man problemlos heran«, bemerkte Roarke. »Mit einem falschen Namen und dem eigenen oder einem ähnlichen Gesicht.« Er lächelte. »Zumindest habe ich das einmal irgendwo gehört.«

»Das glaube ich dir. McNab, Sie überprüfen diesen Willowby.« Noch einmal zerrte Eve ihr Handy aus der Tasche und pfiff Peabody zurück. »Aus Ihren Pausen wird leider nichts. Bestellen Sie alle für ein weiteres Briefing aufs Revier. Wir haben einen Durchbruch. Schickt mir alles, was ihr findet«, bat sie die drei Männer »Dann kommt, so schnell es geht, in den Besprechungsraum.«

Sie wünschte sich, sie hatte Whitneys Ausweis, um den Lift dazu zu bringen, direkt in das gewünschte Stockwerk durchzufahren, als sie stattdessen abermals das Gleitband nahm. Dann rief sie ihren Boss zuhause an und kontaktierte Lowenbaum, der noch nicht heimgefahren war.

Peabody musste rennen, um sie einzuholen, als sie vom Gleitband sprang und Richtung Konferenzraum lief.

»Was für einen Durchbruch?«, keuchte sie.

»Wir haben einen Gabe Willowby mit einer Adresse in der Dritten. Auf dem Foto ist nicht Mackie, aber Größe, Alter, Augenfarbe stimmen überein.«

»Willowby. Der Name – diesen Namen habe ich schon einmal irgendwo gesehen.« Peabody zerrte ihren Handcomputer aus der Tasche und gab etwas darin ein. »Ich muss nur kurz – genau, das war's. Gabriel Willowby und sein Sohn Colt sind im November nach New Mexico geflogen.«

»Colt? Das ist der Name eines Waffenherstellers. Dann gibt sie sich also als Junge aus. Zeigen Sie mir den Ausweis von Colt Willowby.«

»Das ist sie nicht«, bemerkte Peabody, als sie das Foto sah. »Aber ...«

»Die Haar- und Augenfarbe kann man ganz problemlos ändern, aber dieser Junge könnte fast ihr Zwillingsbruder sein. Gewicht und Größe stimmen auf alle Fälle überein. Überprüfen Sie den Ausweis, aber nehmen Sie dafür Ihren Handcomputer, denn ich brauche den Computer selbst.«

»Was haben Sie vor?«

»Ich gebe dieses Bild in die Gesichtserkennung ein, vielleicht kommt dabei ja etwas heraus.«

Während der Computer seine Arbeit machte, sah Eve sich die Bilder an der Tafel an. »Bestimmt hat er verschiedene Ausweise für sich und für das Kind. Er hat sich die Pension auszahlen lassen und das Geld aus der Versicherung von seiner Frau. Er könnte sich also durchaus gefälschte Pässe leisten, nach zwanzig Jahren bei Armee und Polizei weiß er wahrscheinlich selber, wie man Pässe fälscht.«

»Wahrscheinlich könnte das die Tochter eher«, warf Peabody mit einem gleichmütigen Achselzucken ein. »Die jungen Leute kommen viel besser mit der ganzen Technik klar, und Teenager sind immer wild auf falsche Ausweise, mit denen man in Clubs und Kneipen kommt. Sie sind vielleicht nicht wirklich gut, aber für einen flüchtigen Betrachter reichen sie, wie diese Pässe hier, auf alle Fälle aus.«

»So oder so haben sie garantiert auch noch andere falsche Ausweise. Mit diesen haben sie die Wohnung angemietet und waren in New Mexico. Für andere Reisen haben sie wahrscheinlich andere Ausweise benutzt, falls er all sein Geld auf einem Konto hat, hat er das sicher auch nicht unter seinem eigenen Namen angelegt. Dazu kommen noch Kreditkarten auf andere Namen, und wahrscheinlich hat er die Strom- und Telefonrechnungen unter irgendeinem Aliasnamen bezahlt.«

Sie wirbelte herum, als der Computer das Signal für einen Treffer gab. »Das ist auf alle Fälle das Gesicht. In Wahrheit ist Colt Willowby ein Silas Jackson, sechzehn Jahre alt, aus Louisville, Kentucky. Habe ich es doch gewusst. Vergessen Sie die Überprüfung, denn wir haben sie. Das heißt, machen Sie weiter, denn je mehr Beweise wir zusammentragen, umso besser, aber nutzen Sie jetzt den Computer und besorgen mir alles, was es über das Gebäude in der Dritten herauszufinden gibt.«

»Ich habe etwas für dich«, erklärte Roarke, als er den Raum betrat. »Ich habe es dir schon geschickt.«

»Praktisch. Peabody, bringen Sie die Infos auf den Wandbildschirm.«

»Ich habe Willowby in die Gesichtserkennung eingegeben. In Wahrheit heißt er Dwayne Mathias, dreiundfünfzig Jahre alt, aus Bangor, Maine«, erläuterte Eves Mann.

»Du denkst inzwischen wie ein Cop.«

»Es ist nicht nett, dass du so etwas sagst, vor allem nicht, nachdem es gleich auf mein Betreiben Pizza für uns alle gibt«, bemerkte er und schnipste leicht gegen das Grübchen in der Mitte ihres Kinns.

»Pizza!«

Peabody vollführte einen Freudentanz, und Eve bedachte sie mit einem bösen Seitenblick.

»Wir hatten alle keine Pause«, stellte Peabody zutreffend fest. »Für mich gab es zum Abendessen einen Joghurtriegel und sonst nichts.«

»Und man macht eher Fehler, wenn einem der Magen knurrt«, schloss Roarke sich ihrer Meinung an.

»Ich dachte, dass man, wenn man Hunger schiebt, umso gewiefter und gemeiner wird. So geht's zumindest mir.« Eve starrte auf den Grundriss auf dem Wandbildschirm. »Aber ich schätze, Pizza ist okay.«

Roarke dachte wirklich wie ein Cop, erkannte sie, und hatte schneller etwas herausgefunden als sie selbst. Wenn er obendrein noch Pizza springen ließ, könnte sie sich ganz sicher nicht beschweren.

»Doppelhaushälfte, drei Etagen«, fing sie an. »Toiletten nur im Erdgeschoss und ersten Stock. Ich schätze also, dass die unterste Etage sauber ist, denn wenn sie etwas zu essen kommen lassen, soll niemand die Waffen und die Pläne sehen. Dann kommen die Schlafzimmer im ersten Stock, und in der obersten Etage lagern sie die Ausrüstung und halten ihre Strategiebesprechungen ab. Es gibt dort eine Feuerleiter und wahrscheinlich einen Dachzugang. Das dritte Schlafzimmer im ersten Stock benutzen sie wahrscheinlich auch zum Arbeiten. Die U-Bahn ist bequem zu Fuß erreichbar. Wenn sie verschwinden müssen, bietet sie sich dafür an. Auch Busse halten dort. Das ist ein wirklich gutes Hauptquartier.«

»Dem man das Alter und die schlechte Bauart ansieht«, fügte Roarke hinzu. »Er hat das Haus mit der Option gemietet, dass er es in ein paar Jahren kaufen kann. Da der Preis gut fünfzigtausend über dem tatsächlichen Verkaufswert liegt, hat er offenbar von längeren Verhandlungen abgesehen.«

»Weil er es gar nicht kaufen will.«

»So sieht es aus. Aber die Miete ist sehr niedrig.«

Jetzt kam auch Lowenbaum und schaute sich die Bilder und die Daten auf den Wandbildschirmen an. »Sie haben ihn.«

»Sieht ganz so aus.«

»Dann sollten wir uns an die Arbeit machen.«

Wenige Minuten vor der Pizza tauchten auch die anderen auf, und Eve ließ zu, dass sie sich erst einmal begeistert auf das Essen stürzten, weil sie ihre Arbeit wirklich besser machen würden, wenn sie nicht mehr hungrig wären.

Während sie am Essen waren, brachte Eve die Cops auf den neuesten Stand.

»McNab, was hat die Überprüfung des Hauses erbracht?«

Er kaute noch an seinem dick belegten Pizzastück, dann aber schluckte er und erstattete Bericht. »Der Ausweis war nicht schlecht. Er hat der ersten und der zweiten Überprüfung standgehalten, aber dann war es vorbei. Wobei im Grunde niemand einen Ausweis so genau wie ich jetzt eben kontrolliert, das macht sogar die Polizei normalerweise nur, wenn es um Schwerverbrechen geht.«

»So war es bei dem Ausweis des Mädchens auch«, erklärte Peabody. »Genauso bei dem, den er beim Einchecken in dem Hotel verwendet hat.«

»Dann gehen sie also immer nach demselben Muster vor. Peabody, wir brauchen die Erlaubnis zur Durchsuchung dieses Hauses, wir gehen dort genauso wie schon bei der anderen Wohnung vor. Lowenbaum und seine Leute stehen bereit, und unsere Elektronikleute fahren vor und überprüfen, ob die beiden im Gebäude sind. Im Haus schräg gegenüber ist ein Künstleratelier, am besten geben sich McNab und Callendar in diesem Fall also als Maler oder sonst was aus.«

»Lowenbaum.«

Er wies mit einem Laserpointer auf die Stellen, an denen seine Leute Position beziehen würden, und erklärte Eve: »Patroni ist auf jeden Fall dabei. Er hat mich ausdrücklich darum gebeten, er ist einer meiner besten Leute, und ich weiß, dass er das hinbekommt.«

»Okay, dann los. Peabody, wir fahren mit den Elektronikleuten mit.«

Sie rückten dieses Mal nach einem langen Tag der Jagd im Dunkeln an. Auf ihrer Fahrt quer durch die Stadt ging Eve noch einmal alle Schritte durch und bezog, wie sie hoffte, alle Möglichkeiten ein.

»Er wird die Tochter schützen wollen«, bemerkte Roarke, doch sie schüttelte den Kopf.

»Er hat in der Beziehung nicht das Sagen, obwohl er das glaubt. Sie spielt vielleicht die Schülerin, den Lehrling, aber sie ist längst die Chefin, ich denke, dass sie das bereits seit einer ganzen Weile ist.«

»Glaubst du, sie sind bereit zu sterben, um die Sache durchzuziehen?«

»Sie will nicht sterben, aber sie will töten, der Alte ist auf einer völlig irren Mission und wäre sicherlich bereit, für die Erreichung seiner Ziele in den Tod zu gehen. Aber sie will danach nicht aufhören. Sie will weitertöten, wir müssen sie erwischen, weil sie nicht die letzte Zielperson, die jetzt noch draußen rumläuft, abknallen und sich danach einfach auf die Lauer legen darf. Sie ist noch jung, hat Geld und falsche Ausweise. Wie lange können wir all die Leute schützen, auf die sie es abgesehen hat? Die Zeit ist auf ihrer Seite, also nehmen wir sie hier und heute fest.«

Inzwischen hatten sie das Künstleratelier erreicht, und Ian drückte Peabody die Hand, bevor er hinter der Kollegin aus dem Wagen stieg.

Tatsächlich sahen er und Callendar, als sie, dem kalten Januarabend angemessen, eilig durch die Gegend liefen, in den bunten Jacken und den noch grelleren Airboots nicht einmal annähernd aus wie Cops, fand Eve.

Dann machten Feeney und ihr Mann sich an die Arbeit, und sie rief bei ihren Teams, bei Lowenbaum und dessen Leuten an.

»Er hat die Barrikaden hochgefahren«, stellte Feeney fest.

»Was soll das heißen?«

»Schilde an den Türen und den Fenstern, Stunnerdeflektoren und der ganze Kram. Er hat viel Arbeit und wahrscheinlich noch mehr Kohle in die Sicherung des Hauses investiert.«

»Kommen wir trotzdem rein?«

»Mit einem normalen Stunner oder Laser sicher nicht. Er hat auch ein paar Störsender dort installiert, aber Moment ...«

»Das hier wird seine letzte Schlacht«, murmelte sie. »Er hat gedacht, er hätte noch genügend Zeit, um die Mission erfolgreich zu beenden und mit seiner Tochter abzuhauen. Aber für den Fall, dass etwas schiefgeht, will er hier in dem Gebäude untergehen. Sind sie im Haus?«

»Moment noch«, knurrte jetzt auch Roarke, während der elektronische Ermittler mit McNab und dessen angeblicher Freundin sprach. »Das Haus ist eine Bruchbude, aber er hat's zu einer gottverdammten Festung ausgebaut. So, gleich haben wir's. Feeney?«

»Alles klar. McNab, haben Sie alles mitgekriegt?«

»Na klar, Captain. Die Leitung wackelt zwar und ... ja, jetzt haben wir's. Wir sehen verschiedene Wärmequellen, aber ...«

»Stopp«, erklärte Roarke. »Noch einen Augenblick.«

»Er täuscht absichtlich Wärmequellen vor«, erklärte Feeney Eve. »Die sind nicht echt.«

»Im Erdgeschoss sind keine warmen Körper«, meinte jetzt auch Roarke.

»Dann gehen wir in den ersten Stock.« Der elektronische Ermittler nickte knapp. »Auch der ist menschenleer.«

»Wir sind im zweiten«, meldete McNab. »Wir kämpfen uns durch den Schutzschild durch.«

»Da ist jemand«, meldete Callendar. »Wir haben eine

Wärmequelle in der nordwestlichen Ecke hinter einem Fenster ausgemacht.«

»Das ist nicht das Mädchen«, meinte Eve. »Dafür ist es zu groß.«

»Vielleicht holt sie ja gerade etwas zu essen oder so«, schlug Peabody vor.

»Ich glaube nicht. Der Kerl erwartet uns und schiebt dort Wache, aber für den Fall der Fälle warten wir noch eine halbe Stunde ab. Falls sie nur etwas zu essen holt, ist das genügend Zeit. Baxter, Trueheart, teilen Sie sich auf, machen Sie einen Spaziergang und sehen sich in den Lokalen, Supermärkten, Feinkostläden innerhalb von drei Blocks um. Falls Sie sie entdecken, achten Sie darauf, dass sie Sie nicht bemerkt.«

»Okay.«

»Falls sie tatsächlich unterwegs ist und mit ein paar Frühlingsrollen oder sonst was nach Hause kommt, greifen wir zu. Vielleicht können wir mit Mackie dann verhandeln und ihn dazu bringen, dass er sich ergibt.«

»Du glaubst nicht, dass sie wiederkommt«, warf Feeney ein. »Er hat sie weggeschickt, damit sie in Sicherheit ist und die Mission für ihn beenden kann. Er selber dient nur als Ablenkung.«

»Genau. So kommt's mir vor, aber wir ziehen die Sache trotzdem durch. Sie könnte sonst wo sein. Lowenbaum, wir brauchen Mackie lebend. Er kann ruhig verletzt werden, Hauptsache, er atmet noch. Haben Sie ihn im Visier?«

»Er weiß, wie man sich schützen muss. Wir können zwar ein paar Löcher in die Barrikaden hauen, aber direkt auf ihn zielen können wir von hier aus nicht.«

»Die Tür bekämen wir auf jeden Fall mit einem Rammbock auf, aber bis wir dann im zweiten Stockwerk wären, hätte er genügend Zeit, um sonst etwas zu tun. Wahrscheinlich würde er versuchen, möglichst viele von uns mitzunehmen, bevor er sich am Ende selbst erschießt. Oder, was noch schlimmer wäre, vielleicht nähme er dann irgendwelche Zivilisten unten auf der Straße ins Visier.«

Sie schloss die Augen und hob eine Hand, damit keiner der anderen sie beim Denken unterbrach. »Lowenbaum, haben Sie etwas zur Hand, womit man irgendwie durch diese wirklich dünnen Mauern kommt?«

Er überlegte kurz. »Ich schätze schon.«

»Bleiben Sie, wo Sie sind. Ich komme rüber«, sagte sie und wandte sich kurz Feeney zu. »Kannst du mir Roarke ausleihen?«

»Ich komme gut allein mit meinem Jungen und meinem Mädchen klar.«

»Also komm mit. Ich brauche jemanden, der nicht bereits von Weitem aussieht wie ein Cop.«

»Das werte ich als Kompliment.«

»Geben Sie mir Ihre lächerliche Jacke, Peabody.«

»Die ist nicht lächerlich!«

»Mit einer pinkfarbenen Jacke und einer Glitzerflockenmütze sehe auch ich selbst nicht mehr wie eine Polizistin aus«, erklärte Eve und setzte ihre Mütze auf.

»Ach nein?«, murmelte Roarke.

»Ich weiß, wie ich es anstellen muss, nicht wie eine Polizistin auszusehen. Ich brauche nur noch eine …«

»Handtasche?«

»Genau. Da kommt das Werkzeug, das wir brauchen, hinein. Was haben wir an Taschen da?«

Feeney zog eine Schublade auf. »Die alte Umhängetasche von McNab.«

Die alte Tasche war ein leuchtend grünes Ding mit einem wilden Zickzackmuster in der Farbe der geliehenen mädchenhaften Jacke, die Eve statt ihres heißgeliebten Mantels trug.

»Mein Gott, die ist ja fast so schlimm wie Jenkinsons Krawatten.«

»Das habe ich gehört«, drang dessen Stimme durch den Knopf in ihrem Ohr.

»Es ist ja wohl ein offenes Geheimnis, dass die Dinger einfach grässlich sind«, gab sie zurück und wandte sich erneut an ihre Partnerin. »Ich brauche auch noch Ihren Schal.«

Entschlossen wickelte sie sich das bunte, meterlange Ungetüm um den Hals.

»Der passt echt gut zu Ians Tasche.«

»Sagen Sie das nicht noch einmal.« Sie hängte sich die Tasche, so wie die vernünftigen New Yorker es normalerweise machten, quer über den Körper und stieg aus dem Van.

»Wir müssen eine Runde drehen, gehen dann aus Richtung Süden kurz bei Lowenbaum vorbei und müssen dabei Händchen halten, lachen, reden, bis wir bei der anderen Haushälfte sind.«

»Das hatte ich mir schon gedacht.« Auf dem Weg in Richtung Westen nahm er ihre Hand und stellte fest: »Dort haben wir drei Wärmequellen ausgemacht. Wobei die eine offenbar ein kleiner Hund oder vielleicht auch eine große Katze ist.«

»Darum kümmern wir uns, wenn es so weit ist.«

»Auch das hatte ich mir schon gedacht.«

Sie passierten Baxter, und er raunte ihnen im Vorbeigehen zu: »Ich habe sie bisher noch nirgendwo entdeckt. Trueheart?«

»In einem Feinkostladen und in einer Pizzeria hat man sie schon einmal gesehen, aber das ist jetzt bereits ein paar Tage her.«

»Machen Sie weiter, dann kehren Sie zurück auf Ihre Position. Wenn wir sie nicht als Druckmittel benutzen können, stehen unsere Chancen, ihn dazu zu bringen aufzugeben, schlecht.«

Als sie um die nächste Ecke bogen, hüpfte Lowenbaum aus einem großen Van. »Wir haben Blendgranaten, Rammböcke und Vorschlaghammer, aber die sind Ihnen bestimmt zu laut.«

»Haben Sie nicht vielleicht noch etwas anderes?«

»Einen Laserschneider, der so locker wie durch Butter durch die Innenwände geht. Er ist viel leiser als die anderen Geräte, aber wenn er eingeschaltet wird, summt er leise. Wenn er das Summen hört, weiß er sofort Bescheid.«

»Dann sorgen wir dafür, dass er es nicht hören kann.«

»Ich könnte reingehen und Ihnen aufmachen.«

»Ich brauche Sie hier draußen, Lowenbaum. Die Chance, dass ich es schaffe, einen Heckenschützen, der wahrscheinlich einen Helm und eine schusssichere Weste trägt, aus dem Verkehr zu ziehen, ist eher gering. Wir sorgen für Ablenkung, und keine Angst, wenn nötig, werden wir in Deckung gehen. Sie müssen ihn erwischen – diese Aufgabe fällt Ihnen zu. Wir bringen ihn dazu, sich zu bewegen – sagen Sie mir einfach, wann und wo Sie ihn sich schnappen wollen –, und sorgen dafür, dass er Ihnen direkt in die Arme laufen wird.«

»Ich werde ihn auf jeden Fall erwischen«, sagte er ihr zu. »Wissen Sie, wie ein Laserschneider funktioniert?«

»Ich habe so ein Ding schon einmal benutzt«, erklärte Roarke und sah es sich kurz an, bevor er es in die von Ian ausgeliehene Tasche schob. »Und dieses Messer hier ist wirklich gut.«

»Dann sollen Trueheart und Baxter jetzt zurückkommen, und Sie geben allen Bescheid, dass in der Nachbarwohnung zwei Zivilpersonen sind. Wir werden sie in einen Teil des Hauses bringen, wo sie sicher sind, aber Ihre Leute müssen trotzdem wissen, dass dort jemand ist.«

Mit diesen Worten setzte sie sich wieder in Bewegung. »Baxter, Trueheart, Sie kommen zurück. Roarke und ich gehen bis zur Ecke Dritter/Achtzehnter, wo der Verdächtige uns sehen kann.«

»Wenn das so ist...« Lächelnd legte Roarke den Arm um ihre Schulter und genoss es, dass sie trotz der Nähe der Kollegen damit einverstanden war. »Dann sollten wir so aussehen, als ob uns die Serienmörder dieser Welt vollkommen schnuppe wären.«

Sie blieben an der Ecke stehen, und Eve zog seinen Kopf herab und küsste ihn. Auf diese Weise hatte sie das Haus hervorragend im Blick und murmelte an seinem Mund: »Er hat die Straße gut im Blick, das heißt, dass er uns garantiert gesehen hat. Trotzdem hat er sich noch nicht bewegt, um nachzusehen, ob hinten alles sicher ist. Vielleicht hat er ja irgendein Warnsystem.«

Die Ampel sprang auf Grün, und Arm in Arm mit

ihrem Liebsten lief sie wieder los. »Wir gehen direkt zu den Nachbarn, als würden wir erwartet.«

»Jan Maguire und Philippe Constant. Ich habe ihre Namen herausgesucht, als du dich umgezogen hast.«

»Jan und Phil, verstanden. Willst du mir vielleicht auch erzählen, woher du weißt, was man mit einem Laserschneider macht?«

Er grinste breit. »Nicht jetzt.«

Sie grinste ebenfalls und stieß ein übertrieben lautes Lachen aus. »Zum Glück sind wir jetzt endlich da. Ich bin schon völlig durchgefroren! Für den Rückweg nehmen wir ein Taxi, ja?«

»Mal sehen.«

Sie nahm die Stufen bis zur Tür und drückte auf den Klingelknopf.

13

Roarke stellte sich absichtlich so, dass die von Eve gezückte Dienstmarke von nebenan nicht zu sehen war.

»Ich hoffe nur, sie machen uns schnell auf. Dann gehen wir einfach rein, alles andere wird erledigt, wenn wir drinnen sind.«

Tatsächlich wurde ihnen sofort aufgemacht.

Der Mann war Mitte dreißig, trug ein graues Met-Sweatshirt und Jeans mit Löchern in den Knien und runzelte die Stirn, als er Eves Marke sah.

»Was gibt es?«

»Hi, Philippe!« Lächelnd schob Eve sich an ihm vorbei, und Roarke drückte die Tür von innen wieder ins Schloss.

»Moment mal ...«

»Es gibt Ärger nebenan. Ich bin Lieutenant Dallas von der Polizei, und dies ist mein Berater. Bitte rufen Sie Jan, egal, wo sie jetzt gerade ist.«

»Erst mal will ich wissen, was ...«

»Philippe«, sagte Roarke in nonchalantem Ton. »Je schneller Sie die Anweisungen befolgen, umso eher können wir Ihnen die Angelegenheit erklären. Wie sieht's hier mit dem Schallschutz aus?«

»Mit ... tja, nun, wir arbeiten daran. Warum interessiert Sie ...«

»Wie ich sehe, führen Sie gerade ein paar Renovierungen durch«, bemerkte Roarke im Plauderton und wandte sich an Eve. »Das ist natürlich gut.«

»Auf jeden Fall. Jetzt rufen Sie Jan.« Eve zog die pinkfarbene Jacke, in der sie sich furchtbar dämlich vorkam, aus und warf sie über einen uralten Garderobenständer, der mit seinem leuchtend blauen Anstrich durchaus hipp aussah.

»Zeigen Sie mir noch einmal Ihre Marke.«

Eve hielt sie ihm hin und wartete geduldig ab, während er erst die Marke und danach sie selber einer eingehenden Musterung unterzog. Er ließ sie auch nicht aus den Augen, als er endlich nach der Freundin rief. »Komm mal kurz runter, Jan!«

»Ich bin gerade mitten ...«

»Komm mal runter, Jan!«

Im nächsten Augenblick erschien am Kopf der Treppe eine große Frau in einem farbverspritzten Overall. Sie hatte eine Yankee-Kappe auf dem hochgesteckten blonden Haar, hinter ihr erschien ein laut japsender Hund mit einem weißen Wuschelkopf. »Ich war gerade dabei, die nächste Farbschicht auf... Oh, tut mir leid. Ich wusste nicht, dass wir Besuch haben.«

»Die beiden sind von der Polizei.«

»Der Po...«

Als Eve den Finger an die Lippen hob, bückte die Frau sich nach dem Hund und kam mit dem Kleinen auf dem Arm ins Erdgeschoss.

»Lassen Sie uns nach hinten gehen«, bat Eve. »Haben Sie eine Stereoanlage? Schalten Sie die bitte ein, als hätten Sie Besuch von Freunden. Es gibt Ärger nebenan. Sie wohnen Wand an Wand, und Philippe hat gesagt, Ihr Schallschutz sei alles andere als gut. Also machen Sie Musik. Sobald wir hinten sind, erfahren Sie, worum es geht.«

Das Hündchen zappelte auf ihrem Arm, und Jan nahm Philippes Hand. »Benimm dich, Lucy!«, befahl sie dem Tier und wandte sich an ihren Freund. »Hab ich nicht gleich gesagt, dass mit den neuen Nachbarn irgendwas nicht stimmt? Was haben sie ... okay.« Sie schüttelte den Kopf, holte geräuschvoll Luft und fuhr mit lauter Stimme fort: »Am besten gehen wir in den Wohnbereich. Ihr werdet Augen machen, wenn ihr seht, wie toll es dort geworden ist.«

Eve nickte anerkennend. »Da bin ich aber echt gespannt.«

»Warum legst du nicht Musik auf, Phil, und machst den Rotwein auf? Ich weiß nicht, wie viel man von drüben hört«, erklärte sie im Flüsterton, als sie an dünnen Wänden vorbei und durch Räume gingen, in denen ein paar der dünnen Wände eingerissen worden waren. »Wir hören auf jeden Fall den Fernseher und wenn es in der oberen Etage rumst. Wir haben da oben unsere Werkstatt, deshalb verbringen wir dort viel Zeit.«

Der Wohnbereich war wirklich schick. Die offene Küche sah mit ihren warm wirkenden Arbeitsplatten und den grünen Pflanzen unter matten Silberleuchten altmodisch, doch urgemütlich aus. Daneben gab es einen langen Tisch mit acht verschiedenen Stühlen unter drei Pendelleuchten aus mattiertem Drahtgeflecht, Sitzkissen auf dem Boden sowie eine große, komfortable, links und rechts von hippen Stehlampen flankierte Couch.

Das Kissen in der Ecke, neben dem ein leuchtend blauer Gummiknochen lag, gehörte offenbar dem Hund.

»Wirklich reizend.«

»Danke.« Jan bedachte Roarke mit einem unsicheren Lächeln und setzte das Hündchen auf dem Boden ab. Es hatte derart langes Fell, dass seine Beine nicht zu sehen waren, als es durch das Zimmer wuselte, den Knochen packte und ihn ähnlich einer leuchtend blauen Zigarre zwischen seinen Zähnen hielt. »Wir haben auch jede Menge Arbeit in die Renovierung investiert. Wir sind jetzt schon seit vierzehn Monaten dabei.«

Roarke klopfte auf die Kochinsel. »Dann macht ihr also alles selbst?«

»Mit ein paar Freunden, die sich freiwillig versklaven lassen. Als Erstes sollten dieser Raum und das Gästebad fertig werden. Wobei inzwischen auch das Schlafzimmer fast geschafft ist.«

»Super.« Obwohl Eve bewusst war, dass ihr Mann die Leute durch die Unterhaltung erst einmal beruhigen wollte, fehlte ihnen die Zeit für längere Gespräche, und sie drückte auf den Knopf in ihrem Ohr. »Wo ist er, Feeney?«

»Immer noch im zweiten Stock.«

»Gib mir Bescheid, sobald er sich bewegt. Dies ist ein Einsatz der New Yorker Polizei«, wandte sie sich an Jan und Phil und wich dem durchdringenden Blick des Hündchens aus. »Die Leute nebenan sind Hauptverdächtige in einem aktuellen Fall. Der Mann hält sich im Augenblick im zweiten Stock des Hauses auf. Haben Sie das Kind gesehen?«

»Den Jungen?« Stirnrunzelnd wandte Philippe sich an Jan. »Ich wüsste nicht, dass ich ihn heute irgendwann gesehen hätte, aber schließlich war ich auch seit heute Morgen bei der Arbeit und kam erst um sechs zurück.«

»Ich habe heute hier gearbeitet, im zweiten Stock. Ich habe dort gestrichen und gesehen, wie er aus dem Haus gegangen ist. So gegen vier oder halb fünf. Ich weiß es nicht genau, vielleicht war's auch ein bisschen später. Er hatte einen großen Aktenkoffer in der Hand und einen Rucksack auf. Ich weiß nicht, ob er wieder zurückgekommen ist. Die beiden sind gefährlich, stimmt's?« Sie nahm das Hündchen wieder wie ein Baby auf den Arm.

»Das stimmt. Wir brauchen Ihre Hilfe«, antwortete Eve. »Draußen sind unsere Kollegen, und das Wichtigste für uns ist Ihre Sicherheit.«

»Oh Mann.« Philippe zog Jan zu sich heran. »Was haben sie getan? Wir haben ein Recht, das zu erfahren.«

»Sie sind die Hauptverdächtigen der Attentate auf den Times Square und die Schlittschuhbahn im Central Park.«

»Ich muss mich erst mal setzen.« Jan erbleichte und ließ sich auf einen der Hocker, die am Frühstückstresen standen, fallen. »Am besten setze ich mich erst einmal kurz hin.«

Sie hatte Angst, bemerkte Eve, aber sie wirkte nicht einmal ansatzweise überrascht.

»Haben die beiden Sie irgendwann mal angesprochen?«

»Ganz im Gegenteil«, erklärte Jan. »Sie haben uns beide deutlich zu verstehen gegeben, dass ihnen an einer guten Nachbarschaft nichts liegt. Wobei der Junge sowieso die Hälfte der Zeit woanders ist.«

»Der Junge ist ein Mädchen.«

»Echt? Ich finde, sie sieht wie ein Junge aus, ich habe manchmal mitbekommen, dass der Mann sie Will gerufen hat. Er, nein, sie ist sowieso nur jede zweite Woche hier. Ich dachte, dass die Eltern sich das Sorgerecht wohl teilen, das hat mir ein bisschen leidgetan, aber im Grunde war das Kind mir unheimlich. Ich hatte immer eine Gänsehaut, wenn wir uns irgendwo begegnet sind.«

»Sie ist ein Kind«, murmelte Phil.

»Das zusammen mit seinem Vater für den Tod von sieben Menschen verantwortlich ist. Wir könnten warten, bis er aus dem Haus kommt, aber es stehen noch immer Menschenleben auf dem Spiel, denn in dem Aktenkoffer, den das Mädchen bei sich hatte, befindet sich ein Gewehr. Wir müssen ihren Vater festsetzen, um zu erfahren, wo sie steckt und auf wen sie es als Nächstes abgesehen hat. Unserer Meinung nach kommen wir am schnellsten und am einfachsten von Ihrer Wohnung aus an ihn heran.«

»Was wollen Sie damit sagen?«

»Phil.« Jan schüttelte den Kopf. »Sie wollen durch die Wand nach drüben gehen.«

»Aus unserer Haushälfte nach nebenan? Aber er ist doch ganz bestimmt bewaffnet, oder nicht?«

»Das ist er«, gab Eve zu. »Aber das sind wir auch. Draußen stehen zwanzig ebenfalls bewaffnete Beamte, die nur darauf warten, das Haus zu stürmen. Aber wenn wir das Gebäude von außen einnehmen, wird es Verletzte oder vielleicht sogar Tote geben, deshalb wählen wir den Weg mit dem geringsten Risiko.«

»Aber vorher bringen Sie Jan in Sicherheit.«

»Okay.«

»Nein.« Entschlossen stand sie wieder auf. »Oh nein. Ich lasse dich ganz sicher nicht allein hier zurück, und wenn wir beide gehen und er uns sieht, fliegt die ganze Sache auf.«

»Wir könnten doch mit Lucy Gassi gehen.«

»Phil, du warst mit Lucy draußen, als du von der Arbeit kamst. Es würde seltsam wirken, wenn wir jetzt schon wieder gehen, und vor allem haben wir ... nun, ja ... Besuch.«

»Wir können dafür sorgen, dass Sie auch hier drinnen sicher sind. Versprochen«, sagte Eve den beiden zu. »Renovieren Sie hier auch abends?«

»Sicher. Wir versuchen zwar, den größten Krach bis zehn Uhr einzustellen, aber die meisten Arbeiten führen wir abends oder an den Wochenenden aus.«

»Wir müssen in den zweiten Stock. Sie gehen einfach mit Ihren Freunden rauf und zeigen Ihnen Ihre Werkstatt, ja?«

»Jan?«

»Uns wird schon nichts passieren, Phil.«

»Ich lasse ganz bestimmt nicht zu, dass dir etwas passiert! Und wenn wir diese Sache überstanden haben, lass uns heiraten.«

»Du ... was?«

»Ich liebe dich, und du liebst mich. Wir haben Lucy adoptiert, wir richten uns ein Zuhause ein, und das hier sehe ich als Zeichen, dass es Zeit ist, noch den letzten Schritt zu gehen.«

»Ich ... ja.« Mit einem halben Lachen schlang Jan ihm mit dem Hündchen in einem Arm den anderen Arm um den Hals. »Wir sollten wirklich heiraten.«

»Ich gratuliere, aber vielleicht könnten wir mit dem Applaus und Anstoßen noch warten, bis der Killer nebenan in Polizeigewahrsam ist.«

»Tut mir leid. Dies ist der seltsamste, beängstigendste Abend meines Lebens.« Philippe lehnte seine Stirn an die der Freundin an. »Dabei ist mir klar geworden, dass ich alles, was mir noch in meinem Leben widerfahren wird, mit dir zusammen erleben will.«

»Süß. Das haben Sie wirklich schön gesagt, aber jetzt lassen Sie uns gehen.«

Als Eve losmarschierte, legte Roarke die Hand auf Philippes Schulter und erklärte: »Wenn man liebt, bleibt nichts mehr, wie es war. Ich selber habe meine Frau gebeten, mich zu heiraten, als wir nach einem Kampf mit einem anderen Serienkiller beide ziemlich angeschlagen waren. Ich hätte keinen besseren Augenblick dafür auswählen können.«

»Es kommt mir vor, als würde ich das alles träumen, aber ich nehme an, dass das für Polizisten anders ist.«

»Sie ist ein Cop. Ich nicht.«

Phil riss die Augen auf, zeigte auf Eve und dann auf Roarke und nickte dann.

»Und Sie beide wären nirgends besser aufgehoben als bei ihr.«

Eve nahm die Treppe in den ersten Stock und lief dort weiter durch verschiedene Räume ohne Türen, aber dafür voller Baumaterial, bis sie im halbfertigen Schlafzimmer der frisch Verlobten stand.

»Der Raum ist schallgeschützt«, erklärte Jan.

»Umso besser.« Eve sah auf, stellte sich Mackie vor und sah sich dann die Wand zwischen den beiden Häusern an.

Der glatte, frische dunkelgrüne Anstrich war ihr vollkommen egal. Das Einzige, was für sie zählte, war, dass sie durch diese Wand zu Mackie kam.

»Ich habe gerade erst den zweiten Anstrich aufgetragen«, stellte Jan mit einem leisen Seufzer fest. »Sind

Sie sich sicher, dass es ausgerechnet diese Wand sein muss?«

»So kommen wir am schnellsten und am sichersten nach drüben. Aber keine Angst, ich werde dafür sorgen, dass die Wand umgehend repariert und wieder frisch gestrichen wird. Feeney?«

»Hier. Er ist noch auf derselben Position. In eurer Wohnung sehe ich vier Leute und einen Hund. Ihr seid jetzt direkt unter ihm.«

»Wir gehen von hier aus rein. Die beiden Zivilisten und der Hund gehen zurück ins Erdgeschoss und dort ganz nach hinten«, meinte sie und wandte sich noch einmal Jan und Philippe zu. »Ziehen Sie sich Jacken an. Wenn nötig, bringen unsere Leute Sie in Sicherheit.«

»Verstanden«, antwortete Feeney durch den Knopf in ihrem Ohr. »Die beiden Zivilisten und der Hund werden, wenn nötig, herausgeholt. Wie wäre es mit etwas Ablenkung von außen, damit er etwas zu tun hat, während ihr am Schneiden seid?«

»Das wäre sicher nicht verkehrt.«

»Sagt mir, wenn's losgehen soll.«

Eve zog den Laserschneider aus der Tasche. »Jetzt.«

»Jenkinson und Reineke, los geht's!«, wies Feeney die Männer an.

»Das ist ein wirklich toller Schneider«, stellte Philippe anerkennend fest. »Wir haben selbst in einen investiert, aber der ist bei Weitem nicht so gut.«

»Wenn wir hier fertig sind, gehört er Ihnen«, erklärte Eve spontan.

»Im Ernst?«

»Im Ernst.« Sie drückte Roarke den Schneider in die

Hand. »Nehmen Sie Ihre Jacken mit, gehen Sie zurück ins Erdgeschoss und dort nach hinten in den Wohnbereich. Falls wir Sie rausholen müssen, kommen die Kollegen durch die Gartentür. Ansonsten rühren Sie sich nicht vom Fleck und verhalten sich ruhig.«

Eve sah den Hund an, der immer noch den blauen Knochen zwischen seinen Zähnen hatte. »Sorgen Sie dafür, dass auch der Hund ruhig bleibt.«

Noch einmal betrachtete Jan die frisch gestrichene Wand des Zimmers und seufzte resigniert. »Es ist schließlich nur Farbe, jede Menge neuer Kabel und dazu noch eine Schalldämpfung.«

»Jedes Mal wenn wir die Wand ansehen, werden wir an den Abend unserer Verlobung denken«, munterte Philippe sie auf, legte den Arm um sie und schob sie aus dem Raum.

Eve wartete, bis sie verschwunden waren, bevor sie ihre Waffe zog. »Es reicht, wenn das Loch groß genug ist, um sich durchzuzwängen.«

Roarke ging in die Hocke, schaltete das Werkzeug ein, und Eve hörte ein Summen, das erheblich leiser als das Schnurren ihres Katers war.

»Die Show beginnt«, bemerkte Feeney, Eve trat ans Fenster und sah Jenkinson und Reineke, die sich betrunken aufeinander stützen wie zwei Kumpel, die nach einer ausgedehnten Zechtour auf dem Weg nach Hause waren. Trotz der Schalldämpfung und neuer Fenster konnte sie die beiden singen hören.

Wahrscheinlich grölten sie ein zweistimmiges Trinklied, was zu ihrer Überraschung alles andere als unharmonisch klang.

Sie stolperten den Bürgersteig hinab, als könnten sie sich nur noch mühsam auf den Beinen halten.

Sie machten ihre Sache wirklich gut.

Sie ging zurück zu Roarke, der eine dünne Linie vielleicht sechzig Zentimeter oberhalb des Bodens in die Wand geschnitten hatte und jetzt eine zweite Linie zog.

»Geht das nicht schneller?«

»Soll ich leise machen oder schnell?«

»Am besten beides.«

»Halt dein Wasser, Lieutenant.«

»Was soll das jetzt wieder heißen?«

»Dass du dich nicht bepissen sollst«, klärte Feeney sie auf.

»Warum sagt er mir dann nicht, dass ich mich nicht bepissen soll? Er ist fast durch.« Sie hielt ihren Rekorder so, dass Feeney etwas sah.

»Okay. Er hat sich minimal bewegt, ist aber weiter außerhalb der Schusslinie. Er konzentriert sich ganz auf deine Jungs. Mein Gott, jetzt machen sich auch noch zwei Bordsteinschwalben an sie ran. Siehst du das?«

»Ich kann problemlos damit leben, nicht zu sehen, wie zwei von meinen Jungs von ein paar Nutten angebaggert werden, und vor allem sind wir jetzt durch. Das heißt, dass wir rübergehen.«

Noch während sie sich auf den Boden legte, um nach nebenan zu robben, schob sich Roarke schon durch das Loch. Sie zog an seinem Hosenbein und zeigte hinter sich, er aber schüttelte den Kopf und setzte seinen Weg nach drüben fort.

»Roarke ist drüben«, gab sie Feeney durch. »Ich bin direkt hinter ihm.« Sie unterdrückte ihren Ärger, weil sie selbst der Cop war und nicht Roarke, und schlängelte sich lautlos in den dunklen Raum.

Roarke berührte ihren Arm und schaltete die kleine Taschenlampe ein, die er immer bei sich hatte.

Sie folgte mit den Augen dem Licht und sah sich in dem Zimmer um, das ungefähr so groß war wie der Raum, aus dem sie kamen. Es gab dort eine Luftmatratze, einen Schlafsack, eine batteriebetriebene Lampe, eine praktisch leere Flasche Wodka oder Gin, einen Campingstuhl und einen Klapptisch, auf dem ein noch aufgeklappter Laptop neben einem kleinen Drucker stand.

Die Tür stand offen, aber auch im Flur war es so finster, dass man nicht einmal die Hand vor Augen sah.

»Er hat den Flur verdunkelt«, flüsterte sie in ihr Mikrofon. »Wahrscheinlich hat er also eine Nachtsichtbrille auf. Wir gehen weiter. Du bleibst unten«, sagte sie zu Roarke und robbte Richtung Tür.

Noch immer war er vor ihr und hatte die Taschenlampe in der Hand. Diesbezüglich gab es auf jeden Fall Gesprächsbedarf.

»Durch die Tür und weiter Richtung Treppe. Leise.«

Sie ging in die Hocke, nahm die ersten Stufen, drehte sich auf halber Höhe um und streckte ihren Arm nach vorne aus. Sie wollte Roarke ein Zeichen geben, jetzt die Lampe wieder auszuschalten, doch bevor sie die Gelegenheit dazu bekam, berührte er sie seinerseits am Arm und schaltete die Lampe aus.

Als sie oben ankamen, fing ein winziger Bewegungsmelder, den sie nicht gesehen hatten, an zu schrillen.

»Der Kerl kommt in gebückter Haltung direkt auf euch zu!«

»Deckung!«, brüllte Eve, rollte sich hinter das Geländer und sah, wie der Strahl aus seiner Waffe knapp an ihr vorüberschoss. Sie schoss zurück und schrie: »Du bleibst in Deckung und gibst mir ein bisschen Licht!«

Nach einer letzten Rolle sprang sie auf. »Los geht's!«

Ein hoher Pfeifton ließ sie abermals zu Boden gehen. Sie sah eine Reihe winzig kleiner Löcher in der Jalousie am Fenster, und spürte, dass ihr Widersacher bei der Treppe angekommen war.

»Er will nach unten. Roarke, bist du okay?«

»Mit mir ist alles gut. Bleib hinter mir, denn du hast keine schusssichere Weste an.«

»Er ist ein miserabler Schütze«, antwortete sie und rannte los. Sie hörte, wie ihr Mann in ihrem Rücken fluchte, hörte, wie der Rammbock der Kollegen auf die Haustür traf, und tastete sich an der Wand entlang zu einer Tür.

»Hinter dir!«, schrie Feeney.

Abermals ließ sie sich fallen, rollte herum und hörte, wie der Schuss die Wand knapp neben ihrer Schulter traf.

»Er rennt an dir vorbei und dann nach links.«

»Nach links, Roarke, halt dich an der Wand und bleib geduckt.« Genauso machte sie es auch.

»Sie haben keine Chance mehr, Mackie. Werfen Sie die Waffe weg und nehmen Sie die Hände hoch.«

Er drückte wieder ab, dieses Mal durchdrang der Schuss die Wand.

Sie presste ihre Lippen an Roarkes Ohr. »Bleib aus der Schusslinie, mach deine Taschenlampe an und lenk den Strahl in Richtung Tür.«

»Ich kann den Strahl auch weiter stellen.«

»Tu das. Feeney, wo genau ist Mackie jetzt?«

»An der hinteren Wand zwischen den Fenstern. Anderthalb Meter östlich und drei Meter nördlich deiner eigenen Position. Die Scharfschützen erwischen ihn dort nicht.«

»Verstanden. Drei, zwei ...«

Auf eins blitzte die Taschenlampe auf, und Eve schoss durch den schmalen Gang ...

... erhaschte einen Blick auf einen Handlaser, eine schusssichere Weste und auf eine Nachtsichtbrille, riss den Stunner hoch und zielte geradewegs auf seine Stirn.

Dann spürte sie in ihrem Arm ein heißes Brennen, hörte Mackie schreien, rollte sich herum und drückte noch einmal ab, während ihr Mann ihr Deckung gab. Sein Schuss traf Mackie in den Stiefel, während ihrer dessen Brille traf.

Diesmal fiel er um.

»Wir haben ihn erwischt.« Sie rannte los und trat die Waffe fort, die Mackie aus der wild zitternden Hand gefallen war. »Mehr Licht, verdammt, ich brauche Licht.« Sie zerrte Mackies Arme auf den Rücken, legte ihm die Handschellen an und tastete nach seinem Puls.

»Er lebt.« Sie spürte etwas Nasses und roch das Blut. »Er ist verletzt. Wir brauchen einen Arzt und einen Krankenwagen für den Kerl.«

Mit einem lauten Krachen sprang die Haustür auf, und die Kollegen kamen in den ersten Stock gerannt.

»Nicht schießen. Er liegt schon am Boden. Macht endlich das verdammte Flurlicht an.«

»Er hat die Sicherungen rausgedreht.« Lowenbaum ließ sich an ihrer Seite auf die Knie fallen, zerrte seine Taschenlampe aus dem Gürtel, schaltete sie ein und leuchtete dem

Killer ins Gesicht. »Die Brille ist kaputt. Sieht aus, als hätte er die Scherben in den Augen. Sanitäter!«, brüllte er.

»Das hat noch Zeit. Erst sollen sie nach dem Lieutenant sehen«, erklärte Roarke, und plötzlich merkte Eve, dass Blut aus ihrem Ärmel lief.

»Der Laser hat mich nur gestreift.«

»Unsinn.« Grimmig zerrte Roarke sie hoch und zog ihr vorsichtig die Jacke aus.

»Es ist nicht weiter schlimm. Ich weiß ja wohl am besten, ob ich richtig etwas abbekommen habe, und das habe ich eindeutig nicht.«

»Schwachsinn. Wenn du auch nur annähernd so schlau wärst, wie du denkst, hättest du eine schusssichere Weste unter der verdammten Jacke angehabt.«

»Ich dachte nicht, dass ich die brauche, denn ich hatte schließlich eine Zauberjacke an«, rief sie ihm in Erinnerung, als er den Ärmel ihres Pullis abriss, um die Wunde zu verbinden, bis der Sanitäter kam.

»Die du dann aber ausgezogen hast.«

»Ich ...«

»Was mir genauso wenig aufgefallen ist wie dir.« Er rahmte ihr Gesicht mit seinen Händen, und als er das Blitzen ihrer Augen sah – weil er es *ja* nicht wagen sollte, sie zu küssen –, stellte er mit einem unterdrückten Lächeln fest: »Du musst die Wunde ordentlich versorgen lassen.«

»Ja, okay. Danke für den Verband. Jetzt muss ich zuerst dafür sorgen, dass der Kerl am Leben bleibt.«

Sie drehte ihren Kopf, als Peabody mit schnellen Schritten von der Straße kam. »Was ist mit den beiden Zivilisten nebenan?«

»Die sind in Sicherheit in ihrem eigenen Haus. Dieses Hündchen, das sie haben, ist echt süß. Der Krankenwagen ist gleich da. Hier drin ist niemand mehr, und unsere Elektronikleute kümmern sich gerade um den Strom. Sie haben etwas abbekommen!«

»Das ist nur ein Streifschuss.«

»Aber ... aber ... hat denn meine Zauberjacke nicht gewirkt?«

»Das hätte sie bestimmt. Nur hatte ich sie leider nicht mehr an.« Als Peabody noch etwas sagen wollte, meinte sie: »Ersparen Sie mir eine Predigt, ja? Sobald wir wieder Licht haben, sollen die elektronischen Ermittler sämtliche Geräte einkassieren, und dann ...«

»Das wird Sie interessieren, Dallas.«

Wieder drehte sie den Kopf, als Lowenbaum den Strahl seiner Taschenlampe durch das Zimmer wandern ließ.

Das mit zwei Dutzend Messern, Lang-, Kurzschusswaffen und Granaten, die auf einer abgenutzten Werkbank lagen, den diversen Helmen und schusssicheren Westen, die an einer Reihe Haken hingen, den Nachtsichtbrillen und Feldstechern im Grunde eher eine Waffenkammer war.

»So eine Sammlung kriegt man nicht in ein paar Monaten zusammen, das heißt, dass er vielleicht schon vor dem Tod der Frau damit begonnen hat.«

»Da drüben steckt ein Messer in der Wand«, bemerkte Peabody.

»Dann war's also ein Messer und kein Schuss.« Eve sah auf ihren Arm und dann zu Mackie, der auf dem Boden lag. »Sie finden sicher auch das Funk, das er so gerne nimmt. Ich habe seine Hände zittern sehen.«

Als die Sanitäter kamen, trat sie einen Schritt zurück

und wies sie an: »Flickt ihn zusammen und weckt ihn auf. Ich brauche ihn so schnell wie möglich im Vernehmungsraum.«

Damit Roarke ihr nicht länger in den Ohren läge, ließ sie ihren Arm behandeln, während sie mit Lowenbaum und Feeney sprach.

»Er hatte Doppelsicherungen an den Türen und Fenstern angebracht«, erklärte Lowenbaum. »Wenn wir versucht hätten, das Haus zu stürmen, hätte er auf jeden Fall ein paar von uns erwischt.«

»Das haben wir zum Glück nicht riskiert, obwohl er längst nicht mehr der gute Schütze ist, der er einmal war. Meine Leute haben zwei kleine Fässchen Funk im Schrank von seinem Schlafzimmer gefunden. Die Tochter sollte offenbar nichts davon mitbekommen, aber sie müsste schon blind und taub sein, um nicht zu bemerken, dass er irgendwas nimmt.«

Kopfschüttelnd meinte Lowenbaum: »Er war immer so stolz auf seine guten Augen und ruhigen Hände. Warum hat er ausgerechnet etwas genommen, was derart auf die Augen und die Nerven geht?«

»Haben Sie jemals einen Funk-Junkie getroffen, der nicht dachte, dass er damit umgehen kann? Ich fahre erst einmal ins Krankenhaus. Er wird auf der Fahrt dorthin von einem Viererteam bewacht. Wenn er überlebt, wandert er gleich nach der Behandlung in den Knast.«

»Die Sanitäter haben gesagt, dass sie sein rechtes und vielleicht auch noch das linke Auge operieren müssen«, stellte Feeney achselzuckend fest. »Er wird nie wieder richtig sehen können, was unter anderem dem Funk geschuldet ist. Außerdem hat er ein paar Verbrennungen an der Wade, wo das Leder seines Stiefels auf der Haut geschmolzen ist, aber das tut mir nicht besonders leid.«

»Er war einmal ein guter Mann. Er tut mir auch nicht leid, aber es tut mir leid, dass er den Mann verloren hat, der er einmal war«, erklärte Lowenbaum.

»Die Tochter läuft noch immer draußen herum.« Ohne auf das Brennen ihres Arms zu achten, stand Eve wieder auf. »Es gibt keinen Hinweis darauf, dass sie keine ruhigen Hände hat und nicht gut sehen kann. Also lassen wir den Kerl zusammenflicken, holen ihn aufs Revier und knöpfen ihn uns vor.«

»Sie ist seine Tochter, Dallas, ich wüsste nicht, wie Sie ihn dazu bringen könnten, sie auffliegen zu lassen.«

»Mackie ist ein Junkie, und ich werde ihn auf alle Fälle dazu bringen, mir zu sagen, was ich wissen muss.«

An diesem Abend aber würde sie das nicht mehr schaffen, denn egal, wie sehr sie mit den Pflegern, Ärzten und am Ende dem Chirurgen stritt, behielten sie den Mann über Nacht im Krankenhaus.

»Wir haben aus seinem rechten Auge sechzehn und aus seinem linken sieben Splitter einer Infrarotlinse geholt.« Die Augen des Chirurgen wirkten abgrundtief erschöpft, doch das war Eve total egal.

»Und er hat innerhalb von nur zwei Tagen sieben Menschen umgebracht.«

»Sie machen Ihre Arbeit, Lieutenant, und ich mache meine, ich zähle Ihnen lediglich die Fakten auf. Sein Sehvermögen, seine Sehnerven und seine Retinae sind bereits durch die Sucht beeinträchtigt, durch die Splitter wurden seine Retinae und seine Hornhäute noch zusätzlich verletzt. Er wäre nach einem Entzug ein Kandidat für neue Augen oder eine weitere OP, aber fürs Erste haben wir getan, was möglich ist. Jetzt brauchen er und seine Augen erst einmal Ruhe, und wir müssen ihn beobachten, weil die Gefahr besteht, dass sich sein Zustand noch einmal verschlechtert oder sich die Wunden infizieren.«

»Ist er bei Bewusstsein?«

»Ja, ich denke schon. Er trägt Hand- und Fußschellen und wird bewacht. Neben Ihren Leuten haben wir auch unseren eigenen Wachschutz vor dem Raum postiert. Wir wissen, wer er ist und was ihm vorgeworfen wird.«

»Ich will mit dem Patienten reden.«

»Gern. Wir haben seinen Kopf fixiert, weil er ihn momentan nicht bewegen darf. In zwölf Stunden werde ich ihn noch einmal untersuchen, und ich hoffe, dass ich ihn Ihnen dann übergeben kann.«

Da sie nicht mehr verlangen konnte, machte sie sich auf den Weg zu Mackies Zimmer. Zwei Leute der Trachtengruppe standen vor der Tür des Krankenzimmers, die beiden anderen standen links und rechts von seinem Bett.

Den Kopf in einer Art von Käfig gesteckt und die Augen dick verbunden, lag er reglos da, alles, was man hörte, war das Summen und Klicken der Gerätschaften, an die er angeschlossen war.

Eve hasste Krankenhäuser, seit sie selbst als achtjähriges Kind in einer Klinik wach geworden war. Gebrochen und geschlagen, ohne dass ihr klar gewesen wäre, wo und wer sie selber war.

Das aber wusste Mackie ganz genau.

Sie bedeutete den Männern, sie mit ihm allein zu lassen, und trat an sein Bett.

»Rekorder an.«

Bei diesen beiden Worten spannten sich die Finger des Patienten an.

»Lieutenant Eve Dallas vernimmt Mackie, Reginald. Mackie, falls Sie's noch nicht mitbekommen haben: Sie wurden wegen siebenfachen Mordes, der Verabredung zum Mord, dem Besitz verbotener Waffen, bewaffnetem Angriff auf verschiedene Polizeibeamte und noch einer Reihe kleinerer Vergehen festgenommen. Da kommt ein Haufen Anklagepunkte zusammen, meinen Sie nicht auch? Für den Fall, dass Sie auch das nicht mitbekommen haben, kläre ich Sie nochmals über Ihre Rechte auf.«

Sie sah ihm dabei ins Gesicht und stellte fest, dass er nervös mit seinen Fingern auf das Laken trommelte, die Zähne aber fest zusammenbiss.

»Haben Sie verstanden, was für Rechte und Pflichten Sie in dieser Angelegenheit haben? Ich weiß, dass Sie mich hören, Mackie«, fügte sie nach einem Augenblick hinzu. »Und Sie wissen, dass Sie bald schon hinter Gittern sitzen werden und Ihr Schweigen Ihnen nicht mehr helfen wird. Wir werden Ihre Tochter finden.«

Diesmal huschte ein fast unmerkliches Lächeln über sein Gesicht.

»Glauben Sie nicht? Dann denken Sie am besten noch einmal nach. Wir werden Ihre Tochter finden, sie wird deutlich länger in den Kahn gehen als Sie. Wenn sie mit fünfzehn eingebuchtet wird, stehen ihr hundert Jahre in einer Sträflingskolonie, in der sie nie auch nur die Sonne sehen wird, bevor. Falls Sie sich einbilden, ein Richter würde wegen ihres Alters Milde walten lassen, denken

Sie am besten auch über diesen Punkt noch einmal nach. Ich habe schon Mörder festgenommen, die noch jünger waren als sie. Und wenn ich schon Jagd auf Ihre Tochter machen muss, wird es mir eine Freude sein, dafür zu sorgen, dass sie bis ans Ende ihres Lebens eingesperrt wird wie ein wildes Tier.«

Trotz des Zitterns seiner Hände streckte er den Mittelfinger seiner rechten aus.

»Das trifft mich wirklich hart. Ich nehme an, Sie fühlen sich gerade ziemlich wohl, denn schließlich liegen Sie gemütlich hier im Bett und kriegen Schmerzmittel und etwas gegen den Entzug. Aber ich kann Ihnen versichern, dass es so nicht bleiben wird. Wahrscheinlich fragen Sie sich, ob das Mädchen wohl schon in Alaska angekommen ist. Genau«, erklärte sie, als er die Fäuste ballte. »Wir haben längst herausgefunden, dass Sie mit ihr nach Alaska abhauen wollten. Aber wir werden sie erwischen, und dann geht sie in den Kahn. Vor allem da sie gar nicht nach Alaska will, weil sie noch eine eigene Opferliste hat. Auf der ganz oben die eigene Mutter, deren Mann und selbst ihr kleiner Bruder stehen.«

»Das ist nicht wahr«, stieß er mit rauer Stimme aus.

»Und sie hat Grundrisse von ihrer Schule.«

»Hauen Sie ab.«

»Außerdem die Namen der Angestellten der Schule und der Schüler, die sie töten will.«

Jetzt fing er an zu keuchen, und das Zittern seiner Hände nahm noch zu. »Anwalt.«

Eve verstand den Mann absichtlich falsch. »Wir wissen, dass auf Ihrer Liste auch ein Anwalt steht. Aber ich rede von der Liste, die Ihre Tochter angefertigt hat.«

»Anwalt«, wiederholte er. »Ich will mit einem Anwalt sprechen.«

»Also sind Ihnen die Rechte und die Pflichten, die Sie haben, klar?«

»Ja sicher, und ich will mit einem Anwalt sprechen.«

»Das ist eine ziemlich dämliche Entscheidung, was mich allerdings nicht wirklich überrascht. Sagen Sie mir, wen Sie wollen, dann rufe ich dort für Sie an.«

»Sie sollen mir einen stellen.«

»Sie wollen einen Pflichtverteidiger? Okay. Auch das ist eine ziemlich dämliche Entscheidung, aber wenn Sie es so haben wollen, ist mir das durchaus recht. Der Doktor sagt, in spätestens zwölf Stunden könnten wir Sie auf die Wache holen. Genießen Sie also die letzte Nacht in einem weichen Bett. Ende des Verhörs.«

Sie ging zur Tür, schaltete den Rekorder aus und fügte noch hinzu: »An Ihren Händen klebt viel Blut, vielleicht wird bald auch das von Ihrer eigenen Tochter daran kleben, wenn wir auf sie schießen müssen, weil sie sich nicht freiwillig ergibt. Denken Sie darüber nach, während Sie darauf warten, dass Ihr Anwalt kommt.«

Mit diesen Worten trat sie wieder in den Flur und schickte die Kollegen, die den Mann direkt bewachen sollten, in den Raum zurück.

»Er will einen Anwalt«, wandte sie sich an die beiden anderen Polizisten, die im Flur geblieben waren. »Ich werde dafür sorgen, dass er einen kriegt. Aber außer diesem Anwalt und dem Pflegepersonal darf niemand zu ihm hinein. Lassen Sie sich jedes Mal den Ausweis zeigen und suchen Sie jeden, der zu Mackie will, nach Waffen ab.«

»Zu Befehl, Ma'am.«

»Holen Sie sich Stühle«, riet sie ihnen. »Es wird sicher eine lange Nacht.«

Dann suchte sie die Oberschwester, wies sich bei ihr aus und bat: »Sobald die Ärzte grünes Licht für den Transport von Mackie geben, rufen Sie mich an.«

»Natürlich.«

»Er will einen Anwalt haben, aber außer diesem Anwalt, Polizei und Pflegepersonal darf niemand zu ihm rein.«

»Verstanden.«

»Sie geben keine Auskunft, falls sich irgendwer nach ihm erkundigt, schreiben Sie sich aber den Namen und die Adresse auf.«

»Ich weiß, wie diese Dinge laufen, denn ich habe nicht zum ersten Mal mit einem Straftäter hier auf Station zu tun.«

»Gut. Dann sorgen Sie dafür, dass auch die anderen wissen, wie es läuft.«

Im Weitergehen bestellte sie für Mackie einen Pflichtverteidiger und legte gerade wieder auf, als Roarke mit einer Dose Pepsi für sie kam. »Der Kaffee hier ist auch nicht besser als auf dem Revier.«

»Danke. Ich muss nur noch mit Peabody und Whitney sprechen und sichergehen, dass Mira alle Infos hat, wenn ich den Typ morgen endlich auf die Wache holen lassen kann. Danach muss ich Nadine sagen, dass sie noch einmal das Bild der Tochter bringen soll. Wenn sie das macht, ziehen die anderen Sender sicher sofort nach.«

»Lass dir ruhig Zeit.«

Sie brauchte eine halbe Stunde, bis sie nach dem letzten

der Gespräche die inzwischen leere Pepsidose schwungvoll in den Mülleimer am Klinikausgang warf.

»Anscheinend redet er sich ein, dass Willow nach Alaska abgehauen ist, aber sie ist auf jeden Fall noch hier und bereitet den nächsten Anschlag vor.«

»Das sehe ich genauso, trotzdem kannst du vorläufig nichts mehr tun. Am besten fahren wir heim und hauen uns kurz aufs Ohr.«

»Wahrscheinlich hast du recht.« Sie drehte sich noch einmal um, während sie sich von Roarke in Richtung Fahrstuhl ziehen ließ. »Ich hoffe, dass auch Mackie heute Nacht gut schläft, weil er in seinem ganzen Leben nie wieder ein so bequemes Bett bekommen wird.«

14

Sie schlief bereits im Wagen ein. Der Handcomputer fiel ihr in den Schoss, Roarke schob ihn in ihre Tasche und verstellte den Sitz in Liegeposition.

Er war um sie besorgt. Sie hatte keine Wahl, als sich und andere immer weiter anzutreiben, aber dass er sie verstehen konnte, nahm ihm nichts von seiner Angst, dass sie womöglich irgendwann zusammenbrach.

Inzwischen wusste er, wie dünnhäutig sie war, wenn sie bis zur Erschöpfung einem Fall nachging.

Doch wenigstens bekäme sie jetzt ein paar Stunden Schlaf in ihrem eigenen Bett, sagte er sich, als er durchs Tor in ihre Einfahrt bog. Und morgen früh bekäme sie ein ordentliches Frühstück von ihm vorgesetzt.

Auch er tat, was er musste, und das größte Muss für ihn war nun einmal die Sorge um ihr Wohlergehen.

Er hätte sie ins Haus und weiter bis ins Schlafzimmer getragen, aber als er bremste, schlug sie die Augen wieder auf und murmelte: »Ich bin okay.«

»Du brauchst jetzt erst einmal Schlaf«, erklärte er und legte einen Arm um sie.

»Ich gehe auch sofort ins Bett. Aber um sechs oder am besten Viertel vor stehe ich wieder auf. Ich muss noch ein paar Dinge klären und dann aufs Revier fahren, um dort zu sein, wenn Mackie kommt.«

»Also Viertel vor sechs.«

»Ich weiß, dass du mich pünktlich wecken wirst.« Sie lehnte sich an seine Schulter und schlief beinah im Stehen ein. »Aber muss es wirklich Haferbrei zum Frühstück sein? Ich weiß, dass du schon überlegst, was es zum Frühstück geben soll.«

»Wie wäre es mit Pfannkuchen?« Erfüllt von grenzenloser Liebe, presste er die Lippen auf ihr Haar. »Mit Speck und Beeren.«

»Und literweise Kaffee.«

Schließlich trug er sie den Rest des Wegs, und während sie sich ihren Mantel auszog, streifte er ihr schon die Stiefel ab. Mit seiner Hilfe zog sie noch den Rest von ihren Kleidern aus, und als er sich zu ihr unter die Decke schob und einen seiner Arme um sie schlang, schlief sie schon tief und fest.

Sie stand auf einem Kreis aus weißem Eis mit ein paar Flecken leuchtend roten Bluts. Der Wind war bitterkalt, und in der Dunkelheit der Nacht hob sich das Rot des Bluts vom Weiß des Eises ab.

Die Toten, die das Blut vergossen hatten, hatten einen kranken, gräulich weißen Teint, sie sah auf und blickte auf das Mädchen mit der glatten Haut, den schwarzen Dreadlocks und den leuchtend grünen Augen, das ihr gegenüberstand.

Sie musste selbst im Traum das Mitgefühl verdrängen, das sie bei Willows Anblick überkam.

»Ich bin besser als Sie.«

»Darin, wehrlose Menschen umzubringen? Allerdings.«

»Ich bin auch sonst besser als Sie, denn schließlich weiß und mag ich, was ich bin. Ich bin die Beste meines Faches, aber Sie? Sie tun so, als ob Sie etwas wären, was Sie gar nicht sind.«

»Ich brauche ja wohl nicht so zu tun, als ob ich Polizistin wäre, weil ich schließlich Polizistin bin.«

»Aber Sie sind auch eine Killerin. Genau wie ich.«

»Wir sind uns nicht mal ansatzweise ähnlich«, widersprach Eve ihr, obwohl sie innerlich erschauderte. »Du tötest nur zum Spaß. Du tötest wehrlose und unschuldige Menschen, einfach weil du's kannst – bis ich dich aufhalte.«

»Es geht ums Töten selbst, die Gründe sind total egal.«

»Das sind sie nicht. Warum wärst du wohl sonst jetzt auf der Flucht?«

»Ich bin nicht auf der Flucht. Ich stehe Ihnen direkt gegenüber.« Willow stand im Wind, der ihre Haare fliegen ließ, und breitete die Arme aus. »Aber Sie selber laufen immer noch vor dem davon, was Sie in Ihrem tiefsten Innern sind.«

Willow lachte. »Sie haben schließlich Ihren eigenen Vater umgebracht.«

Die roten Flecken auf dem weißen Eis fingen an zu blinken, und Eve blickte auf den toten Richard Troy und auf das Blut, das aus den Wunden lief, die er überall am Körper hatte.

»Ich habe ihn getötet, und ich würde es noch einmal tun.«

»Dann sind Sie also eine Mörderin.«

»Ich hatte keine andere Wahl, weil er ein Monster war.«

»Wer sagt, dass Sie so etwas entscheiden dürfen und ich nicht? Die Menschen, die ich töte, haben meinem Vater wehgetan.«

»Dein Vater ist ein kranker, selbstsüchtiger Hurensohn.«

Das Mädchen lächelte sie an. »Das war Ihr Vater auch, nur hat er Sie niemals geliebt. Aber mein Vater liebt mich und hat mich zu dem gemacht, was ich jetzt bin. So wie Ihr Vater Sie.«

»Ich habe mich allein zu der gemacht, die ich jetzt bin. Was hat sie Ihrem Vater angetan?« Eve zeigte auf die tote junge Frau in Rot.

»Ich konnte sie nicht leiden, weil sie furchtbar angegeben hat. Sie war die Art von Mädchen, die auf mich herabgesehen hat. Genau wie Sie. Wenn ich mit meiner Liste durch bin, komme ich noch einmal zurück und ziele dann auf Sie.«

»Wenn ich mit den Ermittlungen durch bin, wirst du im Gefängnis landen. Wie dein alter Herr.«

Das Mädchen warf den Kopf zurück und brach in schallendes Gelächter aus. »Wenn Sie könnten, würden Sie mich töten, denn das steckt in Ihnen drin. So bin ich nicht. Ich habe einfach meinem Vater zugehört, von ihm gelernt und hart gearbeitet, und wenn ich mit den Leuten von der Liste fertig bin, knalle ich alle ab, die Ihnen etwas bedeuten, und am Schluss Sie selber.«

Als Willow ihr Gewehr anlegte, zückte Eve den Stunner, den sie immer bei sich trug, und beide drückten ab.

Erschrocken fuhr sie aus dem Schlaf, doch Roarke hielt sie im Arm und raunte leise: »Immer mit der Ruhe, Baby, es ist alles gut. Du hast nur schlecht geträumt.«

»Sie hat gesagt, ich wäre genauso wie sie, aber das ist nicht wahr. So bin ich nicht.«

»Natürlich nicht. Du zitterst ja am ganzen Leib. Am besten mache ich ein Feuer im Kamin.«

Bevor er aber aufstehen konnte, schlang Eve ihm die Arme um den Hals. »Ich bin nicht so wie sie. Auch wenn wir beide kranke Bastarde als Väter hatten, bin ich trotzdem nicht wie sie. Obwohl wir beide nicht bereit sind aufzugeben und ich keine Ahnung habe, was das heißt.«

»Das heißt, dass sie genauso irre wie ihr Vater ist und dass du selber deine Arbeit machst. Dass du auch diesmal tun wirst, was in deiner Macht steht, um für ihre Opfer einzutreten und um andere vor Schaden zu bewahren. Denn du bist das genaue Gegenteil von ihr, geliebte Eve.«

»Aber ich hätte so wie Willow werden können.« Immer wenn sie seine Schulter brauchte, war er da, dankbar lehnte sie sich an ihn. »Wie viel bekommt man mit, und wie viel ist man selbst?« Behutsam machte sie sich wieder von ihm los, umfasste sein Gesicht und konnte selbst im Dunkeln seine wilden, wundervollen blauen Augen sehen. »Oh Roarke, ich liebe dich.«

»*A grhá.*« Er gab ihr einen sanften Kuss. »Du bist die Einzige für mich.«

»Ich liebe dich, und du hast mich gerettet«, fügte sie hinzu und küsste ihn zurück.

»Genauso wie du mich.« Behutsam drückte er sie wieder in die Kissen, schob sich über sie und stellte fest: »Ich habe dich gerettet und du mich, so wird es immer sein.«

Sie brauchte ihn und musste seine Nähe spüren. Mund an Mund, Haut an Haut, Herz an Herz.

Sie brauchte statt der Kälte und der Dunkelheit, statt eines rot blinkenden Lichts und schwarzen Bluts auf weißem Eis die Wärme, Schönheit, Leidenschaft und Helligkeit, die einfach durch die Liebe dieses Mannes in ihr Leben eingezogen waren.

Dank seiner Liebe war sie so viel mehr als zu der Zeit, bevor sie ihm begegnet war.

In ihrem Innern rangen Stärke und Verletzlichkeit, doch gerade diese beiden Eigenschaften machten seine Polizistin aus. Sie machten sie zu der, die sie inzwischen war, zu seinem Ein und Alles und dem Einzigen, was ihm im Leben wirklich wichtig war.

Er strich besänftigend mit seinen Händen über ihren Leib, erregte sie mit heißen Küssen und war glücklich, als sie sich ihm hingab und ihm ihre langen, muskulösen Beine um den Körper schlang.

Ihr Puls, die Schläge ihres Herzens und ihr ganzes Leben waren so eng mit seinem Leben, seinem Herzschlag und mit seinem Puls verwoben, als ob sie tatsächlich ein Wesen mit zwei Körpern wären.

Genau das brauchte sie jetzt mehr als Schlaf, als Essen oder Sauerstoff.

Sie brauchte den Beweis dafür, dass sie und er zusammengehörten.

Sie brauchte diesen Augenblick, in dem es keinen Tod, keine Gewalt und keine Kälte gab.

Sie nahm ihn in sich auf und gab sich ihm vollkommen hin. Gemeinsam schwangen sie sich in ungeahnte Höhen auf, neben dem Gefühl des Glücks, das sie empfand, war für nichts anderes mehr Platz.

Dann kam der wunderbare Punkt, an dem sie endgültig

mit ihm verschmolz, und während er noch in ihr war, brach sie in Tränen aus.

»Was ist, was ist passiert?« Er zog sie eng an seine Brust und küsste ihr die Tränen fort.

»Ich weiß es nicht.« Sie klammerte sich an ihm fest, und hilflos wiegte er sie in den Armen hin und her.

»Das ist vollkommen lächerlich. Ich weiß beim besten Willen nicht, was diese blöden Tränen sollen.«

»Du bist einfach erledigt, das ist alles. Du bist einfach vollkommen erschöpft.«

Sie wusste, dass es auch noch einen anderen Grund für diese heißen Tränen gab, nur konnte sie ihn nicht in Worte fassen, also sagte sie: »Ich bin okay. Es tut mir leid, aber ich bin okay.«

»Am besten hole ich dir ein Beruhigungsmittel.«

»Nein, schließlich muss ich bald schon wieder aufstehen. Wie spät ist es überhaupt?«

Noch während sie die Frage stellte, klingelte ihr Handy, mit tränenfeuchten Wangen fuhr sie hoch und zerrte das Gerät aus einer Tasche ihrer Hose, die am Fußende des Bettes lag.

»Licht an«, bat Roarke.

»Video aus.« Sie atmete tief durch und nahm den Anruf an.

»*Hier Zentrale, Lieutenant Dallas. Es gab einen Anschlag mit mehreren Toten am Madison Square Garden zwischen der Einunddreißigsten und Siebten.*«

»Verstanden. Kontaktieren Sie auch Detective Delia Peabody und Lieutenant, Augenblick, ja richtig … Mitchell Lowenbaum. Ich mache mich jetzt auf den Weg.«

Roarke warf ihr die Kleider zu und zog sich selber an.

»Wahrscheinlich geht es dabei um den Anwalt«, überlegte Eve, als sie in ihre Sachen stieg. »Wenn sie sich weiter an den Plan hält, ging es diesmal um den Anwalt, der nicht aufzutreiben war. Aber um zwei Uhr nachts? Woher weiß sie, wo er um diese Uhrzeit ist?«

»Am Madison Square Garden fand gestern Abend ein Konzert statt«, meinte Roarke. »Ich nehme an, dass das so lange gedauert hat. Oh Gott, die Halle war wahrscheinlich brechend voll, und, Eve, ich weiß, dass Mavis gestern Abend auch dort aufgetreten ist.«

Sie zuckte kurz zusammen, dann aber zwang sie sich, ihr Waffenholster anzulegen und sich die Stiefel anzuziehen. Mavis war bestimmt nicht mit den Zuschauern zusammen durch den Hauptausgang gekommen, also hatte Willow sie ganz sicher nicht erwischt.

Ich knalle alle ab, die Ihnen etwas bedeuten, hatte ihr das Mädchen im Traum gedroht.

»Wir hatten selber Tickets.«

»Was? Für das Konzert?«

»Ja, ich habe sie Summerset geschenkt.«

Noch immer schnell und effizient, warf er ihr den Mantel zu, doch sein Gesicht verriet, wie angespannt er war.

Alle, die Ihnen etwas bedeuten, dachte sie noch einmal und rief auf dem Weg nach unten auf dem Handy ihre Freundin Mavis an.

Hallihallo, ich habe keine Zeit zum Quatschen, denn ich habe gerade etwas wirklich Tolles vor! Aber du kannst mir gern erzählen, worum es geht, dann rufe ich auf jeden Fall zurück. Bis dann!

»Ruf mich sofort zurück, Mavis. Es ist echt wichtig. Falls du jetzt noch im Madison Square Garden bist, bleib ja im Haus! Bleib drinnen, hast du mich gehört?«

Dann sprang sie in den Wagen und versuchte es bei Summerset.

Ich bin leider gerade nicht erreichbar, aber wenn Sie Ihren Namen, Ihre Nummer und dazu noch eine kurze Nachricht hinterlassen, rufe ich, so schnell es geht, zurück.

»Verdammt, verdammt, verdammt. Aber es geht den beiden gut. Es geht ihnen auf alle Fälle gut.« Am liebsten hätte sie auch noch bei Leonardo angerufen, aber wenn er mit dem Kind zuhause wäre, bräche er bei ihrem Anruf nur in Panik aus.

Es hätte keinen Sinn, ihm Angst zu machen, sagte sie sich, während Roarke mit dem Auto aus ihrer Einfahrt auf die Straße schoss.

Stattdessen rief sie immer wieder Mavis, den Butler ihres Mannes und am Ende Baxter an.

Er hatte noch vom Schlaf zerzaustes Haar, war unrasiert und sah mit seinen übertrieben großen Augen gleichzeitig erschöpft und panisch aus.

»Madison Square – dort war ein riesiges Konzert. Ich bin jetzt auf dem Weg dorthin und brauche Jenkinson und Reineke vor Ort. Sie und die anderen fahren erst einmal aufs Revier und warten dort, bis Sie etwas anderes hören.«

»Okay.«

Sie legte wieder auf und rief als Nächstes Feeney an.

»McNab hat mich schon informiert. Ich bin in circa einer Viertelstunde da«, erklärte er. »Wie viele hat sie dieses Mal erwischt?«

»Das weiß ich nicht. Wir sind in fünf Minuten vor Ort. Ihr müsst so schnell wie möglich Summersets und Mavis' Handys orten, denn die beiden waren bei dem Konzert.«

»Oh Gott. Na klar. Verdammt.«

Er legte auf, und Eve berührte kurz die Hand von Roarke und wappnete sich für den nächsten Schritt.

»Sobald wir sie gefunden haben, müssen Feeney, Ian und du versuchen herauszufinden, wo sie die Schüsse abgegeben hat. Wir brauchen diesen Ort, auch wenn sie dort wahrscheinlich nicht mehr ist.«

»Ich glaube, er war mit Ivanna dort. Ivanna Liski. Ja, genau. Er hat gesagt, sie würden erst etwas essen gehen und dann dieses Konzert besuchen, denn man müsste schließlich musikalisch auch für neue Dinge offen sein. Und ich ... ich habe ihm gesagt, er sollte mit Ivanna noch hinter die Bühne gehen, damit sie Mavis kennenlernt. Er sollte zusehen, dass er Backstagepässe kriegt.«

Eve wusste, dass die zarte, blonde Liski früher Primaballerina, nebenher Spionin und der Jugendschwarm von Summerset gewesen war. »Das heißt, dass wir sie finden werden, weil sie während des verdammten Anschlags ganz bestimmt noch in der Halle waren.«

Da in der Siebten das totale Chaos herrschte, fuhr Roarke einen Umweg durch die Fünfunddreißigste und schlängelte sich durch das Blaulicht auf den Dächern der diversen Einsatzwagen und das Heulen der Sirenen an den anderen Fahrzeugen und Absperrungen vorbei.

Dasselbe Durcheinander hatte vor zwei Jahren schon einmal hier geherrscht. Die terroristische Vereinigung Cassandra wollte damals alle Wahrzeichen New Yorks zerstören und hatte die Arena in die Luft gejagt. Bevor die neu erbaute Halle jetzt von einer anderen Verrückten ins Visier genommen wurde.

Hätte Eve das Attentat – wie Cassandra – vorhersehen und verhindern können oder sollen?

Sie verdrängte den Gedanken und stieg eilig aus.

Als Roarke sich in Bewegung setzte, rief sie: »Warte! Dich alleine lassen sie nicht durch, und ich brauche mein Untersuchungsset.«

Sie riss den Beutel aus dem Kofferraum, klemmte die Dienstmarke am Aufschlag ihres Mantels fest und schoss mit ihm zusammen durch die lärmende Menge Richtung Absperrung.

»Lieutenant. Himmel, Lieutenant, hier herrscht das totale Chaos.«

»Halten Sie die Stellung, Officer, treiben Sie die Menge irgendwie zurück. Ich will Richtung Osten bis zur Sechsten, Richtung Westen bis zur Achten und zwei Blocks nach Norden und nach Süden keine Zivilisten sehen. Wie viele Opfer haben wir?«

»Das weiß ich nicht. Wir sollen nur die Menge kontrollieren. Angeblich um die zwanzig, aber sicher bin ich nicht.«

Sie schob sich weiter durch die Schar der Polizisten, Sanitäter und der weinenden Zivilisten, bis sie all die Toten und Verletzten vor dem Ausgang der Arena liegen sah.

Polizei- und Medienhelikopter kreisten über ihren Köpfen, während auf der Straße und den Bürgersteigen

Cops und Ärzte mit dem Abschirmen der Toten und mit der Versorgung der Verwundeten beschäftigt waren.

Sie versuchten, ein gewisses Maß Ordnung herzustellen, weil niemand wusste, ob der unsichtbare Schütze nicht vielleicht noch immer auf der Lauer lag.

Die Lichter auf den Dächern Dutzender von Streifen- und genauso vieler Krankenwagen tauchten die Umgebung abwechselnd in rotes oder blaues Licht, die Umgebung war mit dem Gestank von Blut und mit den Schreien der Verletzten angefüllt.

»Gott sei Dank.« Eve stand so dicht bei Roarke, dass sich der Schauder, der durch seinen Körper zuckte, auf sie übertrug. »Da drüben ist er. Da. Er hilft den Sanitätern.«

Tatsächlich sah auch sie die knochige Gestalt mit dichten grauen Haaren, die mit blutbeschmierten Händen neben einer Frau am Boden kniete, der das Blut aus einer Wunde in der Seite und aus einem Riss in Höhe ihrer Schläfe lief.

Sie atmete tief durch und rannte auf ihn zu.

»Sind Sie verletzt?«, erkundigte sich Roarke und packte Summerset am Arm. »Sagen Sie mir, dass Sie nicht verwundet sind.«

»Nein, nein, wir waren noch drinnen, als die Schüsse fielen. Aber dann hörte ich die Schreie, und ich sah ... ich muss die Blutung stillen«, erklärte Summerset mit barscher Stimme, aber als er seinen Kopf hob, waren ihm das Entsetzen und die Trauer überdeutlich anzusehen. »Mavis und Leonardo geht es gut. Sie sind noch drinnen. Ivanna ist noch einmal reingelaufen und kümmert sich um sie.«

Eves Hals war zugeschnürt, und ihre Augen brannten, aber schließlich holte sie tief Luft, hockte sich neben ihn und sah ihm ins Gesicht. »Haben Sie Ihr Handy eingeschaltet?«

»Was?«

»Sie müssen Ihr verfluchtes Handy eingeschaltet lassen, falls ich Sie noch einmal kontaktieren muss. Wir müssen später ausführlich reden, aber erst mal lassen Sie Ihr Handy an und fahren mit Ihrer Arbeit fort. Sie sind bei ihm in guten Händen«, wandte sie sich an die unter Schock stehende Frau, die auf dem Boden lag. »In wirklich guten Händen«, wiederholte sie und stand entschlossen wieder auf.

Dann wandte sie sich ab, holte tief Luft und rief nach zwei Beamten, die sie in der Nähe stehen sah. »Sie beide sorgen dafür, dass die Krankenwagen ungehindert durchkommen. Sie brauchen freie Fahrt hierher und dann zurück zum Krankenhaus. Nichts und niemand außer Ärzten, Sanitätern oder Polizei kommt näher als zur Sechsten, Achten, Sechsunddreißigsten und Zweiunddreißigsten heran. Geben Sie das weiter. Jetzt sofort. Und Sie«, wandte sie sich zwei anderen Beamten zu. »Glauben Sie, dass es den Leuten hilft, wenn Sie hier herumstehen und Däumchen drehen? Gehen Sie in die Halle und stellen dort ein Mindestmaß an Ordnung her. Niemand kommt heraus, bis ich es sage. Los.«

»Der Sergeant hat gesagt, dass wir hier erst einmal die Stellung halten sollen«, fing einer von den beiden an, doch Eve bedachte ihn mit einem bösen Blick und zeigte auf die Dienstmarke, die sie am Aufschlag trug.

»Was steht da?«

»Lieutenant, Ma'am.«

»Genau. Das heißt, dass mein Befehl die Anweisung des Sergeants toppt.«

Damit ließ sie die beiden stehen und wandte sich an eine Sanitäterin. »Können wir ein paar der Leichtverletzten in die Halle bringen?«

»Das könnten wir.« Die Frau sah weiter nach dem offenbar gebrochenen Bein des Mannes, der am Boden lag. »Aber sie haben die Türen dichtgemacht.«

»Dann machen wir sie wieder auf. Falls Sie noch ein paar Leute übrig haben, können die dann drinnen nach den Leichtverletzten sehen. Wir sind gerade dabei, die Straße für die Krankenwagen frei zu machen.«

»Halleluja.«

»Wissen Sie, wie viele Tote und Verletzte wir hier haben?«

»Nein. Vielleicht ein Dutzend Tote und zweimal so viele Verletzte, aber sicher bin ich nicht.«

»Dallas.«

Eve sah über ihre Schulter und riss überrascht die Augen auf, als sie Berenski auf sich zugehumpelt kommen sah. Er hatte obendrein ein blaues Auge, und sie fragte: »Geht es Ihnen gut?«

Er nickte knapp. »Ich habe in der allgemeinen Panik etwas abgekriegt. Ich war mit ein paar Kumpels von der Arbeit hier. Es geht uns allen gut, aber ... die Leute haben herumgeschrien und sind vor lauter Panik aufeinander herumgetrampelt, als die Schüsse fielen. Sie dachten offenbar, gleich flöge die Arena so wie vor zwei Jahren in die Luft.«

Er war ein bisschen kurzatmig, und seine Augen wirkten etwas glasig, als er seinen Blick über das Chaos wandern ließ. »Was für eine Scheiße, Dallas, was für ein verdammter Scheiß.«

»Brauchen Sie einen Arzt?«

»Nein, nein. Ich habe einmal einen Erste-Hilfe-Kurs gemacht, aber ich habe keine Ahnung, ob der reicht, um hier zu helfen.«

»Da vorn kommt Feeney. Helfen Sie den elektronischen Ermittlern herauszufinden, von wo aus geschossen wurde.«

»Okay, das mache ich. Das mache ich«, erklärte er noch einmal und hinkte wieder los.

Sie hatten keine Chance, den Ort vollständig abzuriegeln, dachte Eve. Sie hatte getan, was möglich war, deswegen holte sie jetzt tief Luft und sah sich erst einmal gründlich um.

Wahrscheinlich hatte Willow das Konzert gestreamt, damit sie wusste, wann es aus war.

War einer von den Toten jemand, auf den Mackie oder sie es abgesehen hatten, oder wollte sie mit diesem Attentat nur demonstrieren, wozu sie fähig war?

Hatte sie noch abgewartet, als die Türen aufgegangen und die ersten Leute herausgeströmt waren? Wie lange hatte sie gewartet, bis der erste Schuss gefallen war?

Eve ging zurück zu Summerset. Inzwischen hatte er die Bauchwunde der Frau versorgt und kümmerte sich um den Ratzer in der Stirn.

»Sie helfen uns hier weiter.«

»Ich …«

»Sehen Sie die Sanitäterin da drüben?«, fragte Eve. »Sie ist echt gut. Sorgen Sie mit ihr zusammen dafür, dass die Leichtverletzten wieder in die Halle kommen. Sie sollen es dort bequem haben, fürs Erste müssen alle dort bleiben. Einer meiner Leute wird mit ihnen reden, danach können sie nach Hause gehen. Die Schwerverletzten kommen, so schnell es geht, ins Krankenhaus. Ich muss mich um die Toten kümmern, deshalb kümmern Sie sich um die Lebenden, okay?«

»Okay.«

»Ich brauche eine Liste aller, die behandelt worden sind. Verstanden?«

»Selbstverständlich.«

»Wenn ich Sie für etwas anderes brauche, rufe ich Sie an.«

Sie sah, dass Roarke mit Feeney und dem leicht verletzten Sturschädel im Haus verschwand.

»Sehen Sie den Kerl da mit dem Eierkopf, der hinter Roarke herhinkt?«

»Ja.«

»Sie könnten vielleicht einmal nach ihm sehen. Er ist bei Roarke und Feeney und hat in der allgemeinen Panik etwas abgekriegt.«

»Ich tue, was ich kann.«

»Falls Sie Mavis sehen, sagen Sie ihr ...«

»Natürlich.«

»Alles klar.« Sie wandte sich zum Gehen, um sich die ersten Toten anzusehen.

Sie hatte gerade mit dem dritten Opfer angefangen, als Peabody erschien.

»Es tut mir leid. Himmel, Dallas, wir haben eine Ewigkeit gebraucht, um durchzukommen. Hinter den Absperrungen ist die Hölle los. Whitney hat gefühlte Hundertschaften losgeschickt, die die Leute von den Straßen holen sollen. Soll ich Ihnen bei der Identifizierung helfen?«

»Der Mann hier war die Zielperson. Jonah Rothstein, achtunddreißig, Rechtsanwalt. Nach ihm haben wir die ganze Zeit gesucht. Eine Schusswunde in seinem Bauch. Er war bereits verblutet, bevor irgendwer ihm helfen konnte, aber vorher hat er sich bestimmt noch mehrere Minuten fürchterlich gequält. Sehen Sie das verschmierte Blut? Er hat versucht, irgendwohin zu kriechen. Also hat sie ihm auch noch zwei Beinschüsse verpasst. Das ist das erste Mal, dass sie mehrmals auf jemanden geschossen hat. Das heißt, es ging ihr eindeutig um ihn.«

Eve richtete sich auf den Fersen sitzend auf. »Er kommt aus der Konzerthalle und ist bestimmt gut drauf. Er ist geschieden, aber vielleicht ist er ja mit jemandem zusammen unterwegs. Auf alle Fälle hatte sie ihn da schon im Visier. Diesmal, ja, ich würde sagen, diesmal legt sie ihre Zielperson als Erstes um, damit sie ihr im anschließenden Durcheinander nicht entwischt. Danach knallt sie wahllos noch ein Dutzend anderer Menschen ab. Nicht um von dem eigentlichen Opfer abzulenken, sondern einfach so zum Spaß. Verständigen Sie Morris.«

»Schon erledigt. Er ist unterwegs. Vielleicht war er ja sogar vor uns hier.«

»Ich habe ihn bisher noch nicht gesehen. Er muss sich dieses Opfer hier zuerst ansehen. Lassen Sie Rothstein schon einmal ins Leichenschauhaus bringen, damit er zuerst drankommt.«

»Ich spreche mich mit Morris ab. Wissen Sie, wie viele sie erwischt hat, Dallas?«

Eve stand auf. Die Sanitäter kümmerten sich immer noch um die Verwundeten, von denen aber viele bereits in der Halle waren, die Unverletzten gaben ihre

Personalien zu Protokoll und durften dann nach Hause gehen.

Die Gegend wirkte wie ein Schlachtfeld, denn die kalten, blutverschmierten Bürgersteige waren mit Toten und Verletzten übersät. Bisher wusste sie von vierzehn Menschen, denen nicht einmal der beste Arzt noch hätte helfen können, vielleicht waren es auch noch mehr.

»Am besten sehen wir sie uns einen nach dem andern an.«

Am Ende hatten sie es mit sechzehn Menschen, die direkt vor Ort verstorben waren, mit zwei Personen, die es unter Umständen nicht schaffen würden, und mit achtundvierzig weiteren Verwundeten zu tun.

Jeder einzelne von diesen Menschen lag ihr auf der Seele, als sie in der bitterkalten Stunde vor Beginn der Dämmerung die Toten draußen liegen ließ und in die Halle ging, um dort das zu tun, was nötig war.

Sie sah sich in dem riesengroßen, hell erleuchteten Foyer mit seinem teuren Marmorboden um und ging zu Jenkinson.

»Was haben Sie herausgefunden?«

»Die Berichte widersprechen sich. Die meisten Leute haben keine Ahnung, was geschehen ist. Sie haben es gar nicht geschafft, aus der Halle zu kommen, sondern waren hier eingequetscht. Sie wurden im Gedränge umgeworfen, die anderen sind einfach über sie hinweggetrampelt, als jemand etwas von einer Bombe schrie, denn in dem Augenblick brach hier die Hölle los.«

Erschöpft und grimmig sah auch er sich in der Halle um. Man hatte die Verletzten in verschiedene Krankenhäuser transportiert, aber der Boden war noch immer blutverschmiert, und die diversen Handtaschen und anderen Sachen, die die Leute einfach fallen lassen und vergessen hatten, zeugten von der Panik, die hier ausgebrochen war.

»Draußen sieht es auch nicht anders aus. Die Aussagen zum ersten Schuss haben sich widersprochen, aber wenigstens ein Mann der Security hat einen kühlen Kopf bewahrt und ist sich sicher, dass die ersten Leute, circa zehn Minuten nachdem die Besucher aus der Halle kamen, umgefallen sind.«

Jenkinson massierte sich kurz das Genick und las aus seinem Notizbuch ab: »Nach Aussage des Wachmanns hat es als Ersten einen Mann in einem schwarzen Mantel und mit mittellangem blondem Haar erwischt. Dann eine Frau in einem schwarzen oder grauen Mantel mit rotem Haar, er sagt, das erste Opfer habe auch noch einen zweiten und womöglich sogar einen dritten Treffer abgekriegt. Wobei er nicht mehr sicher weiß, ob bevor oder nachdem die Frau zu Boden gegangen war, weil die Leute da bereits am Durchdrehen waren.«

»War der Mann irgendwann mal bei der Polizei?«

»Seltsam, dass Sie fragen. Er war wirklich fünfundzwanzig Jahre bei der Truppe, hauptsächlich in Queens.«

»Seither hat er offenbar nichts verlernt. Das erste Opfer, männlich, schwarzer Mantel, blonde Haare, war der Rechtsanwalt. Jonah Rothstein. Er hat tatsächlich drei Treffer abgekriegt. Behalten Sie den Wachmann hier, vielleicht fallen ihm ja noch ein paar andere Einzelheiten ein. Die Toten sind inzwischen auf dem Weg ins Leichenschauhaus. Obwohl sie draußen immer noch ein paar Verwundete behandeln, ist dort halbwegs Ruhe eingekehrt.

Trotzdem lassen wir den Sektor erst einmal abgesperrt. Am besten übernehmen jetzt Carmichael und Santiago. Sie selbst und Reineke hauen sich kurz aufs Ohr.«

»Auf keinen Fall. Sie brauchen alle Leute, die Sie kriegen können, und wir halten garantiert noch etwas durch. Ich habe einen Muntermacher eingeworfen«, gab er zu und fuhr sich mit den Händen durchs Gesicht. »Dabei sind diese Dinger wirklich widerlich.«

»Okay. Sie machen trotzdem eine kurze Pause, weil Sie später keine Zeit mehr dafür haben werden«, wies Eve ihn noch einmal an. »Doch vorher sagen Sie mir noch, wo Feeney und die anderen elektronischen Ermittler abgeblieben sind.«

Sie brauchte volle fünf Minuten, bis sie in den beeindruckenden Sicherheitsbereich der Halle kam, wo die Elektronikleute bei der Arbeit waren. Sie blendete das Fachchinesisch, das sie sprachen, aus und sah sich auf dem Monitor die roten Linien an, die zwischen der Lexington, der Siebten und der Dritten und dem Anschlagsort verliefen. Es war die Gegend um den Murray Hill, erkannte sie.

»Wir, das heißt der SEKler und Berenski, grenzen den Bereich noch weiter ein«, erklärte Feeney ihr.

Tatsächlich kauerte der Sturschädel zusammen mit Lowenbaum vor einem Monitor und gab mit seinen langen Spinnenfinger irgendwelche unverständlichen Befehle in den daran angeschlossenen Computer ein.

»Falls sie dieselbe Waffe wie ihr Arsch von Vater nutzt, kommen nur zwei Blocks in Frage.« Berenski ließ die Schultern kreisen und drehte sich kurz mit seinem Rollhocker zu ihr herum. »Wenn man die Waffe nimmt, die

Schussweite und die Geschwindigkeit und davon ausgeht, dass das Ding auf höchster Stufe stand, denn warum hätte sie sich diesen Spaß nicht gönnen sollen ...«

»Ersparen Sie mir die Formel und erzählen Sie mir einfach, von wo aus sie Ihrer Meinung nach geschossen hat. Vielleicht können Sie mir ja später irgendwann mal eine Stunde in dem anderen Krempel geben, wenn Sie wollen.«

Er blinzelte und fuhr sich über seinen jämmerlichen Oberlippenbart. »Ja sicher. Warum nicht?«

»Aus unserer Sicht kommen drei Gebäude in Betracht«, erklärte Roarke. »Eins in der Dritten und zwei in der Lexington.«

»Sie liebt die East Side«, meinte Eve. »Dort kennt sie sich am besten aus.«

»Anscheinend. Dank der Hilfe unserer beiden Waffenleute konnten wir die Gegend noch einmal erheblich eingrenzen. Die drei Gebäude sind nicht wirklich gut gesichert, es gibt dort jede Menge billiger Apartments, die man mieten kann.«

»Dann fangen wir dort an. Könnt ihr dieses verbesserte Programm noch einmal auf den Anschlag auf den Times Square anwenden?«

»Sind schon dabei«, erklärte McNab ihr. »So gut, wie das Programm jetzt ist, finden wir sicher heraus, von wo die Schüsse abgegeben worden sind.«

»Peabody, Sie schicken Baxter, Trueheart und Carmichael von der Trachtengruppe mit jemandem los, um sich dort umzuhören.« Sie sah auf ihre Uhr. »Halten Sie sich selbst bereit, um mit mir aufs Revier zu fahren, wenn Sie wieder von mir hören.«

Bevor sie aber auf die Wache fahren könnten, kehrte

sie ins Erdgeschoss zurück und fragte dort, wie sie hinter die Bühne kam. Sie würde dort wahrscheinlich nichts erfahren, was ihr bei der Jagd nach Willow weiterhelfen würde, doch sie könnte ganz unmöglich gehen, ohne vorher nach den Menschen, die ihr wichtig waren, zu sehen.

Denn schließlich hatte Willow diese Menschen während ihres Albtraums mit dem Tod bedroht.

Als Erstes hörte sie die Stimme von Nadine. Sie saß mit dem Rücken an der Wand vor einer der Garderoben auf dem Boden und klang abgrundtief erschöpft, doch ihr Gesicht und die Haare sahen wenig überraschend ebenso fantastisch aus wie die leuchtend blaue Lederjacke über ihrem eleganten schwarzen Skinsuit.

An ihrer Seite saß ein Mann mit violett gesträhntem schwarzem Haar, das wild gelockt bis auf den Kragen eines schwarzen T-Shirts und die ärmellose schwarze Nietenweste fiel. Des Weiteren trug er schwarze Jeans und abgewetzte, wadenhohe Schnürstiefel, er hatte mindestens so viele Silberringe in den Ohren wie McNab.

Er sah aus leuchtend blauen Augen mit schweren Lidern zu ihr auf, und die vergnügten Grübchen, die er in den Wangen hatte, wurden durch sein leichtes Lächeln noch vertieft.

»Da kommt deine Freundin von der Polizei, Lois.«

»Was? Oh, Dallas.« Die Reporterin sprang auf. »Was wissen Sie? Was können Sie mir sagen? Ich bin in Kontakt mit meinem Sender, wir brauchen wenigstens ein paar Details.«

Zum Glück hatte sie nicht gewusst, dass auch Nadine auf dem Konzert war, sagte sich Eve. Sonst hätte sie sich außer um die anderen auch noch um sie gesorgt.

»Was wissen *Sie*?«, gab sie zurück. »Was haben Sie gesehen? Was haben Sie gehört? Sie wissen, dass mein Job jetzt erst mal Vorrang hat.«

»Ich habe nichts gesehen oder gehört. Ich war hier unten in Mavis' Garderobe, als der Wachschutz kam und meinte, dass es einen Zwischenfall gegeben habe und wir erst einmal hier warten müssten, bis die Lage sich beruhigt. Summersets Freundin hat uns dann hierhergebracht. Sie passt auch weiterhin auf Mavis, Leonardo … und auf Trina auf.«

Nadine wies auf die Tür, auf der in großen Lettern Mavis' Name stand. »Na los, Dallas, nun spucken Sie's schon aus. Ich brauche irgendetwas, was ich meinem Produzenten geben kann.«

Eve wandte sich Nadines Begleiter zu. »Wer sind Sie?«

Die Journalistin lachte auf. »Hab ich es nicht gesagt?«

»Erfrischend«, meinte er. »Ich bin Jake Kincade.«

»Auch das wird ihr nichts sagen. Dallas, Jake ist einer der mit Abstand größten Rockstars, die wir gerade in den Staaten haben. *Avenue A*? Die Band ist ungefähr seit fünfzehn Jahren jede Woche in den Charts.«

»Mehr oder weniger. Aber das spielt jetzt keine Rolle, stimmt's? Wie dem auch sei.« Auch er stand auf und reichte Eve die Hand. »Ich würde sagen, ist mir eine Freude, aber in dieser Situation? Verdammt.«

»Wie viele Tote haben wir?«, fragte Nadine. »Sagen Sie mir zumindest das? Das ist wichtig, Dallas.«

»Ja, das ist es. Sechzehn und noch zwei, die es vielleicht nicht schaffen werden, aber sechzehn haben bisher auf jeden Fall ihr Leben gelassen.«

»Mein Gott.« Jake starrte auf die Türen entlang des

Korridors. »Meine Bandkollegen sind in ihren Garderoben, und die armen Roadies sind in einem Raum zusammengepfercht. Zumindest sind sie dort in Sicherheit. Sie alle sind in Sicherheit, aber ... wir haben einem guten Dutzend Leute Karten für dieses Konzert geschenkt. Können Sie nachsehen, wie es denen geht?«

»Geben Sie mir die Namen«, meinte Eve, während sie ihr Notizbuch aus der Tasche zog.

Er wusste alle Namen auswendig, und sie glich sie mit denen, die sie sich aufgeschrieben hatte, ab.

»Keiner dieser Leute steht auf meiner Liste, wobei mir noch ein paar Namen von Leichtverletzten fehlen.«

»Das reicht mir erst einmal. Ich danke Ihnen. Sie haben bei einem Preisausschreiben mitgemacht und durften uns dann bei den Proben zusehen und bekamen für heute vor dem Auftritt einen Backstagepass.«

»Der Gedanke, dass womöglich einem dieser Leute etwas passiert ist, hat die ganze Zeit an ihm genagt«, meinte Nadine.

»Ich werde den Kollegen sagen, dass Sie alle jetzt nach Hause fahren können, aber es kann noch eine halbe Stunde dauern, bis jemand herunterkommt und Sie nach draußen eskortiert.«

»Ohne ein Interview gehe ich nirgends hin«, erklärte die Reporterin. »Es reicht, wenn Sie hier mit mir reden und ich das Gespräch dann an den Sender schicken kann.«

»Nur nicht lockerlassen, Lois«, meinte Jake, und sie bedachte ihn mit einem bitterbösen Blick.

»Die Stadt wacht gerade auf«, fuhr sie mit einem Blick auf ihre Glitzeruhr mit Nachdruck fort. »Die Menschen müssen wissen, was geschehen ist. New York ist ihre

Stadt, und die Eröffnung der neuen Konzerthalle war für sie alle das Signal, dass dieser Ort sich niemals unterkriegen lässt. Doch jetzt hat jemand die Halle mit Blut beschmiert. Es ist Ihr Job, die Täter aufzuhalten, aber mein Job ist es, Menschen nicht nur über das, was gestern Nacht passiert ist, sondern auch über die Arbeit der New Yorker Polizei in dieser Angelegenheit zu informieren.«

»Sie ist echt gut.« Jake schob die Daumen in die Vordertaschen seiner Jeans. »Und sie hat mir erzählt, Sie seien in Ihrem Job genauso gut.«

»Fünf Minuten«, gab sich Eve geschlagen. Bevor die Freundin protestieren konnte, fügte sie hinzu: »Mehr kann ich nicht erübrigen. Und vorher muss ich noch …« Sie blickte auf die Tür des Raumes, in dem Mavis saß.

»Dann bereite ich schon einmal alles vor.«

»Und ich sage der Band Bescheid, dass man uns gehen lassen wird.«

Als Jake den Gang hinunterlief, wandte sich Eve der Journalistin zu. »Lois?«

»Nach Lois Lane, der rasenden Reporterin des *Daily Planet*. Superman, Dallas, von dem haben sicher sogar Sie schon einmal etwas gehört.«

»Oh ja, aber wo ist der Kerl, wenn man ihn braucht?« Sie trat vor die Garderobentür und zog sie lautlos auf.

Leonardo schlief in einem Sessel, Mavis hatte sich gleich einem Kätzchen eng auf seinem Schoss zusammengerollt, Stilistin Trina, die sie vor dem Auftritt schminken und frisieren sollte, hatte sich auf dem farbenfrohen Läufer auf dem Boden ausgestreckt, und Summersets Begleiterin Ivanna Liski hatte es sich auf der Couch bequem gemacht.

Eve aber ging es hauptsächlich um Mavis, die mit buntem Haar und dem im Schlaf entspannten Gesicht in Leonardos muskulösen Armen lag.

Mit brennenden Augen lehnte Eve sich an den Türrahmen und atmete tief durch.

»Ich bin so weit«, meinte Nadine und streichelte ihr aufmunternd den Arm.

Sie richtete sich auf, drückte die Tür wieder ins Schloss und meinte: »Bringen wir es hinter uns.«

15

Immer noch in Sorge, ging Roarke wie bereits so oft der Polizei bei ihrer Jagd auf eine Killerin zur Hand. Zwar hatte er sich im Laufe der Jahre antrainiert, selbst in der größten Krise ruhig zu bleiben und den Hitzkopf, der ihm innewohnte, weit genug im Zaum zu halten, dass er niemals wegen all der krummen Dinger, die er jahrelang gedreht hatte, verhaftet und verurteilt werden konnte, aber jetzt war er in höchstem Maß besorgt und angespannt.

Seine Polizistin, die für ihn der Mittelpunkt der Welt war, war vollkommen erschöpft und hatte sich in den zwei knappen Stunden Schlaf, die ihr vergönnt gewesen waren, statt sich zu erholen, mit einem schlimmen Traum gequält.

Das hatte er ihr angesehen, als sie vorbeigekommen war, um nachzufragen, was für Fortschritte es gab. Sie war erschreckend bleich gewesen, und die dunklen Ringe unter ihren müden Augen hatten die Blässe noch betont.

Genauso ging es auch den anständigen Kerlen, mit denen er im Raum des Wachschutzes der Halle saß. Auch sie waren angespannt und hundemüde, gäben aber niemals einfach auf.

Es gab nichts, um den enormen Druck zu lindern, unter dem die ganze Truppe stand. Zu dieser Zeit an diesem Ort konnte er schwerlich literweise ordentlichen Kaffee oder

Platten voll mit feinem Essen kommen lassen, und auch sonst gab es nichts, was sich in diesem Fall mit seinem Geld und all dem Einfluss, den er auf der ganzen Welt genoss, erreichen ließ.

Er setzte seine ganze Kreativität und sein Talent im Umgang mit Computern ein und hatte das Gefühl, als wäre das nicht einmal annähernd genug.

Was nützte ihnen schon das Wissen, wo die Killerin gewesen, doch jetzt garantiert nicht mehr zu finden war?

Natürlich würde seine Polizistin sagen, dass es keine unwichtigen Einzelheiten gab, deswegen fuhr er mit der Suche nach besagten Einzelheiten fort.

In die Angst um Eve mischte sich die Angst um Summerset.

Was könnte er für seinen väterlichen Freund und Butler tun?

Die Trauer und das Grauen in Summersets Gesicht, das Blut an seinen Händen und das leichte Zittern seiner Stimme hatten sich ihm unauslöschlich eingeprägt.

Es tat ihm in der Seele weh zu sehen, dass der Mann, der ihn vor Schlägen, Hunger, Not gerettet, ihn wie einen Sohn behandelt und ihn darin unterwiesen hatte, seinen Zorn zu unterdrücken und die kühle Selbstbeherrschung zu entwickeln, die ihn schon so oft gerettet hatte, längst nicht so robust war, wie er sich nach außen gab.

Wo und wer wäre er ohne die beiden komplizierten, gegensätzlichen Persönlichkeiten, die ihm wichtiger als alles andere waren? Er konnte es nicht sagen, aber sicher wäre er ohne die beiden jetzt kein Mensch, der seinen früheren Feinden von der Polizei freiwillig bei der Arbeit half.

Eve jagte eine Killerin und würde gleich versuchen, einen Mann zu knacken, der die eigene Tochter dazu ausgebildet hatte, unschuldige Menschen abzuknallen, und Summerset versorgte Menschen, die von dieser Killerin verwundet worden waren.

Und er … tja nun, er hatte alles, was in seiner Macht stand, unternommen, um herauszufinden, wo die Schüsse abgegeben worden waren.

Jetzt stand er auf und sah zu Feeney, dem Ersatzvater seiner Liebsten. Im Grunde ging es immer um die Väter oder die, die deren Stelle eingenommen hatten. Feeney, Summerset und Mackie … alle hatten ihre Schützlinge trainiert und für die Dinge ausgebildet, die ihnen im Guten wie im Schlechten heutzutage selber wichtig waren.

»Ich muss kurz schauen, ob Summerset in Ordnung ist.«

»Okay. Dank Ihrer guten Vorarbeit kommen wir jetzt auch allein zurecht. Haben Sie schon überlegt, ob die New Yorker Polizei vielleicht eine Lizenz für das Programm bekommt?«

»Sie können es auch gerne gratis weiternutzen, wenn Sie wollen.«

Dann hätte er zumindest irgendetwas getan, sagte er sich und wandte sich zum Gehen.

Natürlich sprang auf dem verfluchten Handy seines Butlers wieder nur die Mailbox an. Wahrscheinlich hatte er nicht daran gedacht, es wieder einzuschalten, und vor allem noch zu viel mit der Versorgung irgendwelcher Knochenbrüche oder Blutungen zu tun, um dranzugehen.

Wenn er Eve jetzt bei der Arbeit störte, würde sie das auch nicht mehr zu schätzen wissen als er selbst, wenn es in seinem Unternehmen gerade eine Krise gab.

Ziellos wanderte er durchs Foyer, und all die Polizisten, die dort Wache hielten oder irgendeine Arbeit taten, nickten ihm nur zu. Früher hätten diese Leute Jagd auf ihn gemacht, doch diese Zeiten waren längst vorbei, und obwohl er mitunter voller Wehmut an die abenteuerlichen Jahre dachte, wollte er dafür nicht auf einen Augenblick des Lebens, das ihm jetzt beschieden war, nicht einmal auf die Sorge, die er aktuell empfand, verzichten.

Als Erstes sah er Eve. Sie trat aus einer Tür, durch die man offenbar zu den Garderoben linker Hand der Bühne kam. Sie war noch immer kreidebleich. Obwohl ihr das keiner von den anderen angesehen hätte, hatte sie auf jeden Fall geweint.

Sie sprach im Gehen in ihr Handy, weil es schließlich immer irgendetwas zu befehlen, zu besprechen oder zu berichten gab.

Gerade als er auf sie zugehen wollte, tauchte Summerset in einer der Türen rechter Hand der Bühne auf.

Er sah zerbrechlich aus. Die Haut spannte sich über seinen Wangenknochen, und sein Blick war mehr als nur erschöpft. Auch seine Augen waren feucht von heißen Tränen, die die Seele und das Herz verbrannten und sich auch nicht dadurch abkühlen ließen, dass man sie vergoss.

Roarke hatte das Gefühl, als wäre er gefangen zwischen den konträren Kräften dieser beiden Menschen, die das Zentrum seines Lebens waren.

Dann sah er, wie sein väterlicher Freund leicht schwankte und sich eilig auf die Rückenlehne eines Stuhles stützte, wechselte die Richtung und lief eilig zu dem Mann, der einst zu seiner Rettung angetreten war.

»Setzen Sie sich hin«, wies er ihn mit vor Sorge rüder Stimme an. »Ich werde Ihnen erst mal ein Glas Wasser holen.«

»Es geht mir gut. Aber so vielen anderen nicht. Es sind so viele. Es hört einfach nicht mehr auf.«

»Hinsetzen«, wiederholte er, als Eve zu ihnen trat. »Ihr beide setzt euch jetzt gefälligst hin, bis ich mit dem verfluchten Wasser komme.«

»Ich muss aufs Revier«, erklärte sie und wandte sich an Summerset. »Und Sie kommen bitte mit und machen Ihre Aussage.«

»Verdammt noch mal«, fuhr Roarke sie ungehalten an. »Er muss nach Hause und sich ausruhen. Das müsstest du, verflucht noch mal, doch selber sehen.«

»Auf dem Revier wird's einfacher für ihn. Ich lasse ihn nach Hause bringen, wenn wir fertig sind.«

»Er fährt nirgends mit dir hin. Ich bringe ihn jetzt heim.«

Erfüllt von heißer Wut, fuhr Eve ihn an: »Verdammt noch mal, dies ist ein Tatort, und ich führe die Ermittlungen hier durch, deshalb bestimme ich, wer geht und wohin.«

»Dann nimm uns beide fest, denn offensichtlich hast du momentan nichts Besseres zu tun. So geht man ja wohl nicht mit einem Menschen um, der sich um die Verletzten hier gekümmert hat und jetzt total erledigt ist.«

»Ich habe keine Zeit für irgendwelche Dramen, deshalb sollte ich das vielleicht einfach tun.«

»Soll ich dir mal zeigen, was ein echtes Drama ist?«

»Aufhören, alle beide«, herrschte Summerset sie mit erschöpfter, aber strenger Stimme an. »Ihr benehmt euch wie die kleinen Kinder, denen man ihr Mittagsschläfchen vorenthalten hat.«

»Verdammt, Sie sollen sich setzen, habe ich gesagt.«

»Das werde ich trotz Ihres rüden Tons tatsächlich tun, weil ich mich wirklich nicht mehr auf den Beinen halten kann.«

Mit einem Seufzer setzte er sich auf den Stuhl. »Natürlich komme ich mit aufs Revier, nur muss ich vorher sehen, was mit Ivanna ist.«

»Ich habe sie gesehen, als ich eben bei Mavis war. Es geht ihr gut, die Kollegen werden sie nach Hause fahren. Ich habe ihr gesagt, Sie würden sie so bald wie möglich kontaktieren.«

»Was ist mit den anderen? Mit Mavis, Leonardo, Trina und Nadine?«

»Auch denen geht es gut. Sie sind ...« Eve musste sich kurz räuspern, doch dann wiederholte sie: »Sie sind okay.«

»Da bin ich aber froh.« Er sah Eve an, stieß einen neuerlichen Seufzer aus und wandte sich an Roarke. »Wie wäre es jetzt mit dem Wasser, das Sie holen wollten?«

»Sofort. Sie bleiben, wo Sie sind.«

»Ich habe ihm anscheinend einen Schrecken eingejagt«, erklärte Summerset, als er und Eve alleine waren. »Es ist nicht leicht, wenn die Person, die einen aufgezogen hat, nicht mehr so stark ist, wie sie einem immer vorgekommen ist.«

»Verstehe, aber ...«

»Genauso hat er Angst um Sie. Sie sehen genauso fertig und erschöpft aus, wie ich selbst mich fühle, und er fragt sich, was er für uns tun kann, wenn der Mensch, der ihm das Wichtigste im Leben ist, den Mann, den er wie einen Vater liebt, ausnutzen muss. Im Grunde bleibt ihm gar nichts anderes übrig, als uns beide rüde anzufahren.«

Ein müdes Lächeln huschte über sein Gesicht, und Eve war klar, dass sie am Rande eines Abgrunds stand. Ein Schritt nach vorne, und sie verlöre endgültig das Gleichgewicht, am besten also träte sie zur Vorsicht erst einmal einen Schritt zurück.

»Es tut mir leid, aber die Zeit läuft uns davon. Ich muss so schnell wie möglich aufs Revier.«

»Das ist mir klar. Doch Roarke hat recht, ich würde wirklich gern nach Hause fahren. Warum sparen wir nicht beide Zeit und sprechen einfach hier? Falls das für Sie in Ordnung ist.«

»Na klar, ich dachte nur, Sie wollten schnellstmöglich von hier verschwinden.«

»Man kann vor diesen Dingen nicht davonlaufen, nicht wahr?«

In diesem Augenblick kam Roarke mit jeweils einer Dose Mineralwasser für sie zurück. Bevor er etwas sagen konnte, legte Summerset die Hand auf seinen Arm und meinte: »Wir sind darin übereingekommen, hier zu sprechen, damit ich danach nach Hause und der Lieutenant auf die Wache fahren kann.«

Eve nahm ihm gegenüber Platz. »Ich habe selber Augen, aber vielleicht haben Ihre Augen ja etwas anderes gesehen.« Sie drückte auf den Knopf des Aufnahmegeräts und gab als Erstes ihrer beider Namen ein.

»Erzählen Sie mir, woran Sie sich erinnern.«

»Es war ein sehr unterhaltsamer und feierlicher Abend, ich denke, das Konzert war ausverkauft. Beim Rausgehen herrschte deshalb ziemliches Gedränge, aber trotzdem waren meine Begleiterin und ich schon beinah an der Tür, als plötzlich ...«

Roarke zog eine kleine Pillendose aus der Tasche, als sich Summerset die Schläfe rieb.

»Hier, nehmen Sie eine davon ein.« Als ihn der ältere Mann mit einem kalten Blick bedachte, verzog er zwar grimmig das Gesicht, stieß aber noch ein raues »Bitte« aus.

»Danke.« Summerset schob sich die Pille in den Mund und spülte kurz mit einem Schluck aus seiner Wasserdose nach. »Ich glaube, ja, genau, wir wollten gerade durch die Tür nach draußen treten, als ich sah, wie jemand umfiel. Es war eine Bauchwunde, das war deutlich zu sehen. Dann fingen die ersten Leute an zu schreien, und jemand anderes fiel um. Dieses Mal war es ein Kopfschuss, dann brach auch schon allgemeine Panik aus. Die Leute rannten durcheinander, warfen sich, in dem Bemühen wegzukommen, gegenseitig um, und ich zog Ivanna zurück ins Haus, damit sie sicher war. Erst hat sie sich gewehrt, doch ihr war klar, wir hatten keine Zeit zum Streiten, also hat sie mir versprochen, dass sie losläuft und nach Mavis sieht. Wir hatten sie vor dem Konzert besucht, deswegen wusste sie, wo die Garderobe ist. Sie hat sich durchgekämpft, was sicher alles andere als einfach war, weil alle anderen auf dem Weg nach draußen waren.«

»Das erste Opfer. Können Sie mir die Person beschreiben?«

»Mitte dreißig, blond und weiß. Er hatte einen offenen schwarzen Mantel an, durch den das Blut gesickert ist. Bis ich es nach draußen schaffte, um nach ihm zu sehen, war er schon tot. Er hatte auch noch eine Schusswunde in jedem Bein. Ich hörte überall Geschrei, Motorenlärm und Bremsenquietschen. Noch während ich versuchte, einer Frau, die jemand umgeworfen hatte, aufzuhelfen, wurde eine andere, als sie einfach auf die Straße lief, von einem Auto angefahren. Und dann …«

»Und dann?«

»Für einen Augenblick war ich zu einer anderen Zeit an einem anderen Ort. In London, während eines anderen Attentats, zur Zeit der Innerstädtischen Revolten. Die Geräusche, die Gerüche und die Hektik, vor allem die grauenhafte Angst von damals war plötzlich wieder da. Leichen auf dem Boden und Verwundete, die laut nach Hilfe riefen, Schreien und Schluchzen und vor allem das verzweifelte Bedürfnis, sich in Sicherheit zu bringen, egal, auf welchem Weg.«

Er starrte seine Wasserdose an und hob sie dann an den Mund. »Ich war total erstarrt, verstehen Sie, gefangen zwischen diesen beiden Attentaten, und ich konnte mich nicht rühren. Ich stand erst einmal einfach da. Dann hat mich jemand angerempelt, und ich bin gestürzt. Direkt neben der Leiche einer Frau. Ich konnte nichts mehr für sie tun, aber zumindest riss ihr Anblick mich aus der Erstarrung, und ich kehrte in die Gegenwart zurück. Da war ein Junge, höchstens zwölf. Er lag bewusstlos auf dem Boden, nachdem jemand anderes einfach über ihn hinweggetrampelt und ihm dabei auf die Hand getreten war. Ich konnte hören, wie die Knochen brachen, ich tat mein Möglichstes für ihn, bis irgendwann ein Krankenwagen kam.«

Er trank den nächsten Schluck und fuhr mit ausdrucksloser Stimme fort: »Noch immer fielen Leute um, aber zumindest waren jetzt die Polizei und auch die Sanitäter da. Ich rief, ich sei selber Sanitäter, also warf mir jemand einen Erste-Hilfe-Kasten zu. Wir taten, was wir konnten, wie man es auf einem Schlachtfeld macht. Und dann – Minuten oder Stunden später – kamen Sie und mein Junge hier an. Dann kehrte halbwegs Ordnung in das Chaos ein, dafür haben Sie gesorgt. Ich habe weiter die Verletzten draußen und auch drinnen versorgt, und jetzt sitzen wir hier.«

Eve wartete einen Moment. »Was ist mit der Frau, um die Sie sich gekümmert haben, als wir kamen?«

»Sie ist relativ stabil. Sie haben sie ins Krankenhaus gebracht und mir erklärt, der Schütze habe mindestens ein Dutzend Leute umgebracht. Wie viele sind es? Haben Sie schon die genaue Zahl?«

»Sechzehn waren auf der Stelle tot, und zwei sind auf dem Weg ins Krankenhaus verstorben. Also achtzehn insgesamt. Wenn Sie nicht hier gewesen und geholfen hätten, hätten es wahrscheinlich auch noch andere nicht geschafft.«

»Achtzehn.« Wieder starrte Summerset die Dose an, die er in der Hand hielt. »Die achtzehn konnten wir nicht retten, also müssen wir jetzt darauf hoffen, dass Sie ihnen Gerechtigkeit verschaffen und auf diese Weise zeigen, dass diese Menschen wichtig waren.«

»Das waren und das sind sie immer noch. Genau wie die Verwundeten. Ich werde Ihnen eine Liste mit den Namen geben, wenn Sie wollen.«

Er hob den Kopf und sah ihr ins Gesicht. »Das wäre gut.«

»Dann kann Roarke Sie jetzt nach Hause bringen.«

»Oh nein, ich denke, dass er besser bei Ihnen bleibt. Sie haben hier im Gegensatz zu mir noch alle Hände voll zu tun. Ich werde ein Beruhigungsmittel nehmen und schlafen gehen«, wandte er sich an Roarke und sah, als er von seinem Stuhl aufstand, tatsächlich wieder etwas besser aus.

»Ich will nicht, dass Sie jetzt alleine sind.«

»Ich habe Galahad.« Er lächelte und tat etwas, was Eve bereits beim Zusehen furchtbar peinlich war. Er gab dem Mann, für den er wie ein Vater war, vor aller Augen einen Wangenkuss.

Gerührt und gleichzeitig verlegen erhob sie sich ebenfalls von ihrem Platz. »Ich lasse Sie von einem Streifenwagen heimfahren.« Sie wandte sich zum Gehen, blieb dann aber noch einmal stehen. »Die Sanitäter und die Polizisten, die zuerst hier waren? Ich möchte ihren Mut und die Gefahr, in die sie sich begeben haben, ganz bestimmt nicht kleinreden, im Grunde aber haben sie einfach ihren Job gemacht. Sie waren genauso mutig, und Sie haben sich genauso in Gefahr begeben, einfach weil Sie zufällig vor Ort waren. Das werde ich niemals vergessen.«

»Ich sollte mit Ihnen nach Hause fahren«, meinte Roarke.

»Nein.« Sein Butler schüttelte den Kopf. »Ich brauche einfach Ruhe und mein Bett und gebe zu, dass mich der Kater sicher trösten wird. Solange Menschen sich berechtigt oder gar verpflichtet fühlen, andere Menschen umzubringen, wird es Kriege geben. Aber das hier ist nicht mein Krieg, sondern der des Lieutenants und deshalb auch deiner, Roarke«, verfiel er abermals ins väterliche Du. »Ihr macht mich beide furchtbar stolz, hoffentlich kommt ihr mit der Nachricht vom Ende dieses Krieges heim.«

Er drückte Roarke die Schulter und stieß einen letzten abgrundtiefen Seufzer aus. »Ich werde noch kurz nach Ivanna sehen und dann zu den Kollegen unseres Lieutenants gehen, die mich heimfahren sollen.«

»Ich werde dafür sorgen, dass Sie beide heimgefahren werden«, meinte Eve.

»Das ist sehr nett. Ich bin nur müde, Junge. Sonst geht es mir gut.«

»Ich komme trotzdem mit zu Ivanna und bringe Sie noch raus.«

Ein paar Minuten später traten beide Männer vor die Tür, und während Summerset in den bereitstehenden Streifenwagen stieg, erschien auch Eve. Roarke spürte ihren Zorn und die Entschlossenheit, mit der Arbeit fortzufahren, obwohl sie vollkommen erledigt war.

»Du kannst jetzt nichts mehr tun.«

»Ich fühle mich bereits nutzlos genug, auch ohne dass du mir das derart deutlich zu verstehen gibst«, fuhr er sie an.

»Nutzlos? Ohne dich hätten wir keine Ahnung, wo die Schüsse abgegeben worden sind. Aber jetzt haben wir das Hotel und beide Wohnungen, vielleicht hilft uns das herauszufinden, von wo aus sie das nächste Mal auf irgendwen von ihrer Liste schießen will. Du und nutzlos? So ein Quatsch.«

»Wenn das so ist, kann ich doch bestimmt noch irgendetwas für euch tun.«

»Du hättest mit nach Hause fahren sollen. Du solltest heimfahren, sehen, dass Summerset ins Bett geht, und dann schauen, dass du selbst ein bisschen Schlaf bekommst.«

»Summerset macht, was er will, und wenn du weiter aufbleibst, tue ich das auch. Sollen wir jetzt Zeit damit vergeuden, dass wir uns darüber streiten, oder fahren wir mit der Arbeit fort?«

»Meinetwegen.« Sie marschierte los. »Peabody ist schon vorgefahren. Ich habe einen Termin mit Mira, danach knöpfe ich mir Mackie vor.«

»Dann gucke ich, ob ich mich anderweitig nützlich machen kann.« Er packte ihren Arm und hielt ihn fest. »Er sah erschüttert und zerbrechlich aus. Ich habe den Gedanken nicht ertragen, dass du ihn jetzt auch noch in die Zange nimmst, obwohl du dich im Grunde selber kaum noch auf den Beinen halten kannst. Ich habe es nicht ausgehalten, zwischen euch zu stehen, wo ihr beide vollkommen erledigt seid und keiner von euch beiden nachgegeben hat.«

»Er hat sich gut gehalten«, fauchte Eve ihn an. »Ich wollte ihn bestimmt nicht *in die Zange nehmen,* aber ich musste wissen, was er mitbekommen hat. Er war schließlich ganz vorne mit dabei, und er hat so etwas schon einmal erlebt. Was er gesagt hat, hat mir einen Einblick in ihr Vorgehen verschafft. Sie wird noch einmal zuschlagen, und zwar schon sehr bald. Ich habe ihn gebraucht.«

»Ich weiß.«

»Ich bewundere ihn mehr für das, was er getan hat, als ich sagen kann. Er hätte in der Halle bleiben können, wo es sicher war, doch er ist rausgegangen und hat sein Leben für die Rettung anderer aufs Spiel gesetzt.«

»Er hat auch mein Leben gerettet, genauso wie du. Deshalb ist dies ein Eiertanz für mich.«

Sie blieb bei seinem Wagen stehen. »Er hat dich zu dem Mann gemacht, der du jetzt bist.« Sie schüttelte den Kopf, als sie seine verblüffte Miene sah. »So sehe ich das jedenfalls. Wenn's nicht so wäre, wäre er nicht immer noch bei dir im Haus. Du hast gesagt, du hättest mich gerettet und ich dich. Aber bevor wir uns begegnet sind, habt du und er das ebenfalls getan. Auf eine andere Art, auf einem anderen Weg, der aber mindestens genauso wichtig war. Du hast ihm ein neues Ziel gegeben und ihm einen Sohn geschenkt. Also vergessen wir den ganzen Blödsinn, ja?«

»Okay.« Erleichtert zog er sie an seine Brust und hielt sie fest. »Ich glaube nicht, dass gerade irgendjemand auf uns achtet, also schenk mir bitte diesen Augenblick. Den brauche ich. Ich schwöre dir, den brauche ich.«

Sie gab ihm, was er brauchte, denn im Grunde brauchte sie es selbst. »Weißt du, da drin hast du den Sturschädel aus Irland rausgekehrt und wolltest uns zu etwas zwingen, von dem du dachtest, dass es richtig ist.«

»Wobei ich damit alles andere als erfolgreich war.« Er ließ sie wieder los. »Ich werde dir etwas besorgen, was dich wieder halbwegs munter macht. Nicht jetzt sofort und nicht das Zeug, das du nicht leiden kannst, weil du dann das Gefühl hast, unter Strom zu stehen. Ich werde etwas finden, was ein bisschen besser zu dir passt.«

»Was sollte das sein? Jetzt kannst du erst einmal fahren, weil ich unterwegs mit ein paar Leuten reden muss.«

Er schwang sich auf den Fahrersitz und sah sie von

der Seite an. »Hören eure täglichen Scharmützel vielleicht auf, nachdem ihr zwei euch heute Nacht so gut verstanden habt?«

»Auf keinen Fall.«

»Da bin ich aber wirklich froh.«

Im Gegensatz zu ihr bemerkte Roarke, dass die Kollegen, die Eve kannten, sie bereitwillig passieren ließen, als sie eilig durch die Wache lief.

Auch Peabody sprang auf, als Eve ihr Dezernat betrat. »Mira wartet schon in Ihrem Büro. Die Spurensicherung ist in den beiden Wohnungen, von denen aus geschossen wurde, und wir gehen die teilweise nicht schlechten Aussagen der Zeugen durch.«

»Machen Sie weiter. Mackie?«

»Er ist unterwegs. Zusammen mit einem Rechtsbeistand.«

»Sobald er ankommt, holen Sie ihn in den Vernehmungsraum, aber zuerst muss ich mit Mira sprechen.«

»Dann fahre ich nach oben zu den elektronischen Ermittlern«, meinte Roarke. »Wenn ich denen nicht helfen kann, suche ich mir etwas anderes.«

»Warum haust du dich nicht im Pausenraum aufs Ohr?«

»Nie im Leben.«

»Snob.«

»Meinetwegen.« Er sehnte sich danach, sie noch einmal an seine Brust zu ziehen, doch er wusste, dass es Eheregeln auch von ihrer Seite gab. Also glitt er einfach mit dem Finger über die Vertiefung in der Mitte ihres Kinns und ließ sie dann allein.

Sie würden beide tun, was möglich war. Das hieß, dass er sich erst einmal vergewissern würde, dass sein väterlicher Freund zuhause angekommen und ins Bett gegangen war, und dann für seine Polizistin einen gottverdammten Muntermacher fände, ehe sie zusammenbrach.

Mira stand in Eves Büro und schaute sich die Bilder an der Tafel an. Sie hatte ihren Mantel über den Besucherstuhl gehängt, und obwohl sich Eve nicht unbedingt für Mode interessierte, fiel ihr auf, dass sie statt eines maßgeschneiderten Kostüms und hochhackiger Schuhe einen weiten blauen Pulli über einer engen schwarzen Hose und kniehohen schwarzen Stiefeln trug.

»Ich habe meine Tafel noch nicht auf den neuesten Stand gebracht.«

Den Blick noch immer auf die Bilder gerichtet, stellte Mira fest: »Man kriegt auch so ein Gefühl für diesen Fall, über das Geschehen heute Nacht bin ich schon informiert.«

»Ich brauche erst mal einen Kaffee. Wollen Sie einen Tee?«

»Sehr gern. Sie führt den Plan des Vaters weiter aus. Das heißt, dass sie noch immer seine Anerkennung sucht.«

»Sie tötet einfach gern.«

»Das stimmt. Aber zugleich ist sie ein Kind, das seinem Vater eine Freude machen will. Das ist, was sie verbindet. Es hat mit den Waffen angefangen, er hat sie im Umgang damit ausgebildet und nutzt ihr Talent jetzt für die eigenen Rachepläne. Je schlechter er infolge seiner Sucht inzwischen selber schießen kann, umso besser wurde sie. Sie hat als Lehrling den Meister überholt und wird jetzt selbst als Waffe von ihm eingesetzt.«

»Was ihr durchaus gefällt.«

»Da haben Sie recht.« Die Psychologin nahm den angebotenen Tee entgegen, hielt die Tasse fest und sah sich abermals die Aufnahmen der Toten an. »Beim ersten Anschlag haben die beiden anderen Opfer hauptsächlich der Ablenkung gedient, aber ich frage mich, ob er nicht vielleicht stolz war, weil sie die drei Zielpersonen derart mühelos aus dem Verkehr gezogen hat. Wahrscheinlich schon. Beim zweiten Anschlag hatten wir fünf Schüsse und vier Tote, also durfte sie dieses Mal ihr Können auf die Probe stellen, oder sie hat es ganz einfach ohne seine Zustimmung getan. Letzte Nacht ...«

»... gab es achtzehn Tote.«

»Ja. Jetzt kann sie machen, was sie will. Jetzt sagt ihr niemand mehr, wann sie aufhören soll.«

»Wird er auch diesmal stolz auf seine Tochter sein?«

»Ich glaube schon. Wahrscheinlich erkennt er zwar, dass es ihr nicht mehr nur um die Mission, sondern vor allem um die Macht über das Leben anderer Menschen und den Spaß am Töten geht, aber sie bleibt auch weiterhin sein Kind, das von ihm ausgebildet worden ist und das er liebt.«

»Was soll das für eine Art der Liebe sein? Wer zieht ein Kind, das er angeblich liebt, zu meinem Monster groß?«

»Natürlich ist das eine kranke Form von Liebe, aber sie ist trotzdem echt. Er hat sich selbst geopfert, damit sie gerettet wird. Er hat sie nicht nur in der Hoffnung fortgeschickt, dass sie seine Mission zu Ende führt, sondern auch weil er sie schützen will.«

Jetzt wandte Mira sich Eve zu. »Mackie war Polizist. Er musste also wissen, dass Sie, wenn Sie wissen, wer sie sind, zumindest einige der Zielpersonen identifizieren und dafür sorgen würden, dass sie nicht mehr zu erreichen sind.«

»Sagen Sie das Jonah Rothstein.« Grimmig hängte Eve ein Bild des Mannes an der Tafel auf.

»Es ist völlig sinnlos, sich in Selbstvorwürfen zu ergehen, obwohl Sie wissen, wer für die Ermordung dieses Mannes verantwortlich ist.«

»Ich konnte einfach nicht ...« Eve atmete tief durch. »Sie haben recht. Also will der Lehrer – oder Meister –, dass diese Mission beendet wird, und dafür ist es wichtig, dass die Schülerin – der Lehrling – sicher und in Freiheit ist. Und der Vater schützt sein Kind, das erst durch seine Mithilfe zur Killerin geworden ist. Das hätte er wahrscheinlich nicht bei jedem Kind geschafft, doch Willow hatte schon von klein auf die Veranlagung dazu, das hat er erkannt und schändlich ausgenutzt.«

»Nur hat sie neben seiner auch noch eine eigene Mission und ist so schlau, dass sie ihm nichts davon verraten hat. Wird ihn das stören? Als ich ihm gestern Nachmittag im Krankenhaus davon erzählt habe, hat er mir nicht geglaubt. Die eigene Mutter und der eigene kleine Bruder, Lehrer, Lehrerinnen, andere Kinder aus der Schule? Er hat sich geweigert, mir zu glauben, dass sie es auf diese Menschen abgesehen hat. Wenn er es mir jetzt glauben muss, geht ihm das doch bestimmt am Arsch vorbei.«

»Dann rücken Sie den Arsch des Mannes so zurecht, dass es nicht mehr daran vorbeigehen kann, damit er Ihnen sagt, wo seine Tochter sich versteckt.«

Eve hatte keine Zeit, um sich über die nüchterne Verwendung des eher unflätigen Ausdrucks Arsch zu amüsieren. »Genau.«

»Ich glaube, dass ihm Kinder wichtig sind. Ein Mann in seiner Position – mit einem derart anstrengenden Job – hätte sich bei der Scheidung auch mit einem Besuchsrecht für sein Kind begnügen können, statt sich das Sorgerecht zu teilen. Und der Verlust der zweiten Ehefrau und seines ungeborenen Sohns haben ihn erst auf diesen mörderischen Weg gebracht.«

»Dann spreche ich am besten über Willows kleinen Bruder und die Schule.«

»Ja, genau.«

»Sie will nicht nach Alaska, um dort wild und frei zu leben, wie er es vorgesehen hat.« Eve nickte knapp. »Sie bleibt hier in New York, um ihre eigenen Pläne durchzuziehen. Er hat ihr das Töten beigebracht, und das wird sie jetzt nutzen, um jeden umzubringen, der ihr irgendwann mal auf den Keks gegangen ist. Das heißt, dass sie jederzeit Gefahr läuft, festgenommen oder selbst erschossen zu werden. Genau so gehe ich es an.«

»Wollen Sie mich bei dem Gespräch dabeihaben?«

»Am besten sehen Sie von nebenan aus zu. Ich will, dass er mir ins Gesicht sieht. Der Person, die Jagd auf seine Tochter macht. Einem mörderischen Cop. Das soll er im Hinterkopf behalten, während ihm bewusst ist, dass sie immer noch hier in der Stadt und somit ganz in meiner Nähe ist. Er war selber lange genug bei der Truppe, um zu wissen, dass wir keine Gnade kennen, wenn jemand einen unserer Leute ins Visier genommen hat. Ich werde Mackie glauben lassen, dass ich selber Willow lieber abknallen würde, als ihr noch die Chance zu geben, sich als Opfer ihres Vaters aufzuspielen, damit sie statt lebenslänglich höchstens ein paar Jahre Jugendknast bekommt.«

Als Mira schwieg, sah Eve sie an und schüttelte den Kopf. »Das wäre der allerletzte Ausweg, keine Angst. Ich will, dass sie mir gegenübersitzt und weiß, dass ich sie aufgehalten habe. Und dass sie sich in ihrem hoffentlich noch langen Leben jeden Tag daran erinnert, dass sie von mir aufgehalten worden ist.«

»Sie sind nicht so wie sie.«

»Aber ich hätte unter Umständen so werden können. Vielleicht hatte ja Richard Troy nur nicht genügend Zeit, um das aus mir zu machen, was ich werden sollte.«

»Nein. Natürlich sind es die Natur und die Erziehung, die uns prägen, doch am Ende sind es immer unsere eigenen Entscheidungen und die Wege, die wir nehmen, die uns definieren. Sie sind Ihren Weg gegangen und Willow einen anderen.«

»Ja. Ja. Früher oder später treffen wir beide aufeinander, das verspreche ich. Dann werden wir sehen, wie ähnlich wir uns sind. Aber dafür muss ich Mackie brechen. Und das werde ich.«

»Dann sehe ich von nebenan aus zu. Falls Sie mich brauchen, geben Sie Bescheid.«

»Okay.«

Als Mira sich zum Gehen wandte, erschien Staatsanwältin Reo in der Tür. »Er sitzt jetzt in Verhörraum A«, erklärte sie. »Ich soll Ihnen von meinem Boss ausrichten, dass es keinen Deal mit Mackie geben wird. Einem Ex-Mitglied der Polizei, aus dem ein Massenmörder und ein Copkiller geworden ist. Zwar wäre ein Geständnis schön, aber wir haben auch so genug gegen den Typ in der Hand.«

»Okay.«

»Wobei …«

»Vergessen Sie's.«

»Wobei«, fuhr Reo fort, »die Möglichkeit bestünde, Willow Mackie noch nach Jugendstrafrecht zu verurteilen, falls Mackie uns verrät, wo wir sie finden, ehe noch jemand zu Schaden kommt, und sie sich freiwillig ergibt.«

»Schwachsinn, Reo.«

Ungerührt fuhr die Staatsanwältin sich mit den Fingern durch das frisch geföhnte, weich gelockte Haar. »Wir geben Ihnen einfach Munition, Dallas. Der Mann braucht einen Anreiz, um uns zu erzählen, wo sie ist, bevor sie abermals auf Dutzende von Menschen schießt. Wie sehen Sie das, Dr. Mira?«

»Es könnte in zwei Richtungen gehen. Entweder überwiegt der Wunsch des Vaters, seine Tochter zu beschützen, oder das Verlangen, dass sie zu Ende führt, was sie gemeinsam begonnen haben – ganz egal, wie lange das auch dauern mag.«

»Genau das wird sie tun, wenn sie nach ein paar Jahren wieder aus dem Knast entlassen wird.«

Reo sah sie fragend an. »Wie groß ist die Chance, dass das passiert? Wie groß ist die Chance, dass sie sich freiwillig ergibt und niemand mehr zu Schaden kommt?«

Eve öffnete den Mund, doch schließlich wartete sie ab, bis der Kaffee, den sie getrunken hatte, seine Wirkung tat und wenigstens ein Teil von ihrem Zorn verflog. »Okay, okay. Verstehe. Sie wird sich bestimmt nicht einfach so ergeben. Aber kann ich mich darauf verlassen, dass die Einschränkung des Deals dann weiterhin besteht? Dass nicht noch einmal nachverhandelt wird?«

»Der Deal ist hinfällig, falls sie auch nur den Fuß bewegt und damit eine Ihrer Zehen anstupst«, sagte die Staatsanwältin ihr lächelnd zu.

»Lassen Sie mich trotzdem erst einmal mit ihm reden. Falls ich es nicht schaffe, ihn zu brechen, bringen wir den Deal ins Spiel. Dann klingt es wie ein Zugeständnis, wenn er ihm nicht sofort angeboten, sondern später nachgeschoben wird.«

»Okay, so machen wir's. Er hat einen Pflichtverteidiger. Kent Pratt. Er hat bei uns den Ruf des Schutzpatrons verlorener Fälle.«

»Also gut. Dann fange ich jetzt an.«

»Ich bin gleich nebenan, falls Sie mich wegen dieses Deals dazuholen wollen.«

»Falls ich Sie tatsächlich rüberhole, kann's passieren, dass ich Sie wüst beschimpfe, weil ich stinkesauer bin.«

Mit einem neuerlichen Lächeln stellte Reo fest: »Das wäre nicht das erste Mal.«

16

Eve sammelte die Sachen ein, die sie bräuchte, und kontaktierte ihre Partnerin.

»Einer der Verletzten geht es schlechter«, meinte Peabody. »Ich kenne nicht alle Einzelheiten, denn ich kenne mich mit Medizin nicht wirklich aus, aber auf alle Fälle wird sie noch einmal operiert.«

»Name?«

»Adele Ninsky.«

Das war die Person, bei der sie Summerset gefunden hatten, dachte Eve, für diese Überlegung war aber jetzt keine Zeit.

»Sie zielen gleich auf die innige Verbindung zwischen Mackie und der Tochter ab. Auf die Verantwortung, die er als Vater für das arme junge Mädchen hat. Sie brauchen ihn nicht unbedingt mit Samthandschuhen anzufassen, aber wenn es um das Kind geht, geben Sie sich weich.«

»Okay. Das kriege ich problemlos hin.«

»Ach ja? Dann sehen Sie sich noch mal die Bilder an der Tafel an, damit Ihnen auch der Rest von Mitgefühl vergeht.«

Eve nahm die Akten auf den Arm und stapfte los.

Eilig lief Peabody ihr hinterher. »Baxter und Trueheart haben einen Zeugen, der sie wenige Minuten nach dem

Anschlag auf den Times Square gestern Nachmittag gesehen haben will. Er hat sie erst erkannt, als sie mit ihm gesprochen haben und er Yancys Bild gesehen hat. Er sagt, er sei auf dem Weg ins Haus gewesen, als sie rausgekommen sei, und dass er sogar noch die Tür für Willow aufgehalten habe, weil sie ziemlich schwer beladen war. Mit einem Rucksack, einem Rollkoffer und einem großen Aktenkoffer aus Metall. Er hat zu ihr gesagt: »Moment«, und ihr die Tür dann aufgehalten, aber sie hat nur gesagt, sie brauche keine Hilfe, und ihn dabei noch mit einem – ich zitierte – *furchteinflößend kalten Lächeln* angesehen. Er war deshalb ein bisschen sauer und hat ihr noch hinterhergesehen. Er denkt, sie sei auf dem Weg zum Bus gewesen, dessen Haltestelle ein paar Häuser weiter ist. Sie gehen der Sache nach.«

»Gut. Sie wissen, wie Sie's angehen sollen«, erklärte Eve, bevor sie den Vernehmungsraum betrat.

»Rekorder an.« Sie gab die Namen und das Aktenzeichen ein und nahm den beiden Männern, die bereits dort saßen, gegenüber Platz.

Mackie war erschreckend bleich, durch die leicht getönten Gläser seiner Brille konnte sie die stark geschwollenen, rot unterlaufenen Augen sehen.

Sein Rechtsbeistand trug einen Billiganzug von der Stange, einen schmalen schwarzen Schlips, war schlecht rasiert und strahlte einen unverbesserlichen Idealismus aus.

Eve legte ihre Akten auf den Tisch, faltete die Hände und wandte sich Mackie zu. »Dann kann es jetzt ja losgehen.«

»Meinem Mandanten wurden unter fragwürdigen Umständen schwerwiegende Verletzungen zugefügt. Er ist noch in Behandlung, deshalb ...«

»Ach, ersparen Sie mir den Quatsch. Falls Sie den Bericht gelesen haben, wissen Sie genauso gut wie ich, dass bei dem Einsatz alles vorschriftsmäßig abgelaufen ist. Ihr Mandant hat auf die Polizei geschossen.«

»Es ist fraglich, ob sich die betreffende Beamtin vorschriftsmäßig als Beamtin zu erkennen gegeben hat. Wir ziehen in Erwägung, Klage wegen unbefugten Eindringens, polizeilicher Schikane sowie übertriebener Gewaltanwendung einzureichen.«

»Na, da wünsche ich viel Glück.« Jetzt lächelte sie Mackie an. »Sie wissen selbst, dass das totaler Schwachsinn ist und nichts an Ihrer Lage ändern wird.«

»Aufgrund seiner Verletzungen darf mein Mandant nur eine Stunde lang vernommen werden. Danach steht ihm eine halbstündige Pause zu, ich verlange, dass er während dieser Zeit noch einmal ins Krankenhaus gebracht und untersucht wird, um festzustellen, ob er weiterhin vernehmungsfähig ist.«

»Ich lehne diesen Antrag ab. Das steht mir zu, denn schließlich haben seine Ärzte der Verlegung ins Gefängnis bereits zugestimmt. Wenn Sie darauf bestehen, dass er in einer Stunde eine Pause macht, kann er die gern in einer Zelle verbringen, dort sieht ihn sich gern auch einer unserer Ärzte an. Er kehrt bestimmt nicht noch einmal ins Krankenhaus zurück. Sie kommen überhaupt nie wieder raus, Mackie. Von jetzt an werden Sie die Welt nur noch durch Gitterstäbe sehen. Das wird für Sie bestimmt sehr lustig, denn Sie wissen schließlich selber, wie beliebt man dort als Ex-Cop ist. Vergeuden Sie meine

Stunde nicht«, fuhr sie Mackies Anwalt an. »Ich habe jede Menge Fragen an Ihren Mandanten, und die werde ich ihm stellen. Also: Wo ist sie? Wo ist Ihre Tochter? Wo ist Willow?«

»Keine Ahnung. Schließlich war ich gestern Abend und die ganze letzte Nacht im Krankenhaus.«

»Sie haben sicher mitbekommen, was geschehen ist. Ihr Anwalt hat Ihnen bestimmt mitgeteilt, dass es einen weiteren Anschlag – dieses Mal mit achtzehn Toten – gab. Da schwillt Ihnen sicherlich die Brust vor Stolz.«

»Zur Zeit des Anschlags hatte mein Mandant keinen Kontakt zur Außenwelt. Ihn trifft keine Verantwortung …«

»Ach nein? Natürlich tragen Sie die Verantwortung für dieses Attentat. Sie haben die Verantwortung dafür, denn Sie haben eine eiskalte Killerin aus Ihrem eigenen Fleisch und Blut gemacht. Achtzehn Menschen. Väter, Mütter, Söhne, Töchter. Und das alles nur, weil Sie mal Pech im Leben hatten.«

»Pech?« Er schoss auf seinem Stuhl nach vorn.

»Genau. Sie hatten Pech, denn Ihre Frau ist einfach losgerannt, ohne nach links und rechts zu schauen. Deshalb ist sie jetzt tot.«

»Sie wurde auf der Straße überfahren!«

»Oh, nein, sie war zu dumm, um aufzupassen, und ist einfach über die Straße gerannt. Damit kamen Sie nicht zurecht und haben sich mit Funk betäubt. Sie sehen doch selbst, wie Ihre Hände zittern. Das ist einfach jämmerlich. Das Zeug, das Sie im Krankenhaus bekommen haben, ist nicht stark genug, nicht wahr? So wird es Ihnen in Zukunft immer gehen. Sie haben sich selbst zerstört, weil

Ihre Frau zu dumm oder zu faul war, vor dem Überqueren einer Straße erst nach links und rechts zu sehen. Als Funk Ihre Situation nicht gebessert hat, haben Sie beschlossen, einfach das Leben jeder Menge anderer Menschen zu zerstören.«

»Einschließlich dem seiner eigenen Tochter«, raunte ihr die Partnerin mit leiser, mitleidiger Stimme zu. »Das kann ich einfach nicht verstehen. Sie ist doch noch ein Kind, doch er hat sie benutzt und sie zerstört.« Dann wandte sie sich Mackie selber zu. »Sie haben Ihr eigenes Kind zerstört. Wie soll sie jemals mit den Dingen leben können, die sie nur getan hat, weil ihr eigener Vater ihr erklärt hat, dass er es so haben will?«

»Sie wissen gar nichts über meine Will.«

»Ich weiß, dass sie mit fünfzehn Jahren an Jungs, Musik und ihre Hausaufgaben denken, mit den anderen Mädchen Pizza essen und ins Kino gehen und sich Gedanken machen sollte, was sie anziehen will.«

»Nicht meine Will.«

»Nicht Ihre Will«, griff Peabody den Satz verächtlich auf. »Weil das nicht Ihrer Vorstellung entspricht. Sie denken, diese Dinge wären frivol und unwichtig, aber das sind sie nicht. Es sind die Bausteine für ihre spätere Persönlichkeit, und sie gehören zur Entwicklung eines Mädchens ganz einfach dazu. Sie sind ein Teil der Kindheit, die Sie ihr gestohlen haben. Jetzt ist sie eine Mörderin und auf der Flucht. Das heißt, ihr Leben ist zerstört.«

»Oh nein, es fängt gerade erst richtig an.«

»Er denkt, sie würde nach Alaska fahren«, mischte sich Eve mit einem abfälligen Grinsen ein. »Um dort von der

Natur zu leben und so frei wie ... was zum Teufel gibt's für Tiere in Alaska?«

»Bären, Elche, Wölfe und vor allem jede Menge Hirsche, glaube ich.«

»Da haben Sie's. Damit sie dort so frei ist wie ein Hirsch. Aber Menschen jagen Hirsche, oder nicht? Das machen sie dort oben doch bestimmt. Gehört das nicht dazu, wenn man sich nur von der Natur ernähren will?«

Eve lehnte sich auf ihrem Stuhl zurück. »Ich werde sie zur Strecke bringen – so wie einen Hirsch. Ich habe einige von meinen besten Fährtensuchern auf sie angesetzt, die folgen der Spur, die Ihre Tochter hinterlassen hat.« Eve klappte einen Aktenordner auf, las ihm die Anschriften der Orte vor, von denen aus geschossen worden war, und Mackie ballte ohnmächtig die wild zitternden Fäuste auf dem Tisch. »In einem der Häuser haben wir schon einen Zeugen, der sie herauskommen sehen hat. Jetzt frage ich mich eins. Haben Sie zu ihr gesagt, dass sie verschwinden oder bleiben und zuerst den Job zu Ende bringen soll?«

»Mein Mandant bestreitet alle Vorwürfe bezüglich seiner Tochter Willow Mackie«, mischte sich der Anwalt wieder ein. »Sie ist verschwunden, weil sie vor der Polizei und vor den falschen Anschuldigungen gegen sie Angst hat.«

»Genau. Mit diesem Quatsch versucht ihr Rechtsverdreher immer euer Glück. Ein anständiger Vater hätte seiner Tochter gesagt, dass sie, so schnell es geht, von hier verschwinden soll.«

»Aber er ist nun mal kein anständiger Vater«, meinte Peabody.

»Ich bin ein guter Vater!«, brüllte Mackie und bekam vor lauter Zorn ein hochrotes Gesicht. »Ich bin ihr hundertmal ein besserer Vater als der nutzlose Idiot, mit dem ihre Mutter jetzt zusammenlebt.«

»Wahrscheinlich meinen Sie den nutzlosen Idioten mit dem guten Job und dem schönen Haus.« Eve sah sich durch die Brille hindurch seine ruinierten, zornblitzenden Augen an. »Den nutzlosen Idioten, der kein Junkie ist. Okay, ich kann verstehen, dass Sie das kratzt.«

»Er ist nicht ihr Vater.«

»Nein, aber sie hat die Hälfte der Zeit bei ihm gelebt. So sollte es nicht bleiben, sie sollte ganz zu Ihnen ziehen, doch dann kam der Tod Ihrer Frau dazwischen, und der hat Sie völlig aus dem Gleichgewicht gebracht.«

Das Zittern seiner Hände nahm noch zu, und seine Wangen waren mit roten Flecken übersät.

»Ich nehme an, Sie haben gesagt, dass sie verschwinden soll. ›Geh nach Alaska, Mädchen, und genieß das Leben.‹ Dann hätten Sie sich für Ihr Kind geopfert und uns von ihr abgelenkt. Später sollte sie zurückkommen und die Mission beenden. Marta Beck, Marian Jacoby, Jonah Rothstein, Brian Fine und Alyce Ellison. Aber sie ist eben ein Teenager, nicht wahr? In diesem Alter ist man trotzig und rebellisch und tut selten das, was Daddy sagt. Jetzt sind achtzehn weitere unschuldige Menschen tot.«

Eve schlug den nächsten Ordner auf und breitete die Fotos dieser Menschen vor ihm aus. »Achtzehn Frauen und Männer, die nichts anderes getan haben, als zu einem Konzert zu gehen.«

Sie sah, wie er den Blick über die Bilder wandern ließ.

»Das heißt, sie hatten einfach Pech. Sie hatten einfach Pech, weil sie zur selben Zeit wie Rothstein vor der Halle waren. Der Mann war Anwalt«, sagte Eve zu Pratt. »Genau wie Sie. Mackie hat ihn angeheuert, um den Fahrer, dem die Ehefrau ins Auto lief, und obendrein den Polizisten zu verklagen, der zuerst am Unfallort erschienen war. Ein ganz normaler Anwalt, so wie Sie, der seinen Job gemacht hat, so wie Sie es tun. Aber er konnte Mackie nicht das geben, was der wollte, deshalb hatte er aus Mackies Sicht den Tod verdient.«

»Mein Mandant bestreitet …«

»Ihre Tochter hat Ihr Ziel verfehlt«, erklärte Eve, und Mackie riss die Augen hinter seiner Brille auf. »Das ist Ihr Pech. Ich nehme an, sie war zu aufgeregt und hat ihn deswegen verfehlt.«

»Will verfehlt nie ein Ziel.«

Eve beugte sich über den Tisch. »Woher wollen Sie das wissen? Haben Sie je gesehen, wie Sie auf Menschen zielt?«

»Wenn Willow zielt, dann trifft sie auch. Wo ist sein Bild?« Er wühlte hektisch in den Fotos auf dem Tisch. »Wo ist sein Bild?«

»Wer hat die Leute, die zur Ablenkung draufgehen sollten, ausgesucht? Haben Sie Willow die anderen Opfer wählen lassen? Haben Sie selber nur die eigentliche Zielperson genannt und es dann Ihrer Tochter überlassen zu entscheiden, wen sie sonst noch erschießen will?«

»Verdammt, wo ist das Bild von diesem Kerl?«

»Ich habe doch gesagt, dass sie ihn nicht getroffen hat.«

»Sie lügen! Will trifft über eine halbe Meile selbst das linke Ohr eines Karnickels auf der Flucht.«

»Mr. Mackie«, begann Pratt und legte eine Hand auf seinen Arm, doch Mackie schüttelte sie ab.

»Ich will sein Foto sehen.«

»Es herrschte furchtbares Gedränge vor der Halle, außerdem war es mitten in der Nacht.«

»*Ich* habe Willow ausgebildet«, brauste Mackie auf, wobei das Zittern seiner Hände sich auf die Arme und sogar die Schultern übertrug. »Sie hätte erst geschossen, wenn sie sicher wusste, dass sie trifft.«

»Vielleicht war es ja anders, weil Sie nicht dabei waren, um ihr grünes Licht zu geben«, meinte Eve. »Denn schließlich waren Sie bei den Attentaten auf die Eisbahn und den Times Square dabei, um ihr zu sagen, wann sie schießen soll.«

»Sie kommt auch ohne mich zurecht. Und sie verfehlt niemals ein Ziel.«

»Aber Sie waren dabei, um ihr zu sagen, wann sie auf Brent Michaelson und unseren Kollegen Russo schießen sollte, oder?«

»Halten Sie den Mund«, empfahl ihm Pratt.

»Ja! Ich war dabei, aber das spielt keine Rolle.« Man konnte deutlich hören, dass er die Zweifel an den Fähigkeiten seiner Tochter als persönliche Beleidigung empfand. »Sie ist die beste Schützin, die ich je gesehen habe. Sie ist besser, als ich selbst es jemals war. Sie hätte Rothstein nie verfehlt.«

»Dann wollen Sie mir also erzählen, dass sie mit ihren fünfzehn Jahren die drei Menschen auf der Eisbahn und danach vier Menschen auf dem Times Square ins Visier genommen und erschossen hat?«

»Sie glauben doch wohl nicht, dass ich mit meinen

Händen und mit meinen Augen selbst noch dazu in der Lage wäre, so etwas zu tun.«

»Dann hat also Willow diese Schüsse für Sie abgegeben?«

»Für mich und für Susann. Die ihr vom ersten Tag an eine bessere Mum als ihre eigene Mutter war. Wir wollten eine glückliche Familie werden. Das haben die anderen kaputtgemacht. Sie haben nicht verdient zu leben, denn sie haben meine *Familie* zerstört.«

»Sie und Ihre Tochter, Willow Mackie, haben also verabredet, die Menschen auf der Liste hier zu töten.« Eve legte einen Ausdruck mit den Namen auf den Tisch. »Und so viele andere wie nötig, um die Verbindung zwischen Ihren eigentlichen Opfern zu vertuschen.«

»Wir unterbrechen das Verhör.« Pratt stand entschlossen auf, doch Mackie ignorierte ihn.

»Sie hat einfach getan, wozu ich selber nicht mehr in der Lage war. Das war kein Mord. Das war Gerechtigkeit. Gerechtigkeit für meine Frau und meinen Sohn.«

»Alle diese Menschen.« Eve schlug auch die anderen Ordner auf und breitete die Bilder all der anderen Opfer vor ihm aus. »All diese Menschen, die rein zufällig zur selben Zeit am selben Ort wie Ihre Zielpersonen waren?«

»Warum sollten sie wichtiger als Susann und mein Sohn sein? Warum haben sie ein Leben und eine Familie verdient, nachdem mir meine eigene Familie genommen worden ist.«

»Warum sollen sie nicht so wichtig wie die beiden sein?«

»Ich habe doch gesagt, wir unterbrechen das Verhör.« Inzwischen war der Anwalt so erschüttert, dass er nur noch mühsam einen Ton herausbekam. »Ich muss mit meinem Mandanten sprechen, also legen wir jetzt erst einmal eine Pause ein.«

»Meinetwegen«, meinte Eve und sammelte die Fotos wieder ein.

»Wo ist Rothstein?«

»Sie kommen nicht mehr an ihn ran. Und auch an niemand anderen, der auf der Liste steht. Auch Willow kann sie jetzt nicht mehr erwischen. Denken Sie darüber nach. In einer halben Stunde fahren wir fort, jetzt ist erst einmal Ende des Verhörs.«

Sie stapfte aus dem Raum und ging direkt in ihr Büro. Während Peabody dort Kaffee für sie beide holte, nahm sie hinter ihrem Schreibtisch Platz und starrte den Becher auf dem Tisch an, auf dem in großen Druckbuchstaben TRINK MICH stand.

Sie öffnete den Deckel, schnupperte an dem Getränk und runzelte die Stirn, weil es nach heißer Schokolade roch.

»Was ist denn das?«

»Das hat Roarke mir hier hingestellt.« Sie trank den ersten vorsichtigen Schluck, der ebenso nach Schokolade schmeckte, wie er roch.

Sie blickte zwischen ihrem Kaffee und dem Becher hin und her, dachte an Roarke und trank die Hälfte ihres Schokoladen-Muntermachers aus.

Dann hielt sie Peabody den Becher hin. »Sie sehen erbärmlich aus. Am besten trinken Sie den Rest.«

Auch Peabody begnügte sich zunächst mit einem kleinen Schluck, doch dann riss sie die Augen auf und erklärte: »Das schmeckt nach fünftausend Kalorien«, und hob mit einem gleichmütigen Achselzucken abermals den Becher an den Mund.

»Ein genialer Schachzug, so zu tun, als hätte Willow Rothstein nicht erwischt.«

»Das war ein ganz spontaner Einfall, aber mir war klar, dass er dann entweder auf Willow sauer wäre, weil sie es verbockt hat, oder mir verübeln würde, dass ich es wage, so zu tun, als hätte sie's verbockt. Am Schluss hat sein verletzter Stolz den Kerl dazu gebracht, dass er die Anschläge gestanden und dazu auch noch sein eigenes Kind belastet hat. Ich finde, dass das für die erste Runde schon mal eine ganze Menge ist.«

»Ich könnte mich ohrfeigen, dass ich nicht schon vorher darauf gekommen bin«, erklärte Mira, die in diesem Augenblick den Raum betrat. »Natürlich mischt sich in seine Psychose jede Menge väterlicher Stolz. Sie tut, wozu er selber nicht mehr in der Lage ist. Sie ist seine Waffe und zugleich sein Kind. Er macht da keinen Unterschied. Er wird auf alle Fälle bis ans Lebensende ins Gefängnis gehen, Eve, denn das Gericht wird sicher nicht auf Unzurechnungsfähigkeit erkennen, auch wenn er seelisch durch den Tod seiner Frau vollkommen aus dem Gleichgewicht geraten ist.«

»Der Kerl kann sich in Selbstmitleid ergehen, so viel er will, solange er bis an sein Lebensende hinter Gittern sitzt. Den Vater hätten wir, aber die Tochter ist noch immer auf der Flucht. Wahrscheinlich kümmert es ihn nicht, wenn sie es auf seine Ex und deren Neuen abgesehen hat. Vielleicht ist ihm sogar das Kind egal. Aber er hat gesagt, dass sie in seinem Namen schießt, und auf die Mutter, Stuben und den Jungen hat er es nicht abgesehen. Wollen wir doch mal sehen, ob er es schafft, sich schönzureden, dass sie es auf diese Menschen und außerdem auf Kinder ihrer Schule abgesehen hat. Wenn ich ihn damit nicht zum Reden bringen kann, versuchen wir es mit dem Deal. Dem Deal, mit dem wir Mackie glauben machen, dass sie nur für ein paar Jahre hinter Gitter gehen und dann wieder rauskommen und seine Mission beenden wird. Denn wenn sie weiter ihren Plan verfolgt, bedeutet das, dass sie New York erst einmal nicht verlassen und er sie und ihr besonderes Talent verlieren wird.«

»Er denkt, dass er ein guter Vater ist«, bemerkte Peabody. »Ich konnte sehen, dass er das wirklich glaubt. Es ist, als hätte er nur ein ganz besonderes Talent gefördert, mit dem sie schon auf die Welt gekommen ist.«

»Aber den Stiefvater kann er nicht leiden. Er ist ausgeglichener und erfolgreicher und hat auch noch einen Sohn«, mischte sich Mira ein. »Gegenüber seiner Ex-Frau hegt er auch nach all der Zeit noch einen Groll, vielleicht kommen Sie über das Kind an ihn heran. Ich würde mich an Ihrer Stelle möglichst häufig auf das Kind beziehen.«

»Peabody, suchen Sie viele süße Bilder des Jungen heraus. Von Weihnachten, Geburtstagen, von ihm als Baby. Die Familie hatte einen kleinen Hund, nicht wahr? Vielleicht auch noch ein Bild von dem Jungen mit seinem kleinen Hund.«

»Okay.«

»Zwingen Sie Mackie, sich die Bilder anzusehen«, bat Mira, als Eves Partnerin den Raum verließ. »Die Bilder eines unschuldigen, süßen kleinen Jungen, der mit seiner Tochter blutsverwandt ist. Er wird nicht wollen, dass sein Kind auf den eigenen kleinen Bruder schießt. Die Mutter ist ihm vielleicht egal, weil sie erwachsen ist und er mit den Entscheidungen, die sie getroffen hat, nicht einverstanden ist. Aber der kleine Junge hatte keine Wahl. Genauso wie sein eigener Sohn, wenn er nicht umgekommen wäre, als die Mutter starb.«

»Auch der wäre mit seiner Tochter blutsverwandt gewesen. Ich verstehe.«

»Sie sehen wieder etwas besser aus«, stellte die Psychologin fest.

»Ach ja? Das liegt wahrscheinlich an dem Muntermacher, den Roarke mir verabreicht hat.«

»Ist das ein Euphemismus? Wann in aller Welt haben Sie Zeit für so etwas gehabt?«

»Ich ... meine Güte, nein.« Entsetzt und amüsiert hielt Eve den leeren Becher hoch. »Ich meine einen echten Muntermacher, der hier auf meinem Schreibtisch stand, als ich von dem Verhör kam. Bestimmt hat Roarke mein halbes Dezernat damit versorgt.«

Um nicht mehr daran zu denken, dass die Psychologin daran dachte, dass sie auch ein Sexualleben neben der Arbeit hatte, sprach sie kurzerhand ein anderes Thema an. »Warum haben Sie heute kein Kostüm und keine Knöchelbrecher an?«

»Ich hatte es ein bisschen eilig herzukommen, und vor allem ist heute Samstag, da habe ich normalerweise frei.«

»Samstag.« Heute war schon Samstag? »Oh.«

»Normalerweise nutze ich das Wochenende, um die Batterien wieder aufzuladen. Was ich nur empfehlen kann.« Die Psychologin tätschelte ihr aufmunternd die Schulter. »Wenn Sie weitermachen, sehe ich von nebenan aus zu.« Sie wandte sich zum Gehen, blieb aber in der

Tür noch einmal stehen. »In Mackies Panzer zeigen sich die ersten Risse, auch seinen Anwalt haben Sie gehörig aus dem Gleichgewicht gebracht.«

»Ohne die verdammte Pause hätte ich die Risse noch vergrößern können. Jetzt hatten sie Zeit, um sie wieder zu schließen und erneut in Abwehrposition zu gehen. Aber ich bohre weiter nach.«

Sie würde Mackie knacken, dachte Eve und bereitete sich auf die nächste Runde vor.

Dank der Pause oder vielleicht auch des Muntermachers hatte Eve zumindest wieder einen halbwegs klaren Kopf sowie ein Minimum an Energie. Bevor sie sich jedoch erneut um Mackie kümmern würde, rief sie kurz bei Baxter an.

»Hi, Dallas«, grüßte er. »Wir haben einen Busfahrer gefunden, der sich an den ›jungen Kerl‹ erinnern konnte, der mit dem Gepäck, das uns der Zeuge aus dem Haus beschrieben hat, dort ausgestiegen ist. Er konnte uns zwar nicht mehr sagen, wo sie eingestiegen war, aber das finden wir noch heraus.«

»Das hoffe ich. Ich nehme mir jetzt noch einmal Mackie vor. Falls er was rauslässt, kriegen Sie Bescheid.«

»Das hoffe ich.«

Entschlossen stieß sie sich von ihrem Schreibtisch ab. Sie würde Mackie dazu bringen, ihr zu sagen, wo die Tochter war, sie hoffte nur, dass es bis dahin nicht zu einem neuerlichen Blutbad kam.

Als sie durch die Abteilung lief, sah sie die Partnerin, die sich mit einem Zivilisten unterhielt.

»Lieutenant, das ist Aaron Taylor«, stellte Peabody ihn

vor. »Er und Jonah Rothstein waren zusammen auf dem Konzert.«

»Ich war ... wir waren ... ich habe ge... Sind Sie sich sicher, dass er ...«

»Ja. Es tut mir leid.«

Bei ihren Worten warf er sich die Hände vors Gesicht. »Aber warum? Ich weiß nicht, wie so was ...«

Eves Partnerin stand auf und zerrte einen Stuhl für ihn heran. »Setzen Sie sich, Mr. Taylor.«

»Ich ... ich weiß nicht, was ich machen soll. Ich bin auf der anderen Seite rausgegangen, weil es von dort aus näher zu meiner Wohnung ist. Wir hatten Karten fürs Parkett, oh Mann. Die hatte Jonah schon vor ein paar Monaten besorgt. Wir ...«

»Sie und Mr. Rothstein waren Freunde«, meinte Eve.

»Schon seit der Highschool. Wir kamen gemeinsam nach New York und haben bis zu meiner Hochzeit sogar zusammengewohnt. Er ist mein bester Freund, ich ...«

»Sie waren zusammen auf dem Konzert.«

»Ja. Ja. Er hat überall in den sozialen Medien mit den tollen Karten angegeben, die er dafür hatte. Er hat seit Wochen kaum noch von etwas anderem geredet. Wir waren zusammen dort, und dann ... am Ende bin ich auf der anderen Seite rausgegangen.«

»Er hat in den sozialen Medien davon erzählt, dass er zu dem Konzert gehen wird?«

»Er hatte sogar einen Countdown eingerichtet und die Tage bis zu dem Event heruntergezählt.« Aaron presste sich die Finger vor die tränenfeuchten Augen. »Wir sind schon seit dem College Riesenfans von Jake Kincade. *Avenue A* kennen Sie doch bestimmt. Jonah hatte in den letzten Tagen zahlreiche Termine außerhalb der Stadt, die hat er extra so gelegt, dass er auf alle Fälle rechtzeitig für das Konzert wieder zuhause war. Er hat die ganze Zeit gesagt: ›Hättest du bei all den anderen Konzerten, wo wir immer auf den billigen Plätzen saßen, je gedacht, dass wir mal Plätze im Parkett bekommen würden, und dazu noch in der angesagtesten Konzerthalle der Welt?‹ Ich bin am Ende auf der anderen Seite rausgegangen, ich kann das gar nicht fassen. Er hat mich noch gefragt, ob wir einen trinken gehen wollen, aber ich musste heim. Er wollte heute Abend noch zu mir kommen. Er sollte heute Abend kommen, aber er ist eben auf einer anderen Seite aus der Halle gegangen als ich.«

»Mr. Taylor ... Aaron.« Eve betrachtete die schmerzverzerrte Miene ihres Gegenübers und erklärte: »Solche Dinge haben keinen Sinn, man kann sie nicht verstehen. Hat Jonah Ihnen je von seinem Job erzählt?«

»Manchmal, wenn ihm irgendetwas besonders auf der Seele lag. Wir haben zusammen studiert, doch dann hat er Personen- und ich selber habe Steuerrecht gemacht.«

»Ging's dabei auch einmal um einen Mandanten Namens Mackie?«

»Um den Typ, der gerade überall gesucht wird? Um den Typ mit dem Kind? Dann hat er also diese Anschläge verübt.« Vor Schock versiegte Aarons Tränenstrom. »Wollen Sie damit sagen, Jonah hätte ihn gekannt?«

»Dann hat er Ihnen gegenüber Mackie also nie erwähnt?«

»Namen hat Jonah nie genannt. Vielleicht hat er mal eine Anekdote, eine lustige Geschichte oder so erzählt. Oder Dampf abgelassen, ohne dass der Name des Mandanten fiel. Wir sind wie Brüder, aber trotzdem hätte er mir nie etwas erzählt, was er mir nicht erzählen darf.«

»Okay, hat er dann vielleicht einmal von einem Mann erzählt, der andere wegen dem Tod seiner Frau verklagen wollte? Sie war schwanger, rannte einfach auf die Straße und wurde von einem Pkw erfasst.«

»Ich ... ich – oh ja, jetzt fällt's mir wieder ein. Wurde er deshalb umgebracht?« Mit plötzlich zornblitzenden Augen sprang er auf. »Ist das der Grund? Er wollte diesem Arschloch helfen. Er hat ihm leidgetan, deswegen hat er nicht einmal etwas dafür verlangt. Er hat sich neben seiner offiziellen Arbeit richtig in die Sache reingehängt. Wobei es für dieses Schwein nichts zu gewinnen gab. Die Frau hat nicht nach links und rechts gesehen und ist einfach losgerannt. Das haben verschiedene Augenzeugen ausgesagt. Er hat mit jedem Einzelnen von ihnen gesprochen und sie sogar alle überprüft. Als er diesem Typ sagen musste, dass er ihm nicht helfen könnte, ist der total ausgeflippt. Und seine Tochter ... Dabei wollte er ihnen wirklich helfen. Noch dazu kostenlos. Er ist ein anständiger Mensch, verstehen Sie? Er ist einer von den Guten.«

»Alles klar. Was war mit der Tochter?«

»Jonah meinte, dieser Mackie, dieser Mann sei ein Wrack. Er brauche jemanden, der schuld am Tod seiner Frau sei, und habe sogar ihrem Arzt, weil der sie später drangenommen hatte, und der Vorgesetzten seiner Frau, weil die sie ihre Mittagspause nicht einmal ein paar Minuten hätte überziehen lassen, an den Karren fahren wollen. Alle waren schuld an ihrem Tod, nur nicht sie selbst, obwohl sie einfach auf die Straße rannte, verstehen Sie?«

»Auf jeden Fall. Was war mit der Tochter, Aaron?«

»Jonah meinte, dass sie furchteinflößend sei, so hat er es formuliert. Nachdem er Mackie sagen musste, dass er ihm nicht helfen könnte, und versucht hatte, ihn dazu zu bewegen, eine Therapie zu machen, weil er offenbar auf Drogen war, tauchte das Mädchen plötzlich auf. Er war schon auf dem Heimweg, holte sich noch etwas zu essen, dann stand sie plötzlich neben ihm und meinte, dass es seiner Meinung nach anscheinend keine große Sache sei, dass die Frau und auch das Kind gestorben seien. Aber er werde bald schon merken, dass das sogar eine Riesensache sei, auch wenn er ja leider Single sei und deswegen keine Frau habe, die plötzlich auf die Straße rennen könne. Aber vielleicht würde ja ihn selber irgendjemand dazu bringen, dass er plötzlich einfach auf die Straße läuft. Bei diesen Worten zog sie einen Stunner aus der Tasche, und das war ihm wirklich unheimlich.«

»Aber er hat sie deswegen nicht angezeigt? Obwohl sie ihm gedroht hat und mit einer Waffe vor ihm stand?«

»Jewel, meine Frau, hat ihn dazu gedrängt, aber er meinte, dass das Mädchen höchstens dreizehn oder vierzehn und der Stunner sicherlich nicht echt gewesen sei und er ihr das Leben nicht noch schwerer machen wollte, als es ohnehin schon war. Aber sie war ihm unheimlich. Ich kenne all die Witze über Rechtsanwälte, klar? Aber Jonah glaubte wirklich an das Gute in den Menschen und dass jemand ihnen helfen muss. Obwohl diesem Mackie nicht zu helfen war, hat er's auf jeden Fall versucht. Und jetzt hat er ihn dafür umgebracht.«

»Jetzt treten wir, jetzt trete ich für Jonah ein, versprochen«, sagte Eve ihm zu. »Sie haben uns und Jonah sehr geholfen, dadurch dass Sie extra hergekommen sind.«

»Kann ich ihn sehen? Gibt es irgendeinen Ort, wo ich ihn sehen kann? Seine Eltern ... ich und Jewel haben heute ausgeschlafen und es erst erfahren, als sein Dad ... sie kommen aus Florida. Sie verbringen den Winter jedes Jahr im Süden, aber jetzt kommen sie nach New York. Kann ich ihn bitte sehen?«

»Detective Peabody, Sie sorgen bitte dafür, dass man Aaron seinen Freund sehen lässt und dann nach Hause bringt.«

»Zu Befehl, Ma'am.«

»Er hat wirklich an Gerechtigkeit geglaubt.«

»Das tun wir auch«, gab Eve zurück und lief zu Lowenbaum, der sie bereits zu erwarten schien.

»Ich habe einen Teil der Unterhaltung mitbekommen und wollte Sie nicht stören.«

»Noch ein Grund, den Kerl zu knacken und die Psychotochter zu erwischen.«

»Ich wollte fragen, ob ich bei der nächsten Runde nicht dabei sein kann.«

Den Vorschlag hatte sie bereits erwartet und zog ihn mit auf den Flur.

»Das wollte ich an Ihrer Stelle auch, aber er wird Sie als seinen früheren Vorgesetzten sehen, der ihn dazu gebracht hat, sich erst krankzumelden und dann in Pension zu gehen, und ich kann mir nicht vorstellen, dass mir das die Sache leichter macht.«

»Das ist mir klar, aber ich würde einfach gern ...«

»Lowenbaum, wenn er diese Mission hätte zu Ende führen können, wäre er bestimmt nicht nach Alaska abgehauen. Auf jeden Fall wäre er nicht dort geblieben, denn er hätte dort niemals gefunden, was er braucht, und immer das Gefühl gehabt, dass diese Sache noch nicht abgeschlossen ist. Das alles hätte weiterhin in ihm geschwelt. Schließlich hätte er eine neue Liste mit vermeintlich Schuldigen erstellt und Sie auf diese Liste gesetzt.«

Sie wartete einen Moment und fügte dann hinzu: »Auf die Idee sind Sie bereits von selbst gekommen.«

»Ja.« Er schaute blind den Korridor hinab. »Auf die Idee bin ich bereits selbst gekommen. Auf dieser Liste würden mein Name, der des neuen Ehemanns der Ex, der von Patroni und wahrscheinlich auch noch andere stehen. Aber so weit ist er noch nicht.«

»Ach nein?«

Er überlegte kurz und schüttelte den Kopf. »Ich weiß es nicht. Es ist nur ...«

»... schwer dabeizusitzen, ohne selbst aktiv zu werden, aber im Moment müssen Sie genau das tun. Beobachten Sie das Gespräch von nebenan, falls Ihnen etwas auffällt, was mir helfen könnte, geben Sie mir ein Signal.«

»Sie haben recht. Ich weiß, Sie haben recht.« Er atmete geräuschvoll aus. »Okay. Beziehen Sie sich auf das Kind, den Halbbruder. So wie viele Leute nach der Scheidung ist er auf die Ex zwar weiter sauer, aber ihren Jungen mochte er. Ich habe mal gehört, wie er gesagt hat, dass das einzig Gute, was die Frau der Welt jemals beschert habe, die beiden Kinder seien. Er hat Willow sogar ab und zu gezwungen, zu irgendwelchen Schulaufführungen des Kleinen mitzugehen, weil sie Anteil am Leben ihres Bruders nehmen sollte.«

»Gut zu wissen. Das kann ich bestimmt benutzen«,

meinte Eve und wartete, bis zwei Beamte mit dem Freund des toten Jonah Rothstein in einem der Fahrstühle verschwunden waren.

»Das gibt mir zusätzliche Munition«, fügte sie noch hinzu und winkte ihrer Partnerin. »Bleiben Sie in der Nähe, Lowenbaum.«

»Auf jeden Fall.«

Sie selbst verfolgte ebenfalls noch einen Augenblick von nebenan, wie Mackies Anwalt angespannt, doch eindringlich mit dem Mandanten sprach, der selbst mit ausdrucksloser Miene auf den Spiegel starrte, hinter dem sie stand.

Er wirkte ziemlich angefressen, aber das kam ihr durchaus zupass.

Seine Hände zitterten. Egal, wie fest er sie verschränkte, nahm das Zittern immer weiter zu, denn offensichtlich war er auf Entzug.

Sie nickte Peabody zu, zum Zeichen, dass sie rübergehen würden. »Dann gehen wir es jetzt an.«

Als sie den Raum betrat, setzte sich Pratt auf seinen Stuhl und hielt den Mund.

»Rekorder an. Lieutenant Eve Dallas und Detective Delia Peabody führen das Verhör von Reginald Mackie fort. Sein Pflichtverteidiger ist anwesend.« Auch sie nahm Platz und ließ die Aktenordner auf den Resopaltisch fallen. »Also, wo waren wir stehen geblieben?«

»Ich beantrage noch einmal, dass mein Mandant für eine medizinische Begutachtung ins Krankenhaus zurückverlegt wird.«

»Und ich erkläre Ihnen noch einmal, dass das aus den schon genannten Gründen nicht in Frage kommt.«

Jetzt wandte Mackie sich ihr zu und sah ihr ins Gesicht. »Rothstein ist tot. Das hat mein Anwalt überprüft. Ich wusste, dass sie ihn auf jeden Fall getroffen hat.«

»Das stimmt. Auf Ihr Geheiß hat Ihre Tochter einen Mann umgebracht, der Ihnen unentgeltlich neben seiner Arbeit helfen wollte, Ihren schwachsinnigen Fall vor ein Gericht zu bringen.«

»In Wahrheit hat der Kerl doch nur vertuscht, wie es wirklich abgelaufen ist.«

»Sie können meinem Mandanten nicht die Taten anlasten, die seine noch nicht volljährige Tochter angeblich begangen hat«, setzte sein Anwalt an.

»Haben Sie bei Ihrem Studium die Vorlesungen über Verabredung zum Mord vielleicht versäumt? Ihr Mandant, Reginald Mackie, hat gestanden, dass er seine Tochter angewiesen hat, die Morde zu begehen, weshalb er mindestens der Beihilfe zum Mord in bisher fünfundzwanzig Fällen schuldig ist.«

»Zur Zeit des Anschlags letzte Nacht lag mein Mandant im Krankenhaus, deshalb …«

»Vergeuden Sie nicht meine Zeit. Er hat die Planung und Verabredung zu diesen Taten zugegeben, also ist mir scheißegal, ob er vergangene Nacht im Krankenhaus oder in Argentinien war. Er ist genauso schuldig wie die Schützin selbst. Diese Schuld umfasst auch die Versuche, andere Leute von der Liste ihres Vaters zu ermorden oder Leute, die auf ihrer eigenen Liste stehen, aus dem Verkehr zu ziehen.«

»Sie lügen. Sie hat keine eigene Liste. Das ist ebenso gelogen wie die Behauptung, dass Rothstein noch am Leben ist.«

»Sie wissen ganz genau, dass sie auch eine eigene Liste hat«, fuhr Peabody ihn an. »Sie sind ihr Vater, Sie haben diese ganze Sache angefangen, und wissen, dass sie weitermachen wird.«

»Da bin ich anderer Meinung«, widersprach Eve ihr. »Ich glaube nicht, dass er das weiß. Zumindest nicht, dass sie auch eine eigene Liste hat und neben seinem noch einen eigenen Plan verfolgt. Ich glaube auch nicht, dass er weiß, dass sie ein paar Leute, die auf seiner Liste standen, wie zum Beispiel Rothstein, angesprochen hat. Dass sie sie bedroht und obendrein mit einem Stunner vor ihnen herumgefuchtelt hat. Denn das ist keine gute Strategie, und er kennt sich trotz seiner Sucht zu gut mit diesen Dingen aus, um so etwas Idiotisches zu tun.«

»Jetzt lügen Sie schon wieder.«

»Nein. Ich habe ihre Liste hier.« Eve klappte einen Ordner auf und zog das Dokument daraus hervor. »Oh, wir wissen auch, dass sie zu Fuß geht oder mit dem Bus fährt, denn inzwischen haben ein paar Fahrer sich daran erinnert, dass sie einmal mit ihnen mitgefahren ist. Sieht ganz so aus, als ob sie einen nachhaltigen Eindruck auf die Leute macht.«

Sie schob Mackie die Liste hin. »Sie macht sich nicht einmal die Mühe, Initialen zu verwenden. Sie schreibt alle Namen aus, denn sie hat nicht erwartet, dass jemand jemals auf die Idee kommen würde, auch den Computer ihres kleinen Bruders zu untersuchen, auf dem sie sie abgespeichert hat.«

»Sie haben diese Liste selbst geschrieben.« Ohne auch nur einen Blick darauf zu werfen, schob er ihr den Ausdruck wieder zu. »Die ist ganz sicher nicht von Will.«

»Der Teil von Ihnen, der trotz des ganzen Funks noch halbwegs denken kann, weiß ganz genau, dass das die Liste Ihrer Tochter ist. Er weiß, was Willow ist und was sie braucht, denn ihre Seele und ihr Herz sind schwärzer als die Nacht. Vielleicht haben Sie ja unter anderem deshalb mit den Drogen angefangen, weil Sie nicht ertragen haben, dass ein Mensch von Ihrem Fleisch und Blut so etwas Bestialisches in sich hat.«

»Sie lügen immer noch. Sie wollen, dass ich glaube, Will wäre bereit, der eigenen Mutter und dem eigenen kleinen Bruder etwas anzutun. Da müssen Sie sich schon was anderes einfallen lassen. Darauf falle ich ganz sicher nicht herein.«

»Über den Mann Ihrer Ex-Frau und die Leute in der Schule haben Sie nichts gesagt, doch das ist erst einmal egal.« Jetzt nahm sie sich die Fotos von Zach Stuben vor, die die Partnerin gefunden hatte.

»Ein wirklich süßes Kind. Ich selber habe zwar für Kinder nicht viel übrig, aber dieser Kleine ist echt süß. Und dazu noch der kleine Hund – er hatte einen kleinen Hund, nicht wahr? Das sieht für mich nach echter Liebe aus, wie er den Köter in den Armen hält. Ich schätze, deshalb hat ihm Willow das Genick gebrochen und ihn aus dem Fenster fliegen lassen, als ihr kleiner Bruder aus der Schule kam.«

»Das hat sie nicht getan.«

»Oh doch, und sicher haben Sie ihr beigebracht, wie man jemandem das Genick bricht, an welcher Stelle und in welchem Winkel man dabei den Druck ausüben muss. Das hat sie dann an dem dummen kleinen Hündchen ausprobiert. Weil sie den kleinen Jungen, diesen lieben, süßen kleinen Jungen hasst. Nur weil er existiert. Genauso hätte sie auch Ihren Sohn gehasst, wenn er geboren worden wäre, denn in ihrem Leben dreht sich immer alles nur um sie selbst.«

»Sie kennen Will doch gar nicht!«

»Doch.« Eve klatschte ihre Hände auf die Tischplatte, stand auf und beugte sich zu Mackie vor. »Und Sie kennen sie auch. In Ihrem tiefsten Innern wissen Sie, wie Willow ist. Der Kleine hatte Angst vor seiner Schwester, denn sie hat ihm immer wieder wehgetan. Ihre Ex-Frau hat Sie darauf angesprochen, doch Sie wollten es nicht sehen. Das Funk war sicher eine Hilfe beim Verdrängen, Hilfe dabei, nicht zu sehen, was Sie nicht sehen wollten. Trotzdem wussten Sie, verdammt noch mal, die ganze Zeit Bescheid.«

»Mein Mandant ist abhängig von einem Stoff, der …«

»Halt dein verdammtes Maul!«, schrie Mackie seinen Anwalt an.

»Lassen Sie mich Ihnen helfen, Mr. Mackie. Denken Sie daran, was wir besprochen haben, und lassen Sie mich meine Arbeit tun. Ich muss mit Ihnen …«

»Halt dein gottverdammtes Maul! Du Arschloch kannst mir auch nicht helfen. Du bist so wie alle anderen, hältst dich immer brav an die Gesetze, im Grunde bin ich dir doch scheißegal. Aber ich komme auch allein zurecht.«

»Ich bin Ihr Anwalt, Mr. Mackie. Lassen Sie mich meine Arbeit machen und …«

»Es geht Ihnen doch nicht um mich, sondern nur um sich selbst. So ist es jedes Mal. Jetzt halten Sie Ihren Mund und hauen ab. Ich will Sie nicht mehr sehen. Ich brauche niemanden. Ich komme auch alleine klar.« Er riss an seinen Fesseln, um sich auf den Pflichtverteidiger zu stürzen, und der arme Mann wich derart schnell vor ihm zurück, dass er dabei hintüberfiel.

»Setzen Sie sich wieder hin!« Eve richtete sich drohend vor Mackie auf.

»Sie sind eine *Lügnerin*! Und er ist dabei mit von der Partie!«

»Hinsetzen, wenn ich nicht rüberkommen soll.«

»Versuchen Sie's doch mal.«

Als Eve den Tisch umrundete, rappelte Pratt sich wieder auf, und sie erkannte an, dass er zwar außer Reichweite seines Mandanten, aber immerhin im Zimmer blieb.

»Mein Mandant ist auf Entzug. Er braucht …«

»Ich bin nicht Ihr Mandant! Hauen Sie ab.«

»Wenn Sie ihn nicht mehr wollen, müssen Sie ihn feuern, und zwar offiziell«, erklärte Eve ihm kühl. »Solange Sie nicht offiziell auf einen Rechtsbeistand verzichten, bleibt er hier.«

»Verdammt, Sie sind gefeuert, Mann. Ich verzichte offiziell auf einen gottverdammten Rechtsbeistand. Na los, du Fotze, guck, ob du mich dazu kriegst, mich wieder hinzusetzen.«

»Mit Vergnügen.«

Sie wich seinem aufgrund der Handschellen wenig schwungvollen Fausthieb aus und trat ihm kurzerhand die Beine weg. »Bleiben Sie liegen«, warnte sie. »Sie sind nicht in der Position oder Verfassung, um es mit mir aufzunehmen. Ich gebe Ihnen die Chance, sich noch einmal zu überlegen, ob Sie Ihren Anwalt wirklich feuern wollen. Denken Sie darüber nach, Mackie. Reißen Sie sich zusammen und denken Sie darüber nach.«

Inzwischen zitterte der Mann am ganzen Leib. »Ich will ihn nicht mehr sehen. Das Arschloch hat versucht, mir einzureden, dass ich einen Deal mit Ihnen machen soll. Sie denken doch wohl nicht im Ernst, ich würde einen Deal mit Ihnen in Erwägung ziehen. Schaffen Sie ihn raus.«

»Das war ziemlich eindeutig.« Auch Peabody erhob sich jetzt von ihrem Platz und ging zur Tür. »Der Verdächtige hat seinem Anwalt das Mandat entzogen und verzichtet zukünftig auf einen Rechtsbeistand. Ich an Ihrer Stelle würde zusehen, dass ich Land gewinne, Pratt, bevor mein Name auch noch auf der Liste dieses Psychos landet.«

Wortlos und ein bisschen grün rund um die Nase schnappte Pratt sich seine Aktentasche und verschwand.

»Der entbundene Pflichtverteidiger verlässt den Raum«, erklärte Peabody und drückte die Tür hinter ihm zu.

»Entweder Sie setzen sich, oder Sie kehren zurück in Ihre Zelle.«

Mackie blickte wütend zu Eve auf. »Ihre Zeit wird auch noch kommen.«

»Früher oder später, aber das erleben Sie dann nicht mehr mit. Jetzt setzen Sie sich auf Ihren gottverdammten Stuhl, Mackie.«

17

Mit roten Flecken im Gesicht und noch röteren Augen nahm Mackie wieder Platz, Eve schob ihm die Grundrisse von Willows Schule hin. »Das hier ist Teil ihrer Mission. Sie hat die Ausgänge und Schwachstellen markiert. Das haben Sie ihr beigebracht.«

»Nein.«

»Mutter, Stiefvater und kleiner Bruder. Diese drei will sie als Erste umbringen, weil der Hass und Zorn auf sie am tiefsten gehen. Danach hat sie es auf den Rektor ihrer Schule, auf die Psychologin von dort und Mitschülerinnern und Mitschüler abgesehen, die sie ihrer Meinung nach beleidigt haben oder sie einfach nicht leiden konnten. Sie haben ihr beigebracht, dass man so etwas nicht auf sich sitzen lassen muss und Menschen töten darf, die einem nicht sympathisch sind.«

»Das ist nicht wahr.«

»Sie wissen, dass es stimmt, aber Sie müssen es leugnen, um die ganze Sache durchzustehen. Sie sehen ziemlich elend aus, Mackie. Ich kann Ihnen etwas geben lassen, falls Sie etwas brauchen, um hier fortzufahren.«

»Von dir verlogenem Weibsstück brauche ich ganz sicher nichts.«

»Dann ist es ja gut. Doch kommen wir noch einmal auf Willows kleinen Bruder zu sprechen«, meinte Eve und schob ihm wieder ein paar Aufnahmen des Jungen hin. »Sie hat sein kleines Hündchen umgebracht, und jetzt hat sie es auf ihn selber abgesehen. Er ist momentan zwar an einem sicheren Ort, aber Sie wissen, dass er dort nicht ewig bleiben kann. Wenn wir Willow nicht rechtzeitig erwischen, wird sie ihn genau wie all die anderen einfach abknallen. Die beiden haben dieselbe Mutter, und in ihren Adern fließt dasselbe Blut. Er hätte auch Ihr Sohn sein können, und sie wird warten, bis sie ihn erwischt.«

»Sie hat keinen Grund, ihm etwas anzutun.«

»Natürlich hat sie den.« Eve schlug krachend auf den Tisch. »Weil er ihr schließlich etwas *weggenommen* hat. Haben nicht Sie selbst ihr beigebracht, dass man auf jeden schießen darf, der einem etwas weggenommen hat? So wie auf den armen Fahrer, dem an einem regnerischen Tag vollkommen unvermutet eine Frau ins Auto läuft. Er hat zwar noch versucht, ihr auszuweichen und zu bremsen, aber da war es bereits zu spät. Hatte er es auf sie abgesehen, Mackie? War er an dem Morgen mit der Absicht aufgestanden, sie zu überfahren? Hat er Tage, Wochen, Monate damit verbracht zu planen, wie dabei am besten vorzugehen ist? Hat er sich eingeredet, dass es keine Rolle spielt, wenn es außer Ihrer Frau vielleicht noch ein paar andere, unschuldige Fußgänger erwischt?«

»Er hat sie getötet, und Sie haben *nichts* getan.«

»Also haben Sie selber diesen Mann, der noch versucht hatte zu bremsen, ins Visier genommen, genau wie Susanns Arzt und wie die Leiterin der Praxis, nur weil sie dort etwas warten musste, genau wie ihre Chefin, mit der Ihre Frau nur deshalb öfter Ärger hatte, weil sie permanent zu spät zur Arbeit kam.«

»Sie hat sich stets bemüht!«

»Nur dass Bemühen eben nicht immer reicht. Was ist das für eine Welt, in der Sie leben, Mann? Sie haben den Anwalt, den Sie selber sich ausgesucht haben, töten lassen, weil er Ihnen nicht so helfen konnte, wie Sie es sich vorgestellt haben, Sie benutzen Ihre eigene Tochter, um all diese Leute umzubringen, weil Sie selbst zu fertig sind, um das zu tun. Wer hatte die Idee, auch noch auf andere zu schießen? Ich wette, dass das die Idee von Willow war. Weil das Machtgefühl und der besondere Kick sie berauschen. Vor allem konnte sie auf diese Art schon einmal für ihre eigene Liste üben, auf der ganz zuoberst die eigene Mutter und der eigene kleine Bruder stehen.«

Jetzt fingen seine Augen an zu zucken. »Wir wollten nach Alaska ziehen.«

»Sie wollte niemals nach Alaska ziehen, denn was zur Hölle sollte sie da machen? Sie ist ein junges Mädchen aus New York, und diese Stadt bietet ihr alles, was sie haben will und braucht. Mehr Ziele gibt es nirgends sonst.« Eve holte tief Luft.

»Sie wird diesen süßen kleinen Jungen töten, weil ihre Mutter nach ihr noch ein zweites Kind bekommen hat. Sie wird ihn heute, morgen und auch nächste Woche nicht erwischen, aber später, vielleicht in einem halben oder einem Jahr, wenn alle denken, dass er wieder in Sicherheit ist. Falls er in dem Augenblick mit ein paar Freunden spielt, wird sie auch die abknallen. Weil sie es kann, weil Sie ihr beigebracht haben, wie man das macht, und beigebracht haben, dass sie das Recht dazu hätte.«

»Das wird sie niemals tun.«

Die wehen Augen schafften es nicht mehr, Eve ins Gesicht zu sehen.

»Sie wissen selbst, dass sie das tun wird. Obwohl sie vielleicht wartet, bis er ein bisschen größer ist und dann mit ein paar Freunden mit den Airboards unterwegs ist oder einfach nur im Park abhängt. Dann, zack, bringt sie die Jungs alle um. So hat sie es schließlich auch mit ihm gemacht.« Grimmig schob Eve ihm ein Bild von Alan Markum hin. »Er und seine Frau haben ihren Hochzeitstag gefeiert, sie wollte ihm erzählen, dass sie schwanger ist. Nur hatte sie nicht mehr die Möglichkeit dazu, genauso wie ihr Baby niemals seinen Vater kennenlernen wird. Dafür haben Sie gesorgt, Mackie, Sie und Ihr Kind. Sie haben dieses Leben einfach zum Vergnügen ausgelöscht, deshalb wird dieses andere Kind niemals erfahren, wer sein Vater war. Was hat dieser Mord für Sie für einen Zweck erfüllt? Wollten Sie verhindern, dass wir Ihnen auf die Schliche kommen und merken, dass es eigentlich um einen Arzt ging, der damit beschäftigt war, ein anderes Leben auf diese verdrehte Welt zu bringen, und deshalb den Termin mit Ihrer Frau nicht eingehalten hat?« Eve schloss die Augen, dann fuhr sie fort: »Sie haben diese junge Frau bestohlen, die schwanger ist, so wie Susann es war. Sie haben einem unschuldigen Kind den Vater weggenommen, nach Ihren Regeln hätten Sie und Willow es verdient, dass wir Sie dafür hinrichten.«

»Sie haben mir auch etwas gestohlen.«

»Dieser junge Mann?«, hakte sie nach und zeigte wieder auf das Bild. »Was hat Alan Markum Ihnen weggenommen? Sie beide sind sich nie begegnet, Sie wussten nicht einmal, wer er war. Womit also hat er verdient zu sterben, ohne jemals seine Tochter oder seinen Sohn zu sehen?«

»Wir ... Das war ein Kollateralschaden. Es ging um die Mission.«

»Ach ja? Haben Sie das Ihrer Tochter so erklärt? Und dieser Junge hier, der gerade seinen siebzehnten Geburtstag feiern wollte?« Jetzt warf sie auch ein Foto von Nathaniel auf den Tisch. »Dieser Junge, dessen Mutter ihn geliebt hat und vor Schmerz jetzt wie von Sinnen ist, der Ihnen nie etwas getan hat, haben Sie auch dessen Tod einfach in Kauf genommen, weil Ihr privater Rachefeldzug wichtiger als alles andere war? Hat denn sein Leben nichts bedeutet?«

»Wir mussten die Mission zu Ende bringen.« Jetzt zitterte auch Mackies Stimme, die roten Augen wurden feucht. »Es ging uns um Gerechtigkeit für Susann. Und für Gabriel.«

»Sie mussten Blut sehen, auch Willow war ganz wild darauf. Sie ist genauso heiß aufs Töten wie Sie selbst auf Funk. Das haben Sie ausgenutzt. Sie brauchten jemanden, der schuld am Tod Ihrer Frau und Ihres Babys ist, also haben Sie die Liste der vermeintlich Schuldigen erstellt. Ob auf Ihrem Feldzug auch noch andere zu Schaden kamen, war Ihnen total egal. Selbst wenn das Opfer Willows eigener kleiner Bruder ist.« Sie tippte kurz Zachs Foto an. »Das haben Sie aus ihr gemacht. Sie haben das Monster, das in ihr geschlummert hat, geweckt.«

»Sie werden sie nicht finden, weil sie nämlich nach Alaska gehen und endlich völlig frei sein wird.«

»Verdammt, begreifen Sie denn nicht, dass Willow gar nicht nach Alaska will?« Eve sprang von ihrem Stuhl auf und umrundete den Tisch. »Weil sie hier noch nicht fertig ist und immer weitermachen wird. Verdammt noch mal, Sie wollen mir doch nicht erzählen, dass Ihnen nicht noch andere Namen eingefallen sind. In Ihrem kranken Hirn haben es doch sicher auch noch andere vermasselt, oder nicht? Vielleicht der Stiefvater? Ich würde meine Dienstmarke darauf verwetten, dass der Name des Mannes auf Ihrer nächsten Liste steht.«

Sie nahm das Flackern in den feuchten, ruinierten Augen wahr und fuhr entschlossen fort: »Er hatte schließlich Ihren Platz in der Familie eingenommen. Und Lowenbaum hat Sie aus Ihrem Job gedrängt, und Vince Patroni konnte oder wollte nicht verstehen, wie es Ihnen geht. Deswegen wollten Sie sich auch an diesen Leuten rächen. Willow ist genau wie Sie. Sie sucht nach Dingen, die sie rächen kann, weil sie dann immer weiter Blut vergießen kann. Sie ist ein Junkie, so wie Sie, Mackie. Sie braucht den Tod wie Sie Ihr Funk, Sie haben Ihre eigene Tochter angefixt.«

»Es geht ihr einzig ...«

»... um das Blutvergießen, du Stück Scheiße«, fiel Eve ihm ins Wort. »Es geht ihr ganz bestimmt nicht um Gerechtigkeit, nicht einmal um Rache, sondern einzig um das Töten selbst. Es geht darum, dass Sie ihr grünes Licht gegeben haben, jeden umzubringen, den sie umbringen will. Genau das hat sie jetzt vor. Dieser kleine Junge hier, auf den hat sie es vor allen anderen abgesehen. Zwingen Sie mich nicht, sie zu erschießen. Sehen Sie mich an, verdammt noch mal. Zwingen Sie mich nicht, sie zu erschießen, und vor allem bilden Sie sich ja nicht ein, dass ich Probleme damit hätte, falls Ihre Tochter mich dazu zwingt. Ihr Leben liegt in Ihren jämmerlichen Zitterhänden, denn ich werde Willow finden, ganz egal, ob Sie mir dabei helfen oder nicht. Ich werde Willow stoppen, und obwohl ich Ihre Hilfe dabei ganz bestimmt nicht brauche, könnten Sie verhindern, dass ich auf sie schießen muss und sie mit ihren gerade einmal fünfzehn Jahren stirbt.«

»Sie werden sie nicht finden.«

»Doch, das werde ich. Sie kann mich gern auf ihre Liste setzen, falls sie das nicht längst getan hat, trotzdem werde ich sie finden, ehe sie auch mich aus dem Verkehr ziehen kann. Es war ein Fehler, neben all den anderen Menschen auch noch einen Polizisten zu erschießen, Mackie, denn jetzt haben alle Polizisten von New York es auf sie abgesehen, und einige von ihnen werden sicherlich nicht warten, bis sie grünes Licht bekommen, auf Willow zu schießen, falls sie ihnen vor die Flinte kommt. Sie sind nicht mehr da, um Ihre Tochter zurückzuhalten. Sie sind nicht mehr da, um sie dazu zu bringen, Ruhe zu bewahren. Ihr sind schon eine Reihe Fehler unterlaufen, und so wird es weitergehen. Sie ist fünfzehn und wird weiter Fehler machen, ohne ihren Vater, der ihr hilft. Sie ist allein und kommt an keine der Zielpersonen heran, die auf ihren beiden Listen stehen. Deswegen wird sie früher oder später die Kontrolle über sich verlieren, noch einmal woanders zuschlagen, noch einmal unschuldige Menschen töten, und dann ziehen wir sie endgültig aus dem Verkehr. Dann wird das Blut Ihrer Tochter an Ihren Händen kleben, Mackie, denn Sie haben sie auf diesen Weg gebracht und nicht versucht, sie aufzuhalten.«

»Nein.«

»Sie hat sich Ihnen bereits widersetzt«, mischte sich Peabody mit ruhiger Stimme ein. »Sie haben ihr gesagt, dass sie verschwinden soll. Sie hatten einen Fluchtplan, aber den hat Willow nicht befolgt. Statt sich in Sicherheit zu bringen und abzuwarten, ist sie immer noch hier in New York. Weil sie nicht anders kann.«

»Das stimmt, weil die Missionen, die ihres Vaters und auch die eigene, ihr wichtiger als alles andere sind. Solange er am Leben ist«, noch einmal tippte Eve das Bild des kleinen Bruders an, »bleibt Ihre Tochter hier in New York. Und da sie hierbleibt, werde ich sie finden, Sie können nur noch hoffen, dass ich schneller als die anderen Cops bin, die sie erwischen wollen. Bei mir kriegt sie die Chance, sich zu ergeben, Sie sollten beten, dass sie sie ergreift.«

»Sie wird ...«

»... sterben«, beschied Eve ihm knapp. »So viel Funk kann es auf der Welt doch gar nicht geben, dass das nicht in Ihren kranken Schädel will.«

»Lassen Sie mich in Ruhe.«

»Sorry, Mackie, aber vielleicht sollten Sie sich langsam daran gewöhnen, dass es nicht mehr nach Ihrer Mütze geht. Ich muss Sie nicht in Ruhe lassen, wenn ich das nicht will. Sie wurden wegen der Verabredung zum Mord verhaftet, und Sie haben zugegeben, dass es die Verabredung gegeben hat. Ihr Leben, wie Sie es kannten, ist vorbei. In Zukunft wird man Ihnen sagen, wo Sie hingehen, wann Sie essen, wann Sie schlafen, und zwar in einer Kolonie für Schwerverbrecher ganz weit weg von hier.«

In seinen Augen blitzte blanker Hass. »Das wünschen Sie auch meinem Mädchen.«

»Ich will, dass Ihr Mädchen lebt. Das können Sie mir glauben. Ich will, dass sie lebt, Mackie. Wollen Sie das auch?«

»Sie ist mein Fleisch und Blut.«

»Glauben Sie, dass Willow das interessiert? Auch dieser kleine Junge ist ihr Fleisch und Blut. Er ist ihr Bruder. Wenn sie ihn jetzt erwischen könnte, wäre er tot. Zwingen Sie mich nicht, Willow zu töten, Mackie. Helfen Sie mir, Willow lebend zu erwischen, zwingen Sie mich nicht, auf sie zu schießen.«

»Damit sie dann für den Rest ihres Lebens ins Gefängnis geht?«

Eve seufzte, richtete sich auf, lief durch den Raum und nickte unmerklich den Leuten zu, die hinter dem Spiegel standen.

»Wenn es Ihnen lieber ist, dass Willow stirbt, kann ich mir jedes weitere Gespräch mit Ihnen sparen. Lassen Sie das jämmerliche Arschloch wieder in die Zelle bringen, Peabody.«

Als es vernehmlich klopfte, brach sie ab, stapfte zur Tür und riss sie ungehalten auf. »Was ist? Ich bin hier mitten im Verhör.«

»Und ich bin hier, weil ich dem Mann, mit dem Sie gerade sprechen, einen Deal vorschlagen will.« Die Staatsanwältin segelte an Eve vorbei und stellte ihre Aktentasche auf den Tisch.

»Vergessen Sie das. Kommen Sie mit raus und reden Sie dort erst einmal mit mir.«

»Wir sind alle hier, um dieser Stadt und ihren Einwohnern zu dienen und sie zu beschützen. Fürs Protokoll: Cher Reo von der Staatsanwaltschaft betritt den

Verhörraum, weil sie Mr. Mackie einen Deal anbieten will.«

»Der interessiert mich nicht«, fuhr er die Staatsanwältin ungehalten an. »Das habe ich auch dieser blöden Bullenschlampe schon gesagt.«

»Sie haben es gehört«, schnauzte auch Eve die Staatsanwältin an. »Verschwinden Sie.«

»Es geht bei diesem Deal um Willow Mackie und um deren Zukunft, Sir. Sie wollen doch bestimmt, dass Ihre Tochter eine Zukunft hat.«

»Ich helfe Ihnen nicht.«

»Dann helfen Sie zumindest Ihrem Kind. Ich habe die Befugnis, Ihnen Folgendes anzubieten: Falls Sie uns Informationen geben, die uns helfen, Ihre Tochter zu verhaften, ehe – ich betone, *ehe* – es zu weiterem Blutvergießen kommt, und sie sich freiwillig ergibt, sind wir bereit, sie noch nach Jugendstrafrecht anzuklagen.«

»So ein Schwachsinn!«, tobte Eve und packte Reos Arm. »Verschwinden Sie.«

Doch Reo schüttelte sie einfach ab und stellte fest: »Die Anweisung kommt von ganz oben, Dallas, Ihr Boss hat bereits zugestimmt.«

»Was reden Sie denn da für einen Stuss? Das Mädchen hat kaltblütig fünfundzwanzig Menschen umgebracht und Dutzende von anderen verletzt und schwer traumatisiert. Sie ist kein Teenie, der zum Spaß 'ne kleine Spritztour mit dem Auto seines Vaters macht, Sie rückgratloses Weib.«

Jetzt wurde Reos Miene kalt. »Wenn Sie sie inzwischen festgenommen hätten, bräuchte ich diesen Deal nicht anzubieten. Ich kann schließlich nichts dazu, dass Sie nicht in der Lage sind, ein junges Mädchen festzunehmen.«

Wieder trat Eve drohend auf sie zu, doch Reo warnte: »Wagen Sie es ja nicht, noch einmal Hand an mich zu legen, wenn ich Sie nicht von dem Fall abziehen lassen soll, Sie blöde Kuh. Machen Sie Ihre Arbeit, Lieutenant, und ich mache meinen Job.«

»Keine Angst, die mache ich auf jeden Fall. Wir sind hier raus, Peabody. Kommen Sie. Wir gehen wieder auf die Jagd.« Sie riss die Tür auf und marschierte in den Flur. »Sie sollten sich mit Ihrem Deal beeilen, denn wenn ich Willow finde, bevor Mackie den Drecksdeal unterschreibt, gehört sie mir. Dallas und Peabody beenden das Verhör.«

Sie warf die Tür hinter sich zu, ließ die Schultern kreisen und schoss in den Nebenraum.

»Was für ein Schauspiel«, meinte Roarke. »Ich bin echt froh, dass ich noch rechtzeitig, bevor der Vorhang fiel, hier angekommen bin.«

»Blödsinn«, knurrte Eve und starrte durch den Spiegel in den anderen Raum.

»Was bedeutet es, wenn Jugendstrafrecht auf sie angewendet wird?«, wandte sich Mackie in dem Augenblick der Staatsanwältin zu.

»Sie wissen selbst, dass sie aufgrund der Schwere der Verbrechen, die man ihr zur Last legt, als Erwachsene verurteilt werden kann.« Geschäftsmäßig setzte sich Reo auf den Stuhl, von dem Eve wenige Minuten früher aufgesprungen war. »Das hieße mehrmals lebenslänglich in einer von unseren Kolonien außerhalb der Erde, wo sie dann noch an die hundert Jahre hat.«

»Vielleicht habe ich meine Tochter ja gezwungen, diese Taten zu begehen.«

»Damit kommen Sie nicht durch«, erklärte Reo ruhig. »Sie hätten Ihre Tochter niemals zwingen können, so oft und so genau zu zielen. Bei dem Anschlag letzte Nacht mit achtzehn Todesopfern waren Sie nicht einmal dabei.«

»Ich habe sie beeinflusst, unter Druck gesetzt, manipuliert.«

»Das können Sie natürlich gern versuchen, aber ich kann Ihnen versichern, damit kommen Sie vor Gericht nicht durch. Ich würde diese Aussage zerreißen«, fuhr sie fort, »Denn ich haben den Beweis dafür, dass sie es außer auf die Menschen, die auf Ihrer Liste stehen, auch noch auf andere abgesehen hat. Sie handelt eindeutig nicht unter Zwang. Sie lebt die halbe Zeit bei ihrer Mutter, und sie hat ihr gegenüber niemals angedeutet, dass sie je von Ihnen zu irgendetwas gezwungen worden ist. Sie hat sich auch keinem Lehrer oder sonst wem anvertraut. Vor allem haben wir inzwischen herausgefunden, dass sie neben Ihrer auch noch eine eigene Opferliste hat.«

Nach einer kurzen Pause fuhr sie fort: »Trotz alledem ist sie erst fünfzehn Jahre alt, und um die Leben unschuldiger Menschen zu beschützen, reicht uns die Verurteilung nach Jugendstrafrecht aus. Dies ist ein einmaliges Angebot, und die Uhr läuft. So aufbrausend der Lieutenant vielleicht ist, hat sie vollkommen recht damit, dass Ihre Tochter wieder töten wird. Und zwar schon sehr bald, wenn wir sie nicht vorher erwischen. Wenn Sie uns helfen, sie zu finden, ehe sie noch jemanden ermorden kann, und wenn sie sich dann freiwillig ergibt, wird sie nach Jugendstrafrecht angeklagt und ist in ein paar Jahren wieder frei. Wobei sie vorher eingehend auf ihre seelische Verfassung und auf ihren Geisteszustand überprüft und nach ihrer Entlassung noch ein Jahr lang unter Aufsicht stehen wird. Das wären die Bedingungen des Deals. Wollen Sie ihn noch von einem Anwalt durchsehen und sich beraten lassen?«

»Nein. Zeigen Sie her.«

»Er wird tatsächlich unterschreiben«, stellte Eve verwundert fest.

»Sie haben sein Selbstvertrauen erschüttert und den kleinen Jungen benutzt, was dann sein Vertrauen in Willow erschüttert hat«, erklärte Mira ihr. »Er hat natürlich Angst um sie, aber nicht nur, weil sie vielleicht erwischt wird und dabei zu Schaden kommt. Genauso hat er Angst davor, was sie womöglich tut, wenn er ihr keine Grenzen mehr aufzeigen kann.«

»Er weiß, was sie ist und was sie in sich hat. Auch wenn er so tut, als wäre er jetzt völlig überrascht. Er hat diese Mordlust, die sie in sich hat, für die Verfolgung seiner eigenen kranken Ziele ausgenutzt. Vielleicht hätte sie irgendwann auch ohne ihn mit dem Töten angefangen, aber er hat es ihr beigebracht und ihr die Waffen und dazu noch ein Motiv verschafft. Sie werden beide viele Jahre haben, um darüber nachzudenken, wer von beiden sich vom anderen hinters Licht hat führen lassen.«

»Falls Mackie unterschreibt, ist sie in ein paar Jahren wieder draußen«, meinte Peabody.

»Lassen Sie ihn unterschreiben. Alles andere sehen wir dann.«

»Das ist ein echt beschissener Deal«, beschwerte sich die Partnerin. »Ich weiß, Sie machen ihm damit etwas vor, trotzdem ist es ein beschissener Deal.«

»Wenn er uns hilft, das Mädchen zu erwischen, bevor

es die nächsten fünfundzwanzig Menschen umbringt, ist der Deal sogar ziemlich gut. Und ich weiß sicher, dass sie das nächste Mal auf noch mehr Leute zielen wird. Sie wird sich immer weiter steigern wollen. Sie wird fernsehen, um zu hören, was wir über sie zu sagen haben, und zwischen den Zeilen lesen, ob wir ihr schon auf den Fersen sind. Wahrscheinlich wird sie auch ihr Aussehen noch etwas verändern, damit sie noch jungenhafter oder vielleicht auch wie das totale Mädchen wirkt. Sie hat ihr Vorgehen sorgfältig geplant, weil sie schließlich die Tochter ihres Vaters ist.«

»Ich will noch eine zusätzliche Garantie«, erklärte Mackie in dem Augenblick. »Ich will die Garantie, dass sie weder getötet noch verwundet wird.«

»Mr. Mackie, ich bin keine Polizistin, sondern Staatsanwältin, und ich kann für das, was während des Versuchs, sie festzunehmen, vielleicht passiert, nicht garantieren. Falls sie sich der Verhaftung widersetzt oder auf Zivilisten oder die Beamten schießt ...«

»Sie holen sie lebend aufs Revier, oder wir haben keinen Deal.«

»Ich kann den Deal vielleicht noch dahingehend verändern, dass ich Ihnen verspreche, dass man alles unternehmen wird, um sie lebend aufs Revier zu holen. Dass keiner der Beamten übertriebene Gewalt anwenden oder einen finalen Rettungsschuss befehlen wird. Wenn ich behaupten würde, dass ich mehr tun kann, wüssten Sie, dass das eine Lüge ist. Ich gebe Ihnen die bestmögliche Chance für Ihr Kind.«

»Dann nehmen Sie das noch in den Deal mit auf. Nehmen Sie es auf, dann unterschreibe ich.«

»Dazu brauche ich die Zustimmung von meinem Boss. Staatsanwältin Reo verlässt den Vernehmungsraum.«

Mit diesen Worten trat sie auf den Flur, atmete tief durch, zerrte ihr Handy aus der Tasche und gab Eve das Zeichen, dass sie warten sollte, während sie mit ihrem Vorgesetzten sprach.

»Richtig. Ja, Sir. Die Ermittlungsleiterin steht neben mir und weiß Bescheid. Okay.« Sie legte wieder auf und nickte Eve knapp zu. »Okay. Sie fügen die Bedingung ein. Ich hoffe nur, dass das für Sie in Ordnung ist.«

»Auf jeden Fall. Ich will sie lebend haben, Reo. Ich will, dass sie mir so wie jetzt ihr Vater gegenübersitzt. Ich will ihr in die Augen sehen und ihr erklären, dass sie erledigt ist.«

»Was, wenn sie dann in ein paar Jahren wieder rauskommt?«

Mit einem kalten Lächeln meinte Eve: »Holen Sie die Unterlagen ab, dann werden wir ja sehen, was er zu sagen hat.«

Dann wandte sie sich ab und nahm den Anruf eines ihrer Männer an. »Dallas.«

»Langsam kommen wir ihr näher, Boss«, fing Baxter an. »Sie war heute Morgen auf der Zweiundfünfzigsten in Richtung Osten unterwegs, das heißt, wir sind jetzt wieder auf dem Weg in ihre alte Nachbarschaft.«

»Fragen sie bei *Divine*, ob sie dort war, denn schließlich hat sie eine Schwäche für die Karamellsundaes, die es dort gibt.«

»Mit Freuden, denn mir selber täten jetzt zwei möglichst große Kugeln Schokoladensünde in der Waffel gut. Wie kommen Sie voran?«

»Nicht schlecht. Ich melde mich, sobald es etwas Neues gibt.«

Sie wartete auf Reo, und als die zurückkam, meinte sie: »Ich habe den beschissenen Deal dabei.«

»Dann lassen Sie uns dafür sorgen, dass die Sache funktioniert. Wahrscheinlich hat sie ein Versteck in dem Gebäude, in dem ihr Vater vor dem ersten Anschlag seine Wohnung hatte, also lassen Sie uns sehen, ob er uns etwas dazu sagen kann, bevor noch jemand stirbt.«

Sie ging zurück in den Verhörraum, schaltete dort den Rekorder wieder ein und wandte sich dem zwischenzeitlich kreidebleichen, stark schwitzenden Mackie zu. Er brauchte dringend ein Ersatzmedikament für das verdammte Funk, das er nicht mehr bekam.

»Sie können dafür sorgen, dass Willow nur für ein paar Jahre hinter Gitter kommt«, erklärte sie und verzog angewidert das Gesicht. »Sie können ihr das Leben retten, und obwohl Ihnen das sicher völlig schnuppe ist, können Sie dazu die Leben unschuldiger Menschen retten, die Willow dann nicht mehr töten kann.«

»Drei Jahre hinter Gittern sind kein Spaß«, mischte sich Reo ein und schob dem Mann die korrigierten Papiere über den Tisch.

»Sagen Sie das den fünfundzwanzig Toten und deren Hinterbliebenen.« Wieder klatschte Eve die Hände auf den Tisch und beugte sich zu Mackie vor. »Sie denken, dass mir jetzt die Hände durch den Deal gebunden wären? Das ist nur vorübergehend der Fall, denn wenn sie wieder rauskommt, werde ich mich Ihrer Tochter an die Fersen heften, werde wissen, wann sie schläft, wann sie was isst und wann sie furzt. Ich werde zur Stelle sein, sobald sie nur den allerkleinsten Fehler macht. Vergessen Sie das nicht.«

»Erst mal geht es darum, sie zu finden, bevor jemand anderes zu Schaden kommt. So sollten Sie das auch sehen, Lieutenant«, meinte Reo und hielt Mackie einen eleganten Füller hin.

»Erst unterschreiben Sie«, erklärte er, nickend setzte Reo in perfekter, hübsch geschwungener Handschrift ihren Namen unter den Vertrag.

Er schnappte sich den Stift und schaffte kaum, ihn festzuhalten, als er selber unterschrieb.

Die Staatsanwältin steckte Deal und Füller wieder ein und klappte ihre Aktentasche zu. »Wo ist Ihre Tochter, Mr. Mackie?«

»Sie sollte auf dem Weg nach Norden sein. Wir haben uns drei verschiedene Routen überlegt. Sie sollte mit dem Bus bis nach Columbus fahren und dann eine der Routen nach Alaska nehmen.«

»Aber sie ist nicht auf dem Weg nach Norden, stimmt's? Unser Deal ist null und nichtig, wenn Sie uns keine Informationen liefern, die zur Festnahme des Mädchens führen.«

»Sie hat einen starken Willen und ist fest entschlossen, diese Sache durchzuziehen. Sie ist ein echter Siegertyp«, stieß Eve verächtlich aus, und Mackie funkelte sie zornig an.

»Sie kennen Willow nicht.«

»Wenn Sie Ihre Tochter so gut kennen, müssten Sie doch wissen, wo sie ist«, fuhr sie ihn an.

»Sie will zu Ende bringen, was wir begonnen haben. Sie gibt niemals auf.«

»Sie will sogar noch mehr als das. Sie haben diesen Deal nur unterschrieben, weil Sie wissen, dass sie immer weitermachen wird.«

»Ihr Arsch von Stiefvater hatte sie immer auf dem Kieker.«

»Was bedeutet, dass er sterben muss. Wenn Sie ihr Leben und das Leben ihres kleinen Bruders retten wollen, hören Sie endlich auf, sie zu entschuldigen, und sagen mir verdammt noch mal, wo sie jetzt steckt.«

»Für den Fall, dass wir uns jemals trennen müssten oder sie sich neu sortieren müsste, bevor sie die Stadt verlassen kann, sollte sie wieder in die alte Wohnung gehen. Die Gegend dort ist ihr vertraut, dort kennt sie sich am besten aus, und dort kennen die Leute ihr Gesicht, das heißt, sie fällt dort keinem Menschen auf.«

»Sie wollen uns ernsthaft glauben machen, dass sie wieder in der Wohnung ist, in der wir bereits waren?«

»Es gibt dort einen Keller, einen Lagerraum und eine alte Waschküche. Die Waschmaschinen sind kaputt, deshalb wird der Raum nicht mehr benutzt. Wir haben dort ein paar Vorräte an Lebensmitteln und allem Notwendigen angelegt.«

»Denken Sie im Ernst, wir hätten das Gebäude nicht durchkämmt, die Vorräte beschlagnahmt und die Waschküche versiegelt?«, fragte Eve, während sie sich auf ihren Stuhl fallen ließ. »Sie verschwenden meine Zeit.«

»Falls Sie nicht in das Haus kommt oder das Gefühl hat, dass man sie beobachtet, gibt es noch ein Zimmer in der Lexington, zwischen der Neununddreißigsten und Vierzigsten. Dort geht sie hin, falls sie sich neu sortieren, auf mich warten oder einfach nur in Deckung gehen muss.«

»Was für Waffen hat sie bei sich?«

Er zögerte, und wieder beugte Eve sich zu ihm vor. »Sie wollen doch, dass wir sie lebend kriegen, oder nicht? Also, was für Waffen hat sie bei sich?«

»Eine Tactical-XT des Militärs mit Sucher und Nachtsichtgerät, sechs Blendgranaten, einen Stunner, eine Laserpumpgun und zwei Handfeuerwaffen.«

»Wie sieht's mit Messern aus?«

»Ein Kampfmesser, ein Klappmesser und einen Teleskopschlagstock mit Bajonett.«

»Schusssichere Weste?«

»Sicher, und natürlich einen Helm.«

»Falls Sie auch nur ein Taschenmesser weggelassen haben und Willow damit auf uns losgeht, ist der Deal vom Tisch.«

»Sie hat tatsächlich noch ein Taschenmesser mit verschiedenen Klingen und anderen Instrumenten. Sagen Sie ihr, ich hätte gesagt, dass sie sich freiwillig ergeben soll. Sagen Sie, ihr Vater würde sagen, dass sie sich ergeben und am Leben bleiben soll. Entweder der Keller in dem Haus, wo meine alte Wohnung ist, oder die Bude in der Lex. Von irgendwelchen anderen Verstecken weiß ich nichts.«

»Dann hoffen Sie, dass wir sie finden. Ende des Verhörs.«

Sie übergab ihn zwei Kollegen, wies sie an, ihn wegen der Gefahr, dass er sich etwas antäte, unter Beobachtung zu stellen, und während Reo abermals mit ihrem Vorgesetzten sprach, kam Lowenbaum mit schnellen Schritten und gezücktem Handy aus dem Nebenraum.

»Wollen Sie mit uns fahren?«, fragte er.

»Nein, ich muss noch ein paar Sachen vorbereiten, und vor allem laufen bereits zwei von meinen Leuten in der Gegend herum. Falls sie tatsächlich dort ist, will ich nicht, dass sie die beiden bemerkt und auf sie schießt. Bereiten Sie den Einsatz vor. Ich gehe davon aus, dass Willow in diesem Zimmer ist. Natürlich könnte sie auch in dem Keller sein, aber ich kann mir nicht vorstellen, dass sie einen solchen Fehler macht, nachdem sie weiß, dass wir dort schon waren.«

»Wahrscheinlich haben Sie recht, aber wir werden trotzdem schauen, ob es dort irgendwelche Wärmequellen gibt – falls Sie mir Ihre Elektronikleute zur Verfügung stellen.«

»Nehmen Sie sie mit.« Eve zog ihr eigenes Handy aus der Tasche, während sie zurück in ihre eigene Abteilung lief. »Baxter«, fing sie an und brachte ihn mit ein paar kurzen Sätzen auf den neuesten Stand.

»Reineke und Jenkinson, Detective Carmichael und Santiago, ziehen Sie sich schusssichere Westen an. Carmichael von der Trachtengruppe, suchen Sie sechs Leute aus und ziehen Sie ebenfalls schusssichere Westen an. Die Verdächtige heißt Willow Mackie und ist fünfzehn Jahre alt. Sie ist bewaffnet und gefährlich. Unter anderem hat sie eine Tactical-XT des Militärs mit Sucher und Nachtsichtgerät, einen Stunner, Blendgranaten, eine Laserpumpgun, eine Reihe Messer und zwei Handfeuerwaffen. Lassen Sie sich nicht, ich wiederhole, lassen Sie sich *nicht* von ihrem Alter daran hindern, sie mit Ihren Stunnern vorläufig aus dem Verkehr zu ziehen, obwohl wir sie lebend haben wollen. Das SEK umstellt und sichert das Gebäude. Peabody, holen Sie eine Karte der Gegend auf den blöden Monitor da drüben an der Wand.«

»Sie wird sich ganz bestimmt nicht freiwillig ergeben. Sobald sie uns oder das SEK entdeckt, wird sie auf uns anlegen. Sie ist ganz sicher nicht in dem verdammten Keller«, wiederholte sie. »Dafür ist sie zu schlau. Sie wird von oben oder wenigstens auf Augenhöhe auf uns schießen wollen. Wir sehen uns dort natürlich um, aber ich bin mir sicher, dass sie dort nicht ist. Was das Zimmer in der Lexington betrifft ...«

»Wie wäre es mit einem Grundriss des Gebäudes?«, fragte Roarke, der lautlos hinter sie getreten war.

»Klar.«

Er rief den Plan auf dem Computer auf. »Es ist eins der Häuser, die man nach den Innerstädtischen Revolten hochgezogen hat. Die Zimmer werden hauptsächlich von Nutten, Junkies, Leuten auf der Durchreise und Kleinkriminellen genutzt. Acht Stockwerke mit je zwölf Räumen und ein Droide am Empfang, bei dem man bar bezahlt. Man kann die Zimmer stunden-, tage- oder wochenweise mieten, von Schall- oder von Sichtschutz haben sie dort noch nie etwas gehört.«

»Verstanden. Also überprüfen wir erst einmal mit Wärmekameras, welche Zimmer momentan besetzt sind und wo jemand alleine ist. Ich glaube kaum, dass sie Gesellschaft hat. Auch ein Paar Ohren könnten uns wahrscheinlich nützlich sein.«

Sie stapfte vor dem Bildschirm auf und ab. »Vielleicht kann uns ja der Droide sagen, ob sie da ist, und falls ja, bringen wir die anderen Leute raus, wenn das geht. Ein Raum, ein Fenster, eine Tür.«

»Vielleicht hat sie dort eine Sprengfalle angebracht«, bemerkte Reineke.

»Das hätte ich an ihrer Stelle garantiert gemacht«, stimmte Eve zu und schüttelte den Kopf. »Da stimmt etwas nicht. Im Erdgeschoss sind keine Zimmer zu vermieten, aber wie zur Hölle kommt sie dann dort weg? Sie wird doch sicher nicht über die Feuerleiter klettern wollen, wenn wir das Haus umstellen.«

»Vielleicht bildet sie sich ja ein, sie könnte sich dort rauskämpfen«, warf Mira ein. »Sie spielt mit ihren fünfzehn Jahren die Hauptrolle in ihrem ganz privaten Drama, ich kann mir vorstellen, dass sie sich für unbesiegbar hält.«

»Kann sein.«

Doch während Eve den Einsatz weiterplante und die letzten Anweisungen gab, hatte sie immer noch ein ungutes Gefühl.

»Ich fahre mit dir«, meinte Roarke.

»Okay«, gab sie weiterhin etwas abgelenkt zurück, runzelte dann aber die Stirn und sah ihn fragend an. »Warum?«

»Stellst du mir diese Frage jetzt privat oder als Cop?«

»Du bist uns nützlicher, wenn du den elektronischen Ermittlern hilfst.«

»Nicht unbedingt. Vor allem weil du gar nicht glaubst, dass ihr das Mädchen dort erwischt.«

»Ich wüsste nicht, warum mich Mackie angelogen haben sollte. Weshalb hätte er den Deal mit Reo machen sollen, um mich dann anzulügen? Er will nicht, dass sie stirbt, und es war gut, ihm zu erzählen, dass sie es auch auf ihren kleinen Bruder und die ganzen anderen Leute abgesehen hat. Das hat ihm sichtlich zugesetzt, denn ihm ist klar, dass Willow das wirklich durchziehen will. Trotzdem will er, dass sie überlebt und nur für ein paar Jahre hinter Gitter muss.«

»Sie ist sein Kind.«

»Er hat mich nicht belogen, aber ...«

»Nimm dir etwas Zeit und denk in Ruhe nach.«

Sie zog ein Messer aus der Schublade ihres Schreibtischs, machte es an ihrem Gürtel fest und schüttelte erneut den Kopf. »Dafür ist keine Zeit.«

»Lowenbaum bringt seine Leute bereits vor dem Haus in Position. Also nimm dir etwas Zeit und überleg dir, was genau dich an der Sache stört.«

»Im Grunde ist es mehr so ein Gefühl.«

Trotzdem setzte sie sich noch einmal hin, legte die Füße auf den Schreibtisch und starrte die Bilder an der Tafel an.

Als Peabody den Raum betrat, hob Roarke, bevor sie etwas sagen konnte, abwehrend die Hand.

Ob Kopf, ob Bauch, ob sechster Sinn, Instinkt oder die Logik der erfahrenen Polizistin – ihm war klar, dass was auch immer bei der Arbeit war.

Am besten warteten sie also einfach ab.

18

Sie war von Mackie angewiesen worden, nach Alaska abzuhauen, aber das hatte sie nicht gemacht.

Sie sollte einen Greyhound nach Columbus nehmen, doch sie war noch immer in New York.

Nach der Mission des Vaters, Lehrers, Mentors folgte sie jetzt ihrem eigenen, sorgfältig vor ihm versteckten Plan.

Der Vater wollte, dass die Tochter lebte, doch sie wollte weiter töten, und wenn man sie nicht erwischte, brächte sie schon bald die nächsten Menschen um.

Sie sollte abhauen und warten, bis es wieder sicher für sie wäre. Abzuhauen und auf Tauchstation zu gehen war etwas für Loser, und zum Warten fehlte ihr die nötige Geduld.

Sie wollte weiter töten, weil sie süchtig danach war.

»Sie wird nicht auf ihn hören«, murmelte Eve. »Und das nicht nur, weil sie fünfzehn ist. Vielleicht spielt auch ihr Alter eine Rolle, aber nur am Rand. Sie weiß, dass sie inzwischen besser ist als er. Im Gegensatz zu ihm hat sie vollkommen ruhige Hände und Augen wie ein Luchs. Ihr alter Herr ist schwach, nicht wahr?«

Sie sprang aus ihrem Schreibtischsessel auf und lief wieder an der Tafel auf und ab.

»Wer hat die Sache durchgezogen? Sie, nicht er. Statt

sich jetzt in Sicherheit zu bringen, will sie weiter Action haben. Will sie weiter Leute ins Visier nehmen, um sie dann wie Karnickel abzuknallen. Wobei es ihr jetzt um die Leute geht, die auf ihrer eigenen Liste stehen.«

»Wo könnte sie sein?«, mischte sich Roarke in ihre Überlegungen ein.

»Ganz sicher nicht in einem Haus voller Huren und Junkies, nicht in irgendeinem Loch, in dem sie ewig warten muss und irgendwann vor lauter Langeweile stirbt. Sie denkt nicht an die Zukunft, sondern einzig an die Gegenwart und an sich selbst. Sie ist der Mittelpunkt der Welt, und das will sie auch sein. Es geht ihr nicht um Sicherheit und darum abzuhauen, es geht ihr um den Kick. Es geht ihr um das Hier und Jetzt und darum, was *sie* will. Jetzt geht es ihr um die eigene Mission. Sie wird nach Hause gehen.«

»Falls sie tatsächlich in der Wohnung ist ...«, begann Eves Partnerin.

»Die ist nicht ihr Zuhause, sondern nur das Hauptquartier für die Mission ihres alten Herrn. Doch die Mission ist erst einmal erledigt, also wird sie jetzt nach Hause, in das Haus der Mutter, gehen.« Sie drehte den Kopf, und Roarke sah ihren Augen an, dass sie das nicht mehr einfach spürte, sondern sich inzwischen völlig sicher war.

»Dort ist es komfortabel, dort hat sie ihr eigenes Reich, dort hat sie Kleider, Essen, Unterhaltung. Sie kennt sich auch in der Gegend aus und hat das Haus im Moment ganz für sich. Was ist das Beste und das Wichtigste dort? Die anderen kommen irgendwann zurück. Vielleicht in ein paar Tagen oder erst in einer Woche, doch auf alle Fälle kommen die drei Menschen, die für sie ganz oben auf der Liste stehen, dorthin zurück. Und dann wird sie sie in Empfang nehmen.«

»Aber wir haben das Haus versiegelt.«

»Das ist kein Problem für Willow. Das Knacken eines Polizeisiegels hat ihr der Vater sicher beigebracht. Dann hat sie das Haus für sich allein, und dank des Sichtschutzes vor allen Fenstern kann sie sich in Ruhe vor die Glotze setzen, um zu beobachten, wann der Medienrummel nachlässt und man die Familie wieder heimkehren lässt. Sie braucht sich also nur dort einzuigeln und zu warten, bis sie heimkommen, weil sie sich wieder halbwegs sicher fühlen. Sie braucht nur abzuwarten, bis sie wieder da sind und die Haustür hinter ihnen ins Schloss fällt. Dann knallt sie erst den Stiefvater, danach die Mutter und am Schluss den kleinen Bruder ab, packt alles ein, woran ihr etwas liegt, verschwindet und sucht sich den nächsten Ort, an dem sie töten kann.«

»Soll ich den Einsatz absagen?«, erkundigte sich Peabody.

»Nein.« Eve raufte sich die Haare, weil sie keine Ahnung hatte, ob ihr Instinkt sie nicht vielleicht trog. »Ich könnte mich auch irren. Ich glaube nicht, dass es so ist, aber es könnte trotzdem sein.«

»Dann sind wir drei also auf uns gestellt«, erklärte Roarke, und Eve nickte ihm zu.

»Wenn du uns dabei helfen willst.«

»Privat oder beruflich?«

»Hahaha. Peabody, ich brauche erst einmal den Grundriss des Hauses.« Noch während sie dies sagte, zerrte sie ihr Handy aus der Tasche und rief einen der Detectives an.

»Reineke, ich muss noch kurz woanders hin.«

Es war riskant, sagte sie sich und überprüfte ihre Waffen, als sie mit den beiden anderen in die Garage fuhr. Sie hatte neben ihrem Stunner und dem Messer ein Gewehr, das Zeug, mit dem ihr täuschend langweiliger DLE von ihrem Liebsten ausgerüstet worden war, und hielt über den Knopf in ihrem Ohr Kontakt mit den diversen Teams.

Wenn die Wahrscheinlichkeitsberechnung stimmte, könnte sie in wenigen Minuten bei den anderen sein, andersherum wären sie genauso schnell bei ihr.

Die elektronischen Ermittler hatten keine Wärmequelle in der Waschküche des Hauses, in dem Mackie seine Wohnung hatte, und dem Zimmer in dem anderen Gebäude ausgemacht, wobei die Überprüfung aller anderen Zimmer noch nicht abgeschlossen war.

Carmichael gab sich dort als Bordsteinschwalbe und Santiago als ihr Freier aus. Auf diese Weise fielen sie nicht auf, wenn sie das Haus betraten, um sich dort genauer umzusehen.

»Ich kann Ihnen Verstärkung schicken«, meinte Lowenbaum. »Ich schicke Ihnen zwei von meinen Leuten, wenn Sie wollen.«

»Das ist im Moment nicht nötig. Auf jeden Fall ist irgendjemand dort, wo Willow sein könnte, und wenn wir wissen, wo sie sich versteckt, bekommen die jeweils anderen umgehend Bescheid.«

»Okay.«

»Versuchen Sie, sie nicht zu töten, Lowenbaum.«

»Sie auch.«

Eve reichte Peabody einen der Helme aus dem Kofferraum. »Bestimmt zielt sie auf Ihren Kopf.«

»Ein tröstlicher Gedanke«, meinte ihre Partnerin und nahm mit einem Seufzer auf der Rückbank Platz.

»Ich werde fahren«, sagte Eve zur Roarke. »Dann kannst du über einen Handcomputer herausfinden, wo sie vielleicht ist. Sie kann nicht ständig aus dem Fenster sehen, aber vielleicht hat sie ja Außenkameras installiert.« Sie sah ihn fragend an, während sie auf die Straße bog. »Wie nah soll ich ans Haus heranfahren?«

»Die Jungs im Van haben mir das beste Spielzeug weggeschnappt, aber ich komme auch so klar. Am besten wären fünfzehn, zwanzig Meter.«

»In Ordnung.« Eve selbst dachte beim Fahren nach und kontaktierte Nadine Furst. »Bereiten Sie sich auf die nächste Sondermeldung vor.«

»Was?« Die Journalistin fuhr sich mit der Hand durch das zu einem kurzen, wenig telegenen Pferdeschwanz gebundene Haar. »Ich bin erst vor einer Stunde heimgekommen, weil ich die ganze Nacht nach der Verhaftung dieses Kerls und wegen Ihrer Suche nach dem Kind auf Sendung war. Haben Sie sie erwischt?«

»Machen Sie sich bereit. Ich rufe Sie noch einmal an.« Sie legte wieder auf und überholte einen Wagen, dessen Fahrer offenkundig eingeschlafen war.

»Wofür soll Nadine bereit sein?«, fragte Peabody.

»Für eine Sondermeldung, um das Mädchen von den Dingen abzulenken, die rund um das Haus passieren.«

»Dann sagst du also den anderen Einsatz doch ab«, schloss Roarke.

»Nicht solange ich nicht sicher weiß, ob Willow dort ist, denn vielleicht irre ich mich auch. Aber ...«

»Falls du recht hast und sie nicht dort ist, erzählst du

ihr durch Nadine von eurem Einsatz dort. Als dächtet ihr, sie wäre in dem Haus.« Roarke lächelte. »Ich nehme an, dass dir Nadine das ziemlich übel nehmen wird.«

»Sie wird es überwinden, wenn sie dafür auch den Exklusivbericht zu unserem eigentlichen Einsatz bringen kann.«

»Der Helm ist furchtbar schwer. Und schallt fürchterlich.«

Eve blickte durch den Rückspiegel auf Peabody mit ihrem schwarzen Helm und dem geschlossenen Visier. »Nehmen Sie ihn noch einmal ab, bis Sie ihn brauchen, denn Sie sehen damit total idiotisch aus.«

»Im Gegenteil«, erklärte Roarke. »Sie sehen damit wie das sexy Mitglied eines Sturmtrupps aus.«

»Wirklich?«

»Bleibt beim Thema«, warnte Eve. »Ich versuche immer noch herauszufinden, wie wir reinkommen können, ohne dass sie sofort auf uns schießt.«

»Wir finden sicher einen Weg«, gab Roarke zurück und tippte, um die Reichweite des Kastens zu erhöhen, etwas in seinen Handcomputer ein.

»Ich will nicht in der zweiten Reihe parken, denn wenn dann die anderen herumbrüllen und hupen, wird sie dadurch vielleicht auf uns aufmerksam gemacht. Wie viel kannst du auf fünfzehn Meter sehen?«

»Ich glaube, dass das Ding jetzt auch auf zwanzig Meter funktioniert. Einen Versuch ist es auf alle Fälle wert.«

Eve fragte sich, ob sie Roarke vielleicht Zugang zum Nachbarhaus verschaffen sollte, aber plötzlich sah sie eine winzig kleine Lücke vielleicht zwanzig Meter vor dem Haus und quetschte ihren DLE hinein, indem sie wechselweise gegen Rück- und Vorderstoßstange der anderen Wagen stieß.

»Das sind ein bisschen mehr als zwanzig Meter.«

»Warum hast du nicht gleich gesagt, dass ich noch etwas näher ranfahren soll?«

»Weil das bestimmt nicht nötig ist. Moment, gleich habe ich's.«

Sie hob die Hand ans Ohr und sprach mit Jenkinson.

»Santiago und Carmichael sind im Haus. Der Droide am Empfang hat Willow nicht gesehen.«

»Wie verlässlich ist die Aussage?«

»Sie sagen, dass sie etwas wacklig ist, deshalb geht Callendar der Sache weiter nach. Wir haben etwa ein Dutzend Wärmequellen ausgemacht. Feeney hat Berechnungen zu diesen Quellen angestellt und vier schon einmal gestrichen, denn sie sind auf jeden Fall zu groß.«

»Das ist doch schon mal was. Wir stehen gut zwanzig Meter vor dem Haus, und Roarke sucht auch die Räume hier nach Wärmequellen ab. Sobald wir etwas haben, kriegen Sie Bescheid.«

Sie drückte abermals den Knopf in ihrem Ohr und wandte sich an Roarke. »Wie sieht es aus?«

»Du weißt, dass das Gerät auf die Distanz nicht angelegt ist, also lass mich erst einmal in Ruhe, ja?«

Sie lenkte sich mit Trommeln auf dem Lenkrad ab.

Natürlich wäre es das Beste, wenn sie in dem anderen Gebäude wäre, denn dort bräuchten sie dann nur Willows Zimmer zu umstellen.

Roarke gab eine Reihe von Befehlen in seinen Handcomputer ein und starrte reglos auf den kleinen Monitor.

»Wow.« Mit dem Kinn auf Roarkes Sitz blickte auch Peabody durch ihr Visier auf den Bildschirm. »Sie haben etwas.«

Er nickte knapp. »Jetzt wollen wir doch mal sehen, ob irgendwer zuhause ist.«

Er scannte erst das Erdgeschoss.

»Wusstet ihr, dass sie auch einen kleinen Keller haben? Aber der und auch das Erdgeschoss sind leer. Jetzt scanne ich den ersten Stock.«

Er ging die Räume nacheinander durch.

»Der erste Stock ist sauber. Also sehen wir uns jetzt im zweiten um.«

Hier oder da, da oder hier, fragte sich Eve und wartete auf eine Meldung ihres Teams. Oder auf einen Treffer im Haus des Stiefvaters.

»Ah. Die Kooperation zwischen uns Elektronikleuten und euch Cops hat wieder mal hervorragend geklappt. Da ist sie, Lieutenant.«

»Ja.« Eve schaute sich die Wärmequelle auf dem Bildschirm an.

»Sie hat sich hingelegt. Wahrscheinlich ist ihr langweilig, und sie sieht fern, oder vielleicht starrt sie auch auf die Monitore ihrer Überwachungskameras. Aber die Langeweile wird ihr gleich vergehen. Lowenbaum!«

»Ihr süßer elektronischer Ermittler knöpft sich gerade den Droiden vor. Er speichert alles nur für vierundzwanzig Stunden, in der Zeit war die Verdächtige nicht hier.«

»Das überrascht mich nicht, denn sie ist hier im Haus.«
»Verdammt.«
»Postieren Sie trotzdem weiter ein paar Leute vor dem

anderen Haus. Natürlich unauffällig, aber so, dass man sie sehen kann. Sie soll nicht merken, dass wir wissen, wo sie wirklich ist. Die anderen kommen möglichst schnell und unauffällig hierher. Wir werden sie uns schnappen, Lowenbaum.«

»Worauf Sie Ihren wirklich hübschen Arsch verwetten können.«

»Reineke, haben Sie alles mitbekommen?«

»Ja.«

»Lassen Sie auch ein paar Kollegen der Trachtengruppe dort und sorgen Sie dafür, dass man sie sehen kann. Die anderen kommen hierher und sperren den Block weiträumig ab. Bis ich etwas anderes sage, sollten sie vom Haus aus nicht zu sehen sein. Wir gehen in fünf Minuten rein.«

»Dann passen Sie bloß gut auf Ihren Hintern und auf alles andere auf.«

Sie meldete sich noch einmal bei Nadine. »Beamte der New Yorker Polizei, darunter auch ein SEK, bereiten die Verhaftung der noch flüchtigen Verdächtigen der Anschläge vom Central Park, vom Times Square und dem Madison Square Garden vor. Wir gehen davon aus, dass Willow Mackie sich in einem Gebäude in der Lexington verkrochen hat. Laut Ermittlungsleiterin Eve Dallas steht eine Festnahme unmittelbar bevor.«

»Was ist das denn für ein Quatsch? Sie kündigen doch sonst nicht an, wenn Sie jemand verhaften wollen, und geben während eines Einsatzes nichts preis.«

»Sie wissen, dass Sie für mich mehr als eine Journalistin sind, nicht wahr? Also bringen Sie die Informationen, und zwar jetzt sofort. Ich kann Ihnen versprechen, dass sich dieser Einsatz für Sie lohnen wird. Auf jeden Fall. Also tun Sie, was ich sage, ja?«

»Meinetwegen. Aber dafür sind Sie mir was schuldig.«

»Und ich weiß auch schon, wie ich die Schuld begleichen kann. Bis dann.«

Eve schaltete den in das Armaturenbrett gebauten Bildschirm ein. »Es dürfte nicht mehr lange dauern«, meinte sie, und wirklich brachte Channel 75 innerhalb von weniger als zwei Minuten die von ihr lancierte Meldung heraus.

Die Sprecherin im Studio verkündete, die Festnahme der Hauptverdächtigen des Anschlags nach dem gestrigen Konzert stünde unmittelbar bevor, und übergab dann an Nadine, von der man nur die Stimme hörte und ein kleines Foto in der Bildschirmecke sah.

»Im Augenblick ziehen sich Polizeibeamte und verschiedene Teams des SEKs zusammen ...«

Eve schaltete den Bildschirm wieder aus und öffnete die Tür in dem Moment, in dem die Wärmequelle sich erhob.

»Wir haben sie erfolgreich abgelenkt«, erklärte sie und warf auch Roarke jetzt einen Schutzhelm zu.

»Ich bitte dich.«

»Ins Haus geht's nur mit Helm«, erklärte sie und murmelte beim Aufsetzen des eigenen Helms: »Ich hasse diese Dinger. Sie sind schwer und schallen.«

»Habe ich es nicht gesagt?«

»Ich habe nie gesagt, dass das nicht stimmt. Du öffnest uns die Tür«, wandte sich Eve an Roarke, »dann nehme ich die Treppe vorn und Sie die hinten, Peabody. Falls Willow eine schusssichere Weste anhat, zielen Sie auf ihren Kopf, weil sich zum Fernsehen garantiert niemand so einen blöden Helm aufsetzt. Stellen Sie Ihren Stunner auf mittlere Stärke ein. Wir wollen sie nicht nur streicheln, aber eine dauerhafte Lähmung oder sonst etwas Irreversibles wäre auch nicht gut. Wenn sie nicht umfällt, gehen Sie mit der Stärke rauf. Roarke, du bleibst im Hintergrund. Falls es ihr gelingt, uns zu entkommen, hältst du sie auf.«

»Wie sieht's mit der Verstärkung aus?«, erkundigte sich Peabody.

»Bis wir in Position und drinnen sind, dürfte die angekommen sein. Wo ist sie?«, wandte Eve sich abermals an ihren Mann.

»Sie sitzt wahrscheinlich auf dem Fußboden. Im zweiten Stock, im letzten Raum nach vorne raus.«

»Bestimmt sieht sie noch immer fern. Ich hoffe, dass Nadine noch spricht. Es sind gut zwanzig Meter bis zur Haustür. Los.«

Sie rannten in gebückter Haltung bis zum Haus.

In dieser Wohnstraße waren nur wenige Touristen unterwegs, und den New Yorkern waren die drei Personen, die mit Helmen auf den Köpfen durch die Gegend liefen, vollkommen egal.

Doch selbst die hartgesottensten New Yorker würden stehen bleiben, um zu gaffen, wenn das SEK erschien. Deswegen müssten sie im Haus sein, bevor Willow Mackie merkte, dass ihr Schlupfloch aufgeflogen war.

Inzwischen hatten sie die Tür erreicht.

»Peabody, Sie nehmen den Handcomputer, und sobald sie sich bewegt, bekommen wir Bescheid. Sie müsste schon direkt am Fenster stehen, den Kopf recken und ganz genau in unsere Richtung schauen, um uns zu sehen. Mach deine Arbeit, Roarke.«

»Ich muss erst wissen, wie das Haus gesichert ist.«

»Reineke, wie sieht's bei Ihnen aus?«

»Die Absperrungen stehen. Wir kommen zu Fuß zum Haus.«

»Sie und Jenkinson gehen hinter das Gebäude. Wenn ich es sage, kommen Sie rein. Lowenbaum.«

»Schießen Sie los.«

»Die Zielperson befindet sich im zweiten Stock im letzten Raum nach vorne raus. Sie sitzt dort auf dem Boden und sieht fern, das heißt, dass Ihre Leute jetzt in Position gehen können, ohne dass sie etwas davon mitbekommt. Aber machen Sie schnell.«

»Wir haben sie. Feeney hat sie ebenfalls entdeckt. Wir setzen uns in Bewegung. Meine Leute gehen auf die Dächer gegenüber, und ich schicke noch ein Team zu Ihren Leuten hinters Haus. Das heißt, dass sie jetzt in der Falle sitzt.«

»Nur ist die Falle noch nicht zugeschnappt. Wir arbeiten daran, dass wir geräuschlos reinkommen.«

»Sie ist echt clever«, meinte Roarke. »Sie hat ein weiteres Alarmsystem installiert, das vielleicht eine Nachricht an ihr Handy schickt. Echt clever, aber auch nicht wirklich kompliziert. Noch einen Augenblick.«

Wahrscheinlich wollte Willow dadurch Zeit gewinnen, falls die Familie nach Hause kam. Eve schaute sich noch einmal um und nahm eine Bewegung auf dem Dach des Hauses auf der anderen Straßenseite wahr.

»Peabody?«

»Sie hat sich bisher nicht gerührt.«

»Roarke?«

»Ich bin jetzt bei den Schlössern. So, geschafft.«

»An alle Teams, wir gehen jetzt rein. Peabody geht hinten rauf und Dallas vorn, Roarke fängt sie, falls sie uns durch die Lappen geht, im Flur der mittleren Etage ab. Auf geht's.«

Sie legte ihre Finger um den Griff der Tür. »Peabody, Sie gehen direkt nach hinten durch.«

Sie zückte ihre Waffe, schob die Haustür auf, sah sich nach beiden Seiten um und richtete sich langsam auf. »Wir sind im Flur«, raunte sie in das Mikrofon und gab der Partnerin ein Zeichen, schnell an ihr vorbeizugehen.

Zusammen mit Roarke nahm sie die Treppe vorn und sagte nichts, als sie den Stunner, den er selbst gezogen hatte, sah.

»Feeney?«

»Alles klar, Mädchen. Wir haben euch auf dem Schirm. Die Zielperson ist weiter auf derselben Position.«

»Dann gehen wir jetzt zu ihr rauf.«

Sie gab Roarke ein Zeichen, dass er bleiben sollte, wo er war. »Baxter, Trueheart, Santiago und Carmichael, Sie kommen vorne rein und teilen sich auf.«

Mit gespitzten Ohren schlich sie weiter in den zweiten Stock. Aus einem Raum drang die bekannte Stimme von Nadine, das hieß, dass die Berichterstattung weiterlief.

Sie nahm die nächsten beiden Stufen, und als sie ein leises Knarzen von der Hintertreppe hörte, wusste sie auch ohne Feeneys Warnung, dass auch Willow dieses Knarzen aufgefallen war. Das Mädchen sprang in aller Eile auf und stürzte aus dem Raum.

»Zugriff! Polizei!«, schrie sie und nahm die letzte Stufe in den zweiten Stock. »Stehen bleiben! Polizei!«

Keinen halben Meter vor ihr explodierte eine Blendgranate, trotz des Visiers tat ihr der grelle Lichtschein in den Augen weh. Vorübergehend geblendet, feuerte sie in die Richtung, aus der Willow kam, aber die Hitze und der Druck des Gegenfeuers, die sie an der Schulter und der Hüfte trafen, warfen sie fast um.

Dann rammte Willow ihr die Schulter in die Brust und brachte sie dadurch zu Fall. Sie rollte sich zur Seite, streckte eine Hand aus, packte Willow am Knöchel und bekam einen so festen Tritt gegen den Kopf, dass das Vibrieren ihres Helms sie schwindeln ließ.

Sie hörte Schreie durch den Rauch, sah das noch immer gleißend helle Licht, und durch den Knopf in ihrem Ohr, gefolgt von schnellen Schritten, spürte sie, dass sich Willow um die eigene Achse drehte und in Richtung Treppe schoss. Sie rollte sich herum, weshalb der nächste Tritt nur ihre Rippen streifte, streckte die Beine mit einer solchen Wucht in die Luft, dass ihre Gegnerin das Gleichgewicht verlor.

Nur einen Augenblick bevor die nächste Blendgranate explodierte, sah sie, dass das Mädchen auf sie zielte, rollte sich nach rechts und hörte, wie der Schuss aus einer Handfeuerwaffe an ihr vorüberpfiff. Sie machte eine Rolle vorwärts Richtung Flurtür und warf sich nach links.

Der nächste Schuss ging durch die Öffnung, aus Sorge um ihr Team und Angst, dass Willow ihr entkäme, trat sie mit dem Fuß die Tür ins Schloss.

Sie konnte durch den Rauch und durch die Helligkeit noch immer kaum etwas sehen und hatte keine Ahnung, wo genau das Mädchen war. Wenn sie jetzt mit ihren Leuten spräche, würde Willow hören, wo sie selber auf dem Boden lag.

Was hatte Master Wu ihr während der bizarren, aber gleichermaßen faszinierenden Einheiten in ihrem Dojo beigebracht? Dass sie durch ihre Zehen atmen müsste, um ein Fisch zu werden, was zum Teufel das auch immer hieß. Sie wagte es, kurz das Visier zu lüften, weil sie hinter dem verdammten Schirm nicht richtig hören konnte und vor allem keine Luft bekam. Dann konzentrierte sie sich ganz auf ihre Sinne, bis sie noch das leiseste Geräusch und selbst die winzigste Veränderung der Luft vernahm.

Sie zielte instinktiv nach unten, hörte einen leisen Schmerzensschrei, rollte herum und zielte abermals.

Dann flog die Flurtür wieder auf, und plötzlich war der Gang mit lauten Schreien angefüllt. Die Schüsse zischten durch den Raum, und sie rief laut: »Zurück! Zurück!«, während sie selbst in Deckung ging.

Dann sah sie durch den dichten Rauch, dass Willow eine schusssichere Weste trug und neben ihrer Laserpumpgun, eine weitere Blendgranate in einer Hand hielt. Wobei das Zittern der Granatenhand verriet, dass sie getroffen worden war.

Die Explosion der Blendgranate fiel mit Eves nächstem Schuss zusammen. Das Mädchen rannte los, doch Eve sprang auf und warf sie um.

Sie warf sich über sie und rollte sich mit Willow herum, eingehüllt in dichten Rauch, der ihr die Luft zum Atmen nahm.

Es war ein harter Kampf, bei dem Willows Knie im Bauch und ihr Ellenbogen in der Brust Eve die Tränen in die Augen trieb. Dann aber schaffte sie es, Willows Waffenhand zu packen und sie schmerzhaft umzudrehen. Noch immer wälzten sie sich auf dem Boden, und das

Mädchen landete ein paar durchaus ordentliche Treffer, obwohl Eve eisern ihre Hand umklammert hielt.

Dann löste sich ein Schuss, der durch die Jalousien und durch das Fenster ging.

»Gib auf! Du kommst hier nicht mehr raus.«

»Ach, leck mich doch am Arsch!«

Die Tür wurde erneut von außen aufgerissen, während Eve den Arm des Mädchens immer wieder unsanft auf den Boden krachen ließ. »Nicht schießen! Nicht schießen! Ich habe sie, zumindest fast. Ich kann es ganz bestimmt nicht brauchen, dass mich jetzt ein Schuss erwischt.«

Um den Druck noch zu erhöhen, verlagerte sie ihr Gewicht, einzig deshalb wurde sie von dem verdammten Messer, das das Mädchen aus dem Gürtel riss, statt an der Kehle an der Hand erwischt.

Der Schmerz und der Geruch von ihrem eigenen Blut bewogen sie dazu, es anders anzugehen.

»Verdammt.« Sie stieß mit ihrem behelmten Schädel gegen Willows Kopf und drückte ihr die Kehle zu.

Die Pumpgun und das Messer fielen auf den Boden, praktisch blind, verlagerte Eve erneut ihr Gewicht, rollte das Mädchen auf den Bauch, riss ihre Arme auf den Rücken und band sie mit Kabelbinder fest.

»Ich habe sie! Ich habe sie! Nicht schießen. Reiß am besten sofort irgendwer die Fenster auf.«

Ein wenig schwindelig, zerrte sie den Helm von ihrem Kopf, doch leider nahm das Dröhnen ihres Schädels dadurch nicht einmal ansatzweise ab.

Dann bahnte jemand sich den Weg durch Helligkeit und Rauch bis dorthin, wo sie auf dem Boden saß.

Natürlich war es niemand anderes als Roarke, der vor

ihr in die Hocke ging und ihre Hand ergriff. »Wir brauchen einen Sanitäter.«

»Lass mich diese Sache erst zu Ende bringen.«

»Das können auch die anderen tun.«

Tatsächlich kamen jetzt auch ihre Leute in den Raum gestürzt, und da sie ab sofort die Arbeit machen konnten, führte Roarke sie in den Flur.

»Ich brauche nur ein bisschen frische Luft«, stieß sie mit rauer Stimme aus. »Wie lange hat der Kampf gedauert? Eine Stunde?«

»Nach der Explosion der ersten Blendgranate hattest du sie innerhalb von weniger als fünf Minuten festgesetzt.«

»In weniger als fünf Minuten.« Gierig sog sie die ein wenig frischere Luft im Rest des Hauses ein. »Für mich hat es sich wie eine Stunde angefühlt.«

»Das kann ich nachvollziehen, denn so ging es mir auch.« Er zog ein sauberes Taschentuch hervor und band es ihr um die verletzte Hand. »Ich konnte dich nicht schnell genug erreichen, als ich dann endlich da war, hast du die verdammte Tür direkt vor meiner Nase zugeknallt.«

»Ich habe es absichtlich so getimt, dass sie dagegen läuft. Ich wollte nicht riskieren, dass sie den Flur erreicht und vielleicht jemanden von meinem Team erwischt. Vielleicht hätte durch die offene Tür ja einer meiner Leute aus Versehen mich erwischt, denn Zaubermantel hin oder her, es waren hier schließlich jede Menge Waffen im Spiel. Und wenn ich euch gerufen hätte, hätte ich dadurch verraten, wo ich bin.«

»Das hatte ich mir schon gedacht. Am besten gehen

wir in die Küche, denke ich. Da ist die Luft ein bisschen frischer, dort gibt's Wasser und vor allem einen Stuhl.«

»Den ich jetzt wirklich gut gebrauchen kann. Ich habe übrigens mit meinen Zehen Luft geholt.«

»Ach ja?«

»Das hat Master Wu mir gezeigt. Ich konnte bei dem Rauch und bei der Helligkeit nichts sehen und mit dem Helm nicht richtig hören. Also habe ich durch meine Zehen geatmet und wurde dadurch zu einem Fisch. Oder vielleicht zu einem Kieselstein.« Ihr Schädel dröhnte immer noch. »Ich musste dazu das Visier anheben, aber ...«

»Das ist auch der Grund, weshalb du jetzt ein blaues Auge hast.«

»Ach ja?« Sie hob die Hand und zog behutsam mit den Fingerspitzen die Konturen ihres Veilchens nach. »Aua. Aber egal, es hat auf alle Fälle funktioniert. Ein schöneres Geschenk als die Stunden bei Master Wu hat mir noch nie jemand zu Weihnachten gemacht.«

»Das freut mich«, meinte er und legte einen Arm um ihre Taille, als sie trunken durch den Rauch nach unten stolperte.

Dann führte er sie in die Küche, wo McNab ein Glas mit Wasser füllte und es zu Peabody trug, die mit kreidebleicher Miene am Tisch saß.

»Die Stufe hat geknarzt«, stieß Peabody mit rauer Stimme aus.

»So was passiert«, erklärte Eve.

»Als die Blendgranate losging, habe ich die nächste Stufe übersehen und bin gestürzt.«

Eve sah sie forschend an. »Kommt daher Ihr lädiertes Kinn?«

»Der blöde Helm ist mir verrutscht, und ich bin aufs Kinn geknallt.« Angewidert tastete die Partnerin an der Blessur herum. »Es hat so wehgetan, dass ich vorübergehend nur noch Sterne sah. Statt Sie zu unterstützen, habe ich ...«

Bevor sie den Satz beenden konnte, hob Eve abwehrend die Hand und trank den ersten Schluck des ihr von Roarke gereichten Wassers, obwohl es sich für ihren Hals wie die Hölle anfühlte. Ihr Kopf tat weh, die Augen brannten, und am besten sähe vielleicht wirklich irgendjemand nach der Schnittwunde in ihrer Hand.

Aber, Gott, das Wasser schmeckte ihr in dem Moment doch besser als der wunderbare echte Kaffee, den sie sonst so gerne trank.

»Dann haben Sie also auf der Treppe herumgehockt und sich die Augen aus dem Kopf geheult?«

»Oh nein! Ich bin ...«

McNab massierte Peabody die Schultern. »Sie ist durch den Rauch gekrochen, weil sie Ihnen helfen wollte.«

»Ich konnte nichts mehr sehen. Erst habe ich Sie noch gehört. Ich konnte hören, dass Sie mit ihr kämpften und dass sie geschossen hat. Genau wie Sie. Ich wollte selber schießen, konnte aber nicht riskieren, dass der Strahl womöglich Sie erwischt.«

»Sie haben gerufen.« Eve ging das Geschehen noch einmal in Gedanken durch. »Sie haben sie von mir abgelenkt. Du auch«, wandte sie sich an Roarke. »Das war riskant und ziemlich dumm, denn schließlich hätte sie euch abknallen können ... aber auf jeden Fall habt ihr mich beide unterstützt.«

»Dann konnte ich Sie nicht mehr hören und immer

noch nicht sehen«, fuhr Peabody mit rauer Stimme fort. »Feeney hat gerufen, Sie wären links von mir, doch dort war eine Wand. Dann kam plötzlich Roarke und hat mich hochgezogen, danach kamen auch die anderen angerannt, und schließlich haben wir die verdammte Tür entdeckt.«

»Zum Glück hattest du deine Zauberjacke an«, meinte McNab und vergrub sein Gesicht im Haar seiner Liebsten.

»Ohne die hätte Willow mich erwischt. Sie auch«, wandte sich Peabody an Roarke.

»Da hatten wir anscheinend wirklich Glück.«

»Sie haben die Tür ins Schloss geworfen«, wandte Peabody sich wieder an Eve.

»Damit sie dagegen rennt. Das hat sie auch getan, ist umgefallen, und das war's.«

»Sie bluten.«

Eve nahm einen weiteren Schluck aus ihrem wundervollen Wasserglas. »Sie auch. Aber wir haben Willow, und deshalb lassen Sie uns einfach kurz hier sitzen bleiben, ja?« Sie hatte das Gefühl, als wären ihre Augen voller Sand, und müde klappte sie sie zu. »Danach fahren wir aufs Revier und nehmen sie uns vor.«

19

Eve hatte es jetzt nicht mehr eilig, und sie ließ es sogar über sich ergehen, dass ein Sanitäter ihre Hand sorgfältig säuberte und ordentlich verband.

Die zahlreichen anderen Blessuren könnten warten, dachte sie und trat, um ungestört und an der frischen Luft zu sein, mit Roarke vors Haus.

Inzwischen war die Gegend rund um das Gebäude abgesperrt. Gegen die Gaffer und Reporter richteten die Barrieren kaum etwas aus, zumindest aber hatte Eve die Möglichkeit, den Kameras den Rücken zuzukehren und auf keine der ihr zugerufenen Fragen einzugehen.

»Man sollte meinen, diese Leute hätten Besseres zu tun.«

»Ein Mord ist eben etwas Besonderes für sie. So was erleben sie nicht jeden Tag.«

»Dafür sollten sie dankbar sein.« Vor lauter Frust hätte sie sich am liebsten selber einen Tritt ins Hinterteil verpasst. »Ich habe es da drin verbockt.«

»Ach ja? Wann und wie? Das hätte ich doch auf alle Fälle mitbekommen müssen, weil ich schließlich selbst dort war.«

»Vielleicht im Haus, aber auf keinen Fall hier drin.« Sie tippte sich gegen die Stirn. »Ich habe sie zu sehr als Kind gesehen. Ich habe allen anderen gesagt, ihr Alter würde keine Rolle spielen. Aber das ist nicht wahr. Deswegen hatte sie die Chance, auf dich und Peabody zu zielen. Sie hätte euch ernsthaft verletzen können, dazu kamen noch die Blendgranaten, weil ich viel zu langsam und nicht hart genug gegen sie vorgegangen bin.«

»Am besten siehst du dir die Aufnahmen von deinem eigenen Rekorder an. Dann wird dir klar, dass du totalen Schwachsinn redest.«

»Ich war zu langsam und nicht hart genug. Selbst als ich sie endlich hatte, habe ich mich immer noch zurückgehalten und euch dadurch in Gefahr gebracht.«

»Falls das stimmt, was ich als Augenzeuge nicht gesehen habe, bist du selbst die Einzige, die deswegen etwas abbekommen hat.«

Er hätte die verletzte Hand des Lieutenants küssen und mit seinen Lippen über ihr geschwollenes Auge streichen wollen, wahrscheinlich war ihr aber die Würde wichtiger als diese liebevolle Form der Ablenkung, deshalb ließ er es sein.

»Sie ist nicht so wie du. Sie war niemals wie du und wird's auch niemals sein.«

»Ich weiß.« Sie stieß ein weißes Atemwölkchen aus. »Vielleicht nicht, als wir reingegangen sind, aber inzwischen ist mir das auf alle Fälle klar. Wenn ich mit ihr im Verhörraum sitze, halte ich mich garantiert nicht mehr zurück.«

Sie sah in seine wilden blauen Augen, und es kam ihr vor, als hätten sie sich schon vor Jahren und nicht erst letzte Nacht erschöpft, halb krank vor Sorge und gestresst in der Konzerthalle gezofft.

»Du solltest heimfahren und schlafen.«

Er schob eine Hand in ihre Manteltasche, zog die Mütze mit der Glitzerschneeflocke daraus hervor und drückte sie ihr auf den Kopf. »Ich habe doch bereits gesagt, ich werde mit dir zusammen schlafen gehen.«

»Dann solltest du nach Hause fahren und ein paar Planeten kaufen oder so. Im Ernst, du hast doch sicher jede Menge Arbeit nachzuholen.«

»Das kann ich auch auf dem Revier.«

Sie stieß das nächste weiße Atemwölkchen aus, bevor sie abermals in diese wundervollen blauen Augen sah. »Am besten richten wir dir dort langsam ein Büro ein.«

»Ein verlockender Gedanke, aber wenn ich einen eigenen Arbeitsplatz auf dem Revier bekäme, wäre mir das doch etwas zu offiziell.«

»Mit deiner Hilfe haben wir sie erwischt. Vergiss das nicht. All die Leute da hinter der Absperrung, für die ein Mord *etwas Besonderes* ist und die jetzt hoffen, Blut und vielleicht sogar eine Leiche zu sehen, hätten alle selber sterben können, aber das kapieren sie nicht. Sie werden nachher über einem Bier darüber reden, dass sie Zeugen waren, als eine Killerin verhaftet worden ist. Das können sie nur tun, weil du uns geholfen hast.«

»Aber nicht ich bin der, der jetzt ein blaues Auge, eine Schnittwunde in seiner Hand und sicher jede Menge Prellungen und sonst was hat.«

»Das stimmt.« Sie hob behutsam ihre wehe Schulter an. »Aber die Blessuren sehen wir uns später an.«

»Was ein besonderer, ganz privater Lohn für meine Hilfe ist.«

»Tja, nun.« Sie nickte, während sie mit der gesunden

Hand über die Schneeflockenmütze strich. »Wenn du mit auf die Wache kommen willst, fahren wir besser langsam los. Peabody! Ich muss noch ein paar Dinge vorbereiten, also fährst am besten du.«

Ohne auf die Schaulustigen zu achten, gingen sie an der Absperrung vorbei zu ihrem Wagen, und schon auf dem Weg dorthin nahm sie die Arbeit wieder auf.

Als Erstes kontaktierte sie Nadine.

»Sie haben mir absichtlich falsche Infos zugespielt«, regte die Freundin und Reporterin sich auf.

»Habe ich nicht. Ich habe Ihnen höchstens ein paar Dinge nicht gesagt. Warum sehen Sie so komisch aus? Was ist mit Ihrem linken Auge los?«

»Nichts! Ich versuche nur, mich etwas herzurichten, weil ich gleich wieder auf Sendung muss.« Während sie sich echauffierte, trug sie weiter Wimperntusche auf. »Sie waren nicht mal in der Nähe der Lexington Avenue.«

»Nicht persönlich, aber wir sind wirklich einer Spur dorthin gefolgt.«

»Aber Sie selbst und Willow Mackie waren nicht dort. Jetzt muss ich ins Studio und mir die größte Mühe geben, nicht wie eine völlige Idiotin dazustehen, weil nämlich ein verdammter Kerl von *New York-One* nur einen Block von dort entfernt war, wo das Mädchen festgenommen worden ist, und jetzt direkt vor Ort berichten kann.«

»Das könnten Sie ja auch«, erklärte Eve, während sie in den Wagen stieg. »Oder Sie schwingen Ihren zwar ungeschminkten, aber trotzdem durchaus telegenen Hintern aufs Revier und führen dort ein exklusives Interview mit der Ermittlungsleiterin, die dieses Mädchen festgenommen hat. Falls Sie auf die Wache kommen wollen, beeilen Sie sich.«

»Ich bin in einer Viertelstunde da.«

Eve legte auf und wandte sich an ihre Partnerin. »Peabody, Sie lassen Willow Mackie in einen Verhörraum bringen, sobald sie offiziell vernehmungsfähig ist. Finden Sie heraus, ob sie nach einem Rechtsbeistand verlangt hat oder nicht.«

Als Nächstes rief sie bei der Staatsanwältin an. »Wir haben Willow Mackie festgenommen.«

»Das habe ich bereits gehört, denn *New York-One* hat die Geschichte groß herausgebracht. Ich bin schon unterwegs.«

»Dann sehen wir uns auf dem Revier. Wir müssen reden.«

»Wie's aussieht, haben Sie bei der Verhaftung ganz schön etwas abgekriegt.«

»Das stimmt. Es gab ein ... kleines Handgemenge.«

»Das tut mir echt leid für Sie«, stellte die andere Frau mit einem zuckersüßen Lächeln fest. »Am besten kühlen Sie das Auge, bevor es ganz zuschwillt. Bis gleich.«

Eve sprach auch noch mit Mira und mit dem Commander, und als Roarke den Wagen in der Tiefgarage parkte, stieg sie eilig aus. »Peabody?«

»Verhörraum A. Die Ärzte haben gesagt, dass sie vernehmungsfähig ist, deshalb wird sie jetzt raufgebracht. Nach einem Anwalt hat sie bisher nicht verlangt.«

»Gut. Vergessen Sie, wie alt sie ist.«

»Auf jeden Fall.«

»Aber tun Sie so, als würde es für Sie auch weiter eine Rolle spielen.«

»Warum muss ich immer das Weichei sein, das auch noch mit den größten Schweinen Mitleid hat?« Die Partnerin stieß einen abgrundtiefen Seufzer aus.

»Weil das bei Ihnen authentisch rüberkommt. Aber geben Sie sich gleichzeitig enttäuscht und wütend so wie eine Lehrerin, wenn die Schülerin es vermasselt hat. Sie ist ein Kind, und Sie sind die Erwachsene, die das Sagen hat.«

»Das kriege ich auf alle Fälle hin.«

»Vorher rede ich noch kurz mit Reo und mit Nadine, weil ich der etwas schuldig bin.« Inzwischen standen sie im Lift nach oben, und sie wippte auf den Fersen, rechnete kurz nach und stellte fest: »Das heißt, sie sitzt dann sicher eine halbe Stunde ganz alleine im Vernehmungsraum.«

»Das Warten ist sie hinlänglich gewohnt.«

»Das hier ist etwas anderes. Am besten gehen Sie also nach nebenan und gucken, was sie macht«, bat Eve und wandte sich an Roarke.

»Ich werde in der Nähe sein, wenn du hier fertig bist.«

Sie stiegen wieder aus dem Fahrstuhl und gingen direkt in ihr Büro.

»Ich nehme noch einen Kaffee mit und suche mir dann einen ruhigen Ort«, erklärte Roarke.

»Du kannst auch mein Büro benutzen.«

»Vielleicht mache ich das ja am Ende, aber erst mal brauchst du es noch selbst, nicht wahr?«

Sie traten durch die Tür und stellten fest, dass Reo schon dort saß.

»Na, das ging aber wirklich schnell.«

»Ich wollte gerade in mein eigenes Büro fahren. Wenn

ich schon samstags arbeite, kann ich auch dafür sorgen, dass was dabei rauskommt, finden Sie nicht auch? Hi, Roarke.«

»Ich bin gleich wieder weg. Wie sieht's mit einem Kaffee aus?«

»Oh ja. Was ist mit Ihrer Hand passiert?«, erkundigte die Staatsanwältin sich bei Eve.

»Das war ein Messer.« Eve setzte sich auf den Rand des Schreibtischs und nahm Roarke einen der gefüllten Kaffeebecher ab.

»Ich nehme meinen Kaffee einfach mit.« Auch wenn das sicher ebenfalls an ihrer Würde kratzte, legte er vor Reos Augen eine Hand unter ihr Kinn und gab ihr einen Kuss. »Bring diese Angelegenheit zu Ende.«

»Dann bis morgen.« Reo lächelte ihn an. »Bei einem deutlich schöneren Event.«

»Was ist denn morgen?«, fragte Eve, als Roarke den Raum verließ.

»Bellas Geburtstagsparty.«

»Was? Oh nein, die ist ... schon morgen?«

»Sonntagnachmittag«, bestätigte die andere Frau. »Das haut vom Timing, wie es aussieht, wirklich bestens hin.«

Eve starrte unglücklich in ihren Kaffee. »Wann soll ich dann endlich wieder einmal Luft holen?«

»Was haben Sie für ein Problem? Das ist doch was, wobei man wunderbar auf andere Gedanken kommen kann. Es wird dort leckeren Kuchen geben und für die Erwachsenen auch jede Menge Alkohol. Aber jetzt wenden wir uns besser erst einmal wieder unserem mörderischen Teenie zu.«

»Moment. Ich hätte Peabody gerne bei dem Gespräch dabei.«

Sie trat an die offene Tür und brüllte einfach laut den Namen ihrer Partnerin.

Als die im Laufschritt angerannt kam, bekam auch sie einen Kaffee. Mit Milch und Zucker, wie es ihr am liebsten war.

»Machen Sie die Tür zu. Also, so will ich es angehen. Wobei das Timing wirklich wichtig ist.«

Eve erläuterte den beiden anderen Frauen den Plan, diskutierte kurz mit ihnen über Taktik, Strategie und rechtliche Belange, und als es an der Bürotür klopfte, sah sie auf und stellte fest: »Das ist bestimmt Nadine. Peabody, Sie gehen jetzt rüber und verfolgen aus dem Nebenraum, was Willow im Verhörraum treibt. In einer Viertelstunde müsste ich hier fertig sein.«

Sie öffnete die Tür, und ehe Nadine ihr den Kopf abreißen konnte, trat die Staatsanwältin lächelnd auf sie zu.

»Hallo. Wie geht es Ihnen? Wie ich hörte, waren Sie gestern Abend selbst auf dem Konzert.«

»Ich habe von dem ganzen Treiben kaum etwas mitbekommen, weil ich backstage war.«

»Dafür gibt's hier jetzt jede Menge Treiben, und so wird es erst einmal weitergehen. Falls wir uns heute nicht noch einmal sehen, sprechen wir morgen weiter, ja?«

»Wir auch«, erklärte Peabody und machte sich aus Furcht vor Nadines Zorn zusammen mit der Staatsanwältin auf den Weg.

Nachdem die beiden gegangen waren, drückte Nadine die Tür ins Schloss und fuhr zu Eve herum. »Sie haben mich angelogen.«

»Nein. Das würde ich problemlos tun, wenn ich auf diese Weise Leben retten könnte, aber heute habe ich das nicht getan. Ich habe Sie benutzt«, gestand Eve unumwunden ein. »Denn bei dem Einsatz heute stand das Leben vieler Menschen, und zwar auch mein eigenes, auf dem Spiel. Das heißt, dass ich Ihnen zu Dank verpflichtet bin.«

»Ersparen Sie mir diesen dummen Quatsch.«

»Das ist kein dummer Quatsch. Natürlich können Sie die Zeit, die wir jetzt haben, damit verschwenden, mir Vorwürfe zu machen, oder sich von mir erklären lassen, wie die ganze Sache abgelaufen ist. Die Entscheidung liegt bei Ihnen.«

Der Blick der Journalistin wurde hart. »Ich dachte, dass wir beide vor allem anderen Freundinnen wären, Dallas. Freundinnen.«

»Das sind wir auch. Das sind wir, und deswegen wäre ich auch nie auf die Idee gekommen, in dieser Angelegenheit zu jemand anderem zu gehen. Ich kenne meine Freundinnen und Freunde gut. Ich habe mehr, als ich je haben wollte, aber ich kenne sie, und das ist auch der Grund, aus dem sie meine Freundinnen und Freunde sind. Mir war klar, dass ich mich blind auf Sie verlassen kann.«

»Sie hätten mir die Wahrheit sagen und sich trotzdem blind auf mich verlassen können«, hielt Nadine ihr vor, achselzuckend holte Eve auch ihr einen Kaffee.

»Das habe ich getan, nur habe ich bestimmte Dinge weggelassen, weil ich Sie als Journalistin nicht in Schwierigkeiten bringen wollte.« Sie drückte ihr den Becher in die Hand. »Verdammt, Nadine, wir sollten nicht befreundet sein, aber wir sind es nun einmal.«

»Inwiefern haben Sie ...« Obwohl sie offenbar noch immer wütend war, brach Nadine ab und hob die Hand. »Okay. Dann sagen Sie mir, wie es abgelaufen ist.«

»Bei meinem Anruf war ich auf dem Weg zu einem Einsatz in der Lexington. Nur hatte ich ein vages Gefühl, dass Willow Mackie dort nicht ist. Es war tatsächlich einfach nur so ein Gefühl, mehr nicht. Mir war klar, falls stimmen würde, was ich dachte, müssten wir das Mädchen ablenken, damit es nicht noch einmal zu einem Massaker kommt. Ich habe Ihnen von dem Einsatz in der Lex erzählt, nachdem wir sicher waren, dass sie – zusammen mit einem ganzen gottverdammten Waffenarsenal – im Haus der Mutter war. Wir mussten dafür sorgen, dass sie abgelenkt ist, denn wenn sie uns kommen sehen hätte, hätte sie auf jeden Fall wer weiß wie viele weitere Menschen umgebracht oder verletzt. Dank Ihrer Meldung von dem Einsatz in der Lex saß sie bei unserem Erscheinen vor dem Fernseher. Sie haben sie glauben lassen, dass sie in Sicherheit ist, deswegen konnte ich den Rest des Teams zum Haus bestellen, bevor wir reingegangen sind.« Eve nahm einen Schluck Kaffee.

»Sie haben sie erfolgreich abgelenkt, jetzt sitzt sie in einem Vernehmungsraum, Nadine, und abgesehen von ein paar harmlosen Verletzungen ist niemandem etwas passiert.«

Die Journalistin sah ihr forschend ins Gesicht. »Das Veilchen nennen Sie harmlos? Und was ist mit Ihrer Hand?«

»Das ist nur eine kleine Schnittwunde«, erklärte Eve. »Sie haben mir die notwendige Zeit verschafft. Ich habe Sie benutzt, damit ich diese Zeit bekomme, und Sie haben etwas gebracht, was keinesfalls gelogen war. Sie können doch sicher nachvollziehen, dass ich Ihnen nicht alles sagen konnte, denn dann hätte ich Sie bitten müssen, mindestens die Hälfte der Geschichte wegzulassen. Obwohl ich nicht alle Freundschaftsregeln kenne, denke ich, dass ich von einer Freundin ja wohl kaum verlangen kann, den eigenen guten Ruf aufs Spiel zu setzen, nur weil mir das hilft.«

Schnaubend ließ Nadine sich in Eves Schreibtischsessel fallen und hob den Kaffeebecher an den Mund. »Dann war der Einsatz in der Lex also kein Quatsch?«

»Ganz sicher nicht. Wir haben dort eine echte Spur verfolgt. Der Mann, der uns den Tipp gegeben hat, ging davon aus, dass sie dort ist. Und er sollte es wissen, weil sie schließlich seine Tochter ist.«

Jetzt richtete Nadine sich kerzengerade auf. »Ihr eigener Vater wollte sie ans Messer liefern?«

»Nicht ganz, falls Sie irgendwelche Fragen stellen wollen, schießen Sie am besten los. Ich habe nämlich nicht viel Zeit, weil ich noch einen Fall zum Abschluss bringen muss.«

»Ich habe es *gehasst*, dass dieser arrogante Kerl von *New York-One* die Meldung hatte und nicht ich.«

»So was passiert, nicht wahr? Wahrscheinlich wird er es genauso hassen, wenn Sie Einzelheiten der Verhaftung und dazu noch bringen können, was bei dem Verhör mit der Verdächtigen herausgekommen ist.«

»Da haben Sie recht.« Jetzt stand die Journalistin wieder auf. »Ich muss Ihnen vertrauen.«

»Das können Sie. Nadine, auch Peabody und Roarke haben Treffer abbekommen, nur dank ihrer schusssicheren Jacken sind sie noch am Leben.«

»Und Sie selbst?«

»Ich auch. Ohne die geglückte Ablenkung durch Ihren Bericht hätte Willow uns wahrscheinlich dadurch abgelenkt, dass sie willkürlich auf irgendwelche Zivilisten ein paar Häuserblocks weiter schießt. So hat sie sich zunächst auf Ihre Meldung und danach auf uns alleine konzentriert, und es ist kaum etwas passiert«, erklärte Eve noch einmal.

»Okay. Ich werde noch einmal in Ruhe über alles nachdenken, jetzt aber rufe ich erst mal die Kamera herein. Wir bringen das Gespräch mit Ihnen live. Wobei es sicher reine Zeitverschwendung ist zu fragen, ob Sie dieses Veilchen vorher überschminken lassen wollen. Sie wollen, dass man es sieht, nicht wahr?«

Eve lächelte sie an. »Auf jeden Fall, denn schließlich habe ich mir das auf ehrenvolle Art verdient.«

Peabody verließ den Raum, in dem sie sich mit Mira über die Geburtstagsparty für die kleine Bella unterhalten hatte, während Willow schmollend und gelangweilt im Verhörraum saß.

Als sie in das Vernehmungszimmer kam, sah Willow auf. Sie hatte sich die dunklen Dreadlocks abgesäbelt, durch die jetzt kurzen, wirren Fransen wurden ihre blauen Flecken und die Schürfwunden, die sie bei dem Kampf mit Eve davongetragen hatte, noch betont.

»Verdammt, das wurde auch allmählich Zeit.«

»Es wird jetzt trotzdem noch ein paar Minuten dauern«, klärte Peabody sie auf. »Willst du was trinken?«

»Himmel, ja. Orangenlimo.«

Nickend wandte Peabody sich noch einmal zum Gehen und fuhr zusammen, als sie im Flur mit Eve zusammenstieß. »Tut mir leid. Ich habe nicht erwartet, dass Sie schon fertig sind. Ich werde nur noch schnell für das Mädchen etwas zu trinken holen.«

»Meinetwegen. Aber sehen Sie zu ... da kommt die Staatsanwältin, also machen Sie gefälligst schnell.«

»Ich fliege«, sagte Peabody ihr zu und zog in der Eile nicht einmal die Tür richtig ins Schloss.

»Dallas.«

»Reo. Habe ich nicht gleich gesagt, wir bräuchten keinen gottverdammten Deal?«

»Wir haben diesen Deal aus gutem Grund gemacht, das wissen Sie genauso gut wie ich. Ohne Mackies Infos hätten Sie wohl kaum gewusst, was für ein Waffenarsenal sie hat.«

»Na und? Sie hätten diesen Deal mit ihm nicht machen sollen, denn statt jetzt nur für ein paar Jahre sollte sie bis an ihr Lebensende hinter Gitter wandern. Ich hätte sie auch ohne diesen Deal erwischt. Ich habe sie auch so erwischt, verdammt noch mal. Wie erklären Sie den Familien der Opfer, dass der Mensch, der ihre Angehörigen auf dem Gewissen hat, nach diesem Deal nur ein paar Jahre kriegen soll?«

»Hätten Sie es vorgezogen, auch noch anderen Familien mitzuteilen, dass ihre geliebten Mütter, Väter, Söhne und Töchter Opfer eines Attentats geworden sind?«

»Dank dieses Deals macht sie, sobald sie rauskommt, dort weiter, wo sie von uns unterbrochen worden ist.«

»Die Resozialisierungsmaßnahmen im Jugendstrafrecht sind ...«

»... der allergrößte Quatsch. Menschen wie ich riskieren alles, um Menschen wie sie zu fassen, und dann handeln Sie mit Ihren Deals die Strafen so weit herunter, dass am Ende kaum noch etwas übrig bleibt. Nach diesem Deal fährt sie für gerade einmal drei Jahre ein, und das bezeichnen Sie als Sieg?«

»Es geht nicht ums Gewinnen, sondern darum, dass wir unsere Arbeit machen, und das haben wir getan. Wenn Sie sie dazu bringen zu gestehen, sparen wir jede Menge Steuergeld, vermeiden einen endlosen Prozess und können wieder nach vorne sehen. Also, wollen Sie die Sache jetzt zu Ende bringen, damit wir endlich Wochenende haben, oder wollen Sie hier weiter herumstehen und sich darüber aufregen, wie diese Dinge funktionieren?«

»Das ist doch alles Mist.«

»Können wir?«, erkundigte Peabody sich, als sie mit Willows Limonade wiederkam.

»Wir können. Aber Sie kann ich da drin nicht brauchen, Reo«, schnauzte Eve.

»Zum Glück entscheiden das nicht Sie. Vor allem stehen wir auf derselben Seite, Dallas, also regen Sie sich ab.«

Peabody öffnete die Tür, und mit noch immer zornblitzenden Augen schob Eve sich an ihr vorbei.

»Rekorder an. Lieutenant Eve Dallas, Detective Delia Peabody und Staatsanwältin Cher Reo verhören Willow Mackie zu den Attentaten von ...«

Während sie weitersprach, stellte die Partnerin die Limonade auf den Tisch.

Begierig streckte Willow die zusammengebundenen Hände danach aus und hob sie feixend an den Mund.

»Wurden Sie über Ihre Rechte aufgeklärt, Miss Mackie?«

»Ja. Ich kenne meine Rechte, also brauchen Sie den Sermon nicht noch einmal zu wiederholen. Sie sehen ganz schön übel aus. Allerdings wollte ich mit meinem Messer eigentlich nicht Ihre Hand erwischen.«

»Werd bloß nicht frech«, wies Peabody sie rüde an. »Denn schließlich steht dir das Wasser auch so schon bis zum Hals.«

»Ich hätte Sie kaltmachen sollen. Dann wären Sie jetzt mausetot, genau wie die Idiotin, die Sie in dem Film gespielt hat.«

»Frechheiten gegenüber uns Erwachsenen werden dir nicht weiterhelfen«, warnte Peabody erneut. »Du bist in ernsten Schwierigkeiten, Willow. Das ist dir doch sicher klar.«

»Sie sind bei mir zuhause eingebrochen, also habe ich mich nur gewehrt.«

»Es ist das Haus deiner Mutter, und wir hatten die Erlaubnis eines Richters, uns dort umzusehen«, korrigierte Eve. »Dann haben wir dich dort angetroffen, während du mit einer ganzen Reihe illegaler Waffen zugange warst. Du hast mit diesen Waffen Polizeibeamte attackiert.«

Das Mädchen lächelte. Trotz ihrer Schwellungen und Kratzer, die die Kühlpacks und der Wundheilstift der Sanitäter nicht ganz zum Verschwinden gebracht hatten, war sie durchaus hübsch, ihr Lächeln aber wirkte abstoßend und kalt.

Sie kratzte sich die Wange mit dem ausgestreckten Mittelfinger und erklärte nonchalant: »Die Waffen gehören mir nicht. Ich habe mich damit verteidigt, das ist in diesem Land ja wohl erlaubt.«

»Du hast damit Polizeibeamte angegriffen«, wiederholte Eve.

»Woher zur Hölle hätte ich denn wissen sollen, dass Sie Bullen sind?«

»Weil wir uns als Beamte zu erkennen gegeben haben, als wir reingekommen sind.«

»Das hätte jeder behaupten können.«

»Hast du den Film gesehen? Über den Icove-Fall?«

»Na klar. Jedes Mal wenn ich ihn sehe, hoffe ich, Sie werden in die Luft gejagt.« Lächelnd blickte sie die Zimmerdecke an. »Wer weiß, vielleicht passiert das ja tatsächlich irgendwann.«

»Aber du hast mich trotzdem nicht erkannt?«

»Dafür habe ich Sie zu kurz gesehen.«

»Bevor die erste Blendgranate hochgegangen ist, die du gezündet hast, um im Schutz des Rauchs zu fliehen.«

»Notwehr«, wiederholte Willow achselzuckend. »Egal, ob ich Sie kannte oder nicht, ging's nur darum, mich selbst und mein Zuhause zu verteidigen. Das ist erlaubt.«

»Du wusstest, wer wir sind, Willow«, mischte Peabody sich in der Rolle der enttäuschten Lehrerin erneut in das Gespräch. »Es hilft dir nicht, wenn du jetzt so respektlos bist. Vielleicht wurdest du wirklich überrascht, vielleicht hast du ja instinktiv, aus einem Impuls auf unser Kommen reagiert, aber das ...«

»Ja, vielleicht.«

»Was wolltest du mit all den Waffen?«, fragte Eve.

»Ich habe sie an einen sicheren Ort gebracht.«

»Woher kommen sie?«

»Das sind nicht meine Waffen, denn mit fünfzehn bin ich schließlich noch zu jung, um mir so etwas zu kaufen«, klärte Willow sie mit einem breiten Grinsen auf.

Eve knirschte mit den Zähnen, warf einen bösen Blick auf Reo und fuhr fort: »Trotzdem standen all diese Waffen dir zur Verfügung, und du hast mehrere davon benutzt.«

»Ich kann eben auf mich aufpassen.«

»Wo hast du den Umgang mit den Blendgranaten, den Gewehren und den Handfeuerwaffen gelernt?«

»Das hat mein Dad mir beigebracht. Er war ein viel besserer Cop, als Sie es jemals werden.«

»Deshalb habe ich ihn wohl auch festgenommen und dafür gesorgt, dass er bis an sein Lebensende hinter Gitter kommt.«

»Sie haben ihn nur erwischt, weil er das zugelassen hat.«

»Ach ja?«

»Verdammt, natürlich.«

»Falls du dir einbildest, ich würde es nicht schaffen, einen Junkie festzunehmen, hast du den Film anscheinend noch nicht oft genug gesehen.«

»Der ist doch sowieso totaler Quatsch. Einfach irgendwelcher Mist aus Hollywood.«

»Dein Vater ist ein Junkie, ohne Quatsch.«

»Dann hat er's eben nicht gepackt.« Das Mädchen verzog zornig das Gesicht und trommelte mit einem Finger auf den Tisch. »Wie würden Sie wohl damit umgehen, wenn irgend so ein Wichser Ihren Mann plattgefahren hätte?«

»Also hat er angefangen, Funk zu nehmen, und sich vorgenommen, alle umzubringen, denen er die Schuld am Tod seiner Frau gibt. Das heißt, du solltest das an seiner Stelle tun, weil er mit seinen Zitterhänden nicht einmal mehr selber eine Waffe halten kann.«

»Behaupten Sie.«

»Genau. Du willst mir doch wohl nicht erzählen, dass es anders ist.«

Gähnend lehnte Willow sich auf ihrem Stuhl zurück und starrte abermals die Decke an. »Das ist echt langweilig. Sie sind echt langweilig«, erklärte sie und lenkte ihren Blick zurück auf Eve. »Lieutenant Eve Dallas. Irgendwann haben Sie mal keine schusssichere Weste an. Dann sind Sie auf der Straße unterwegs, und aus dem Nichts macht's plötzlich *Peng,* und Sie sind tot. Darüber wird dann ganz bestimmt kein Film gedreht.«

Noch immer schaute Eve sie reglos an und konnte deutlich sehen, was Zoe Younger auch gesehen hatte, obwohl sie es eigentlich nicht sehen wollte. Dass ihre eigene Tochter eine Killerin und süchtig nach dem Töten war.

»Dann würdest du dich also freuen, wenn ich sterben würde, Will?«

»Ich hätte lieber, dass Sie tot sind, als mich hier derart zu langweilen.«

»Du langweilst dich? Dann lass uns weiterreden. Zum Beispiel über die drei Toten von der Schlittschuhbahn im Central Park. Wie hast du deine Zielpersonen ausgewählt?«

»Wer sagt, dass ich das war?«

»Dein Vater. Er hat dieses Attentat gestanden und gesagt, dass du die Schüsse für ihn abgegeben hast, weil er dazu mit seinen Händen und mit seinen Augen nicht mehr in der Lage ist.«

»Die Hände und die Augen habe ich von ihm.«

»Und er hat seine eigenen Augen mit dem Funk zerstört.«

Achselzuckend konzentrierte sich das Mädchen darauf, seine Fingernägel zu studieren. »Ich nehme so was nicht. Aus meiner Sicht sind Alkohol und Drogen der totale

Scheiß. Man lebt dann nicht mehr in der Wirklichkeit, und nichts von dem, was man empfindet, ist noch echt.«

»Dann legst du also Wert auf ehrliche Gefühle?«, hakte Eve ironisch nach.

»Was hat man noch vom Leben, wenn man es nicht spürt? Wenn man nicht weiß, was abgeht, wenn man nichts mehr unternimmt?«

Eve klappte einen Ordner auf und legte ihr die Aufnahmen der Opfer von der Eisbahn hin. »Was war es für ein Gefühl, als du auf diese Leute hier geschossen hast?«

Begierig beugte sich das Mädchen vor, um sich die Fotos anzusehen, wobei in ihren Augen weder Neugier noch auch nur ein Funke von Interesse lag.

Genauso wenig wirkte sie schockiert.

Sie war begeistert und anscheinend wirklich stolz auf ihre Tat.

Statt gelangweilt war sie plötzlich aufgeregt und wollte das Gespräch in die Länge ziehen, denn jetzt stand sie im Mittelpunkt.

»Das waren wirklich saubere Schüsse«, meinte sie und hob erneut die Limodose an den Mund. »Wer so gut zielen kann, gehört auf alle Fälle zur Elite.«

»Tust du das?«

»Ein zweiter Platz hat mir noch nie gereicht.« Selbstzufrieden stellte sie die Dose wieder auf den Tisch. »Zweiter ist ein anderes Wort für *Loser*. Entweder man ist die Beste oder nichts.«

»Und diese Schüsse machen dich zur Besten, zur Elite?«, fragte Eve.

»Hätten Sie die hinbekommen?«

»Keine Ahnung.« Dieses Mal hob Eve die Schultern

an. »Ich habe es bisher noch nie versucht. Aber ich habe schließlich auch nicht das Interesse, irgendwelche Leute umzubringen, während sie am Schlittschuhfahren sind.«

»Sie hätten sie auf keinen Fall erwischt, und das ist es, worum es geht. Wahrscheinlich treffen Sie mit Ihrem Stunner nicht mal jemanden, der Ihnen direkt gegenübersteht. Die Leute auf der Eisbahn hätten Sie auf jeden Fall verfehlt und vielleicht aus Versehen an ihrer Stelle irgendeinen Trottel auf der Zweiundfünfzigsten erwischt.«

»Ich habe schließlich auch nicht jahrelang trainiert und keine solche Übung, denn mich hat kein Heckenschütze der Armee und SEKler bei so einem mörderischen Hobby unterstützt.«

»Hobby?« Mit gebleckten Zähnen beugte sich das Mädchen zu ihr vor. »Man braucht mehr als bloßes Training und genügend Übung. Das ist wichtig, doch vor allem braucht man eine angeborene Fähigkeit dazu, ein angeborenes Talent.«

»Dann bist du also die geborene Killerin.«

Lächelnd lehnte Willow sich auf ihrem Stuhl zurück. »Ich bin dazu geboren zu treffen, wenn ich ziele.«

»Warum hast du auf diese Frau gezielt?«, erkundigte sich Eve und tippte auf Ellissa Wymans Bild.

»Warum nicht?«

»Dann hast du sie also rein zufällig gewählt?« Eve schüttelte den Kopf. »Ich glaube nicht, dass es so war. Ich bitte dich, sie war genau der Typ, den du nicht ausstehen kannst. Sie war dort jeden Tag und hat entsetzlich damit angegeben, dass sie ein paar Pirouetten auf dem Eis drehen kann. Als wäre sie jemand Besonderes, nur weil sie gut ausgesehen hat.«

»Jetzt ist sie eine Leiche und sonst nichts mehr.«

»Wie hat es sich angefühlt, sie umzubringen? Mit einem Schuss ihr Leben zu beenden, während sie in ihrem roten Skinsuit auf der Eisbahn angegeben hat? Ich glaube, dass dir das einen Kick gegeben hat. Du warst deshalb so aufgeregt, dass du dein Hauptziel Michaelson nicht mehr so gut getroffen hast, wie du es treffen wolltest.«

»Blödsinn!« Willow verzog wütend und beleidigt das Gesicht. »Es lief genau so, wie es laufen sollte. Ich habe ihm absichtlich in den Bauch geschossen, damit er ganz langsam auf der Eisfläche verblutet und noch etwas davon mitbekommt.«

»Du wolltest also, dass er leidet?«

»Und das hat er auch, nicht wahr? Genauso war's geplant. Kapieren Sie das? Er sollte Schmerzen leiden und sich klar darüber sein, dass er nie wieder aufstehen wird. Wenn dieser alte Saukerl Susann schneller drangenommen hätte, würde es jetzt meinem Vater nicht so dreckig gehen.«

»Dann hättest du auch nicht seine Arbeit machen müssen, dann hätte er dich gar nicht gebraucht.«

»Natürlich braucht er mich. Ich bin sein erstes Kind. Ich bin die Einzige, die er noch hat.«

»Das bist du nur, weil seine Frau sich überfahren lassen hat.«

»Susann war eine dumme Pute.«

Eve riss überrascht die Augen auf. »Dann hast du also alle diese Menschen einer dummen Pute wegen umgebracht?«

Wie immer, wenn sie nicht mehr weiterwusste, lenkte Willow ihren Blick zur Decke und hob gleichmütig die Schultern an.

»Du hast sie doch bestimmt geliebt«, bemerkte Peabody, wobei in ihrer Stimme wenigstens ein Hauch von Mitleid schwang. »Um so etwas zu tun, musstest du sie sicher abgöttisch lieben.«

»Ich habe was?«, stieß Willow voll Verachtung aus. »Es war bereits ein Wunder, wenn sie morgens nach dem Aufstehen nicht vergessen hat, sich ihre Schuhe anzuziehen. Susann war die totale Loserin, früher oder später hätte mein alter Herr sie verlassen, wie man es mit Losern macht. Doch dann bekam er nicht mehr die Gelegenheit dazu.«

»All diese Menschen mussten sterben, weil dein Vater sie nicht mehr verlassen konnte und jetzt selbst ein Loser ist?«, fragte Eve und dachte kurz darüber nach. »Das könnte durchaus sein. Dann hast du also Wyman umgebracht, weil sie da unten auf der Eisbahn angegeben hat, dann auf Michaelson gezielt und ihn absichtlich so erwischt, dass er vor seinem Tod minutenlang gelitten hat. Aber was war mit Alan Markum?«

»Keine Ahnung, wer das sein soll.«

»Er.« Eve klopfte auf das Bild des dritten Opfers von der Schlittschuhbahn.

»Richtig. Die Visage des Typs hat mir nicht gefallen. Er hat die ganze Zeit gelacht und blöd gegrinst, als er mit dieser Ziege übers Eis gestolpert ist. Ich hätte auch die Frau umbringen können, und zwar mit demselben Schuss. Aber wir hatten uns auf drei geeinigt, und ich wollte meinen Vater nicht verärgern.«

»Erzähl mir, wie es abgelaufen ist«, bat Eve. »Wie habt ihr dieses Attentat geplant, den Ort, von dem geschossen werden sollte, ausgewählt und Michaelson ausspioniert?«

»Was hätte das für einen Sinn?«

»Es interessiert mich einfach, und du hast im Augenblick nichts Besseres zu tun.«

»Alles wäre besser, als hier herumzusitzen.«

Willow seufzte, aber dann begann sie zu erzählen, wie ihr Vater begonnen hatte, Alkohol und Drogen zu konsumieren, nachdem seine Frau gestorben war. Von seinem Zorn und seiner Depression.

»Er saß die meiste Zeit betrunken oder zugedröhnt in seiner Wohnung herum, vor allem nachdem dieser Arsch von Anwalt ihm mitgeteilt hatte, dass er niemanden verklagen kann. Ich habe ihn da wieder rausgezogen.« Willow pikste sich mit einem Finger in die Brust. »Ich habe ihn aus diesem Loch herausgeholt.«

»Wie hast du das angestellt?«

»Ich habe ihm gesagt, dass rumzusitzen und sich die Augen aus dem Kopf zu heulen was für Loser ist. Ich habe ihm gesagt, er sollte *wütend* sein und etwas unternehmen. Die anderen haben uns übel mitgespielt! Das können wir andersherum auch, und zwar so gut, dass ihnen Hören und Sehen vergeht.«

Eve lehnte sich auf ihrem Stuhl zurück. »Dann willst du uns also erzählen, dass du selbst auf die Idee zu diesen Anschlägen gekommen bist? Darauf, Brent Michaelson, Officer Russo, Jonah Rothstein, all die anderen auf der Liste und dazu noch von dir selbst gewählte unschuldige Dritte umzubringen?«

»Haben Sie was an den Ohren? Muss ich vielleicht schreien, damit Sie mich verstehen?«

»Was ist das für ein Ton?«, fuhr Peabody sie an, doch Willow verzog nur verächtlich das Gesicht.

»Ach, lecken Sie mich doch am Arsch. Ich soll das alles doch nur so genau erzählen, weil ihr zu dämlich seid, um irgendetwas zu verstehen. Und wenn ich rede, ist euch das dann auch nicht recht.«

»Warum habt ihr nicht mit Fine begonnen?«, fragte Eve. »Schließlich war er derjenige, der Susann überfahren hat. Er saß hinter dem Steuer und hat sie erwischt.«

»Sind Sie hirntot, oder was? Wenn wir als Erstes Fine genommen hätten, hätte jeder noch so blöde Cop sofort gewusst, dass es um den verdammten Unfall ging. Deshalb kommt Fine als Allerletzter dran.«

»Er wollte sich Fine also bis ganz zum Schluss aufheben.«

Wutschnaubend beugte sich das Mädchen wieder vor. »Ich habe doch gesagt, mein Vater war nach Susanns Tod fast pausenlos besoffen oder zugedröhnt. Dann saß er da und hat geflennt. Ich habe alle Zielpersonen, Orte und die Zeiten für die Attentate ausgesucht. Meinen Sie, mein Vater hätte das in seinem Zustand noch gekonnt? Er hat den Hintern nur noch hochgekriegt, wenn er von mir dazu gezwungen worden ist.«

»Dann hast du ihn also dazu gebracht, den Hintern hochzukriegen, dadurch, dass du vorgeschlagen hast, die Leute umzubringen, die deiner Meinung nach an Susanns Tod schuld waren.«

»Ich habe ihn auf die Idee gebracht und dann Bedingungen gestellt.« Sie prostete den Frauen mit ihrer Limonade zu. »Ich habe ihm gesagt, dass er in Zukunft auf das Saufen und das Funk verzichten und sich gottverdammt noch mal am Riemen reißen muss, er hat wirklich mit dem Trinken aufgehört. Die Drogen nimmt er immer noch, doch längst nicht mehr so viel, und wenn mein Alter auch nur annähernd er selbst ist, weiß er ganz genau, wie man Operationen plant.« Sie nahm einen Schluck aus der Dose.

»Er kam auf die Idee, dass ich die Opfer aus der Ferne ins Visier nehmen soll. Wir waren deshalb öfter mal im Westen, und ich habe dort trainiert. Er ist ein wirklich guter Lehrer, wenn er nüchtern ist.«

»Dann habt ihr eure Zielpersonen gestalkt, bis ihr die Routine kanntet, oder recherchiert, zu welchen Zeiten sie an welchen Orten waren. Zum Beispiel wusstet ihr genau, dass Jonah Rothstein gestern Abend zu diesem Konzert gehen wollte.«

»Der Typ war der voll krasse Fan. Er hat die Tage und am Schluss sogar die Stunden bis zu dem Konzert von dieser alten, halb verstaubten Band runtergezählt. Den Großteil der Recherche hat mein Dad geleistet, aber wenn ich von der Tussi, die mich ausgebrütet hat, abhauen konnte, habe ich ihm assistiert und die verschiedenen Standorte, von denen aus wir schießen konnten, ausgesucht. Er wollte eigentlich viel näher rangehen, aber schließlich hat er eingesehen, dass ich auch über größere Distanzen eine wirklich gute Schützin bin.«

»Wie lange habt ihr für den Plan und für das Ausarbeiten der Details gebraucht?«

»Ein gutes Jahr. Er musste erst mal halbwegs sauber werden, außerdem brauchten wir die Waffen und die falschen Pässe und mussten die Taktiken und Strategien immer wieder durchgehen.«

»Dann seid ihr aus seiner Wohnung ausgezogen.«

»Klar, denn schließlich brauchten wir ein sicheres

Hauptquartier. Also haben wir im Lauf der Zeit die Sachen, die wir brauchten, in das andere Haus rübergebracht. Wir wussten, dass es schnell gehen müsste, wenn wir erst mal angefangen hätten. Dass wir täglich jemand anderen ins Visier nehmen und auf diese Weise dafür sorgen müssten, dass das Chaos anhält, bis wir fertig sind. Sie hatten einfach Glück, weil Sie so schnell herausgefunden haben, wer wir sind.«

»Dann ist es also Glück, wenn jemand besser oder cleverer ist als du?«

»Ich bitte Sie. Wenn Sie so gut und clever wären, bräuchte ich nicht hier zu sitzen, um Ihnen die Einzelheiten zu erzählen. Die wüssten Sie dann nämlich längst.«

»Erwischt«, erklärte Eve, obwohl sie bereits jedes grässliche Detail der Attentate vor sich sah. »Also hör bloß nicht auf. Erzähl mir, wie es abgelaufen ist.«

20

Mit diesen Worten hatte Eve das Mädchen in den heiß ersehnten Mittelpunkt gerückt, Willow Mackie war so glücklich über diese Anerkennung, dass sie mit Einzelheiten, mit Eigenlob und Beleidigungen nur so um sich warf.

Drei geschlagene Stunden hörte Eve ihr zu, gab ihr Anstöße und hakte nach, hin und wieder warfen die Staatsanwältin oder Peabody den einen oder anderen Kommentar oder die eine oder andere Frage ein.

Es war nicht nötig, Willow zu bedrängen, denn schließlich drehte sich alles um sie, und das erfüllte sie mit Stolz.

Einmal verlangte sie noch eine Limonade, und nach drei Stunden meinte sie, sie müsse mal aufs Klo.

»Peabody, holen Sie zwei Beamtinnen, die sie begleiten sollen.«

Willow verzog verächtlich das Gesicht. »Sie haben gehört, wozu ich in der Lage bin, und bilden sich noch immer ein, ich käme nicht problemlos mit zwei lächerlichen Polizistinnen zurecht?«

Mit mir bist du im Haus deiner Mutter nicht zurechtgekommen, dachte Eve, doch nickend bat sie ihre Partnerin: »Holen Sie vier Beamtinnen.«

»Das ist eine gute Idee.«

»Wir unterbrechen das Verhör«, sprach Eve in den Rekorder und marschierte aus dem Raum.

In der Tür ihrer Abteilung wurde sie von Reo eingeholt. »Meine Güte, Dallas.«

»Was haben Sie erwartet? Einen Teenager, der schmollend das Gesicht verzieht?«

»Eine eiskalte Killerin, keine wutschnaubende, prahlerische Psychopathin, die sich hinter der Fassade eines Teenagers versteckt. Am besten bringe ich erst einmal meinen Vorgesetzten auf den neuesten Stand, danach würde ich noch gern mit Mira reden, weil ich sichergehen will, dass sie am Ende nicht auf Unzurechnungsfähigkeit plädieren kann.«

»Sie ist nicht unzurechnungsfähiger als Sie und ich. Sie ist ein kleines giftiges Insekt, das man zerquetschen muss.«

»Was den zweiten Punkt angeht, haben Sie auf alle Fälle recht. Wegen des ersten Punkts würde ich gern auf Nummer sicher gehen.«

»Sie haben eine Viertelstunde Zeit.« Eve wippte auf den Fersen, und nach kurzem Überlegen kam sie zu dem Schluss, dass sie im gleichen Maße angewidert wie befriedigt war. »Ich will sie noch einmal kurz allein dort sitzen lassen, denn sie kann es sicher kaum erwarten, uns auch noch die letzten Einzelheiten zu erzählen.«

»Was wir haben, reicht bereits für mehrmals lebenslänglich aus, aber, okay, ich würde mir das alles auch noch gerne bis zum Schluss anhören. Viertelstunde«, wiederholte Reo und lief eilig los.

Eve betrat ihr Dezernat und registrierte überrascht, dass bisher keiner ihrer Leute heimgegangen war. »Wir machen zwar eine kurze Pause, aber sie hat jetzt schon keine Chance mehr. Sie redet sich da drin um Kopf und

Kragen, ich kann Ihnen versichern, dass der Fall noch heute Abend abgeschlossen wird. Um Gottes willen, alle, die nicht mehr im Dienst sind, machen langsam Feierabend, ja?«

»Wie geht es Ihrem Auge?«, fragte Jenkinson.

»Es brennt ein bisschen, aber das liegt hauptsächlich an Ihrem Schlips. Fahren Sie nach Hause und hauen Sie sich aufs Ohr.«

Sie ging in ihr Büro, wo Roarke an ihrem Schreibtisch saß und gleichzeitig an seinem Hand- und ihrem Polizeicomputer bei der Arbeit war.

»Fertig?«

»Noch nicht ganz. Was ist das?«, fragte sie und zeigte auf den Bildschirm des Computers, auf dem eine alte Burg in einem Gitternetz zu sehen war.

»Da kann man sehen, wie weit die Pläne für das italienische Hotel gediehen sind. Keine Sorge, ich werde alles von deinem Computer löschen, wenn ich fertig bin. Kaffee?«

»Nein, ich brauche etwas Kaltes«, meinte sie und blickte über ihre Schulter in den Flur. »Am besten hätte ich mir eine Pepsi aus dem Automaten mitgebracht, aber du weißt, dass dieses blöde Ding mir immer Scherereien macht.«

»Du kriegst jetzt Pepsi auch an deinem AutoChef.«

»Ach ja?«

»Damit du dich nicht mehr mit den Getränkeautomaten herumzuärgern brauchst.«

Absurd gerührt sank sie auf den steinharten Stuhl, der vor dem Schreibtisch stand und für Besucher, die so schnell wie möglich wieder gehen sollten, vorgesehen war.

»So schlimm?«, erkundigte sich Roarke, trat vor den AutoChef und holte ihr das Kaltgetränk.

»Sie hat uns alles über die drei Anschläge erzählt. Ich hatte schon damit gerechnet, dass sie stolz auf ihre Taten wäre und bestimmt keine Gewissensbisse oder Mitgefühl mit ihren Opfern hätte, aber diese Schadenfreude und der gottverdammte Jubel sind mir doch etwas zu viel. Es geht ihr einzig um ihr Ego und sonst nichts.« Sie schloss kurz die Augen.

»Im Grunde hatte ich mich vorher schon gefragt, ob nicht vielleicht die Tochter die Idee zu diesen Attentaten hatte, weil der Vater nicht mehr in der Lage ist, so etwas zu planen oder durchzuziehen. Statt auf das Mädchen hat er sich nur noch auf seine Trauer konzentriert. Das hat sie so zwar nicht gesagt, doch es ist klar, dass die Ausgangslage so war. Sie hat die Stiefmutter nicht respektiert und sie als dumme Pute tituliert. Schließlich hat sie die Trauer und die Schwäche ihres Vaters ausgenutzt und sich mit seiner Hilfe ihren größten Traum erfüllt. Sie wollte töten, nicht er hat sie benutzt, sondern sie ihn.«

»Hier, setz dich auf deinen eigenen Stuhl.«

»Ich schaffe es jetzt sowieso nicht, ruhig zu sitzen.« Sie stand wieder auf, nahm ihm die Pepsidose ab und stapfte, ohne auch nur einen Schluck zu trinken, vor dem Schreibtisch auf und ab. »Sie kann sich an jede Einzelheit erinnern, sogar an die Kleidung der Personen, die sie ins Visier genommen hat. Manchmal hat sie nur deswegen auf jemanden gezielt. Ich hasse diesen Hut, dafür hast du den Tod verdient.«

Schweigend lehnte Roarke sich an die Kante ihres Schreibtischs und hörte einfach zu.

»Sie glaubt, die Umsetzung ihres mörderischen Plans und die Erfüllung der Mission hätten dem Vater Kraft verliehen. Er hätte endlich wieder einen Grund gehabt zu leben und sich endlich wieder ganz auf sie als seine Tochter konzentriert.«

Sie öffnete die Dose, gönnte sich den ersten, großen Schluck und atmete tief durch.

»Ich schätze, Mira würde sagen, irgendwo in ihrem Innern habe sich das Kind danach gesehnt, für ihn im Mittelpunkt zu stehen. Und zwar nicht nur als Kind, sondern als gleichwertige Partnerin. Sie hat ihn auf die Idee zu diesen Anschlägen gebracht, damit er sie in den Himmel heben kann.«

»Du, das heißt, wir alle dachten anfänglich, sie wäre seine Schülerin. Eine Zeitlang war sie das ja auch. Aber nach allem, was du mir erzählt hast, sind die Rollen jetzt vertauscht, und sie hat ihm gezeigt, dass er sie braucht, wenn er sich an den Menschen, die aus seiner Sicht die Schuld an seinem Unglück tragen, rächen will.«

»Genau. Zusätzlich war er noch ihr Publikum, ihr Zeuge und ihr gottverdammter Cheerleader. Selbst als er bei dem dritten Anschlag nicht dabei war, wusste sie, dass er von dem Massaker hören würde, dass er stolz auf ihre Leistung wäre und sie es auf diese Weise schaffen würde, weiterhin für ihn im Mittelpunkt zu stehen.«

»Was er ihr eindrücklich dadurch bewiesen hat, dass er sich selbst für sie geopfert hat.«

»Das war Plan B, doch dazu kommen wir noch. Sie sollte abhauen, während er uns abgelenkt und sich von uns hat verhaften lassen. Nur hat den beiden das Manöver nicht das Mindeste genützt. Trotzdem sitzt sie jetzt da drüben im Verhörraum und bläst sich entsetzlich auf. ›Los, schaut mich an und seht, wie gut ich bin. Oh ja, ich hatte die Idee zu diesen Attentaten, und ich habe sie auch ausgeführt. Weil ich die Beste bin. Die Nummer eins.‹ Statt wütend macht mich das ganz einfach krank.«

»Ich bin mir sicher, dass du auch noch wütend wirst.«

Mit einem halben Lächeln fragte sie: »Du willst noch immer nicht nach Hause fahren?«

Mit dem gleichen halben Lächeln meinte er: »Ohne das Veilchen und die Abschürfungen hättest du nicht mal mehr einen Rest von Farbe im Gesicht.«

»Die Bilder davon machen sich bei der Gerichtsverhandlung sicher gut. Und der Muntermacher, den du mir besorgt hast, wirkt echt gut. Ich bin zwar müde, aber wenigstens nicht zittrig.«

»Dann schieb am besten jetzt noch den hier nach«, schlug er vor, während er einen Schokoriegel aus der Tasche zog.

»Kommt der etwa aus meinem eigenen Notvorrat?« Sie blickte wütend auf die Wand, an der das von der jungen Nixie Swisher angefertigte Porträt von ihr im schlichten Rahmen hing. »Ich hoffe doch wohl sehr, dass du nicht meine Vorräte geplündert hast.«

»Das wäre durchaus amüsant gewesen, aber nein. Die elektronischen Ermittler haben einen Süßigkeitenautomaten oben stehen.«

»Ach ja? Warum haben wir dann so was nicht?« Schließlich nahm sie Roarke den Schokoriegel ab und wickelte ihn eilig aus. »Danke.«

»Zum Ausgleich für den ungesunden Kram bekommst du, wenn wir irgendwann nach Hause kommen, sofort eine anständige Mahlzeit vorgesetzt.«

»Was auch immer.« Sie genehmigte sich einen ersten

wunderbaren Bissen Schokolade, schloss genießerisch die Augen und fragte mit vollem Mund. »Apropos zuhause. Hast du schon mit Summerset gesprochen?«

»Derart oft, dass er gesagt hat, dass ich ihn jetzt endlich, gottverdammt noch mal, in Ruhe lassen soll.«

»Okay.« Sie wickelte die Hälfte ihres Riegels wieder ein, ließ ihn in ihre Tasche gleiten und trat auf ihn zu. »Es kann noch ein paar Stunden dauern.«

»Kein Problem. Ich habe selber noch zu tun, und wenn ich fertig bin, kann ich dir ja von nebenan dabei zusehen, wenn du dieses Mädchen so wie eben diesen Schokoriegel einwickelst.«

Sie lehnte ihren Kopf für einen kurzen Augenblick an seiner Schulter. »Vielleicht war Mackie mal ein anständiger Kerl – zumindest denkt das Lowenbaum. Aber er hat Entscheidungen getroffen, die er nicht mehr ändern kann. Zum Beispiel hätte er die Tochter, obwohl sie wahrscheinlich früher oder später ohnehin zur Killerin geworden wäre, nie mit auf den Schießstand nehmen und dann auch noch zu irgendwelchen Wettbewerben schicken sollen. Aber er hat nun mal so entschieden, und nachdem ich in dem Fall ermittelt habe, muss ich dafür sorgen, dass er selbst und Willow für ihre Entscheidungen bezahlen.«

Sie schloss: »Ich werde diesen Fall zu Ende bringen, weil ich das den Opfern schuldig bin.«

Als sie den Raum verließ, um eben das zu tun, fragte sich Roarke, wie vielen Opfern sie in ihrem Leben noch Gerechtigkeit verschaffen müsste.

Doch egal, wie viele es auch wären, würde sie immer ihr Bestes für sie geben, weil das einfach ein Teil von ihrem Wesen war.

Bei Eves Rückkehr standen Peabody und Reo schon im Flur vor dem Vernehmungsraum. Sie wirkten beide abgrundtief erschöpft, und während Peabody zwei Dosen Limo in den Händen hielt, hob Reo eine Dose Diet-Pepsi an den Mund.

»Sie sitzt schon wieder drin«, erklärte Peabody. »Ich habe vorsichtshalber schon mal eine Limo für sie mitgebracht, bevor sie noch einmal mit den Fingern schnipsen und mich springen lassen kann. Und eine für mich selbst, weil ich inzwischen völlig unterzuckert bin.«

Die Staatsanwältin nickte zustimmend. »Ich selber trinke Pepsi, weil der Kaffee aus dem Automaten einfach ungenießbar ist.«

»Verdammt.« Eve zog den halben Schokoriegel aus der Tasche, brach ihn in der Mitte durch und hielt den beiden Frauen die Stücke hin.

»Schokolade?« Plötzlich klang die Stimme des Detectives nicht mehr ganz so schwach. »Zur Hölle damit, dass ich abnehmen will. Danke. Tausend Dank, Dallas.«

»Danken Sie Roarke.«

»Danke, Roarke«, erklärte Reo, während sie den ersten winzig kleinen Bissen nahm.

»Verdammt, Sie sollen das Ding essen und sich nicht daran zu Tode knabbern«, raunzte Eve sie an. »Wir haben schließlich noch zu tun.«

»Ich bin nun mal eine Genießerin, aber ..,« Die Staatsanwältin schob sich ihren Schokoriegelanteil in den Mund.

»Ich werde dafür sorgen, dass sie weiterredet, über diesen Schwachsinn von Alaska und die Pläne, die sie selber hat. Ich will, dass sie die Absicht, mit dem Töten fortzufahren, offiziell gesteht. Wir werden Zweifel äußern, und je stärker unsere Zweifel werden, umso mehr wird sie sich vor uns brüsten.«

Eve öffnete die Tür. »Rekorder an. Alle Teilnehmer sind wieder im Raum, und das Verhör wird fortgesetzt.«

Peabody stellte Willow ihre Limonade hin.

»Ich wollte diesmal Kirsch.«

»Jetzt hast du Orange. Trink sie oder lass es sein.« Peabody sah das Mädchen aus zusammengekniffenen Augen an. »Und wenn du damit nach mir wirfst, kommt zu den ganzen anderen Sachen noch tätlicher Angriff auf eine Beamtin während des Verhörs dazu.«

»Mit einer Limodose«, grölte Willow, aber Peabodys Gesicht blieb völlig ausdruckslos.

»Dir wird das Lachen noch vergehen, du undankbares kleines Miststück.«

Es lief nach Plan, bemerkte Eve und wartete, bis Peabody auf ihrem Stuhl saß und den ersten Schluck aus der eigenen Dose nahm.

»Erzähl mir von Alaska«, forderte sie Willow schließlich auf.

»Da ist es kalt.«

»Dein Vater hat gesagt, ihr wolltet dorthin abhauen. Falls etwas nicht nach Plan verlaufen oder ihm etwas passieren sollte, solltest du alleine nach Alaska fahren.«

»Nach Alaska? Das ist ja noch öder als Susann. Na klar, ich fand es toll, es mal zu sehen und dort auf die Jagd zu gehen, aber ich wollte dort nie leben.«

»Aber dein Vater hat bestimmt, dass du das tun sollst.«

»Wenn wir für ein paar Monate verschwinden müssten, ja, okay, dann wären wir nach Alaska abgehauen. Aber ich habe eigentlich nur ja gesagt, weil er das hören musste, um sich weiter auf unsere Mission zu konzentrieren.«

»Du wolltest also nicht wie abgesprochen nach seiner Verhaftung nach Alaska fahren?«

»Ich lebe lieber in der Stadt. Es ist okay, mal eine Zeitlang draußen unterwegs zu sein, sogar da oben in Nanook, aber ich wäre ganz bestimmt nicht bis Alaska raufgefahren. Vor allem weil ich noch zu Ende bringen werde, was ich angefangen habe.«

»Was du hinlänglich dadurch bewiesen hast, dass du Jonah Rothstein und siebzehn Leute, die rein zufällig in seiner Nähe waren, erschossen hast. Aber so konnte es nicht weitergehen, denn schließlich hatten wir die anderen Leute auf der Liste längst in Sicherheit gebracht.«

»Na und? Auf Dauer kehren sie alle wieder heim.«

»Warst du deshalb im Haus deiner Familie statt in dem Zimmer, das dein Vater für den Fall, dass du nicht wegkämst, angemietet hatte?«

»Familie?« Die grünen Augen blitzten wütend auf. »Die Alte, die mich ausgebrütet hat, ihr Stecher und das blöde Rotzblag sind ganz sicher nicht meine Familie. Es ist einfach ein Haus, und es gehört mir so gut wie jedem anderen, denn schließlich habe ich dort all mein Zeug.«

»Von dem etwas gefehlt hat, als du wieder in das Haus gekommen bist.«

»Dann haben Sie also meinen Laptop einkassiert. Na und? Ich habe von den ganzen Sachen Sicherheitskopien.«

»Auch die haben wir gefunden, ich frage mich, ob unsere elektronischen Ermittler auch Kopien der Dokumente finden werden, die du auf dem Laptop deines kleinen Bruders abgespeichert hast.«

In Willows Augen blitzten Überraschung, Ärger und Verachtung auf. »Ich habe mit dem Rotzblag nichts zu tun.«

»Ihr habt dieselbe Mutter oder meinetwegen auch Erzeugerin, wenn dir das lieber ist. Wolltest du deinen Bruder auf dieselbe Weise umbringen wie seinen kleinen Hund?«

Obwohl Willow an ihrer Limonade nippte, war ihr Grinsen nicht zu übersehen. »Warum hätte ich meine Zeit mit einem blöden Hund vergeuden sollen?«

»Einfach zum Vergnügen. Weil dein Bruder ihn geliebt hat und weil es dir möglich war.«

»Er ist *nicht* mein Bruder! Und selbst wenn ich seinem Köter das Genick gebrochen hätte, wollen Sie mir dann deshalb vielleicht auch noch an den Karren fahren?«

»Auf jeden Fall. Und zwar wegen Tierquälerei«, erklärte Peabody, Willow riss den Mund zu einem Gähnen auf.

»Meinetwegen packen Sie das auch noch obendrauf. Ist mir egal. Ist mir, verdammt noch mal, total egal.«

»Du hast den Hund getötet und dann den Kadaver aus dem Fenster deinem kleinen Bruder direkt vor die Füße fallen lassen.«

»Verflucht, macht endlich mal die Ohren auf. Ich habe jetzt schon hundertmal gesagt, dass dieses Rotzblag *nicht* mein Bruder ist.«

»Dann gibst du diese Taten also zu?«

»Ich habe diesem kleinen Mistvieh das Genick gebrochen und es auf den Bürgersteig geschmissen, als er um die Ecke kam. Wenn Sie über nichts anderes mit mir reden wollen, sind wir durch.«

»Es gibt sogar noch jede Menge anderer Sachen, über die wir mit dir reden wollen. Wie deine eigene Liste oder deine eigene Mission. Die Liste mit den Zielpersonen, die du auf ... nennen wir ihn einfach Zach –, die du auf Zachs Computer abgespeichert hast.«

»Sie überwachen meinen eigenen Laptop so, als säße ich im Knast. Bildet sich Zoe etwa ein, ich wüsste nicht, dass sie andauernd in mein Zimmer geht und dort in meinen Sachen wühlt? Das blöde Weib sitzt mir den ganzen Tag im Nacken, aber als der Arsch von ihrem Mann sich an mich rangemacht hat, war ihr das total egal.«

»Er hat sich nie an dich herangemacht.«

»Da steht ja wohl mein Wort gegen seins.«

»Ich wüsste gerne Einzelheiten«, meldete die Staatsanwältin sich zu Wort und schrieb sich ein paar Dinge auf. »Zum Beispiel, wann es zu dem Vorkommnis oder den Vorkommnissen kam und was genau geschehen ist.«

»Sie lügt«, erklärte Eve.

»Sie hat das Recht, uns ihre Seite der Geschichte zu erzählen«, erklärte Reo ungerührt und wandte sich erneut dem Mädchen zu. »Hat Lincoln Stuben dich je tätlich angegriffen oder sexuell missbraucht? Falls ja, nenn bitte Einzelheiten und erzähl mir, wann und wie häufig das vorgekommen ist.«

»Oh, Mann, Sie langweilen mich. Er wollte was von mir, aber ich kann mich wehren.«

»Kam es deshalb zu einer Auseinandersetzung?«

»Kam es deshalb zu einer Auseinandersetzung«, äffte Willow sie mit übertrieben hoher Fistelstimme nach. »Na klar. Er hat die ganze Zeit versucht, mir Vorschriften zu machen und zu sagen, was ich tun und lassen sollte. Hat ständig rumgenörgelt, weil ich ihm mit mehr Respekt begegnen sollte. Aber einen Loser braucht man ja wohl nicht zu respektieren.«

»Deshalb stand er auf deiner Liste«, meinte Eve. »Zusammen mit deiner Mutter, deinem Bruder und dem Leiter und der Psychologin deiner Schule. Außerdem hattest du noch einen Grundriss von der Schule, in dem alle Ein- und Ausgänge verzeichnet waren.«

»Ich bin eben nicht nur eine gute Schützin, da dranzukommen war das reinste Kinderspiel für mich.«

»Okay. Dann hattest du also den Plan, die Schule anzugreifen und dort Schüler, Lehrer und verschiedene Leute umzubringen.«

»Der Gedanke kam mir.« Willow sah die Decke an und fuhr mit einem Finger durch die Luft. »Aber Gedanken sind bekanntlich frei, was heißt, dass man mich dafür ja wohl kaum verurteilen kann.«

»Du bist ins Haus deiner Mutter zurückgekehrt, hast dich in den Raum im zweiten Stock gesetzt und einen weiteren Alarm, falls jemand hereinkommt, an der Haustür angebracht.«

»Na und?«

»Du wolltest dich dort auf die Lauer legen, stimmt's? Denn früher oder später würden sie nach Hause kommen, dann wärst du da gewesen. Wie wolltest du es angehen? Wolltest du einfach hinuntergehen, ihnen hallo sagen und sie noch im Flur über den Haufen schießen?«

Als Willow mit den Achseln zuckte, beugte Eve sich zu ihr vor. »Man muss ja wohl keine gute Schützin sein, um aus dem Hinterhalt auf drei Personen zu zielen, die selbst unbewaffnet sind. Wo bleibt da der Spaß? Man braucht nur dreimal abzudrücken, und das war's. Was Besseres ist dir nicht eingefallen?«

»Ich kann machen, was ich will!« Erbost schob Willow ihre Limodose fort. »Vielleicht habe ich daran gedacht – und denken ist *erlaubt* –, *dass ich so lange* warte, bis sie alle in den Betten liegen, um mich dann mit einem Messer reinzuschleichen und ihnen die Kehlen aufzuschlitzen. So wie vorhin Ihnen.«

Lächelnd zeigte Eve auf ihre bandagierte Hand. »Wobei du nicht mal in der Nähe meiner Kehle warst.«

»Auf alle Fälle nah genug.«

»Als Ersten wolltest du bestimmt den Jungen töten, denn schließlich hast du es auf ihn am allermeisten abgesehen.«

»Von Taktik haben Sie offenbar noch nie etwas gehört. Als Erstes muss man dafür sorgen, dass man sicher ist, Sie Vollidiotin, deshalb hätte ich als Erstes Stuben die verdammte Kehle aufgeschlitzt. Ein schneller Schnitt, das wäre es für ihn gewesen.«

»Und danach?«

»Danach wäre es schlau gewesen, Zoe zu betäuben und zu fesseln, mir dann das Kind zu holen und mit ihm ins Schlafzimmer zurückzukehren.«

Das Leuchten ihrer Augen verriet Eve, dass sie alles deutlich vor sich sah. »Dann hätte ich dem kleinen Scheißer in den Hals geritzt, damit er blutet, wenn sie wieder zu sich kommt. Danach hätte ich sie betteln lassen, ihrem Schätzchen nichts zu tun. Sie hätte schreien können, soviel sie will, denn schließlich ist das Zimmer schallgeschützt. Aber wenn sie wirklich herumgeschrien hätte, hätte ich auch ihrem Blag die Kehle aufgeschlitzt. Auch wenn ich sie erst mal ein bisschen betteln und mir hätte sagen lassen, warum ich das Gör am Leben lassen sollte. Warum ich dieses Blag, das sie nie hätte kriegen sollen, nicht umbringen sollte. Dieses jämmerliche, kleine Baby, das sie nur bekommen hat, weil ich ihr nicht genug war.

Dann hätte ich sie dabei zusehen lassen, wie ich ihm die Eingeweide aus der Wampe schneide, wie ich es bereits seit Jahren machen wollte. Ich hätte sie als Letzte umgebracht, damit sie all das noch mitbekommt. Am Ende hätte ich ihr dann die Pulsadern durchtrennt, damit sie langsam ausblutet und ich ihr dabei zusehen kann.«

»Ich habe mich geirrt. Sie ist diejenige, die du am meisten hasst.«

»Weil sie mir meinen Vater weggenommen hat. Sie hat ihn einfach gegen Stuben und das widerliche, kleine Rotzblag ausgetauscht. Deshalb hat sie verdient, den beiden beim Sterben zuzusehen und zu wissen, dass sie selber es verursacht hat. Dass sie der Grund für all das ist.«

Sie fuchtelte mit ihrer Dose durch die Luft. »Am nächsten Morgen, bevor irgendjemand mitbekommen hätte, dass sie tot sind, hätte ich die Schule ins Visier genommen und Geschichte geschrieben.«

»Weil du die Routine in der Schule kennst und weißt, wann dort der Unterricht beginnt.«

»Wenn sie es geschafft hätten, die Schule abzuriegeln, hätte ich mich umorientiert, vielleicht ein Dutzend Leute ein paar Häuserblocks weiter ins Visier genommen und das Chaos dadurch noch verstärkt. Danach wären die Bullen, die Reporter, Eltern und die Gaffer drangekommen, schließlich hätte ich bei hundert Schluss gemacht. So viele

Leute hat bisher niemand ganz alleine auf Distanz umgenietet, doch ich hätte es auf jeden Fall geschafft.«

»Das heißt, dass du die Nummer eins gewesen wärst.«

»Die bin ich schon. Mit dieser Sache wollte ich Geschichte schreiben.«

»Dein Vater hätte dabei aber ganz bestimmt nicht mitgespielt.«

»Wenn bis dahin alles nach Plan verlaufen wäre, hätte ich ihn schon dazu gebracht. Denn schließlich hätte ich das Recht, nach seinen Feinden auch noch meine eigenen Feinde dauerhaft aus dem Verkehr zu ziehen. Das wäre nur gerecht. Er war schwach, und diese Sache hat ihn wieder stark gemacht. Dafür hätte ich sogar ein, zwei Jahre in Alaska mitgemacht. Aber danach hätte ich auf alle Fälle noch meine eigene Mission erfüllt.«

Eve sah sie schweigend an. Inzwischen zeichneten sich auf den Wangen des Mädchens hektische rote Flecken ab wie schon im Gesicht des Vaters. Nur glühten ihre Wangen anders als die seinen vor Zorn und gleichzeitigem Stolz, und ihre Augen blitzten, weil sie ohne Rücksicht auf Verluste in dem Wissen, dass es falsch war, immer weiter töten wollte.

»Du sagst, du hättest dich mit deinem Vater abgesprochen, um die fünfundzwanzig Menschen umzubringen, über die wir während des Verhörs gesprochen haben, und du hättest es auch noch auf andere während des Verhörs genannte Menschen abgesehen.«

»Das stimmt, aber ich werde diesen ganzen Kram ganz sicher nicht noch einmal wiederholen.«

»Das dürfte auch nicht nötig sein. Des Weiteren hast du uns erzählt, du hättest ganz allein den Mord an Zoe

Younger, Lincoln Stuben sowie deren Kind geplant und wolltest Younger und den jungen Zach vor ihrem Tod noch foltern.«

»Habe ich mich vielleicht nicht deutlich genug ausgedrückt? Das habe ich, aber ich kann ja wohl planen, was ich will.«

»Des Weiteren hast du gesagt, du hättest einen Angriff auf die *Hillary Clinton High School* und auf andere Gegenden geplant und wolltest dabei hundert Menschen umbringen.«

»Das wäre eindeutig der Weltrekord. Sie haben mich um meinen Weltrekord gebracht. Aber als Cop lebt man gefährlich, und vielleicht stößt Ihnen ja in ein paar Jahren irgendetwas Schlimmes zu.« Sie lachte gut gelaunt in ihre Limo.

»Ich glaube eher, dass du in ein paar Jahren vielleicht einmal Besuch von mir bekommst. In einem Knast auf Omega.«

»Dort werde ich nicht landen. Ihr alle seid so furchtbar dumm. Ihr alle seid Idiotinnen.«

Jetzt warf sie ihren Kopf zurück und brach in schallendes Gelächter aus.

»Ihr wolltet, dass ich alles zugebe? Warum auch nicht? Ich will, dass ihr das alles wisst. Schreibt es euch auf und schreit es in die Welt hinaus. Ich habe Anerkennung für mein Können und für das, was ich getan habe, verdient. In ein paar Jahren bin ich wieder draußen, dann werdet ihr ja sehen, was passieren wird.«

»Ach ja?« Eve lehnte sich auf ihrem Stuhl zurück. »Wie kommst du denn auf die Idee?«

»Ich habe euch Idiotinnen *gehört*. Ich weiß, die Staatsanwaltschaft und mein Vater haben einen Deal gemacht. Ich bin das Wichtigste, was es in seinem Leben gibt, deswegen hat er einen Deal gemacht. Dafür, dass er euch diesen ganzen Scheiß erzählt, wird auf mich selber noch das Jugendstrafrecht angewandt, denn schließlich bin ich noch ein Kind«, rief Willow ihnen feixend in Erinnerung.

»Du denkst, dass du deshalb einfach kaltblütig und vorsätzlich über zwei Dutzend Menschen töten, jede Menge anderer verletzen und dazu noch die Ermordung von – wie vielen? –, richtig, hundert anderen Menschen planen kannst, ohne dafür bis an dein Lebensende in den Knast zu gehen.«

»Das kotzt Sie an, nicht wahr? Da haben Sie alles drangesetzt, um mich zu finden, und sich obendrein noch ordentlich verprügeln lassen, haben jede Menge Bullen auf mich angesetzt und brauchten trotzdem meinen Dad, um mich zu finden, aber der passt eben auf mich auf. Also gehe ich für ein paar Jahre irgendwo in einen langweiligen Jugendknast und kann dann wieder tun und lassen, was ich will. Das kotzt Sie garantiert ganz furchtbar an.«

»Als Cop ist einem klar, dass man Beweise sammelt und die Kriminellen festnimmt, sie dann aber jemandem wie Reo übergibt, damit die ihre Arbeit macht.«

»Genau, und dann geht's diesen Leuten einzig um einen Deal, die leichte Lösung und den schnellen Abschluss eines Falls.« Willow zeigte mit dem Finger auf die Staatsanwältin, die ein wenig abseits saß. »Sie wollte mich im Grunde nicht einmal als Zeugin haben. Buhu, weil ich schließlich erst fünfzehn bin und mich mein eigener Vater zu den Straftaten verleitet hat.« Wieder fing das Mädchen brüllend an zu lachen und vollführte beinah einen Freudentanz auf seinem Stuhl. »Ich würde die Geschworenen mühelos auf meine Seite ziehen, weshalb es fast ein bisschen schade ist, dass ich die Herzen dieser Leute nicht mit meinen Kindertränen überfluten kann.«

»Das wäre sicher eine tolle Show«, pflichtete Eve ihr bei. »Das heißt, es wird eine tolle Show, und ich kann's kaum erwarten, sie zu sehen, denn du hast recht, Willow, du hast vollkommen recht. Es würde mich echt ankotzen, wenn du nach allem, was du bist und was du anderen angetan hast, schon in ein paar Jahren wieder aus dem Knast entlassen würdest, um dann weiter Morde zu begehen. Deswegen bin ich wirklich froh, dass das ganz sicher nicht passieren wird.«

»Sie haben einen Deal gemacht«, wandte sich Willow Reo zu.

»Das stimmt.«

»Was willst du dagegen unternehmen, du blöde Ziege?«, fragte Willow Eve.

»Ich werde gar nichts unternehmen, denn du hast dir mithilfe deines Vaters selbst ein Bein gestellt.« Eve hob die bandagierte Hand, sah sie sich an und meinte lächelnd: »Au.«

»Wollen Sie mich also drankriegen, weil ich Sie angegriffen habe? Meinetwegen. Das gehört dann ja wohl auch zu diesem Deal.«

»Da hast du recht. Vielleicht sollten Sie Willow einmal erklären, was dieser Deal so alles umfasst«, forderte Eve die Staatsanwältin auf.

»Mit Freuden.« Reo klappte ihre Aktentasche auf und zog eine Kopie des Deals daraus hervor. »Du darfst die Übereinkunft gerne selber lesen, wenn du willst. Die

Staatsanwaltschaft von New York hat sich bereit erklärt, dich unter der Bedingung, dass die Infos, die dein Vater uns gegeben hat, zu deiner Verhaftung führen und du dich der Festnahme nicht widersetzt, für sämtliche *vor* der Unterzeichnung dieses Dokuments begangenen Straftaten nach Jugendstrafrecht anzuklagen.«

»Das ist doch vollkommener Schwachsinn. Diese blöde Bullenschlampe hat mich angegriffen, und ich habe mich gewehrt.«

»Du hast Lieutenant Dallas, als sie dich verhaften wollte, angegriffen und verletzt. Du hast dich der Verhaftung widersetzt und Polizeibeamte angegriffen und bei dem Verhör sogar gestanden, dass du Lieutenant Dallas töten wolltest.«

»Aua«, sagte Eve noch einmal. »Außerdem haben die Infos deines Vaters uns in eine Sackgasse geführt. Er hat nichts von dem Haus gesagt, in dem wir dich gefunden haben, also ist keine der Bedingungen des Deals erfüllt.«

»Sie haben mich in die Falle laufen lassen, damit kommen Sie nicht durch. Ich habe ganz genau *gehört,* wie Sie sich wegen dieses Deals gestritten haben, weil ich seinetwegen nur zu ein paar Jahren Knast verurteilt werden kann.«

»Tatsächlich?« Reo blickte Eve aus großen blauen Unschuldsaugen an. »Ich glaube nicht, dass wir hier im Verhörraum über diesen Deal gesprochen haben, weil er schließlich gar nicht mehr gegolten hat, als wir hereingekommen sind.«

»Ganz sicher nicht. Weswegen hätten wir darüber reden sollen? Er war schließlich schon längstens überholt. Du wirst also auf alle Fälle wegen Mord in fünfundzwanzig Fällen, Verabredung zum Mord, mehrfachen versuchten Mordes unter anderem an einer Polizeibeamtin, dem Besitz verbotener Waffen, dem Besitz und der Benutzung von gefälschten Ausweisen sowie der Absicht, deine eigene Familie und andere umzubringen, unter Anklage gestellt.«

»Das heißt, dass du für hundert Jahre hinter Gitter wandern und nie mehr die Sonne sehen wirst.«

»Ganz sicher nicht.« Zum ersten Mal blitzte in Willows Augen neben kalter Wut nackte Angst auf. »Ich bin erst fünfzehn, und in diesem Alter sperren Sie mich ganz sicher nicht so lange ein.«

»Bilde dir das ruhig weiter ein. Wenn du willst, sprich einfach einmal mit Rayleen Straffo, wenn sie dich nach Omega verfrachten, denn sie selber wurde schon mit zehn dorthin geschickt. Ihr zwei kommt sicher super miteinander aus.«

»Ich kenne meine Rechte! Nichts, was ich bei dem Verhör gesagt habe, darf gegen mich verwendet werden. Ich bin minderjährig, wo ist mein Rechtsbeistand des Jugendamtes?«

»Du wolltest keinen haben und ...« Die Staatsanwältin zog ein zweites Dokument hervor und legte es ihr auf den Tisch. »Wir haben die Erlaubnis deiner Mutter zu diesem Verhör.«

»Sie kann nicht für mich sprechen.«

»Doch, denn schließlich hat sie immer noch das Sorgerecht für dich. Wobei wir selbstverständlich einen Anwalt oder jemanden des Jugendamtes hinzugezogen hätten, wenn du uns darum gebeten hättest, aber das hast du mit keinem Wort getan.«

Reo faltete die Hände auf dem Tisch. »Willow Mackie, du hast während des Verhörs alle dir von Lieutenant Dallas vorgehaltenen Taten eingeräumt und detailliert beschrieben, auch wenn das wahrscheinlich längst nicht alle sind. Wegen der besonderen Schwere der von dir begangenen Taten wird in deinem Fall Erwachsenenstrafrecht angewandt.«

»Ich verlange einen Anwalt. Jetzt sofort. Und jemanden des Jugendamtes.«

»Sollen wir einen bestimmten Anwalt kontaktieren?«

»Verdammt, ich kenne keinen Anwalt. Holen Sie mir irgendeinen, und zwar flott.«

»Wir werden einen Rechtsbeistand für dich besorgen. Obwohl du in der Sache als Erwachsene behandelt werden wirst, sprechen wir auch noch mit dem Jugendamt. Hast du sonst noch irgendetwas zu sagen?«

»Fahrt zur Hölle, und zwar alle. Ich werde euch allesamt in die Hölle schicken.«

»Tja, dann.« Reo stand auf und wandte sich zum Gehen.

»Peabody, Sie lassen die Gefangene in ihre Zelle zurückbringen. Ende des Verhörs.« Auch Eve stand auf. »Genieß die Zeit, weil du es nämlich in den nächsten hundert Jahren nicht noch einmal so gemütlich haben wirst.«

»Ich werde einen Ausweg finden.« Wieder brannten Hass und Zorn in Willows Augen, doch das Zittern ihrer Hände machte deutlich, dass sie sich längst nicht mehr so sicher war.

»Das alles hast du dir mit deiner Unbeherrschtheit und mit deiner großen Klappe selber eingebrockt.« Mit diesen Worten ließ auch Eve sie einfach sitzen und marschierte auf direktem Weg in ihr Büro. Sie bräuchte einen möglichst großen starken Drink, doch erst einmal müsste es ein Kaffee tun.

Die Staatsanwältin folgte ihr und stellte anerkennend fest: »Bevor ich meinen Boss anrufe, wollte ich noch sagen, dass Sie das echt super hinbekommen haben.«

»Das war nicht weiter schwierig. Sie wollte vor uns angeben und mir unter die Nase reiben, was sie alles kann. Den Wunsch habe ich ihr durchaus gern erfüllt. Lassen Sie sie wegsperren, Reo, und zwar lebenslang.«

»Sie können sich auf mich verlassen.«

»Das tue ich.«

Die Staatsanwältin ging, und Eve schaute sich ein letztes Mal die Aufnahmen der Toten an der Tafel an.

»Sie haben ihnen Gerechtigkeit verschafft«, ertönte Miras Stimme in der Tür.

»Ich habe sie nur aufs Revier geholt. Der Rest ist eine Angelegenheit für Reo und für das Gericht.«

Noch einmal stellte Mira fest: »Sie haben den Opfern Gerechtigkeit verschafft. Und unzählige andere davor bewahrt, dass ihre Bilder neben denen an der Tafel gelandet sind. Sie haben sie dazu gebracht, ihr wahres Ich zu zeigen, Sie können mir glauben: Noch in Jahren werden Psychologen und Ermittler, Richter, Staats- und Rechtsanwälte eingehend studieren, wie Sie ihr gegenüber vorgegangen sind.«

»Ich brauchte kaum etwas zu tun, denn schließlich war sie total wild darauf, vor uns damit anzugeben, dass sie so viel cleverer und besser ist als ich.«

»Sie haben sie nicht ein Mal merken lassen, dass Sie die Kontrolle über alles hatten und nicht sie. Ihr Narzissmus und die völlige Verachtung jeglicher Moral, ihr Bedürfnis, stets die Nummer eins zu sein, und ihr Vergnügen an den Morden wurden dabei sehr gut sichtbar. Natürlich wird es Leute geben, die behaupten, ihre Jugend und der unselige Einfluss ihres Vaters hätten sie dazu gebracht, all diese grauenhaften Taten zu begehen.«

Eve wirbelte zu ihr herum, bevor sie jedoch etwas sagen konnte, fügte Mira einschränkend hinzu: »Obwohl das vollkommener Blödsinn ist. Sie ist organisiert, berechnend und intelligent. Eine Psychopathin, der ein Elternteil gestattet hat, den Wunsch zu töten nach Belieben auszuleben, ich kann Ihnen versprechen, dass ich jegliche Versuche, sie als ein junges Mädchen darzustellen, das von seinem eigenen Vater fehlgeleitet und zu irgendetwas gezwungen wurde, im Keim ersticken werde. Weil das einfach vollkommener Unsinn ist.«

Natürlich konnte Eve auf Mira ebenso wie auf Cher Reo zählen.

»Ich glaube Ihnen, und das wird mir helfen, heute Nacht zu schlafen.«

»Warum fahren Sie nicht heim und hauen sich erst einmal aufs Ohr?«

»Genau das habe ich jetzt vor.«

Bevor sie ihr Büro verlassen konnte, erschien Whitney in der Tür.

»Gute Arbeit, Lieutenant.«

»Danke, Sir.«

»Sie haben sie mit ihren eigenen Worten überführt, aber das schmälert nicht Ihr Engagement bei der Festnahme. Zumindest heute ist die Stadt ein sicherer Ort. Ich brauche Sie um zehn im Pressezentrum.«

Sie spürte, wie sie innerlich in sich zusammensank. »Ja, Sir.«

»Ich würde Ihnen das gern ersparen, aber die New Yorker haben es verdient, dass die Beamtin, die die beiden Menschen, die in der vergangenen Woche ein Massaker nach dem anderen angerichtet haben, identifiziert und festgenommen hat, zu ihnen spricht. Am besten drehen Sie den Spieß bei Ihrer Rede um«, empfahl er ihr. »Sie und Ihre Leute haben in weniger als einer Woche die beiden Menschen identifiziert und festgenommen, die nicht aufgehört hätten zu morden, wenn sie noch in Freiheit wären. Chief Tibble und ich selbst kommen natürlich mit, aber wir sind uns darin einig, dass diese Erklärung nicht von uns, sondern von Ihnen kommen muss.«

»Ja, Sir.«

»Danach sehen Sie zu, dass Sie nach Hause kommen und was für Ihr Auge tun.«

Als sie kurz nach ihm das Büro verließ, stand Roarke neben dem Schreibtisch ihrer Partnerin und unterhielt sich dort mit Lowenbaum. Der Mann des SEKs brach ab, trat auf sie zu und reichte ihr die Hand.

»Ich danke Ihnen.«

»Ich Ihnen auch.«

»Wie wäre es mit einem Drink?«

»Ich muss noch mit der Presse reden, dann gehe ich ins Bett und stehe erst in ein paar Jahren wieder auf. Aber danach gerne.«

»Abgemacht.«

Sie wandte sich an Roarke und fuhr sich mit der Hand durchs Haar. »Es wird noch etwas dauern, weil ich erst noch mit der Presse sprechen und den dämlichen Papierkram erledigen muss.«

»Ich werde hier sein, wenn du fertig bist.«

»Kommen Sie mit, Peabody. Bringen wir es hinter uns.«

»Ich bleibe lieber hier und übernehme den Papierkram«, meinte die, und ehe Eve ihr widersprechen konnte, fügte sie hinzu: »Ich sehne mich genau wie Sie nach meinem Bett. Sie brauchen mich nicht bei der Pressekonferenz, und ich muss diese Angelegenheit zum Abschluss bringen. Ich muss sie ordentlich zum Abschluss bringen und einen Schlussstrich unter diese Sache ziehen.«

Eve sah die bleiche Miene und die müden Augen ihrer Partnerin und nickte knapp. »In Ordnung. Gute Arbeit, Peabody.«

»Die haben wir alle in dem Fall geleistet.«

Wieder nickte Eve und lief alleine los, um den New Yorkern ihr Gesicht zu zeigen, wie es von Willow zugerichtet worden war.

21

Der Medienzirkus hätte schlimmer ausfallen können, sie hatte bei solchen Gelegenheiten schon erheblich Schlimmeres erlebt. Sie brauchte nicht einmal um den heißen Brei herumzureden, nachdem Pressesprecher Kyung, der alles andere als ein Arschloch war, sie gebeten hatte, mit ihren eigenen Worten zu erzählen, worum es in dem Fall gegangen und wie er abgelaufen war.

»Durch den Einsatz der Beamten und der Techniker der Polizei wurden die Verantwortlichen für die Attentate auf die Wollman Rink, den Times Square und Madison Square Garden mit fünfundzwanzig Toten und mit Dutzenden Verletzten identifiziert, festgenommen und unter Anklage gestellt. Reginald Mackie und seine Tochter Willow Mackie haben die Anschläge und die von uns bei den Ermittlungen aufgedeckten Pläne für weitere Attentate umfänglich gestanden.«

Natürlich war das nicht genug, denn für die Presse konnte es nie genug sein. Also ging sie auch noch auf die zum Teil begründeten, zum Großteil aber einfach dummen Fragen der Reporter unter anderem mit Blick auf Willows Alter ein.

»Es stimmt, das Mädchen ist erst fünfzehn Jahre alt. Mit ihren fünfzehn Jahren hat sie kaltblütig fünfundzwanzig Menschen umgebracht und wollte noch mehr

Menschen ermorden, darunter ihre eigene Mutter und den Halbbruder von sieben Jahren. Aufgrund der Schwere der von ihr begangenen Straftaten wird sie nicht nach Jugend-, sondern nach Erwachsenenstrafrecht vor Gericht gestellt.«

Sie fasste kurz zusammen, wie Willows Festnahme verlaufen war, und unterdrückte mühsam ihren Zorn, als einer der Reporter rief: »Meinen Informationen zufolge wurde Willow Mackie bei der Festnahme verletzt. War das die Rache dafür, dass sie angeblich auch einen Cop erschossen hat?«

»Hat schon einmal jemand eine Blendgranate direkt vor Ihnen hochgehen lassen? Nein? Hat schon einmal jemand gleichzeitig mit einer Handfeuerwaffe und einem Gewehr auf Sie gezielt? Auch nicht? Alle Mitglieder des Teams, die bei der Festnahme des Individuums, das neben vierundzwanzig Zivilisten auch Officer Russo kaltblütig erschossen hat, zugegen waren, haben unter Einsatz ihres Lebens die Bewohnerinnen und Bewohner von New York vor weiteren Anschlägen durch dieses Individuum bewahrt. Alle Mitglieder des Teams haben auf rechtmäßige, angemessene Art auf die Bedrohung durch besagtes Individuum reagiert, was durch die Aufnahmen der Festnahme bewiesen wird. Wenn Sie ...«

»Lieutenant Dallas!«, rief Nadine, bevor Eve dem Kollegen sagen konnte, dass sie ihn für einen Vollidioten hielt. »Rühren Ihre eigenen sichtbaren Verletzungen von der Verhaftung her?«

»Willow Mackie hat sich der Festnahme gewaltsam widersetzt.«

»Haben Sie da eine Schnittverletzung an der Hand? Ist

Willow Mackie also während des Versuchs, sie festzunehmen, mit einem Messer auf Sie losgegangen?«

»Ja und ja. Ich hätte also vielleicht auch noch fragen sollen, ob schon einmal irgendwer den Hals Ihres Kollegen mit einem Kampfmesser aufschlitzen wollte. Nur hat sie eben meinen Hals verfehlt. Falls jemand denkt, wir sollten wegen ihres Alters Mitleid mit ihr haben, zähle ich demjenigen vielleicht erst einmal die Namen der fünfundzwanzig Opfer dieses Mädchens auf. Ellissa Wyman, Brent Michaelson ...«

Sie zählte alle fünfundzwanzig Namen auf und verzog grimmig das Gesicht.

»Das ist alles, was Sie von mir zu hören bekommen.«

»Einen Augenblick noch, Lieutenant.« Als sie sich zum Gehen wenden wollte, trat der Polizeichef vor und sah den ursprünglichen Fragesteller reglos an. »Ich habe mir persönlich alle Aufnahmen von der Verhaftung angesehen. Lieutenant Dallas, Detective Peabody und ein Berater der New Yorker Polizei wurden gezielt von Willow Mackie angegriffen und nur deshalb nicht getötet oder schwer verletzt, weil sie mit schusssicheren Westen und mit Helmen ausgestattet waren.« Er schaute grimmig in die Runde.

»Das Alter der Täterin spielt aus meiner Sicht nicht wirklich eine Rolle, da sie mit Blendgranaten und Gewehren ausgerüstet war und damit umgehen konnte. Vor allem nicht, da sie die Waffen benutzte, um einen Polizeibeamten und zwei Dutzend Zivilisten umzubringen. Jetzt ist sie stolz auf diese Taten. Lieutenant Dallas und die Mitarbeiter ihres Teams haben so wie jeden Tag auch heute unter Einsatz ihres Lebens für die Sicherheit von Ihnen, von Ihren Partnerinnen, Partnern,

Söhnen, Töchtern, Freunden, Freundinnen und allen anderen, die Ihnen nahestehen, gesorgt. Falls also irgendjemand Zweifel an der Vorgehensweise dieser tapferen Frauen und Männer hat, die unter hohem Risiko für die eigene Sicherheit verhindert haben, dass es mehr als fünfundzwanzig Todesopfer gibt, wende er sich bitte an mich.«

»Lieutenant Dallas, vielen Dank, Sie können gehen.«
»Sir.«

Mit schnellen Schritten lief sie aus dem Raum und wäre vor Erleichterung beinah in Tränen ausgebrochen, als sie Roarke bereits am Ausgang stehen sah.

Im Wagen legte sie den Kopf zurück und klappte ihre Augen zu. »Es werden auch noch andere diese Karte ziehen.«

»Falls du meinst, dass auch noch andere auf ihr Alter und die Handvoll blauer Flecken, die Willow bei ihrer Festnahme davongetragen hat, abzielen werden, hast du sicher recht. Aber genauso weiß ich, dass die meisten Menschen das ganz sicher anders sehen. Vergiss es, Schatz.«

»Selbst Tibble war echt angepisst. So habe ich ihn noch nicht oft erlebt.«

»Dieser Zorn hat seine Wirkung sicher nicht verfehlt. Du kennst alle fünfundzwanzig Namen.«

»Es gibt ganz einfach Dinge, die man nicht so schnell vergisst.«

Er ließ sie ruhen und hoffte, dass sie schon etwas schliefe, aber als er in die Einfahrt ihres Grundstücks bog, schlug sie die Augen wieder auf.

»Ich weiß, du willst, dass ich noch etwas esse, aber mir

ist nicht so gut. Ich weiß nicht, ob ich jetzt was runterwürgen kann.«

»Vielleicht ein bisschen Suppe. Nur damit du was im Magen hast.«

Vielleicht. Wobei ... »Aber kipp bloß kein Beruhigungsmittel rein!«

»Versprochen«, sagte er ihr zu.

Auf dem Weg zur Haustür lehnte sie sich vor Erschöpfung an ihn. Sie hatte es geschafft, sagte sie sich. Es war vorbei.

Bei ihrer Ankunft standen Summerset und Galahad am Fuß der Treppe wie an jedem anderen Arbeitstag, wenn sie nach Hause kam. Nur dass dies eben kein normaler Arbeitstag gewesen war.

Sie hätte sich natürlich das gewohnte Wortgefecht mit ihrem hauseigenen Gegenspieler liefern können, aber sicher kämpfte auch Summerset noch mit den Erlebnissen der letzten Nacht.

Vor allem fehlte ihr und offenbar auch ihm einfach die Kraft zu einem Streit.

Er sah ihr forschend ins Gesicht, enthielt sich aber eines Feixens oder eines bösen Kommentars.

Stattdessen bot er an: »Ich hole Ihnen gern etwas für Ihr blaues Auge, Ma'am.«

»Ich will jetzt einfach nur noch ins Bett.«

»Sind Sie verletzt?«, fragte er Roarke.

»Nein. Und Sie sehen schon deutlich besser aus.«

»Es geht mir gut. Ich und der Kater haben uns einen ruhigen Tag gegönnt. Sie haben jetzt hoffentlich eine ruhige Nacht. Vorher können Sie noch ein bisschen Hühnersuppe essen, wenn Sie wollen. Ich dachte, dass die nach so einem Tag das Beste ist.«

»Danke.« Roarke schlang einen Arm um Eve und schob sie auf die Treppe zu.

»Lieutenant?«

Hundemüde drehte sie sich noch einmal nach ihm um.

»Das Böse hat kein Alter.«

»Nein. Das hat es nicht.«

Sie dachte kurz an den Bericht, den sie noch schreiben müsste, aber dafür war sie einfach zu erschöpft.

»Ich lege mich kurz hin«, erklärte sie auf dem Weg zum Schlafzimmer. »Nur eine Stunde. Danach esse ich etwas und schreibe den Bericht.«

»Ich könnte selbst ein kurzes Nickerchen gebrauchen.«

Während sie aus ihren Kleidern stiegen, sprang der Kater auf das Bett, und als Eve sich auf die Matratze fallen ließ, stieß er sie mit dem Schädel an. Sie streichelte ihm sanft den Kopf und merkte, dass das tröstlich war. Beinah so tröstlich wie die Wärme seines Fells, als das Tier sich an ihren Rücken schmiegte, während Roarke zu ihr unter die Decke glitt und sie an seinen Körper zog.

Ihr Schädel dröhnte, und ihr taten alle Knochen weh, doch zwischen ihren beiden Liebsten schlief sie auf der Stelle ein.

Und schlug die Augen erst bei Tagesanbruch wieder auf.

Verwirrt sah sie zu Roarke, der in eleganter Freizeitkleidung auf dem Sofa saß und irgendetwas auf seinem Handcomputer las.

Der Kater hatten seinen Platz auf der Matratze übernommen und streckte sich genüsslich aus.

Eve öffnete den Mund und fragte krächzend: »Wie viel Uhr?«

»Es ist noch früh am Morgen.« Lächelnd legte er den Handcomputer fort, stand auf und trat zu ihr ans Bett. »Dein Auge schillert jetzt in allen Regenbogenfarben, aber das bekommen wir problemlos wieder hin. Und jetzt zeig mir den Rest.«

Er riss ihr ruckartig die Decke weg.

»He? Was soll das?«

»Habe ich es mir doch gedacht. Dein Körper ist mit Schürfwunden und blauen Flecken übersät. Ich hole erst einmal den Heilstift, und danach probieren wir es mit dem Whirlpool.«

»Kaffee. Erst mal will ich einen Kaffee.«

»Den bekommst du, aber nicht jetzt gleich. Und dazu vielleicht Toast mit Rührei, um zu sehen, wie dir das bekommt.«

»Ich bin nicht krank.« Sie richtete sich auf, zuckte zusammen und gab zu: »Aber okay, etwas lädiert.«

»Also Heilstift, Whirlpool, Essen, wenn ich dich nicht zwingen soll, ein Schmerzmittel zu nehmen, denn das würde ich uns beiden gern ersparen.«

Er hatte recht. Der Heilstift, der Whirlpool und das Zeug, das er ins Wasser kippte, nahmen ihr einen Teil der Schmerzen, der Kaffee danach brachte sie in Schwung.

Sie aß das Ei, das ihr hervorragend bekam, und stellte fest, dass sie vollkommen ausgehungert war. »Das hat mich noch nicht richtig satt gemacht.«

Er wandte sich ihr zu, legte ihr die Hände ans Gesicht und gab ihr einen langen, sanften, liebevollen Kuss.

»Im Grunde hatte ich an etwas anderes gedacht, aber jetzt habe ich selber auch Appetit.«

»Vielleicht sollten wir damit noch ein bisschen warten, bis die schlimmsten Schmerzen abgeklungen sind.« Zumindest gab er ihr noch einen zweiten Kuss. »Fürs Erste bin ich froh, dass du wieder die Alte bist.«

»War ich die gestern nicht?«

»Geliebte Eve, du warst derart erschöpft und derart traurig, dass ich nicht einmal wusste, ob du es noch bis nach Hause schaffst. Aber inzwischen siehst du wieder ziemlich munter aus.«

»Ich brauchte einfach Schlaf. Und dich. Und Galahad. Und das hier«, gab sie seufzend zu.

Jetzt küsste er ihr sanft die Stirn. »Da wäre noch etwas, was du vielleicht brauchen kannst. Komm mit.«

»Ich habe eher an Pfannkuchen gedacht.«

»Die gibt es auch noch«, sagte er ihr zu und zog sie in den Lift.

»Ein paar Bahnen im Pool wären sicher auch nicht schlecht. Danach bin ich vielleicht nicht mehr so steif.«

Als die Tür des Fahrstuhls wieder aufging, war sie schon zum zweiten Mal seit dem Erwachen hoffnungslos verwirrt. »Wie viele Zimmer hast ...«

Bevor sie den Satz beenden konnte, fiel ihr Blick auf einen großen U-förmigen Schreibtisch mit vielen Schalthebeln und Knöpfen und mit einem schlanken Ledersessel, der dahinter stand.

»Wahnsinn! Absoluter Wahnsinn!«

Es war, als stünde sie in dem Entwurf, den sie sich erst vor ein paar Tagen angesehen hatte. Die Wände waren in einem ruhigen Ton gestrichen, den sie nicht als Grün bezeichnen konnte, aber auch nicht ganz als Grau. Die Wand voller Monitore stand dem Wahnsinnsschreibtisch in nichts nach.

»Habe ich eine Woche lang geschlafen?«

»Du warst ein paar Tage nicht in deinem Arbeitszimmer, das haben die Leute ausgenutzt und Doppelschichten eingelegt. Natürlich gibt's noch ein paar letzte Kleinigkeiten, die erledigt werden müssen, aber alles Wesentliche funktioniert bereits.«

»Das da.« Sie zeigte auf den dunkelbraunen, grün marmorierten Tisch und das nicht ganz grüne Kontrollpaneel. »Das funktioniert?«

»Ich dachte mir, das wäre dir am wichtigsten. Probier die Dinge doch einfach aus.«

Zu seiner großen Freude schoss sie direkt auf den Schreibtisch zu, glitt mit der Hand über das Holz und sah sich die verschiedenen Knöpfe an. »Und wie ...?« Sie legte ihre Hand auf den anscheinend dafür vorgesehenen Scanner, aber außer einem leisen Summen tat sich nichts.

»Du musst dem Ding noch sagen, was es machen soll«, erklärte Roarke amüsiert.

»Wie, dass die Kiste hochfahren soll?«

Sofort sprang der Computer an, und die leuchtenden Kontrolllämpchen waren für sie die schönsten Edelsteine, die es gab.

Guten Morgen, Lieutenant Dallas.

»Wahnsinn. Absoluter Wahnsinn«, stieß sie abermals bewundernd aus.

»Ich hatte heute früh ein bisschen Zeit. Ich habe noch nicht alles auf die Kiste überspielt, aber das meiste ist inzwischen drauf.«

»Okay, dann will ich jetzt die Akte Willow Mackie sehen.«

Einen Augenblick. Auf welchem Bildschirm sollen die Daten aufgerufen werden?

»Auf dem Wandbildschirm.«

Sie hatte nicht gesagt, auf welchem, also tauchte die gewünschte Akte gleich auf allen Monitoren auf.

»Wow. Tja nun, am besten fangen wir mit dem Abschlussbericht von Delia Peabody an. Sie hat ihn tatsächlich schon fertig«, staunte Eve. »Sie hat ihn fertig und sogar schon in die Akte eingefügt. Das heißt, dass ich mir diese Arbeit sparen kann.«

Roarke presste sanft die Lippen auf ihr Haar. »Das heißt, du hast jetzt frei.«

»Moment.« Sie ließ sich in den dunkelgrünen Ledersessel fallen und drehte sich damit nach links und rechts. »Das ist einfach der Hit. Das hat der Rotschopf mit den Riesentitten und den schicken Stiefeln wirklich super hingekriegt. Ich könnte hier den ganzen Tag lang rumsitzen und spielen. Das heißt, im Grunde muss ich das sogar, damit ich weiß, wie alles funktioniert. Was kann die Kiste sonst noch?«

»Alles, was du brauchst. Vielleicht hast du ja Lust, dir auch den Rest kurz anzusehen.«

Sie hob den Kopf und sah sich um.

Die Sitzecke mit ihrem breiten dunkelgrünen Sofa hätte vielleicht etwas weniger bequem ausfallen können, aber trotz der Kissen war sie weder übertrieben elegant noch auch nur ansatzweise mädchenhaft. Den neuen Schlafsessel hatte der Kater bereits mit Beschlag belegt.

Begeistert stand sie auf, lief durch den Raum und rollte ihre Tafel aus der dafür vorgesehenen Nische in der Wand.

Auch die Küche wirkte viel moderner, aber trotzdem herrlich schlicht.

Auf den ebenfalls eher schlichten Holzregalen an den Wänden war das bisschen Schnickschnack, das sie liebte, aufgereiht.

Der Galahad aus Stoff, den sie von Roarke bekommen hatte, und die kleine Statue einer Göttin, die von Mrs. Peabody für sie aus Ton gefertigt worden war, ein Sheriffstern und ein Vergrößerungsglas sowie ein Bild von ihr und Roarke, auf dem sie beide lächelten, obwohl sie kurz zuvor von einem Verbrecher, den sie festgenommen hatte, ziemlich übel zugerichtet worden waren.

Dazu hatte er selbst oder vielleicht die Innenarchitektin, ohne sie zu fragen, ein paar Stadtansichten von New York im Raum verteilt. Wogegen allerdings nichts einzuwenden war, denn schließlich hatten sie und Roarke New York bereits vor Jahren zu *ihrer* Stadt gemacht.

Das Einzige, was ihr ein Stirnrunzeln entlockte, war das große Loch in einer Wand, das notdürftig mit ein paar grünen Plastikplanen verkleidet war. »Was ist denn da passiert?«

»Vielleicht fragst du mich lieber, was da noch passieren wird. Ich sagte ja bereits, dass ein paar Kleinigkeiten noch erledigt werden müssen, dazu gehört auch dieses Loch hinter der Essecke. Dort wird noch eine Glastür eingesetzt, durch die man auf eine kleine Terrasse kommt.

Ich dachte, dass dir das gefällt. Dann können wir bei gutem Wetter draußen essen oder, wenn es regnet, wenigstens die Tür auflassen und bekommen trotzdem frische Luft.«

Wir, dachte sie. Ihr bisheriges Arbeitszimmer hatte er für sie allein entworfen, aber das hier würde ihrer beider Raum.

»Du hattest recht, nicht nur weil das Arbeitszimmer wirklich gut aussieht. Du hattest recht, weil dies zwar weiterhin mein Arbeitszimmer, aber trotzdem auch ein Zimmer für uns beide ist. Du hattest recht, es wurde Zeit, etwas zu verändern.«

»Vergiss nicht, dass du das gesagt hast, wenn wir mit dem Schlafzimmer beginnen«, bat er sie.

»Darüber denke ich am besten gar nicht nach. Vor allem ist der Raum hier derart cool, dass ich jetzt unbedingt erst mal die ganzen Knöpfe auf dem Schreibtisch ausprobieren muss.«

»Ich gebe dir eine schnelle Einführung und lasse dich danach allein, aber in zwei Stunden müssen wir los, wenn wir pünktlich zu Bellas Party kommen wollen.«

»Zu Bell…« Auf halbem Weg zum Schreibtisch blieb sie noch einmal stehen und machte auf dem Absatz kehrt. »Oh, aber … können wir die nicht ausfallen lassen? Schließlich bin ich vollkommen erledigt, habe jede Menge Schürfwunden und Prellungen und habe gerade die New Yorker vor dem nächsten Attentat bewahrt. Bella fällt doch ganz bestimmt nicht auf, wenn wir uns dort nicht blicken lassen. Schließlich wird sie gerade mal ein Jahr alt.«

»Ich kenne mich mit Kindern dieses Alters auch nicht besser aus als du, aber ich kenne Mavis.«

»Mist, Mist, Mist. Okay, wir müssen hin.« Sie raufte sich die Haare und bedachte das Kontrollpaneel, mit dem sie eigentlich spielen wollte, mit einem sehnsüchtigen Blick. »Okay. Aber wir bleiben höchstens ein, zwei Stunden dort, kommen dann zurück und hüpfen in den Pool. Wir haben schon ewig keinen Poolsex mehr gehabt.«

»Das klingt, als ob du mich bestechen wolltest«, stellte er mit amüsierter Stimme fest. »Aber du weißt schließlich genau, wie ich am besten rumzukriegen bin. Das heißt, wir haben einen Deal.«

»Dann ist es also abgemacht.« Zufrieden nahm sie wieder hinter ihrem neuen Schreibtisch Platz.

Sie hatte mit dem neuen Spielzeug jede Menge Spaß, denn der Computer war so schnell, dass er ihre Befehle fast vorherzusehen schien, und die Bilder auf den Monitoren waren so klar, dass sie beinah mit Händen greifbar schienen.

Zwar kam sie mit dem Holographen noch nicht ganz zurecht, doch wenn sie erst einmal wüsste, wie er funktionierte, könnte sie sich damit mühelos an Tatorte versetzen oder einen Zeugen, einen Berater oder einen möglichen Verdächtigen ins Zimmer holen.

Sie hätte nie gewagt, auch nur davon zu träumen, dass ihr jemals eine solche Technik zur Verfügung stehen würde, obwohl es vielleicht nicht einfach war, damit umzugehen.

Der absolute Obermegahit, wie Mavis sagen würde, war der Mini-AutoChef direkt auf ihrem Schreibtisch, der es ihr erlaubte, Kaffee zu bestellen, ohne aufzustehen.

Dieses besonderen Extras wegen war sie immer noch euphorisch, als sie auf dem Weg zu Bellas Party waren.

»So tollen Poolsex, wie du nachher kriegen wirst, hast du noch nie gehabt.«

»Ach nein?«

Sie packte seinen Kopf, zog ihn zu sich heran und gab ihm einem Kuss. »Am besten bleiben wir dabei im Flachen, wenn wir nicht ertrinken wollen, obwohl das dort wahrscheinlich auch passieren kann.«

»Das Leben ist nun einmal voller Risiken. Aber schließlich sind wir mutig, also nehmen wir die in Kauf.«

»Höchstens ein, zwei Stunden, richtig?«

»Für den Poolsex?«

Lachend boxte sie ihm auf den Arm und sagte sich, es gäbe Schlimmeres, als sonntags auf dem Weg zu einem Fest im Freundeskreis zu sein. Sie hatte einen abgeschlossenen Fall, sie hatte gut geschlafen, anständig gegessen und ein wirklich tolles neues Arbeitszimmer. Es gab also wirklich keinen Grund, sich zu beschweren.

Es gab sicher Schlimmeres als die Geburtstagsparty eines einjährigen Kindes, oder nicht?

Darüber dächte sie am besten nicht genauer nach.

»Das Geschenk ist ganz sicher bei ihr angekommen?«, vergewisserte sie sich, und nickend parkte Roarke direkt vor Mavis' Haus.

»Na klar.«

»Ich will es einfach nicht vermasseln und die sein, die das Geschenk für das Geburtstagskind vergessen hat.«

»Es wurde gestern angeliefert, und dann hat Leonardo es erst einmal versteckt.«

»Okay. Es sind bestimmt noch andere da.«

»Das hoffe ich doch wohl.«

»Ich meine andere wie Bella. Andere, die durch die

Gegend krabbeln oder schwanken und mit ihren Armen rudern oder einem durch die Beine flitzen, so wie sie es immer macht.«

»Du meinst noch andere Kinder? Ganz bestimmt.«

»Warum haben sie so große Augen? Warum starren sie einen immer an? Wie Puppen oder Haie«, meinte sie, als sie mit ihm zur Haustür ging.

»Ich habe keine Ahnung, aber so wie du es beschreibst, klingt das echt unheimlich.«

»Nicht wahr?«

Sie nahm die Treppe, die sie schon so oft hinaufgegangen war, bis zu der Wohnung, die genau wie ihr neues Arbeitszimmer ihrem alten ihrer alten Wohnung nicht einmal mehr ansatzweise ähnlich sah.

Was für sie total in Ordnung war.

»Die Uhr tickt«, wandte sie sich an Roarke und klopfte an.

Die Tür ging auf, und sofort wurden sie in Lärm, in Farbe und Bewegung eingehüllt.

Luftballons, Girlanden und fliegende ... Einhörner, Feen und Drachen schwebten hinter einem schwarzen Hünen in einer schwarzen Weste über einem engen roten T-Shirt, der sie derart eng an seine Brust zog, dass sie mit der Nase an die lange rote Feder stieß, die an seinem Ohr hing.

»Aber hallo, dünnes weißes Mädchen.«

»Hallo, großer schwarzer Mann.«

Wie viele Leute luden wohl den Eigentümer eines Sexclubs zum Geburtstag ihres Kindes ein?

»Hi, Roarke.«

»Schön, Sie zu sehen, Crack.«

»Cak, Cak, Cak«, ertönte hinter seinem Rücken eine helle Kinderstimme, mit einem Lächeln auf den Lippen drehte er sich um und fing das Geburtstagskind mit seinen muskulösen, tätowierten Armen auf. Die hübsche, kleine Elfe mit dem goldenen Lockenkopf, dem pinkfarbenen Glitzerkleid und Glitzer-Blinke-Schuhen schmiegte sich an seine breite Brust und flüsterte ihm etwas ins Ohr, was ihn den Kopf nach hinten werfen und laut lachen ließ.

Dann drehte er sich mit ihr um, und Bella riss erfreut die Augen auf. »Das! Ork!«

Sie warf sich ihrer Patentante derart schwungvoll in die Arme, dass die Mühe hatte, sie zu fangen, aber schließlich riss Eve sich zusammen und meinte: »Alles Gute zum Geburtstag, Schatz.«

Fröhlich zappelnd begann Bella einen ihrer Monologe, die nur die verstanden, die sie täglich um sich hatten, brach dann aber plötzlich ab und bedachte Eve mit einem besorgten, mitfühlenden und unglücklichen Blick.

»Was ist?« Eve brach der Angstschweiß aus. »Was habe ich gemacht?«

»Boo.« Die Silbe kam von Herzen, während Bella mit den Fingern über Eves geschwollenes Auge strich. Dann beugte sie sich ganz behutsam vor, presste die Lippen auf ihr Lid, fing wieder an zu lächeln und nahm ihr Geplapper wieder auf.

»Sie sagt, dass es jetzt besser ist.«

Eve wandte sich an Crack. »Woher zum Teufel wollen Sie wissen, was sie sagt?«

»Ich kann eben Fremdsprachen.«

»Ach, reden Sie doch keinen ...« Bevor sie so etwas wie *Scheiß* sagte, brach Eve ab, und als sie merkte, dass die

Kleine unter flirtbereiten Lidern hervor Roarke anblickte, nutzte sie die Chance.

»Sie will zu dir.«

»Aber ich ...« Ehe er den Satz beendet hatte, hatte er die Arme voll mit einem kecken Baby, das ihn auf die Wangen küsste, mit den Wimpern klimperte und ihn dann in den Bann seiner großen blauen Kulleraugen zog.

»Du hast es wirklich drauf, nicht wahr?«, bemerkte er, und Eve ergriff, so schnell es ging, die Flucht.

Der Boden war tatsächlich voller Zwerge, die wild sabbernd durch die Gegend krabbelten und schwankten und sich überall mit ihren Klebefingern festhielten, um ja nicht umzufallen.

Dann sah Eve Peabody und lief, obwohl die Partnerin in ihrem rosa Kleid mit Silberrüschen einfach lächerlich aussah, erleichtert auf sie zu.

Bevor sie sie jedoch erreichte, tauchte Mavis auf, die nicht minder lächerlich in einer pinkfarbenen Hose, auf der weiße Sterne prangten, einem mit pinkfarbenen Sternen übersäten sommerhimmelblauen Kleidchen oder vielleicht T-Shirt und blau-pinkfarben gestreiften hochhackigen Stiefeln steckte. Mit wild wippendem, kunterbuntem Haarturm kam sie durch den Raum gelaufen und schlang Eve die Arme um den Hals. »Du bist gekommen.«

»Na klar.«

»Ich war mir nicht ganz sicher, denn du hattest schließlich alle Hände voll zu tun, und dann hat dieses Weib dir auch noch ganz schön zugesetzt. Komm mit«, bat sie und zog sie durch die Gästeschar.

Grundgütiger! Da vorn stand Summerset und war in

ein Gespräch mit einem Kind, das ihm nicht einmal bis zu den dürren Knien ging, vertieft.

Einen Meter weiter standen Charlotte Mira und der liebe Dennis, den sie gerne kurz gesprochen hätte, um zu hören, ob er in Ordnung war. Doch Mavis zog sie weiter in die Symphonie aus Regenbogenfarben, die das Schlafzimmer der Wohnung war.

»Wir hatten nach dem albtraumhaften Ende des Konzerts noch keine Chance, uns zu sehen. Ich wusste an dem Abend, dass du kommen würdest. Wusste, dass du kommst und uns nichts passieren wird. Am Ende bin ich eingeschlafen, aber als ich ...« Mavis schüttelte so vehement den Kopf, dass die an ihren Ohren hängenden Feen kleine Pirouetten drehten, und fiel Eve noch einmal um den Hals. »Ich hatte solche Angst. Ich wusste, dass es Bella gut ging, weil sie hier mit ihrem Babysitter war, aber ich hatte solche Angst, dass sie, wenn mir und Leonardo etwas passieren würde ... dass sie uns dann nicht mehr hat.«

»Aber sie hat euch noch und wird euch immer haben.«

»Als ich dich gesehen habe, hat sich meine Angst gelegt. Und heute ist ein Freudentag. Ein echter Freudentag. Mein Baby kann zum ersten Mal Geburtstag feiern.«

»So sieht's aus. Und zwar im großen Stil.«

»Warte, bis du die Torte siehst. Die hat Ariel gemacht. Ein Feenschloss. Mit Einhörnern.«

»Was sonst? Hast du zu dem Geburtstag alle eingeladen, die du kennst?«

»Nur die, die wirklich zählen. Und jetzt lass uns etwas trinken gehen.«

Eve holte sich den Drink, den sie schon gestern Abend

haben wollte, und versuchte, Mavis' Freundin und Stylistin Trina möglichst aus dem Weg zu gehen, bevor sie einen Termin zum Haareschneiden und was sonst noch von ihr aufgedrückt bekam.

Dennis Mira saß mit einem verträumten Lächeln auf dem Boden und spielte mit einigen der Winzlinge ein Spiel.

McNab hatte eins von den anderen Kindern huckepack genommen und galoppierte wild in seinen bunten Airboots durch den Raum, während der Kleine quietschte wie ein abgestochenes Schwein, was offenbar nach Meinung aller anderen ein Ausdruck reiner Freude war.

Garnet DeWinter hörte lächelnd zu, wie sich ein mittelgroßes, wirklich hübsches Mädchen angeregt mit Charlotte Mira unterhielt.

Leonardo stand in einer saphirblauen Tunika und mit einem Glitzerpartyhut auf seinem langen kupferroten Haar hinter der Bar und strahlte seine Mädels an.

Louise und Charles kamen wie so oft zu spät. Ärzte und Cops, sagte sich Eve und sah zu Roarke, der mit Feeney sprach. Ärzte, Cops, ihr eigener Mann als reformierter Krimineller, der Betreiber eines Sexclubs und ein früherer Gigolo, Elektronikfuzzis, Leute aus der Modebranche ...

... und dazu ein Haufen Kids.

Die meisten Gäste kannte sie. Es waren Mavis' und zugleich auch ihre eigenen Leute. Ob sie es wollte oder nicht.

Das Chaos steigerte sich noch, als es ans Öffnen der Geschenke ging.

»Wo zur Hölle wollen sie mit dem ganzen Krempel hin?«

Roarke legte einen Arm um ihre Taille und erklärte: »Dafür findet sich bestimmt ein Platz.«

Vielleicht auch nicht, dachte Eve, im Augenblick jedoch war Bella vor Begeisterung über all die schönen Dinge völlig außer sich.

»Sieht aus, als wären wir jetzt dran«, bemerkte Roarke, als Leonardo ihm ein Zeichen gab, verschwand mit ihm in einem Nebenraum und kam mit einem riesigen, in silbernes Papier gehüllten und mit einer pinkfarbenen Glitzerschleife zugebundenen Karton zurück.

»Das hier ist eine Zauberkiste«, sagte er zu Bella, die mit großen Augen vor ihm stand. »Du musst nur an der Schleife ziehen, dann geht sie von alleine auf.«

Mit Mavis' Hilfe zog das kleine Mädchen an der Schleife, und die Wände des Kartons klappten nach außen weg.

Sie hatte sich laut Peabody ein Puppenhaus gewünscht. Das hatte Mavis ihnen bestätigt, und da Roarke so nett gewesen war, es zu besorgen …

… war es wie sein eigenes Zuhause eher eine Burg oder ein Schloss. Mit einer Zugbrücke und schlanken Türmen, Bogenfenstern und Balkonen in mädchenhaftem Pink und Weiß.

Eve konnte einfach nicht verstehen, warum man Puppen Räume gab, um sich dort gegen die Besitzer und die Menschheit zu verschwören. Aber Bella war so glücklich, dass ihr eigenes Herz vor Freude etwas schneller schlug.

Das Mädchen rang nach Luft, legte die Finger an die Lippen und riss überrascht die Augen auf. Dann flüsterte Mavis ihr etwas zu, und freudestrahlend blickte sie erst auf das Schloss und dann auf Roarke und Eve.

Schließlich fing ein anderes Mädchen an zu kreischen, doch bevor es die Gelegenheit bekam, sich auf das Puppenhaus zu stürzen, bleckte Bella ihre Zähne und bedachte sie mit einem bitterbösen Blick. Es hätte Eve nicht überrascht, wenn sie mit ausgefahrenen Krallen auf das andere Mädchen losgegangen wäre, aber das begriff offensichtlich auch die Kreischerin, denn sie blieb stehen und trat verschämt den Rückzug an.

Sofort fing Bella wieder an zu strahlen, wackelte auf ihre Patentante zu und streckte die Arme nach ihr aus.

Um nicht das Wagnis einzugehen, sie noch einmal auf den Arm zu nehmen, ging Eve in die Hocke, bis sie mit dem Kind auf Augenhöhe war.

»Das«, stieß Bella aus, schlang Eve die Arme um den Hals und wiegte sich – wie Mavis es oft machte – mit ihr hin und her. Noch einmal sagte sie mit beinah ehrfürchtiger Stimme: »Das«, machte sich von ihr los und nahm die Hand von Roarke. »Okr. Das. Ta. Ta. Ta.«

Eve hatte keine Ahnung, was das heißen sollte, doch die reine Freude und die tief empfundene Dankbarkeit des kleinen Mädchens waren nicht zu übersehen.

»Freut mich, wenn es dir gefällt.«

»Iiiebe. Iiiebe ich.«

Die Kleine hüpfte auf und ab, wirbelte herum, rannte zurück zu ihrem Puppenhaus, klatschte begeistert in die Hände, griff nach einem kleinen, thronähnlichen Stuhl, schaute ihn sich von allen Seiten an und brach in lautes Lachen aus.

»Anscheinend sagt das Haus ihr zu«, bemerkte Eve.

Und riss die Augen auf, als Bella lächelnd vor das andere Mädchen trat und sie zum Spielen einlud.

In diesem kleinen Kopf ging wirklich jede Menge vor,

erkannte Eve, und nicht nur dort. Die Kleine hatte einfach einen Augenblick gewollt, um sich alleine über das Geschenk zu freuen, hatte sich dann süß und durch und durch charmant bei ihr und Roarke bedankt, noch einen kurzen Augenblick der Freude ausgekostet und war jetzt bereit, ihr Glück zu teilen.

Natur oder Erziehung, überlegte Eve. Die Anlagen, mit denen man geboren wurde, waren immer auch ein Risiko, ein Spiel und häufig reine Glückssache. Die Erziehung konnte klug oder vollkommen irregeleitet, freundlich oder grausam sein, und dennoch …

Dieses Kind von gerade einmal einem Jahr war süß, unschuldig und alles andere als dumm. Sehr willensstark und trotzdem einfühlsam. Mit einem eigenen Sinn für … Stil, mit einem eigenen Plan.

Wie passte derart viel in einen derart kleinen Menschen hinein?

In diesem Augenblick trat Peabody mit einem pinkfarbenen Drink zu Eve und stellte anerkennend fest: »Das war ein echter Volltreffer. Das ist ein sehr schönes Puppenhaus. Wenn die Kinder keine Lust mehr haben, werde ich ein bisschen damit spielen.« Nach einem Schluck aus ihrem Glas fügte sie noch hinzu: »Das ist ein wirklich guter Tag.«

»Er konnte schlechter …« Ehe Eve den Satz beenden konnte, klingelte ihr Handy. »Mist. Verdammt.«

Sie ging auf Text, damit nicht alle etwas von dem Anruf mitbekämen, rief die eingegangene Nachricht auf und meinte: »Ich muss gehen.«

»Wir haben doch wohl keinen neuen Fall hereinbekommen? Wir haben heute schließlich frei.«

»Nein, es geht um Willow Mackie. Offenbar gibt es ein Problem.«

»Dann gebe ich McNab schnell Bescheid.«

»Oh nein, Sie bleiben hier. Es ist nur eine Kleinigkeit. Falls mehr draus wird, rufe ich an. Verdammt. Richten Sie Mavis aus, dass es mir leidtut.« Sie sah sich um und stellte fest, dass Roarke schon ihre Mäntel holen ging. »Sagen Sie ihr, ich rufe sie an, wenn ich nach Hause komme.«

Bevor Peabody ihr noch irgendwelche Fragen stellen konnte, lief sie los und zog im Gehen den Mantel an.

»Was ist?«

»Wir haben einen verletzten Cop und eine Frau des Jugendamtes, die vollkommen hysterisch ist, es gibt niemanden, der mir bisher sagen konnte, was genau geschehen ist. Am besten drückst du auf die Tube, denn jetzt bin ich wirklich angepisst.«

Epilog

Da die Neue, Shelby, bei ihr angerufen hatte, sollte sie schon einmal in die Garage kommen und dort auf sie warten, weswegen sie bei ihrer Ankunft wie ein Wachhund neben dem für ihren Wagen reservierten Stellplatz stand.

»Es tut mir leid, dass ich an Ihrem freien Tag bei Ihnen angerufen habe, Lieutenant.«

»Kein Problem. Erzählen Sie mir, worum genau es geht.«

»Die Gefangene sitzt wieder in der Zelle. Sie hat ein paar harmlose Verletzungen, die schon behandelt worden sind.«

»Sie sollen sie heute noch nach Rikers bringen, und zwar in den Hochsicherheitsbereich.« Eve selber würde jetzt sofort in den Zellentrakt der Wache gehen. »Und der verletzte Polizist?«

»Ist auf dem Weg ins Krankenhaus, Ma'am. Die Sanitäter haben gesagt, dass die Verletzungen zwar schwer, aber nicht lebensgefährlich seien.«

»Dann bringe ich ihn vielleicht selbst noch um, denn wie zur Hölle ist sie an die Waffe herangekommen? Und was zur Hölle tun Sie hier, und dazu auch noch ohne Ihre Uniform?«

»Ich habe heute frei. Ich war nur hier, um Mary Kate Franco zu treffen. Sie ist Krankenschwester und hatte heute Morgen Dienst im Krankenraum des Zellentrakts.

Wir sind befreundet, Ma'am, und wollten heute Nachmittag ins Kino gehen. Ich war gerade auf dem Weg zu ihr, als es zu diesem Aufruhr kam.«

Sie fuhren mit dem Lift zum Zellentrakt.

»Zu was für einem Aufruhr?«

»Ma'am, ich hörte Lärm, zog meine Dienstwaffe aus der Tasche und betrat den Krankenraum, in dem Officer Minx mit stark blutenden Wunden im Gesicht und am Oberkörper auf dem Boden lag. Ein Stückchen weiter lag eine Frau, die laut geschrien und sich später als Vertreterin des Jugendamtes ausgewiesen hat. Schwester Franco hatte sich mit einer Spritze und mit einer Bettpfanne bewaffnet und versuchte, die Gefangene, die sie mit einem Skalpell bedrohte, abzuwehren. Ich habe der Gefangenen zugerufen, dass sie ihre Waffe fallen lassen soll, sie versuchte, Franco zu erwischen, um sie entweder als Schild oder als Geisel zu verwenden, aber Franco hat sich hinter der Bettpfanne verschanzt. Dann versuchte die Gefangene, mich anzugreifen, also habe ich auf sie gezielt und sie mit einem Schuss betäubt.«

Shelby räusperte sich leise und fuhr fort: »Ich habe der Gefangenen Handschellen angelegt, und Franco ist sofort zu Minx gerannt, um dessen Blutungen zu stillen. Dann habe ich Jessica Gromer, die Vertreterin des Jugendamtes, angeherrscht, weil sie noch immer furchtbar herumgeschrien hat, sie hat mir erklärt, dass sie sich deshalb über mich beschweren wird.«

»Was haben Sie denn zu ihr gesagt?«

»Tja nun, im Eifer des Gefechts ist mir herausgerutscht, dass sie, verdammt noch mal, die Klappe halten soll, wenn ich nicht auch noch auf sie schießen soll.«

»Das haben Sie gut gemacht, als Ihr vorgesetzter Lieutenant weise ich Sie an, sich nicht den Kopf darüber zu zerbrechen, ob das offensichtlich blöde Weib sich vielleicht über Sie beschwert.«

»Danke, Lieutenant.«

»Was hat Willow Mackie überhaupt im Krankenraum gemacht?«

»Minx wurde schnellstmöglich ins Krankenhaus gebracht, aber ich habe sowohl Franco also auch die zu Anfang wenig kooperative Gromer zu der Angelegenheit befragt. Zum Schreiben des Berichts hat mir leider bisher die Zeit gefehlt.«

»Dann sagen Sie mir einfach, was Sie wissen, Officer. Für den Bericht ist später auch noch Zeit.«

Sie stiegen aus dem Fahrstuhl, und Eve nickte dem Beamten zu, der die Stahltür vor dem Zellentrakt bewachte.

»Die Frau des Jugendamtes hat die Gefangene besucht. Weil sie offensichtlich Mitleid wegen ihres Alters hatte, hatte sie schon vorher Einspruch gegen eine Anklage nach dem Erwachsenenstrafrecht eingelegt.«

»Mit dem sie nichts erreichen wird. Fahren Sie fort.«

»Während des Gesprächs behauptete das Mädchen, dass es Schmerzen wegen der Verletzungen hätte, die es bei der Verhaftung durch die Polizei erlitten hat.«

»Uh-huh. Und weiter?«

»Die Gefangene brach zusammen und behauptete, sie würde keine Luft mehr kriegen, also rief die Frau des Jugendamtes um Hilfe, und Officer Minx begleitete die beiden in den Krankenraum. Auf Anweisung von Schwester Franco half der Officer dem Mädchen auf den Untersuchungstisch und wollte es dort anschnallen, aber Gromer meinte, die Gefangene hätte Schmerzen, wäre noch ein Kind und hätte eine derart wenig mitfühlende Behandlung nicht verdient. Dann fing die Gefangene an zu schaukeln, als ob ihr schwindlig würde, und warf ein Tablett mit Instrumenten um. Schließlich beugte sie sich vor und stöhnte, als ob sie unter großen Schmerzen leiden würde, Officer Minx wollte sie stützen und trat deshalb auf sie zu. Anscheinend aber hatte die Gefangene sich zu dem Zeitpunkt schon das Skalpell geschnappt, was weder Gromer noch die Krankenschwester mitbekommen hatten. Auf alle Fälle zog sie Minx dieses Skalpell durch das Gesicht und hätte ihm beinah ein Auge herausgeschnitten, stach danach auf seinen Hals und seinen Oberkörper ein, trat ihn zu Boden und versuchte dann, auf Franco loszugehen. Das war der Augenblick, in dem ich selbst ins Zimmer kam.«

»Okay. Das haben Sie sehr gut gemacht. Halten Sie hier die Stellung, Officer.«

Sie trat vor den Beamten an der Tür. Obwohl sie sich kannten, wies sie sich mit ihrer Marke aus. »Loggen Sie uns ein. Dallas, Shelby und Roarke.«

»Wen wollen Sie denn an einem Sonntag hier besuchen?«

»Die Mackies. Und zwar alle beide.«

Er nannte ihr die Zellennummern, schrieb die Namen der Besucher auf und öffnete die Tür mit Hand- und Retinalesegerät, einer Kontrollkarte und einem Code, der immer nur zwölf Stunden gültig war.

Im Zellentrakt waren weitere Cops, ein weiterer Scanner und noch eine Tür.

Dies war nicht Rikers, dachte Eve, aber es war ganz sicher auch kein Puppenhaus.

Sie traten durch die Tür in einen Gang voller Zellen, die voller Menschen waren. In einigen der Zellen waren die Leute einfach zwischen zwei Verhören eingesperrt, in anderen saßen sie bis zum Transport in einen anderen Knast oder würden am nächsten Tag dem Richter vorgeführt.

Die besonders schweren Fälle saßen hinter einer dritten Tür. Der Cop, der sie bewachte, blickte Eve und Shelby fragend an. »Wie geht es Minx?«

»Sie haben gesagt, er würde wieder ganz gesund«, erklärte Shelby, und er schüttelte den Kopf.

»Der arme Kerl kommt frisch von der Akademie. Im Grunde sollten diese Jungs erst ein, zwei Jahre Streife fahren, bevor man sie hierher versetzt. Das Weib sitzt in der dritten Zelle links.«

Mit schnellen Schritten lief Eve zu dem Mädchen, das ausgestreckt auf einer harten Pritsche lag. Die offene Toilette war im Fußboden verankert und das kleine Waschbecken aus Stahl mit langen Bolzen an der Wand daneben festgemacht.

»Ich muss nicht mit Ihnen reden.«

»Kein Problem. Es interessiert mich sowieso nicht, was du mir zu sagen hast«, gab Eve zurück. »Ich wollte dich nur noch einmal sehen, bevor es heute Nachmittag für dich nach Rikers geht.«

»Da gehe ich nicht hin.«

»Du scheinst nicht zu kapieren, dass die Zeit, in der du selbst etwas entscheiden kannst, endgültig vorüber ist. Officer, Sie haben mitgeholfen, dass wir sie jetzt dorthin bringen, wo sie hingehört. Warum werfen Sie nicht noch einmal einen letzten Blick auf sie?«

»Das Jugendamt wird mich dort rausholen. Das hat Gromer mir zugesagt. Wenn ich wieder draußen bin ...«

»Wenn Gromer Glück hat, wird sie nur verwarnt, wenn es nach mir geht, ist sie ihren Job los. Jetzt kommen zu den bisherigen Anklagen noch der versuchte Mord an einem Polizeibeamten, Fluchtversuch und der tätliche Angriff auf die Krankenschwester dazu. Wodurch die Luft für dich noch dünner wird.«

Eve lachte. »Du hast dir heute den Hochsicherheitsbereich in Rikers schon vor der Verhandlung selbst eingebrockt. Mann oh Mann, sie werden dort von dir total begeistert sein, denn derart frisches Fleisch bekommen sie nicht oft.«

»Ich werde rauskommen!« Mit Zornestränen in den Augen sprang das Mädchen auf. »Ich werde rauskommen, und dann bringe ich Sie um.«

»Du langweilst mich mit deinem dämlichen Gewäsch.«

Eve bedeutete den beiden anderen mitzukommen und wandte sich, gefolgt von Willows lautstarken Verwünschungen, zum Gehen.

»Fahren Sie nach oben, Officer, schreiben Ihren Bericht, speichern ihn ab, holen Ihre Freundin und gehen ins Kino, denn das haben Sie nach diesem Tag auf jeden Fall verdient.«

»Danke, Lieutenant. Danke für die Chance, die Sie mir geben.«

»Ich wollte Sie in meinem Dezernat haben, in dieses Krankenzimmer habe ich Sie nicht geschickt. Die kleine Psychopathin hat Ihnen die Chance gegeben, Ihre Nervenstärke zu beweisen, und die haben Sie genutzt. Sie können gehen.«

»Zum Befehl, Ma'am.«

»Mit der hast du anscheinend einen wirklich guten Griff getan«, murmelte Roarke, nachdem die junge Frau verschwunden war.

»Sieht ganz so aus. Jetzt besuchen wir noch Reginald.«

Nach einer weiteren Stahltür und nach einer neuerlichen Überprüfung ihrer Personalien trat Eve vor die Zelle, in der Mackie nicht wie seine Tochter auf der Pritsche fläzte, sondern auf und ab lief wie eingesperrtes Tier.

Wahrscheinlich würde er das bis zum Ende seines Lebens machen, dachte sie und sah ihn fragend an.

»Hat es sich schon bis zu Ihnen hier unten herumgesprochen, dass wir Ihre Tochter festgenommen haben?«

Er machte Halt, drehte sich nach ihr um und starrte sie aus seinen ruinierten Augen an. »Sie müssen sie nach Jugendstrafrecht vor Gericht stellen, denn wir haben schließlich einen Deal.«

»Den hatten Sie, nur wurden die Bedingungen nicht annähernd erfüllt. Außerdem hat sie versucht, von hier zu fliehen, und dafür unsere Krankenschwester, eine wirklich dämliche Person des Jugendamtes und einen jungen Cop benutzt. Der Cop liegt mit zerschnittenem Gesicht und jeder Menge Stichwunden im Krankenhaus, weshalb sie bis Prozessbeginn nach Rikers kommt. Anschließend geht's für die nächsten hundert Jahre rauf nach Omega.«

»Aber ich habe Ihnen geholfen.«

»Nein, haben Sie nicht. Sie haben uns in die Lex geschickt und dachten vielleicht wirklich, dass wir sie dort finden würden, doch da war sie nicht. Sie war im Haus

Ihrer Ex-Frau und hat sich bei dem Verhör vor uns damit gebrüstet, dass sie erst den Stiefvater ermorden und dann ihrem kleinen Bruder vor den Augen seiner Mutter die Eingeweide herausschneiden wollte, bevor sie am Schluss auch sie umbringt. Danach wollte sie in ihrer Schule hundert Kinder, Lehrer und Eltern umbringen. Es wäre ihr egal gewesen, wen sie erwischt, es ging ihr einzig um die Zahl.« Eve starrte Mackie an.

»So etwas haben Sie gezeugt, Mackie. Ich nehme an, dass sie vielleicht bereits so auf die Welt gekommen ist. Vielleicht war sie von Anfang an das Monster, das sie jetzt ist. Aber Sie haben ihr das Töten beigebracht, Sie haben dieses Monster so lange gepäppelt, bis es irgendwann zum Vorschein kam. Natürlich hat sie selbst entschieden, all diese Morde zu begehen, aber Sie haben ihr die Entscheidung leicht gemacht und so getan, als wäre es ihr gutes Recht, so viele Menschen umzubringen, wie sie will.«

Er brach in Tränen aus, doch Eve verspürte nicht einen Hauch von Mitgefühl.

»Ich hoffe, das geht Ihnen bis ans Ende Ihres Lebens nicht mehr aus dem Kopf.«

Jetzt hallte ihr statt lauter Flüche lautes Schluchzen in den Ohren, als sie ging.

»Sind wir hier unten fertig?«, fragte Roarke.

»Auf jeden Fall.«

»Da bin ich froh, denn irgendwie macht dieser Ort mich nervös.«

»Im Gegensatz zu Willow kämst du hier auf jeden Fall heraus.«

»Es ist mir trotzdem lieber, wenn ich das gar nicht versuchen muss.«

»Ich muss kurz nach oben, dafür sorgen, dass sie heute noch nach Rikers kommt, und Whitney informieren. Dann können wir.«

»Nach Hause?«, fragte er und legte eine Hand in ihren Rücken, als sie endlich wieder auf dem seiner Meinung nach korrekten Weg zurück zum Ausgang waren.

Sie wollte nicken, aber plötzlich dachte sie, man hatte immer eine Wahl. Zu töten und zum Töten auszubilden, Scherereien zu machen oder ihnen aus dem Weg zu gehen, ein Geschenk für sich alleine zu behalten oder sich von Herzen dafür zu bedanken und es dann mit anderen zu teilen.

Auch sie hatte die Wahl und nahm entschlossen seine Hand.

»Lass uns noch einmal zu Bellas Party fahren.«

»Du willst freiwillig noch einmal dorthin?«

Er klang so überrascht, dass sie mit einem leisen Lachen meinte: »Warum nicht? Es ist dort zwar ein bisschen seltsam, aber fröhlich, und vor allem lasse ich mir mein Stück der Geburtstagstorte sicher nicht entgehen.«

Er hatte ebenfalls die freie Wahl und gab ihr einen Kuss. »Das klingt perfekt.«

Sie ließen Zellen, Flüche, Tränen und die Menschen, die entschieden hatten, dass sie Blut vergießen wollten, hinter sich und fuhren wieder zu der Party, wo es vielleicht seltsam, aber fröhlich war und wo es feine Torte gab.